In Anerkennung
besonderer Leistungen
in der
deutschen Sprache
und Literatur

Überreicht vom
Generalkonsulat der
Bundesrepublik Deutschland
in Boston

Deutsche Erzählungen aus drei Jahrzehnten

Deutschsprachige Prosa
seit 1945

Herausgegeben
von Martin Gregor-Dellin

Horst Erdmann Verlag

3. Auflage 1977
ISBN 3-7711-0210-3
Alle Rechte vorbehalten
© 1975 by Horst Erdmann Verlag
für Internationalen Kulturaustausch, Tübingen und Basel
Umschlaggestaltung: Wolf-Dieter Kocher
Gesamtherstellung: Welsermühl, Wels/Oberösterreich

Inhalt

I

II

III

IV

V

I

Heinrich Böll
Daniel, der Gerechte

Solange es dunkel war, konnte die Frau, die neben ihm lag, sein Gesicht nicht sehen, und so war alles leichter zu ertragen. Sie redete seit einer Stunde auf ihn ein, und es war nicht anstrengend, immer wieder »ja« oder »ja natürlich« oder »ja, du hast recht« zu sagen. Es war seine Frau, die neben ihm lag, aber wenn er an sie dachte, dachte er immer: die Frau. Sie war sogar schön, und es gab Leute, die ihn um sie beneideten, und er hätte Grund zur Eifersucht gehabt – aber er war nicht eifersüchtig; er war froh, daß die Dunkelheit ihm den Anblick ihres Gesichtes verbarg und es ihm erlaubte, sein Gesicht entspannt zu lassen; es gab nichts Anstrengenderes, als den ganzen Tag, solange Licht war, ein Gesicht aufzusetzen, und das Gesicht, das er am Tage zeigte, war ein aufgesetztes Gesicht.

»Wenn Uli nicht durchkommt«, sagte sie, »gibt's eine Katastrophe. Marie würde es nicht ertragen, du weißt ja, was sie alles durchgemacht hat. Nicht wahr?«

»Ja, natürlich«, sagte er, »ich weiß es.«

»Sie hat trockenes Brot essen müssen, sie hat – es ist eigentlich unverständlich, wie sie es hat ertragen können – sie hat wochenlang in Betten gelegen, die nicht bezogen waren, und als sie Uli bekam, war Erich noch als vermißt gemeldet. Wenn das Kind die Aufnahmeprüfung nicht besteht: ich weiß nicht, was passiert. Hab' ich recht?«

»Ja, du hast recht«, sagte er.

»Sieh zu, daß du den Jungen siehst, bevor er die Klasse betritt, in der die Prüfung stattfindet – sag ihm ein paar nette Worte. Du wirst tun, was du kannst, wie?«

»Ja«, sagte er.

An einem Frühlingstag vor dreißig Jahren war er selbst in die Stadt gekommen, um die Aufnahmeprüfung zu machen: rot war an diesem Abend das Sonnenlicht über die Straße gefallen, in der seine Tante wohnte, und dem Elfjährigen schien es, als kippte jemand Glut über die Dächer hin, und in Hunderten von Fenstern lag dieses Rot wie glühendes Metall.

Später, als sie beim Essen saßen, lag grünliche Dunkelheit in den Fensterhöhlen, für die halbe Stunde, in der die Frauen zögern, Licht anzuknipsen. Auch die Tante zögerte, und als sie am Schalter drehte, schien es, als habe sie das Signal für viele hundert Frauen gegeben: aus allen Fenstern stach plötzlich das gelbe Licht in die grüne Dunkelheit; wie harte Früchte mit langen gelben Stacheln hingen die Lichter in der Nacht.

»Wirst du es schaffen?« fragte die Tante, und der Onkel, der mit der Zeitung in der Hand am Fenster saß, schüttelte den Kopf, als halte er diese Frage für beleidigend.

Dann machte die Tante sein Bett auf der Küchenbank zurecht, eine Steppdecke war die Unterlage, der Onkel gab sein Oberbett, die Tante ein Kopfkissen her. »Bald wirst du ja dein eigenes Bettzeug hierhaben«, sagte die Tante, »und nun schlaf gut. Gute Nacht.«

»Gute Nacht«, sagte er, und die Tante löschte das Licht und ging ins Schlafzimmer.

Der Onkel blieb und versuchte so zu tun, als suche er etwas; über das Gesicht des Jungen hinweg tasteten seine Hände zur Fensterbank hin, und die Hände, die nach Beize und Schellack rochen, kamen von der Fensterbank zurück und tasteten wieder über sein Gesicht; bleiern lag die Schüchternheit des Onkels in der Luft, und ohne gesagt zu haben, was er sagen wollte, verschwand er im Schlafzimmer.

»Ich werde es schaffen«, dachte der Junge, als er allein war, und er sah die Mutter vor sich, die jetzt zu Hause strickend am Herd saß, hin und wieder die Hände in den Schoß sinken ließ und ein Stoßgebet ausatmete zu einem der Heiligen hin, die sie verehrte: Judas Thaddäus – oder war für ihn, den Bauernjungen, der in die Stadt aufs Gymnasium sollte, Don Bosco zuständig?

»Es gibt Dinge, die einfach nicht geschehen dürfen«, sagte die Frau neben ihm, und da sie auf Antwort zu warten schien, sagte er müde »ja« und stellte verzweifelt fest, daß es dämmerte; der Tag kam und brachte ihm die schwerste aller Pflichten: sein Gesicht aufzusetzen.

»Nein«, dachte er, »es geschehen genug Dinge, die nicht geschehen dürften.« Damals, im Dunkeln auf der Küchenbank, vor dreißig Jahren, war er so zuversichtlich gewesen: er dachte an die Rechenaufgabe, dachte an den Aufsatz, und er war sicher, daß alles gut werden würde. Sicher würde das Aufsatzthema heißen: »Ein merkwürdiges Erlebnis«, und er wußte genau, was er beschreiben würde: den Besuch in der Anstalt, wo Onkel Thomas untergebracht war: grünweiß gestreifte Stühle im Sprechzimmer, und der Onkel Thomas, der – was man auch immer zu ihm sagte – nur den einen Satz sprach: »Wenn es nur Gerechtigkeit auf dieser Welt gäbe.«

»Ich habe dir einen schönen roten Pullover gestrickt«, sagte seine Mutter, »du mochtest doch rote Sachen immer so gern.«

»Wenn es nur Gerechtigkeit auf dieser Welt gäbe.«

Sie sprachen übers Wetter, über Kühe und ein wenig über Politik, und immer sagte Thomas nur den einen Satz: »Wenn es nur Gerechtigkeit auf dieser Welt gäbe.«

12

Und später, als sie durch den grüngetünchten Flur zurückgingen, sah er am Fenster einen schmalen Mann mit hängenden Schultern, der stumm in den Garten hinausblickte.

Kurz bevor sie die Pforte passierten, kam ein sehr freundlicher, liebenswürdig lächelnder Mann auf sie zu und sagte: »Madame, bitte vergessen Sie nicht, mich mit Majestät anzureden«, und die Mutter sagte leise zu dem Mann: »Majestät.« Und als sie an der Straßenbahnstation standen, hatte er noch einmal zu dem grünen Haus, das zwischen den Bäumen verborgen lag, hingeblickt, den Mann mit den hängenden Schultern am Fenster gesehen, und ein Lachen klang durch den Garten hin, als zerschneide jemand Blech mit einer stumpfen Schere.

»Dein Kaffee wird kalt«, sagte die Frau, die seine Frau war, »und iß doch wenigstens eine Kleinigkeit.«

Er nahm die Kaffeetasse an den Mund und aß eine Kleinigkeit. »Ich weiß«, sagte die Frau und legte ihre Hand auf seine Schulter, »ich weiß, daß du wieder über deine Gerechtigkeit nachgrübelst, aber kann es ungerecht sein, einem Kind ein wenig zu helfen? Du magst doch Uli?«

»Ja«, sagte er, und dieses Ja war aufrichtig: er mochte Uli; der Junge war zart, freundlich und auf seine Weise intelligent, aber es würde eine Qual für ihn sein, das Gymnasium zu besuchen: Mit vielen Nachhilfestunden, angefeuert von einer ehrgeizigen Mutter, unter großen Anstrengungen und mit viel Fürsprache würde er immer nur ein mittelmäßiger Schüler sein. Er würde immer die Last eines Lebens, eines Anspruchs tragen müssen, der ihm nicht gemäß war.

»Du versprichst mir, etwas für Uli zu tun, nicht wahr?«

»Ja«, sagte er, »ich werde etwas für ihn tun«, und er küßte das schöne Gesicht seiner Frau und verließ das Haus. Er ging langsam, steckte sich eine Zigarette in den Mund, ließ das aufgesetzte Gesicht fallen und genoß die Entspannung, sein eigenes Gesicht auf der Haut zu spüren. Er betrachtete es im Schaufenster eines Pelzladens; zwischen einem grauen Seehundfell und einer gefleckten Tigerhaut sah er sein Gesicht auf dem schwarzen Samt, mit dem die Auslage verkleidet war: das blasse, ein wenig gedunsene Gesicht eines Mannes um die Mitte Vierzig – das Gesicht eines Skeptikers, eines Zynikers vielleicht; weißlich kräuselte sich der Zigarettenqualm um das blasse gedunsene Gesicht herum. Alfred, sein Freund, der vor einem Jahr gestorben war, hatte immer gesagt: »Du bist nie über einige Ressentiments hinweggekommen – und alles, was du tust, ist zu sehr von Emotionen bestimmt.«

Alfred hatte das Beste gemeint, er hatte sogar etwas Richtiges sagen wollen, aber mit Worten konnte man einen Menschen nie fassen, und für ihn stand fest, daß Ressentiment eines der billigsten, eins der bequemsten Worte war.

Damals, vor dreißig Jahren, auf der Bank in der Küche der Tante, hatte er gedacht: einen solchen Aufsatz wird keiner schreiben; ein so merkwürdiges Erlebnis hat bestimmt keiner gehabt, und bevor er einschlief, dachte er andere Dinge: auf dieser Bank würde er neun Jahre lang schlafen, auf diesem Tisch seine Schulaufgaben machen, neun Jahre lang, und diese Ewigkeit hindurch würde die Mutter zu Hause am Herd sitzen, stricken und Stoßgebete ausatmen. Im Zimmer nebenan hörte er Onkel und Tante miteinander sprechen, und aus dem Gemurmel wurde nur ein Wort deutlich, sein Name: Daniel. Sie sprachen also über ihn, und obwohl er sie nicht verstand, wußte er, daß sie gut über ihn sprachen. Sie mochten ihn, sie selbst hatten keine Kinder. Und dann befiel ihn plötzlich Angst: In zwei Jahren schon, dachte er beklommen, wird diese Bank zu kurz für mich – wo werde ich dann schlafen? Für einige Minuten beunruhigte ihn diese Vorstellung sehr, dann aber dachte er: Zwei Jahre, wie unendlich viel Zeit ist das; viel Dunkelheit, die sich Tag um Tag erhellen würde, und er fiel ganz plötzlich in das Stückchen Dunkelheit, das vor ihm lag: die Nacht vor der Prüfung, und im Traum verfolgte ihn das Bild, das zwischen Büfett und Fenster an der Wand hing: Männer mit grimmigen Gesichtern standen vor einem Fabriktor, und einer hielt eine ausgefranste rote Fahne in der Hand, und im Traum las das Kind deutlich, was es im Halbdunkel nur langsam hatte entziffern können: STREIK.

Er trennte sich von seinem Gesicht, das blaß und eindringlich zwischen dem Seehundfell und der gefleckten Tigerhaut im Schaufenster hing, wie mit Silberstift auf schwarzes Tuch gezeichnet; er trennte sich zögernd, denn er sah das Kind, das er einmal gewesen war, hinter diesem Gesicht.

»Streik«, hatte dreizehn Jahre später der Schulrat zu ihm gesagt, »Streik, halten Sie das für ein Aufsatzthema, das man Primanern geben sollte?« Er hatte das Thema nicht gegeben, und das Bild hing damals, 1934, längst nicht mehr an der Wand in der Küche des Onkels. Es blieb noch die Möglichkeit, Onkel Thomas in der Anstalt zu besuchen, auf einem der grüngestriften Stühle zu sitzen, Zigaretten zu rauchen und Thomas zuzuhören, der auf eine Litanei zu antworten schien, die nur er allein hörte: lauschend saß Thomas da – aber er lauschte nicht auf das, was die Besucher ihm erzählten –, er lauschte dem Klagegesang eines verborgenen Chores, der in den Kulissen dieser Welt versteckt eine Litanei herunterbetete, auf die es nur eine Antwort gab, Thomas' Antwort: »Wenn es nur Gerechtigkeit auf dieser Welt gäbe.«

Der Mann, der, immer am Fenster stehend, in den Garten blickte, hatte sich eines Tages – so mager war er geworden – durch das Gitter zwängen und in den Garten stürzen können: sein blechernes Lachen war über ihm selbst zusammengestürzt. Aber die Majestät lebte noch, und Heemke hatte nie versäumt, auf ihn zuzugehen und ihm lächelnd zuzuflüstern: »Majestät.« »Diese Typen werden steinalt«, sagte der Wärter zu ihm, »den schmeißt so leicht nichts um.«

Aber sieben Jahre später lebte die Majestät nicht mehr, und auch Thomas war tot: sie waren ermordet worden, und der Chor, der in den Kulissen der Welt versteckt seine Litanei herunterbetete, dieser Chor wartete vergebens auf die Antwort, die nur Thomas ihm geben konnte.

Heemke betrat die Straße, in der die Schule lag, und erschrak, als er die vielen Prüflinge sah: mit Müttern, mit Vätern standen sie herum, und sie alle umgab jene unechte, aufgeregte Heiterkeit, die vor Prüfungen wie eine Krankheit über die Menschen fällt: verzweifelte Heiterkeit lag wie Schminke auf den Gesichtern der Mütter, verzweifelte Gleichgültigkeit auf denen der Väter.

Ihm aber fiel ein Junge auf, der allein abseits auf der Schwelle eines zerstörten Hauses saß. Heemke blieb stehen und spürte, daß Schrecken in ihm hochstieg wie Feuchtigkeit in einem Schwamm: Vorsicht, dachte er, wenn ich nicht achtgebe, werde ich eines Tages dort sitzen, wo Onkel Thomas saß, und vielleicht werde ich denselben Spruch sagen. Das Kind, das auf der Türschwelle saß, glich ihm selbst, wie er sich dreißig Jahre jünger in Erinnerung hatte, so sehr, daß es ihm schien, als fielen die dreißig Jahre von ihm ab wie Staub, den man von einer Statue herunterpustet.

Lärm, Lachen – die Sonne schien auf feuchte Dächer, von denen der Schnee weggeschmolzen war, und nur in den Schatten der Ruinen hatte sich der Schnee gehalten.

Der Onkel hatte ihn damals viel zu früh hierhergebracht; sie waren mit der Straßenbahn über die Brücke gefahren, hatten kein Wort miteinander gesprochen, und während er auf die schwarzen Strümpfe des Jungen blickte, dachte er: Schüchternheit ist eine Krankheit, die man heilen sollte, wie man Keuchhusten heilt. Die Schüchternheit des Onkels damals, seine eigene dazu, hatte ihm die Luft abgeschnürt. Stumm, mit dem roten Schal um den Hals, die Kaffeeflasche in der rechten Rocktasche, so hatte der Onkel in der leeren Straße neben ihm gestanden, hatte plötzlich etwas von »Arbeit gehen« gemurmelt und war weggegangen, und er hatte sich auf eine Türschwelle gesetzt: Gemüsekarren rollten übers Pflaster, ein Bäckerjunge kam mit dem Brötchenkorb vorbei, und ein Mädchen ging mit einer Milchkanne von Haus zu Haus und hinterließ auf jeder Schwelle eine kleine bläuliche Milchspur – sehr vornehm waren ihm die Häuser vorgekommen, in denen keiner zu wohnen schien, und jetzt noch konnte er an den Ruinen die gelbe Farbe sehen, die ihm damals so vornehm vorgekommen war.

»Guten Morgen, Herr Direktor«, sagte jemand, der an ihm vorbeiging; er nickte flüchtig, und er wußte, daß der Kollege drinnen sagen würde: »Der Alte spinnt wieder.«

»Ich habe drei Möglichkeiten«, dachte er, »ich kann in das Kind fallen, das dort auf der Türschwelle sitzt, ich kann der Mann mit dem blassen gedunsenen Gesicht bleiben, und ich kann Onkel Thomas werden.« Die am wenigsten verlockende Möglichkeit war die, er selbst zu bleiben: die schwere Last, das aufgesetzte Gesicht zu tragen – nicht sehr verlockend war auch die, das Kind zu sein: Bücher, die er liebte, die er haßte, am Küchentisch verschlungen, gefressen hatte er sie, und es blieb jede Woche der Kampf ums Papier, um Kladden, die er mit Notizen, mit Berechnungen, mit Aufsatzproben füllte; jede Woche dreißig Pfennig, um die er kämpfen mußte, bis es dem Lehrer einfiel, aus uralten Schulheften, die im Keller der Schule lagen, ihn die leeren Seiten herausreißen zu lassen; aber er riß auch die heraus, die nur einseitig beschrieben waren, und nähte sie sich zu Hause mit schwarzem Zwirn zu dicken Heften zusammen – und jetzt schickte er jedes Jahr Blumen für das Grab des Lehrers ins Dorf.

»Niemand«, dachte er, »hat je erfahren, was es mich gekostet hat, kein Mensch, außer Alfred vielleicht, aber Alfred hatte nur ein sehr dummes Wort dazu gesagt, das Wort: Ressentiment. Es ist sinnlos, darüber zu sprechen, es irgend jemand zu erklären – am wenigsten würde die es verstehen, die mit ihrem schönen Gesicht immer neben mir im Bett liegt.«

Noch zögerte er für ein paar Augenblicke, in denen die Vergangenheit über ihm lag: am verlockendsten war es, den Part von Onkel Thomas zu übernehmen, nur immer die eine, einzige Antwort auf die Litanei herunterzubeten, die der Chor in den Kulissen absang.

Nein, nicht wieder dieses Kind sein, es ist zu schwer: Welcher Junge trägt in der heutigen Zeit noch schwarze Strümpfe? Die mittlere Lösung war es, der Mann mit dem blassen gedunsenen Gesicht zu bleiben, und er hatte immer nur die mittleren Lösungen vorgezogen. Er ging auf den Jungen zu, und als sein Schatten über das Kind fiel, blickte es auf und sah ihn ängstlich an. »Wie heißt du?« fragte Heemke.

Der Junge stand hastig auf, und aus seinem geröteten Gesicht kam die Antwort: »Wierzok.«

»Buchstabiere es mir, bitte«, sagte Heemke und zückte sein Notizbuch, und das Kind buchstabierte langsam »W-i-e-r-z-o-k.«

»Und wo kommst du her?«

»Aus Wollersheim«, sagte das Kind.

Gott sei Dank, dachte Heemke, ist er nicht aus meinem Heimatdorf und trägt nicht meinen Namen – ist nicht eins der Kinder von meinen vielen Vettern.

»Und wo wirst du hier in der Stadt wohnen?«

»Bei meiner Tante«, sagte Wierzok.

»Schön«, sagte Heemke, »es wird schon gut gehen mit der Prüfung. Du hast gute Zeugnisse und eine gute Beurteilung von deinem Lehrer, nicht wahr?«

»Ja, ich hatte immer gute Zeugnisse.«

»Mach dir keine Angst«, sagte Heemke, »es wird schon klappen, du wirst ...« Er stockte, weil das, was Alfred Emotion und Ressentiment genannt hätte, ihm die Kehle zuschnürte. »Erkälte dich nicht auf den kalten Steinen«, sagte er leise, wandte sich plötzlich ab und betrat die Schule durch die Hausmeisterwohnung, weil er Uli und Ulis Mutter ausweichen wollte. Hinter dem Vorhang des Flurfensters verborgen, blickte er noch einmal auf die Kinder und ihre Eltern, die draußen warteten, und wie jedes Jahr an diesem Tag befiel ihn Schwermut: In den Gesichtern dieser Zehnjährigen glaubte er eine niederdrückende Zukunft zu lesen. Sie drängten sich vor dem Schultor wie die Herde vor dem Stall: zwei oder drei von diesen siebzig Kindern würden mehr als mittelmäßig sein, und alle anderen würden nur den Hintergrund abgeben. Alfreds Zynismus ist tief in mich eingedrungen, dachte er, und er blickte hilfesuchend zu dem kleinen Wierzok hin, der sich doch wieder gesetzt hatte und mit gesenktem Kopf zu brüten schien.

Ich habe mir damals eine schlimme Erkältung geholt, dachte Heemke. Dieses Kind wird bestehen, und wenn ich, wenn ich – wenn ich, was?

Ressentiment und Emotion, mein lieber Alfred, das sind nicht die Worte, die ausdrücken, was mich erfüllt.

Er ging ins Lehrerzimmer und begrüßte die Kollegen, die auf ihn gewartet hatten, und er sagte zum Hausmeister, der ihm den Mantel abnahm: »Lassen Sie die Kinder jetzt herein.«

An den Gesichtern der Kollegen konnte er ablesen, wie merkwürdig er sich benommen hatte. »Vielleicht«, dachte er, »habe ich eine halbe Stunde dort draußen auf der Straße gestanden und den kleinen Wierzok betrachtet«, und er blickte ängstlich auf die Uhr; aber es war erst vier Minuten nach acht.

»Meine Herren«, sagte er laut, »bedenken Sie, daß für manche dieser Kinder die Prüfung, der sie unterzogen werden, schwerwiegender und folgenreicher ist, als für einige von ihnen in fünfzehn Jahren das Doktorexamen sein wird.« Sie warteten auf mehr, und die, die ihn kannten, warteten auf das Wort, das er bei jeder Gelegenheit so gern sagte, auf das Wort »Gerechtigkeit«. Aber er sagte nichts mehr, wandte sich nur mit leiserer Stimme an einen der Kollegen und fragte: »Wie heißt das Aufsatzthema für die Prüflinge?«

»Ein merkwürdiges Erlebnis.«

Heemke blieb allein im Lehrerzimmer zurück.

Seine Sorge damals, daß die Küchenbank in zwei Jahren zu kurz für ihn sein würde, war überflüssig gewesen, denn er hatte die Aufnahmeprüfung nicht bestanden, obwohl das Aufsatzthema »Ein merkwürdiges Erlebnis« hieß. Bis zu dem Augenblick, wo sie in die Schule eingelassen wurden, hatte er sich an seiner Zuversicht festgehalten, aber die Zuversicht war, als er die Schule betrat, dahingeschmolzen gewesen.

Als er den Aufsatz niederschreiben wollte, versuchte er vergebens, sich an Onkel Thomas festzuhalten. Thomas war plötzlich sehr nahe, zu nahe, als daß er über ihn einen Aufsatz hätte schreiben können; er schrieb die Überschrift hin: »Ein merkwürdiges Erlebnis«, darunter schrieb er: »Wenn es nur Gerächtigkeit auf der Welt gäbe« – und er schrieb in Gerechtigkeit statt des zweiten e ein ä, weil er sich dumpf daran erinnerte, daß alle Worte einen Stamm haben, und es schien ihm, als sei der Stamm von Gerechtigkeit Rache.

Mehr als zehn Jahre hatte er gebraucht, um, wenn er an Gerechtigkeit dachte, nicht an Rache zu denken.

Das schlimmste von diesen zehn Jahren war das Jahr nach der nichtbestandenen Prüfung gewesen: die, von denen man wegging in ein Leben hinein, das nur scheinbar ein besseres war, konnten ebenso hart sein wie die, die nichts ahnten und nichts wußten und denen ein Telefongespräch des Vaters ersparte, was sie selbst Monate des Schmerzes und der Anstrengung gekostet hätte; ein Lächeln der Mutter, ein Händedruck, sonntags nach der Messe gewechselt, und ein schnell hingeworfenes Wort: das war die Gerechtigkeit der Welt – und das andere, das er immer gewollt, aber nie erreicht hatte, war das, nach dem Onkel Thomas so heftig verlangt hatte. Der Wunsch, das zu erreichen, hatte ihm den Spitznamen »Daniel, der Gerechte« eingebracht. Er erschrak, als die Tür aufging und der Hausmeister Ulis Mutter einließ.

»Marie«, sagte er, »was – warum …«

»Daniel«, sagte sie, »ich…«, aber er unterbrach sie und sagte: »Ich habe keine Zeit, nicht eine Sekunde – nein«, sagte er heftig, und er verließ sein Zimmer und stieg zum ersten Stock hinauf: hier oben hin drang der Lärm der wartenden Mütter nur gedämpft. Er trat an das Fenster, das zum Hof hin lag, steckte seine Zigarette in den Mund, vergaß aber, sie anzuzünden. Dreißig Jahre habe ich gebraucht, um über alles hinwegzukommen und um eine Vorstellung von dem zu erlangen, was ich will. Ich habe die Rache aus meiner Gerechtigkeit entfernt; ich verdiene mein Geld, ich setze mein hartes Gesicht auf, und die meisten glauben, daß ich damit an meinem Ziel sei: aber ich bin noch nicht am Ziel; jetzt erst starte ich – aber das harte Gesicht kann ich jetzt absetzen und wegtun, wie man einen Hut wegtut, der ausgedient hat; ich werde ein anderes Gesicht haben, vielleicht mein eigenes ...

Er würde Wierzok dieses Jahr ersparen; kein Kind wollte er dem ausgesetzt wissen, dem er ausgesetzt gewesen war, kein Kind, am wenigsten aber dieses – dem er begegnet war wie sich selbst–.

Reinhard Baumgart
Sieben rote Fahnen

Rensch, sein Name war Rensch. Er wohnte zum Hinterhof hinaus, im sechsten Stock luftig hinter drei Fenstern und rostigem Kleinbalkon, er mit Frau und drei oder vier Kindern, alle ununterscheidbar blaß. Und eines Abends, als er müde und ohne Laune von der Arbeit kam und fand die Wohnungstür verschlossen und niemand riegelte von innen auf, mußte er gleich etwas vermutet haben, fühlte sich aber zu schmächtig oder scheute die Kosten, jedenfalls lief er zwölf Treppen hinunter in den Hof und stieg lieber über Regenrinne, Gesimse und fremde Kleinbalkons bis vor seine Fenster, und in der Wohnung roch es tatsächlich nach städtischem Gas und seine Frau war am Küchentisch über ihren blassen Armen schon eingeschlafen. Sie hatte oft solche Zustände.

Der Mann also hieß Rensch und über Nacht wurde sein Name berühmt. Für die Zeitung stieg er am nächsten Morgen noch einmal über Regenrinne und Kleinbalkons die Fassade hoch. Jetzt schien er auf den Geschmack gekommen. Die freiwillige Feuerwehr bewarb sich um ihn, ebenso die Technische Nothilfe, doch er versagte sich, liebte offenbar nur das Klettern ohne Zwecke. Auf Ausflügen des sozialistischen Turnvereins bestieg er nach Genuß von genügend Freibier die aussichtsreichsten Eichen und sang von dort oben die Internationale gegen den Nachtwind und das Gelächter von unten.

Zweimal wurde er nur auf Verdacht hin verhaftet, zwei keß über Fassaden durchgeführte Einbrüche sollten ihm zugeschoben werden, und es gelang ihm kaum, sich zu verteidigen, seine Frau wollte ihm ein Alibi nicht geben, und er selbst sagte im wesentlichen nur immer wieder: Ich bin Sozialist – als ob ihn gerade das hätte entlasten können. Doch man erinnerte sich: er hatte auch der Frau eines Alt-Bürgermeisters den entflogenen Kanarienvogel vom Dach des städtischen Wasserturms geholt, das schien für ihn zu sprechen, und so wurde er nach jeweils zwei Tagen Haft wieder zurück in die Freiheit, in den sechsten Stock und an eine Drehbank bei Lohmann Co. entlassen.

Der Mann hieß Rensch, auch mein Onkel kannte ihn einigermaßen. In einem windigen, sonnigen Frühjahr, im Grünen Baum von Saarawenze hatte Rensch sich mit Bier neben meinen Onkel Louis ans Klavier gesetzt. Rensch konnte nicht nur klettern, sondern auch in vierhändigen Stücken den Baß leidlich und takttreu durchhalten. Die beiden fanden sich über Strauß, Künneke und Lincke, spielten aber kurz vor Polizeistunde, nur für sich im leeren Lokal sogar Liszt frei aus dem Gedächtnis. Es war Vatertag, und später verloren sie den Rückweg unter den Füßen. Mein Onkel schlief auf dem Waldboden ein, trotz Wind geschützt unter Kiefern, während Rensch noch reihenweise die Bäume ringsum bestieg und von oben auf die ärmlichen Lichter von Saarawenze sang. Natürlich die Internationale.

Rensch, wer sonst als Rensch, mußte meinem Onkel einfallen, als er an einem späteren Morgen das Fenster im überheizten Büro öffnete und über zwei Schornsteinen von Lohmann Co. den Nebel reißen sah. Das war Herbst fünfunddreißig, ein schöner summender Herbst, durch dessen stille stehende Luft Tag und Nacht die Kastanien fielen. Nur die Drachen brachte das Wetter zur Verzweiflung, sie wollten nicht steigen. Baut lieber Flugzeuge, Jungens, sagte der Zeichenlehrer Turniczek, mit Frontantrieb, wir werden eine fliegende Nation. Im Rinnstein häuften sich die zäh geplatzten, dornigen Häute der Kastanien. Überlegt mal, fragte der Deutsch-, Turn- und Zeichenlehrer Turniczek, ob nicht auch aus Kastanien was Nützliches für das Volk gemacht werden kann, wie aus Stanniol, Altpapier, Knochen? Sorgt, rief er, für den Winter vor, denkt an das deutsche Wild!

Also, im Herbst, durchsichtig zogen sich in diesem September, Oktober die Straßen durchs Mittagslicht, und aus dem Asphalt stieg schon gegen elf Wärme hoch in den Schatten der Kastanien. Doch morgens qualmte der Nebel nur langsam auf von der Erde. Nebel sah also auch mein Onkel Louis, als er sich aus überheiztem Büro über das Fensterbrett lehnte, die Sonne schwamm blind, als Qualle im Dunst. Der Onkel mochte die Sonne gern, schnupperte zu ihr hinauf in den milchigen Himmel und sah schon glücklich unter ihr Schwaden reißen, doch nicht, um die Sonne freizugeben, sondern für einen Augenblick nur zwei Schornsteinenden, und über einem hing sie, schlapp wehend, in dünnem Rauch, eine Fahne, rot und nicht geschwärzt wie der Backstein der Schlote, offenbar nichts als rot, ohne weiteren Inhalt, kein Schwarz auf Weiß, kein Kreis und nicht die übliche Rune. Rensch, wer sonst als er, mußte ihm dabei einfallen. Er schloß das Fenster, wartete nicht einmal ab, daß die Nebelschichten sich wieder schließen würden, und machte sich am Schreibtisch unter drei Haufen gestößelter Papiere zu tun. Trillerpfeifen, später genagelte Schuhe längs durch den Korridor und unten über den Hof störten ihn nicht. Erst gegen neun trat der Obmann auch bei ihm ein, schon ohne Zorn, und rieb sich nur noch den Schweiß aus dem Nacken. Dem Onkel gelang es tatsächlich, zu staunen. Er fragte wie ahnungslos und erschrak pünktlich über die Antwort. Es sah so aus, als würde er zum erstenmal an diesem Morgen erschrecken, zum erstenmal auch das Fenster öffnen, um neben dem schwitzenden Obmann erst in einen Auflauf blauer Kittel unten im Werkhof, dann hinauf zum Ende des mittleren der drei Schornsteine zu blicken, betroffen. Die Fahne hatte jetzt Wind gefangen und sich entfaltet.

Kennen Sie Rensch? fragte der Obmann.

Kaum, sagte mein Onkel, so gut wie überhaupt nicht.

Der Obmann hustete in sein Schweißtuch, ließ aber den Onkel nicht aus den Augen.

Das ist der mit den Kletterkunststücken? fragte mein Onkel höflich.

Eben, sagte der Obmann und wies auf den Hof.

Denn Rensch, ausgerechnet Rensch, kam unten durch blaue Kittel und Schirmmützen, löste sich aus ihrem Auflauf, schwankte im Schiffergang auf den Weg zwischen zwei Werkhallen zu und verschwand hinter Wellblechwänden, kaum ernst zu nehmen mit dem Vogelkopf zwischen hängenden Schultern, und neben dem schwer atmenden Obmann zum Fenster hinausgelehnt sah der Onkel dann bläulich den Rensch die Eisenbügel am Schornstein nach oben steigen, langsam, vorsichtig, wie ein Käfer.

Freiwillig, sagte der Obmann.

Ach, sagte der Onkel, gerade der Rensch. Das freut mich.

Sie wissen doch, fragte der Obmann, wo der früher dabei war?

Selbstredend, sagte der Onkel. Wie gesagt: das freut mich.

Jetzt war der Aufsteigende, längst nicht mehr blau, nur noch schwarz und zerbrechlich, Strichmännchen, oben frei gegen den bläßlichen Himmel zu sehen. Mit einer einzigen Handbewegung schlug er das widerspenstig aufwehende Tuch zusammen. Die Leute im Hof sahen zwischen stummen Rauchwolken nach oben.

Jawohl, sagte der Obmann und beobachtete unter blonden Wimpern den Onkel, sozusagen ein Sinnbild, was meinen Sie?

Der Onkel meinte nichts anderes.

Aber das wissen Sie doch, sagte der Obmann, daß der Rensch schon vor einem halben Jahr bei uns eintreten wollte. Damals haben wir ihm zu verstehen gegeben: wir schätzen solche Eile nicht.

Der Onkel lachte. Andererseits, sagte er –

Andererseits, wollte er sagen, sprach manches doch für eine solche Eile, etwa die Straßen endlich leer von Arbeitslosen, einige verhaftet, die meisten aber mit Arbeit versorgt. Andererseits Fackelzüge und dreimal eingeschlagene Scheiben vor dem roten Stammlokal, das dritte Mal kam der Wirt nicht mehr dazu, sie neu zu verglasen, er hatte auf offener Straße, vor dem zerbrochenen Glas den unschuldigen Staat verflucht. Aber die Autobahn sollte schon kommenden Herbst von Norden die Stadt erreichen. Zeichen genug, und Rensch, der sie offenbar lesen konnte, hatte am Feierabend im Sonntagsanzug das Büro der Ortsgruppe betreten, vorsichtig, und vermochte weder die Blicke des dort aufgehängten Reichskanzlers zu erwidern noch die des Ortsgruppenleiters. Die Schultern von Rensch, ohnehin abfallend, fielen während des kurzen Wortwechsels immer mutloser weg unter dem Sonntagsanzug. Er erkundigte sich zunächst nach nichts weiter als nach den Mitgliedsbeiträgen, ob die wöchentlich, monatlich oder im Vierteljahr zu entrichten wären. So schnell ließ der Ortsgruppenleiter sich aber nicht reinlegen. Er nannte das Geld eine Nebensache und sprach über die Gesinnung als Hauptsache. In einer Volksgemeinschaft, sagte er, zählen nur Taten. Denn der neue Staat läßt sich nicht mehr bestechen, außer durch Gehorsam. Und er entließ den Bittsteller, über dessen geschrumpftes Gesicht Falten wanderten wie Grimassen, mit einem Händedruck und auf ein halbes Jahr Bewährungsfrist, so daß dem Rensch nichts weiter übrigblieb, als seine Mütze in beiden Händen um und um zu wenden: er sah in ihr blaues Inneres, als wäre dort schwimmend etwas ganz Unglaubwürdiges zu entdecken, als läse er Zukunft aus dem speckigen Mützenrand, wobei er noch etwas sagen zu wollen schien und sagte doch nichts mehr, so daß sein stummer Rückweg zur Tür wie Flucht und nach schlechtem Gewissen aussah.

Da sehen Sie mal, soll der Ortsgruppenleiter sich geäußert haben, so ist das: kommen mit deutschem Gruß und gehen schon wieder hinterhältig. Dabei habe ich ihm sogar die Hand gegeben.

Rensch, derselbe, war heil den Schornstein herabgekommen, hatte sich aus dem Strichmännchen zurückverwandelt in einen Käfer, schließlich wieder die blaue Farbe seiner Jacke angenommen und kam breitbeinig und hager, wie gegen leichten Wellengang, zwischen Wellblech zurück auf den Hof. Von oben aus, neben dem Onkel am Fenster, winkte der Obmann ihm zu, der unten vor stumm paffenden Kollegen das Fahnentuch sorgfältig zusammenlegte.

Ich komm noch mal fragen, sagte der Obmann und ging, kam aber weder vormittags noch nachmittags wieder. Der Onkel fragte nicht nach.

Schöner summender Herbst, wie gesagt, so daß auch in die Nächte noch etwas von der stehengebliebenen Wärme der Tage zog und selbst mein Onkel Louis unter geöffnetem Fenster schlief, der sonst zu viel frische Luft, vor allem Zugluft scheute. Aber nicht Zugluft weckte ihn diese Nacht, sondern Besuch auf dem Fensterbrett. Jemand, der mit abfallenden Schultern ein Stück herbstlichen Himmels verdeckte, den er einen Augenblick noch zu betrachten schien, dann, nachdem die Beine umständlich von außen nach innen über das Fensterbrett gezogen waren, seine gleich unkenntliche Vorderansicht bot, aus der es leise auf den schon im Schlaf beunruhigten Onkel einsprach, bis dessen Oberkörper endlich jäh aus dem Daunenbett aufstand.

Ich, Rensch! flüsterte dieser Schattenriß auf die erste Frage. Mensch, ich, der Rudi, sagte er ungeduldig und heiser, denn der Onkel fragte ins Dunkel wie in eine Welt, an die er sich beim besten Willen nicht mehr erinnern konnte. Das Licht der Nachttischlampe zeigte den Besuch schon deutlicher, das Gesicht beschattet von wehleidigen Falten. Er schien immer noch zu überlegen, ob er sich lieber nach vorn ins Zimmer oder hintenüber zurück in die Nacht fallen lassen sollte. Ohne allen Aufwand von Worten, nur blickend aus schmerzlich verdunkelten Augen spielte er an auf lauter gewesene Gemeinsamkeiten zwischen dem Onkel Louis und ihm, auf vierhändiges Spiel am Klavier, einen ganz bestimmten Ausflug zum Vatertag und anschließend Bier, Gesang und Schlaf auf und unter den Kiefern vor Saarawenze.

Na und? sagte der Onkel und nannte vorwurfsvoll die Uhrzeit: halb drei. Ich muß schon bitten, Rensch, sagte er und richtet sich noch steiler, noch empörter auf im Daunenbett. Komm du meinetwegen morgen zu mir ins Büro.

Rensch aber schwieg. Ließ den Kopf hängen. Als ob ein Mensch einfach auf fremdem Fensterbrett einschlafen könnte! Mein Onkel ließ ihn nicht aus den Augen.

Pohl! sagte der Gast dann unbeweglich: Also wollen Sie mich doch verpfeifen? Ist doch eine menschliche Frage. Darauf will man schließlich vorbereitet sein.

Was heißt, sagte der Onkel, leidest wohl doch unter Mondschein. Dachte ich mir schon damals in Saarawenze. Haha.

Der Scherz verfing nicht. Rensch schüttelte nur wie betrübt den schattigen Kopf, hielt ihn dann wieder gesenkt, betet aber nicht, sondern sagte: Ich frage ja bloß, ob Sie mich verpfeifen wollen. Ist doch menschlich.

Peinlich. Der Onkel verstand so gut wie nichts, beugte sich aber doch nach den Pantoffeln auf dem Bettvorleger, hangelte den Morgenmantel von einer Stuhllehne. Und Rensch, der sich eingeladen sah, kam vom Fensterbrett herabgeglitten, fast erschrocken über den weichen Teppich unter den Sohlen, prüfte, vom einen aufs andere tretend, beide Beine und setzte sich dann ohne weitere Umstände an den mit Wachstuch überzogenen Tisch.

Heut mittag, sagte er, hat die Polente bloß meine Fingerabdrücke auf der Fahne gefunden. Mit drei Lupen, nichts als die. Er schien mit einemmal ganz heiter.

Logisch, sagte mein Onkel.

Nur immer meine zehn, sagte Rensch und legte sie anschaulich, alle zehn kurz und ledrig, nebeneinander auf das Wachstuch. Als er zum Waschtisch hinübersah, erkannte er sich dort mit allen zehn Fingern im ovalen Spiegel. Der Onkel, hinter Renschs tragischen Schultern, fragte versuchsweise noch einmal, warum er um diese Zeit und durchs Fenster besucht werde. Mir war schön mulmig, sagte Rensch, als ich Sie oben mit dem Obmann sah und haben sich zugeblinzelt. Oder etwa nicht? Gott sei Dank hab ich miese Augen.

Zwischen Schuhen im Kleiderschrank suchte der Onkel nach Branntwein. Das konnte sich noch hinziehen, nach seinen Erfahrungen. Erstens, so wollte er sagen, ich bin ein unpolitischer Mensch, ich will – Was denn, nicht etwa nur seine Ruhe, sowas Billiges nun wieder nicht, also was dann? Aber er sagte nichts, stellte nur Rensch ein Glas vor die zehn kurzen Finger und nahm selbst wegen des Abwaschs eine gebrauchte Tasse.

Dann fiel ihm etwas ein: Warum nur deine Fingerabdrücke?

Na? fragte er nach. Aber Rensch, das Gesicht noch immer zum Waschtisch und in den Spiegel gekehrt, sagte nur: Seien Sie ein Mensch.

Der Onkel schüttete nicht wenig Weinbrand vorbei am Rand der Tasse, kehrte mit einem Waschlappen zu Rensch zurück. Ich weiß nicht, wovon du überhaupt redest, sagte er.

Ich hab vier Kinder, sagte Rensch.

Er machte alles falsch, denn mein Onkel mochte nicht immer für die ihm kaum nützlichen Kinder fremder Leute einstehen, womöglich noch beschämt, weil er selbst keine in die Welt gesetzt hatte – nicht daß er wüßte. Hier, sagte er angewidert, und Rensch bedankte sich für das aufgefüllte Glas. Es kostete ihn drei Schlucke.

Sie könnten, Herr Pohl, denen doch stecken, daß wir schon letzte Nacht hier einen genommen haben. Das wärs.

Wie denn, sagte mein Onkel, Lüge unter Eid, wofür denn das?

Na dann verpfeifen Sie mich eben.

Ganz logisch. Rensch hielt einen Zeigefinger neben die Nase. Er dachte nach und bekam das zweite Glas.

Ich verstehe nicht, sagte der Onkel, ich verstehe nicht, erst die vier Kinder und dann Meineid von fremden Leuten.

Fremd! sagte Rensch und trank höhnisch das zweite Glas auf den Grund. Jetzt zieht alles schiefe Gesichter, wenn ich bloß Nabend sage. Ihr machts euch bequem.

Aber bitte, sagte der Onkel, nur weil wir ein einziges Mal vierhändig – Ach Sie! – was sollte man da erwarten, Schwamm drüber. Aber die Genossen, wo doch die Solidarität früher ihr Schlager war.

Wer bitte?

Genossen. Die von damals.

Also schließlich, nichts für ungut, eure Fahne ist das aber doch gewesen, und jetzt holst du die seelenruhig vom Schornstein. Mich hat es gefreut, aufrichtig, aber deine Kollegen, vielleicht hängen die noch ein bißchen, mußt du bedenken, und sind gekränkt. Naja, so sind Menschen, Prost.

Aber Rensch, auch nach einem dritten Glas noch immer höhnisch: So? sagte er. Aber als ich das Ding auf den Schlot hissen wollte, fanden sie es auch schon meschugge. Für mich rührt die Partei keinen Finger.

Wie denn, fragte der Onkel, Partei? Rauf und runter hast du sie, rauf auch?

Wer denn sonst? rief Rensch, aber der Onkel winkte ihn mit dem Waschlappen zur Ruhe.

Wer denn sonst? zischte Rensch durch vorgehaltene Hände. Ich bin rauf, für die Partei, und die bedeuten mir: mein Name ist Hase. So daß ich also zu Ihnen komme, vielleicht daß Sie sagen: Jawohl, er war gestern nacht hier. Schließlich, auf Ihr Wort werden die doch was geben.

Mein Onkel stellte sich sprachlos hinter drei heftigen Schlucken. Genau besehen: der Mann hieß Rensch und war als Clown auf die Welt geraten, der richtete doch Schaden nur an aus Versehen, einer mit den Augen in der Luft, hörte auf inwendige Stimmen und stieg vielleicht von den Stimmen befohlen singend auf Kiefern und Schornsteine hoch, auch mit der roten Fahne, kletterte einfach gern, warum nicht.

Was soll ich sagen, sagte der Onkel, eine Dummheit, möchte ich sagen. Und deine Leute – ich meine: sind nicht mehr behilflich?

Die verkaufen mich doch für blöd, sagte Rensch, das vierte Glas in beiden Händen. Das paßt ihnen, war auch immer so. Sie müssen wissen, Pohl, schon früher, wenn ich nämlich ein wichtiges Buch auf der Versammlung empfohlen habe, damit die lernen, wie man was rausholt aus dem Klassenkampf, ich steh also auf für mich allein, melde mich nach der Satzung zu Wort, und dann fehlt mir im Moment nur eben der Titel im Kopf, da hieß es also: Schon gut, komm setz dich, wer spendiert ihm was, also die Resolution lautet – diese Tour. Und ich hab Beiträge gezahlt, seit neunzehn, monatlich.

Mein lieber Rensch, sagte der Onkel und maß vorsichtig kreuz und quer seinen Teppich aus mit Schritten: Die Dummheit ist geschehen, fassen wir das ins Auge. Am besten du gehst aufs Revier, sofort, ohne Besinnung, und stellst dich. Ganz einfach. Du hast sie raufgebracht, hast sie wieder runtergeholt, sozusagen ein Sinnbild und vor aller Augen.

Ich frage ja nur, sagte Rensch, ob Sie nicht sagen möchten, ich wäre gestern nacht bei Ihnen gesessen. Das wärs. Eine Geste.

Ich, fuhr ausschreitend der Onkel fort, ich, müßtest du sagen, habe es selbst wieder gutgemacht, mit diesen Händen – und steckte seine eigenen nach Rensch aus –: Unter Lebensgefahr. Mut überzeugt diese Leute. Das wäre Mut.

Aber Rensch tobte, bediente sich eigenhändig mit Weinbrand und tobte los: Erlauben Sie mal, zischte er mit Bläschen in beiden Mundwinkeln, mit mir nicht! Rauf und runter, das könnte Ihnen so passen, damit sich endgültig alle kaputtlachen über mich, wo die doch überhaupt nur auf meine Blamage warten und mich schon rübergeschickt haben auf die Ortsgruppe, damit ich mich einschreiben lasse in den Verein und mich sind sie los. Das nennen die Taktik. Mit mir nicht! Ich kann auch auf eigene Rechnung, hab schließlich noch was in petto.

Der Onkel sah die Finger des Redenden rings um das Weinbrandglas zittern.

Eine einzige Fahne, sagte er gutmütig, was soll das?

Na also, sagte Rensch, jetzt reden Sie doch wie ein Mensch. Eine einzige, das ist eben so gut wie keine. Aber –

Aber was?

Er hatte noch eine rote Fahne.

Wollen Sie sehen, ja? Und bemühte sich schon, sie unter dem blauen Hemd herauszuwürgen.

Nicht möglich, sagte der Onkel, sie haben sie dir wieder mitgegeben?

Sechs Stück hab ich noch zu Hause in der Matratze, sagte Rensch. Die lachen sich doch kaputt, die Genossen, wenn ich schon wieder –

Allerdings, rief der Onkel Louis, mit Recht!

Aber wenn ich dann immer wieder und noch sieben Stück hochbringe, jede Nacht eine, die ganze Woche lang. Stell dir vor.

Da saß der Kerl mit betrunkenem, leuchtendem Kopf schon wieder schräg auf dem Fensterbrett, schräg, weil bemüht, die Beine vor sich hoch zu bekommen und hinauszuschwenken in die Nacht. Der Onkel stand redend vor ihm, hütete sich aber, ihn anzurühren. Es hätte dem Rensch schon jetzt etwas zustoßen können, denn in der Eile schien er nicht mehr umständlich an Regenrinne und Spalier hinunter zu wollen, er bereitete sich mit plötzlich hoch, bis fast an die Ohren gezogenen Schultern auf einen Absprung vor. Der Onkel trat schnell zurück, rief aus dem Hintergrund aber noch mehrmals leise und faltete zerstreut vergeblich die Hände.

Er hatte alles getan. Er konnte das Fenster schließen.

Trotzdem fiel ihm, als er das Zimmer überblickte, noch etwas Nützliches ein. Er kurbelte das Grammophon auf, hob eine Platte aus bunt bestickter Tasche und ließ einen Csárdás in die Nadel laufen. Mit der Musik im Raum fühlte er sich weniger allein, das machte ihm neuen Mut. Sorgfältig trank er Renschs stehengelassenes Glas leer, wischte es dann mit dem linken Handrücken quer über den Tisch, fing es mit der Rechten knapp unter der Tischkante auf und warf es mitten ins Piano der Musik gegen die Wand. Ihn störte nicht einmal, daß die Splitter über sein Bettlaken rieselten. Ein Stuhl fiel ihm dann langsam, absichtlich aus der Hand hart neben den Teppich, er drehte noch einmal das Grammophon hoch und betrat jetzt, von einer Polka begleitet, den Korridor, wählte die Milchglastür zur Rechten und ließ zweimal den Lokus rauschen. Er hatte sich nicht umsonst bemüht. Vorgebeugt auf dem dunklen Korridor hörte er endlich die Bettstelle der Frau Kubitschke in allen Stahlfedern rasseln, und ihre Stimme stieg weinerlich und entsetzt über die letzten Takte der Polka. Sie hatte nach ihm gerufen. Mein Onkel dienerte in die Dunkelheit voraus, räusperte sich und legte höflich vor der Tür Frau Kubitschkes ein Geständnis ab. Ein Besuch, sagte er, wollen Sie bitte verzeihen. Ich habe einen Freund bei mir, ein heftiger Mensch. Ich werde jetzt einschreiten. Eine gute Nacht wünsche ich. Vorsichtig betrat er sein Zimmer, ließ das Grammophon verstummen und verstummte selbst, über seine Hände und die letzte Tasse mit Weinbrand gebeugt. Er war zufrieden. Wenigstens für diese Nacht hatte er Rensch ein Alibi besorgt.

Wenn er aber abstürzt, wenn ihm der Weinbrand die Füße von den Eisenbügeln zieht, denn dort oben wird es vermutlich kalt sein, dann findet er sich mit einem vagen, aufgedunsenen Kopf nicht mehr zurecht, wenn er also daneben tritt – mein Glück und alles in allem seins auch, verglichen mit dem, was ihm sonst blüht. So ein Glück, bringt ihn sogar zu Ehren unter den Genossen, ist ihm zu wünschen, wenn auch vier Gören – aber das konnte er sich auch selbst und vorher überlegen. Für wen ist denn dieses Heldentum überhaupt da, nur für die doch, denen es Eindruck macht. Verrückt, möchte man sagen, nur Verrückte handeln so eindeutig gegen ihren Vorteil. Wie der verrückte Kerl in den Kiefern schaukelte damals, mit Blick auf das nächtliche, kaum erleuchtete Saarawenze, und sang die Internationale, die war damals noch nicht verboten, aber dort oben und außerdem besoffen, war jedes Lied gleich gefährlich. Gefahr mag er wohl. Soll er doch mögen. Ich jedenfalls wünsche Glück, von ganzem Herzen, Glück.

Während vor geschlossenem Fenster still die Kastanien in die Hecken fielen und die Sirenen der Feuerwehr sich bis zum Morgengrauen nicht vernehmen ließen.

Rensch, ja ich erinnere mich, Rensch war sein Name. Seine Frau war blaß, ebenso drei oder vier Kinder. Und sie neigte zu Zuständen und erhielt im Frühjahr ein Telegramm, danach war ihr Mann an Lungenentzündung gestorben, aber schon vor dem Telegramm vorsorglich beerdigt worden. Der Ort hieß Dachau, bei München, und die Bestattungskosten beliefen sich auf hundertundfünfzig pauschal. Mein Onkel Louis, gutmütig, spendierte die gute Hälfte unter der Hand und verbat sich auch jeden Dank.

Franz Fühmann
Mein letzter Flug

Als ich ein Kind war, konnte ich fliegen. Ich hatte es nie gelernt, ich konnte es, soweit mein Erinnern reicht, und davor, das weiß ich genau, war ich eine Schwalbe gewesen: Ich weiß es, weil ich, wiewohl mein Fliegenkönnen noch immer durch die sich stützend auf das Treppengeländer gepreßte und dessen Rundung umklammernde Rechte an die Regeln des niederziehenden Raumes gebunden schien, doch stets das vollkommen sichere Gefühl gehabt habe, nur wollen zu müssen, um frei wie eine der Schwalben, die unter dem Torbug nisteten, in die golddurchwallte Violettluft des Treppenhauses aufzufahren und durch die kleine Fensterluke oben rechts zu enteilen, wenn ich, aus der Schule heimgekehrt, mich mittags von der fünften Stufe von unten abstieß.

Fliegen war ebenso herrlich, wie es mühelos war, und es war lange Zeit nicht zu verstehen, daß die Erwachsenen es nicht aus eigener Kraft vermochten, sondern dazu tote Apparate mit metallenen Flügeln und Schrauben oder gar kilometerlange zigarrenhafte Gebilde brauchen mußten, sogar, wie man ungläubig hörte, auch die Erwachsenen aus dem Reich. Und dabei war es wirklich ganz einfach: Mit der rechten Hand das Geländer im Treppenhaus zwischen dem ersten und zweiten Stock (denn dort gelang wegen der Glastürenschummrigkeit das Fliegen am besten) umfaßt und von der fünften Stufe von unten, die zum Unterschied von der vierten oder gar der lächerlichen dritten, wie aber auch von der viel zu hoch gelegenen lebensgefährdenden sechsten allein ins Innere der Traumreiche trug, sich herzhaft abstoßend, kühn mit gestrecktem Rücken in die friedsam ruhende Luft aufgefahren und lange Stunden so auf ihrem Zenit verharrt, Stunden um Stunden, während drunten Farnsteppen sich zogen oder Indianerprärien mit Wigwams und Marterpfählen und rasend stampfenden Büffelherden oder walnußgrüne, von kreischenden Affen und Papageien durchtanzte Wälder oder das milchige Eis der schwimmenden Gletscher, darüber weiße Bären mit blutigem Maul trotteten, oder auch Ninive, das immer voll Rauch und gärendem Fleisch war und das ich, beim Klang seines Namens stets von einem heimlichen Grauen gepackt, über alles liebte. Wenn Ninive unter mir auftauchte, erschien auch sofort der schlangenhäutige Fluß Nil, den der schreckliche Vogel Rock überkreiste (wir sind ganz nahe aneinander vorbeigeflogen, und er hat mich nie ergriffen und hat auch nicht einmal nach mir zu schnappen versucht), und hinter dem Nil habe ich auch manchmal Kanaan, das Gelobte Land Abrahams, mit seinen höckerschlenkernden Kamelen und schwereutrigen Kühen, die seltsam übereinandergehäuft um die klaffenden Zisternen gelagert waren, erblickt, allein das *Reich*, das Reich gleich hinter den drei geschwungenen Bergen, das Reich, von dem wie alle Einwohner unseres Grenzdorfes mein Vater und manchmal sogar meine fromme Mutter mit Prophetenmiene sprachen, das geheimnisvolle, phantastische Reich, das ich begehrte wie ein neues, noch nie geschautes Spielzeug, das einmal kommen und mich überwältigen würde: das *Reich* habe ich nie zu schauen vermocht. Einmal wohl sah ich ein blaues mit Skeletten übersätes Tal, in dem unter Glockengedröhn ein einäugiger, von Raben umflatterter, sich schwer auf seinen Speer stützender Hüne wandelte; einmal auch eine goldene Heide, durch die eine gepanzerte Rotte von schwarzen Königen ritt, aber beides konnte ja wohl nicht das Reich gewesen sein, das in seiner Herrlichkeit einfach unvorstellbar sein mußte. Schließlich dachte ich, daß ich noch nicht würdig sei, das Reich zu schauen, und wartete fieberhaft, von Flug zu Flug, daß ich es sähe, jedoch sooft ich auch flog – und ich flog jeden Tag –, ich sah es nicht.

Was sollte nun geschehen, da mir, als ich eines Mittags aus der Schule kam, das Dienstmädchen unter der Haustür atemlos zurief, ich möge mich sofort im Herrenzimmer einfinden, Onkel Eduard und Tante Marlies aus dem Reich seien zu Besuch gekommen! Erst vernahm ich die Botschaft wie einen der Aprilscherze, auf die ich Argloser immer hereinzufallen pflegte, und lachte in blöder Abwehr; dann erinnerte ich mich, Vater manchmal von seinem Bruder Eduard aus dem Reich und – und da war seine Stimme recht abfällig geworden – von dessen Frau Marlies sprechen gehört zu haben; dann jubelten plötzlich, es war unbegreiflich, meine Nieren, und ich flog, ein Blitz, die Treppe hinauf.

Ich hatte beide noch nie gesehen, Tante Marlies nicht noch Onkel Eduard. Ich hatte, zehn Jahre alt, überhaupt noch keinen Menschen aus dem Reich gesehen, noch nicht einmal, ich sagte es wohl schon, in meinen Flugträumen. Den Führer des Reiches wagte ich mir gar nicht erst vorzustellen: Er mußte nahe an Gott stehen oder Gott gleichkommen, und Gott war in seinem Glanze unerschaubarer denn die Sonne, und man solle, so hatte es mich meine fromme Mutter stets gelehrt, sich von seinem Gott kein Bild zu machen versuchen, und so hatte ich es denn auch beim Führer nicht versucht. Von den Männern des Reiches dachte ich gern, daß sie Riesen seien oder doch wenigstens Recken, deren Gewaltigkeit sich nach innen gewendet und ihrer Seele einen dermaßen leuchtenden Panzer gegeben hatte, daß sich noch von außen ein unbegreifliches Glänzen zeigen mußte, ein überwältigend aufflammender Adel noch an den Kuppen der Finger oder zumindest ein Stahlschimmer im harten Blick – dies die Männer, aber wie die Frauen? Sie mir als Riesinnen vorzustellen, wäre mir irgendwie widerwärtig erschienen; etwas Reckenhaftes vermochte ich mit ihrem wattigen Wesen nicht in Übereinstimmung zu bringen, und sie mir als gewöhnliche Frauenspersonen wie unser Dienstmädchen oder die lispelnde Sprechstundenhilfe oder etwa auch meine fromme Mutter zu denken, kam mir lästerhaft vor. Wie also waren sie? Am Garderobenhaken hing neben einem abzeichenübersäten Gamsbarthut ein dünner, blaßblauer Regenmantel, kein Stoff mehr, nur Hauch. Es roch nach Edelweiß und Rosen. Es roch nach allen Wundern der Erde. Ich rannte den Flur hinab und stieß die Tür zum Herrenzimmer auf.

Manchmal erfährt man in Augenblicken. Wenn man die Tür zu unserem Herrenzimmer aufstieß, fiel der Blick zuerst auf die Person, die ganz links unter dem breiten, nach Süden gewölbten und also fast vom Morgen bis zum Abend die Sonne ins Zimmer zerrenden Fenster am Klubtisch saß – und das war also Onkel Eduard! Es war ein gedunsenes, stramm überscheiteltes Gesicht auf einem großkarierten braungelben Anzug, an dessen linkem Revers eine rotweiße, von zwei geknickten Schlangen zerteilte runde Plakette prangte. Die kurze Stirn war zur Hälfte von einer schütteren, tief abwärts gekämmten Haartolle bedeckt; die Brauen waren dünn, die Augen glasig. Dazu wuchs aus den Nasenlöchern zur Oberlippe hinunter ein geflockter, beinahe würfelförmiger Bartstrang, den Onkel Eduard, als ich ihn erblickte, gerade mit den obersten Zeigefingergliedern der Rechten nachdenklich strich, und da er seinen Bart strich, hob er die Augen andachtsvoll nach oben. Seine Wangen waren kalkig, seine Lippen fast weiß, seine Ohren standen sehr schräg vom Kopf ab, sein Hals über den steil abfallenden Schultern war unmäßig gedrungen. Ein Mann aus dem Reich! Ich weiß nicht, was mir geschehen wäre, hätte die vorwärts eilende Tür nicht einen Lidschlag später den Blick auf Tante Marlies freigegeben.

Tante Marlies trug ein Kostüm, das schöner war als alle, die ich je hatte schauen dürfen. Es war zur Gänze aus einem tiefblauen Stoff geschnitten, der beinah so aussah wie das unberührbare heilige Uniformtuch der Kämpfer, die in der magischen Ferne meiner Flugträume, in Indiana oder Ninive oder Kanaan, fielen. Das Kostüm saß straff; seine Linien waren kantig; seine Ärmel stoben wie Landsknechtsmonturen von den Schultern; der Kragen war ganz schmal, seine Ausläufer waren dolchhaft spitz, und die Linie der funkelnd nach innen gewölbten Goldknöpfe lief halb über den Hang der rechten Brust. Als ich Tante Marlies so erblickte, war ich dermaßen fest davon überzeugt, daß sie, was doch bei einer Frau, es sei denn einer Bäuerin, unvorstellbar war, Stiefel trage, so daß ich später vom Krankenbett aus ihre Halbschuhe und seidenen Strümpfe nicht wahrhaben wollte. Aber dies alles war unendlich viel später. Als ich sie sah, sah ich nur ihre Büste und ihr Gesicht.

Ihre Büste war blau und prall, und darüber wuchs strotzend unter einem vollen und kurzsträhnigen Dunkelblond ihr Gesicht. Die feste, wachsschimmernde Stirn drängte ungestüm unters Haar und war über dem linken Augenwinkel von einer kleinen Narbe verschönt; die seltsam weit zu den Schläfengründen auseinandergerückten blassen Brauen schienen sich anzuschicken, ein Flimmern zu zeigen; die Nase war fleischig; die gebräunten Wangen waren, obwohl gespannt, ohne jenes apfelrote Höckerchen auf den Backen fast aller Frauen unseres Dorfes. Nein, Tante Marlies' Wangen waren nicht bäurisch. Nichts an ihr war bäurisch. Ihre Lippen waren hart und weich zugleich wie frühe Pfirsiche; ihr Rot schien zu beben, auf ihrem Fleisch lag ein Flaum. Die offen liegenden Zähne waren ohne alles Gold und von dünnem, regenbogenspiegelndem Speichel überzogen. Ihr Kinn war kräftig, ihr Hals lang und glatt, und da sie den Kopf um ein winziges nach mir drehte, plötzlich von einem starken Muskelstrang überschrägt, der an Kinn und rechter Wange vorbei zu dem kleinen, ins Haarnest gebetteten Ohr lief. Sie lachte hell, und es klang wie Silber, als ich, von der schwingenden Tür fast vorwärts gesogen, eintrat, und von ihrem Lachen wie ein ertappter heimlicher Missetäter bestürzt, hinter Onkel Eduard stehnblieb und ihr von dort gradweg ins Gesicht sah. Sie lachte; sie spaltete lachend den Mund und zeigte die oberen Zähne fast bis zur Wurzel, ja, ich konnte sogar ihre Zunge sehen. Ihre Zunge war rotes, ruhendes Fleisch, das träg in seinem Verlies wie ein Lindwurm lagerte. »Na«, sagte sie, »da kommt ja unser junger Held!« Da sie das gesagt hatte, lachte sie nicht mehr; sie lächelte, und ich sah es atemlos. In diesem Augenblick flog ich über alle Prärien meiner Träume, genauer: Ich flog nicht über sie hin, ich durchstreifte sie, die Stürme der Büffel und der Sioux mit Handkantenschlägen niederstreckend, so, wie ich, den Nil oder das Eismeer überquerend, Krokodile wie Bären erdrosselte oder mich durch allen Rauch und alle Leopardenrudel und Mördergarden Ninives hindurch ins Gelobte Land Kanaan schlug. Doch was war Kanaan? Ein Nichts gegen ein Lächeln. Kanaan? Mein Gott: *Das Reich!*

In diesem Augenblick wußte ich so genau wie nie mehr später, was das Reich war: Es war von Wesen bewohnt, für die man in den Tod gehen und für die man fallen und die man mit letztem brechendem Blick lächeln sehen würde, lächeln mit rotem und weißem Mund über der schwarzen Todeswunde, und das würde süß sein. In diesem Augenblick war ich bereit, für das Reich und seinen Führer zu sterben. Zwar war ich immer bereit gewesen, für das Reich und seinen Führer zu sterben, allein erst in diesem Augenblick war ich wahrhaft dazu bereit.

»Da, junger Held!« sagte Tante Marlies und stellte mit einem Ruck, der ihre Büste erschütterte, ein holzgerahmtes Bildnis auf den Tisch. »Da schau einmal, was ich dir mitgebracht habe!« Ich flog zu ihr. »Da, das gehört dir, junger Held«, sagte Tante Marlies. Ich schrak zurück. Auf dem Tisch stand ein Foto Onkel Eduards.

Ich war zu Tode getroffen. Es war das Foto Onkel Eduards, das auf dem Tisch stand, nur trug der Onkel auf dem Bild ein Hemd ohne Jackett und darüber einen seltsam diagonal verlaufenden einriemigen Hosenträger, daran ein breiter Bauchgürtel und daran wieder eine gestiefelte Reithose hing, in der er wie in einem Sack stak. Ich fühlte mich verhöhnt wie noch nie in meinem Zehnjahresleben. Eine Weile stand ich, ohne ein Wort zu sagen, dann stammelte ich und schrie wohl auch irgend etwas ganz Unerlaubtes, denn ich weiß genau, daß Onkel Eduard plötzlich aufsprang und gleich nach ihm auch mein Vater und daß beide auf mich einbrüllten und daß ihr Brüllen kreischte und daß einer mich dann auch schlug. Doch das weiß ich nicht mehr genau, ich weiß es eigentlich auch gar nicht mehr ungenau, ich reime es mir jetzt so zusammen. Von der Handlung meiner Mutter in diesem Moment weiß ich gar nichts. Was ich aber wieder ganz genau weiß, daß dieser Mann auf dem Foto der widerlichste Mensch war, den ich je in meinem Leben gesehen hatte, widerlich, dumm, gemein, hohlwangig, tiefäugig und tückisch, und ich begriff die Überreichung der Fotografie als eine Probe, die mich vor eine Entscheidungswahl gestellt, welche ich, wie man damals so sagte, schlagartig und damit auch unwiderruflich zu vollziehen hatte. Ich sprang auf und schleuderte, abermals etwas Empörtes und Empörendes schreiend, das widerliche Foto vom Tisch und schnellte, von dieser Berührung aufs äußerste angeekelt, sofort wieder zurück. Ich hörte Glas splittern und Holzstäbchen krachen. In diesem Augenblick geschah viel. In diesem Augenblick geschah vieles. Mein Vater erstarrte mitten im Wüten zu keuchendem Stein. Meine Mutter begann hilflos zu schluchzen. Onkel Eduard schnappte nach Luft; er stand, den Kopf erhoben und seinen lächerlichen Bartstrunk blähend, wie einer, der auffahren will und dem es doch nie gelingen wird, sich in die Lüfte zu schwingen, dann senkte er das Kinn und schnatterte, mit gestrecktem Finger wie mit einem Pistolenlauf auf mich zeigend, einen rasend anschwellenden Brei von weichen Konsonanten, der mich ebenso wie das jählings einsetzende Truthahnkollern meines Vaters sicherlich tödlich treffen sollte, allein die beiden Wütigen hackten ihre Reden nun dermaßen ineinander, daß die Worte zerspellten und lautlos zu Boden fielen. Die Unhörbarkeit ihres Gebrülls war alptraumhaft. Mutter schluchzte und schluckte. Die Männer zerschmetterten die Luft. Und Tante Marlies? Sie lächelte fort. In diesem Augenblick wußte ich, daß ich ihr mein tiefstes Geheimnis anvertrauen mußte, das Geheimnis, von dem ich noch keinem Erwachsenen, selbst meinen Eltern nicht, etwas verraten hatte. »Du, ich kann fliegen!«, so wollte ich rufen. Doch da ich es rufen wollte, erstickte meine Stimme. Tante Marlies saß nicht mehr am Tisch, sie war fortgehext. Solches konnte nur einer getan haben: Onkel Eduard!

Manchmal erfährt man in Augenblicken, manchmal auch schneller. Es bedurfte keines Augenblicks, und Tante Marlies, die sich hinter den Tisch gebückt hatte, erschien und hielt mir, der ich mich gerade auf Onkel Eduard hatte stürzen wollen, das fortgeschleuderte Foto vor die Augen. Ich begriff sofort: Das Foto, das sie mir, nun eine in Traumblau gekleidete Reckin, eine Walküre überirdischen Zornes, anklagend entgegenhielt, war ein Foto des Führers und nicht, welche ungeheuerliche Lästerung, ein Foto von Onkel Eduard! Kein Zweifel war möglich: Es war *der Führer des Reiches;* ich hatte sein Bild ja schon einmal in der Wohnung des Herrn Apothekers und manchmal auch in der Zeitung gesehen! Es war der Führer des Reiches mit seinem wuchtigen Scheitel, diesem trotzigen, sich keinem Kamm je fügenden Haar, der Führer des Reiches mit dem herrischen Schnurrbart, dem heldischen Kinn, dem stählernen Blick, dem markigen Mund, dem noch die Uniform durchstrahlenden Leuchten seiner von der Vorsehung selbst gefirmten Seele, der Führer mit dem schlichten Kampfhemd, dem wahrhaften Überschwung und der schnittigen Reithose unter dem glänzenden schwarzen Koppel: Es war der Führer des Reiches, und sein Bildnis war das unerhörte, von allen Kindern unsres Dorfes inbrünstig begehrte Geschenk, das Tante Marlies über die Grenze geschmuggelt und mir überreicht und das ich Verblendeter zurückgestoßen hatte – ich, dem eine Frau aus dem Reich, eine Frau wie Tante Marlies hold gewesen war, die so unsagbar schöne Tante Marlies aus dem Reich, die mir nun, auf daß ich Frevler zu Stein erstarre, das Bildnis des Führers entgegenreckte. In diesem Augenblick wußte ich, daß ich ein ungeheuerliches Verbrechen begangen hatte und daß es nur eine einzige Rettung mehr für mich gab. In dem Augenblick, da ich dies begriff, konnte ich auch wieder sprechen. »Ich kann fliegen, hört ihr, ich kann fliegen!« schrie ich den Erwachsenen zu, die mir plötzlich allesamt verhaßt waren. »Ich kann fliegen, und nun flieg ich ins Reich!« schrie ich den Erwachsenen zu, doch unbegreiflicherweise rannte ich nicht, wie ich es eigentlich vorgehabt hatte, zum Fenster; ich rannte zur Flurtür und stürmte das Treppenhaus hinauf und schwang mich in die Luft.

Manchmal erfährt man in Augenblicken, doch das heißt nicht, daß man auch in Augenblicken lernt. Ich hatte kaum meine Botschaft zu Ende geschrien, da schlug die Stille, in die das Gebrüll der Erwachsenen jäh hinabgeglitten war, schon wieder in Gelächter um. Gelächter und tappende Schritte; ich hörte einen schallenden Vierklang: einmal ein dumpfes, schepperndes Kollern, das mir furchtbar bekannt war, dann ein biederes, röhrendes Dröhnen, in dem ich Onkel Eduard zu erkennen glaubte, und zugleich mit dem Kollern und Dröhnen und einem silberhellen kräftigen Lachen ein tiefes, ganz leise seufzendes Schweigen und dann einen Aufschrei: Jesus Christus, und ich hörte es und fuhr so jählings auf wie noch nie zuvor. Ich war diesmal von der siebenten Stufe gestartet und hatte den Rücken strammer als ein Lineal gestreckt, und als dann die Goldluft zu rauschen begonnen, hatte ich die stützende Hand vom Geländer genommen, das heißt, sie war mir eigentlich von einer unbegreiflichen Macht fortgeschleudert worden, und ich hatte, endlich befreit von der Haft des Raumes, mit peitschenden Armstößen die Luft durchrudert, da war im oberen rechten Eck, genau dort, wo die Luke war, in die ich immer, und heute wie noch nie, in die Freiheit der sausenden Winde hatte einkehren wollen, der Kopf des Mannes, der der Führer war, aufgetaucht. Ich hatte ihn bisher nie richtig angesehen; ich hatte, getreu dem Gesetz, das meine strenge Mutter mich gelehrt, mich immer gefürchtet, mir ein Bild von meinem Gotte zu machen, und ich hatte sein Bild wohl schon das eine oder andere Mal erblickt und doch niemals gewagt, ihm richtig ins Gesicht zu schauen; nun aber, da er mir den Weg versperrte, sah ich ihn an und erkannte sofort, daß er furchtbar war. Seine Stirne war ganz niedrig, die Gedanken dahinter mußten sich aneinander blutig stoßen, und seine Augen waren auch blutgeädert; seine Wangen wackelten; sein Mund schmatzte kauend. Ich flog auf ihn zu. Ich sah erst jetzt, daß er eigentlich uralt war, uralt, tränend, käuend und böse. Sein Rachen schnappte; es sog mich hinein. Ich wußte, daß ich jetzt seinen Namen sagen mußte, den Spuk zu bannen, allein ich wußte seinen hunderttausendmillionenmal gehörten Namen nicht mehr; ich wußte nur plötzlich, daß ich dem, der der Führer war, niemals aus der Nähe ins Gesicht hätte schauen dürfen und daß dieser Frevel den meines Handkantenschlages noch überwog. Der Rachen klaffte auf; spitze Zähne waren bereit, mich zu packen. »Nein«, schrie ich, und da wußte ich, daß ich den dritten, den furchtbarsten Frevel begangen hatte und damit endgültig schuldig geworden war. Da ich dies wußte, wußte ich auch, daß ich nun abstürzen mußte.

Ich stürzte ab; die Luft kreischte; sie wurde blau. Der Sturz währte länger als mein bisheriges Leben, und während dieses Sturzes sah ich noch einmal alle Reiche, die ich je in meinen Flügen geschaut, und ich sehnte mich zu ihnen hin: holdes Indiana, stille Insel im Eismeer, rauchendes Ninive, gütiger Nil! Nach Kanaan, dachte ich noch und sah plötzlich das Angesicht meiner Mutter. Ich sah nichts als ihr Angesicht und hörte nichts als ihr Schweigen. Nach Kanaan! dachte ich noch, dann war nichts mehr als der dumpfe Schmerz eines schrecklichen Wissens.

In der Mitte meiner Nacht wachte ich auf. Meine Mutter war an mein Bett getreten. Ich war wach und fühlte nur einen leichten Druck im Kopf. Für einen Augenblick wußte ich nicht mehr, was geschehen war.

Meine Mutter beugte sich über mich und küßte mich auf die Stirne, und in diesem Augenblick des Erwachens sah ich, daß meine Mutter schön war, viel schöner als Tante Marlies. Sie hatte ihre Hand auf meine Schulter gelegt, und ihr Arm war weich und weiß. Ihre Achselhöhle war voll blonder blumiger Schwärze. Sie trug ein blaßblaues Hemd, das ihr wie einer Heiligen von den Schultern bis zu den Knöcheln fiel. Ihre Knöchel waren ganz klein. Ihre Wangen waren hochgewölbt und von einem wundersam samtroten Hügelchen noch überhöht; ihr dichtes kupfernes Haar war von einer Korallenspange gespalten. Ihre Zähne glänzten und spiegelten im verhängten Zimmer Berge und Wolken.

»Ich danke dir«, sagte meine Mutter, »ich danke dir!« Ich verstand sie nicht, doch ich begann plötzlich etwas Ungeheueres zu begreifen, etwas derart Ungeheueres, daß mein Kopf entsetzlich zu schmerzen begann. »Ich danke dir«, so hörte ich meine Mutter sagen, indes das Ungeheuere mein Hirn zu erfüllen begann; »ich danke dir, mein Kind«, so sprach sie schnell, schlackernd, ein wenig mit der Zunge anstoßend, unsagbar schön, duftend, großäugig, sich über mich wie eine Wolke beugend, »ich danke dir, du hast mich erlöst! Ich bin immer in meinem Herzen gegen diesen Irreführer gewesen, wiewohl mich mein Verstand manchmal in Versuchung gebracht hat, ihm recht zu geben! Jetzt aber weiß ich aus deinem unschuldigen Munde: Er ist der Antichrist, er ist der Urböse! Ja, deine herrlichen Worte und deine herrliche Tat haben mir den rechten Weg gewiesen: Der Engel des Herrn selbst, der hochheilige Cherub, hat dir die Hand geführt, ich habe ihn ja neben dir stehen sehen, diamantenstrahlend wie am Thron des Herrn! Nun liegt mein Weg leuchtend vor meiner Seele wie der Weg Abrahams ins Gelobte Land! Gepriesen, gepriesen, gepriesen sei der Herr!« Und damit sank sie vor mir auf die Knie.

In diesem Augenblick erfaßte ich das Ungeheure, dessen Schwinge mich kurz vorher erst gestreift. So, wie ich in meinem letzten Flug mein ganzes Leben durchflogen hatte, so durchflog ich nun, im Bette liegend und ins Angesicht meiner verzückten, hoffnungsseligen Mutter schauend, Augenblick um Augenblick die letzten Stunden, und ich begriff, daß mir eine magische Macht gegeben war: Ich konnte über die Erwachsenen siegen! Ja mehr noch: Ich konnte sie verwandeln, verzaubern, verhexen: meinen gesetzten, würdevollen Vater in einen kollernden Truthahn; den trägen Onkel Eduard in einen zappelnden Clown und meine fromme, strenge Mutter, die mich ebensooft in der Kirchenbank wie in der Zimmerecke hatte knien heißen, in ein demütiges Wesen, das mir vor Füßen lag – es war ungeheuerlich! Freilich begriff ich zugleich, und ich begriff es, wie man damals sagte, schlagartig, daß ich nun nie mehr würde fliegen können und daß mein letzter Flug auch mein letzter Flug gewesen war. Ich wollte ob dieses Tausches der Mächtigkeiten schon trauern, da fühlte ich, daß ich noch lange nicht die Grenzen meiner magischen Macht erkannt haben konnte.

Ich fühlte es, als meine Mutter meine Hände umfaßte und ich zugleich das nunmehr splitterlose Foto erblickte, das Tante Marlies mir geschenkt und das sie mir während meiner Ohnmacht – und da hatte ich ja auch in einem halbwachen Augenblick bemerkt, daß sie keine Stiefel, sondern Seidenstrümpfe trug – auf den Nachttisch gestellt haben mußte. Meine Mutter drückte meine Hände. »Stoß es weg«, so flüsterte sie.

Sie hatte recht: Das war das Urböse! Ich hob die Hand, das Foto dieses Menschen, der mir in diesem Augenblick noch widerwärtiger war als während meines letzten Fluges, vom Tisch zu schmettern, da erfaßte ich das Ungeheure ganz. Ich hob die Hand und ergriff erschauernd, als hielte ich eine Kröte oder einen Götzen, das Führerbild. Ich wußte nun ganz um meine magische Macht: Es lag in meiner, eines Kindes, Hand, Erwachsenen, die doch gottähnliche Wesen waren, Glück oder Leid widerfahren zu lassen, ihnen die Pforte des Himmels wie die der Hölle zu öffnen, sie auf die Eisinseln zu entführen oder ins Gelobte Land. In diesem Augenblick waren die immer unerträglicher gewordenen Kopfschmerzen verflogen, in diesem Augenblick spürte ich meinen Körper nicht mehr, in diesem Augenblick erfuhr ich mein frühes Pfingsten. Nichts Leibliches existierte; es war eine vollkommene Epiphanie des Geistes; ich hatte vom Baum der Erkenntnis gegessen und wußte nun plötzlich, schlagartig, um Böse und Gut. Vor mir lag meine Mutter, meine fromme, schöne, strenge, geliebte, duftende, großäugige Mutter, die sich an mich schmiegte und hoffnungsfroh zu mir aufsah und die ich nun, ich, Kind, ich Kind allein, in ihr Glück tragen konnte. »Ja, du hast recht«, sagte ich, und ich sagte es ganz langsam, während eine Glückseligkeit ohnegleichen ihr Gesicht erhellte und ihre Wangen glühen machte; »ja, du hast recht«, sagte ich und strich mit der Linken über ihr kupferhelles Haar, das aus ihrem ganzen Körper aufzusteigen schien; »ja, du hast recht«, sagte ich und spürte ihre Wangen an meinen Füßen, und ein noch nie gekanntes Gefühl der Erfüllung durchzitterte mich, da ich mich nun mit Tante Marlies, der göttlichen, schwarzgestiefelten Tante Marlies, über die Grenze der drei Bergkuppen hinweg ins Reich fliegen sah, wo der Führer regierte. »Ja, du hast recht«, so sagte ich und hob das Führerbild wie eine Monstranz und sah meiner Mutter, die mich plötzlich wie eine Wahnsinnige anstarrte, fest ins Auge. »Ja, du hast recht«, sagte ich, »man muß alle vernichten, die unseren herrlichen Führer nicht lieben wollen!«

Thomas Valentin
Plattfüße in der Kristallnacht

»Siegfried«, sagte er. »Siegfried statt Sally. Das Meyer ist geblieben!«
»Und du bist noch nie dabei aufgefallen?«
»Nein. Der Verein hält dicht. Und ich spiele ja nur auf fremden Plätzen. Wo mich keiner kennt.«
»Bald werden sie dich kennen! Du bist zu gut.«
Er drosch den Ball volley gegen die Hauswand, stoppte ihn in der Luft, hob ihn mit dem Innenrist über den Kopf, Absatzkick, und das Leder lag auf der Kappe seines Schußstiefels, ruhig, sicher, gehorsam.
»Das 2 : 1 war ein Bilderbuchtor!« sagte er. »Halbhohe Flanke von rechts in die Gasse, Körpertäuschung und trocken aus dem Fußgelenk unter die Latte. Hätten auch zwei Keeper nicht gefischt.«

Er hörte den Radau wie ich, spürte die beiden Alten hinter den geschlossenen Fensterläden, sah das Feuer hinter dem Turm von Sankt Peter, roch den beizenden Rauch und sagte:

»Nur meine Plattfüße machen ihnen Sorgen! ›Plattfüße wie ein Nebbich‹, hat neulich einer, ein Zuschauer, gebrüllt, als ich eine lange Ecke hereinhob.«

»Und du?«

»Es gibt auch arische Plattfüße, hab' ich gesagt. Und den Ball so angeschnitten, daß er direkt im Winkel zappelte. Los, geh in den Kasten!«

Ich stellte die zwei Blechbüchsen wieder auf, Sally maß sechzehn Meter ab, legte sich den Ball zurecht und trat aus dem Stand. Ich hörte nur eine Blechbüchse klirren.

»Innenkante!« sagte er. »Konntest du nicht halten.«

Der Radau wälzte sich um die Straßenecke, die Fackeln kamen am Nachmittag noch nicht richtig zur Geltung, die Uniformen schoben sich dicht zusammen.

Ich holte den Ball aus der Hecke, stellte die Blechbüchse an ihren Platz und ging federnd in die Hocke.

»Er rasiert den Rasen«, sagte Sally. »Linke Ecke!«

Ich hechtete, aber der Ball zischte unter mir durch.

Sie blieben am Gartenzaun stehen. Die Fackelträger voran. Einige zogen ihre Mützen ins Gesicht. Der Führer zwirbelte einen Schlagring.

Ich schob den Ball weich zurück, Sally nahm ihn mit der Sohle an, hob ihn vom rechten auf den linken Spann, bolzte eine Kerze und schmetterte ihn glashart mit der Stirn durch meine Arme.

»Du mußt den Winkel verkürzen!« sagte Sally.

Ich kroch unter die Hecke, warf diesmal ab, er nahm den Ball mit dem Knie, hob ihn auf den Kopf, ließ ihn abtropfen, drehte sich um die eigene Achse, erwischte ihn in halber Höhe und setzte mir einen Rückzieher zwischen die Beine.

Einer sprang über den Zaun auf die Bleiche, holte den Ball aus der Hecke und wischte mich beiseite.

»Sechzehn Meter!« sagte er. »Drei Stück. Zwei halte ich!«

Sally maß sorgfältig noch einmal die sechzehn Meter ab, nahm Maß und plazierte den Aufsetzer hüfthoch am Tormann vorbei. Der schnallte das Koppel ab und schob die Mütze ins Genick.

»Noch zwei!« sagte er.

Er zeigte eine wundervolle Parade, riß sich das Braunhemd am linken Ärmel auf, aber er hatte den Ball.

Es wurde dunkler, und die Fackeln warfen irre Schatten auf die Hauswand.

Der Ball fegte an der rechten Büchse vorbei, Innenkante, sie sirrte, blieb aber stehn. Einige klatschten. Kurz.

Der Tormann hakte das Bajonett ab und knurrte:

»Noch drei!«

In diesem Augenblick brach ein Gejaule aus der Zuschauer-Kulisse, der Führer brüllte: »SA-Mann Cullay, an-tre-ten!« Der Tormann schnallte sein Koppel wieder um, stülpte die Mütze auf, sprang über den Jägerzaun und stellte sich in Reih und Glied.

»Bis Sonntag, Siegfried!« sagte er noch kurz, über die Schulter.

Sie setzten sich in Marsch, die Fackeln voran. »Wenn das Judenblut vom Messer spritzt!« brüllte der Führer, sie fingen an zu singen, verdrossen und maulfaul, und schwenkten ab zur Synagoge.

»Er hat am Sonntag zwei Elfer gehalten!« sagte Sally und trocknete sich langsam das Gesicht ab. »Zwei Elfer!«

Ich nahm den Ball unter den Arm, stellte die beiden Büchsen ins Kellerfenster und ging neben ihm her ins Haus, einen Stock höher. Es wurde Nacht.

Arno Schmidt
Zu ähnlich

»Och, Geschichten weiß der Herr Rat: Der könnt' die Vögel von'n Bäumen locken!«, und sah mich dazu, sehr von unten her, aus glitzernden Altersaugen an. »Ja, ja, gewiß, Hagemann«, sagte ich diplomatisch, »ob sie aber auch alle wahr sind?«

Er warf sofort die Arme (mit den immer noch mächtigen Fäusten daran) in die Luft. »Wieso denn nich?!« nieselte er empört. »Was hier im Lauf der Jahre alles passiert iss! – Und dann die viel'n Ins-trumente: Ogottogott, wenn ich nich so'n festen Kopf hätte ...« Er entfernte sich, ungläubig murmelnd; und ich begab mich unbefriedigt wieder zur Terrasse zurück, wo man mich schon erwartete.

Vermessungsrat a. D. Stürenburg erklärte eben dem Hauptmann, daß man auch als Laie durchaus noch bessere Karten einer Gegend als die allgemein für das Nonplusultra angesehenen »Meßtischblätter« erwerben könne. »Jedes Katasteramt verkauft Ihnen anstandslos für – 6 Mark sind's, glaub' ich, zur Zeit – die sogenannten ›Plankarten‹, im Maßstab 1 : 5000, die ebenfalls die gesamte Topographie enthalten. Da haben Sie dann genau jedes einzelne Gebäudlein eingezeichnet: Wohnhäuser von Schuppen durch die

Schraffierung unterschieden, Straßennamen. Alles sehr zu empfehlen.« Er nickte fachmännisch und kerbte mit einem silbernen Spezialmesserchen seine Zigarre vorne ein. »Natürlich gibt es auch noch großmaßstäblichere Pläne, in Verbindung mit dem ›Grundbuch‹; sie werden, falls Zeit dazu sein sollte, laufend ergänzt. Ich kenne das.« Er wiegte den mächtigen Kopf und stöhnte vor Erinnerungen.

Vom See her wogte träge ein Wind- – na ja »stoß« konnte man's eben nicht nennen, dazu war das Luftmeer heut zu guter Laune: es spülte flüssigkeitshaft lau über unsre Hände und entblößte Unterarme. »Ideal für die Ernte«, bemerkte Apotheker Dettmer wichtig; und Frau Dr. Waring bestätigte gutsherrschaftlich (obwohl auch sie den Teufel etwas davon verstand); Emmeline dehnte verstohlen die badelustigen Beine (eins davon zu mir her?), und während sie noch schlau an mir vorübersah, hob Stürenberg bereits an:

»Sie wissen ja, daß ich vor 25 Jahren, im ›Dritten Reich‹, vorzeitig pensioniert wurde – ich komme darauf, weil es mit den eben erwähnten großmaßstäblichen Grundstückskarten zusammenhängt. Ich hatte damals einige Katasterämter westlich der Ems unter mir und war eben im Auto auf dem Wege nach Meppen, als ich doch nahe einer stattlich im hübschen Grüngrundstück liegenden Villa ein paar Landmesser bei der Arbeit sehe: Einer hat das Stativ aufgebaut; zwei Gehilfen stehen malerisch auf rotweiße Latten gelehnt – wie das ja jeder kennt. Dabei war doch, meines Wissens, im Augenblick hier gar nichts … Ich lasse jedenfalls Hagemann halten, steige aus, und gebe mich dem Mann am Fernrohr zu erkennen. Der sieht überhaupt nicht hoch, sagt nur scharf: ›Fahr'n Sie weiter!‹ Nun wurde mir dieses zu dick. Ich war ja schließlich sein übernächsthöherer Vorgesetzter! Außerdem hätte es jegliches alte ehrliche Geodätenherz empört, wie das Fernrohr des Kerls irgendwohin mitten in die Villa zeigte. Auf meine diesbezügliche Beanstandung hin sagte er drohender: ›Gehen Sie sofort Ihres Weges!‹; hob auch den Kopf –: ich hatte das Gesicht noch nie gesehen, wo ich doch meine sämtlichen Beamten in- und auswendig kannte! Jetzt wurde mir die Sache verdächtig; zumindest lag ja ›Anmaßung von Dienstbefugnissen‹ vor. Ich forderte ihn also auf, in meinen Wagen zu steigen und mir zur nächsten Polizeidienststelle zu folgen. Sein ohnedies brutales Gesicht verstellte sich noch mehr. Er machte sich klein zum Angriff und pfiff seine Komplizen herbei. Die packten mich und hätten mich in mein Auto gestopft, wenn nicht Hagemann eingegriffen hätte. Er warf, strategisch völlig richtig, zuerst den Rädelsführer kopfüber in den ungewöhnlich tiefen Straßengraben – Moorboden, Sie wissen ja. Dann kam er mir zu Hilfe. Die beiden Verbleibenden bildeten sich, glücklich für uns, ein, sie müßten ihre

Latten auf Hagemanns Kopf zerschlagen – und von dem Augenblick an war unser Sieg entschieden. Durch all ihr Faustschlagen, Stoßen und Zähnefletschen hindurch drang Hagemanns Haupt, Schild und Angriffswaffe zugleich, unwiderstehlich vor; schon verlor der eine stückweise Jacke und Hemd, während ich dem anderen die Nase öffnete. Unterdes tauchte aus dem Graben das jetzt struppige Antlitz des Anführers auf. Er rief seinen Leuten ein Kommando zu, worauf sie sich sofort zurückzogen, sich auf drei im Gebüsch versteckte Motorräder warfen und davonstanken.«

Der Hauptmann hatte interessiert der Schilderung des Gefechtes gelauscht, nahm jetzt einen sehr großen Kognak, und Stürenberg fuhr fort: »Mein erstes war, durch das so geheimnisvoll gerichtete Fernrohr zu visieren: es zeigte mitten auf jene Haustür! Ich ging hin und läutete den Besitzer heraus. Ein langer, dürrer Mann, aschgrau vor Angst im Gesicht. Nachdem ich ihn informiert hatte, zog er mich flehend in die Tür, verriegelte hinter uns und berichtete nun seinerseits kurz: Er sei Jude und sein Haus würde seit zwei Tagen von verkleideter Gestapo bewacht, die nur darauf warteten, daß einer seiner längst gesuchten Verwandten sich zu ihm stähle; dann sollten sie beide ›abgeholt‹ werden! Als er erfuhr, daß seine Wächter in die Flucht geschlagen seien, bat er mich – zitternd am ganzen Leibe, der arme Kerl; es ging ja auch buchstäblich ›um sein Leben‹! –, ob ich ihn nicht rasch im Auto zur nahen holländischen Grenze hin befördern könne? Auf meine Einwilligung hin rannte er treppauf und kam sofort mit dem unverkennbar längst bereitgehaltenen ›schnellen Köfferchen‹ zurück.«

Der Hauptmann – wohl nicht direkt »Antisemit«; aber immerhin erzogen, jedem, auch dem ephemer-doofsten Gesetz zu gehorsamen – knurrte unbefriedigt; während der gutmütige Dettmer befriedigt und fleißig nickte.

»Ich also wie der bare Teufel die Straße nach Provinzialmoor runtergefahren. Er, neben mir, plappert unaufhörlich, krankhaft-nervös; zeigt auch verängstet nach einer fernen Vogelscheuche im Feld (in einer Art, daß sogar ich mich verblüfft hinbog), hat unruhige Hände – ist ja wohl begreiflich. Ich fahre energisch vor'm Schlagbaum vor. Er lächelt, herzbrechend tapfer, zum Abschied. Geht hin, zeigt was – und kommt durch: nie werd' ich vergessen, wie er dann da im Holländischen stand und beide Arme ekstatisch hochstieß! – Ich rollte nachdenklich wieder durchs Flachland zurück und – der Motor schnarchte. Während ich noch in Meppen mit dem Leiter des dortigen Katasteramtes kopfschüttelnd den raren Fall besprach, wurde plötzlich die Straße voller Motorengeräusch; vier schwarzen Limousinen entstiegen gut 20 SS-Männer und umstellten die Ein- beziehungsweise Ausgänge. Ich mußte mit! – Ja, n'türlich, Hagemann auch. – Bei der anschließenden Vernehmung galt als besonders ›gravierend‹, daß ich, als Beamter, meinen Führerschein nicht bei mir hatte (was mir übrigens das erste Mal in meinem Leben passiert war!); jedoch wurden wir ein paar Tage später wieder entlassen, da unsere relative Unschuld an der Prügelszene nachzuweisen war, und von meiner Beihilfe zur Flucht jenes Unseligen schien man gottlob nichts zu ahnen. Immerhin wurde ich bald darauf durch eine ›Verfügung‹ meines Amtes erst vorübergehend ›enthoben‹; später sogar gänzlich pensioniert. Keine Bemühung meiner Vorgesetzten hat etwas ausrichten können.« Er wölbte die breiten Augenbrauen und fluchte bei der Erinnerung noch heut durch die Nase.

»Das für mich niederschlagendste war noch, daß ich in jenen Tagen zusätzlich die Zeitungsanzeige vom Tode des betreffenden jüdischen Arztes in den Blättern lesen mußte! Da ich ja nichts mehr zu tun hatte, kaufte ich einen Kranz, fuhr hin und legte ihn am – noch offenen – Sarg nieder. Er war in seiner eigenen Villa aufgebahrt, lang und dürr; man hatte ihm also die Häscher auch über die Grenze noch nachgeschickt.«

Von Dettmer und der Tante kam je ein gerührtes »Tz!«. Der Hauptmann trank ehern, und Emmeline streifte sich, zappelig, den Rock höher (allem Anschein nach hätte sie ihn am liebsten über den Kopf ziehen und ins Wasser springen mögen!); aber noch lutschte Stürenberg unerbittlich an seiner Havanna: »Merkwürdig war nur, daß ich 14 Tage später aus England einen eingeschriebenen Brief erhielt: darin ein begeistertes Dankschreiben meines Arztes – und mein Führerschein. Er hätte sich keinen anderen Rat gewußt, beichtete er, als ihn während unserer Fahrt aus dem Fach unterm Schaltbrett zu expropriieren. Mit ihm sei er anstandslos durch den Schlagbaum gelassen worden. Es stimmte auch, denn er hat mir immer wieder einmal, und dankbar, geschrieben. Zur Zeit lebt er in den USA und will nächstes Jahr auf Besuch kommen.«

»Ja, aber –«, wandte der Apotheker betroffen ein –, »ich denk', Sie haben ihn damals im Sarge liegen sehen!«; und auch wir andern blickten verwirrt uns und dann wieder ihn an. Stürenberg zuckte nur die untersetzten Achseln: »Was weiß ich von Geheimpolizisten?« sagte er abweisend. »Vielleicht hat der SS-Führer – der ja wohl auch, wie damals gern üblich, ›mit seinem Kopf‹ für den Erfolg seines Auftrages einstehen mußte – seinen ganzen Sturmbann antreten lassen. Vielleicht hat ihm einer zu ähnlich gesehen ...?« Er breitete die Hände und stand gewichtig auf.

»Ja, aber –«, schnarrte der Hauptmann betroffen. »Ja, aber –«, sagte die Tante unzufrieden. »Ja, aber –«, dachten auch der Apotheker und ich uns in die überraschten Gesichter. Nur Emmeline schien mit dem Ausgang der Geschichte sehr zufrieden; vielleicht nur, weil sie überhaupt zu Ende war.

Paul Schallück
Pro Ahn sechzig Pfennige

Vor kurzem war es mir vergönnt, das Parlament eines unserer Bundesländer bei seiner emsigen Arbeit zu beobachten. Zur Pause begab ich mich in das lichthelle, mit angenehmen und gewiß kostspieligen Fauteuils ausgestattete Kasino des hohen Hauses.

Mir gegenüber ließ sich ein Mann in den Sessel gleiten, dessen Gesicht und Körperfülle mir bekannt erschienen. Und als ich ihn sprechen hörte, zweifelte ich nicht, daß er jener Herr Klaaps war, dem ich in jungen Jahren ein wenig zu nahe getreten war. Und ich erinnerte mich wieder folgender Geschichte.

Da ich mit sechzehn Jahren ein etwas bleicher und nervöser Junge war, schickten mich meine Eltern in den Ferien regelmäßig aufs Land zu Onkel Pastor, einem Bruder meiner Mutter. Die Nähe dieses weißhaarigen, rechtschaffenen Mannes, der – ich weiß nicht seit wie vielen Jahren schon – das Pfarramt der Gemeinde Gummersdorf versah, hielt meine Mutter in jeder Beziehung für geeignet, meinen unreifen und zu Dummheiten aufgelegten Geist gediegen zu beeinflussen. Ihre Hoffnung baute sie vor allem auf die Strenge der Haushälterin meines Onkels, deren ganzes Wesen mir heute zusammengefaßt in einem kleinen, mit Nadeln gespickten Haarknötchen erscheinen will.

Anna, ich nannte sie Tante, obwohl wir außer von Adam und Eva her keinen verwandtschaftlichen Tropfen Blutes hatten, Tante Anna also bestimmte meinen Onkel, meinem Ferienaufenthalt im Pfarrhaus dadurch eine kleine Nützlichkeit und eine geringe Ordnung zu verleihen, daß er mich beauftragte, die Anfragen verzogener Familien nach ihren Vorfahren zu beantworten.

Damals nämlich war jene Zeit ausgebrochen, in der man – keineswegs im chinesischen Sinne der Verehrung, sondern lediglich zum Sauberkeitsbeweis der eigenen Blutmenge – seinen Ahnen nachforschte und ihnen in neuer Hochachtung vor dem roten Saft gleichsam nachträglich auf die Finger sah. Manch einer mag damals in einer plötzlichen, mir aber unverständlichen Wandlung ein anderer Mensch geworden sein, wenn sich herausstellte, daß er seine Ahnenkette bis in die Zeiten Wallensteins oder noch weiter ins Vergangene hinein ohne Unterbrechung und in artbewußter Reinlichkeit zu verfolgen imstande war.

So war ich denn bei der Aufstellung einiger Stammbäume als ein sonderbarer Gärtner beteiligt. Und für jeden Ahn, den ich in den muffigen Kirchenbüchern erjagte, erhielt ich von Onkel Pastor sechzig Pfennige. Für Altvordere vor dem Dreißigjährigen Krieg sogar eine Mark.

Hat er sich eigentlich nicht gefragt, welchen Versuchungen er mich damit aussetzte, welchen wunderlichen Anfechtungen? Tatsächlich bin ich ihnen denn auch einige Male erlegen, indem ich – kaltblütig Geschlechterfolgen erfand, die nie die verwirrende Wonne dieses Erdenlebens genossen haben, mir aber – in ihrer Unschuld – zur Aufbesserung meines Taschengeldes verhalfen.

Allmählich gewann ich Vergnügen an meiner Tätigkeit, und ich hätte sie auch dann fortgeführt, wenn mir dafür kein finanzieller Gewinn zugeflossen wäre. Es machte mir nämlich Spaß, die eingegangenen Briefe zu studieren, bevor ich in die Jahrhunderte zurückblätterte. Die Briefköpfe und die Anreden untersuchte ich genau, die zwischen »Euer Hochwohlgeboren« und dem schlichteren »Herr Pastor« variierten oder überhaupt fehlten. Den Ton der Anfrage horchte ich ab, ebenso wechselvoll zwischen Bitte und Forderung. Und ganz besonders prüfte ich die letzten Worte, den Gruß. Von den Briefschlüssen machte ich einiges abhängig.

Wenn ich einem frommen, christlichen »Vergelt's Gott« oder »Der Himmel lohne es Ihnen« begegnete, und wenn auch der Ton des Schreibens dem Abschiedsgruß entsprach, dann gab ich mich gern zu den eben erwähnten und für jene Zeit erfreulichen Abänderungen des Stammbaumes her. Wenn aber schon die Anrede fehlte, wenn es den Formulierungen an Demut gebrach, und wenn dann noch – unter der Bekundung einer germanischen Rasseüberheblichkeit – das Kennwort all dieses Unsinns und vor dem Namen ein markantes und dummes und für die Zukunft des Volkes verhängnisvolles »Heil« zu lesen war, dann – man verzeihe mir – dann schloß ich die Tür meiner Dachkammer ab, damit ich in meinem Ärger und der daraus entspringenden Tätigkeit nicht gestört würde.

In solchen Fällen schnitt ich die Wurzeln oder einige Äste des Stammbaumes einfach ab, unterbrach den Strom der roten Flüssigkeit, der durch die Jahrhunderte strömte, und ließ ganze Generationen im Dämmer des Ungeborenen verbleiben, so daß sich der Briefschreiber einer nur mäßig in der Zeit verwurzelten Familie erfreuen konnte. Ich leugne nicht, daß mich bei solchen Unternehmungen verdorbene Genugtuung beschlich, war ich doch imstande, ganze Reihen von Altvorderen ohne Blutvergießen, buchstäblich mit einem Federstrich zu vernichten.

Und als mich der Brief eines Herrn Klaaps ganz besonders geärgert hatte, weil ein dummer Stolz vom Briefkopf her – der einem Gauleiterbüro entstammte – bis zur Unterschrift nachhaltig und für mich – der ich infolge meiner Erziehung das Gegenteil einer blauäugigen Gesinnung besaß – beleidigend zu spüren war, da befiel mich eine satanische Idee, ich kann es nicht anders sagen. Diesmal beschnitt ich die Wurzeln des Stammbaumes nicht. Ich trieb sie vielmehr ungebührlich weit in die Vergangenheit hinein. Aber ich korrigierte die Vornamen, vom Ur-Ur-Ur-Großvater an rückwärts, damit dem so Gestraften durch Deportation kein wirkliches Unheil widerfahre. Ich verwandelte also in meiner Antwort an Herrn Klaaps »Siegfried« in »Salomon«, »Dagobert« in »Daniel«, »Arnold« in »Aaron« oder »Josef« in »Josua«. Als mein Onkel den Brief unterschrieb, stand ich leicht zitternd neben ihm.

Um allen kommenden Schwierigkeiten zu begegnen – denn daß welche eintreten würden, ahnte ich wohl –, trug ich die Namen auch in den Kirchenbüchern nach. Das war keine leichte Arbeit, das darf man mir glauben. Die Bücher waren vergilbt, und die Schreiber hatten sich einer Schrift befleißigt, die im Vergleich mit den Schreibweisen unseres Jahrhunderts – besonders mit meiner eigenen Klaue – von einem viel höher entwickelten Sinn für Ausgewogenheit und Schönheit zeugte. Ich übte mich tagelang, wohl eine oder zwei Wochen hindurch. Außerdem hatte ich eine Tinte zu mischen, wie sie damals benutzt wurde – in jeder Generation eine andere Mixtur, was meine zugleich historischen wie chemischen Bemühungen noch erschwerte, und die alten Spuren mußte ich aufs Sorgfältigste tilgen, ausradieren, ausschaben – aus der Welt zaubern. Die Übungsbogen verbrannte ich, selbstverständlich, auch die Blätter der Generalprobe, die ich auf einem herausgerissenen, leeren Bogen eines alten Kirchenbuches ablegte. Dann konnte ich klopfenden Herzens darangehen, das Geschlecht des Herrn Klaaps nach meinem Sinne zu nuancieren. Ich löschte die Tinte mit einem alten, von mir jedoch – und darauf lege ich Wert – neu entdeckten Sand-Streu-Verfahren, gilbte die Schriftzüge an einer Kerze, blies noch etwas Spinnenstaub darüber, den ich eigens vom Dachboden importiert hatte, und war zufrieden. Das schwere Werk war getan, und meinem geschulten Auge gab sich keine Nachlässigkeit preis. Ich war glücklich, oder – um in lateinischer Manier meinen Seelenzustand auszudrücken: ich war felix.

Es dauerte dann auch nicht lange, bis ein zweiter Brief aus dem Gauleiterbüro eintraf, den mein Onkel stirnrunzelnd und der allgemeinen politischen Lage wegen furchtsam an mich weitergab. Der Briefschreiber – keineswegs der Gauleiter selbst – hatte sich statt von seinem Verstand von seiner Wut diktieren lassen. Mit »unglaubwürdig« und »unmöglich« begann es, setzte sich fort mit »Familienehre«, »Rassen- und Blutbewußtsein«; er sprach von »Irrtum, wenn nicht gar Intrige oder Neid auf die Möglichkeiten meiner politischen Karriere« und endete schließlich mit der Drohung, daß er, der Herr Klaaps, in den nächsten Tagen »höchst persönlich« (als ob es unpersönlich vorstellbar gewesen wäre), vorfahren werde, da er in der Gegend ohnehin zu tun habe.

»Was sagst du dazu?« fragte mich mein Onkel.

Ich sagte, daß er getrost kommen möge, und wenn die Stimme seines Blutes nicht bereit sei, ihm Kunde zu geben von den seltsamen Vornamen seiner Altvorderen, dann müsse er sich halt über die Bücher beugen und sich durch schwarz auf weiß überzeugen lassen. – Trotz meiner wohlgesetzten – übrigens einstudierten – Rede sah mein Onkel dem Besuch mit einiger Bangnis entgegen. Ich allerdings auch, warum soll ich es verschweigen?

Es war gegen Abend. Ein Fahrer öffnete die Wagentür, und der ganz und gar braune Anzug über einer fetten Leibung, die blank gewichsten braunen Stiefel und das fleischfeste, rosige Gesicht sagten mir, daß es nur Herr Klaaps sein könne. Er wartete, bis der Fahrer auch einer Dame in reizvollem Sommerkleidchen beim Aussteigen geholfen hatte, dann marschierte er voraus und aufs Pfarrhaus zu. Die Dame trippelte hinterdrein, und – ich weiß nicht, woher – mich beschlich leise Zuneigung zu dieser Frau. Je mehr sie sich uns näherte, erkannte ich sie als ein blondes, anziehendes Mädchen, das dann im Studierzimmer meines Onkels, wo sie mir mit übereinandergeschlagenen Beinen gegenübersaß, ohne Mühe auch den Rest meiner Sympathie eroberte.

Herr Klaaps wiederholte, was er bereits in seinem Brief geschrieben hatte. Und als mein Onkel ihn unterbrach, um ihn darauf hinzuweisen, daß ich allein verantwortlich war für alles, was die Ahnen betraf, lächelte er erleichtert, vermutlich weil er meinte, mit mir schneller fertig zu werden. Ich ging jedoch auf seine Worte erst gar nicht ein. Ich holte die Kirchenbücher, blätterte und blätterte, obgleich ich die Seiten genau wußte, und schlug endlich die betreffenden Ärgernisse vor den Augen unseres braunen Gastes auf. Der beugte, nein, er stürzte sich darüber und begann zu lesen, las, las sehr lange, las so lange, daß meine Stirn feucht zu werden begann, lehnte sich dann zurück und sagte endlich: »Ich bin ruiniert!«

Diese Salomon und David und Josua seien noch im Grabe fähig, ihn aus dem Sattel zu heben; denn er habe einige Aussicht, Stellvertreter des stellvertretenden Gauleiters zu werden, aber mit einem Salomon oder Aaron – nagend an der Wurzel seines Stammbaumes sozusagen – sei es so gut wie ausgeschlossen, daß man ihm fernerhin vertraue.

Er drückte sich freilich in kürzeren Sätzen und gröberen Worten aus, in jener Art, die heute wohl – und ich sage mit zufriedener Betonung, Gott sei Dank – in keinem unserer Ämter mehr zu hören ist. Herr Klaaps ärgerte sich nicht etwa, er war erschüttert in seinen Tiefen. Und ohne Übergang fragte er Onkel Pastor und auch mich, ob wir zwei denn keine Möglichkeit sähen, ihm diese Schande zu ersparen, die Vornamen zu unterschlagen beispielsweise, ja, unterschlagen, sagte er.

»Sie erwarten von uns«, sagte ich, »daß wir die Kirchenbücher fälschen? Sie scheinen zu vergessen, Herr Gauleiter, in welch einem Hause Sie sich befinden.«

Er wurde noch kleiner auf seinem Stuhl, und sein Gesicht verlor die rosige Frische. Er begann zu bitten, er rang schweren Atems um mein Mitleid, er demütigte sich und flehte – und das reizend blonde Mädchen, seine Sekretärin übrigens, rückte auf dem Stuhl zurück und machte mir Zeichen, hart zu bleiben, nicht nachzugeben.

Dem klugen und – wie mir im Augenblick noch schien – weitsichtigen Zuspruch dieses Mädchens ist es zu verdanken, daß ich schließlich nicht doch noch weich wurde vor der bejammernswerten und ehrlich verzweifelten Gestalt, die sich einmal an meinen Onkel wandte, der nur die Schultern hob, dann wieder an mich.

»Es tut mir leid, Herr Klaaps«, sagte ich. Und als er einsah, daß er nichts auszurichten vermöchte, stand er auf wie ein alter Mann, sagte mit leichter Verneigung und aufrichtigem Gesicht:

»Grüß Gott, Herr Pfarrer«, und ging hinaus.

In diesem Augenblick, das darf ich ohne Erröten versichern, in diesem Augenblick hätte ich mich und meine Übeltat bekannt, wenn die hübsche Sekretärin nicht auf mich zugetreten wäre, um mir die Hand zu drücken, während Herr Klaaps schon zu seinem Wagen wankte. Und dann flüsterte sie:

»Gut so, gut. Vielen Dank. Stellvertreter des stellvertretenden Gauleiters soll nämlich mein Bräutigam werden. Vielen Dank, lieber Junge«, streichelte flüchtig mein bestürztes Gesicht und trippelte davon. In der darauffolgenden Nacht habe ich sehr schlecht und nur wenig geschlafen. Und als ich nun Herrn Klaaps nach manchen Jahren im Kasino des hohen Landeshauses wiedererkannte, wollte ich aufstehen und ihn begrüßen und ihm endlich sagen, wem er seine weiße Weste, seinen jetzigen, untadeligen Ruf und auch seine Stellung zu verdanken habe. Dann unterließ ich es doch. Ich hätte uns nur Unannehmlichkeiten bereitet.

Alois Brandstetter
Schweinernes

Als ER seinerzeit alle Schweine im Reich zählen und aufzeichnen ließ und den Bauern genau vorschrieb, wieviel sie davon jährlich für ihren Eigenbedarf der Hausschlachtung zuführen durften, da wurde den Vertretern des Nährstandes klar, was die Uhr geschlagen hatte. Damals herrschte eine große Unzufriedenheit unter der Landbevölkerung der Ostmark, da ER ihren Bedarf an Fleisch weit unterschätzt hatte. Selbst ein Sohn dieses Landes, schien ER sich gleichwohl keine rechte Vorstellung mehr davon zu machen, wieviel Schweinernes der ostmärkische Bauer zur Aufrechterhaltung seiner Laune und Arbeitskraft benötigte. Eigentlich hätte ER wissen müssen, daß jeder Versuch, die Ernährung dieser Menschen auf Marmelade und Sojabohnen umzustellen, von vornherein zum Scheitern verurteilt war.

Nachdem nun dieser unselige Befehl von Berlin aus ergangen war, begann in Seinem Ahnengau das große Schweineverstecken und Schwarzschlachten. Bei diesen gesetzwidrigen Hausschlachtungen kam es darauf an, das Schwein dazu zu bringen, daß es sich vor seinem Tode jedes verräterischen Schreies enthielte. Das in Friedenszeiten gebräuchliche Abstechen kam nun nicht mehr in Frage. Auch Erschießen verbot sich wegen der damit verbundenen Lärmentwicklung. Die Landwirte verfielen darum auf eine einfache Betäubungsart. Diese Betäubung ins Werk zu setzen, bedurfte es lediglich einer schweren Axt, die dem schlafenden Tier in finsterer Nacht mit Wucht gegen die Hirnschale geschlagen wurde, so daß es sich außerstande sah, noch einen Ton von sich zu geben. War das todgeweihte Tier gefällt, konnte man ihm das lange Schlachtermesser ins Herz stoßen.

Mein Vater sagte, es kommt darauf an, daß der erste Schlag sitzt. Der erste Schlag muß sitzen, sagte mein Vater. Wenn der erste Schlag nicht sitzt, sagte mein Vater, kannst du nach Mauthausen kommen. Du bist ein Saboteur, sagen sie, wenn sie dich erwischen, sagte mein Vater. Mein Vater sagte, gleich der erste Schlag muß hinhauen. Haut nicht gleich der erste Schlag hin, sagte mein Vater, dann ist die Schweinerei fertig. Du mußt genau den Punkt treffen. Triffst du den Punkt nicht genau, ist der Teufel los. Die Sau hält dann nicht mehr still, sagte mein Vater. Und du hast den Nachbarn oder gar schon die Gendarmerie aufgeweckt.

Ich schwitzte jedesmal Blut, wenn Vater die große Axt nahm, sich bekreuzigte, In Gottes Namen! sagte und sich in den Stall schlich. Wir sollen uns hinsetzen, sagte er noch, und einen schmerzensreichen Rosenkranz beten.

Daß Nero nicht wieder anschlägt. Und daß hoffentlich kein Judas unter den Dienstboten ist. In zehn Minuten ist alles vorbei, sagte mein Vater.

Elisabeth Langgässer
Untergetaucht

»Ich war ja schließlich auch nur ein Mensch«, wiederholte die stattliche Frau immer wieder, die in der Bierschwemme an dem Bahnhof der kleinen Vorortsiedlung mit ihrer Freundin saß, und schob ihr das Möhrenkraut über die Pflaumen, damit nicht jeder gleich merken sollte: die hatte sich was gegen Gummiband oder Strickwolle aus ihrem Garten geholt, und dem Mann ging das nachher ab. Ich spitzte natürlich sofort die Ohren, denn obwohl ich eigentlich nur da hockte, um den ›Kartoffelexpreß‹, wie die Leute den großen Hamsterzug nennen, der um diese Zeit hier durch die Station fährt, vorüberklackern zu lassen – er ist nämlich so zum Brechen voll, daß ein Mann, der müd von der Arbeit kommt, sich nicht mehr hineinboxen kann –, also, obwohl ich im Grund nur hier saß, um vor mich hinzudösen, fühlte ich doch: da bahnte sich eine Geschichte an, die ich unbedingt hören mußte; und Geschichten wie die: nichts Besonderes und je dämlicher, um so schöner, habe ich für mein Leben gern – man fühlt sich dann nicht so allein.

»Am schlimmsten war aber der Papagei«, sagte die stattliche Frau. »Nicht die grüne Lora, die wir jetzt haben, sondern der lausige Jacob, der sofort alles nachplappern konnte. ›Entweder dreh ich dem Vieh den Hals um, oder ich schmeiße die Elsie hinaus‹, sagte mein Mann, und er hatte ja recht – es blieb keine andere Wahl.«

»Wie lange«, fragte die Freundin (die mit dem Netz voll Karotten), »war sie eigentlich bei euch untergetaucht? Ich dachte damals, ihr wechselt euch ab – mal diese Bekannte, mal jene; aber im Grund keine länger als höchstens für eine Nacht.«

»Na ja. Aber wie das immer so geht, wenn man mit mehreren Leuten zugleich etwas verabredet hat: hernach ist der erste ja doch der Dumme, an dem es hängen bleibt, und die anderen springen aus, wenn sie merken, daß das Ding nicht so einfach ist.«

»Der Dumme?« fragte die Freundin zweifelnd und stützte den Ellbogen auf. »Das kannst du doch jetzt nicht mehr sagen, Frieda, wo du damals durch diese Elsie fast ins Kittchen gekommen bist. Schließlich muß man ja heute bedenken, daß dein Mann gerade war in die Partei frisch aufgenommen worden und Oberpostsekretär war? Was glaubst du, wie wir dich alle im stillen bewundert haben, daß du die Elsie versteckt hast, zu so was gehört doch Mut!«

»Mut? Na, ich weiß nicht. Was sollte ich machen, als sie plötzlich vor meiner Tür stand, die Handtasche über dem Stern? Es schneite und regnete durcheinander, sie war ganz naß und dazu ohne Hut; sie mußte, wie sie so ging und stand, davongelaufen sein. ›Frieda‹, sagte sie, ›laß mich herein – nur für eine einzige Nacht. Am nächsten Morgen, ich schwöre es dir, gehe ich ganz bestimmt fort.‹ Sie war so aufgeregt, lieber Himmel, und von weitem hörte ich schon meinen Mann mit dem Holzbein die Straße herunterklappern – ›aber nur für eine einzige Nacht‹, sagte ich ganz mechanisch, ›und weil wir schon in der Schule zusammen gewesen sind.‹ Natürlich wußte ich ganz genau, daß sie nicht gehen würde; mein Karl, dieser seelensgute Mensch, sagte es schon am gleichen Abend, als er mir das Korsett aufhakte und dabei die letzte Fischbeinstange vor Aufregung zerbrach; es machte knack, und er sagte: ›Die geht nicht wieder fort.‹«

Beide Frauen, wie auf Verabredung, setzten ihr Bierglas an, bliesen den Schaum ab und tranken einen Schluck; hierauf, in einem einzigen Zug, das halbe Bierglas herunter, ich muß sagen, sie tranken nicht schlecht.

»Es war aber doch wohl recht gefährlich in eurer kleinen verklatschten Siedlung, wo jeder den anderen kennt«, meinte die Freundin mit den Karotten. »Und dazu noch der Papagei.«

»Aber nein. An sich war das gar nicht gefährlich. Wenn einer erst in der Laube drin war, kam keiner auf den Gedanken, daß sich da jemand versteckt hielt, der nicht dazugehörte. Wer uns besuchte, kam bloß bis zur Küche und höchstens noch in die Kammer dahinter; alles übrige war erst angebaut worden – die Veranda, das Waschhaus, der erste Stock mit den zwei schrägen Kammern, das ganze Gewinkel schön schummrig und eng, überall stieß man an irgend was an: an die Schnüre mit den Zwiebeln zum Beispiel, die zum Trocknen aufgehängt waren, und an die Wäscheleine. Auch mit der Verpflegung war es nicht schlimm, ich hatte Eingemachtes genug, der Garten gab soviel her. Nur der Papagei: ›Elsie‹ und wieder ›Elsie‹ – das ging so den ganzen Tag. Wenn es schellte, warf ich ein Tischtuch über den albernen Vogel, dann war er augenblicks still. Mein Mann, das brauche ich nicht zu sagen, ist wirklich seelensgut. Aber schließlich wurde er doch ganz verrückt, wenn der Papagei immerfort ›Elsie‹ sagte; er lernte eben im Handumdrehen, was er irgendwo aufgeschnappt hatte. Die Elsie, alles was recht ist, gab sich wirklich die größte Mühe, uns beiden gefällig zu sein – sie schälte Kartoffeln, machte den Abwasch und ging nicht an die Tür. Aber einmal, ich hatte das Licht in Gedanken schon angeknipst, ehe der Laden vorgelegt worden war, muß die Frau des Blockwalters, diese Bestie, sie von draußen gesehen haben. ›Ach‹, sagte ich ganz verdattert vor Schrecken, als sie mich fragte, ob ich Besuch in meiner Wohnküche hätte, ›das wird wohl meine Cousine aus Potsdam gewesen sein.‹ – ›So? Aber dann hat sie sich sehr verändert‹, sagt sie und sieht mich durchdringend an. ›Ja, es verändern sich viele jetzt in dieser schweren Zeit, Frau Geheinke‹, sage ich wieder. ›Und abends sind alle Katzen grau.‹«

»Von da ab war meine Ruhe fort; ganz fort wie weggeblasen. Immer sah ich die Elsie an, und je mehr ich die Elsie betrachtete, desto jüdischer kam sie mir vor. Eigentlich war das natürlich ein Unsinn, denn die Elsie war schlank und zierlich gewachsen, braunblonde Haare, die Nase gerade, wie mit dem Lineal gezogen, nur vorne etwas dick. Trotzdem, ich kann mir nicht helfen – es war wirklich ganz wie verhext. Sie merkte das auch. Sie merkte alles und fragte mich: ›Sehe ich eigentlich *so* aus?‹ – ›Wie: so?‹ entgegnete ich wie ein Kind, das beim Lügen ertappt worden ist. ›Du weißt doch – meine Nase zum Beispiel?‹ – ›Nö. Deine Nase nicht.‹ – ›Und die Haare?‹ – ›Die auch nicht. So glatt wie sie sind.‹ – ›Ja, aber das Löckchen hinter dem Ohr‹, sagt die Elsie und sieht mich verzweifelt an, verzweifelt und böse und irr zugleich – ich glaube, hätte sie damals ein Messer zur Hand gehabt, sie hätte sich und mich niedergestochen, so schrecklich rabiat war sie. Schließlich, ich fühlte es immer mehr, hatte ich nicht nur ein Unterseeboot, sondern auch eine Irre im Haus, die sich ständig betrachtete. Als ich ihr endlich den Spiegel fortnahm, veränderte sich ihre Art zu gehen und nachher ihre Sprache – sie stieß mit der Zunge an, lispelte und wurde so ungeschickt, wie ich noch nie einen Menschen gesehen habe: kein Glas war sicher in ihren Händen, jede Tasse schwappte beim Eingießen über, das Tischtuch war an dem Platz, wo sie saß, von Flecken übersät. Ich wäre sie gerne losgewesen, aber so wie ihre Verfassung war, hätt' ich sie niemand mehr anbieten können – der Hilde nicht und der Trude nicht und erst recht nicht der Erika, welche sagte, sie könne auch ohne Stern und Sara jeden Menschen auf seine Urgroßmutter im Dunkeln abtaxieren. ›Ja?‹ fragte die Elsie. ›Ganz ohne Stern? Jede Wette gehe ich mit dir ein, daß man dich auch für so eine hält, wenn du mit Stern auf die Straße marschierst – so dick und schwarz, wie du bist.‹ Von diesem Tag an haßten wir uns. Wir haßten uns, wenn wir am Kochherd ohne Absicht zusammenstießen, und haßten uns, wenn wir zu gleicher Zeit nach dem Löffel im Suppentopf griffen. Selbst der Papagei merkte, wie wir uns haßten, und machte sich ein Vergnügen daraus, die Elsie in den Finger zu knappern, wenn sie ihn fütterte. Endlich wurde es selbst meinem Mann, diesem seelensguten Menschen, zu viel, und er sagte, sie müsse jetzt aus dem Haus – das war an demselben Tag, als die Stapo etwas gemerkt haben mußte. Es schellte, ein Beamter stand draußen und fragte, ob sich hier eine Jüdin namens Goldmann verborgen hätte. In diesem Augenblick trat sie vor und sagte mit vollkommen kalter Stimme: Jawohl, sie habe sich durch den Garten und die Hintertür in das Haus geschlichen, weil sie glaubte, das Haus stünde leer. Man nahm sie dann natürlich gleich mit, und auch ich wurde noch ein paarmal vernommen, ohne daß etwas dabei herauskam, denn die Elsie hielt vollkommen dicht. Aber das Tollste war doch die Geschichte mit dem Papagei, sage ich dir.«

»Wieso mit dem Papagei?« fragte die Freundin, ohne begriffen zu haben.

»Na, mit dem Papagei, sage ich dir. Die Elsie nämlich, bevor sie sich stellte, hatte rasch noch das Tischtuch auf ihn geworfen, damit er nicht sprechen konnte. Denn hätte er ›Elsie‹ gerufen: na, weißt du – dann wären wir alle verratzt.«

»Hättest du selber daran gedacht?« fragte die Freundin gespannt.

»Ich? Ich bin schließlich auch nur ein Mensch und hätte nichts andres im Sinn gehabt, als meinen Kopf zu retten. Aber Elsie – das war nicht die Elsie mehr, die ich versteckt hatte und gehaßt und am liebsten fortgejagt hätte. Das war ein Erzengel aus der Bibel, und wenn sie gesagt hätte: ›Die da ist es, diese Dicke, Schwarze da!‹ – Gott im Himmel, ich wäre mitgegangen!« Na, solch ’ne Behauptung, sagen Sie mal, kann selbst einem harmlosen Zuhörer schließlich über die Hutschnur gehen.

»Und der Jacob?« frage ich, trinke mein Bier aus und setze den Rucksack auf. »Lebt er noch, dieses verfluchte Vieh?«

»Nein«, sagte die dicke Frau ganz verblüfft und faßt von neuem nach den Karotten, um die Pflaumen mit dem Karottenkraut ringsherum abzudecken. »Dem hat ein Russe wie einem Huhn die Kehle durchgeschnitten, als er ihn füttern wollte und der Jacob nach seiner lausigen Art ihm in den Finger knappte.«

»Böse Sache«, sagte ich, »liebe Frau. Wo ist jetzt noch jemand, der Ihren Mann vor der Spruchkammer ... (eigentlich wollte ich sagen: ›entlastet‹, doch hol es der Teufel, ich sagte, wie immer:) entlaust?«

Herbert Zand
Tödliche Heimkehr

Die leuchtenden Geschosse der Maschinengewehrgarbe trafen ihn von hinten, polternd, wie Steinschlag; er taumelte einige Schritte zur Seite, stand still, gedankenlos, spürte heiße Messer in seinen Körper eindringen und warf sich mit einem Schrei zu Boden. Über ihn hinweg zischten die Geschosse einer zweiten Garbe und verschwanden mit einem bellenden Geräusch im Nachthimmel.

Die Erde dröhnte. Weiter die Front nach rechts hinauf waren Panzer im Einsatz. Der Soldat Alfeir krümmte sich und betastete mit schweren Händen seinen Rücken. Er bohrte die Finger in die Löcher der zerfetzten Uniform und spürte Blut. Eine Weile lang setzten Gedanken ein, und er dachte einen Satz:

»Doch nicht in die Eingeweide!« Den dachte er in langen Wiederholungen, dann setzte das Denken wieder aus.

Vor sich sah er in einiger Entfernung einen hellen Fleck. Ein Haus brannte dort. Auf dieses Haus war er zugelaufen, als er getroffen wurde. Das Feuer bewegte sich nach der einen Seite, dann nach der anderen, duckte sich, sprang auf, als wollte es sich von der Erde lösen und mitsamt dem Haus davonfliegen, brannte dann wieder ruhig, von einem riesigen Funkenregen überwölbt, von Rauchfäden durchzogen, schmutzig hellgelb in der Mitte, trübrot an den Rändern der Flamme.

Der Soldat Alfeir wischte sich mit der Hand über das Gesicht, mischte so kalten Schweiß, Tränen, Blut, Speichel. Zwischen den Fingern spürte er einen keuchenden kurzen Atem. Nicht in die Eingeweide! Aber es war doch in die Eingeweide gegangen, und es waren die eigenen Leute gewesen, die da geschossen hatten.

Warum lag er hier allein im Niemandsland? Er wußte es nicht. Er war gegangen, obwohl ihm klar war, daß er nicht gehen durfte, nicht hier, nicht jetzt. Auch wenn die Verlockung übermächtig wurde, zu mehr als einer Verlockung, zu einem Zwang. Nun lag er hier und biß vor Schmerzen in die Erde. Er konnte schreien, soviel er wollte, sie würden ihn nicht hören, er war schon zu weit von den eigenen Linien; und wenn sie ihn hörten, sie würden nicht kommen, um ihn zu holen; und wenn sie kämen, um ihn zu holen, so würden sie ihn wegen Desertion vor ein Kriegsgericht stellen. Da sie ihn nicht hören konnten, und da es ihm gleichgültig war, ob sie ihn hörten, schrie er, schamlos, schrie sich hinaus, versuchte die Schmerzen wegzuschreien, aber es gelang ihm nicht. Die Erde, über die seine Finger hintasteten, war rauh, und er glaubte sich an etwas zu erinnern, woran er sich noch nie erinnert hatte, an etwas ähnlich Rauhes, Dunkles. Vielleicht war es das Kleid seiner Mutter, an das er sich jetzt erinnerte, an das er sich einmal angeklammert hatte mit Säuglingsfingern, ähnlich unfähig zu begreifen, schreiend, von unverständlichen Schmerzen gequält.

Für einige Augenblicke verlor er das Bewußtsein, und in der Bewußtlosigkeit träumte er, daß er sich in einem Dorf befände, das verschneit war und dennoch brannte. Flammen schlugen aus den Häusern, schmelzender Schnee rutschte von den Dächern. Er fragte einen der Männer, die über die Schneewächten kletterten – sei es, um das Feuer zu bekämpfen, sei es, um sich vor dem Feuer zu retten –, wie das Dorf heiße, und der Mann antwortete ihm, es heiße Kismet. Stärker aber als Feuer und Schnee erregte ein schwarzer Hund Alfeirs Aufmerksamkeit, der seit nicht mehr erinnerbarer Zeit das Dorf umkreiste und sich dabei in einem Spiralbogen näherte. Alfeir bemühte sich nicht, die Häuser vor den Flammen zu schützen. Es herrschte in dem Dorf auch keine Panik; offenbar waren die Häuser leer, man hörte keine Hilferufe. So hatte Alfeir Muße, den Hund zu beobachten, der unermüdlich seinen Spiralbogen zog, manchmal im Schnee versank, sich aber jedesmal wieder an die Oberfläche wühlte und näher kam. War es ein großer Hund? War es ein kleiner Hund? Manchmal schien er ihm groß wie ein Kalb und manchmal klein wie ein Pudel.

Der Hund rannte in eine letzte Schleife und kauerte sich dann zu Alfeirs Füßen nieder. Alfeir setzte sich in den Schnee und kraulte ihm das Fell. Während seine Hand in das weiche Fell tauchte, erwachte Alfeir. Obwohl er erwachte, löste sich der Traumhund nur widerwillig von ihm. Zwischen Schlaf und Wachen dachte Alfeir: Nun ist es zu spät, umzukehren.

Als der Soldat Alfeir aus seiner Bewußtlosigkeit erwachte, spürte er seinen Körper zuerst nicht. Nur sein Gehirn war wieder fähig, Eindrücke aufzunehmen, und er sah wieder den brennenden Fleck des Hauses. Er sah ihn, da ihm schwindelte und die Erde unter ihm sich drehte, wie sie sich auch wirklich dreht, so sagt man, sausend im Nichts, da sich also die Erde drehte, sah er das Haus wie einen brennenden Ball dahinrollen am Horizont, und da der Horizont nach unten abrutschte in das Nichts, mußte der Ball aufwärts rollen wie eine schnelle Sonne, die mitten in der Nacht aufsteigt, um einen schrecklichen Tag zu machen. In einem Flammenbogen also stieg das Haus auf, oder vielmehr, es stieg nicht, das merkte Alfeir jetzt wohl, es rollte an der Stelle, nur die Erde drehte sich, nirgendwohin, jedoch abwärts, und es wurde ihm zum erstenmal übel, und er erbrach sich.

Vom Krampf des Erbrechens geschüttelt, erwachte sein Körper, und auch in diesem Körper war ein heller Fleck, war ein rotierender Ball; das war in der Mitte; dahinter setzte sich der Körper fort und verlor sich irgendwo in klumpigen Beinen, die er von der Erde nicht deutlich unterscheiden konnte. Vielleicht waren sie zugedeckt, vielleicht staken sie in der Erde – bewegen ließen sie sich nicht mehr, oder vielleicht bewegten sie sich, und er wußte nichts davon, bewegten sich noch immer, liefen auf das Haus zu, auf den brennenden Ball, um ihn aufzuhalten oder um den Ball, den er selber in der Mitte trug, wo er nicht hingehörte, hineinzuwerfen.

Als er sich erbrochen hatte, wurde das Kreisen der Erde langsamer, und der Feuerball kam zum Stillstand. Er konnte das ferne Dröhnen der Panzer wieder unterscheiden vom Dröhnen eines Flugzeuges über ihm, vom Dröhnen der Sonne, die sich in seinen Rücken einfraß und ihre Strahlenbündel aussandte, die Wirbelsäule entlang, den Nacken versengend, und sein Gehirn mit Rauch und Funken füllte, so lange, bis das brennende Haus vor ihm und die Sonne in seinem Rücken wieder rauschend in eins verschmolzen und er von neuem das Bewußtsein verlor.

In seiner zweiten Bewußtlosigkeit träumte der Soldat Alfeir, daß er in dem verschneiten Dorf in eine Schneewächte einsank. Er glitt auf das Fenster eines der Häuser zu, das nur angelehnt war, so daß er es öffnen und hineinblicken konnte in eine Stube mit einem alten Bauernherd, einem Tisch in der Ecke und Bank und Stühlen. Er erinnerte sich, daß er diese Stube kannte, und stieg hinein und setzte sich an den Tisch. Hinter ihm sprang der schwarze Hund in die Stube. Alfeir setzte sich an den Tisch, untenan, wo er als Kind gesessen war, und wartete. Alles war wie früher, nur der Wind hatte Schnee in die Stube getrieben, die Wächte reichte durch das Fenster über die Bank bis in die Mitte der Stube und strahlte von dort sternförmig aus. So wird es bleiben, dachte Alfeir. Der Schnee dringt überall ein. Indessen lief der schwarze Hund eifrig schnuppernd durch das Haus und legte sich dann neben dem Ofen nieder. Auf der Treppe zum Oberstock waren Schritte zu hören. Jemand kam die Treppe herab und blieb im Hausflur stehen, ein Mann, in dem Alfeir seinen Großvater zu erkennen glaubte, aber sicher war er nicht.

»So bist du nun doch heimgekehrt«, sagte der Mann. »Sie haben dich nicht hindern können.«

»Ich wollte nur Abschied nehmen«, sagte Alfeir, »aber ich komme zu spät.«

Der Mann schien ihn nicht gehört zu haben. »Du bringst viel Helligkeit mit«, sagte er.

Der Soldat Alfeir versuchte, in sich selbst hineinzusehen, das Feuer wahrzunehmen, die Sonne in seiner Mitte, und wie er sich bemühte, erwachte er wieder zum Bewußtsein, und das Feuer war Schmerz. Er wälzte sich auf den Rücken, aber der Schmerz blieb, er strahlte von seinem Rücken aus, ein Schild aus Helligkeit, der den ganzen Horizont umspannte und sich bis zum Himmel aufwölbte, eine riesige Muschel aus Licht. Hineingebogen in die Wölbung der Muschel waren die flachen Hügel und die Baumgruppen darauf, die Straße, die in das Dorf hineinführte, die Gartenzäune, die Apfelbäume dahinter, grüne Laubkronen, die sich im Feuerhauch wie in einer Strömung unter Wasser bewegten. Er hätte nicht sagen können, ob ihn dieser Schild trug oder ob der Schild auf seinen Schultern lastete; er war in den Schild hineingebettet und trug ihn zugleich, wie der schmale runzelige Körper eines Schmetterlings seine Flügel trägt, und auf den Flügeln ist die Welt des Schmetterlings in Figuren eingezeichnet, Blattwerk, Griffel, Pollen, Sonnen, Monde, aber es waren keine Flügel, er konnte nicht fliegen damit. Er brauchte auch nicht zu fliegen, denn außerhalb des hellen Schmerzschildes, auf dem die Welt mit klaren Strichen eingezeichnet war, gab es keine andere Welt. Mit der Ausbildung des Schildes änderte sich auch der Schmerz. Er war nicht mehr nur im Rücken, sondern umfaßte den Horizont. Wie er in ihn eingedrungen war, so strömte er wieder aus, in langen, heftigen Wellen, durch Erde und Gras, Luft und Stein, mit Hitzeschauern und eisigen Frösten, Feuer und Schnee. Alles wurde Schmerz; war Schmerz; die Konturen der brennenden Häuser sengten wie Ätzungen seine Netzhaut. Undeutlich erinnerte er sich Augenblicke lang noch, wie er hierhergekommen war, seine Einheit verlassen hatte, um sein Dorf noch einmal zu sehen, seine Heimat, von der man ihm gesagt hatte, daß er sie verteidigen müsse und die dann unverteidigt im Niemandsland zurückblieb, aber er wußte noch immer nicht, wollte es auch gar nicht mehr wissen, was ihn dann über alle Verbote hinwegspringen ließ, als wäre der Krieg auf einmal zu Ende, als wäre es von Anfang an nur um diese Heimkehr gegangen, um dieses Stück Erde, das ihn hervorgebracht hatte und nun wieder in sich einschlang, mit der Gefräßigkeit eines reißenden Tieres, aber ruhig, geduldig, ohne Hast. Was ihn da im Schild seines Schmerzes umstand, war in allen vier Windrichtungen seine Erde und sein Himmel. Und sie wandten sich zu ihm, von allen Seiten, augenlos blickten sie ihn an, sprachlos sprachen sie zu ihm. Sie sahen ihn liegen, ihr eigenes Geschöpf, hingeworfen, auf dem Rücken, die Arme ausgebreitet, die Hände in die Erde gekrallt. Seine Augen standen offen, aber es waren schon nicht mehr die Augen eines Sehenden. Der brennende Himmel über ihnen spiegelte sich darin nicht anders als in einem Wassertropfen. Aus dem brennenden Dorf herüber kam ein Hund angestreunt, schnupperte an ihm, wich zurück und legte sich in einigen Schritten Entfernung nieder.

Im Morgengrauen begann auch an diesem Frontabschnitt der Angriff der

Panzer. Durch ein dünnes Sperrfeuer der Artillerie rollten sie auf das Dorf zu und dann an dem Dorf vorbei. Hinter den Panzern kam in Schützenkette Infanterie. Einer dieser Infanteristen stutzte, als er den Toten liegen sah und daneben den Hund, aber er hatte keine Zeit, sich Gedanken zu machen. Es fiel ihm nur auf, daß einer allein so weit von der Front lag. Er beugte sich über Alfeir, spiegelte sich in seinen offenen Augen, dann ging er weiter. Der Hund begann leise zu klagen. Als die Sonne aufging, war es im ganzen Frontabschnitt schon wieder still. Im Dorf krochen einige alte Frauen und Männer aus den Kellern. Gegen Nachmittag fiel ihnen der Hund auf, sie gingen hinaus und fanden Alfeir und trugen ihn auf einer Scheunentür, die aus den Angeln gebrochen und von den Flammen angesengt war, in das Dorf. Vor dem abgebrannten Haus der Alfeirs legten sie ihn nieder und nagelten aus Brettern einen Sarg zusammen. Sie fanden es ganz selbstverständlich, daß er versucht hatte heimzukehren.

Wolfgang Borchert
Jesus macht nicht mehr mit

Er lag unbequem in dem flachen Grab. Es war wie immer reichlich kurz geworden, so daß er die Knie krumm machen mußte. Er fühlte die eisige Kälte im Rücken. Er fühlte sie wie einen kleinen Tod. Er fand, daß der Himmel sehr weit weg war. So grauenhaft weit weg, daß man gar nicht mehr sagen mochte, er ist gut oder er ist schön. Sein Abstand von der Erde war grauenhaft. All das Blau, das er aufwandte, machte den Abstand nicht geringer. Und die Erde war so unirdisch kalt und störrisch in ihrer eisigen Erstarrung, daß man sehr unbequem in dem viel zu flachen Grab lag. Sollte man das ganze Leben so unbequem liegen? Ach nein, den ganzen Tod hindurch sogar! Das war ja noch viel länger.

Zwei Köpfe erschienen am Himmel über dem Grabrand. Na, paßt es, Jesus? fragte der eine Kopf, wobei er einen weißen Nebelballen wie einen Wattebausch aus dem Mund fahren ließ. Jesus stieß aus seinen beiden Nasenlöchern zwei dünne ebenso weiße Nebelsäulen und antwortete: Jawoll. Paßt. Die Köpfe am Himmel verschwanden. Wie Kleckse waren sie plötzlich weggewischt. Spurlos. Nur der Himmel war noch da mit seinem grauenhaften Abstand.

Jesus setzte sich auf, und sein Oberkörper ragte etwas aus dem Grab heraus. Von weitem sah es aus, als sei er bis an den Bauch eingegraben. Dann stützte er seinen linken Arm auf die Grabkante und stand auf. Er stand in dem Grab und sah traurig auf seine linke Hand. Beim Aufstehen war der frischgestopfte Handschuh am Mittelfinger wieder aufgerissen. Die rotgefrorene Fingerspitze kam daraus hervor. Jesus sah auf seinen Handschuh und wurde sehr traurig. Er stand in dem viel zu flachen Grab, hauchte einen warmen Nebel gegen seine entblößten frierenden Finger und sagte leise: Ich mach nicht mehr mit. Was ist los, glotzte der eine von den beiden, die in das Grab sahen, ihn an. Ich mach nicht mehr mit, sagte Jesus noch einmal ebenso leise und steckte den kalten nackten Mittelfinger in den Mund. Haben Sie gehört, Unteroffizier, Jesus macht nicht mehr mit. Der andere, der Unteroffizier, zählte die Sprengkörper in eine Munitionskiste und knurrte: Wieso? Er blies den nassen Nebel aus seinem Mund auf Jesus zu: Hä, wieso? Nein, sagte Jesus noch immer ebenso leise, ich kann das nicht mehr. Er stand in dem Grab und hatte die Augen zu. Die Sonne machte den Schnee so unerträglich weiß. Er hatte die Augen zu und sagte: Jeden Tag die Gräber aussprengen. Jeden Tag sieben oder acht Gräber. Gestern sogar elf. Und jeden Tag die Leute da reingeklemmt in die Gräber, die ihnen immer nicht passen. Weil die Gräber zu klein sind. Und die Leute sind manchmal so steif und krumm gefroren. Das knirscht dann so, wenn sie in die engen Gräber geklemmt werden. Und die Erde ist so hart und eisig und unbequem. Das sollen sie den ganzen Tod lang aushalten. Und ich, ich kann das Knirschen nicht mehr hören. Das ist ja, als wenn Glas zermahlen wird. Wie Glas.

Halt das Maul, Jesus. Los, raus aus dem Loch. Wir müssen noch fünf Gräber machen. Wütend flatterte der Nebel vom Mund des Unteroffiziers weg auf Jesus zu. Nein, sagte der und stieß zwei feine Nadelstiche aus der Nase, nein. Er sprach sehr leise und hatte die Augen zu: Die Gräber sind doch auch viel zu flach. Im Frühling kommen nachher überall die Knochen aus der Erde. Wenn es taut. Überall die Knochen. Nein, ich will das nicht mehr. Nein, nein. Und immer ich. Immer soll ich mich in das Grab legen, ob es paßt. Immer ich. Allmählich träume ich davon. Das ist mir gräßlich, wißt ihr, daß ich das immer bin, der die Gräber ausprobieren soll. Immer ich. Immer ich. Nachher träumt man noch davon. Mir ist das gräßlich, daß ich immer in die Gräber steigen soll. Immer ich.

Jesus sah noch einmal auf seinen zerrissenen Handschuh. Er kletterte aus dem flachen Grab heraus und ging vier Schritte auf einen dunklen Haufen los. Der Haufen bestand aus toten Menschen. Die waren so verrenkt, als wären sie in einem wüsten Tanz überrascht worden. Jesus legte seine Spitzhacke leise und vorsichtig neben den Haufen von toten Menschen. Er hätte die Spitzhacke auch hinwerfen können, der Spitzhacke hätte das nicht geschadet. Aber er legte sie leise und vorsichtig hin, als wollte er keinen stören oder aufwecken. Um Gottes willen keinen wecken. Nicht nur aus Rücksicht, aus Angst auch. Aus Angst. Um Gottes willen keinen wecken. Dabei ging er, ohne auf die beiden anderen zu achten, an ihnen vorbei durch den knirschenden Schnee auf das Dorf zu.

Widerlich, der Schnee knirscht genau so, ganz genau so. Er hob die Füße und stelzte wie ein Vogel durch den Schnee, nur um das Knirschen zu vermeiden.

Hinter ihm schrie der Unteroffizier: Jesus! Sie kehren sofort um! Ich gebe Ihnen den Befehl! Sie haben sofort weiterzuarbeiten! Der Unteroffizier schrie, aber Jesus sah sich nicht um. Er stelzte wie ein Vogel durch den Schnee, wie ein Vogel, nur um das Knirschen zu vermeiden. Der Unteroffizier schrie – aber Jesus sah sich nicht um. Nur seine Hände machten eine Bewegung, als sagte er: Leise, leise! Um Gottes willen keinen wecken! Ich will das nicht mehr. Nein. Nein. Immer ich. Immer ich. Er wurde immer kleiner, kleiner, bis er hinter einer Schneewehe verschwand.

Ich muß ihn melden. Der Unteroffizier machte einen feuchten wattigen Nebelballen in die eisige Luft. Melden muß ich ihn, das ist klar. Das ist Dienstverweigerung. Wir wissen ja, daß er einen weg hat, aber melden muß ich ihn.

Und was machen sie dann mit ihm? grinste der andere.

Nichts weiter. Gar nichts weiter. Der Unteroffizier schrieb sich einen Namen in sein Notizbuch. Nichts. Der Alte läßt ihn vorführen. Der Alte hat immer seinen Spaß an Jesus. Dann brüllt er ihn zusammen, daß er zwei Tage nichts ißt und redet und läßt ihn laufen. Dann ist er wieder ganz normal für eine Zeitlang. Aber melden muß ich ihn erst mal. Schon weil der Alte seinen Spaß dran hat. Und die Gräber müssen doch gemacht werden. Einer muß doch rein, ob es paßt. Das hilft doch nichts.

Warum heißt er eigentlich Jesus, grinste der andere.

Oh, das hat weiter keinen Grund. Der Alte nennt ihn immer so, weil er so sanft aussieht. Der Alte findet, er sieht so sanft aus. Seitdem heißt er Jesus.

Ja, sagte der Unteroffizier und machte eine neue Sprengladung fertig für das nächste Grab, melden muß ich ihn, das muß ich, denn die Gräber müssen ja sein.

Alexander Kluge
Ein Liebesversuch

Als das billigste Mittel, in den Lagern Massensterilisationen durchzuführen, erschien 1943 Röntgenbestrahlung. Zweifelhaft war, ob die so erzielte Unfruchtbarkeit nachhaltig war. Wir führten einen männlichen und einen weiblichen Gefangenen zu einem Versuch zusammen. Der dafür vorgesehene Raum war größer als die meisten anderen Zellen, er wurde mit Teppichen der Lagerleitung ausgelegt. Die Hoffnung, daß die Gefangenen in ihrer hochzeitlich ausgestalteten Zelle dem Versuch Genüge leisteten, erfüllte sich nicht.

Wußten sie von der erfolgten Sterilisation?
Das war nicht anzunehmen. Die beiden Gefangenen setzten sich in verschiedene Ecken des dielengedeckten und teppichbelegten Raumes. Es war durch das Bullauge, das der Beobachtung von außen diente, nicht zu erkennen, ob sie seit der Zusammenführung miteinander gesprochen hatten. Sie führten jedenfalls keine Gespräche. Diese Passivität war deshalb besonders unangenehm, weil hochgestellte Gäste sich zur Beobachtung des Versuchs angesagt hatten; um den Fortgang des Experiments zu beschleunigen, befahl der Standortarzt und Leiter des Versuchs, den beiden Gefangenen die Kleider fortzunehmen.

Schämten sich die Versuchspersonen?
Man kann nicht sagen, daß die Versuchspersonen sich schämten. Sie blieben im wesentlichen auch ohne ihre Kleidung in den bis dahin eingenommenen Positionen, sie schienen zu schlafen. Wir wollen sie ein bißchen aufwecken, sagte der Leiter des Versuchs. Es wurden Schallplatten herbeigeholt. Durch das Bullauge war zu sehen, daß beide Gefangenen auf die Musik zunächst reagierten. Wenig später verfielen sie aber wieder in ihren apathischen Zustand. Für den Versuch war es wichtig, daß die Versuchspersonen endlich mit dem Versuch begannen, da nur so mit Sicherheit festgestellt werden konnte, ob die unauffällig erzeugte Unfruchtbarkeit bei den behandelten Personen auch über längere Zeitabschnitte hin wirksam blieb. Die am Versuch beteiligten Mannschaften warteten in den Gängen des Schlosses, einige Meter von der Zellentür entfernt. Sie verhielten sich im wesentlichen ruhig. Sie hatten Weisung, sich nur flüsternd miteinander zu verständigen. Ein Beobachter verfolgte den Verlauf des Geschehens im Innenraum. So sollten die beiden Gefangenen in dem Glauben gewiegt werden, sie seien jetzt allein.

Trotzdem kam in der Zelle keine erotische Spannung auf. Fast glaubten die Verantwortlichen, man hätte einen kleineren Raum wählen sollen. Die Versuchspersonen selbst waren sorgfältig ausgesucht. Nach den Akten mußten die beiden Versuchspersonen erhebliches erotisches Interesse aneinander empfinden.

Woher wußte man das?

J., Tochter eines Braunschweiger Regierungsrates, Jahrgang 1915, also etwa 28 Jahre alt, mit arischem Ehemann, Abitur, Studium der Kunstgeschichte, galt in der niedersächsischen Kleinstadt G. als unzertrennlich von der männlichen Versuchsperson, einem gewissen P., Jahrgang 1900, ohne Beruf. Wegen P. gab die J. den rettenden Ehemann auf. Sie folgte ihrem Liebhaber nach Prag, später nach Paris. 1938 gelang es, den P. auf Reichsgebiet zu verhaften. Einige Tage später erschien auf der Suche nach P. die J. auf Reichsgebiet und wurde ebenfalls verhaftet. Im Gefängnis und später im Lager versuchten die beiden mehrfach, zueinanderzukommen. Insofern unsere Enttäuschung: jetzt durften sie endlich, und jetzt wollten sie nicht.

Waren die Versuchspersonen nicht willig?

Grundsätzlich waren sie gehorsam. Ich möchte also sagen: willig.

Waren die Gefangenen gut ernährt?

Schon längere Zeit vor Beginn des Versuchs waren die in Aussicht genommenen Versuchspersonen besonders gut ernährt worden. Nun lagen sie bereits zwei Tage im gleichen Raum, ohne daß Annäherungsversuche festzustellen waren. Wir gaben ihnen Eiweißgallert aus Eiern zu trinken, die Gefangenen nahmen das Eiweiß gierig auf. Oberscharführer Wilhelm ließ die beiden aus Gartenschläuchen anspritzen, anschließend wurden sie wieder, frierend, in das Dielenzimmer geführt, aber auch das Wärmebedürfnis führte sie nicht zueinander.

Fürchteten sie die Freigeisterei, der sie sich ausgesetzt sahen? Glaubten sie, dies wäre eine Prüfung, bei der sie ihre Moralität zu erweisen hätten? Lag das Unglück des Lagers wie eine hohe Wand zwischen ihnen?

Wußten sie, daß im Falle einer Schwängerung beide Körper seziert und untersucht würden?

Daß die Versuchspersonen das wußten oder auch nur ahnten, ist unwahrscheinlich. Von der Lagerleitung wurden ihnen wiederholt positive Zusicherungen für den Überlebensfall gemacht. Ich glaube, sie wollten nicht. Zur Enttäuschung des eigens herangereisten Obergruppenführers A. Zerbst und seiner Begleitung ließ sich das Experiment nicht durchführen, da alle Mittel, auch die gewaltsamen, nicht zu einem positiven Versuchsausgang führten. Wir preßten ihre Leiber aneinander, hielten sie unter langsamer Erwärmung in Hautnähe aneinander, bestrichen sie mit Alkohol und gaben den Personen Alkohol, Rotwein mit Ei, auch Fleisch zu essen und Schampus zu trinken, wir korrigierten die Beleuchtung, nichts davon führte jedoch zur Erregung.

Hat man denn alles versucht?
Ich kann garantieren, daß alles versucht worden ist. Wir hatten einen Oberscharführer unter uns, der etwas davon verstand. Er versuchte nach und nach alles, was sonst todsicher wirkt. Wir konnten schließlich nicht selbst hineingehen und unser Glück versuchen, weil das Rassenschande gewesen wäre. Nichts von den Mitteln, die versucht wurden, führte zur Erregung.

Wurden wir selbst erregt?
Jedenfalls eher als die beiden im Raum; wenigstens sah es so aus. Andererseits wäre uns das verboten gewesen. Infolgedessen glaube ich nicht, daß wir erregt waren. Vielleicht aufgeregt, da die Sache nicht klappte.

> Will ich liebend Dir gehören,
> kommst Du zu mir heute Nacht?

Es gab keine Möglichkeit, die Versuchspersonen zu einer eindeutigen Reaktion zu gewinnen, und so wurde der Versuch ergebnislos abgebrochen. Später wurde er mit anderen Personen wiederaufgenommen.

Was geschah mit den Versuchspersonen?
Die widerspenstigen Versuchspersonen wurden erschossen.

Soll das beweisen, daß an einem bestimmten Punkt des Unglücks Liebe nicht mehr zu bewerkstelligen ist?

Stephan Hermlin
Arkadien

Charlot, der in seiner ganzen Mächtigkeit auf der Schwelle stand, in der schwarzen Lederjacke, die ihn noch breiter machte und sich um die Waffen bauschte, die er darunter trug, Charlot fand, daß Marcel sich nicht verändert habe. Der sich am anderen Ende der Zelle von seinem Schemel erhoben hatte, sah aus, wie er immer ausgesehen hatte, wie ein dreiundzwanzigjähriger Hirtenjunge aus der Auvergne eben aussieht; sein Gesicht drückte Gesundheit und Ruhe aus, nur daß eine begreifliche Verwunderung es jetzt gewissermaßen von den Rändern her in Unordnung zu bringen begann: es erblaßte langsam, unaufhörlich, als würde in dem langen Schweigen zwischen den beiden Männern auf dieses Gesicht alle paar Sekunden eine neue Schicht Blässe aufgetragen. Dabei hatte Charlot sich mittlerweile bestätigen müssen, daß Marcels unverändertes Äußeres die natürlichste Sache der Welt war. Seit den Vorfällen vom Dezember 1943, während der sie sich zum letztenmal gesehen hatten, waren gerade sechs Monate verstrichen.

»Na, Marcel, es ist soweit«, sagte Charlot.

Marcel erwiderte nichts.

›Der sieht mich an‹, dachte Charlot, ›als ob ich eine Erscheinung wäre.‹

»Gib mir deine Hand«, sagte er.

Es war nicht eine Hand, die Marcel ihm entgegenstreckte, es waren beide. Er hatte sie aneinandergelegt, so daß sich Gelenke und Daumen berührten. Charlot trat auf ihn zu, während er ein Paar Handschellen aus der rechten Tasche der Lederjacke zog.

An der Tür salutierte der Gendarm vor Charlot, der ihn nicht beachtete.

»Was soll man machen, Monsieur«, hörte Charlot ihn sagen, »wenn man könnte, wie man wollte, aber Sie wissen ja, wie es ist...« Charlot, der Marcel vorangehen ließ, warf noch einen flüchtigen Blick auf das zu einem ängstlichen Lächeln verzogene Gesicht des Mannes, der in seiner verschossenen schwarzen Uniform an der Tür stand, einen Schlüsselbund in einer Hand und an der unförmigen leeren Pistolentasche herumfingernd, während er die Fortgehenden mit seinem Geplapper begleitete.

»Schon gut. Adieu!« sagte Charlot über die Schulter und trat hinter Marcel auf die Straße und auf die schwarze Limousine zu, in der Louis saß.

An diesem Juni, da an den Brückenköpfen in der Normandie die Artillerieschlacht raste und Paris sich zum Aufstand rüstete, zogen die Deutschen in Aurillac es vor, dem Maquis aus dem Wege zu gehen. Die deutsche Garnison in der Stadt, die kleinen Kommandos in der Nähe, die Straßensperren und Hochspannungsleitungen bewachten, spürten den Zugriff der Partisanen, deren Stab ihnen geraten hatte, sich ruhig zu verhalten. Sie befolgten diesen Rat. Erst recht die französischen Gendarmen, die keinen Finger mehr rührten und sich, wenn die Forderung an sie erging, widerstandslos entwaffnen ließen. Allein die Miliz erwartete mit Haß und Grauen die Abrechnung. Es war nur natürlich gewesen, daß man Charlot, sobald er aufgetaucht war, ins Gefängnis eingelassen hatte. Kein Mensch hätte daran gedacht, ihn an der Entführung eines Gefangenen hindern zu wollen.

Charlot öffnete die hintere Tür des Wagens für Marcel, dem Louis schon Platz machte. Marcel stolperte über die Maschinenpistole, die auf dem Boden lag; in sein Gesicht trat von neuem die Unordnung, die er gerade daraus weggebracht hatte. Charlot drehte sich nicht um, er war bereits mit dem Starter beschäftigt und sah aus wie ein Mann, der ganz an seinem Platz ist. Louis beobachtete ihn bei seinen Handgriffen, wie er mit der Rechten die Handbremse losmachte und nach dem Schalthebel griff; die Apparatur war eigentlich zu zierlich für diesen Obersten, der die meiste Zeit seines Lebens Fahrer von Fernlastzügen gewesen war. Selbst wenn Charlot sich nicht um ihn kümmerte, konnte Louis der Freundschaft dieses Mannes sicher sein; der väterlichen, achtungsvollen, ein wenig brummigen Freundschaft, die der klassenbewußte Arbeiter dem Intellektuellen entgegenbrachte, von dessen Wert er sich überzeugt hatte. Louis meinte in diesem Augenblick zu wissen, daß Charlots Zuneigung zu ihm ihre ganze zuverlässige Festigkeit dem Umstand verdankte, daß er, Louis, ein Deutscher war; weil vielleicht seine, Louis', Existenz die Richtigkeit bestimmter Ansichten Charlots bestätigte, auf die der Bataillonskommandant nicht einmal in dieser Zeit verzichten wollte. Louis, ehemaliger Offizier in einer Internationalen Brigade, hatte ohne Überheblichkeit, aber auch ohne falsche Schüchternheit das am Anfang noch ziemlich mangelhafte Bataillon durchorganisiert und gute und böse Tage mit ihm ertragen. Louis fühlte sich wohl beim Bataillon; in Charlots Freundschaft zu ihm empfand er die Freundschaft aller.

Kaum daß der Wagen angefahren war, zeigte Charlot schon Zeichen von Unzufriedenheit. Er murmelte etwas vor sich hin und schüttelte ärgerlich den Kopf. Schließlich warf er Louis die Worte zu: »Zum Teufel noch mal, so kann man doch nicht einfach aus der Stadt fort!« Louis erwiderte nichts, er war nur unruhig geworden. Charlot hatte unschlüssig einen Moment lang mit dem Steuer gespielt und den Wagen gebremst. Von seinem Rücksitz aus sah Louis über Marcels gefesselte Hände weg die Leute, die auf der Straße in der Sonne standen, Frauen vor einer Epicerie, Kinder im Kreis um einen Abbé versammelt. Sie fuhren wie mit einem Satz bis auf die Mitte des Marktplatzes, wo Charlot den Wagen anhielt. Louis hatte schon halb begriffen, worum es ging.

Charlot stieg mit beschäftigter Miene aus, kam an die Hintertür, sagte durch die Zähne: »Komm, Freundchen!« Er zerrte Marcel an den Handschellen auf die Straße. Louis stand auf einmal der Schweiß auf der Stirn. Während Charlot Marcel festhielt, wandte er sich den Leuten auf dem Platz zu und machte eine weite, rufende Bewegung mit dem freien Arm.

»He, ihr Leute«, brüllte Charlot, »kommt einmal her!« Überall auf dem Markt bröckelte der Lärm ab; Louis sah, wie sich von allen Seiten die weißen Gesichter ihnen zuwandten, wie Händler und Kunden auf der Schwelle der Läden erschienen, wie alles auf einmal eine Menge wurde, die rasch auf sie zulief wie Wasser nach einem tiefgelegenen Abfluß. Die Menschen hatten einen Halbkreis um den Wagen gebildet, die vordersten standen kaum zwei Meter von Charlot und Marcel entfernt. Louis dachte: ›Die Stadt ist voll von deutschen Soldaten und Miliz; und wenn sie kommen? Wie soll man bloß den Wagen loskriegen aus dieser Masse? Charlot ist verrückt geworden.‹

»Paßt einmal auf!« sagte Charlot laut, während die Leute in den vordersten Reihen auf die Handschellen des Gefangenen blickten, als wüßten sie schon, was Charlot ihnen erzählen würde. Sie bemühten sich, ihren vom Lauf heftigen Atem ruhig zu machen, und riefen Ruhe! hinüber zu den Spätergekommenen, die sich geräuschvoll an den äußeren Rand der Menge hefteten.

»Paßt einmal auf!« wiederholte Charlot. »Seht ihr den hier?«

Er machte eine Pause und zeigte auf Marcel. Seine Stimme wurde fast zu laut, wie auf einer Kundgebung: »Franzosen! Hier steht der Verräter vom Dezember! Erinnert ihr euch noch? Dieser Bursche hat den Maquis von S. auf dem Gewissen!«

Marcel war Chauffeur des Maquis gewesen, ein anstelliger Kamerad, ein guter Kumpel, wie man sagte. Im Dezember 1943 hatten ihn die Deutschen mit seinem Lastwagen gestellt. Louis hätte im Augenblick nicht mehr das genaue Datum sagen können. Einen Tag nach seiner Verhaftung griffen SS und Miliz das Berglager des Maquis von S. an; Marcel hatte ihnen den Weg gezeigt. Die Partisanen waren nachlässig gewesen; sie hatten keine Posten aufgestellt; der Überfall, der sich gegen fünf Uhr morgens ereignete, überraschte sie im Schlaf. Sie verloren neunzehn Mann. Die Überlebenden stießen später zur benachbarten Formation, die von Charlot und Louis geführt wurde. Marcel fuhr von da an den Wagen des Gestapochefs in Aurillac. Man hörte ab und zu von ihm. Einige Angehörige des Bataillons hatten sich einmal nach Aurillac gewagt; Marcel bekam Wind davon und ließ sie verhaften; man sah sie nicht mehr wieder. Die Leute in der Umgebung sahen Marcel am hellichten Tage sinnlos betrunken die Straße entlangtaumeln; nicht nur einmal; er trank jetzt so viel, daß die Leute mit Hoffnung von der Stunde sprachen, da Marcel und der Gestapochef aller Wahrscheinlichkeit nach in einem Haufen qualmender Blechtrümmer enden würden. Marcel mußte eine ganze Masse Geld haben; er warf in den Bistrots Händevoll davon auf den Tisch, obwohl keiner mit ihm trinken wollte außer einem bemalten Frauenzimmer, das früher vor der Kaserne der Deutschen herumgelungert hatte und jetzt mit Marcel ging.

Am Tage, da in R. die Nachricht eingetroffen war, daß die Deutschen Marcel wegen eines Diebstahls im Polizeigefängnis von Aurillac festgesetzt hatten, war Louis mit dem Vorschlag zu Charlot gekommen, den Mann herauszuholen.

»Er hat neunzehn Mann, neunzehn Patrioten massakrieren lassen«, sagte Charlot und hielt Marcel fest, der mit dem starren Blick eines Blinden über die Herumstehenden hinsah. »Er hat Roger, Victor, Emile, Jacques angezeigt, sobald er sie durch das Kneipenfenster auf der Straße entdeckt hatte. Dafür gibt es Zeugen. Auch diese vier sind tot. Dieser Lump ist dreiundzwanzig Jahre alt und hat dreiundzwanzig Kameraden auf dem Gewissen, einen für jedes Jahr seines verdammten Lebens.«

Es ging Louis wahrscheinlich nicht anders als jedem einzelnen in der Menge: Er spürte eine dumpfe, zersprengende Wut in sich, nachdem der Fall Marcel sechs Monate hindurch für ihn eine abgeschlossene Sache gewesen war, eine Sache, deren Ausgang man kalt voraussah, sobald man sie durchdacht hatte. Louis bemerkte, daß ihm, während er Marcel beobachtete, die Nägel in die Handflächen gedrungen waren.

Eine Frau in den Fünfzigern hatte sich nach vorn gedrängt, mit strähnigem Haar, in dem sich die Nadeln gelockert hatten, und mit einer abgeschabten Einkaufstasche, deren einer Henkel ihr entglitten war. Sie hatte als einzige die unsichtbare Linie überschritten, an der sich die Menge staute. Mit dem Kopf beinahe im Nacken, um ihm ins Gesicht schauen zu können, stand sie vor dem Gefangenen und blinzelte durch die Tränen, die ihr übers Gesicht liefen.

»Das ist doch der Kleine von meiner Schwester Pierrette in Carlat«, sagte sie.

Während alles stumm blieb, begriff Louis mit einer Art Schrecken, daß es nicht Angst oder Mitleid war, was die Frau weinen machte. Er blickte von der Frau zu Marcel, der fahl war wie die Mauer zwischen den Gärten und der Straße; Marcel hatte die Augen geschlossen, als wüßte er genau, was dieses Weinen zu bedeuten hatte.

»Du Lump«, sagte sie mit einer Stimme, die vom unterdrückten Schluchzen gebrochen klang. Louis versuchte sich ihre Stimme vorzustellen, wenn sie in früheren Jahren zu Besuch nach Carlat gekommen war, in Pierrettes armseliges Pächterhäuschen, eine gute Tante, die ihrem kleinen Neffen ein neues Messer oder eine Tüte Süßigkeiten aus der Stadt mitgebracht hatte.

»Du Schuft«, hörte Louis sie sagen, und jetzt wußte er, daß nicht das Schluchzen mit ihrem Stimmklang zu tun hatte, sondern eine übermächtige Wut, die sie schüttelte wie eine Kreißende. »Du Schuft! Meine arme Pierrette!« sagte die Frau. »Du Verräter! Du Mörder!« Während die Tränen über ihr Gesicht liefen, das die Jahre den Gesichtern all der anderen alten Frauen ringsumher ähnlich gemacht hatten, schien sie zu überlegen. Plötzlich spie sie Marcel zwischen die Augen. »Hängt ihn auf!« sagte sie leise, aber alle hatten es gehört.

Die Menge rührte sich. Von hinten rief jemand: »An den Galgen mit ihm!« Charlot öffnete hastig die Tür und stieß Marcel auf seinen Sitz. Er ließ den Motor anspringen und fuhr den Wagen vorsichtig durch die Ansammlung, die für sie Platz machte.

Während der Wagen die Straße nach R. hinaufzog, beobachtete Louis Marcels Gesicht von der Seite her. Es hatte schnell seine gewöhnliche Farbe wieder angenommen; alle paar Sekunden striemte es der Schatten eines vorbeizischenden Chausseebaumes. Was ist das nur für ein Gesicht, fragte sich Louis. Es war durchschnittlich, gutherzig, rosig unter dem blonden Haar. »Alles dir zu Ehren«, sagte Charlot und lachte auf. »Deinetwegen haben wir den besten Wagen aus dem Stall geholt.«

Der schwarze Matford war der einzige Wagen des Maquis, der mit Benzin und nicht mit Holzgas fuhr; man hatte bei einem Ausflug wie diesem kein Versagen riskieren können. Mit dem Wagen hier waren die siebzig Kilometer zwischen Aurillac und R. ein Kinderspiel. Sie gingen gerade in die Kurve kurz vor der Barriere, und Louis berechnete nach der Uhr, daß sie schneller gewesen waren als auf der Hinfahrt. Der Schlagbaum war geschlossen, und vorsichtshalber griff Louis nach einer Handgranate. Charlot nahm das Gas weg und hupte ungeduldig. Sie fuhren fast im Schritt durch den Schlagbaum, den der feldgraue Posten hastig in die Höhe zog, ohne nach dem Wagen zu blicken. In diesen Tagen handelte ein Landser, der Dienst an einer Straßensperre tat, immer vorsichtig, wenn er durchfahrende Wagen überhaupt nicht beachtete.

Der Schlagbaum kam außer Sicht, sie näherten sich dem Hohlweg, hinter dem die Straße wie ein schrägliegendes Brett schnurgerade bis R. hinaufstieg. Charlot seufzte ärgerlich und hielt den Wagen an. »Jetzt sieh dir das einmal an ...«

Holzfäller hatten über dem Hohlweg gearbeitet und die geschlagenen Stämme auf die Straße stürzen lassen. Louis war die Unterbrechung der Fahrt nicht unlieb; die Straße hatte auf einmal das Gesicht ungestörter Stille, man hätte glauben können, daß die quer über der Bahn liegenden Stämme schon seit Urzeiten da ruhten, allmählich versteinernd in dem Wind, der die Gräser an den Boden legte. Im Augenblick, da der Motor schwieg, sprachen die Männer nicht mehr. Louis sah über dem Hohlweg den Himmel, durch den der Wind, unablässig an ihren Rändern nagend, violette Wolken trieb. In den Kulissen der Landschaft verbarg sich eine unaufhörliche, blinde Bewegung; die Wälder, die sich da emportürmten, waren voll von Grotten, unsichtbaren Gewässern, Lichtungen, zyklopischen

Wegen, auf denen halbwilde Ziegenherden weideten. Hinter den Höhen, dachte Louis, konnte eine Bucht liegen mit ihrem zwischen Sonnenaufgängen und Sonnenuntergängen wechselnden Licht; man sieht keine Menschen; gerade nur irgendwo das Stück eines fliegenden Gewandes oder einen Schimmer nackter Haut. Er stemmte sich bereits mit Charlot gegen das unbewegliche Holz, keuchend, schweißnaß.

»Du könntest«, sagte Louis, »wenigstens Marcel holen.«

Charlot sah ihn zweifelnd an. »In Handschellen?«

»Du hast ja schließlich etwas zum Öffnen«, sagte Louis.

Charlot überlegte einen Moment, lachte. »Na schön«, sagte er, ging zum Wagen und schloß Marcels Fesseln auf. Marcel sagte nichts; er sah eine Minute lang, neben den anderen stehend, mit zusammengekniffenen Augen den Bergkamm entlang, indem er sich die Handgelenke rieb. Dann spuckte er abwesend in die Hände, und sie nahmen zu dritt die Arbeit wieder auf.

Louis wunderte sich noch über die Selbstverständlichkeit, mit der Marcel ihnen geholfen hatte, als sie in R. einfuhren. Es war noch kein rechter Sommer; man fröstelte an diesem späten Nachmittag, der ein goldenes, kraftloses Licht zwischen die Häuser hing. Eine Gruppe von Partisanen, die an der Viehtränke gesessen und den Rindern zugesehen hatte, stand auf und stürzte auf das Auto los. Louis bemerkte drei Überlebende von S. unter ihnen. Sie zogen im Laufen ihre Pistolen.

»Ça va«, sagte Charlot, »die Verhandlung findet morgen früh um sechs vor einem Tribunal der Republik statt. Wer etwas vorzubringen hat, sollte anwesend sein.«

Die drei Leute von S. hatten ihre Waffen wieder eingesteckt. Louis ließ sich vom Diensthabenden Bericht erstatten. Dabei dachte er nach, wo man Marcel unterbringen könnte. »Wir setzen ihn in die Wachtstube«, entschied er. Er ließ den Gefangenen auf einer Bank festbinden, ihm etwas zu essen geben und schärfte der Wache ein, daß während der Nacht außer dem Kommandanten und ihm selber kein Mensch die Stube zu betreten habe; der Posten bürge für Marcels Leben mit seinem Kopf.

Dann schlenderte er noch eine Weile auf der Dorfstraße umher, unterhielt sich mit Bauern und Partisanen, die vom Heuen nach Hause kamen, sah durch die Fenster in die Küchen, wo der Suppenkessel über dem Reisigfeuer hing. Der erste Lichtschein fiel auf die dämmernde Straße. Die alten Frauen und die Mädchen von R., seit jeher in der Gegend bekannt für ihre Kunstfertigkeit im Sticken, saßen schon seit Tagen über den Fahnen und Armbinden, die das Bataillon am Tag der Befreiung beim Defilee in Aurillac zeigen würde. Unter dem Bild des Gekreuzigten neigten sich die Frauenköpfe über die rote Seide, aus der sie einmal Kirchenfahnen hergestellt hatten. Jetzt erschienen darauf unter der Jakobinermütze in Gold die Lettern F. T. P. (Franc-Tireurs et Partisans). Den Essenden, die in Hemdsärmeln vor ihren Kartoffeln saßen, sahen, an der Wand aufgereiht, Trikoloren in allen Größen über die Schulter.

Louis scharrte mit dem Fuß in einer Lichtlache, die im Straßenstaub geronnen war. Die ersten Sterne erzitterten im Nachtwind. Er zog sich den Schal dichter um den Hals. Nein, das war wahrhaftig noch kein Sommer. Er dachte an Marcel. Immerhin, sagte er sich, geht das Feuer in der Wachtstube die ganze Nacht nicht aus; er wird, festgebunden, wie er ist, nicht schlafen können, aber zu frieren braucht er nicht. Louis ging unschlüssig über die Straße. ›Ich kann ja auch nicht schlafen‹, dachte er, während er in die Wachtstube trat.

Marcel lehnte an der Wand, gegen die man seine Bank geschoben hatte. In seinen gefesselten Händen drehte er eine geröstete Kastanie. Louis blieb neben ihm stehen und vergewisserte sich, daß sein Gesicht die zufriedene Gleichgültigkeit ausdrückte, die man darin zu finden gewohnt war.

»Weißt du«, sagte Louis, »ich habe mich die ganze Zeit gefragt, wie das geschehen konnte.«

Marcel ließ die Kastanie fallen; man hörte sie auf dem Holzfußboden kollern. Er sah Louis mit seinen leeren, unschuldigen Augen an, und seine Brauen hoben sich langsam bis hoch in die Stirn. »Was denn, mon Capitaine?« fragte er.

Als Louis zum zweitenmal seinen Gedanken zu äußern versuchte, war ihm, als sei die Frage falsch gestellt, als wüßte er Marcels Erklärung im voraus, als müsse es in Rede und Gegenrede immer einen Rest von Ungenauigkeit oder einfach Ungesagtem geben.

Marcel dachte sehr lange nach, ehe er erwiderte: »Wie soll ich das wissen ... Ich habe mir selber so oft die Frage gestellt. Ich hatte eben Angst.«

»Haben sie dich damals geschlagen«, fragte Louis, »als sie dich schnappten mit deinem Camion?«

Zu seiner Verwunderung bemerkte er, daß Marcel nach diesen Worten rot wurde.

»Sie brauchten mich doch nicht zu schlagen«, sagte Marcel und blickte auf seine Handschellen; in seinem Ton lag eine Spur von Verwunderung über Louis' Frage, als wolle er sagen: Hast du das noch nicht begriffen? »Wie hätten sie mich denn schlagen sollen, wenn ich doch Angst hatte. Ich habe gleich alles gesagt.«

»Und dann hast du ihnen den Weg gezeigt?«

»Ich hatte ihnen gleich gesagt, daß ich ihnen den Weg zeigen könnte.«

Louis schwieg. Er versuchte, sich das einfache dreiundzwanzigjährige Leben Marcels, soweit es ihm bekannt geworden war, vorzusagen wie eine Schulaufgabe, um den Moment herauszufinden, indem für Marcel alles ins Gleiten gekommen war, in dem sich für ihn alles zum Unguten und damit gegen ihn selbst gewendet hatte. Aber es gelang Louis nicht, den Zusammenhang zu finden zwischen dem Marcel, der vor ihm saß, und dem Hütejungen, der den Hund nach der Kuh Marquise laufen ließ, um sie aus dem Hafer des Nachbarn herauszubringen. Er erblickte Marcel nur momentweise vor sich, jedesmal ohne Schuld, jedesmal voller Rätsel; mit dem Kinn gerade über den Tisch reichend, während Pierrette, die Mutter, ihm auftrug, im Gemeindewald Ginster für den Winter zu schneiden; wie er über die Schwelle getreten sein mußte, vor fast genau vier Jahren, mit Augen, denen der Schrecken vor lauter Müdigkeit nichts mehr anhaben konnte, mit seiner zerfetzten Uniform, die von Dünkirchen her mit Brandflecken übersät war. Louis sah ihn auch, wie er ihn wirklich gekannt hatte – wie er neben seinem Lastwagen stand, den er immer tadellos in Ordnung hielt; wie er überhaupt gewesen war: guter Laune, eifrig, nicht immer diszipliniert, aber kein Kriecher, beliebt bei den Kameraden.

»Ich weiß nur eins, mon Capitaine«, sagte Marcel so ruhig, als rede er vom Wetter, »ich habe mich wie ein Schuft benommen, und die Leute haben recht. Natürlich werden sie mich hängen; es ist wohl auch das beste. Ich wünschte nur, es wäre bald vorbei.«

Louis erschrak. Er spürte, daß Marcel mit diesem Vorbeisein nicht die Verhandlung und die Hinrichtung meinte, sondern sein Leben. Er öffnete das Fenster, vor dem der Posten auf und ab ging, und sah hinaus. Der Wind war stärker geworden; er schnob manchmal hart über die Kuppe weg, auf der das Dorf lag. Der Himmel war klar und schwarz.

»Nun, gut!« sagte Louis vor sich hin und schloß das Fenster. »Schön!« wiederholte er laut und wandte sich nach dem Gefangenen um, der sich nicht rührte und sich eine blonde Strähne ins Gesicht fallen ließ. »Also, bis morgen«, sagte Louis noch und ging hinaus. Draußen ermahnte er den Posten zur Wachsamkeit und ging durch die Dunkelheit hinüber in das Haus, in dem Charlot und er ein gemeinsames Zimmer bewohnten. Beim Auskleiden – er hatte kein Licht gemacht – hörte er Charlots ruhigen Atem; er war auf einmal selber müde und schlief sofort ein.

Glockenläuten weckte ihn am Morgen. Er hielt eine Weile die Augen geschlossen und erinnerte sich, daß der heutige Tag ein Sonntag war. Charlot polterte schon mit den Stiefeln über die Holzdielen. Als Louis eine Viertelstunde später aus dem Hause trat, stand er unter einem dunkelblauen, wolkenfreien Himmel. Der Wind mußte sich gegen Morgen gelegt haben; die rosa und weißen Kerzen der großen Kastanie gegenüber standen unbeweglich in der warmen Luft. Louis bemerkte die harte, zarte Linie, die Berge und Dächer vom Himmel trennte, die riesigen, schrillenden Kurven der hochfliegenden Schwalben, das Gleichmaß der Glocken in der bewegungslosen Bläue. Hinter dem jungen Grün der Gartenbäume rollten die Wälder dunkel an den Hängen hinab. Das drohende Schreien der Hähne stieg wie Stichflammen gerade in die Höhe.

Auf der Straße, über der sich Vogelrufe mit dem Knarren von Stalltüren und dem Klappern von Eimern mengten, stand der Bürgermeister von R. mit zwei alten Bauern. Louis gab ihnen die Hand, und sie traten zusammen in den Hof, in dem eine Menge von Partisanen und Bauern das Gericht erwartete. Man hatte einen Tisch und fünf Stühle in einen Schuppen gestellt, vor dem Charlot auf sie zuging: das Tribunal war nach den Vorschriften komplett. Louis sah, während er auf seinem Stuhl Platz nahm, Marcels Gesicht vor sich als weißen Fleck in dem dunklen Raum, an den sich seine Augen nicht gleich gewöhnten. Zwei Partisanen hatten den Gefangenen hereingeführt.

Die Verhandlung dauerte nicht länger als zwanzig Minuten. Marcel hatte mit lauter, ruhiger Stimme die notwendigen Personalangaben gemacht und sich für schuldig erklärt an dem Tod von dreiundzwanzig französischen Patrioten. Er schilderte den Verlauf der Ereignisse mit einer Vollständigkeit, die eine Intervention der Zeugen unnötig machte. Das Urteil, nach sehr kurzer Beratung, lautete einstimmig auf Tod durch den Strang. Charlot hatte sich erhoben und begonnen: »Im Namen der Republik ...« Er fragte jetzt Marcel, ob er das Urteil annehme. Marcel antwortete deutlich und unbewegt: »Ja.« Louis hatte ihn genau ins Auge gefaßt; er konnte nicht das leiseste Anzeichen von Angst an ihm finden. Hättest du Dummkopf, sagte er lautlos in sich hinein, nicht damals im Dezember sterben können? Charlot, immer noch aufrecht, verkündete: »Das Urteil wird sofort vollstreckt.« Einer der beiden Partisanen, die Marcel hereingebracht hatten, ein breitschultriger blonder Bursche, den man nur den Lockenkopf nannte, ging auf Charlots Befehl hinaus, um einen Strick zu holen. Die Leute im Schuppen und die anderen, die vor der Tür standen und aus dem sonnengleißenden Hof her ins Dunkel spähten, hatten eine halblaute Unterhaltung begonnen. Der Lockenkopf kam zurück; in der Hand hielt er eine Gardinenschnur, die er irgendwo abgeschnitten hatte. Marcel hatte einen Blick darauf geworfen. »Das ist ja unmöglich«, sagte er, daß es alle hörten; Louis dachte: ›So laut hat er in der ganzen Zeit seit Aurillac nicht gesprochen.‹ »Du bist ja verrückt, wenn du glaubst, daß du mich an so einem Bindfaden aufhängen kannst.« Mit einer Bewegung seiner gefesselten Hände, des ganzen Körpers schien er allen Leuten auf dem Hof seine physische Wucht ins Bewußtsein rufen zu wollen. Charlot fuhr scharf dazwischen: »Mach dir keine Sorgen! Das ist unsere Sache.« Marcel zuckte die Schultern. »Ihr werdet ja sehen«, hörte Louis ihn halblaut sagen, »immerhin wiege ich zweiundachtzig Kilo.«

Wie in einem Zug, den doch nur der Zufall geordnet hatte, bewegten sich Gericht, Verurteilter und Auditorium über den Hof mit seiner Sonne, seinen Vögeln, den Glocken, die wieder angefangen hatten zu läuten. Marcel sah zum erstenmal unzufrieden aus; sein Gesicht widerspiegelte die unerklärliche Tatsache, daß er in diesem Augenblick nur an die Gardinenschnur dachte, für die sein großer, gesunder Körper zu schwer sein würde. Ganz schnell und kalt fragte sich Louis: ›Habe ich Mitleid mit ihm?‹ Es war nicht das erstemal, daß Verrat seinen Lebensweg gekreuzt hatte. Louis brauchte in seinem Gedächtnis nur einen Namen von dreiundzwanzig zu nennen oder nach dem Gesicht der weinenden Frau auf dem Marktplatz von Aurillac zu rufen, um wieder seine Nägel in den Handflächen zu finden. Er sah auch das versteinerte Gesicht des alten Bürgermeisters, der eben keinen Moment gezögert hatte, den Tod Marcels zu verlangen.

Die Menge stellte sich um einen Kirschbaum, der acht Fuß über dem Boden einen starken Ast schräg in die Luft sandte. Der Lockenkopf hatte seine Gardinenschnur schnell an dem Ast befestigt; nun hob er, zusammen mit seinem Kameraden, Marcel in die Höhe und legte ihm die Schlinge um den Hals. Louis gewahrte hinter dem Baum die Köpfe von Kindern, die sich an die niedrige Mauer lehnten und ernst auf die Leute im Hof blickten. Die Partisanen ließen Marcel in die Schlinge fallen; einen Moment lang schwebte er da in seinem weißen Hemd und den blauen Hosen, mit den Händen, die sie ihm vorher auf den Rücken gefesselt hatten, dann war die Schnur gerissen, und Marcel rollte am Boden.

Die Menge stand starr, während sich Marcel schon wieder auf die Füße gestellt hatte. Er machte ein paar krampfhafte Bewegungen mit dem Kopf, wie einer, den ein Insekt in den Hals gestochen hat.

»Da habt ihr es«, sagte er keuchend, »ich habe es gleich gesagt. So ein Blödsinn!«

»Holt ein anderes Seil!« sagte Charlot, ohne ihn anzusehen. »Ein richtiges!« Louis fiel ein, daß nach einem alten Brauch ein zum Tode Verurteilter, bei dem der Strick riß, in Freiheit gesetzt wurde. In unserer Zeit, dachte er kalt, haben diese Bräuche keine Gültigkeit. Zugleich drängte es ihn, seine Pistole zu ziehen und Marcel zu erschießen, ehe der Lockenkopf wiederkommen würde. »So ein Blödsinn!« sagte Marcel noch einmal und sah zu den Hängen hinauf, an denen die Wälder niederstürzten wie schwarzgrüne Kaskaden. Louis begriff, daß Marcel außer dem eigensinnigen Verlangen

72

nach dem Tode nur die Befriedigung eines Mannes fühlte, der soeben offensichtlich, unbestreitbar recht behalten hatte gegen die Meinung anderer Leute. Louis empfand deutlich die leichte Verlegenheit der Menge, von der er selber ein Teil war, gegenüber dem Mann unter dem Kirschbaum, eine Verlegenheit, die um nichts die Feierlichkeit minderte, die auf Gesichtern und Gegenständen, sogar auf der Landschaft zu ruhen schien.

Diesmal hatte der Lockenkopf ein Seil gebracht, ein festes Zugseil, das er aus einem Geschirr genommen hatte. Louis vermerkte, daß Marcel bei diesem Anblick ein leichtes, kaum wahrnehmbares Nicken der Anerkennung zeigte. Zum zweitenmal legten sie ihm die Schlinge um den Hals, hoben ihn hoch und ließen ihn, diesmal langsam und mit Vorsicht, nach unten gleiten. Man hörte keinen Laut. Die Menge sah zu, wie Marcel allmählich und sehr ruhig starb. Seine Beine zuckten nicht ein einziges Mal. Er starb mit geschlossenen Augen, das Kinn immer fester auf der Brust, in der merkwürdig gestreckten und strammen Haltung, die Erhängte im Tode einnehmen. Louis rührte sich nicht. Er lauschte auf die Ruhe der Vögel im Geäst, auf die leisen Tritte der Menge, die wortlos auseinanderging, auf das Geklirr der Spaten, die neben der Mauer schon das Grab aushoben. Er empfand die ganze dunkle Unschuld der Landschaft, ihre Wärme, ihre unergründlichstaunende Redlichkeit, in der sich jetzt überall unter dem wolkenlosen Himmel das Gewitter der Befreiung zusammenzog. Die Kinder hinter der Mauer waren weitergegangen. Louis sah nur noch zwei junge Mädchen, von der Büste abwärts von der Mauer verdeckt wie auf einem Bild. Sie standen da, jede einen Arm um den Nacken der anderen geschlungen, mit leicht geöffneten Mündern, als sännen sie einem Liede nach, und sahen mit großen Augen an dem Erhängten vorbei nach den Gärten zu und den Bergen, während auf der Brüstung neben ihren offenen braunen Händen eine Eidechse sich sonnte.

Jürg Federspiel
Orangen vor ihrem Fenster

Die nassen Stämme der Linden phosphoreszierten im Regen wie die Autopneus, deren Stieben den Frühlingsduft aus den Fliederhecken riß und ihn süß und schwer vor dem offenen Fenster zerstäubte.

Der kahlköpfige Mann im Lodenmantel hatte sich auf den Fenstersims gesetzt und sah zur Häuserfront hinüber. Rohe Latten stützten die Fensterkreuze, und die Quader der Balken hoben sich vom regenfahlen Verputz des Hauses ab. Es waren alte Mauern. Überall in diesem Quartier waren alte Mauern.

»Nachts hörte er wohl das Rieseln des Sandes in der Mauer, und er schoß aus seinem Schlaf empor, lauschte, ob dies Stimmen seien oder das Geräusch von Leder und knirschenden Schritten«, sagte der Concierge im Dunkel des Zimmers.

Er stand auf den Zeitungsblättern, die über den Boden ausgebreitet waren, verklebt und zerknittert, zwischen Farbtöpfen, Stofflappen, Pinseln und einem Kessel Gipsertünche; die Zeitungsblätter raschelten, wenn der alte Mann sich bewegte.

»Vier Tage, bevor hier alles zu Ende ging, holten sie ihn«, sagte er dann. »Geschossen wurde damals nicht viel, erst in den allerletzten Tagen und Stunden, als die Widerstandsleute aus allen Löchern wie Ratten auftauchten und als in jedem Torbogen, in dem eine Zigarre aufglomm, gewiß auch einer oder mehrere mit Gewehren standen und warteten. Damals hatte er sich schon mehr als zwei Jahre im Hause versteckt; er und das Mädchen wohnten in diesem Zimmer. Er schien keine Angst zu haben, oder auch sehr viel Angst, man weiß es nie genau. Er ging aus und ein, als sei er wie jeder andere, als wüßte niemand, daß er ein Deserteur war. Sogar nachts ging er aus, obwohl die Patrouillen überall marschierten. Vielleicht hatte er so sehr Angst, alleine zu sein und warten zu müssen, daß er es vorzog, in den Straßen herumzuflanieren. Vielleicht trieb er auch Schwarzhandel oder arbeitete sogar für die Widerstandsbewegung. Jedenfalls kam er sehr oft bei Tagesanbruch zurück, und das Mädchen legte jeweils Orangen vor das Fenster, damit er wußte, daß niemand da war, daß es keine Gefahr gab –«

»Orangen«, sagte der Mann im Lodenmantel und sah noch immer auf die Straße hinunter.

»Freilich. Orangen«, wiederholte der alte Mann eifrig und stocherte mit der Schuhspitze in den Zeitungsblättern. »Weiß der Himmel, woher das Mädchen sie dauernd beschaffen konnte, und wenn mal keine Orangen da waren, dann waren es Äpfel. Da, wo Sie sitzen, lag auch immer ein Papier mit Tabakblättern, zwischen denen kleine Orangenschnitze oder Apfelstücke trockneten. Es gab ja nur wenig Tabak, aber das Mädchen beschaffte immer welchen. Der Tabak roch gut – ich bin selbst Pfeifenraucher. Er roch nach Orangen oder Äpfeln –«

Der Mann im Lodenmantel begann sich zu räuspern, stand auf, streckte und dehnte die Arme und fuhr mit dem Handrücken in seinem narbigen, sauber rasierten Gesicht herum.

»Eigentlich sah er gut aus«, sagte der Concierge vor sich hin. »Groß wie die

meisten Deutschen. Riesig sogar. Aber nachdem sie ihn in den Keller gebracht hatten und eine Viertelstunde unten geblieben waren, sah er aus wie
eine Tanne im Gebirge, zerfetzt und abgestückt ... Die Zähne standen so
quer wie die Ähren nach einem Gewitter, und die Fleischstücke hingen ihm
vom Schlüsselbein bis zu den untersten Rippen herunter, als wären es bloß
getrocknete Wursthäute. Im Keller entdeckten sie dann auch den Kohle-
haufen, und sie jagten ihn etwa fünfmal hinauf. So viele Male schaffte er es.
Einer stand oben und empfing ihn mit Fußtritten, so daß er wieder hinab-
kollerte, und die beiden andern, ein Deutscher und der Vichymann, trieben
ihn mit Schürhaken und Kohlenschaufel wieder hinauf. Schließlich ließen
sie ihn liegen. Leute aus der Nachbarschaft versteckten ihn dann in einem
andern Keller, aber sie wagten kaum, ihn zu pflegen, und meine Frau und
ich schleppten ihn nach drei Tagen wieder zu uns, auch in den Keller; wir
dachten, daß sie ihn tatsächlich für tot gehalten hatten oder auch vergessen –«
Der Mann im Lodenmantel nickte und sah wieder aus dem Fenster; er stand
dort, als sei er durch das Fenster und nicht durch die Tür hereingekommen.
Es regnete noch immer. Die Straßenlaternen setzten weiße Lichtkegel ins
Dunkel, schwangen sanft hin und her und strahlten zwischen die Eisenstäbe
mit den saftgrünen Blättern und dem Flieder, der sich aus dem Garten gegen die Straßenseite preßte.

»Ich bin Deutscher«, sagte der schwere Mann im Lodenmantel, ohne sich
umzudrehen. Er lachte.

»Ich dachte es«, versetzte der Concierge und fixierte den kahlen Hinter-
schädel des Mannes. »Aber Sie können das Zimmer trotzdem haben. Mir
haben die Deutschen nichts getan, obwohl sie mir vermutlich etwas getan
hätten, wenn sie mich einige Zeit früher erwischt hätten. Wegen der Kohlen, meine ich.«

Er holte eine dickbauchige Pfeife aus der Tasche seiner Eisenbahnerjacke
und bohrte gedankenverloren in dem Tabak herum.

»Wann möchten Sie einziehen?« sagte er. Sein Fuß stieß gegen den Kessel
mit Gipstünche, und das Geräusch ließ den Mann aufschauen. »In zwei
Tagen ist das Zeug trocken. Auch die Farbe. Bloß die Tür muß noch gestrichen werden. Und der Wandkasten.«

»Ich weiß nicht«, antwortete der glatzköpfige Mann. Seine Stimme klang
wie durch ein Taschentuch. »Jedenfalls kann ich Ihnen eine Monatsrate im
voraus bezahlen. A fonds perdu.«

»Zwölftausend. Es ist viel und doch wenig. Und baden können Sie auch.
Waren Sie hier während der Besetzung?«

»Kurz«, antwortete der kahle Mann und drehte sich wieder zum Fenster.
»Spielt das eine Rolle?«

Die Tür knarrte, und die beiden Männer wandten dem Fenster den Rücken zu und sahen zur halbgeöffneten Türspalte, in der schwanzringelnd eine Katze erschien, schnuppernd und aufmerksam. Gleich darauf verschwand sie wieder.

»Die Katze gehörte dem Mädchen«, sagte der Concierge und deutete mit der Rechten zur Wand, an der zwei geflochtene Sessel standen.

»Die Katze, ein Tisch, zwei Stühle, ein Bett und ein paar Decken und Kissen; Briefe und solches Zeug –«

»Was für Zeug –?«

»Zeug«, wiederholte der Concierge. »Das ist das einzige, was das Mädchen hiergelassen hat.«

»Was für ein Mädchen?« fragte der glatzköpfige Mann und fuhr mit der fleischigen Hand über seinen Hinterkopf. Handrücken und Kopf wurden eins. Dann knöpfte er seinen Lodenmantel zu.

»Das Mädchen, das mit dem Deserteur hier wohnte. Mit dem Deutschen. Sie war sehr zierlich, fast klein, und er war ein Riese. Aber wahrscheinlich war er gar kein Riese wie die meisten Riesen, wahrscheinlich rollte er wie eine Kugel in seinem Riesenkörper herum, wie eine Fracht, die sich in einem schlingernden Schiff losgelöst hat. Oder ähnlich. Riesen sind meist verlorene Kinder. Jeder weiß das. Aber das Mädchen liebte ihn. Vielleicht deswegen. Trotz der Orangen.«

»Trotz der was –?« sagte der glatzköpfige Mann gereizt und guckte den Concierge an, der noch immer mit dem Daumen an seinem Pfeifenkopf herumschnipselte.

»Trotz der Orangen. Man weiß es nie genau. Auch das Mädchen kam oft spät nach Hause. Wir hörten, wie sie den Türknopf zog und halblaut ihren Namen rief, bevor sie den Treppenabsatz erreichte, aber sie war meist vor ihm da, und er war oft so betrunken, daß sie ihn unten holen und heraufschleppen mußte, und wir hörten, wie er oben Tische und Stühle umriß und wie im Badezimmer unaufhörlich gespült wurde und wie er zuweilen mit lautem Krach noch einmal umfiel, Gläser und Vasen zertrümmernd –«
Der alte Mann hielt inne, ging bedächtig zum Lichtschalter und drehte ihn. Die Wände waren nackt, und weiße Spritzer trockneten auf dem Linoleum und den Zeitungsblättern.

»Dann war es meist still«, sagte der Concierge, als hätte er den Satz überhaupt nicht unterbrochen – »dann war es meist still, und man hörte das Mädchen summen und singen. Sie war zierlich –«

»Ich weiß –«, unterbrach der Mann im Lodenmantel.

»Sie war zierlich und dunkelhaarig«, fuhr der Concierge fort. »Und sie hatte ein richtiges Kindergesicht. Eigentlich hätte sie sich überhaupt nicht schminken dürfen, so kindlich war ihr Gesicht; es war immer wie von Kirschen verschmiert, obwohl sie sich eigentlich recht hübsch machte. Ja, und dann kam er durch die Straßen gezogen, nachts –: überall öffneten sich die Fenster, und die Leute guckten zwischen den Läden hervor. Aber es geschah nichts. Einmal trug er einen zerfetzten Schirm in der Hand und zog einen völlig verdreckten Fuchspelz hinter sich her. Die Orangen lagen wieder vor ihrem Fenster in jener Nacht, aber das Mädchen war nicht zu Hause, und wie er oben laute Lieder grölte, deutsche Lieder, wollte ich dann schließlich hinaufgehen. Aber da kam sie gerade nach Hause. Der Riese stand halbnackt auf der Treppe und stürzte ihr entgegen, und sie trug eine Tüte voll Orangen und Äpfel und Konservenbüchsen, die die Treppe hinunterkollerten und -klapperten. Er trug sie trotz seiner Betrunkenheit die Treppe hinauf, und oben ließen sie die ganze Zeit die Tür offen. Erst nach einer Weile kam das Mädchen wieder herunter und sammelte die Büchsen und Orangen. Am nächsten Morgen wurden wir durch das Singen des Riesen geweckt. Er sang den ganzen Tag.«

Der Mann im Lodenmantel stand an der Tür und betrachtete die gipsweißen Händeabdrücke auf der abblätternden Tür.

»Die Tür wird morgen früh gestrichen«, versetzte der Concierge. »Morgen früh. In zwei Tagen ist alles trocken. Wollen wir noch ein Glas trinken? In der Küche?«

Die Küche war erfüllt vom Dampf kochender Pfannen, auf denen leise die Deckel schepperten.

»Gemüse«, sagte der Concierge und rückte die Küchenschemel ans Fenster. Die Pinardflasche und zwei ausgespülte, tropfende Gläser standen auf dem Küchentisch.

»Eigentlich denke ich nie an jene zwei Jahre. Oder bloß dann, wenn ich die raschen Schritte einer Frau oder eines Mädchens auf der Treppe höre. Es waren Tritte, wie man sie in den Dörfern im Süden hört, auf Steintreppen oder Marktplätzen, klappernd und doch behutsam.«

Draußen auf dem Hinterhof glomm ein abgeschirmtes Licht und warf einen dämmrigen Lichtfilter auf die Eisensprossen der Hochparterretreppe.

Der Mann im Lodenmantel stellte das Glas behutsam auf den Tisch, preßte die Stirne an die Fensterscheibe und legte die Hände wie Scheuklappen an die Schläfen.

»Es regnet noch immer«, bemerkte der Concierge. »Hier geschah es dann.«

»Geschah was –?« fragte der Mann im Lodenmantel heftig. Er drehte sich um –

Der Concierge setzte sich breitbeinig auf den Küchenschemel und begann, die Pfeife auf dem Ausguß auszuklopfen.

»Das Mädchen kam zweimal mit einem deutschen Offizier nach Hause. Wir standen am Fenster. Es war spät. Der Offizier legte die Hände auf ihre Schultern und zog sie langsam an sich. Sie redeten sehr lange miteinander. Kurz darauf, in den letzten Tagen eben, kamen die Geheimpolizisten und der Vichyhäscher. Sie gingen auf den Fußspitzen die Treppe hinauf, so leise, daß man die Stufen kaum knarren hörte. Das Mädchen und der Deutsche spielten oben Boule mit den Orangen, die sie wohl kaum je aßen, trotz der schlechten Zeiten; wenn man das Zimmer betrat, lagen die Orangen entweder auf dem Fenstersims oder auf dem Teppich. Die Resultate hatten sie mit farbigen Kreiden oder Farbstiften auf die Tapete geschrieben, und meine Frau ärgerte sich natürlich maßlos, aber wir mochten die beiden gern, und wir waren eigentlich fast stolz auf unsern Deserteur. Wir waren stolz, daß wir auch etwas taten, außer schweigen und tolerieren. Ein Deutscher weniger gegen uns, sagte ich, das ist fast so gut wie einen abschießen oder einen Eisenbahnzug sabotieren. Sabotieren stand hoch im Kurs damals.«

Der Mann am Fenster hatte sich umgewandt: für einen Augenblick glich sein Gesicht einem jener Bilder, das man aus mehreren fotografierten Gesichtsteilen zusammensetzt; bleich, passend, durchaus menschenähnlich und etwas fett.

»Meine Frau mochte zwar das Mädchen weniger. Nicht der bekritzelten Tapeten wegen. Einfach so. Man weiß es nie genau.«

»Was –?« sagte der Mann im Lodenmantel. Er saß noch immer vor dem vollen Glas und hielt den kahlen Schädel schräg gegen das Fenster.

»Ich weiß nicht«, versetzte der alte Mann langsam. »Jedenfalls hatte das Mädchen eine Stelle in einem Kino. An der Kasse oder so. Aber es war nur eine Gelegenheitsarbeit, und sie arbeitete hintereinander in mehreren Kinos, manchmal nachmittags, manchmal abends. Ja, und dann gingen eben die drei hinauf, polterten und schlugen gegen die Tür und rannten sie dann ein. Es war ein fürchterliches Schreien und Krachen oben; schließlich fiel einer der Deutschen rückwärts die Treppe hinunter. Aber zuletzt überwältigten sie den Riesen natürlich doch. Sie schleppten ihn in den Keller –«

Der Mann im Lodenmantel murmelte etwas vor sich hin. Er nippte zum ersten Male an seinem Glas, und das Glas schien durch die feiste Hand hindurch, als sei sie durchsichtig.

»Sie ließen den Riesen liegen –«, fuhr der alte Mann fort, »– und gingen dann wieder davon. Die Leute hatten sich kaum aus ihren Wohnungen gewagt, und nun erschienen sie auf dem Korridor und auf der Treppe, und später erschien das Mädchen. Leise singend. Oder auch weinend. Es ist schwer zu sagen. Sie hatte bloß ein paar farbige Kleiderfetzen übergeworfen, ungeknöpft verfaltet, und in der Hand hielt sie das rote Seidenband, das sie über der Tür angebracht hatten, damit der Riese beim Eintreten nicht mit dem Schädel anstieß. Natürlich hatte er das Merkzeichen nach einer Weile wieder vergessen, gewohnheitshalber, und man hörte ihn laut und gründlich fluchen. Ja, und dann ging das Mädchen vorbei. Lautlos. Wie ein Fisch im Aquarium ... Die Mitbewohner standen angeschmiedet an den Wänden, und zwei oder drei der Frauen streckten sogar die Hände aus, aber sie streifte sie so achtlos, wie man an Hecken und Büschen vorübergeht.

Ja, und eine Woche später zogen unsere Leute ein und die Amerikaner, und einmal erschienen ein paar randalierende junge Leute, die ihren Patriotismus damit an den Tag zu legen versuchten, indem sie die Frauen, die man mit Deutschen gesehen hatte, verprügelten und ihnen die Köpfe glattschoren. Ich habe das Mädchen niemals wiedergesehen. Vor drei Jahren schrieb ich an ihre Verwandten in Lyon, aber auch dort wußte man nichts. Nicht einmal Beamte erkundigten sich nach ihr. Es war, als habe das Mädchen überhaupt nie gelebt. Oder doch nur so wie die alltäglichen Unbekannten, die vorbeigehen und die vielleicht gar nicht leben. Die es gar nicht gibt. Wer weiß – möglicherweise dürfen Gespenster in einer Großstadt eine alltägliche Menschengestalt annehmen. Vielleicht. Man weiß es nie genau.«

Der kahle Mann bewegte seinen Schädel hin und her und betrachtete die Innenseite seines Hutes, dessen Krempe er wie Blech zwischen seinen Fingern hielt. »Darf ich Sie zu einem Glas einladen?« fragte er schließlich.

Der Concierge zuckte die Schultern und sah zur halbvollen Pinardflasche. »Wenn Sie wollen. Wo? Drüben?«

Das Licht im Hinterhof erlosch, und die Küchenscheiben wurden schwarz.

Die beiden Männer überquerten die öligen Regenbogenlachen, die im Schimmer der Straßenlichter auf dem Asphalt glänzten, und der Concierge öffnete die Tür zum Bistro. Eine säuerliche Wolke von warmem Biergeruch und Sägemehldunst lag über den Tischen; sie steuerten zur Theke, hinter der ihnen ein straffgescheitelter Mann die Arme entgegenschwenkte.

»Monsieur Charles!«

»Salut, Maurice«, sagte der Concierge.

Er bestellte Fine à l'eau für beide, wandte der Theke den Rücken und stützte die Ellbogen auf die Kante.

»Hier war er oft.«

»Der Riese?«

»Der Riese.«

Der alte Mann deutete mit einer Kopfbewegung hinter die Theke und senkte die Stimme.

»Als sie ihn holten, dachte ich erst an Maurice. Für eine Zigarette würde er jeden liefern. Auch einen Deserteur. Oder besonders einen Deserteur. Aber Maurice fürchtete sich damals vor allen –«

Maurice klopfte hinter ihnen aufmunternd die Gläser auf die Theke, wartete einen Augenblick und zog sich dann auf einen hohen Hocker hinter der Bar zurück. Sein ölverpappter Scheitel hing über einem Haufen von Münzen, die er zu kleinen Türmen ordnete und aufhäufte.

Das Bistro war leer.

Der kahlköpfige Mann legte seinen Hut hinter sich und starrte hilflos zur Tür.

»Was geschah weiter?«

»Mit wem?«

»Mit dem Riesen.«

»Eben, meine Frau und ich hatten ihn aus dem Nachbarkeller geholt, weil wir dachten, daß sie ihn vergessen hatten. Er war kaum je bei Bewußtsein. Vier Stunden, nachdem wir ihn geholt hatten, erschienen die drei wieder und zwei andere dazu. Vichyleute. Einer der Deutschen, ein Offizier, schien sich auszukennen. Ohne zu grüßen oder zu fragen, nannte er den Namen des Riesen. Wir konnten nichts tun. Zwei der Männer holten den Deserteur schließlich aus dem Keller herauf. Der deutsche Offizier starrte die ganze Zeit die Treppe empor; dann fragte er schließlich nach dem Mädchen. Ich sagte, was ich wußte, aber er schien kaum zuzuhören. Damals glaubte ich, daß ich sein Gesicht nie vergessen würde. Er war noch ziemlich jung, mit weißblonden Wimpern und Augenbrauen und einem fast kahlen Kopf. Eigentlich schien er eher korrekt als schlecht zu sein. Aber man weiß es ja nie genau.«

»Solche Geschichten bekommt man sonst nur bei uns zu hören«, sagte der Mann im Lodenmantel. »In Deutschland. Aber man kennt diese Geschichten eigentlich zur Genüge. Was geschah weiter?«

Er rieb die Knöchel seines Handrückens an den Schneidezähnen hin und her und starrte in die halbblinden Spiegelsplitter unter einer Byrrh-Reklame.

»Sie schleppten oder trugen ihn in den Hof hinaus«, sagte der Concierge. »Und dann die paar Treppenstufen bis zum Hochparterre im Hinterhaus, wo er gleich wieder absackte und bewegungslos am Geländer hing. Einer band ihm ein Seil um den Hals, das beinahe doppelt so lang war wie die Fallänge; es ging alles sehr rasch. Sie warfen ihn wie eine Vogelscheuche über die Brüstung und schossen hinter ihm her.

Es war alles so sinnlos. Ich meine, die Art, wie sie ihn umbrachten. Sie hätten ihn hängen können oder erschießen oder auch bloß über die Brüstung werfen – alles hätte genügt, aber sie taten so, als biete jede der Todesarten auch eine ganz besondere Chance des Überlebens. Nicht nur des Sterbens, sondern auch des Überlebens. Das war das Grauenvolle. Schließlich war die Brüstung nicht sehr hoch, und das Seil war zu lang, und sie schossen eigentlich, ohne zu zielen. Als er auf dem Asphalt aufklatschte, lebte er sogar noch für einen Augenblick. Aber sie gingen nicht einmal mehr nachschauen, sondern fuhren einfach wieder davon. Natürlich – es waren die letzten Tage. Die Schnellgerichte. Die allerletzten. Drei Tage später tanzten die Leute wie die Besessenen um die einrollenden Panzer ...«

Der Mann im Lodenmantel wandte sich von den Spiegelsplittern ab, als hätte er vergeblich versucht, sich darin zu sehen. Er drehte sich mit einem Ruck zur Theke um.

»Es war Krieg«, versetzte der Concierge beiläufig. »Später, nun später trinkt man wieder Apéritifs, und das Grauen bleibt nicht länger in Erinnerung als eben die Toten, und die Toten verblassen sehr rasch.«

»A propos Fine«, sagte der kahlköpfige Mann und grub in den Taschen seines schäbigen Lodenmantels, der eigentlich gar nicht paßte zu dem eleganten Borsalino –

»A propos Fine –« Er holte ein Röhrchen Tabletten hervor und schluckte etwas hinunter. »Der Arzt hat mir Alkohol eigentlich verboten. Magen und so.«

Er lachte und sah auf die Uhr.

»Übrigens muß ich gehen. Meine Frau wartet. Was das Zimmer betrifft – nun, ich werde morgen noch einmal vorbeikommen. Eigentlich ist es gar nicht für mich bestimmt, sondern für meine Frau. Sie möchte wieder hier leben. Einige Zeit wenigstens. Ich persönlich kann leider des Geschäftes wegen nicht hierbleiben.«

»Natürlich«, antwortete der Concierge. »Lassen Sie sich ruhig Zeit.«

Der schwere Mann stülpte den Hut auf seinen kahlen Schädel und blieb unschlüssig stehen.

»Ich gebe Ihnen eine Monatsrate, à fonds perdu, wie abgemacht.«

Er nestelte wahllos in seiner Brieftasche und warf ein paar Geldscheine auf die Theke.

»Es ist zuviel«, sagte der alte Mann, ohne genau hinzuschauen. »Zählen Sie nach. Es ist viel zuviel. Zwölftausend genügen.«

Die Tür fiel ins Schloß, und die Silhouette des Mannes verblich hinter der Milchglasscheibe.

Der Concierge warf ein paar Münzen auf den Zink. »Wer war das?« ließ sich Maurice leutselig aus seiner Ecke vernehmen.

»Ein Toter«, murmelte der alte Mann.

Dann ging er zur Tür.

Der Regen perlte auf dem Filz seiner Eisenbahnerjacke. Einige Schritte weiter drängten sich die Leute aus der letzten Kinovorstellung. Die Vordersten ließen sich von den Nachdrängenden widerwillig hinausschieben; das Licht der Vorhalle drängte sie wie eine dunkle Herde in den Regen.

Andere hatten sich mit hochgeschlagenem Rockkragen an die Wand gepreßt und schienen zu warten.

Tote, sagte der Concierge. Tote. Ein paar Tote sind bestimmt darunter. Sie ziehen aus irgendeiner Finsternis hinein in die Welt, endlose Tage und Nächte, und wieder hinaus in die Finsternis. Einige gingen heute vielleicht ins Kino.

Er beschloß, noch an diesem Abend Orangen vor das Fenster zu legen. Vielleicht –

Man wußte es nie genau.

Seine Pfeife brannte trotz des Regens.

Eigentlich war es gleichgültig, wer lebte oder wer nicht lebte. Er jedenfalls lebte.

Autos zischten vorbei, und es roch nach Flieder.

Josef Mühlberger
Der Kranzträger

In Rostock wurde der Oberst vom Ende überrascht. Er hätte es noch immer nicht für möglich gehalten, wenn er nicht gezwungen worden wäre, es zu glauben. Die Stadt war von drei Seiten durch die Russen eingeschlossen. Der Oberst war in Frankreich, Italien, Rußland, auf dem Balkan – wo war er überall gewesen! Darum fiel es ihm schwer zu begreifen, daß er jetzt kein Oberst mehr war und daß von den Riesenräumen, in denen er überall gesiegt hatte, eine elende Kasernenstube übriggeblieben war, in der er noch in letzter Minute zusammengeschossen oder aus der er in Gefangenschaft abgeführt werden konnte. Er mußte sich entscheiden. Sein einziger Gedanke war zunächst: nicht in Gefangenschaft geraten. Er stopfte die Hosentaschen voll Wehrmachtsuhren, die Manteltaschen voll Munition, hängte die Maschinenpistole um und ging. Er schlug sich durch. Dann wurde die Maschinenpistole mitsamt der Munition weggeworfen, die Wehrmachtsuhren hatte er noch alle, aber auch die Uniform eines Obersten hatte er noch. Er war stolz auf sie gewesen – er war als Zwölfender aus dem Mannschaftsstand aufgestiegen; nun mußte er sie so rasch wie möglich loswerden.

Vor Buchholz ging er zu einem Bauern und wollte seine Uniform gegen Zivilkleidung eintauschen; denn hier ging das Niemandsland zu Ende. Der Bauer zeigte keine Ergebenheit vor dem Oberst, zuckte mit den Schultern und sagte: »Kleidungsstücke sind rar. Und eine Uniform zieh ich nicht einmal aufs Feld an.« Der Oberst legte eine Wehrmachtsuhr auf den Tisch. Der Bauer schaute sie an und sagte: »Gestohlen. Aber für einen Rock reicht sie.« Da warf der Oberst eine zweite Uhr auf den Tisch und bekam dafür eine Hose.

Der Bauer wollte so gut sein, die Uniform verschwinden zu lassen. Das war also vorbei, der Respekt vor der Uniform. Gut. Das ist nicht für immer. Jetzt hieß es, sich bis nach Hause durchzuschlagen. Das war weit; ein kleines Städtchen im Süden. Und hier war man ganz im Norden.

Der Oberst wollte bei dem Bauern übernachten, aber der duldete das nicht; das sei gefährlich.

Als es dunkel zu werden begann, ging der Oberst auf den Kirchhof, schaute sich um, trat zu einem frischen Grab, nahm von dem Grab einen frischen Kranz und suchte einen Wald. Dort legte er sich hin, um zu schlafen. Es war eine kalte Nacht, und der Oberst mußte sich mit dem Totenkranz aus Kiefernzweigen zudecken.

Es war gut, daß er den Totenkranz hatte. Am nächsten Mittag begegneten ihm die ersten Engländer. Sie beachteten den Mann mit dem Kranz, der ins Nachbardorf zu einem Begräbnis ging, nicht.

So ging es einige Tage. Der Oberst war ununterbrochen zu einem Begräbnis unterwegs und trug ununterbrochen einen Totenkranz. Da dieser schäbig geworden war, tauschte er ihn auf einem Grab gegen einen anderen aus, einen leichteren, nur aus Papierblumen. Dieser verdarb aber schon am nächsten Tag, weil es regnete, und der Oberst mußte sich einen neuen beschaffen.

Auch der Oberst begann zu verderben. Die weiten Wege, das Schlafen im Freien, das Wenige, das er für seine Wehrmachtsuhren zu beißen bekam ... Einem Bauern mußte er die angebotene Uhr lassen, ohne dafür etwas einzutauschen; anders hätte der Bauer den ehemaligen Soldaten an die Engländer verraten. Aber Totenkränze gab es genug. Es gab überall frische Gräber. Als der Oberst eines Tages auf einen Friedhof kam, um den alt gewordenen Kranz gegen einen neuen auszutauschen, war gerade ein Begräbnis. Der Oberst konnte nicht einfach wieder weggehen, und so legte er seinen Kranz neben das Grab und nahm an der Trauerfeier teil. Danach wurde er zum Totenessen eingeladen. Dabei aß er sich zum ersten Male satt.

Ein andermal begegnete ihm ein amerikanisches Auto. Es fuhr nicht weiter, sondern hielt, und der Fahrer redete ihn an: »Hallo! Bist du noch immer nicht dort?« – »Wo?« fragte der Oberst. – »Wo du den Kranz hinbringen willst.« – »Wieso?« – »Ich habe dich schon vor vier Tagen gesehen.« – »Mich? – Nun freilich, es fahren noch immer keine Züge.« – »Daß du auch schon wieder zu einem Begräbnis mußt. Traurig.« – »Wieso?« – »Vor vier Tagen hattest du doch einen anderen Kranz.« – »Ich bin gleich da. Dort sieht man schon das Dorf.« – »Well. Gib mir eine von deinen Uhren.« – »Uhren?« fragte der Oberst wie ein Rekrut, der sich dumm stellt. – »Ja, für die du Lebensmittel eintauschst.« – Da mußte der Oberst mit einer Uhr herausrücken. Er dachte: die haben uns besiegt und wollen uns Kultur bringen und haben selber nicht einmal anständige Uhren. Denn das hatte er erfahren, daß die Amerikaner auf Uhren wie der Teufel auf eine Seele scharf waren. Der Amerikaner freute sich wie ein Kind über die Uhr, legte sie sogleich um sein Handgelenk und sagte: »Okay!« hieß den Oberst einsteigen und nahm ihn mit.

Sie fuhren weit, danach durfte der Oberst wieder seinen Kranz nehmen, aussteigen und auf seinen eigenen Füßen weitergehen. Er war auf diese Weise ein hübsches Stück rasch gegen Süden gekommen. Das war gut, denn nach den Manteltaschen wurden jetzt auch die Hosentaschen leer. Das mit den Amerikanern war gut abgegangen. Humor ist doch was wert, dachte der Oberst. Aber er selber hatte keinen mehr.

Es ging weiter wie vorher, immer mit einem Kranz, einmal um die rechte, dann um die linke Schulter gelegt, von Friedhof zu Friedhof. Der Kranz wurde immer schwerer, der Magen immer leichter, die Füße immer müder, überhaupt alles immer elender, je näher der Oberst an zu Hause kam. Von der Ostsee bis an den Fuß der Alpen hatte er den Totenkranz quer durch ganz Deutschland getragen und dabei immer nur von Friedhof zu Friedhof gedacht, von einem frischen Grab zum anderen, als ob es in Deutschland nur noch Friedhöfe und frische Gräber gäbe. Und Oberst war er nicht mehr, der sich auf diese Weise tarnte, nicht einmal mehr Portepee-Träger, gar nichts mehr war er, ein Totenkranzträger war er. Wie verwachsen war der Kranz mit ihm, er konnte sich gar nicht mehr ohne ihn denken, er konnte ihn gerade jetzt nicht einfach wegwerfen, da er in einer Gegend war, wo man ihn schon kennen mochte. So kam er denn mit dem lästigen Ding, das ihm aber die Freiheit bewahrt hatte, nach Hause.

Seine Frau konnte nicht noch bleicher werden, als sie schon war, als sie ihren Mann sah, dazu mit einem Totenkranz.

»Ein Jahr –!« stammelte sie.

Ja, ein Jahr lang hatten sie einander nicht gesehen. Aber das war wie fünf Jahre. So älter erschien dem Oberst seine Frau. Sie war eine Feldwebelsfrau geblieben und keine Offiziersfrau geworden. Doch das war, als er Offizier geworden, nicht wesentlich gewesen. Jetzt aber war sie nicht einmal mehr die Frau eines Feldwebels, denn ihr Mann war nie etwas anderes als Soldat gewesen. Und das zählte jetzt nichts.

»Willst du nicht vorher etwas essen?«

»Was heißt vorher?« sagte der Oberst unwillig. »Ich habe natürlich Hunger. Nach einem solchen Weg –!«

»Gewiß. Den Kranz können wir nachher auf den Friedhof tragen. Ich bin froh, daß du es schon weißt und ich es dir nicht sagen muß.« Sie drückte die mageren Hände über ihr Gesicht und weinte. »Aber ich bin nicht schuld daran. Wirklich. Ich war gerade hamstern gewesen. Horst spielte im Hof, als die Tiefflieger kamen. Am 3. Mai, kurz vor seinem fünften Geburtstag. Er ist sogleich tot gewesen.«

»Schweine!« schrie der Oberst, als stünde er als Spieß auf dem Kasernenhof. »So kurz vor dem Ende! Gemein! Auf Zivilisten schießen! Auf Kinder! Gangster!«

Er stand auf und nahm den Kranz.

»Willst du, noch ehe du etwas gegessen –?«

»Ich habe keinen Appetit mehr.«

Sie gingen, und der Oberst legte, nachdem er von der Ostsee bis zu den Alpen quer durch ganz Deutschland einen Totenkranz getragen, jetzt, da er am Ende war, den Kranz auf das Grab seines Kindes. Eine Weile stand er, abgemattet, verbraucht wie der Kranz, den er einige Tage geschleppt hatte, dann durchfuhr es ihn; er wollte sich soldatisch stamm aufrichten, aber es wurde nichts.

Die Frau hatte sich gebückt, und ihre Finger versuchten, die verdrückten und zerknitterten Papierblumen des Kranzes, so gut das möglich war, in Ordnung zu bringen. Als sie dann den Kranz wieder mitten über das Grab gelegt hatte, schob sie ihn wieder zur Seite. Da blühten Veilchen, die wie blaue Kinderaugen aus dem schmalen Grabhügel schauten. Sie sollten durch den Totenkranz aus zerdrückten Papierblumen nicht verdeckt werden, sie wollten die Sonne sehen.

Hans Bender
Die Wölfe kommen zurück

Krasno Scheri hieß das Dorf seit der Revolution. Es lag fünfzig Werst von der nächsten Stadt in großen Wäldern, die eine Straße von Westen nach Osten durchschnitt.

Der Starost von Krasno Scheri holte sieben Gefangene aus dem Lager der Stadt. Er fuhr in seinem zweirädrigen Karren, ein schweißfleckiges Pferd an der Deichsel. Zwischen den Knien hielt er ein Gewehr mit langem Lauf und rostigem Korn. Im Kasten hinter dem Sitz lag der Proviantsack der Gefangenen voll Brot, Salz, Maisschrot, Zwiebeln und Dörrfisch.

Die Gefangenen gingen rechts und links auf dem Streifen zwischen den Rädern und dem Rand der Felder. Als die Straße in den ersten Wald mündete, stieg der Starost ab. Er band die Zügel an die Rückenlehne und ging hinter den Gefangenen her.

Sie hielten sich an die Gangart des Pferdes. Alle Gefangenen gehen langsam. Sie senkten die Köpfe, nur einer trug ihn aufrecht, drehte ihn hierhin und dorthin, neugierig, verdächtig.

»Ich habe ein Gewehr«, dachte der Starost. »Sie haben kein Gewehr. Mein Gewehr ist zwar nicht –«

Der Gefangene blieb stehen. Er ließ drei, die hinter ihm kamen, vorübergehen, bis der Starost auf seiner Höhe war.

»Guten Tag«, sagte der Gefangene.

Seit dem ersten Krieg hatte der Starost keine Deutschen mehr gesehen. Diese Deutschen waren andere Deutsche als damals. Er sah, der Gefangene war jung. Er hatte Augen in der Farbe hellblauen Wassers.

»Gibt es Wölfe im Wald?« fragte der Gefangene.

»Wölfe?« Der Starost überdachte die Frage. »Ja, es hat Wölfe gegeben. Jetzt gibt es bei uns keine Wölfe mehr. Ihr habt sie vertrieben mit eurem Krieg. Die Wölfe sind nach Sibirien ausgerissen. Früher knackte der Wald von Wölfen, und niemand hätte gewagt, im Winter allein diesen Weg zu gehen. Die letzten Wölfe sah ich im ersten Winter des Krieges, als die Geschütze von Wyschni Wolotschek herüberdonnerten.«

»Fünf Monate ist der Krieg vorbei«, sagte der Gefangene. »Die Wölfe könnten längst zurück sein.«

»Sie sollen bleiben, wo sie sind«, sagte der Starost. »In Sibirien. Sibirien, da gehören sie hin.«

Bis zum Abend gingen die Gefangenen und der Starost durch die Wälder. Manchmal brachen die Wälder ab, eine Wiese lag dazwischen, ein Streifen unbebautes Land mit dürren Sträuchern, dann begann wieder Wald, ein wirrer, unordentlicher Wald mit niedrigen, verkrüppelten Bäumen und wucherndem Unterholz.

In Krasno Scheri traten die Leute aus den Häusern und standen dunkel vor den Türen. Der Starost verteilte die Gefangenen. In jedes Haus gab er einen, und den jungen, der nach den Wölfen gefragt hatte und russisch sprechen konnte, nahm er mit in sein Haus.

Eine Öllampe stand auf dem Tisch. In ihrem Licht saßen ein Junge und ein Mädchen, die mit runden Pupillen zur Tür sahen, wo der Gefangene auf der Schwelle wartete.

Eine Frau kam aus der Tür des Nebenraums.

»Er heißt Maxim«, sagte der Starost, während er seinen Pelzmantel auszog. Der Gefangene ging zu den Kindern am Tisch. Aufgeschlagene Bücher lagen vor ihnen mit handgeschriebenen Buchstaben und Tiefdruckbildern.

»Und wie heißt ihr zwei?« fragte der Gefangene.

Der Junge stand rasch auf und wischte mit der Hand sein Buch über den Tisch, daß es zu Boden fiel. Er ging in die Ecke der Stube und drehte dem Gefangenen den Rücken zu. Das Mädchen sah auf und lächelte.

»Wie heißt du?«

»Julia«, sagte das Mädchen.

»Julia, ein schöner Name«, sagte der Gefangene.

»Er heißt Nikolaj«, sagte das Mädchen.

Die Frau legte das Brot auf den Tisch und stellte zwei Schüsseln voll Suppe daneben. Der Starost setzte sich, der Gefangene setzte sich. Sie bliesen in die Löffel und aßen. Die Frau blieb vor dem Herd stehen und sagte ab und zu etwas von der Arbeit, vom Essen, von den Nachbarn, vom Wetter.

Der Junge hob das Buch auf, setzte sich an die Tischecke und begann halblaut vor sich hin zu lesen: »Heil dem Väterchen aller Kinder, Wladimir Iljitsch Lenin! – Heil dem Väterchen der kleinen Pioniere, Josef Wissarionowitsch Stalin!«

Über dem Kopf des Jungen leuchtete Papiergold, das die Engel der Dreifaltigkeit umrahmte.

Am Morgen gingen die Gefangenen, die Kolchosbauern und die Mädchen auf die Felder. Der Starost riß mit Pferd und Pflug die glasharten Schollen auf. Das Wasser in den Schrunden war gefroren. Die Eishaut zersplitterte. Die Kartoffeln waren kalt. Die Mädchen und die Gefangenen klopften die Hände in den Achselhöhlen, und der Atem rauchte vor den Mündern. Die Sonne stieg über den Wäldern hoch, schob sich in den grünblauen, seidenreinen Himmel, der sich weit über die Horizonte spannte. Krähen schrieben darauf ihre zerfledderte kyrillische Schrift.

Das Dorf lag in der Mitte offener Felder, rundum von Wäldern umstellt. Der Weg nach Osten zog eine dünne Spur hindurch. Kinder gingen auf dem Weg, fern und klein, doch ihre Stimmen klangen nah wie Tassen, die auf ein Tablett gestellt werden.

»Sie gehen zur Schule«, sagte eine Frau zu dem jungen Gefangenen. »Hinter dem Wald liegt Rossono. Rossono ist größer als Krasno Scheri.«

»Sind auch Julia und Nikolaj dabei?« fragte der Gefangene.

»Ja, sie sind auch dabei«, sagte die Frau.

Der Gefangene winkte. Die Kinder winkten. Sie schwangen ihre Bücherbündel. Die Kinder trugen Pelzmützen und Wattejacken, unter denen nicht zu erkennen war, wer Julia und wer Nikolaj war. Alle winkten.

Als die Kinder auf dem Weg drüben zurückkamen, fiel die Sonne in die Wälder des Westens. Ein großes Feld war geerntet, die Säcke und Körbe waren abgefahren, und alle, die gearbeitet hatten, gingen zurück, müde, mit schmerzenden Rücken und kalten Gesichtern, in Erwartung der Stube, des Feuers und der heißen Suppe.

Wieder saßen die Kinder am Tisch hinter den aufgeschlagenen Büchern. Julia sagte: »Maxim, wir haben eine Wolfsspur gesehen!«

»Was habt ihr?« fragte der Starost.

»Wir haben eine Wolfsspur gesehen«, sagte Julia.

»Wer hat sie gesehen?«

»Zuerst hat sie Spiridion gesehen, dann Katarina, dann ich, dann Nikolaj.«

»Ich hab sie vor dir gesehen«, sagte Nikolaj.

»Eine Kaninchenspur habt ihr gesehen«, sagte der Starost.

»Nein, sie war größer«, sagte Julia. »Lauter tiefe Löcher, groß wie Äpfel, und vorn waren Krallen in die Erde gedrückt.«

»Wie war die Spur, Nikolaj?«

»Wie Julia sagt. Wie Äpfel. Und Krallen auch.«

»Unsinn«, sagte der Starost. »Die Wölfe sind in Sibirien. – Wir wollen jetzt essen.«

Bevor das letzte Feld geerntet war, fiel Schnee. Der Pflug blieb in der gefrorenen Erde stecken, und die Gefangenen saßen bei ihren Quartiersleuten und brüteten vor sich hin. Die Kinder waren in der Schule. Der Starost und seine Frau saßen am Tisch. Der Gefangene stand am Fenster und sah auf das Feld.

Der Starost sagte: »Wenn es so kalt bleibt, destillieren wir morgen Sarmagonka. – Was hältst du davon, Maxim?«

»Warum nicht?«

»Gut, wir machen morgen Sarmagonka«, sagte der Starost.

»Ich mag keinen«, sagte die Frau.

»Du sollst auch keinen trinken«, sagte der Starost. »Maxim und ich trinken ihn um so lieber.«

Vor dem Fenster, auf dem Hügel, stand auf einmal ein Tier, ein schmales, hochbeiniges Tier mit dickem Kopf und schrägen Augen, einem Hund ähnlich, und doch kein Hund.

»Da!«

Im Ausruf des Gefangenen waren so viel Schreck und Angst, daß der Starost und seine Frau schnell zum Fenster kamen und gerade noch sahen, wie das Tier sich wandte und im wirbelnden Schnee verschwand.

»Ja, es ist ein Wolf. So sieht er aus. Die Kinder hatten recht«, sagte der Starost.

»Und die Kinder sind unterwegs!« rief die Frau.

»Der Wolf ist hier, und die Kinder sind dort«, sagte der Starost.

Aber es überzeugte nicht.

»Ihr habt doch ein Gewehr! Warum gehen wir nicht hinaus?« sagte der Gefangene.

»Mein Gewehr –«

»Es ist nicht geladen«, sagte die Frau.

Der Starost stieß einen gemeinen Fluch aus.

»Ich habe keine Patronen, Maxim«, sagte der Starost. »In der Stadt haben sie mir keine gegeben, im Magazin nicht und im Lager nicht. Ich wollte nicht, daß ihr Gefangenen es wißt.«

»Dann nehmen wir eine Axt, ein Beil, eine Sense oder Stöcke.«

»Du kennst nicht die Wölfe, Maxim. Aber wenn du mitkommen willst –«

Sie gingen auf dem Weg nach Osten, und als sie auf die Höhe kamen, merkten sie, daß sie keine Mäntel angezogen hatten.

Der Starost atmete schwer. Die Flocken hingen in seinen Brauen, in seinem Bart. Ein alter Mann.

»Die Kinder müßten längst hier sein«, sagte er.

Sie gingen weiter. Es war still, nur der Schnee rauschte. Fern hörten sie die Stimmen der Kinder.

Der Starost rief: »Julia! – Nikolaj!«

Der Gefangene rief: »Julia! – Nikolaj!«

Dann riefen auch die Kinder.

Der Starost und der Gefangene gingen schneller, die Kinder gingen schneller. Wie Hühner, in die der Hund bellt, flatterten sie in die Mitte der

Männer, Julia, Nikolaj, Katarina, Ludmilla, Sina, Stepan, Alexander, Ivan, Nikita und Spiridion, zehn Kinder in Pelzmützen und Wattejacken, die Bücherbündel in den steifen Fingern.

Sie redeten durcheinander von Wölfen im Wald, von brechendem Holz, Geheul und einem Netz der Spuren im frisch gefallenen Schnee.

Während sie auf dem Weg standen und redeten, kamen die Wölfe. Ihre Augen sahen sie zuerst, gefährliche, trübe Lichter im Vorhang des Schnees. Ihre Köpfe schoben sich heraus, die steifen Ohren, der Kranz gesträubter Haare um den Hals, die struppigen, zementgrauen Leiber mit den buschigen Schwänzen. Wie ein Keil stießen sie aus dem Unterholz über die Felder nördlich der Straße.

Die Kinder verschluckten das letzte Wort und klammerten sich in die Rükken der Männer. Der Starost hielt die Axt hoch, der Gefangene hielt die Sense hoch. Die Kopfhaut spannte sich, und die Gedanken verschwammen.

Die Wölfe liefen entlang der Straße, vorbei, eine stumme, wogende Meute. Reihe hinter Reihe, Rücken neben Rücken, lautlos, auf hohen Beinen. Sicher waren hinter dem Rudel andere, unsichtbare Rudel im Wirbel des Schnees, hundert Rudel. Manche Tiere kamen so nahe vorbei, daß die Rippen zu sehen waren, Knochen, Muskeln, Sehnen unter dem räudigen Fell und ihre Zungen, die lang aus dem Mäulern hingen. Hunger trieb sie, Hunger machte sie blind für die Beute neben der Fährte.

So zogen Heere in die Städte der Feinde ein, durch die Mauer des Schweigens, der Verachtung, des Hasses. Die Menschen verkrochen sich vor ihnen, löschten das Licht, hielten den Atem an, schlossen die Augen und glaubten, ihr Herz klopfe gegen die Wand und die draußen könnten es hören, durch die Tür brechen und wahllose Schüsse ins Zimmer feuern.

Die Dunkelheit wuchs, und noch immer nahm das Heer der Wölfe kein Ende. Wie lange zogen sie vorbei? Wie viele waren es? Stunden. Alle Wölfe Sibiriens.

Nacht umschloß den Starost, den Gefangenen, die Kinder. Lange wagten sie nicht, sich zu lösen, zu bewegen, zu sprechen.

Der Starost sprach als erster. Er sagte: »Die Wölfe kommen zurück. Sie wittern den Frieden.«

Heinz Piontek
Legendenzeit

Den Karabiner über der Schulter, leichtfüßig durch den Wald, los, im Gänsemarsch. Auch wenn unsere Legenden nicht eure Legenden sind. In jedem, sage ich, gibt es etwas, das sich nicht beschwichtigen läßt. Eins, zwo, drei, vier, fünf, sechs. Um uns sechs wachsen die Bäume in den Maihimmel, frisch ist es, und in den Nächten haben wir so viel Mondlicht, daß wir, auch halb im Schlaf, unsere Richtung nicht verlieren. Wenige Worte werden gewechselt. Nur die Konservenbüchsen schlagen aneinander, am Schnürschuh klingt ein lockeres Eisen, manchmal antwortet der Boden mit so dumpfen Lauten, als ob er unter uns hohl wäre. Morgens weckt mich das Schnarren der Reißverschlüsse, auf meinem Schlafsack steht der Tau in Perlen, unsere Gewehre hängen schattenhaft mit nach unten gerichteten Mündungen in den Ästen, oben piepsen die Vögel, wir alle wirken noch wie aufs Maul geschlagen von den Träumen in diesen Wäldern. Aber sobald das Feuer prasselt, der Teekessel erzittert und jemand gähnend die Blätter, eine halbe Faust, hineinschüttet, daß es gleich zu duften beginnt, ziehe ich das Traumbuch aus der Gesäßtasche und gebe die gewünschten Erklärungen. Für eine Weile, sagen wir, zwei Stunden, scheint nichts die Luft trüben zu können, der Kuckuck ruft in der Ferne, wir haben einen schönen Schritt am Leib und sehen für Werwölfe zu sensibel aus.
Einmal hören wir klares Lachen. Sechs Mädchen mit polnisch gebundenen Kopftüchern. Meine Schwester ist darunter. Schau mal an, sage ich und umklammere sie wie einen jungen Baum, den ich schütteln will. Die Mädchen aber ziehen mich auf: Schöne Schwester. Da kann jeder kommen. Ich brumme bloß und teile mit ihnen christlich den Zwieback meiner eisernen Ration. Im Gehen kämmen sie sich Tannennadeln aus den Haaren. Eine, die einen verbundenen Hals und eine breite Brust hat, besingt die Teuerkeit des Vaterlandes. Dann fragt sie uns, ob sie von der Kaiserin Maria Theresia etwas Saftiges erzählen soll. Meine Schwester jedoch verharrt kühl bei den äußeren Umständen der Standesheiraten zwischen Piasten und Jagellonen. Sie ist bestimmt viel jünger als ich und muß eben noch zur Schule gegangen sein. Von ihrer hellrosa Zungenspitze schwirren Geschichtszahlen. Wir, die Kinder der Geschichte, wollen nichts davon hören und singen:

> Ja, ja, die Sonne
> von Mexiko
> war wie die wildeste
> Rothaut der Navajo.

Plötzlich ruft der Vorderste unharmonisch: Seid ihr verrückt? Sofort brechen wir ab. Die Mädchen werfen lange Blicke auf die geschulterten Waffen und hängen sich Jacken über, damit ihre Blusen nicht so weit leuchten. Nur meine Schwester trägt ein Holzfällerhemd, Hosen mit Ledereinsatz.

Nachts, da wir kein Feuer machen dürfen, kommen sie frierend in unsere Schlafsäcke. Weißt du, sage ich zu meiner Schwester, weißt du noch, wie wir die besten Eisläufer in der Stadt schlugen? Sie behauptet, es nicht zu wissen. Vielleicht ist sie schon zu müde. Doch ich rufe ihr ins Gedächtnis, wie wir übers Eis stoben, ich mit der Hand ihre kleine Taille umschlingend, ehe wir uns voneinander losrissen zu den großen Sprüngen. Sie will große Sprünge nur zu Pferd gemacht haben, sommers wie winters im Reitstall eines gewissen Translateur herumgeschlichen sein. Aber, sage ich. Da ist sie bereits eingeschlafen, mit zur Seite gedrehtem Kopf, das glattfallende Haar über den Augen, die Hand in meiner Achselhöhle. Sacht lege ich mich so, daß sie der Mond nicht sticht.

Anderntags, als ich mich in die Büsche schlage, hängt ein Fallschirm aus den Kronen. Mit dem Haumesser trenne ich vorsichtig ein Stück ab, groß wie ein Bettlaken, und stecke es meiner Schwester zu. Längst rufen uns die Mädchen mit anderen Namen. Wir taufen die mit dem Verband um den Hals lauthin Sinka, zu den anderen sagen wir verliebt: Komm schon, Dikke. Oder: Schatz, was für feine Ohren du hast. Zu meiner Schwester sage ich Schwesterherz. Jetzt suchen wir schon gern den Schatten. Jetzt haben wir nurmehr gestohlene Kartoffeln zum Frühstück, die wir in der heißen Asche backen, etwas Salz. Kurz vor der Grenze wirft jeder seine Knarre ins Dickicht. Das ganze Land würde rebellisch werden, und wenn wir bloß auf Spatzen anlegten. Heftig spitzen wir die Ohren bei jedem Gebell.

Die Grenze ist eine offene Wiese, auf die gerade schon so viel Licht fällt, daß wir den Waldrand drüben schwach erkennen. Gern würden wir auf Holz klopfen, möglichst noch auf unsere Karabinerschäfte, uns ist übel. Wir beschließen, die Wiese nacheinander in großen Abständen und jeweils nur zu zweit zu passieren. Bei diesem markanten Baum wollen wir uns wieder sammeln. Der Nebel, erst kniehoch, fängt plötzlich an zu steigen. Wir beide machen den Schluß. Hand in Hand über einen Wassergraben. Die Wiese schmatzt. Dann suchen und suchen wir den Waldrand ab. Nichts. Da ist meine Schwester nur mit Zorn meine Schwester, sie kann sich kaum beruhigen, daß ich keine Brille trage. Schon als Kind, so sagt sie, und ihre Backenmuskeln spielen, hätte ich mich geweigert, eine aufzusetzen, lieber sei ich über sämtliche Türschwellen geflogen mit meiner verdammten Aufgeblasenheit. Ich schwöre ihr, meine Augen seien von Geburt an kerngesund, sie müsse sich täuschen. Von einer Sekunde zur andern schlägt ihre

Stimme um, sie flüstert mir rauh ins Ohr, sie zaubert eine richtige zerknautschte Zigarette aus ihrer Reithosentasche, um sie mir brennend zwischen die Lippen zu schieben.

Tatsächlich sind wir über der Grenze, nichts ist mehr so, wie es war. Hier im Freien läuft alles rascher ab, aber auch sprunghafter, in Zeigersprüngen. Als gebe die neue Art, hinterhältig auf die Trommel zu schlagen, überall den Takt an. Trommeln vernehmen wir zunächst nur von weitem. Wer beherbergt uns jetzt? Streckenwärter und Sägemüller, zwischen Hügeln ganz verlorene junge Witwen. Wir beide haben weiter nichts zu tun, als einander die an den Fersen aufgescheuerten Füße zu waschen. Meine Schwester hat Füße wie von Tänzerinnen auf dem Seil. Unterwegs blicke ich sie von der Seite an, bis sie leicht meine Kinnlade packt, mein Gesicht wieder in Marschrichtung dreht. Eigentlich schaut sie aus wie ein jüngerer Bruder von mir, denke ich. Aber das meinen die Weiber unter den Türen nicht, wenn sie durchblicken lassen, daß sie meine Schwester für etwas anderes halten. Nun gut, wir gewöhnen uns an Mißverhältnisse. Solange jedenfalls der Vollmond scheint, baden wir nackt in der wunderschönen Donau. Wie zwei blasse, aber beherzte Wasserleichen arbeiten wir uns durch die Strömung. Immer wieder einmal wird die Stimme meiner Schwester leise und rauh. Zusammen pfeifen wir alle Reitermärsche, die wir von früher her noch kennen, und ich weiß jetzt, was ich immer schon gewußt habe. Dann, zum Beispiel, laufen wir ein Stück auf der totenstillen Autobahn, bis dorthin, wo sie, wie mit dem Messer abgehackt, mitten im Unkraut endet. Die Türme am lustigen Horizont. Prag kann es auf keinen Fall sein. Aus Gewohnheit wollen wir einen großen Bogen um die Stadt schlagen – da hören wir die Löwen brüllen, und das erinnert uns an das selbstvergessene Schlagen unseres Herzmuskels in alten Zeiten.

Ein Herr in dieser Stadt stellt sich als glänzender, ausgedienter Spion vor, an den halten wir uns. Ganze Tage verbringen wir nun sitzend, während wir seiner Offiziers- und Spionsstimme lauschen. Meine Schwester findet auch die Ratten im Café Luitpold nicht übel, sie kommen unter den Tischen hervor, wenn man Platz nimmt, und verschwinden nachdenklich im Gewirr der Wasserrohre und Heizkessel, vorläufig gibt es das Café nur im Kellergeschoß. Oder wir fahren mit aufgebauschten Hemden von Kabarett zu Kabarett, um tief im Dunkeln zu sitzen und der nicht bloß zum Spaß verzwickten Wahrheit zu applaudieren. Oder wir trinken in der Wohnung des Spions sechsunddreißig Stunden hintereinander Kaffee aus einem amerikanischen Magazin. Um uns ist ein Kommen und Gehen von Lkw-Fahrern und Kuchenbäckern, Sängerinnen und Kantiniers, ein Tangotanzen und Schlafengehen in allen Räumen. Auf russisch macht der Spion eine Liebeserklärung, doch meine Schwester rückt ganz dicht an mich heran, lehnt sich an meine Schulter, und hinter ihren hellen Haaren hervor spricht sie wie ein Geist. Ich hingegen gehe nach sechsunddreißig Tassen Kaffee auf Zehenspitzen wie Mozart, um aus dem Fenster in die Morgenhelle über dem abgeholzten Park zu blicken. Nun kann der Herr den Hausschlüssel nicht finden und beschwört, um uns festzuhalten, die Stadt Rom. Wir kennen hier aber die Luftschutzeinrichtungen, gelangen durch einen Notausgang im Keller hinüber ins Nachbarhaus, von da auf die Straße.

In den Kinos herrschen Glenn Millers Posaunisten und gegen den Takt schlagende Trommler. Ein Feuerwerk wird mit alter Leuchtmunition an den Sternenhimmel geschossen. Haarscharf gehen die Künstler vor, wenn sie riesenhafte Spinnen, Fensterhöhlen, schöne Frauen zusammen auf ein und dieselben Bilder malen; es sieht kühn aus. Der tote Neger im Kandel, die Lesungen aus meinem Traumbuch, jener Bademeister mit seiner Revolution in Petersburg. Meine Schwester vergißt ihre Schulkenntnisse, steckt die offenen Haare hoch und ist für mehr als eine Woche verschollen. Mit einem Tüllkleid über der Schulter kehrt sie zurück. Als sie es zum erstenmal anhat, folgen ihr zwei Polizisten und erklären, sie müsse sich sofort umziehen, in einem solchen Kleid könne sie jedenfalls nicht auf der Straße erscheinen. Das war vorauszusehen, sage ich. Meine Schwester wird jetzt oft wütend. Während alle Leute tiefgebräunt sind, bestäubt sie sich mit weißem Puder, und dieses kühne weiße Gesicht schiebt sie vor, um mir zu sagen, daß vieles zwischen uns nicht stimme. Ich weiß, ich weiß. Aber dieses Band von ihr zu mir. Einbildung, sagt sie. *Ihr* Vater sei mit einer Kalesche zu seinen Patienten gefahren. Ich unterdrücke meine Erinnerungen. Und wie kommst du dazu, sagt sie, mich so zärtlich am Hals zu würgen schon in aller Frühe? Friedlich sitzen wir die Nacht hindurch in fremden Wohnungen, doch wenn der Morgenstern auftaucht, müssen wir uns anfauchen. Ich hasse Streit und hacke auf ihr herum. Ihr Körper fühlt sich erstarrt an, wenn ich zupacke. Plötzlich die Falten auf ihrer Stirn.

Aber noch einmal sieht es fast gut aus, denn wir fahren mit kleinen Stichbahnen, so weit wir können, lassen uns von Ochsenfuhrwerken mitnehmen und laufen, laufen durch den blauen Spätsommer –

Gonna take
a sentimental journey.

Wie einst hat meine Schwester die eng um die Waden geknöpfte Reithose an und das ausgeblichene Männerhemd. Versäumte Zeit! schreien wir über die Stoppeln, versäumte Zeit, und glauben es nicht. Manch einer zählt jetzt die ausgerauften Ähren, verbirgt nachts noch immer seine Kaninchen unterm

Bett, nur bei den Bienenkörben sehen wir niemanden mehr Wache schieben. Meine Schwester hat einen mageren Hals bekommen. An Kippen rauchen wir beide so süchtig, bis unsere Lippen mit Brandnarben übersät sind. Ach was, sagen wir häufig. Oder meine Schwester sagt: Willst du denn lieber zwei Zentner wiegen und eine zwanzigjährige Frau mit vier Kindern haben? In alten Orten fesseln uns die Wasserspiele, wir können uns nicht trennen. Einmal schaut meine Schwester zu, wie ich in einer Universitätsbibliothek verschwinde, und da ich sie stundenlang warten lasse, klopft sie mit den Knöcheln der Faust gegen die hohen Scheiben. Staubigen Haares trete ich auf das Klirren hin auf die Gasse. Ist sie sich jetzt im klaren? Sie macht ein kampflustiges Gesicht wie eine Katze, zieht mich am Revers, leckt mir den Nacken, hat Tränen in den Augen.

Daß du mich liebst, das weiß ich, pfeifen die von Kugeln durchschlagenen, wieder zusammengeflickten Karussellorgeln, bis es feststeht, daß wir mitten auf einem Volksfest gelandet sind. Volksfest. Schönes ungewohntes Wort für uns. Eine Rose will ich für meine Schwester schießen, aber ich traue mich an kein Gewehr heran. Ein Herz will ich ihr schenken, zwei Handteller groß, mit Zuckerguß, aber ich finde nur Küchensiebe aus Stahlhelmen, Aschenbecher aus Flakhülsen über die Verkaufstische verstreut. Das Band zwischen uns, Bruder und Schwester. Gibt es Stärkeres? Was für ein Gesicht ich dabei schneide! Sie muß lachen. Und so lege ich zielsicher wie beim Eislaufen meine Pfote um ihre kleine Taille, ziehe sie mit durchs Gewühl, es ist wirklich komisch.

Kaum daß es dunkel wird, blenden rechts und links, augenverwüstend, die Scheinwerfer auf. Ein Drahtseil, vom Markt unten bis zum Stadtturm oben. Frisch sind schon wieder die Abende, wir warten, scharren, ja die Kunst, niemand bringt die Gelassenheit auf, zu gehen. Unser alter Wunsch: Schritte in die Luft. Eine Trompete besitzt die Truppe noch nicht wieder, immerhin ein Jagdhorn, und beim dritten Hornstoß, unter dem hallenden Aaaah des Platzes, turnt ein junger Mann aufs Seil, verneigt sich, bekommt die große Balancierstange gereicht. Am Anfang, wo das Seil noch durchhängt, läuft er davon. Zierlich plattfüßig setzt er die Seiltänzerschuhe auswärts, im grellen Licht zeichnen sich seine kleinen straffen Hinterbacken ab. Aber dann, als er nur noch mit Anstrengung, Fuß vor Fuß, in die Höhe klimmt, werden wir still. Das leicht schaukelnde Drahtseil quietscht in der Verankerung. Die Balancierstange ächzt. Immer höher gelangt er hinauf, dieser Bursche, jetzt beinahe geschwind, oder kommt es uns nur so vor, hat er den Trick heraus? Wir stöhnen auf. Etwas Schwarzes segelt durch die Lichtbahnen. Zum Glück nur sein großer Schlapphut, der ihn jetzt vielleicht stört, den er einer Liebhaberin opfert. Glattfallendes Haar liegt deutlich auf der Schulter, auf der Bluse aus Fallschirmseide, ist das nicht meine Schwester, meine hier neben mir spurlos verschwundene Schwester, Caramba, diesen mageren Hals sollte ich kennen. Und weil es mit einemmal höchst gefährlich ausschaut, schreie ich in die Luft: Schwesterherz! Keine Angst, traumhaft überwindet sie die letzten Meter. Sie springt auf die Turmbrüstung. Und etwas zu früh verlöschen die Scheinwerfer. Ein rauher Hauch ihrer Stimme vom Nachthimmel ist alles. Ich bahne mir einen Weg zum Turm durch den knatternden Beifall. Rüttle an der Tür. Niemand weiß, wer den Schlüssel hat. Aber sie wird ohnehin gleich erscheinen, strahlend, von innen aufschließen, um Bewunderung und Gage einzuheimsen. Ich denke: Wie schlecht man doch seine eigene Schwester kennt. Nun will ich keinen Schritt mehr weichen. Macht, daß ihr fortkommt, sage ich zu den Umstehenden, bis sie sich in den hallenden Gassen verkrümelt haben. Ich will nicht aufgeben. Aber ist es nicht schon zu spät? Geht im Turm nicht alle Viertelstunden das Schlagwerk? Schläft nicht längst alles? Da lege ich mich auf die Schwelle wie ein Hund.

Siegfried Lenz
Risiko für Weihnachtsmänner

Sie hatten schnellen Nebenverdienst versprochen, und ich ging hin in ihr Büro und stellte mich vor. Das Büro war in einer Kneipe, hinter einer beschlagenen Glasvitrine, in der kalte Frikadellen lagen, Heringsfilets mit grau angelaufenen Zwiebelringen, Drops und sanft leuchtende Gurken in Gläsern. Hier stand der Tisch, an dem Mulka saß, neben ihm eine magere, rauchende Sekretärin: alles war notdürftig eingerichtet in der Ecke, dem schnellen Nebenverdienst angemessen. Mulka hatte einen großen Stadtplan vor sich ausgebreitet, einen breiten Zimmermannsbleistift in der Hand, und ich sah, wie er Kreise in die Stadt hineinmalte, energische Rechtecke, die er nach hastiger Überlegung durchkreuzte: großzügige Generalstabsarbeit. Mulkas Büro, das in einer Annonce schnellen Nebenverdienst versprochen hatte, vermittelte Weihnachtsmänner; überall in der Stadt, wo der Freudenbringer, der himmlische Onkel im roten Mantel fehlte, dirigierte er einen hin. Er lieferte den flockigen Bart, die rotgefrorene, mild grinsende Maske; Mantel stellte er, Stiefel und einen Kleinbus, mit dem die himmlischen Onkel in die Häuser gefahren wurden, in die ›Einsatzgebiete‹, wie Mulka sagte: die Freude war straff organisiert.

Die magere Sekretärin blickte mich an, blickte auf meine künstliche Nase, die sie mir nach der Verwundung angenäht hatten, und dann tippte sie meinen Namen, meine Adresse, während sie von einer kalten Frikadelle abbiß und nach jedem Bissen einen Zug von der Zigarette nahm. Müde schob sie den Zettel mit meinen Personalien Mulka hinüber, der brütend über dem Stadtplan saß, seiner ›Einsatzkarte‹, der breite Zimmermannsbleistift hob sich, kreiste über dem Plan und stieß plötzlich nieder. »Hier«, sagte Mulka, »hier kommst du zum Einsatz, in Hochfeld. Ein gutes Viertel, sehr gut sogar. Du meldest dich bei Köhnke.«

»Und die Sachen?« sagte ich.

»Uniform wirst du im Bus empfangen«, sagte er. »Im Bus kannst du dich auch fertigmachen. Und benimm dich wie ein Weihnachtsmann!«

Ich versprach es. Ich bekam einen Vorschuß, bestellte ein Bier und trank und wartete, bis Mulka mich aufrief; der Chauffeur nahm mich mit hinaus. Wir gingen durch den kalten Regen zum Kleinbus, kletterten in den Laderaum, wo bereits vier frierende Weihnachtsmänner saßen, und ich nahm die Sachen in Empfang, den Mantel, den flockigen Bart, die rotweiße Uniform der Freude. Das Zeug war noch nicht ausgekühlt, wohltuend war die Körperwärme älterer Weihnachtsmänner, meiner Vorgänger, zu spüren, die ihren Freudendienst schon hinter sich hatten; es fiel mir nicht schwer, die Sachen anzuziehen. Alles paßte, die Stiefel paßten, die Mütze, nur die Maske paßte nicht: zu scharf drückten die Pappkanten gegen meine künstliche Nase; schließlich nahmen wir eine offene Maske, die meine Nase nicht verbarg.

Der Chauffeur half mir bei allem, begutachtete mich, taxierte den Grad der Freude, der von mir ausging, und bevor er nach vorn ging ins Führerhaus, steckte er mir eine brennende Zigarette in den Mund: in wilder Fahrt brachte er mich raus nach Hochfeld, zum sehr guten Einsatzort. Unter einer Laterne stoppte der Kleinbus, die Tür wurde geöffnet, und der Chauffeur winkte mich heraus.

»Hier ist es«, sagte er, »Nummer vierzehn, bei Köhnke: mach' sie froh. Und wenn du fertig bist damit, warte hier an der Straße; ich bring nur die andern Weihnachtsmänner weg, dann pick ich dich auf.«

»Gut«, sagte ich, »in einer halben Stunde etwa.«

Er schlug mir ermunternd auf die Schulter, ich zog die Maske zurecht, strich den roten Mantel glatt und ging durch einen Vorgarten auf das stille Haus zu, in dem schneller Nebenverdienst auf mich wartete. ›Köhnke‹, dachte ich, ›ja, er hieß Köhnke damals in Demjansk.‹

Zögernd drückte ich die Klingel, lauschte; ein kleiner Schritt erklang, eine fröhliche Verwarnung, dann wurde die Tür geöffnet, und eine schmale

Frau mit Haarknoten und weißgemusterter Schürze stand vor mir. Ein glückliches Erschrecken lag für eine Sekunde auf ihrem Gesicht, knappes Leuchten, doch es verschwand sofort: ungeduldig zerrte sie mich am Ärmel hinein und deutete auf einen Sack, der in einer schrägen Kammer unter der Treppe stand.

»Rasch«, sagte sie, »ich darf nicht lange draußen sein. Sie müssen gleich hinter mir kommen. Die Pakete sind alle beschriftet, und Sie werden doch wohl hoffentlich lesen können.«

»Sicher«, sagte ich, »zur Not.«

»Und lassen Sie sich Zeit beim Verteilen der Sachen. Drohen Sie auch zwischendurch mal.«

»Wem«, fragte ich, »wem soll ich drohen?«

»Meinem Mann natürlich, wem sonst!«

»Wird ausgeführt«, sagte ich.

Ich schwang den Sack auf die Schulter, stapfte fest, mit schwerem freudebringendem Schritt die Treppe hinauf – der Schritt war im Preis inbegriffen. Vor der Tür, hinter der die Frau verschwunden war, hielt ich an, räusperte mich tief, stieß dunklen Waldeslaut aus, Laut der Verheißung, und nach heftigem Klopfen und nach ungestümem »Herein!«, das die Frau mir aus dem Zimmer zurief, trat ich ein.

Es waren keine Kinder da; der Baum brannte, zischend versprühten zwei Wunderkerzen, und vor dem Baum, unter den feuerspritzenden Kerzen, stand ein schwerer Mann in schwarzem Anzug, stand ruhig da mit ineinandergelegten Händen und blickte mich erleichtert und erwartungsvoll an: es war Köhnke, mein Oberst in Demjansk.

Ich stellte den Sack auf den Boden, zögerte, sah mich ratlos um zu der schmalen Frau, und als sie näher kam, flüsterte ich: »Die Kinder? Wo sind die Kinder?«

»Wir haben keine Kinder«, antwortete sie leise, und unwillig: »Fangen Sie doch an.«

Immer noch zaudernd, öffnete ich den Sack, ratlos von ihr zu ihm blickend: die Frau nickte, er schaute mich lächelnd an, lächelnd und sonderbar erleichtert. Langsam tasteten meine Finger in den Sack hinein, bis sie die Schnur eines Pakets erwischten; das Paket war für ihn. »Ludwig!« las ich laut. »Hier!« rief er glücklich, und er trug das Paket auf beiden Händen zu einem Tisch und packte einen Pyjama aus. Und nun zog ich nacheinander Pakete heraus, rief laut ihre Namen, rief einmal »Ludwig« und einmal »Hannah«, und sie nahmen glücklich die Geschenke in Empfang und packten sie aus. Heimlich gab mir die Frau ein Zeichen, ihm mit der Rute zu drohen; ich schwankte, die Frau wiederholte ihr Zeichen. Doch jetzt, als ich ansetzen wollte zur Drohung, jetzt drehte sich der Oberst zu mir um; respektvoll, mit vorgestreckten Händen kam er auf mich zu, mit zitternden Lippen. Wieder winkte mir die Frau, ihm zu drohen – wieder konnte ich es nicht.

»Es ist Ihnen gelungen«, sagte der Oberst plötzlich, »Sie haben sich durchgeschlagen. Ich hatte Angst, daß Sie es nicht schaffen würden.«

»Ich habe Ihr Haus gleich gefunden«, sagte ich.

»Sie haben eine gute Nase, mein Sohn.«

»Das ist ein Weihnachtsgeschenk, Herr Oberst. Damals bekam ich die Nase zu Weihnachten.«

»Ich freue mich, daß Sie uns erreicht haben.«

»Es war leicht, Herr Oberst; es ging sehr schnell.«

»Ich habe jedesmal Angst, daß Sie es nicht schaffen würden. Jedesmal –«

»Dazu besteht kein Grund«, sagte ich, »Weihnachtsmänner kommen immer ans Ziel.«

»Ja«, sagte er, »im allgemeinen kommen sie wohl ans Ziel. Aber jedesmal habe ich diese Angst, seit Demjansk damals.«

»Seit Demjansk«, sagte ich.

»Damals warteten wir im Gefechtsstand auf ihn. Sie hatten schon vom Stab telefoniert, daß er unterwegs war zu uns, doch es dauerte und dauerte. Es dauerte so lange, bis wir unruhig wurden und ich einen Mann losschickte, um den Weihnachtsmann zu uns zu bringen.«

»Der Mann kam nicht zurück«, sagte ich.

»Nein«, sagte er. »Auch der Mann blieb weg, obwohl sie nur Störfeuer schossen, sehr vereinzelt.«

»Wunderkerzen schossen sie, Herr Oberst.«

»Mein Sohn«, sagte er milde, »ach, mein Sohn. Wir gingen raus und suchten sie im Schnee vor dem Wald. Und zuerst fanden wir den Mann. Er lebte noch.«

»Er lebt immer noch, Herr Oberst.«

»Und im Schnee vor dem Wald lag der Weihnachtsmann, lag da mit einem Postsack und der Rute und rührte sich nicht.«

»Ein toter Weihnachtsmann, Herr Oberst.«

»Er hatte noch seinen Bart um, er trug noch den roten Mantel und die gefütterten Stiefel. Er lag auf dem Gesicht. Nie, nie habe ich etwas gesehn, das so traurig war wie der tote Weihnachtsmann.«

»Es besteht immer ein Risiko«, sagte ich, »auch für den, der Freude verteilt, auch für Weihnachtsmänner besteht ein Risiko.«

»Mein Sohn«, sagte er, »für Weihnachtsmänner sollte es kein Risiko geben, nicht für sie. Weihnachtsmänner sollten außer Gefahr stehen.«

»Eine Gefahr läuft man immer«, sagte ich.

»Ja«, sagte er, »ich weiß es. Und darum denke ich immer, seit Demjansk damals, als ich den toten Weihnachtsmann vor dem Wald liegen sah – immer denke ich, daß er nicht durchkommen könnte zu mir. Es ist eine große Angst jedesmal, denn vieles habe ich gesehn, aber nichts war so schlimm wie der tote Weihnachtsmann.«

Der Oberst senkte den Kopf, angestrengt machte seine Frau mir Zeichen, ihm mit der Rute zu drohen: ich konnte es nicht. Ich konnte es nicht, obwohl ich fürchten mußte, daß sie sich bei Mulka über mich beschweren und daß Mulka mir etwas von meinem Verdienst abziehen könnte. Die muntere Ermahnung mit der Rute gelang mir nicht.

Leise ging ich zur Tür, den schlaffen Sack hinter mir herziehend; vorsichtig öffnete ich die Tür, als mich ein Blick des Obersten traf, ein glücklicher, besorgter Blick: »Vorsicht«, flüsterte er, »Vorsicht«, und ich nickte und trat hinaus. Ich wußte, daß seine Warnung aufrichtig war.

Unten wartete der Kleinbus auf mich; sechs frierende Weihnachtsmänner saßen im Laderaum, schweigsam und frierend, erschöpft vom Dienst an der Freude; während der Fahrt zum Hauptquartier sprach keiner ein Wort. Ich zog das Zeug aus und meldete mich bei Mulka hinter der beschlagenen Glasvitrine, er blickte nicht auf. Sein Bleistift kreiste über dem Stadtplan, wurde langsamer im Kreisen, schoß herab: »Hier«, sagte er, »hier ist ein neuer Einsatz für dich. Du kannst die Uniform gleich wieder anziehen.«

»Danke«, sagte ich, »vielen Dank.«

»Willst du nicht mehr? Willst du keine Freude mehr bringen?«

»Wem?« sagte ich. »Ich weiß nicht, zu wem ich jetzt komme. Zuerst muß ich einen Schnaps trinken. Das Risiko – das Risiko ist zu groß.«

Anna Seghers
Das Schilfrohr

Ein kleines Anwesen an einem See hinter Berlin gehörte schon lange vor dem Krieg der Familie Emrich.

Sie bauten hauptsächlich Gemüse an. Ihr einstöckiges, gut gehaltenes Haus war vom Ufer durch einen schmalen Rasen getrennt, der einzige Streifen unausgenutzten Bodens. Das Ufer war flach, es fiel ganz allmählich ab, dicht stand das Schilf, wie fast überall um den See herum. Vom Bootssteg führte der mit Kiesel bestreute Weg zu der Glasveranda, mit der man in einer Zeit des Wohlstandes das Haus erweitert hatte. Meistens wurde der Weg benutzt, der von der Landstraße her durch die Gärtnerei ins Haus führte. Von dem kleinen Vorplatz gelangte man sowohl in die Wohnstube wie in die Küche, aus der Küche stieg man durch eine Luke in den Keller. Die Kellertür nach der Seeseite wurde nicht mehr benutzt, sie war mit allerhand Vorräten verstellt, und auch das Kellerfenster war so verstellt, daß es kaum Tageslicht durchließ.

Die Familie Emrich hatte früher im nächsten Dorf auch eine Wirtschaft besessen und die Schmiede, die ihr gegenüberlag. Dort hatte man Pferde beschlagen und Pflüge und Ackergerät repariert.

Kurz vor dem Krieg war Vater Emrich an den Folgen eines Huftritts verstorben.

Man sagt: »Ein Unglück kommt selten allein.« Vielleicht war er eine Spur weniger achtsam als sonst gewesen, verstört durch den Tod seiner Frau, der ihn kurz zuvor überrascht hatte. –

Die beiden Söhne wurden eingezogen. Der Krieg verlängerte ihren Dienst ins Ungewisse. Einer erlebte den Einmarsch in Polen, der andere die Landung in Narvik.

Inzwischen hatten entfernte Verwandte Wirtschaft und Schmiede gekauft. Die einzige Tochter, Marta Emrich, besorgte das Anwesen. Sie setzte ihren Ehrgeiz darein, möglichst alles selbst zu erledigen. Nur manchmal nahm sie eine Hilfe auf Taglohn, zum Beispiel, um das Haus zu streichen, damit es ordentlich aussähe, wenn einer der Brüder auf Urlaub käme. Sie besorgte nicht nur zum größten Teil die Gemüsegärtnerei, sie tapezierte die Zimmer, und sie teerte das Boot, das meistens unbenutzt am Steg lag. Vom See aus wirkte das weiße Haus mit Heckenrosen freundlich und einladend.

Marta mühte sich ab, vom ersten Sonnenstrahl bis zur Dunkelheit, nicht nur weil sie sparen wollte, um keine Schulden zu machen, da die Geschwister schon ihre Einkünfte aus der Wirtschaft und aus der Schmiede eingebüßt hatten, nicht nur weil sie sich sagte, dazu bin ich da, sondern auch, um ihr Alleinsein zu vergessen.

Ein Bauernsohn aus dem nächsten Dorf, ihr Großvetter, der als ihr Verlobter gegolten hatte, war einer der wenigen Toten an der Maginot-Linie. Durch ihn wären vielleicht Wirtschaft und Schmiede wieder mit dem Besitz der Emrich verbunden worden. Zwar hatte man noch keine öffentliche Verlobung gefeiert, doch als die Nachricht »Gefallen« eintraf, fühlte sich Marta verlassen und beinahe hoffnungslos. Sie hatte nie viel Worte gemacht, jetzt wurde sie ganz verschlossen.

Sie war kerngesund und gewohnt, sich in allen Lagen allein zu helfen. Sie war sechsundzwanzig Jahre alt, im dritten Kriegsjahr. Sie war grobknochig, mit breitem und flachem Gesicht. Mit den Ereignissen in der Welt stand sie durch die Feldpostbriefe der Brüder in Verbindung und durch verschiedene Veranstaltungen im Dorf. Sie hißte die Fahne bei jedem Sieg wie die Nachbarn. Ihr jüngerer Bruder fiel an der Ostfront. Obwohl er ihr Lieblingsbruder gewesen war, gutmütiger als der ältere, fühlte sie diesen Tod nicht so stark wie den des Verlobten. Er kam ihr mehr vor wie eine Urlaubssperre auf ungewisse Zeit. –

Im Spätsommer 1943, an einem regendunstigen Abend, sonderte sie im Keller Kartoffeln und Rüben aus, um Futter für den Morgen zu richten. Sie hörte plötzlich ein leises, ungewohntes Geräusch im Schilf und dann in der Hecke. Ihr war es, als sei ein Schatten vorbeigeflitzt. Blitzschnell ging es ihr durch den Kopf, daß man das Haus für leer halten könnte, weil kein Licht, bis auf die Kellerfunzel, brannte. Sie rief laut: »Wer ist denn da?« Da niemand antwortete, stieg sie durch die Luke hinauf in die Küche, und sie ging durch die kleine Stube in die Glasveranda und von dort ins Freie. Auf dem schmalen Landstreifen zwischen See und Haus stand ein fremder junger Mensch; er war, soweit sie es erkennen konnte, ganz ordentlich angezogen. Seine Gesichtszüge konnte sie in der Dämmerumg nicht unterscheiden. Er fragte rasch: »Wohnt hier eine Frau Schneider?« Marta erwiderte: »Gibt es hier nicht«, und sie fügte hinzu: »auch nicht im Dorf.« Sie musterte den unbekannten Mann und fragte dann: »Wie sind Sie denn hergekommen?« Er erwiderte: »Mit dem Boot.« – »Wieso?« fragte Marta, denn sie sah durch die Dämmerung durch, daß kein zweites an ihrem Steg lag.

»Ach«, sagte der Fremde, »ich bin längst vorher ausgestiegen. Ich hoffte, sie wohnt schon im zweitnächsten Dorf, die Frau Schneider, und dann hab ich mich durchgefragt.«

Man hörte ein Motorrad auf der Landstraße. Er faßte Marta an der Hand, er sagte leise, aber fest: »Verrat mich nicht, wenn jemand fragt.«

Marta zog ihre Hand zurück, sie sagte böse: »Ach so, du hast was ausgefressen.«

Das Motorrad hielt nicht an, es fuhr weit fort. Der fremde Mensch faßte sie wieder an der Hand, er sagte schnell mit leiser, heißer, eindringlicher Stimme: »Ich hab nichts Schlechtes getan. Im Gegenteil.«

Jetzt hörten sie ein Motorgeräusch auf dem See. Der Mann fuhr fort: »Seh ich denn wie ein schlechter Mensch aus?«

Sie versuchte wieder, sein Gesicht zu erkennen, als ob ein Gesicht je für den Mann, der es trägt, gebürgt hätte. Das wußte sie auch; denn sie hatte lange genug allein gelebt und mit allerlei Menschen umgehen müssen. Sie glaubte aber, mit dieser Art von Gesicht hätte sie niemals etwas zu tun gehabt.

Das Motorboot hatte sich schon entfernt. »Warum sind die dann hinter Ihnen her? Wenn Sie nichts angestellt haben?«

Er sprach ohne zu stocken weiter, sehr schnell, immer im gleichen heftigen Ton: »Man hat etwas gegen den Krieg verteilt, da, wo ich in Arbeit bin. Und heute sind sie auf mich verfallen.« – »Na, hören Sie mal«, sagte Marta, »wenn da was dran ist, gehören Sie wirklich eingesperrt.«

Der fremde Mann sprach ohne zu stocken im gleichen heißen Ton über all ihre Worte weg. Seine Stimme war zugleich flehend und drohend. Sie hätte vielleicht, sagte er, niemand im Krieg verloren und nie auf einen gewartet, bis die Nachricht gekommen sei: »Gefallen.« – Darauf erwiderte Marta, und beide drückten sich nebeneinander an die Mauer, er gehöre für so ein Gerede eingesperrt, ja eingesperrt, wenn nicht ins Zuchthaus, dann in ein Irrenhaus. Er fragte, ob man warten solle, bis alle Männer gefallen seien, er habe nicht gewartet, er nicht, und jetzt seien die hinter ihm her. Er sagte: »Haben Sie denn kein Herz im Leib? Sie. Lassen Sie mich ausschnaufen hier in der Hecke, Sie brauchen gar nichts davon zu wissen.«

Sie hatte vielleicht einen Augenblick gezögert. »Gehn Sie rein ins Haus, gehn Sie!« sagte er. »Sie haben gar nichts von mir gemerkt. Sie wissen nichts von mir. So gehen Sie doch schon.«

Dann wandte sich Marta ab und ging zurück, als ob sie kein Wort miteinander gesprochen hätten, und machte sich an die unterbrochene Arbeit. – So fing es an. Sie stand nur früher als sonst auf, um nachzusehen, ob er noch in der Hecke saß. Sie hoffte etwas, er hätte sich inzwischen davongemacht. Sie wäre sogar bereit gewesen, am ersten Morgen, sich einzubilden, niemand sei vorbeigekommen. Er saß aber zusammengekauert am alten Platz. Sie ging wortlos ins Haus, kam nochmals zurück und brachte ihm etwas Warmes. Sie sah zu, wie er gierig schluckte, sich verschluckte, sich, von Husten geschüttelt, in die Hand biß, damit nichts zu hören sei. Dann sah er sie an, es war jetzt hell genug, um sein Gesicht zu erkennen. Er sagte nichts, er bewegte nur etwas die Lippen und sah sie an mit seinem festen Blick. Sie sagte nichts, sie ging ins Haus zurück, als habe niemand da gehockt, sie ging ihrer Arbeit nach wie alle Tage. –

In diesem Sommer half ihr ein Junge im Tageslohn. Er kam aus dem Dorf, er hinkte seit einer Kinderlähmung. Er erzählte Marta, die Polizei sei auf der Suche nach einem Taschendieb, sie hätten in jedem Dorf rund um den See herum gewarnt. Nachmittags, es war früh dunstig, bedeutete Marta dem Fremden, ihr durch die Kellertür zu folgen. Sie hatte schon ihren Wintervorrat an Holz und Kohle gelagert. Sie machte jetzt einen winzigen Unterschlupf frei, sie sagte nichts, als sei ihr Tun und Lassen erst wirklich, wenn sie dazu etwas äußere.

Der kleine Tagelöhner war enttäuscht, als der Monat August zu Ende ging und Marta ihn nicht für den Monat September bestellte. Doch niemand wunderte sich, es war längst bekannt, daß Marta Emrich allein mit jeder Arbeit zu Rande kam, ja geradezu darauf erpicht war, allein zu Rande zu kommen.

Was es an lautloser Kleinarbeit gab, an Schälen und Schnitzeln, auch bisweilen an Reparaturen, besorgte der Flüchtling – er hieß Kurt Steiner – in seinem Unterschlupf zwischen den Holzstapeln. Manchmal ließ Marta die Kellerluke offen, sie schaltete ihr Radio ein. Nach und nach faßte sie Mut, hinunterzusteigen, sie hörte sich seine Erklärungen an. Ihm fielen viele Beispiele ein, um ihr das Gehörte verständlich zu machen, Ereignisse aus der Welt und aus seinem eigenen Leben. Sie kamen Marta, die nur ihr eigenes Dasein kannte, wie Märchen und Sagen vor. Anfangs war sie ganz benommen von seiner eindringlichen Stimme, dann horchte sie auch auf den Sinn seiner Worte, sie widersprach ihm und fragte und dachte nach.

Einmal nachts, als alles ringsum erstarrt war im Winterschlaf, in Eis und Schnee, führte sie ihn herauf ins Haus. Auf Augenblicke, im Schein der Taschenlampe, sah er die Stube, auf die sie stolz war. Und frisch und gut war ihr Bett. Zitternd, an ihn geschmiegt, verfolgte sie nachts durch die Ladenritzen einen Luftangriff auf Berlin.

Nach und nach wurde Marta Emrich vertraut mit den Gedanken ihres Gefährten Kurt Steiner. Sie war davon überzeugt, daß ihre Handlungsweise gut und richtig gewesen war. Sie würde dasselbe noch einmal tun mit Wissen und Wollen.

Sie empfand nur ein Schuldgefühl, weil sie die Nachricht, ihr älterer Bruder Karl sei an der Ostfront in Gefangenschaft geraten, mit einer gewissen Erleichterung aufnahm. Denn sie hätte sich keinen Rat gewußt, wie sie Kurt Steiner verbergen könnte, wenn der Bruder auf Urlaub gekommen wäre. Karl war besonders schroff und hart, ja tückisch. Er war einer von denen, die mit Freuden selbst einen Flüchtling am Genick packen würden. –

Im Frühjahr kam eine neue, eine furchtbare Gefahr. Über den Zaun erzählte ihr eine Bauersfrau, die Dörfer rund um den See würden abgesucht nach desertierten Soldaten. Kein Keller, kein Garten, kein Busch würde dabei ausgelassen, erzählte die Nachbarin, halb angstvoll, halb gehässig. Kurt Steiner erbleichte, als ihm Marta davon berichtete. Er stieß hervor: »Jetzt war alles umsonst, jetzt ist alles aus.« Er brütete. Er sagte mit leeren Augen: »Ich muß weg, sonst wirst du auch noch geschnappt.«

Plötzlich fiel Marta eine Geschichte ein, die ihr jüngerer Bruder, ihr Lieblingsbruder, einmal in einem bunten Heft gelesen und den Geschwistern erzählt hatte. Irgendwo in dieser Geschichte, sie wußte nicht mehr, wo sie spielte, hatte sich jemand gerettet, sie wußte nicht mehr vor wem und warum, indem er unter das Wasser getaucht war und durch ein Schilfrohr geatmet hatte, solange sie nach ihm suchten. Kurt Steiner sagte, das sei erfundenes Zeug, das sei in Wirklichkeit gar nicht möglich. Marta sagte: »Doch, es kann möglich sein, versuch's!« Er sagte: »Das kann ich nicht, nein, das geht nicht.« Marta sagte: »Du mußt, du mußt!«

Und sie drängte ihn, es auszuprobieren, sofort, bevor sie noch kämen, nichts anderes bliebe ihm übrig, und deshalb sei es wohl möglich. Und sie zwang ihn, ins Wasser zu kriechen, und sie schnitt ein geeignetes Schilfrohr ab. Und es war noch nicht Nachmittag, da wurde es ernst mit ihren Proben.

Das nächste Haus war umstellt worden und fruchtlos durchsucht; jetzt kamen sie in das Emrich-Haus, sie stiegen auch von der Küche durch die Kellerluke. Marta erschrak, als sie den Hohlraum zwischen den Holzstapeln fanden, sie könnten womöglich eine Spur, ein Härchen, ja einen Schatten entdecken. Sie stöberten aber nur wild und grimmig herum.

»Wen sucht ihr denn?« fragte Marta, die sich in all ihrer Furcht ein Gramm Spott bewahrte. »Mein jüngerer Bruder ist gefallen, mein älterer ist in Gefangenschaft.« – »Halt 's Maul«, sagte die Feldpolizei, »ein Weib hat nicht bloß Brüder.« Marta spürte die Todesahnung; dann dachte sie: Ob er's durchhält, ob er Luft kriegt?

Nachdem sie fruchtlos auch rund ums Haus gesucht hatten, zogen sie fluchend ab ins nächste Haus. Kurt Steiner kroch schließlich zurück in sein Kellerloch, das kam ihm fast wohnlich vor. Sie mußten aber dauernd auf eine neue Razzia gefaßt sein. Er war am Verzweifeln, er sagte, der Tod sei ihm lieber als die unerträgliche Spannung. Er könne auch keine Razzia mehr ertragen, nur durch das Schilfrohr atmend.

Marta redete heftig auf ihn ein, jetzt sei das Ende des Krieges ganz nahe, gerade dafür hätte er sich in solche Gefahr begeben, er müsse das Ende des Krieges miterleben. – Bald erfuhren die beiden, die Dörfer würden abermals durchgekämmt, sie hätten damit nachts begonnen.

Sie beschwor den Kurt Steiner, es noch einmal zu wagen. Was habe er alles gewagt, damit endlich Frieden sei! Und da wolle er elend verrecken drei Minuten vor Torschluß! Und er nahm es noch einmal auf sich, von ihrem Drängen bezwungen, es gelang ihm noch einmal, als sie wirklich kamen und suchten, durch das Schilfrohr zu atmen. –

Nach ein paar Wochen war Berlin eingenommen. Der Krieg war zu Ende. Die beiden im Emrich-Haus weinten und lachten, sie aßen zusammen ein Freudenmahl, und sie tranken Wein, und sie legten sich in das weiße kühle Bett wie gewöhnliche Eheleute; kein Motorengeräusch erschreckte sie mehr.

Die ganze Gegend war derartig überschwemmt von Flüchtlingen, die Häuser waren so vollgestopft, daß niemand sich über Kurt Steiner wunderte, einer von vielen Fremden, die aufgetaucht waren. Nun, da ihr Herz ruhig war und alle Gefahr überstanden, hütete Marta ihre Beete streng vor den Tritten der Soldaten und vor den Kindern der Flüchtlinge.

Kurt Steiner sah lächelnd zu, wie sie sich mühte, das Ihre wieder in Ordnung zu halten in dem heillosen Durcheinander. Er sah sie nun, wie sie jeden Tag aussah, grobknochig, mit flachem und breitem Gesicht.

Nach einer Woche sagte er, nun müsse er in die Stadt, um seine Freunde wiederzusehen.

Sie war verbissen in ihre Arbeit; dabei ließ sich leichter warten, da er gar zu lang wegblieb. Und endlich, unversehens, hörte sie seine Stimme. Er war mit mehreren Menschen gekommen, in einem russischen Militärauto. Er brachte einige Freunde an, die er wiedergefunden hatte. Auch zwei Offiziere kamen. Einer sprach ganz gut deutsch, und er fragte Marta genau aus. Offenbar hatte ihnen Kurt Steiner viel über seine Flucht erzählt und über sein Versteck, und als der Offizier nun immer wieder Bescheid wissen wollte, ob sich alles genau so verhalten hätte, erwiderte Marta kurz: »Gewiß. So war es.« Die Offiziere betrachteten sie erstaunt, mit warmen Augen. Dann zeigte Kurt Steiner seinen Freunden das Versteck im Keller und auch die Stelle am Ufer, an der er mit dem Schilfrohr während der Fahndung ausgeharrt hatte. Er verschwieg nicht, was er Marta verdanke. Sie hätte ihm nicht nur das Leben gerettet, sie hätte ihm dauernd Mut zugesprochen. Marta hörte sich alles stumm an. Sein Ton war ihr fremd. Als sie etwas zum Essen richten wollte, denn sie hatte verschiedenes gehamstert, sagte Kurt Steiner: »Wo denkst du hin? Im Gegenteil. Wir haben dir ein Eßpaket mitgebracht. Wir fahren gleich alle wieder zurück.«

»Du auch?« fragte Marta. »Gewiß, ich muß«, sagte Kurt Steiner, »jetzt hab ich in Berlin eine Arbeit, eine gute, in der neuen Verwaltung.« Er strich ihr wie einem Kind übers Haar. Er rief noch einmal im Weggehen: »Ich laß bald von mir hören!« Marta horchte dem Auto nach. Ihr Herz war früher leichter geworden, wenn sich das Motorengeräusch entfernt hatte, jetzt wurde es schwerer.

Sie hatte von klein auf ihre Gedanken für sich behalten. Sie besaß gar nicht die Fähigkeit, sich auszusprechen. Den Leuten, mit denen sie umgehen mußte, um Gärtnerei und Haus zu besorgen, war ihre Einsilbigkeit bekannt. Es fiel niemand auf, daß sie jetzt noch weniger Worte machte. – Eines Tages erschien Kurt Steiner, um zu fragen, wie es ihr gehe. Er bot ihr allerlei Hilfe an. Marta erwiderte, was sie allen erwiderte: »Ich werd allein fertig.« Und als er ihr seine Dankbarkeit nochmals leidenschaftlich versicherte, sagte sie: »Schon gut, Kurt.« Sie machte sich steif, als er sie zum Abschied an sich ziehen wollte. –

Ihr Bruder Karl kam aus der Gefangenschaft. Er war grober und schroffer denn je. Er fand für die Schwester kein einziges gutes Wort; er ärgerte sich über jede Veränderung in der Gärtnerei. Das Haus fand er zwar gut im Stande, aber er lobte nichts; es schien ihm freilich geeignet, um mit einer Frau aus ordentlicher Familie hineinzuziehen, einer Bauerntochter aus dem nächsten Dorf. Marta mußte ihr Zimmer abtreten, sie erhielt eine schmale Kammer. Das junge Paar nutzte Marta aus. Ihr Bruder war geradezu drauf erpicht, alles, was sie in seiner Abwesenheit bewirtschaftet hatte, von Grund auf zu verändern. Das tat er auch, weil er in Wut geriet über das »Soll«, die neuen Abgaben, um zu beweisen, daß es unmöglich sei, den Überschuß zu erzielen, der »freie Spitzen« hieß. –

Marta rief sich manchmal im stillen ins Gedächtnis zurück, was ihr Kurt Steiner erklärt hatte, obwohl er seit langem nicht mehr aufgetaucht war. Er hatte gesagt, so einer will immer mehr Land, er will auch fremdes Land, er braucht den Krieg.

Eines Sonntags, als sie still und allein auf der kleinen Bank saß, die ihr Bruder auf der Seeseite für seine Frau aufgestellt hatte – das Paar war zu den Schwiegereltern ins Dorf –, fuhr ein Motorboot auf den Steg zu. Kurt Steiner sprang heraus, und er half einer jungen Person beim Aussteigen. Marta verstand sogleich, daß diese ungefähr so beschaffen war, wie sich Kurt seine Frau vorstellen mochte. Er begrüßte Marta vergnügt, er sagte, er hätte noch einmal den ganzen Fluchtweg zurücklegen und seiner Freundin erklären wollen.

»Und hier ist auch gleich die Marta zur Stelle«, endete er. Diesmal erlaubte er Marta, Kaffee zu kochen, er hatte ihr echte Bohnen mitgebracht. Sie saßen eine Stunde beisammen. »Was wir erlebt haben, du und ich«, sagte er und nahm ihre Hand, »kann man nie im Leben vergessen.« – »Gewiß nicht«, erwiderte Marta. »Wenn du etwas brauchst, komm zu uns« sagte Kurt, und er schrieb ihr auf, wo sie in Berlin wohnten.

Als der Bruder und seine Frau heimkamen, waren sie ungehalten, weil Marta inzwischen Gäste bewirtet hatte. Sie schnüffelten den Kaffeegeruch. Die Schwägerin schimpfte, weil Marta das Service benutzte, das zu ihrer Mitgift gehörte. Dann wurden sie neugierig, wollten durchaus erfahren, was für Leute Marta besucht haben könnten. Marta erwiderte: »Noch vom Krieg her, Bekannte.«

Inzwischen war in den Dörfern etwas gegründet worden, was »Gegenseitige Bauernhilfe« hieß. Der Bruder schimpfte: »Die können mich – in so was tritt einer wie ich nicht ein.«

Marta sagte: »So einer wie du, nein.« Sie radelte abends ins Dorf. In der Wirtschaft, die ihren Verwandten gehörte, gab es manchmal eine Versammlung. Dort hörte sie zu. Schüttelte auch mal den Kopf, wenn ihr etwas gegen den Strich ging.

Der Bruder sagte: »Wenn du dich da herumtreibst, kannst du gleich anderswo wohnen.«

»Mich kannst du nicht rausschmeißen«, sagte Marta, »der Vater hat's uns Kindern vermacht. Auszahlen kannst du mich aber, wenn du Lust hast.« Dazu hatte Karl durchaus keine Lust. Er war erbost und erstaunt. Was diese Marta sich für einen Ton zugelegt hat.

Von nun an wurde Marta mal so, mal so behandelt. Mal tückisch-freundlich, mal als Aschenbrödel. Obwohl ihr vor jeder Heimkehr bangte, war sie erleichtert, wenn sie davonradeln konnte in ihre Bauernversammlung. Doch satt wurde ihr Herz davon nicht. Ihr Leben war bitter.

Sie sehnte sich danach, den Kurt Steiner wiederzusehen. Sie konnte und konnte nicht abwarten, bis er von selbst kam. Sein Gesicht, das ihr anders dünkte als alle ihr bekannten Gesichter, schnell einmal vor sich zu haben mit seinem hellbraunen Haarschopf, mit seinem festen Blick. Und seine Stimme zu hören. Sie hatte viel zu fragen. Ihr schien, er könne alles auf Erden erklären. Er war verheiratet, und er hatte wohl schon ein Kind. Er könnte unwillig werden, wenn sie plötzlich erschien. Er hatte sie aber selbst mit seiner Braut besucht, ihr aufgeschrieben, wo sie in Berlin wohnten. Da ihr Bruder in amtlichen und schriftlichen Sachen äußerst unsicher, Marta aber seit Jahren gewohnt war, alles allein zu erledigen, fand sich eine Gelegenheit. Marta erbot sich zum Besuch der Bauernbank in Berlin, ohne daß sie sich anmerken ließ, wieviel ihr an dieser Reise lag. Dem Bruder war es nur recht.

Sie kannte die Fahrt genau und kam pünktlich an. Von der Bank fuhr sie nach Weißensee zu dem Haus, in dem Kurt Steiner wohnte. Als sie die Treppe hinaufstieg, dachte sie: Soll ich? Soll ich nicht?

Aber im zweiten Stock an der Wohnungstür stand ein fremder Name. Sie suchte umsonst die übrigen Türen ab. Schließlich fragte sie eine Frau, die gerade vom Markt kam, wo denn hier ein Kurt Steiner wohne. Die Frau sagte: »Der ist schon längst weg.« – »Wohin denn?« Die fremde Frau zuckte die Achseln. Da Marta angstvoll beharrlich mit ihren Augen fragte, beschrieb die Frau spöttisch mit der Hand einen weiten Bogen.

Dann ging Marta zur Haltestelle. Sie war müde. Ihr war trübe zumut. Sie dachte auch: Er hätte mir's schreiben können. Als trage sie plötzlich schwer an ihrer Enttäuschung, waren ihre Schultern schlaff, auch ihre Mundwinkel hingen. Je näher der Autobus ihrem Dorf kam, desto mehr Gesichter erkannte sie. Sie raffte sich auf, weil ihr war, die Leute starrten sie an. Sie hörte, daß einer zum anderen sagte: »Die war auch dort in der Wirtschaft, ganz allein.« Sie dachte: Ihr hättet ja dem Kurt Steiner schön mitgespielt. Zur Gestapo hättet ihr den geschleift. Dann dachte sie voll Leid: Er ist jetzt für immer fort.

Sie ging von der letzten Haltestelle ins Haus. Wenn sie nicht ständig die Zähne zusammenbiß, würde die ganze Trübnis gleich wieder über sie schwappen. Sie zeigte dem Bruder die Bankpapiere, und da er nichts davon verstand, verstand er auch nichts zu rügen, als nur: »Warum bist du nicht früher gekommen?«

Auf einmal empfand sie im Innern eine Genugtuung. Sie besaß etwas eigenes, davon gab sie nichts preis. Was ihr, nur ihr gehörte, war keine Sache, sondern etwas Erlebtes. Darauf war sie stolz mit Fug und Recht. Sie straffte sich. –

An die Gärtnerei stieß ein Stück verwahrlostes Land. Die ehemaligen Besitzer waren entweder im Krieg geblieben, oder sie waren aus Angst auf und davon. Die Gemeinde überließ dieses Stück einem Umsiedler namens Klein. Auf der Flucht hatte Eberhard Klein seine Frau verloren. Seinen einzigen kleinen Sohn versorgte er selbst. Er war düster, recht hilflos. Er war zwar Gärtner gewesen, er hatte aber immer mit guter Erde zu tun gehabt. Er konnte sich nicht befreunden mit dem mageren Boden am See. Und auch nicht mit der Gemütsart der Leute, die so karg wie ihr Boden war.

Emrich war scharf darauf aus gewesen, das Stück zu erwerben, das nun Eberhard Klein bebaute. Darum zeigte er dem Klein die kalte Schulter. Und stellte der ihm eine Frage, gab er ihm dürftig Auskunft oder gar falsche. Klein glaubte zuerst, Marta sei von derselben Sorte. Mancher hatte ihm gesagt, sie sei grob, sie sei mürrisch. Doch einmal gab sie ihm ganz freundlich von selbst über den Zaun einen Rat, der das Beschneiden von Tomaten betraf. In der Bauernversammlung brachte sie, wenn auch scheu, eine vernünftige Meinung vor. Eberhard Klein horchte verwundert. Er dachte: Das sind genau meine Gedanken. Er fing auch an gewahr zu werden, wie gut und ruhig ihre Augen waren. –

Sie wurde bald seine Frau und seinem Kind eine gute Mutter. Sie lebten friedlich, einer Meinung, was die äußere Welt betraf und ihre eigene Arbeit und ihre kleine Familie. –

Einmal erhielt Marta aus Düsseldorf eine Karte von Kurt Steiner. Er schrieb, er würde sie nie vergessen. Eberhard Klein fragte, wer der Mann auf der Karte sei. Marta erwiderte: »Manchmal haben wir uns geholfen, in der schweren Zeit, im Krieg.« Sie fügte hinzu: »Er hat mir mal echten Kaffee verschafft.« Klein fragte nichts mehr, und sie sagte nichts mehr.

Wenn sich jemand nach Marta erkundigte, das kam selten vor, dann hieß es: Sie ist die Schwester vom Emrich. Jetzt hat sie den Eberhard Klein zum Mann. – Wer mit den Kleins einer Meinung war, sagte vielleicht noch: Die ist ordentlich.

Was hätte man andres sagen können, da man nichts andres wußte?

Gerhard Zwerenz
Das Monogramm

Fahr los nach C. und sorge für Gerechtigkeit. Du wirst einen Mann festnehmen und herbringen.

Diesen Befehl gab mir Schröter, mein Vorgesetzter bei der Untersuchungsbehörde gegen konterrevolutionäre Verbrechen.

Gewiß, sagte ich, gleich will ich losfahren.

Ich holte meine Schuhe vom Ofen, zog das zusammengeknüllte Papier heraus, das ich hineingestopft hatte, damit sie beim Trocknen ihre Form behielten, und bekam Schwierigkeiten mit den verknoteten Schnürsenkeln. Schröter sah aufmerksam zu. Ich nahm das Messer, schnitt die Knoten ab, fädelte die Schnürsenkel ein und knüpfte die Enden wieder zusammen. Schröter sagte:

Dich wundert gar nicht, daß ich dich nach C. schicke?

Warum soll es mich wundern, antwortete ich. Bloß weil ich aus C. stamme? Ich ging um den Schreibtisch herum und öffnete den Schub. Da lag mein Proviant. Ein Stück Brot und ein Salzhering. Die Wurst hatte ich am Morgen bei Dienstbeginn gegessen. Ich biß dem Hering den Kopf ab, öffnete das Fenster und spuckte ihn hinaus. Als das Telefon klingelte, nahm ich den Hörer ab. Eine verdrossene Stimme meldete den Wagen fahrbereit. Schröter beobachtete mich immer noch aufmerksam. Als ich zur Tür ging und stolperte, hatte er mich plötzlich gepackt.

Du wirst den Mann herbringen, ja? Auf jeden Fall, ich kann mich verlassen auf dich?

Ich gab keine Antwort, schlich zum Hof, wo die Wagen standen. Es war Anfang März 1948, ein verspäteter Wintersturm dröhnte. Stanek, der Chauffeur, nahm die Straße über Luckenwalde. Wir drehten rechts ab und kamen hinter Nossen auf die Autobahn. Das waren bis C. an die dreihundert Kilometer. Wir brauchten zehn Stunden dazu. Am Morgen sah ich die Ruinen von Chemnitz im Süden liegen. Wir fuhren weiter. Zwischen Glauchau und Meerane verließen wir die Autobahn und nahmen die Chaussee. Leergefegt lagen die Straßen. Stanek sah mich mißmutig an: Eine vertrackte Gegend.

Für mich ziehen hier jeden Tag die Heiligen Drei Könige durch, sagte ich. So erreichten wir C.

Stanek fuhr auf den Neumarkt, zog sich den Mantel übers Gesicht und schnarchte. Ich durchstreifte die Stadt. Trottete in die Laurentiuskirche, auf den Friedhof, zur Leichenhalle, zur Schule. Gegen Mittag hielt es mich nicht mehr, ich stieg die Straße zum Gablenzer Berg hinauf, und die zwei Zimmer waren vollgestopft mit Betten, Koffern und bleichen schweratmenden Kindern. Ins Schlafzimmer trat ich. Unverändert lag drunten der schmale Hof. Nur die Tauben fehlten, längst geschlachtet.

Die Flüchtlinge, ausgesiedelte Deutsche aus Ungarn, flüsterten. Die Augen der Kinder glänzten samten. Als ich ging, schlug die Angst hinter mir in Gelächter um. Ich verzichtete darauf, ihnen zu erklären, daß sie in meiner Heimat lebten, auf dem Land meiner zwei Zimmer, mit dem großen Garten der Blumen, die sich meine Mutter auf den Fensterstöcken in irdenen runden Töpfen gezogen hatte.

Die Treppe hinab stieg ich pfeifend. Blieb stehen vor der zerschrammten Kellertür, bückte mich schnell, sah das Monogramm, das ich als Junge mit dem Taschenmesser eingeritzt hatte, befühlte die Buchstaben, war jetzt ganz daheim, mit den Fingerspitzen.

Der Sturm hatte sich gelegt. Rauh und kalt war die Luft. Stanek glitt unter seinem Mantel hervor. Dünn und bleich standen ein paar Männer und Frauen um den Wagen. Man treibt sich jahrelang in fremden Ländern herum, tötet, wird gejagt, kommt noch einmal davon, und am Ende gelangst du dahin, von wo du ausgegangen bist.

Zwischen die Ziegelscheunen holperte der Wagen. Der Schornstein bohrte sich in eine riesige weiße Wolke hinein. Neben dem Ofenaufgang sprang die Tür auf, Spiralen von Staub tanzten, ein Mann mit Krücken, einbeinig, knarrte heran.

Guten Tag, Bruno! sagte ich.

Sein Hals flammte rot. Er schrie, hob die Krücken, lachte, lachte nicht mehr, die Pupillen verengten sich.

Du wirst hierbleiben? fragte er.

Ja.

Hast einen so großen Wagen und einen Chauffeur dazu?

Ja.

Unbewegt hielten die entlaubten Birken, riesige Spinnwebfenster glänzten

111

in den verwitterten Gattern der Ziegelscheunen. Bruno nahm das Beil und schlug ein Regal zusammen. Dem Ofen heizten wir das morsche Holz. Saßen zu dritt um den knisternden Ofen.

Draußen heulten hungrig die Hunde.

Am Morgen stand Bruno an meinem Lager. Seine Stimme war rauh vor Erbitterung, er sagte:

Du bist nun einer von denen, und jetzt holst du mich ab, was?

Geh in die Küche und wart auf mich, antwortete ich. Und setzte, als er seinen Rücken schon wandte, hinzu: Das Proletariat hat die Macht übernommen, aber das Proletariat ist eine gerechte Klasse, die einzige gerechte Klasse auf Erden!

Er hüpfte ohne Krücken hinaus. Ich erhob mich, zog Hemd und Hose an, die Jacke, den Mantel, nahm die Pistole, lud sie durch, ging in die Küche. Bruno lehnte am Fenster. Der Sturm dröhnte noch immer, vor den Fensterscheiben lehnte der Himmel, eine Scheibe gefrorener Milch; bleiche, blasse Kälte drang vom Erzgebirge herüber. Ich half Bruno in den zerlumpten Mantel. Er nahm die Krücken.

Stanek tauchte auf. Wir traten vors Haus.

Was habt ihr mir vorzuwerfen? schrie Bruno.

Was weiß ich, sagte ich, vielleicht hast du Russen getötet, fügte ich gleichmütig hinzu.

Es war Krieg, schrie Bruno, ich habe Soldaten getötet, und die russischen Soldaten haben uns getötet!

Er stützte sich auf die eine Krücke, die andere klemmte er mit einer fahrigen Bewegung zwischen Ellbogen und Leib, und mit der freien Hand faßte er sich an den Hals.

Stanek lauerte am geöffneten Wagenschlag. Sand und Steine spie der Sturm auf die zerschlissenen knirschenden Lederpolster. Und du, schrie Bruno mich an, du hast nicht getötet? Du nicht? Wirklich nicht? Keinen einzigen Menschen?

Ich zog die Pistole.

Steig ein, brüllte ich wie von Sinnen, steig endlich ein ... Er gehorchte. Ich setzte mich neben ihn. Als wir anfuhren, sagte er: Ich verstehe das nicht. Major Tretjakow ließ mich frei, und wer verhaftet mich jetzt wieder?

Ich sagte: Auch ich verstehe etwas nicht. Warum bliebst du hier in der Ziegelei?

In der Ziegelei – und du meinst, ich hätte woanders hingehen können; aber wohin, das sagst du nicht. Mit einem Bein ausreißen? Das versuch mal, du kommst nicht weit als Krüppel, glaub mir. Und zu den Amerikanern gehen – die warten schon auf mich.

Gut, sagte ich, und was war mit deinem Major Tretjakow, so hieß er doch, was?

Major Tretjakow ist der NKWD-Kommandant in Chemnitz. Ich stehe zu seiner Verfügung.

Jetzt stehst du für eine Berliner Kommandantur zur Verfügung, sagte ich, aber du hast mein Ehrenwort, es wird dir nichts geschehen.

Er begann trotzig vor sich hin zu reden. Später spielten wir Siebzehn und vier, und als Bruno einschlief, fesselte ich ihm die Hände. Er erwachte, starrte wortlos auf seine Handgelenke und schloß die Augen wieder.

Es war ungefähr in der Gegend von Chemnitz, als Bruno sagte: Das muß ein harter Beruf sein, seinen eigenen Freund zum Henker bringen.

Du sprichst die Wahrheit, sagte ich, doch du sprichst mit einem Vertreter der Arbeiterklasse. Die Revolution ist eine harte Mutter, aber sie ist auch eine gerechte Mutter. Der einzelne Kämpfer kann untergehen. Dem einzelnen Kämpfer mag der Schmerz die Brust zerreißen, doch die Revolution ist unsterblich, und unendlich groß ist der Leib unserer Partei. Die Zeit ist reif. Ein Krieg ging verloren, die Revolution hat gesiegt.

Du bist ein sibirischer Wolf geworden, sagte Bruno, und sein Gesicht stieß in ohnmächtiger Angst und Wut auf mich zu.

Ich sagte:

Unsere Kinder werden ein gutes Leben führen. Unsere Enkel werden nicht mehr wissen, was es heißt, eine Klasse zu befreien. Nur eine einzige Klasse wird leben auf dieser Erde – die befreite Arbeiterklasse, ein gutes, schönes, stolzes und gerechtes Geschlecht!

Schweigend fuhren wir weiter. Bruno flüsterte:

Aber du, was du auch tust, es wird über dich kommen, ich an deiner Stelle, ich verhielte mich anders.

Ich verhalte mich anders, Bruno, flüsterte ich zurück; und dann öffnete ich mit dem Schlüssel die Fessel an seinen Händen.

Durch Schnee und Matsch fuhren wir. Die Reifen glitschten. Wind fetzte durch den Wagen.

Anhalten! rief ich.

Stanek hielt an.

Lauf los, Bruno, schrie ich aufgeregt, lauf doch, so lauf doch! Er verhielt an der offenen Tür, die Krücken bereit, so starrte er auf die Pistole in meinen Händen. Nun lauf schon, du Scheißkerl! Ich richtete den Lauf auf Staneks Rücken, und da verschwand Brunos leichenblasses Gesicht. Mit großer Geschwindigkeit hüpfte seine Gestalt durch den fallenden Schnee, torkelte, fiel nieder, schwang sich auf, war nicht mehr zu sehen. Schröters Augen röteten sich vor Zorn, als ich ihm davon erzählte. Er schlug mit der Faust auf die Schreibtischplatte, die Enttäuschung verfinsterte sein offenes Gesicht, das Blut schoß ihm in Wangen und Stirn, die Glatze verdunkelte sich, du Verräter, du verfluchter Verräter, ein zürnender Vater war er mir; ich sagte: Aber man kann seinen Freund nicht an den Galgen bringen!

Tief Atem holte Schröter, wollte antworten, sein Gesicht erstarrte, er hustete und röchelte, und dann spuckte er und spuckte, und ich sah, er spuckte Blut.

Ich empfand plötzlich wieder eine große Zuneigung zu ihm. Er rang keuchend nach Luft, dann rief er einen Polizisten, und sie sperrten mich eine Woche lang in die Arrestzelle im Keller. Dort holten sie mich an einem Sonntagabend heraus, und Schröter befahl mir, in einen kleinen Ort an der Zonengrenze zu fahren. Bruno war in den Westen entkommen, hörte ich, aber die Amerikaner hatten ihn aufgegriffen und wieder zurückgeschickt. Dies war mein letzter Auftrag, ich machte mich auf, Bruno nach Berlin zu bringen. Drei Jahre später stießen sie ihn im Kellergewölbe des Waldheimer Zuchthauses von einem Stuhl, daß die Wäscheleine um seinen Hals sich straffte und seinem Leben ein Ende setzte. Doch da war ich schon drei Jahre lang nicht mehr dabei: Ich sah mit Verehrung zu Schröter auf, sah den vor Erschöpfung zitternden Mann vom Stuhl sich erheben, unbarmherziges Mittagslicht auf den Zügen, ich führte Bruno ins Zimmer, den die Amerikaner zurückgeschickt hatten, ohne Krücken, wer weiß, wo sie geblieben waren, was brauchte es für ihn noch Krücken; in dem Leben, das ihm als Rest bevorstand, war wenig Platz für Bewegung. Ich sagte zu Schröter: Das war mein letzter Auftrag, ich geh nach Hause.

Er trat ganz nahe an mich heran.

Und die Gerechtigkeit – du willst nicht der Gerechtigkeit dienen?

Ich will, sagte ich traurig, ich möchte schon, aber ich weiß nicht, wo sie ist, die Gerechtigkeit.

Und das vergossene Blut?

Ich schwieg, und in die Stille hinein keuchte Schröter ein zweites Mal sein: Und das vergossene Blut?

Ich sah den bleichen, mahnenden Mann vor mir, ich sah Brunos zerschlagenen Kopf, ich sah den Polizisten, der uns begleitet hatte und in seiner gutmütigen Verwunderung nicht verstand, was vorging.

Ich sagte: Ein Land müßte sein, ein schönes gutes Land, wo einer schlafen kann, nichts als einfach schlafen.

Einen Nachmittag lang trottete ich durch Berlin, am andern Tag um neun in der Frühe stehe ich pfeifend daheim auf dem Bahnsteig in C., besitze einen abgeschabten, verschwitzten Anzug, einen ziemlich neuen Mantel aus grauem Militärstoff, ein Paar derbe Lederschuhe, fünfhundert Mark und mein ganzes ferneres Leben. Plötzlich fällt mir ein, ich weiß gar nicht, wohin ich jetzt gehen soll. In die Ziegelei will ich nicht, und sonst ist kein Haus, wo man mich aufnähme.

Aus lauter Ungewißheit laufe ich langsam neben den Geleisen den Bahndamm entlang. So marschiere ich durch den Ort; die grauen Häuser, die backsteinblanken Ziegelbauten der Fabriken rechts und links vom Bahndamm sehen noch trostloser aus, als ich sie in meiner Erinnerung aufbewahrt hatte. Da sehe ich einen Mann, er ist dürr und geht deutlich vornübergeneigt, und er tritt durch eine Tür in eins der grauen Häuser. Ich bleibe stehen und starre auf die Tür, die sich hinter dem Manne geschlossen hat. Ich weiß nicht, wie lange ich so gestanden habe. Wie ich wieder zu mir komme, bin ich schon ein ganzes Stück gelaufen, bin die Straße zum Gablenzer Berg hinangestiegen und stehe vor dem Haus.

Ich gehe hinein, fühle an der Kellertür nach dem Monogramm, beuge mich nieder; von den Fingerspitzen an durchströmt mich das gute Gefühl, daheim zu sein.

Im Hof find ich ein Stück Eisen. Damit heb ich die Kellertür aus, trag sie auf meinem Rücken die Straße hin und hinaus in den Wald.

Auf meiner Tür liegend verbrachte ich die Nacht in tiefem, glücklichem Schlaf.

Stefan Heym
Mein verrückter Bruder

Sechs Jahre.

Sechs Jahre hat der Staatsanwalt beantragt. Und das werden sie mir auch verpassen, sechs Jahre und keinen Tag weniger. So sind sie; das ist ihre Justiz; ebensogut könnten sie auch ohne Prozeß auskommen, einen einfach einlochen und sich das Geld für ihr Gericht und die Richter und das ganze Theater sparen.

Sechs Jahre. Leugnen ließ sich nur schwer – sie wußten zuviel. Ihre Beobachtung hat begonnen an dem Tag, an dem ich über die Grenze in ihre Zone kam und das erste Telefongespräch tätigte. Sie haben beobachtet und abgewartet, und dann: »Bitte, kommen Sie ohne Widerstand mit.«

Sechs Jahre. Wenn man die Fünfzig überschritten hat: plus sechs, das macht sechsundfünfzig. Ich werde ein alter Mann sein, bevor ich wieder herauskomme, und wer wird sich dann um mich kümmern, wer wird mir auch nur einen Pfennig geben für meine Verdienste? Vergessen und begraben werde ich sein. Es gibt keine Dankbarkeit. Keine Dankbarkeit, keine Gerechtigkeit, gar nichts.

Sechs Jahre – und alles nur, weil mein Bruder verrückt ist ...

Er würde den Nutzen davon gehabt haben, nicht ich. Sein Job wartete schon auf ihn – und was für ein Job! – mit eigenem Haus und eigenem Auto. Er hätte Geld gehabt wie Heu und hätte sein eigenes Gehalt bestimmen können ... Wo gibt's denn so was noch mal?

Ich habe es ihm bis ins einzelne auseinandergesetzt. Ich habe ihm alles erklärt. Sein guter Engel hätte es nicht überzeugender machen können. Und was hat er geantwortet?

Nein, danke sehr.

Wortwörtlich – »Nein, danke sehr.« Da fragt man sich: Ist das nun noch menschlich oder ist es einfach verrückt?

Ganz erklären kann ich mir's immer noch nicht ... Dabei habe ich ihn aufwachsen sehen, seit er aus den Windeln kam. Ein ganz gewöhnlicher Durchschnittsdeutscher, mit Frau und zwo Kindern, einem Jungen und einem Mädel, eine nette kleine Durchschnittsfamilie – wann begann er sich von uns fortzuentwickeln, wann fing es an, diese Verdrehtheit, dieser Wahnsinn, der mich – nicht ihn, mich! – hier nach Dresden und in diese sowjetzonale Gefängniszelle gebracht hat?

Durchschnitt? Man könnte sogar sagen, er war genau nach Schema gebaut. Er glaubte an alles, woran zu glauben war – an Vaterland, Führer, Deutschlands Auftrag und so weiter. Ich dagegen habe manchmal Zweifel gespürt; ich bin schließlich Kaufmann und habe gelernt, einen Unterschied zu machen zwischen hohlem Gerede und Ausführungen, hinter denen eine harte Tatsache steht; aber bei ihm gab es kein Zögern. Er war eben ein Idealist, das sagte er selber. Idealismus, sage ich nun, ist gar keine unrechte Sache, solange das Geschäft dadurch nicht gestört wird. Er liebte seine Forschungen und seine Musik. Stundenlang konnte er irgendwelchen Konzertplatten zuhören. Musik langweilt mich, aber ich habe nichts Prinzipielles dagegen einzuwenden; Musik nützt nichts und schadet auch nichts, also warum sollte er nicht zuhören?

Und dann wurde er eingezogen in die Wehrmacht. Er wurde ein ganz gewöhnlicher gemeiner Soldat, obwohl er damals schon Dozent war und an einer Sache arbeitete, die mit der Spaltung eines der schwereren Atome zu tun hatte – welches, weiß ich nicht.

Er machte den Vormarsch nach Paris mit. Er hat das alles gesehen: wie die Franzosen unter den Schlägen unserer Wehrmacht davonliefen und wie ihre Generäle sich dutzendweise ergaben und zusammen mit unsern Generälen Apéritif tranken, als wären sie liebe alte Freunde ... Da redet man jetzt soviel von europäischer Integration – in den Jahren damals hatten wir ein wirklich integriertes Europa, jawohl, da konnte man von den Karpaten bis zu den Pyrenäen fahren und von den norwegischen Fjorden bis zur Südspitze Italiens, und überall verbeugten sich die Leute vor einem und machten Kratzfüße, und der deutsche Kaufmann war überall geschätzt und gern gesehen.

Ich dachte, mein Bruder würde sich in Paris endlich mal amüsieren. Ich schickte ihm auch Geld, denn ich wußte ja, wie schnell das Geld an den Champs Élysées und auf der Place Pigalle durch die Finger rinnt. Man möchte nicht glauben, wohin er wirklich gegangen ist! – Zur Sorbonne. Und wen hat er dort besucht? – Joliot-Curie.

Es muß ein komisches Zusammentreffen gewesen sein. Später, als wir beide schon in Lebedinskoje saßen, halb Kriegsgefangene und halb bevorzugte Spezialisten, hat er mir mal davon erzählt. Mein Bruder ist ein schlechter Erzähler, aber mit einem bißchen Phantasie konnte man sich die Szene schon vorstellen: den untersetzten deutschen Landser – mein Bruder neigt zum Fett – in seiner grünlichen, schlechtsitzenden Uniform – in eine Uniform hat er nie recht hineingepaßt – mit dem Hoheitszeichen inklusive Hakenkreuz über der rechten Brusttasche; und den Franzosen mit dem Kadavergesicht und den großen, dunklen Augen und den tiefen Furchen in der Mundgegend. Vielleicht vermutete der Franzose, daß er verhaftet werden sollte, und recht wäre ihm geschehen, nachdem er die gesamten französischen Vorräte an schwerem Wasser nach England geschmuggelt hatte, bevor er sich selbst hinterherschmuggelte. Nur daß mein Bruder ihm rasch sagte: »Ich bin Dr. Soundso, *mon cher Professeur* ...«, und natürlich kannte ihn Joliot-Curie dem wissenschaftlichen Rufe nach und wußte, daß da nichts weiter vor ihm stand als ebenfalls ein Kernphysiker, allerdings ein zur Zeit als Soldat verkleideter.

Sie hatten eine lange Unterredung zusammen, gänzlich unpolitisch, wie mir mein Bruder versicherte. Sie sprachen über ihre letzten Arbeiten und über die Teilchen, aus denen die Materie besteht, und wie doch der Krieg unglücklicherweise so manche ihrer geliebtesten Forschungsprojekte störte. Nur an einem einzigen Punkt, als sie nämlich von der Zukunft sprachen, blickte Joliot-Curie, meinem Bruder zufolge, ihn mit seinen großen dunklen Augen voll an, lächelte und sagte: »Wissen Sie, *mon cher Docteur* – und ich erkläre das als ein Physiker dem andern und mit derselben wissenschaftlichen Objektivität, mit der wir Physiker die Welt nun einmal zu betrachten haben – es gibt für uns nur einen Weg: den Sowjetweg ...«

Wäre er nicht so voller Bewunderung für den Franzosen gewesen, mein Bruder hätte laut herausgelacht. Er beherrschte sich jedoch, wahrte sein respektvolles Schweigen und verabschiedete sich kurz darauf.

Ich habe immer nur das Beste gewollt für meinen Bruder. Das liegt bei uns in der Familie, wir sind so erzogen worden. Ich hätte ihn ja auch in der Wehrmacht steckenlassen können; dann hätte er den Krieg in seiner Kompanieschreibstube verbracht, oder vielleicht hätten sie ihm auch ein Gewehr in die Hand gedrückt und ihm gesagt, los, schieß auf die Russen, und dann läge er möglicherweise irgendwo unter einer weißen Birke. Ich aber habe es gut gemeint mit ihm, und darum sitze ich jetzt hier in dieser Zelle und warte darauf, daß diese Nacht vergeht, und darauf, daß mir der Richter mit seiner trockenen Stimme verkündet: »Sechs Jahre!«

Ich habe alles getan, was ein Bruder für den andern nur tun kann. Ich bin hingegangen und habe General von Jaeger, den Menschen-Jaeger, so hieß er damals, überzeugt, daß es doch ein Unsinn wäre, einem Mann einen Uniformrock anzuziehen, der lieber an seiner Universität arbeiten und in seinem Laboratorium über Teilchen und deren Verwendbarkeit nachdenken sollte. Vielleicht hatte der Menschen-Jaeger auch irgendwann etwas davon läuten gehört, wie wichtig es ist, über Teilchen nachzudenken. Jedenfalls hob sich sein Kinn aus dem Fett, das ihm über die goldroten Spiegel auf seinem Generalskragen hing, und sagte: »Ein Kernphysiker ist er also, was?«

Dann kritzelte er ein paar Zeilen auf ein Stückchen Papier, und nach einer Woche war mein Bruder wieder an der Universität Halle, zu Haus bei Frau und Kindern, dem Jungen und dem Mädchen, und wenn ich mich recht erinnere, hat er mir nicht einmal Dankeschön dafür gesagt.

Vielleicht war er auch gehemmt. Gefühle zeigte er nur ungern. Sogar damals in Dresden äußerte er sich kaum – obwohl das der Tag nach der Bombardierung der Stadt durch die Amerikaner war. Sie bombardierten die Stadt, als der Krieg schon praktisch vorbei war. Sie nahmen die Menschen unter Tiefbeschuß, die aus der Flammenhölle ans offene Elbufer geflüchtet waren, darunter meine eigene Frau und meine Kinder. Mein Bruder aber sagte nichts weiter als: »Es hätte viel schlimmer kommen können. Sie haben ja nur gewöhnlichen Sprengstoff benutzt ...«

Dann verschwand er, zurück zu dem Häuschen im tiefsten Mecklenburg, wohin er sich während der letzten Monate des Krieges verkrochen hatte. Nur ich und der Vater seiner Frau, dem das Häuschen nämlich gehörte, wußten, wo er sich aufhielt; die alte Polizei bestand nicht mehr, und eine neue gab es noch nicht, und so konnte ein Mensch sich jenen Sommer über außer Sicht halten, vorausgesetzt er blieb in genügend großer Entfernung von den Straßen, auf denen die Armeen marschierten und die Flüchtlinge dahinzogen. Mein Bruder, so sagte er, brauchte Zeit zum Nachdenken.

Das war vielleicht ein Zug, mit dem ich zu ihm zu Besuch fuhr! Noch heute klingt mir das Gebrüll der Leute im Ohr, die die Waggons stürmten, bevor der Zug überhaupt am Perron zum Halten kam. Noch heute kann ich die Männer sehen, die einander an die Kehle gingen, die Frauen, die in Ohnmacht fielen, die Kinder, die plattgepreßt wurden – Menschen, die verzweifelt aus dem Hunger der Stadt herauswollten, aufs Dorf, irgendwohin, wo ihnen der Bauer vielleicht die Gnade erwies, einen Goldring, einen Pelzkragen, einen gestickten Schal gegen ein paar Kartoffeln einzutauschen. Diese Narbe auf der Stirn ist mein Andenken an die Reise. Ich wurde Kopf voran durch ein Abteilfenster gestoßen – als lebendiger Rammbock.

Natürlich hoffte ich, daß bei der Fahrt auch ein Säckchen Mehl, ein paar Eier oder ein Stück Speck für mich herauskommen würden. Aber der Hauptzweck war, meinen Bruder zu warnen. Mach, daß du fortkommst, wollte ich ihm sagen, mach, daß du hinüberkommst in den Westen, solange noch Zeit ist. Glaubst du denn, du kannst hier ewig Einsiedler spielen, wollte ich ihn fragen; man wird sehr bald herauskriegen, wer du bist und was deine Arbeit war, und dann gute Nacht. Noch sind die Amerikaner in Halle, aber sie können jeden Tag abziehen. Sie würden dich gerne mitnehmen; das war es, was ich ihm ausrichten wollte.

Ich glaube, daß mir damals zum erstenmal der Gedanke kam: Ist er vielleicht verrückt? Aber ich schob diesen Gedanken weit von mir. Mein Bruder hörte mich in merkwürdiger Ruhe an, beinahe als beträfe ihn das alles gar nicht. Und schließlich fragte er mich: »Hast du mal von Joliot-Curie gehört?«

»Nein«, sagte ich. »Wer ist Joliot-Curie? Und was hat er mit der Sache zu tun?«

»Aber Dresden hast du doch gekannt, nicht wahr?« fragte er weiter.

»Und was hat Dresden damit zu tun?« Ich wurde langsam ungeduldig. Die Wunde auf meiner Stirn tat mir weh; ich fühlte mich fiebrig, und ich kam nicht weiter. »Die Toten sind tot. Was willst du von ihnen?«

»Gar nichts«, sagte er.

Vielleicht würde er mir auch das Säckchen Mehl oder ein paar Eier oder ein Stück Speck mitgegeben haben. Aber ich vergaß, ihn darum zu bitten.

Die Sache hätte mir eine Warnung sein sollen. Aber wenn der Mensch so gebaut wäre, daß er auf Warnungen hört und sich nach seinem Nutz und Frommen richtet, dann liefen wir alle noch nackicht im Paradies herum.

Ich glaubte, er würde doch kommen, trotz allem, was er mir gesagt hatte; ich glaubte es wirklich und wahrhaftig, und so wartete ich auf ihn in Halle. Ich wartete, bis der letzte amerikanische LKW abgebraust war mitsamt Professoren und Technikern und Apparaturen und Büchern. Nach dem Massenauszug verblieben in Halle nur die Arbeiter, und die waren uninteressant. Ich wartete, weil ich bis zur letzten Minute hoffte, und dann war es zu spät. Die Tür war ins Schloß gefallen. Die Grenzen wurden dicht gemacht. Und ich saß fest.

Im Herbst kam mein verrückter Bruder dann nach Halle zurück. Er sagte: »Irgendwann muß man ja wieder zu arbeiten anfangen; und hier ist mein Arbeitsplatz.«

Das Haus stand noch, in dem er gewohnt hatte. Aber seine Wohnung war ausgeräumt worden; was nicht niet- und nagelfest war, war verschwunden oder zertrümmert. Am Abend seiner Rückkehr saßen wir beide dort auf einem großen, alten Ledersofa, das niemand weggetragen hatte, weil niemand es wegtragen konnte. Er schien müde zu sein; er hatte versucht, etwas Ordnung in der Wohnung zu schaffen und hatte es aufgegeben, und unsere Unterhaltung wurde immer stockender und stockte schließlich ganz.

Wir fuhren beide zusammen, als es an der Tür klopfte.

Dabei war das Klopfen gar nicht so laut oder ungeduldig gewesen. Mir lief es kalt über den Rücken.

Die Tür besaß kein Schloß mehr; darum sagte mein Bruder endlich einfach: »Herein!«, und der Besuch trat ein. Im Licht unserer Kerze erblickte ich eine Uniform. Die Achselstücke ließen darauf schließen, daß der Mann, der in der Uniform steckte, ein ziemlich hoher Offizier war. Der Offizier sah sich um, fand jedoch keinen Stuhl und lehnte sich einfach gegen die Wand. »Guten Abend«, sagte er auf deutsch.

»Guten Abend«, sagten wir.

Er betrachtete uns, zuerst mich, dann meinen Bruder. Dann sagte er, die Augen immer noch auf meinen Bruder geheftet: »Wir haben lange auf Sie warten müssen, Herr Professor ...«

»Wenn Sie mich in Haft zu nehmen wünschen«, sagte mein Bruder, »so lassen Sie uns den peinlichen Augenblick möglichst rasch hinter uns haben.«

Der Offizier tat, als hätte er nicht gehört. »Erzählen Sie mir bitte, Herr Professor«, sagte er, »haben Sie seit Ihren ursprünglichen Arbeiten über die Beschleunigung schwerer Teilchen Neues auf diesem Gebiet getan?«

Sie fachsimpelten dann eine Stunde lang oder auch zwei; mir war das viel zu hoch. Ich hätte auch ruhig fortgehen können, so wenig kümmerten sie sich um mich.

Danach schieben sich in meinem Gedächtnis die Tage ineinander wie Glieder einer endlosen Kette; alles verschwimmt, wenn man sie ansieht. Lebedinskoje – die Wachtürme – die Siedlung im Walde – die flimmernde Sommerhitze und im Winter der Schnee, der unter den Filzstiefeln klirrt – der Schmutz, die Eintönigkeit ...

Ich glaube, er hat es gar nicht so sehr gespürt. Er hatte ja auch seine Familie und seine Arbeit; ich war allein. Arbeit hat man mir auch gegeben. Ich aß, also mußte ich arbeiten; meine Bezeichnung war Laborassistent; ich schleppte Kisten und hackte Holz und mußte dies holen und das heranschaffen; ich war ein Faktotum, nur bekam ich keine Trinkgelder. Überhaupt konnte ich in dem ganzen Betrieb keinerlei Sinn erkennen. Die Maschinen, die sie da zusammenbauten, sahen aus wie verrücktes Riesenspielzeug für verrückte Professoren, und produziert wurde mit diesen Maschinen, soweit ich sehen konnte, auch nichts. In meinem zweiten Jahr in Lebedinskoje begann ich mich zu fragen, ob mein Bruder vielleicht doch nicht so verrückt war und die Russen mit diesem ungeheuren Unsinn an der Nase herumführte, und ich machte mir Sorgen, wie lange sie sich das ansehen und wann sie ihn erschießen würden.

Ich hätte fliehen können. Ich stellte fest, daß die Wachtürme von Lebedinskoje mehr dafür da waren, andere Leute heraus- als uns drinnen zu halten. Was aber hielt mich dann? Die Entfernungen? Furcht vor diesem fremden Land und seinen Menschen? ... Ein richtiger Kaufmann kommt überall durch. Ich blieb, weil ich es gut meinte mit meinem Bruder. Je länger wir in Lebedinskoje waren, desto stärker empfand ich, daß er einer ruhigen Hand bedurfte, die ihn halten konnte, wenn er strauchelte, und die ihn, wenn nötig, auf den rechten Weg zurückführte. Er war wie ein Jäger, der flüchtigem Wilde nachhetzt, oder wie ein Goldgräber, der eingebildete Schätze sucht.

»Warum tust du das bloß?« fragte ich ihn. »Was treibt dich?«

Er gab mir eine Erklärung, die üblichen wissenschaftlichen Ausdrücke. Diesmal lachte ich ihn einfach aus. »Du meinst, du arbeitest an einer Bombe«, sagte ich.

Er hat diese fahlblauen, geduldigen Augen. Die Augen wurden jetzt fast farblos, und ich verstand plötzlich, warum die Leute sagen, daß einer vor Wut blind wurde.

»Ich habe nie an einer Bombe gearbeitet«, schrie er mich an, »und ich werde nie daran arbeiten!«

»Aber stimmt es denn nicht«, antwortete ich, »daß alles, was ihr Physiker macht, auch benutzt werden kann, um Bomben zu machen?«

Meine Bemerkung schien ihn abzukühlen. Er schüttelte langsam den Kopf. Aber gesagt hat er nichts weiter.

Doch war er immer noch derselbe Idealist wie früher. Er bewohnte mit Frau und Kindern zwei Zimmerchen eines kleinen Hauses, das untergeteilt worden war, um vier Familien Unterkunft zu bieten. Meistens waren die Kinder nicht zu Hause, sie besuchten die Mittelschule in Saratow. Saratow war besser geeignet als Moskau. In Saratow gab es keine Ausländer, die neugierig werden konnten, wenn zwei deutsche Kinder plötzlich aus dem Nichts auftauchten.

Aber zum Wochenende und an Feiertagen kamen die Kinder nach Hause, Herbert, der Junge, und das Mädchen Martha. Das Wochenende verlief in immer gleicher Weise. Am Samstagabend war Familienessen. Das war die Mahlzeit, zu der man auch mich einlud, und danach kamen ein paar von den andern Deutschen, die in Lebedinskoje arbeiteten, und hörten sich ein Plattenkonzert an – ob aus Musikliebe oder aus Verzweiflung, weiß ich nicht. Mein Bruder stellte das Programm zusammen und legte die Platten selbst auf den Spieler, der wiederum mit einer Anzahl kompliziert angebrachter Lautsprecher in dem größeren der beiden Zimmer verbunden war.

Vor und nach dem Konzert unterhielt man sich, gewöhnlich über die Vergangenheit. Von ihrer Arbeit wollten die Herren nicht sprechen, weil die Damen, die das ja unmöglich verstehen konnten, anwesend waren; die Damen wiederum wollten nicht von ihren täglichen kleinen Plackereien sprechen und von all den Dingen, die man ersehnte und nicht bekommen konnte, weil Klagen ja sowieso nichts half; und wovon sonst konnten Menschen sprechen, die so lange Zeit auf einer Eisscholle, einer wüsten Insel oder in Lebedinskoje festsaßen?

Also sprachen sie davon, wie es früher war, und von dem Krieg, den man verloren hatte, und wie leicht es hätte anders kommen können, wenn der Hitler sich nur nicht zuviel auf einmal vorgenommen hätte, oder wenn er nicht auch noch das Weltjudentum gegen sich aufgebracht hätte, oder wenn er den Generalen freie Hand gelassen hätte, oder wenn mehr schweres Wasser vorhanden gewesen wäre für gewisse Experimente . . . Es war der reinste Idealismus. Und es half sogar. Man fühlte sich besser, wenn man sich vorstellte, daß dies alles – die Arbeit für die Russen, das Leben in der Fremde, der Mangel, die Unbequemlichkeiten – durch eine Serie unglücklicher Zufälle gekommen und in Wirklichkeit ein einziger großer Irrtum der Weltgeschichte war.

An dem Abend jedoch kam dieses Thema nicht in Frage. Ein unerwarteter Gast hatte sich eingestellt, ein russischer Offizier, derselbe übrigens, der sich damals in der ausgeräumten Wohnung in Halle in mein und meines Bruders Leben eingemischt hatte und dem irgendeine mysteriöse Funktion in bezug auf Lebedinskoje oblag. Statt über neuzeitliche Geschichte sprach man also über die gegenseitige Befruchtung der germanischen und slawischen Kulturen, die bis ins frühe Mittelalter zurückging. Hier, so wurde gesagt, mochten die Wurzeln liegen für Freundschaft und Verständnis zwischen den betreffenden Völkern und für eine Beziehung zwischen ihnen, zu der jedes entsprechend seinem Nationalcharakter und seinen Fähigkeiten beitrug. Mein Bruder begeisterte sich an der Idee und suchte nach Beispielen, um die wunderbare Zukunft, die er prophezeien wollte, zu verdeutlichen.

»Nehmen wir nur die Ordensritter, Oberst Serebrjakow«, sagte er zu dem Russen. »Betrachten wir ihre große zivilisatorische Aufgabe und den kulturellen Beitrag, den sie dem Osten leisteten ...«

Eine schmerzliche Grimasse verzog ihm plötzlich das Gesicht. Er blickte mit Strenge auf seinen Sohn und sagte: »Du bist anderer Meinung, Herbert?«

Der Junge wurde rot. Er spürte, daß aller Augen auf ihn gerichtet waren. Dem Vater eins ins Schienbein zu geben, während der sprach, war weder deutsche noch sowjetische Art. Er schluckte und stotterte dann: »Vielleicht, daß der Genosse Oberst – er könnte ja eine etwas andere – nun ja, eine andere Auffassung – von der Rolle der Ordensritter haben?«

Nie werde ich die sonderbare Gesprächspause vergessen, die darauf folgte. Es war, als zögerte jede Sekunde, die in der Wanduhr davontickte, um einen Pendelschlag, bevor sie sich in die Ewigkeit bequemte.

Endlich sagte mein Bruder: »Vielleicht hast du sogar recht, Herbert.« Und zu dem Offizier gewandt: »Sehen Sie, Oberst Serebrjakow, es ist ja nicht leicht für uns. Wir spüren, daß in der Welt, die unsere war, etwas nicht mehr stimmt. Aber was stimmt da nicht? Wir wissen es nicht. Vielleicht können Sie uns helfen? Können Sie uns vielleicht einen Lehrer schicken, einen Instrukteur? Oder uns wenigstens die richtige Lektüre empfehlen?«

Der Oberst runzelte die Stirn. »Wenn Sie Möbel brauchen oder Lebensmittel oder irgendwelchen andern Komfort, so stehe ich Ihnen zur Verfügung. Aber es liegt nicht im Rahmen unseres Programms, die – wie nennen Sie es doch? – die Weltanschauung unserer ausländischen Spezialisten zu beeinflussen. Ich fürchte, Sie werden Ihre eignen Erfahrungen machen und Ihren eignen Weg finden müssen.«

Wenn ich von dieser sowjetzonalen Gefängniszelle aus zurückblicke, dann weiß ich, daß er damals bereits verrückt gewesen sein muß – noch nicht völlig verrückt, noch heilbar, aber doch schon ein ziemlich fortgeschrittener Fall.

Damals aber nahm ich an, es handele sich nur um eine verrückte Laune. Einen russischen Armeeobersten zu ersuchen, Bücher zu schicken, damit man erführe, warum was in der Welt nicht stimmte! Was in der Welt nicht stimmte, war doch sehr einfach: Es gab zweihundert Millionen Russen, und das waren zu viele Russen gewesen für uns. Damals nahm ich an, es wäre Lebedinskoje und unser Leben dort, das meinen Bruder ein bißchen verdreht machte – wir waren ja von allem abgeschnitten, mit Wachtürmen und Wäldern um uns herum, und hinter den Wäldern lag die russische Steppe, die sich streckte und streckte. Warte, dachte ich, bis wir hier heraus sind. Einmal muß die Zeit doch kommen, wo sie mit diesen Maschinen, die nichts produzieren, endlich Schluß machen; oder die Russen kriegen den Laden satt und schicken die ganze Bande irgendwohin, wo sie eine andere Regierung Geld kosten.

Es zog sich jedoch hin. Nach einer gewissen Zeit zählt man die Sommer nicht mehr mit ihren Mücken, die die Begleitmusik machen für das Singen des eignen Blutes im Ohr, und die Winter mit ihrer Kälte, die einem die Tränen aus den Augen und den Mut aus dem Herzen zieht. Man sieht nur, wie an den Schläfen das Grau immer höher steigt, unfehlbares Barometer der Jahre, und wie der Mund immer dünner und das Kinn immer schlaffer wird. Als die Erlösung dann kam, war es völlig unerwartet.

In der Erinnerung sehe ich meinen Bruder noch in den Lagerschuppen treten. Uns beiden wurde plötzlich bewußt, daß er überhaupt zum erstenmal zu mir, an meinen Arbeitsplatz, gekommen war. Das schien ihn etwas verlegen zu machen, als er sich bei mir umblickte, und er räusperte sich, bevor er sagte: »Also, kannst deine Sachen packen. Lebedinskoje wird zugemacht. Wir sind fertig mit unsrer Arbeit.«

»Heißt das – es geht nach Hause?«

Er lächelte. Er sah ganz wieder aus wie früher, voller Selbstvertrauen, jung, nicht eine Falte im Gesicht.

»Natürlich kannst du nach Hause«, sagte er. »Du kannst fahren, wohin du willst.«

»Und du – du willst nicht nach Hause?«

»Ich werde auf Besuch kommen«, sagte er.

»Sie lassen dich nicht fort? Mit welcher Begründung, welchem Recht –«

»Sie haben mir eine neue Arbeit angeboten. Sie werden den größten und stärksten Teilchenbeschleuniger der Welt bauen. Sie errichten ein ganzes internationales Forschungszentrum. Wir wollen versuchen, Näheres über die Kräfte zu erfahren, die sich im Kern der Materie befinden. Wir wollen versuchen zu erfahren, was diese Welt im Innersten zusammenhält!«

»Du bist ja ganz und gar verrückt«, sagte ich.

»Warum sollte ich verrückt sein?« fragte er erschrocken.

»Hast du denn noch nicht genug?« In mir war alles ein Wirbel – die Jahre der Erniedrigung, die Jahre des vergeblichen Wartens – und die Galle stieg mir hoch. »Was diese Welt im Innersten zusammenhält ... Und wennschon! Wichtigkeit! Hast du noch nicht genug – wie ein Schwein zu leben, in einem Schweinekoben, immer zusammen mit den Schweinen, aus dem Schweinetrog fressen! ... Ich bin nicht weggelaufen von hier. Ich hab' hier durchgehalten, weil ich geglaubt habe, du wirst mich brauchen. Aber jetzt hab' ich's satt. Ich will zurück in die Zivilisation! Ich will wieder auf einem Lokus sitzen können, ohne mich bedreckt zu fühlen, ich will wieder von einem sauberen Tischtuch essen, ohne den Daumen der Genossin Kellnerin vorher in der Suppe! Ich will zurück dorthin, wo Geld wieder Geld ist und wo man sich etwas kaufen kann, was nicht schon schäbig aussieht, bevor man's überhaupt bezahlt hat! ... Was diese Welt im Innersten zusammenhält – ausgerechnet!«

»Vielleicht bin ich verrückt«, sagte er müde. »Aber sie bauen eben diesen großen Beschleuniger.«

So fuhr ich denn ab. Ich fuhr vor ihm aus Lebedinskoje ab, denn ich besaß ja kaum etwas, und was ich hatte, war des Mitnehmens nicht wert; er aber wollte jedes Stück seiner scheußlichen Möbel, jedes Kissen, die roten Samtvorhänge, seine kostbare Tonanlage und seine Platten erst noch packen und mitnehmen. Er begleitete mich aber bis zur Eisenbahnplattform, auf der ich im Lauf der Jahre so viele Güterwagen zu entladen geholfen hatte. Ein dünner Landregen fiel aus einem bleiernen Himmel, und es war, als wäre der Ausdruck auf unsern Gesichtern vereist.

Während der ganzen Reise regnete es – ein einziger Regen von Lebedinskoje über Saratow, Moskau, Brest, Warschau bis zu der Haltestelle, wo der erste deutsche Beamte den klapprigen Waggon betrat.

»Ost« – fragte mich der Beamte, »oder West?«

»Ost?« erwiderte ich. Ich hatte gewußt, daß diese Frage kommen würde, und ich hatte anderthalbtausend Kilometer Zeit gehabt, mir eine Antwort auszudenken. Es sollte eine Antwort sein, die saß. Alles, was ich erlebt und durchgemacht hatte, mußte in dieser einen kurzen Antwort enthalten sein. »Ost?« fragte ich meinerseits. »Hören Sie«, sagte ich, »Ihr Osten steht mir bis dahin! ...«

Er machte ein Kreuzchen auf einen Bogen Papier und sagte zu dem Eisenbahnschaffner hinter ihm: »Fahrkarte bis Friedland!«

In Friedland begann der Westen. In Friedland brach die Sonne durch. In Friedland gab es Empfangskomitees und einen neuen Anzug und Geld – Geld, mit dem man sich etwas kaufen konnte. Das Herz wurde einem richtig weit und schlug einem bis in den Hals; eine Weile konnte man nicht ein Wort herausbringen; alles war so wundervoll, so gut, so sauber, so ansprechend.

In Friedland war General von Jaeger.

Die Begrüßungsworte des Menschen-Jaegers lauteten: »Wir haben lange auf Sie warten müssen ...«

Der Menschen-Jaeger war kaum gealtert. Er trug sein Tweed-Jackett, als wären unsichtbare Generalsspiegel darauf; nur das Fett unter seinen Kinnbacken war noch schwerer geworden.

Aber er schien liebenswürdiger geworden zu sein, abgeklärter, demokratischer. Er erkundigte sich nach meinem Gesundheitszustand. Er interessierte sich für meine Zukunft – wo wollte ich mich denn niederlassen, was gedachte ich zu tun, brauchte ich nicht eventuell eine kleine Hilfe? Den Menschen zu helfen sei jetzt, nachdem er sich aus dem aktiven Dienst zurückgezogen hatte, seine Tätigkeit – und besonders solchen Menschen zu helfen, die der Hölle im Osten entronnen waren. Ob ich nicht zunächst einen kurzen Erholungsaufenthalt möchte, im Gebirge, oder an der See. Er könnte mir ein paar schöne, ruhige Plätzchen empfehlen, über die Rechnung solle ich mir gar keine Gedanken machen. Und wie ginge es meinem Herrn Bruder? Er erinnere sich seiner recht gut; ein Soldat wäre sowieso nie aus meinem Bruder geworden; nicht der richtige Typ dafür; die Entlassung habe also keinen so unersetzlichen Verlust für die Wehrmacht bedeutet ...

Richtig wie ein alter Freund ... Was würden Sie denn getan haben? Nach dem, was ich hinter mir hatte, hätten Sie vielleicht den Erholungsaufenthalt abgeschlagen? Nach Jahren der Einquartierung in einer Art Holzstall hätten Sie vielleicht die fix und fertig eingerichtete Wohnung samt Einbaumöbeln, Teppichen, Bildern an der Wand abgelehnt? Und wenn der Anzug auf Ihrem Rücken Ihr einziger ist und die Schwielen an Ihren Händen alles, was Sie für Ihre schwere Arbeit aufzuweisen haben, hätten Sie sich geweigert, eine bescheidene Anleihe zu akzeptieren?

Das ist auch, was ich dem Richter gesagt habe.

Noch viel mehr hätte ich ihm sagen sollen. Habe ich vielleicht den Krieg verloren? hätte ich ihm sagen sollen. Habe ich die Welt in Ost und West gespaltet? Ich bin nur ein kleiner Geschäftsmann, und ich will nichts weiter als mich um meine eignen Angelegenheiten kümmern und mich und Erna anständig durchbringen – Erna ist nämlich meine neue Frau, Herr Richter, und die Mutter meines neuen Kindes. Meinen Sie vielleicht, ich bin gern zu diesem Treff in die Zone gefahren, noch dazu nach Dresden, wo jeder Stein eine Erinnerung für mich ist?

Aber es ließ sich schlecht handeln mit dem Menschen-Jaeger. Diesmal war er gar nicht liebenswürdig und auch nicht sehr abgeklärt, und von Demokratie war kaum etwas bei ihm zu spüren. Er hatte ein paar Papiere auf seinem Tisch liegen; ich erkannte diese Papiere – es waren meine Wechsel auf das Geld, das er mir geliehen hatte. Er sagte: »Die sind jetzt fällig.« Und schließlich, was wollte er denn soviel dafür? Nur eine kurze Reise, ein kurzes Gespräch ...

»Er wird ein großer Mann werden«, sagte General von Jaeger. »Ein großer Professor an einer großen amerikanischen Universität, mit großen Möglichkeiten und einem großen Gehalt. Er wird ein großes Haus besitzen und ein großes Automobil fahren, und seine Kinder werden eine große Zukunft haben. Es wird da diese große Konferenz in Genf stattfinden, zu der er als einer der Experten von drüben fahren soll. Und er braucht dort nur ein einziges kleines Wörtchen zu sagen.«

»Und wenn er es nicht sagt?«

»Er ist doch nicht verrückt, was?« sagte der Menschen-Jaeger.

»So verrückt nicht«, sagte ich. »Bestimmt nicht.«

Es würde eine Frage der Kundenbearbeitung sein. Darauf kam es an: Wie man ihm die Sache darstellte. Gewiß, er war verrückt, wie eben viele von diesen Wissenschaftlern verrückt sind, die da in ihrem Wolkenkuckucksheim mit ihren Teilchen und ihren Strahlen und ihren Theorien schweben, und man würde ihn zu seinem eignen Glück überreden müssen. Man mußte ihm die Wirklichkeit beibringen und ihn darüber belehren, wo er sich die Butter dicker aufs Brot schmieren konnte und in welcher Gegend die Butter überhaupt besser war.

Was die Bearbeitung von Kunden betrifft, so brauche ich mir keine Sorgen zu machen. Meine Kunden sagen immer, ich könnte sogar einem Toten noch eine Lebensversicherung verkaufen; das ist natürlich übertrieben; aber ich bin auf diesem Gebiet mindestens so tüchtig wie meine Konkurrenz, besonders wenn ich etwas zu verkaufen habe, wofür der Kunde halbwegs ein Bedürfnis hat. Außerdem sicherte mir der Menschen-Jaeger alle Unterstützung zu. »Sie können Ihrem Bruder das Blaue vom Himmel versprechen«, sagte er. »Wir werden es ihm verschaffen.«

Gott, wie ich auf ihn eingeredet habe! Wir gingen am Elbeufer entlang, dieselbe Strecke, die damals von den Maschinengewehren der amerikanischen Tiefflieger bestrichen wurde; ich hielt es für besser, unsere Unterhaltung im Freien zu führen, wo keiner vom Nachbartisch lauschen und kein Mikrofon unter der Tapete versteckt sein konnte. Ich hatte auch das bestimmte Gefühl, daß meine Worte genau richtig ankamen – schließlich war ich ja in

Lebedinskoje lange genug mit meinem Bruder zusammengewesen, um seine Schwächen und die Schwächen der Welt, aus der er kam, bestens zu kennen.

Ich malte ihm das Leben aus, das er mit einem Wink seines Fingers haben konnte – den letzten Komfort, die großen Räume mit nichts als Fenstern, lichtdurchflutet, modern eingerichtet, die niedrigen Möbel, die pastellfarbenen Teppiche von Wand zu Wand. Ich zeigte ihm den Katalog, den ich extra mitgebracht hatte – Apparaturen zur Tonwiedergabe, gegen die das Zeug, das er sich in Rußland zusammengebastelt hatte, wie das Werkzeug für einen Höhlenmenschen aussah, stereophonische Plattenspieler für die Platten mit dreidimensionalem Ton, die es in den USA schon längst gab. Das Wasser rann ihm im Munde zusammen. Ich sprach davon, wie schön es wäre, endlich einmal forschen zu können, ohne ganze Provinzen nach einer fehlenden Schraube, einem fehlenden Ersatzteil durchstöbern zu brauchen, ohne dauernd improvisieren zu müssen, ohne zweieinhalb Bürokraten auf jeden, der etwas Vernünftiges schaffte, zu haben. Ich erzählte ihm ...

Ich weiß nicht mehr, wie lange wir am Ufer des Flusses gingen, vorbei an Ruinen, die nach beinah fünfzehn Jahren noch immer auf uns herabstarrten.

»Nun gut«, sagte er schließlich und blätterte sehnsüchtig in dem Katalog, »und für wen würde ich also zu arbeiten haben?«

»Ich nehme an, für diese große Universität«, erwiderte ich. »Vielleicht kriegst du auch dein eigenes Institut, was weiß ich, aber alles wird dir zu deiner Verfügung stehen, alles was du willst!«

»Ich meine«, seine Brauen zogen sich zusammen, »wer, genau gesprochen, wird den Nutzen von meiner Arbeit haben?«

Ich kann den Leuten alles verkaufen, aber es gibt Fragen, die auch der beste Verkäufer nicht beantworten kann. »Was ist der Unterschied«, sagte ich, »wer den Nutzen davon hat! In allererster Linie mal – du selber!«

»Doch ist das ein Unterschied!« sagte er. »Es ist sogar der Hauptunterschied! Es kommt nämlich sehr darauf an, für wen man das Atom spaltet und wer die Kräfte, die wir schaffen, in die Hand bekommt ...«

»Und das ist ein Grund, hierzubleiben?« sagte ich.

»Ich bin kein Idealist mehr«, sagte er.

»Nun ja, gut!« sagte ich. Ich wollte ihn nicht weiter aufregen. »Aber kommen wirst du doch, ja?«

»Ich dachte, ich hätte das schon beantwortet«, sagte er.

Ich blickte ihn verständnislos an.

»Die Antwort ist: Nein, danke sehr.«

Er war wirklich verrückt. Mit einem Verrückten kann man nicht debattieren.

Sechs Jahre hat der Staatsanwalt beantragt. »Sie verstehen natürlich«, hat er noch dazu gesagt, »warum wir mit der vollen Strenge des Gesetzes gegen Sie vorgehen.«

Sechs Jahre für den Versuch, dem eigenen Bruder Vernunft beizubringen. Sechs Jahre für ein ganz gewöhnliches Geschäftsangebot. Sechs Jahre dafür, daß man einem Mann geraten hat, er solle lieber eine andere Stellung annehmen.

Sechs Jahre, wollte ich dem Gericht sagen. Warum mir? Was wollt ihr von mir? Warum greift ihr euch nicht den Menschen-Jaeger, wenn ihr schon so eine gute Verbindung in seinen Apparat hinein habt und von vornherein alles über mich wußtet? Oder greift euch ein paar von den andern! Warum mir alles aufpacken? Bin ich vielleicht daran schuld, daß ich einen Bruder habe, der verrückt ist? ... Aber ich habe es nicht gesagt. Es hätte ja auch keinen Zweck gehabt. Es gibt keine Gerechtigkeit. Keine Gerechtigkeit, keine Dankbarkeit, gar nichts.

Sechs Jahre ...

O Gott, wie ich sie hasse. O Gott, ich bitte dich, gib mir die Bombe und die Macht, auf den Knopf zu drücken, Amen.

Horst Bienek
Der Verurteilte

Ich habe nie Glück im Sterben gehabt, dachte Schuchhar und spürte den bitteren Geschmack von Schierling auf seinen Lippen. Er fuhr mit der Zunge darüber hin, sie kroch wie ein nacktes Tier über trockene, rissige Erde. Schuchhar fühlte einen leise klopfenden Schmerz in der rechten Schulter, aber er rührte sich nicht. Er lag seitlich auf einem schütteren, modrig-feuchten Strohsack, der in der Mitte der schmalen Zelle auf dem zementenen Fußboden ausgebreitet war. Langsam öffnete er die Augen, und es war ihm, als erwache er (obgleich er nicht geschlafen hatte). Eine ölgestrichene, schmutzigblaue Wand tauchte vor ihm auf; sie war mit eingeritzten Zeichen übersät, und Schuchhars Blicke verirrten sich zwischen den Buchstaben und Kreuzen, den Namen und Worten, bis sie an einem großen lateinischen T haftenblieben. Da wurde es ihm bewußt, daß er schon seit Tagen nichts anderes mehr gesehen hatte als diese Wand. Er drehte sich auf die andere Seite, dabei rutschte der braune, zerschlissene Soldatenmantel, der ihm an Stelle einer Decke diente, von seiner Schulter. Er sah jetzt die gleiche schmutzigblaue Wand, nur waren hier die Zeichen anders geordnet. Über der eisenbeschlagenen Zellentür, die fast die ganze Längswand einnahm, steckte eine nackte Glühbirne, die ununterbrochen ihre mattgelben Lichtpfeile ausschickte. Schuchhar fühlte ein Brennen in den Augen, er zog seinen Mantel höher, bis sein Gesicht im Schatten lag.

Er erinnerte sich an die ersten Stunden in dieser Zelle, als er mit fiebrigen Augen die Inschriften las, verwirrt von einer Wand zur anderen taumelnd. Ihm war, als befände er sich im Boxring, und jemand schlüge ihm mit der Faust in den Magen. Immer wenn er unter einem Namen das Zeichen »T. U.« las und darunter ein Datum, das oft erschreckend nah zurücklag, dann verspürte er einen dumpfen Schlag. Er erbrach sich zweimal in den Kübel, aber noch lange danach, als er erschöpft auf dem Strohsack niedergesunken war, fühlte er in seinem Innern ein Tier nach oben steigen. Aber nach einigen Tagen, als man ihm unten im Gerichtssaal sein eigenes Todesurteil vorlas, das er mit erstaunlicher Ruhe und Gleichmütigkeit aufnahm (woher nahm ich nur meine Sicherheit?), und er mit einer Kammzinke nun seinen eigenen Namen und das Jahr der Geburt, darunter ein ungelenkes T und U eingeritzt hatte, nachdem er selbst nur noch Zeichen, Hieroglyphe, Metapher war, konnte er die Wand mit derselben Gleichgültigkeit betrachten wie den Untersuchungsrichter nach dem zehnten Verhör oder seine linke Hand, die immer mehr die gelbe Farbe der Verwesung annahm. Daß sich hinter jedem Namen ein Schicksal, ein zu Ende gelebtes Leben, eine Summe erstarrter Leidenschaften verbarg, hinter jeder Zahl ein Schrei, ein aufgerissener Mund, ein Paar angstbewohnter Augen lauerten, das schien er, nachdem er in dieser petrefaktischen Welt vierundzwanzigmal den Wechsel von Hell und Dunkel und von Dunkel und Hell beobachtet hatte, vergessen zu haben. Für ihn hatten sie jetzt die unnahbare, kalte, unausschöpfbare Schönheit archaischer Schriftzeichen.

Schuchhar spürte ein quälendes Drücken in der Schulter. Er richtete sich halb auf und fühlte im Strohsack eine Stelle, wo sich aus dem feuchten Stroh eine Kugel zusammengeballt hatte. Er zerdrückte sie und legte sich wieder hin. Bald spürte er an einer anderen Stelle ein solches Knäuel. Er blickte starr auf die schmutzigblaue Wand, schloß langsam die Augen und dachte: einmal werden sie kommen. Dann schlief er ein. Er träumte von einem Tiger, der lautlos durch die Bäume glitt. Er träumte von einem Boxkampf, bei dem er siegte, aber das Publikum schrie und klatschte nicht, sondern weinte. Er träumte von einem Fisch, der eine Fischin begatten wollte. Er erwachte eine Minute später und glaubte tief und lange geschlafen zu haben. Er erinnerte sich, wie er als Knabe durch Friedhöfe gewandert war, wie er an den Grabsteinen die Differenz zwischen Geburts- und Todesjahr ausgerechnet hatte, um sich nach dieser Zahl das Schicksal der Toten auszumalen. Oft war er erschrocken, wenn auch nach zweimaligem Rechnen eine einstellige Zahl, wie zum Beispiel sieben, herauskam, und er fand (auch nach langem Überlegen) keine Antwort dafür, warum man in solch frühem Alter schon sterben mußte. Er las jetzt die schmutzigblaue Wand wie die Gedenksteine eines großen Friedhofs, und er erinnerte sich an seine Knabenzeit ...

... heißer Mittag; die Sonne rot und glühend auf dem Dach. Ich sitze am Flußrand, zwischen meine Zehen rinnt geduldig der Sand. Der Duft von Salbei, von Knabenträumen und Sehnsüchten liegt über dem Wasser. Drüben am andern Ufer läßt ein Junge Steine über das Wasser hüpfen. Er ist fremd hier, ich habe ihn noch nie gesehn. Die Haare hängen ihm wild ins Gesicht, und er lacht mit einem frühreifen Mund (es klingt, als zerbräche Glas) wie jemand, der nicht mehr an die Kindheit glaubt. Er hat die Forellen verjagt, und auf Rache sinnend, werfe ich einen Stein nach ihm, der weit hinten im Gras niederfällt. Der Junge blickt zu mir herüber, er lacht jetzt nicht mehr; er hebt einen Stein auf, und erschrocken sehe ich ihn eine Sekunde später durch die Luft schwirren; ich lege den Kopf zur Seite, aber der Stein trifft mich an der Schläfe. Dunkelheit überfällt mich ... leise verhallt das barbarische Lachen des Jungen, der nicht mehr an die Kindheit glaubt (es klingt, als zerbräche Glas).

Schuchhar dachte daran, und er wußte nicht, ob er sich an seine Kindheit erinnerte oder an einen früheren Traum. Aber ich starb nicht, dachte er. Ich habe nie Glück im Sterben gehabt, dachte er.
Schuchhar hörte ein Geräusch. Er hob ein wenig seinen Kopf und sah, daß hinter dem Spion die Blechklappe hochgeschoben war. Er wußte, daß jetzt das Auge des Wachpostens hinter dem Glas lauerte. Er ließ seinen Kopf wieder auf den zusammengerollten Pullover, der sein Kopfkissen war, sinken. Am Tage hat er sich oft den Spaß gemacht, in dem gleichen Augenblick, da er das leise, schabende Geräusch der Spionklappe vernahm, auch sein Auge von innen an das Glas zu pressen, so daß der Soldat, der nun unvermutet nichts als ein Auge erblickte (das aus dieser Nähe eher einem Tier aus der Apokalypse glich), erschrocken zurücktaumelte. Schuchhar seufzte, und er fühlte, daß dieser leise Seufzer lange in der Zelle verharrte. Er rückte den Pullover zurecht und legte sich auf den Rücken. Die nackte Glühbirne steckte oben in der Wand, und ihr mattgelbes Licht füllte den

Raum wie erstarrte Flüssigkeit. Schuchhar spürte einen sanften Druck in der Blase, aber er hatte plötzlich das Gefühl, er könnte die mattgelbe Luft nicht durchdringen. Er atmete schwer, und über seine Nasenspitze hinweg sah er seine wachsgelbe Hand, die auf der Brust lag, steigen und fallen.

Er betrachtete sie wie einen fremden Gegenstand, wie ein präpariertes Ausstellungsstück in einem Museum, mit einer Mischung aus klinischem Interesse und historischer Neugier. Dann schob er den Mantel zur Seite und erhob sich. Er öffnete den Kübel und harnierte. Er hielt den Deckel halb darüber, und seine Nase war steil nach oben gerichtet, aber der scharfe, beizende Chlorgeruch zog in Schwaden heraus, beschlug sein Gesicht und preßte ihm die Tränen in die Augen. Und während er hörte, wie sein Wasser dumpf im Chlorschaum aufschlug, dachte er daran, daß sie ihn jeden Augenblick holen könnten. Also auch in diesem. Ein Schauer durchzitterte ihn. Und er stellte sich vor, woran er wohl denken würde, wenn sie ihm die Hände binden und ihn den Korridor entlang bis in den Keller schleifen. Er schloß den Kübel und ging langsam zu seinem Lager zurück. Er durchmaß mit zusammengekniffenen Augen die Zelle, aber er sah nur Leere und Einsamkeit. Er war allein auf dieser Erde, allein unter diesem Himmel, allein in dieser leuchtenden Finsternis.

Die Angst strich über ihn hinweg wie ein kühler Luftzug. Ohne die Angst, die ihn manchmal von hinten anfiel wie ein wildes Tier, hätte er nicht mehr zu unterscheiden gewußt zwischen dem Jetzt und dem Nachher. Und er dachte: Was kommt danach? Die ewige Finsternis oder das ewige Licht? Wo ist der Unterschied? Aber dann fand er, daß das ewige Licht viel grausamer und qualvoller sein müsse.

In der Dunkelheit konnte man sich verbergen, konnte man entfliehn, schlafen, träumen; aber in der unbarmherzigen Helle einer ewigen Gegenwart war man nackt und ausgeliefert, gnadenlos und ungeschützt. Er blieb stehen und lauschte; es war so still, daß er glaubte, aus der Zeit gefallen zu sein. Er taumelte irgendwo zwischen den Gegenständen seiner Erinnerung. Er ging noch ein paar müde Schritte, dann ließ er sich steif auf den Strohsack fallen. Den Soldatenmantel breitete er langsam über seinen Körper und zog ihn hoch bis an das Kinn. Er starrte auf die schmutzigblaue Wand. Und die Einsamkeit war so groß, daß er nicht wußte, ob sie in seinen Augen war oder seine Augen in der Einsamkeit. Vielleicht wäre es besser gewesen, wenn damals alles zu Ende gegangen wäre. Aber dann bereute er, das gedacht zu haben. Nein, nicht einen jener Tage seit diesem Ereignis hätte er missen wollen ...

.. in der vierten Morgenstunde läßt der Untersuchungsrichter das Verhör abbrechen, nachdem ich schon einmal das Bewußtsein verloren habe. Er klingelt, und zwei verschlafene Soldaten mit ausdruckslosen Gesichtern stolpern durch die Tür. Sie blicken an mir vorbei, während sie mich in die Mitte nehmen und aus dem Zimmer führen. Der Kommissar begleitet mich bis auf den Korridor, sein Gesicht ist ausdruckslos hart, eine Sekunde lang ist es, als hätte so etwas wie Triumph in seinen Augen aufgeleuchtet; vielleicht dachte er: morgen habe ich ihn so weit (es ist heute die elfte Nacht ununterbrochener Verhöre). Aber auf dem zweiten Treppenabsatz angekommen, weiß ich plötzlich, daß dieses zwölfte Nachtverhör nie stattfinden wird. Im gleichen Augenblick fühle ich ein Zittern in meinem Körper, ganz weit unter mir geht die Zeit der Hoffnung unter, der Glaube kehrt sich um in Unglaube, die Luft in meiner Zelle wird blau, später schwarz, das Licht geht aus. Ich höre, wie die Tür ins Schloß springt und der Riegel vorgeschoben wird, das Geräusch schlägt spitz gegen meinen Rücken, aber ich wende mich nicht um. Geh weiter, Wachposten, denke ich, geh fort, ich will deine Schritte hören. Und während ich lausche, taste ich mit zitternden Händen unter die Pritsche, ich fühle einen kleinen Nagel in den Händen, ein rostiges, spitzes Etwas. Wie meine Hand zittert! Ich lege die linke Hand auf die Pritsche, balle eine Faust (und irgendwo dumpfes Klopfen auf Holz, Morsezeichen in die Unendlichkeit), aber ich wende mich nicht um. Wo bist du, Wachposten, Herrgott, schick ihm den Husten, laß ihn fluchen, schreien, singen, niesen, schlagen, klopfen, ganz gleich, laß ihn nur irgend etwas tun, damit ich erfahre, wo sich der Wachposten befindet.

Ganz fern und gedämpft vernehme ich das Schlagen des Schlüssels an einer Zellentür. Meine Augen verdunkeln sich, die linke Hand wächst ins Riesenhafte – und mit einem heftigen Schlag treibe ich den Nagel in die deutlich sichtbare Ader. Heiß schäumt es über den Arm, eine verrückte Helligkeit überkommt mich, meine Augen füllen sich mit Blut – aber ich möchte beten. Meine Beine zittern nicht mehr, ich stehe ganz still und spüre, wie jemand aus mir herausgeht ... Da dreht sich der Schlüssel im Schloß, ein Riegel wird zurückgeschoben, ich wende mich um, der Posten steht in der Tür, er will mich zum Verhör holen, ich wende mich um, der Wärter hat den Riegel zurückgeschoben, er ruft nach dem Wachoffizier, er hält den Schlüssel in der Hand, die Zellentür ist offen, jemand hat einen Riegel von meinem Herzen zurückgeschoben ...

Schuchhar wälzte sich unruhig auf die andere Seite; er verfolgte mit den Augen eine Spinne auf dem Boden (dort war aber keine Spinne). Ich habe nie Glück im Sterben gehabt, dachte er und verdrängte die Erinnerung an seine Wunde, die ihm noch jetzt einen leichten Schmerz im linken Unterarm bereitete. Er dachte zurück an einen Sommerabend an der Havel, er dachte sich fort in die Vergangenheit.

Und plötzlich fiel ihm ein, daß sie jeden Augenblick kommen konnten. Er spürte die Angst. Mit einem Satz sprang er von seinem Strohsack, als hörte er schon die Schritte des Exekutionskommandos. Er legte sich den schmutzigen Mantel über die Schultern, und während er sich erschöpft an die Wand lehnte, lauschte er mit krankhafter Anspannung auf jedes Geräusch. Seine Zunge war völlig ausgetrocknet und schwoll im Munde an. Er drückte die Stirn an die kalkgeweißte Mauer, und es durchflutete ihn die magische Kühle von Kathedralen. Er dachte: wie spät wird es sein? und da gab es einen Schnitt in der Zeit. Schuchhar hielt den Atem an. Das Gitter war nicht mehr Gitter und der Stein war nicht mehr Stein und die Tür war nur noch Tür und die Erinnerung war noch nicht ganz Erinnerung, und alles war da in der Absurdität eines nicht zu Ende gedachten Lebens. Aber dann machte die Zeit einen Sprung.

Schuchhar atmete wieder, er atmete tief, verschluckte sich dabei, hustete und hustete, er zog hastig die Luft ein, er kaute sie zwischen den Zähnen, er schmeckte Blut. Er atmete Entsetzen ein. Entsetzen zitterte durch sein Blut, Entsetzen wanderte durch seine Herzkammern, Entsetzen breitete sich in seinem Körper aus, Entsetzen lähmte seine Glieder. Er atmete Entsetzen ein. Er lauschte und vernahm Schritte, leise, schlurfende, in die Unendlichkeit ausschwingende Schritte. Schuchhar drehte sich um, aber er war allein in der Zelle.

Wenn sie kommen, sollen sie mich nicht überraschen, dachte er. Er hörte Geräusche außerhalb der Zelle, es waren Schritte, die an seiner Tür vorbeigingen. Nicht einmal der Spion klappte. Dachte er es oder sprach er es laut aus? Er wußte es nicht. Er wußte nur, daß er so warten wird (gekrümmt an der schmutzigblauen Wand lehnend), so warten wird, bis sie kommen. Er wußte nicht, wann sie kommen, aber er wußte, daß er warten wird. Sie sollen mich nicht überraschen. Ich will wach und klar im Kopf sein, wenn es ans Sterben geht. Vielleicht habe ich dieses Mal mehr Glück im Sterben, dachte er, und er spürte einen bitteren Geschmack auf seinen Lippen.

Jochen Ziem
Aufruhr

Ich haue ab, ich verziehe mich, ich verdufte, hier bleibe ich nicht länger!
Mit diesem Drecksvolk will ich nichts mehr zu tun haben. Hier kann ich
nicht leben! Was sind das für Menschen.

Seit Jahren haben alle auf diesen Tag gewartet, haben ihn herbeigesehnt, je-
der hat davon gesprochen, was er tun wird, wenn es soweit ist, wie mutig er
sein wird, wie aktiv, wie er seine Nachbarn mitreißen wird, auch die
Phlegmatiker, die Feigen, die Zögernden. Und nun war er da, dieser Tag.
Und was haben wir aus diesem Tag gemacht? Wie haben wir ihn genutzt?
Was ist geschehen?

Ich schäme mich für sie alle. Ich will nicht ihre Verteidigungen hören, nicht
ihre Rechtfertigungen. Ich müßte sie anspucken. Alle. Nur mein Selbster-
haltungstrieb hält mich zurück. Deshalb werde ich über die Grenze gehen,
morgen oder übermorgen. Verzeih mir, Marianne, wenn Du mich hier
nicht mehr antriffst. Ich überlasse es Dir, mir zu folgen oder zu bleiben.
Aber versteh meine Gründe.

Du weißt: ich habe die Grippe. Heute morgen wollte ich eigentlich noch
liegenbleiben. Aber gegen halb zehn weckt mich die Laubschat (sie hat sich
in den letzten acht Tagen übrigens rührend um mich bemüht, sie hat für
mich gekocht, mir die Bettwäsche gewechselt, sie war die liebevollste Wirtin, die man sich vorstellen kann – vielleicht weil ich seit einer Woche nicht
mehr rauche). In der Stadt soll es hoch hergehen, sagt sie. Sie hat es
vom Bäcker. Schon gestern abend habe ich so etwas im Rundfunk aus Berlin gehört. Aber Du weißt, wie wenig Wert ich solchen Nachrichten
beimesse: die Zeugen Jehovas haben den Weltuntergang zu oft prophe-
zeit.

Trotzdem: ich stehe auf, nehme mir aus dem Schrank ein frisches Hemd,
zögere zwar, weil ich befürchte, es könnte verdreckt werden, denke aber
schon: Soweit wird es kaum kommen. Immerhin lege ich die Krawatte wieder in den Schrank. Dann verlasse ich die Wohnung. Ich kehre vor der
Haustür noch einmal um. Ich suche meinen Schlagring aus meinem
Schreibtisch und stecke ihn in die Jackentasche. Ich sage mir: Man kann
nicht wissen. Für den Notfall.

Unten herrscht Ruhe: Sonntagsruhe. Kein Auto ist zu sehen, keine Stra-
ßenbahn zu hören. Weiter hinten erblicke ich Spaziergänger. Untergehakte
Pärchen und so. Die ersten lauten Töne dringen aus einer Seitenstraße.
Zwei Männer kommen schwankend hervor. Sie halten sich an den Schul-

tern umarmt und schwenken Bierflaschen. Sie singen: Sie wollen ihren alten Kaiser Wilhelm wieder haben. Ich gehe weiter zum Reileck.

Die gläserne Polizistenkabine auf der Verkehrsinsel ist leer. Die Tür steht offen. Ein Halbwüchsiger schreitet die Insel ab, zieht die Leitung zu einem Mikrophon nach, das er in der Hand hält. Unter zu kurzen, hellgrauen Hosen trägt er grellbunt geringelte Strümpfe. Seine Frisur ist mit einem Lokkenbrenner bearbeitet. Heute, um siebzehn Uhr, verkündet er durch den Lautsprecher, findet eine Demonstration auf dem Hallmarkt statt. Wir sollen alle erscheinen.

Während er spricht, stelzt er wie ein Ausrufer, der weiß, daß er angestarrt wird.

Rund um den Platz, hinter der Rohrabzäunung, die den Fahrweg vom Bürgersteig trennt, stehen und schlendern Menschen. Sie bilden Gruppen, diskutieren. Mehrmals höre ich den Satz: Es mußte ja mal soweit kommen. Viele lachen auch nur über die Ringelsocken, und ich muß Dir gestehen: auch mich befremden diese grellen Farben. Alle zeigen Interesse und Neugier, aber warten. Ich hoffe: nun wird gleich jemand aus der Menge dem Jungen das Mikrophon fortnehmen und eine Rede halten, aussprechen, was wir alle seit Jahren denken, über die Enttäuschungen sprechen, über den Druck, unter dem wir seit langem leiden: *Nichts!* Es ist wie morgens am Rosenmontag, wo sie noch herumstehen, vor sich hinlungern und ein Ereignis erwarten, an dem sie teilhaben möchten, ohne genau zu wissen, woher es kommen soll.

Vom Marx-Engels-Platz herunter marschieren in der Straßenmitte fünf junge Leute aufs Reileck zu. Als sie sich nähern, rufen sie: Der Spitzbart muß weg! Es klingt laut und aufdringlich und bringt ein wenig Verwirrung in die Ruhe des maßvollen Debattierens. Die da auf uns zu marschieren, machen keinen besonders vertrauenerweckenden Eindruck. Aber es wird ihnen zugelächelt. Die Leute, zwei Frauen unter ihnen, grinsen und richten ihre Blicke auf den Asphalt, als sie ihre Forderung nochmals wiederholen. Sie geben sich so, als wäre ihre Forderung nicht ganz so hart gemeint, wie sie sie aussprechen. Hier und da wird ihnen zugewinkt, während sie sich entfernen.

Und dann dringt plötzlich das Rumoren starker Motoren zu uns, und wenig später rollen drei Lastwagen vorüber, vollbesetzt mit sowjetischen Soldaten, die ihre Gewehre zwischen den Knien halten, schußbereit, offenbar. Der Halbwüchsige geht in der Kabine in Deckung. Die Herumstehenden ziehen sich dicht an die Häuserwände zurück. Der Platz wird weiträumiger vom Durchzug der Wagen. Und in einer halben Sekunde sehe ich, wie ein Soldat seinen Gewehrkolben wütend gegen die Ladefläche rammt. Ich folge seiner Blickrichtung: eine fünf Meter hohe Plakatwand mit Stalins Porträt ist von Steinwürfen durchlöchert und zerfetzt.

Dieser Schlag des Kolbens wirkt sehr eindrucksvoll. Ich vermute: Viele spüren ihn bereits in ihrem Genick. Denn in meiner Nähe werden hastig Haustüren geschlossen und verriegelt, und einige Männer, die eben noch neben mir standen, sind dahinter verschwunden. Ich höre die Motoren der Autos nicht mehr. Ich halte es für möglich, daß die Soldaten jetzt in Schützenreihe gegen uns ausschwärmen. Ich greife in die Tasche, verdecke meinen Schlagring mit der Handfläche, ziehe ihn hervor und lasse ihn, nach einer Kniebeuge, durch einen Kellerrost gleiten und wende mich Richtung Innenstadt. Warum soll ich mich unnütz für die gefährden, die sich nur eilig hinter ihren Haustüren verstecken!

Der Fußgängerverkehr strömt langsamer als normal dahin, verrät jedoch nichts, nicht das Geringste von der Besonderheit dieses Tages. Allenfalls ist manchen Menschen eine Gelöstheit anzumerken, die ein unverhoffter Urlaubstag mit sich bringt. Nein, in der Universität ist gar nichts los, sagt mir ein Kommilitone, den ich treffe. Schließlich ist heute Streik. Morgen wieder oder übermorgen, sagt er und grinst, grinst feige. Er kennt mich nicht genügend. Er weiß noch nicht, was wird, wie es ausgeht. Auch er will nichts riskieren. Ich gehe trotzdem zur Universität.

Das große Transparent, das am Seitenflügel hing, ist zur Hälfte heruntergerissen. Der Marxismus ist all – lese ich – mächtig, weil er richtig ist! liegt auf der Erde. Zwei Arbeiter und drei Studenten stehen davor und streiten miteinander. Die Studenten sind dafür, das Schild wieder aufzuhängen. Sie getrauen es sich aber nicht. Und die Arbeiter zögern, den noch hängenden Teil des Transparentes von der Hauswand zu entfernen. Von weitem sieht es aus, als würden sie sich gleich schlagen. Sie gestikulieren aber nur. Leere sonst und offene Türen.

Ich gehe zum Marktplatz. Hunderte von Aktenstücken liegen herum, einige flattern gelegentlich auf, zwei Kinder durchschlurfen das Papier wie Herbstlaub. Das Parteigebäude soll gestürmt worden sein, höre ich, heute morgen, sehr früh schon, als es nur der Pförtner bewachte. Vor dem Händeldenkmal hängt von einer Stange eine Schaufensterpuppe, bekleidet mit einer Sträflingsuniform; sie trägt ein Schild vor der Brust, auf dem Freiheit steht. Zu Füßen der Puppe liegen Bücher.

Ich gehe weiter und bleibe vor einem Gebäudekomplex stehen, dessen Hof gegen die Straße durch eine hohe Mauer gesichert ist. Ein eisernes Tor verschließt das Gelände. Davor haben sich ungefähr zweihundert Menschen versammelt. Sie johlen: Gebt die Gefangenen heraus! Schluß mit der Knechtschaft!

Ich bleibe etwas abseits von ihnen stehen, um die Szene genauer überblicken zu können. Neben mir sagt jemand: Da sind doch bloß Nazis und Kriminelle drin.

Dagegen empört sich ein zweiter: Seine Schwägerin sitzt hinter diesen Gittern, und seine Schwägerin ist zeit ihres Lebens ein anständiger Mensch gewesen.

Die Vordersten aus dem Menschenklumpen schlagen mit den Fäusten gegen das Tor. Es hämmert in den Hof hinein. Das Gefängnis scheint unbewacht zu sein. Brecht doch die Tür auf! rufen die Hintenstehenden den Vorderen zu. Und sie beginnen zu drücken und ihre Leiber gegen den Klumpen zu werfen. Die Vorderen werden zusammengequetscht und gegen die Tür gepreßt. Sie stöhnen auf unter diesem Druck. Einige fluchen und richten Beschimpfungen nach hinten. Wer seitlich entweichen kann, entflieht dem Rammbock, stellt sich nach hinten, wirft sich nun seinerseits gegen die Menge und skandiert: Hau! Ruck! So entsteht ein Kreislauf, der dem Rammbock die Wucht nimmt, die nötig ist, um das Tor zu sprengen.

Langsam rollt ein Panzerwagen heran. Aus der Turmluke ragt der Oberkörper eines sowjetischen Offiziers. Soldaten sitzen auf dem Eisenklotz. Seine geringe Fahrt macht ihn vertrauenswürdig wie einen Ackerwagen. Die Zweihundert laufen nicht auseinander. Sie nehmen nur eine friedlichere Haltung an. Sie alle wirken plötzlich wie Schüler, die der Öffnung eines Gymnasiums harren.

Der Offizier verzieht den Mund, als ihm jemand Druschba und Sdrastwuitje zuruft.

Nu, was wollen? fragte er auf das Feld der Köpfe herab. Ein kurzbeiniger Mann erklettert das Fahrzeug und beginnt mit dem Offizier auf Russisch zu parlieren. Die Soldaten rauchen und sind so verlegen wie die Umstehenden. Soweit ich den Dolmetscher verstehe, sagt er: Es ist nichts Böses im Gange. Er, der Sprecher, ist Arbeiter und alter Sozialist. Er zieht auch sein Parteibuch aus der Brieftasche. Es ist an der Zeit, gewisse Ungerechtigkeiten zu beseitigen. Die Sowjets sollen doch bitte dabei helfen.

Nun gut, sagt der Russe, warum nicht?

Ein Trupp von sechzehn Volkspolizisten kommt heranmarschiert. Sie tragen Gewehre über dem Rücken und Stahlhelme am Koppel. Es wird gerufen: Volkspolizisten, schießt nicht aufs Volk! Von innen öffnet jemand das Tor. Die Menge drängt aber nicht nach. Während die letzte Reihe einmarschiert, fliegt ein Stein. Er reißt einem Soldaten das Käppi vom Kopf. Der Soldat bricht aus seiner Formation heraus und rennt erschreckt, mit vorgezogenem Unterkörper in den Hof, dem Schutz des Tores entgegen, das sich gleich darauf schließt. Da müssen sie alle sehr lachen. Auch die Russen lachen. Der Offizier bemüht sich zwar, ernst zu bleiben. Er droht der Menge mit dem Zeigefinger, grient dann aber doch noch.

Weil ich Hunger habe und mich langweile – denn ich sage mir: Hier kannst du noch stundenlang ausharren, ohne daß etwas geschieht – gehe ich in die Innenstadt zurück. Sie ist leerer als vor einer Stunde. Es ist ja auch Mittagszeit. Ich stelle mich zu einem Würstchenverkäufer. Der ist sehr optimistisch. Nun wartet man noch'n paar Tage, sagt er zu seinen Kunden, dann kriegt ihr richtige Frankfurter von mir.

Auch echtes Dortmunder? fragt ein anderer.

Eine kauende Frau sagte: Bald haben wir auch Apfelsinen und Bananen.

Ein dritter behauptet: Bei so einem Aufruhr wird sich die stärkste Regierung nicht halten.

Ich kehre zur Universität zurück und hoffe, wenigstens hier jemanden zu finden, der die Initiative ergreift und zum Beispiel die Forderungen der Studenten in einer Resolution an die Regierung zusammenfaßt, der aufruft zur Besetzung des Rundfunks oder der Post (was längst hätte geschehen müssen), oder der vorschlägt, in die Kasernen einzudringen und mit den Volkspolizisten zu sprechen und sie zum Niederlegen der Waffen zu veranlassen. Ich begegne aber nur herumbummelnden Grüppchen, und mir fällt auf, daß einige Jacken, deren Revers sonst mit Abzeichen dekoriert sind, gerupft wirken. Alle Gespräche werden behutsam pädagogisch geführt. Meine Kommilitonen fürchten wohl, daß die Revers morgen wieder mit Blech benadelt sind, daß schon morgen jede Äußerung denunziert wird, die heute nicht linientreu ist. Ich wende mich ab.

Kurz darauf stürzt ein Rudel Halbstarker auf mich zu, rennt an mir vorüber, reißt mich mit für einige Meter. Mitkommen! schreien sie. Mitkommen! Am Roten Ochsen wird gekämpft! Da befreien sie die politischen Gefangenen!

Aber ich kann ihr Tempo nicht einhalten. Meine Grippe macht sich wieder bemerkbar: meine Knie sind noch weich, meine Waden schmerzen. Ich muß innehalten und verschnaufen. Außerdem: woher soll ich eine Waffe nehmen? Und wenn sie mir jemand in die Hand drückte: wie soll ich sie handhaben?

Gegen vier Uhr bewege ich mich zwischen schlendernden Menschen auf den Hallmarkt zu. Einige versuchen, Parolen zu skandieren. Es klingt etwas dünn. Alle drängen sich auf dem Bürgersteig. Wer vom Bordstein auf den Fahrweg gedrängt wird, wartet und reiht sich später wieder in eine Lücke des Stromes ein.

Ich erreiche den Hallmarkt durch eine Gasse von der Altstadtseite. Jemand spricht von einer Tribüne herunter. Ich verstehe ihn nicht, vernehme nur ein Krächzen aus dem Lautsprecher und mitunter ein Aufgröhlen der Menge. Der Generalstreik ist ausgerufen worden, höre ich neben mir. Die Arbeiter vom Hydrierwerk werden erwartet. Ein anderer lacht: Die Stadt ist längst umzingelt.

Dann ist plötzlich Krach und Keifen in meiner Nähe, und drei Frauen schlagen auf einen flüchtenden Mann ein. Das ist ein Spitzel! wird gerufen. Ein Denunziant, dem schon mancher lange Knastjahre verdankt. Festhalten! Einige Männer breiten die Arme aus. Der Flüchtende hält erschöpft inne. Er wird umringt. Aufhängen! heißt es. Jawohl, aufhängen, das ist die gerechte Strafe. Ein Strick muß her, jawohl, ein Strick!

Der Kreis um den Gefangenen dreht sich auf den Pfahl einer Gaslaterne zu. Hat denn niemand einen Strick? Hol doch mal einer einen Strick! Die Aufforderung wird wiederholt, während andere fortfahren, den Wehrlosen anzuspucken, zu beschimpfen oder mit weit vorgestreckter Hand zu ohrfeigen. Ist denn wirklich kein Strick da?

Ein Mann läuft auf den Kreis zu, reißt ihn mit seinen Ellenbogen auf. Ihr habt wohl einen Knall! ruft er. Laßt doch den Scheißer laufen. Wir machen ihm einen ordentlichen Prozeß.

Jemand fragt zwar: Wann denn? Wie denn? Mit welchen Richtern?

Als der Flüchtende schon längst verdeckt ist von den Körpern, zwischen denen er sich hindurchgewunden hatte, sagt jemand: Man hätte ja auch einen Gürtel oder einen Hosenträger nehmen können.

Die Stimme aus dem Lautsprecher ist jetzt deutlicher: Nein, sagt sie, ich ging nicht etwa über die Thälmannstraße, ich ging nicht über die Pieckstraße, nicht über den Marx-Engels-Platz. Sondern ich ging ...

Die Stimme nennt die Straßen bei den Namen, die sie früher getragen haben und die ich sofort wieder vergesse. Von unten wird Beifall geklatscht und Bravo! gerufen und Hört! Hört!

Ein neuer Redner besteigt das Podium. In seine ersten Sätze hinein bricht Motorengeheul. Panzerwagen! Ruhe bewahren, ruft der Redner. Aus mehreren Seitenstraßen schieben sich die Kolosse im Schrittempo auf den Platz.

Wir kämpfen nicht gegen die Besatzungsmacht, schreit der Redner den Panzern entgegen, auf denen Soldaten sitzen und beruhigend abwinken. Die Panzer drängen sich langsam in die Menge vor. Die Fahrrinne, die sie graben, schließt sich hinter ihnen, doch vom Rand der Menge bröckeln die ersten Menschengruppen ab.

So wollen wir uns jetzt formieren zu einem Zug, ruft der Redner, und zum Regierungsgebäude ziehen. Denn wir wollen uns endlich dazuzählen können zur Gemeinschaft der freien, gleichberechtigten Völker. Deutschland,

Deutschland über alles, stimmt er an. Und der Chor antwortet ihm: Über alles in der Welt.

Ich werde zum Markt, zum nördlichen Flügel der Kirche hinaufgeschubst. Auf der anderen Seite des Marktes sehe ich einen langen Zug von Demonstranten am neuen Rathaus vorbeimarschieren. Eine lange Postenkette wacht vor den Stufen des Gebäudes. Noch immer wird Deutschland, Deutschland über alles gehoben. Auch in meiner Nähe. Ich werde gefragt, warum ich nicht mitsinge. Ich bin umringt von einem Haufen jubelnder Männer und Frauen. Sie werfen die Arme auf und zitieren den Rütlischwur. Sie rufen es sich selbst und den Köpfen zu, die sich aus den Fenstern der Markthäuser beugen, sie geben sich ausgelassen, als würden sie Helau oder Alaaf rufen.

Ich möchte wohl auch gern Freiheit rufen, fürchte aber, daß sich meine Freiheit mit ihrer Freiheit nicht verträgt. Deshalb halte ich meinen Mund.

Das Geschrei und der Gesang werden beendet durch ein paar Schüsse, die vom Rathaus herüberkommen. Jetzt schießen Deutsche auf Deutsche, höre ich neben mir. Diese Schweine! Die sollte man umbringen! Dicht an mir vorbei schwirren Querschläger. Um mich hastet, stolpert, schreit und stöhnt alles. Ich ducke mich, verlasse den Platz teils springend, teils auf allen Vieren kriechend. Der Ausnahmezustand! wird gerufen. Es hängen bereits Plakate, die zum Heimgehen und zur Ruhe auffordern.

Ich benutze Seitenstraßen, laufe neben Laufenden, habe Abschüsse im Ohr, renne mit luftleeren Lungen, bis mein Weg durch zwei Volkspolizisten versperrt wird. Neben mir zwei Männer und eine schwangere Frau. Die Schwangere kreischt: Sie muß hier durch, sie muß nach Hause, ihre Kinder!

Über die Hauptstraße geht niemand, sagt einer der Polizisten, ein Leutnant, vielleicht neunzehnjährig, höchstens zwanzig. Er hält eine Pistole in der Hand, die flattert. Seine Stimme vibriert, sein Gesicht ist weiß. Einer der Männer neben mir sagt: Mensch, Kumpel, laß sie doch durch. Er macht einen Schritt auf den Offizier zu. Ich sehe Rauch aus der Pistole aufsteigen, nehme den Knall des Schusses wahr und das Wimmern des Leutnants: Das hat er nicht gewollt. Während die Schwangere lautlos zusammenklappt, wendet er sich, springt auf ein Haus zu, die zwei Männer und ich hinterher. Ich stolpere, verrenke mir den Fuß, humpele erst die Treppen hinauf, als mir die beiden Männer mit eigentümlichen Mienen entgegenkommen.

Wo ist er denn? fragte ich.

Schon wieder unten, sagen sie.

Vor dem Haus liegt der Leutnant mit schrägem Genick. Die Angeschossene und den zweiten Polizisten sehe ich nicht mehr. Ich renne hinkend davon.

Zu Hause empfängt mich die Laubschat mit Angst im Blick. Ihr Neffe Paul ist da. Er mußte flüchten. Ich werde doch nicht verraten, daß sie ihn beherbergt? Ich beruhige sie. Und gleich wird sie aufdringlich. Ob Paul in meinem Zimmer auf dem Sofa übernachten darf. Heute nacht kann er ja nicht mehr weg, sagt sie. Morgen muß man weitersehen. Selbstverständlich lehne ich nicht ab, obwohl ich jetzt lieber allein wäre, um meinen Gedanken ungestört nachgehen zu können.

Du kennst ihn. Die Laubschat hat ihn Dir mal im Flur vorgestellt. Er arbeitet im Hydrierwerk. Er ist Parteikassierer.

Ich muß jeden Satz aus ihm herauspulen. Richtig deutlich kann er nur das Wort Scheiße aussprechen. Ich verstehe ihn so: Gestern abend wählen die Arbeiter des Werkes ein Komitee, die meisten Mitglieder, wie Laubschats Neffe, Genossen. Sie gehen zu ihm und arbeiten in seiner Küche ihre Forderungen aus. Heute früh wird im Werk darüber abgestimmt. Die Arbeiter billigen den Generalstreik. Sie entsenden Deputierte zur Direktion. Die Verhandlungen ziehen sich hin. Die Abgesandten verlassen das Direktionsgebäude erst wieder – und zwar in Handschellen –, nachdem das Gelände von Panzern besetzt ist. Da hält es Laubschats Neffe für das klügste, sich in die Büsche zu schlagen.

Jawohl: er sitzt auf meinem Sofa, saugt an einer verdreckten Shagpfeife, die widerlich stinkt, und spricht vom Klügsten. Ich frage ihn, was ich von ihm halten soll, daß er nichts riskiert, daß er sich scheut, öffentlich zu bekennen, Solidarität zu üben mit seinen verhafteten Freunden. Da wirft er mir nur einen dummen Blick zu.

Jetzt schläft er. Es ist vier Uhr morgens. Vor einigen Stunden wurde noch geschossen. Jetzt herrscht Ruhe. Es ist niemand mehr auf der Straße. Die ganze Stadt scheint zu schlafen. Ich kann nicht schlafen. Ich schaffe es nicht.

Ich weiß: morgen werden sie sich alle wieder treffen, auf der Straße, in den Büros, in den Fabrikhallen und in den Vorlesungssälen. Und sie werden so tun, als sei nichts geschehen. Sie werden sich bemühen, über Belanglosigkeiten zu reden, und sie werden ein wenig aneinander vorbeiblicken, als hätten sie ein Fest hinter sich, auf dem sie sich alle etwas danebenbenommen haben. Das ertrage ich nicht.

Ich habe den Brief an Marianne in mein Tagebuch übertragen. Ich habe mich mit Freunden beraten. Sie halten es für unklug, jetzt schon zu gehen. H. sagt zum Beispiel: Ich soll in jedem Fall hier noch promovieren. Ob ich denn nicht weiß, wie hundsmiserabel es drüben den Assistenzärzten geht. Und schließlich ist zur Zeit ein Facharzt nirgends so billig zu erlangen wie hier. Ich soll mal an K. denken, rät H. Der hat sich hier sogar noch technische Geräte gekauft und mit rübergenommen und dann sofort eine Praxis eröffnen können. Was der sich für Schwierigkeiten erspart hat! Ich glaube, das ist richtig.

Franz Joachim Behnisch
Die Grabwespen

Man muß bedenken, daß es im Mai war und daß ich nach sechzehn Jahren zum erstenmal wiederkam. Ich war sehr erstaunt, soviel Grünes zu finden, das hatte es nie gegeben, wenigstens nicht dort, wo ich aufgewachsen bin. Als ich ankam, war es dunkel, aber es fiel mir gleich auf. Einerseits Baumallee, da war früher gar keine Straße gewesen, andrerseits tiefer Horizont, vermutlich Steppe. Dort zeigte ich jemand, der die Stadt noch nicht kannte, am ersten Abend eine Kirche, aber am anderen Morgen war sie nicht da. Mit dem Kanal hatte es seine Richtigkeit. Als ich geboren wurde, wollte sich eine Frau dort das Leben nehmen, sie war die letzte Zarentochter, man zog sie heraus und glaubte es ihr nicht. Mein Vetter sagt, heute nisten da Uhus. Als er nachts im Winter nach Hause ging, stellte ihm dort ein Uhu nach. Mein Vetter übertreibt gern. Es wird bloß ein Steinkauz gewesen sein, Athene noctua, vielleicht aus der Gedächtniskirche.
Die Puppe war noch da. Nikolovius nicht mehr, aber die Puppe, Colombine aus den späten Zwanzigern mit dem Gesicht einer Schokoladenverkäuferin, sang, wenn man sie aufzog, den weißen Flieder, immer, immer wieder, das war ganz doll damals. Manchmal fing sie alleine an, durch irgendeine zufällige Erschütterung in Gang gebracht. Wir bekamen dann regelmäßig erst einen Schreck, und dann lachten wir. Im Krieg saß sie zwischen den Kissen auf der Couch, wenn wir im Keller waren. Sicher hat sie gesungen, als eine Luftmine drüben das Eckhaus traf.
Mein Vetter ärgert sich immer über den Erfolg, den hier das Comeback mancher alten Sängerin hat. Er sagt, das sei gar keine Kunst, es gingen auch immer nur bestimmte Leute hin, die kauften sich für teures Geld Erinnerung ein. Mitfühlen kostet eben eine Kleinigkeit. Und was kauft er denn? Es gibt ja auch hier wieder alles.
Mich wundert, daß die alten Friedhöfe keinen Eintritt kosten. Die berühm-

ten Gräber sind fast alle noch da und die Erbbegräbnisse, wenn auch viele verwahrlost. Nach dem Krieg, sagt mein Vetter, haben manche sich nicht gescheut, nachts dort einzubrechen, Särge zu öffnen und nach Brauchbarem zu suchen. Man soll sich nicht so mokieren darüber. Wo ich war, suchte einer aus sogenanntem gutem Hause allabendlich die Knochen, die andere ausgespuckt hatten, unter den Bänken der Baracke. Gewiß, wir hatten jene besseren Zeiten gesehen, in denen Kindern unter vierzehn Jahren das Betreten der Friedhöfe nur in Begleitung Erwachsener gestattet war, und ich entsinne mich genau, daß die Mauer mit Scherben aus Fensterglas bestückt wurde; das war wohl sehr viel Aufwand seitens der Friedhofsverwaltung, denn es betraf ja höchstens Straßenjungen, die einem Ball nachklettern wollten. An dieser Stelle sah ich Hindenburg, als ich fünf war, und später Himmler zu Fuß, er kam aus der Unterführung, an Lehmanns Handlung vorbei, Ölfarben, Lacke, Bleiweiß, und an der Laterne, an die ich mal gebunden wurde und ein Mädchen hatte mich ins Gesicht geschlagen. Er bedeckte, während er ging, mit den Händen das Koppelschloß, als schämte er sich seiner Blöße. Das ist lange vorbei, und die Puppe singt noch, früher kam mir das flott vor. Aber manches ändert sich, zum Beispiel der Bautzener Platz, der war früher so groß, und Nikolovius, der Grüne, erst recht. Er stand dort und trug den hohen Tschako auf dem Kopf. Damals wurde viel von ihm verlangt: Sturmriemen runterlassen, Kommunisten vertreiben, die Menge vom Palais des Reichspräsidenten zurückdrängen, SA nach Waffen untersuchen, rechtsradikale Studenten zersprengen, die Beisetzung Horst Wessels eskortieren. Das alles zu Fuß und zu Pferde, auf Lastwagen, in der Litewka, mit Schulterriemen, im Waffenrock, im Regenumhang, im Mantel, je nach Witterung und Jahreszeit, mit Wickelgamaschen, mit »Ofenrohren«, zuletzt in Stiefeln. In Grün, in Blau und wieder in Grün.

Um die Zeit fing ich an, ihn nachzumachen. Ich band mir Großvaters Gummiknüppel um, er hing im Korridor am Kleiderhaken seit 1914, als Großvater aushilfsweise bei der Wach- und Schließgesellschaft Dienst tat. Ein Hinterzimmer, das wir früher mal vermietet hatten, war mein Polizeibüro. Dort fand sich eine schwarzbezogene Schneiderbüste meiner Tante, die mir als Grundstock zu einem Untergebenen diente. Was sonst noch dafür nötig war, holte ich aus einer Lumpenkiste und aus unserm alten Kleiderschrank. Bald überragte mich um mehr als Haupteslänge ein Gespenst im Tanzstundengehrock meines Vaters und in Korkenzieherhosen, die lose und unausgefüllt in faltigen, staubgrauen Schuhen endeten. Ausgestopfte braune Lederhandschuhe waren die Hände, den Kopf bildete eine weiche, schlaffe Ballonhülle, auf die ich die Hauptkennzeichen eines menschlich sein sollenden Gesichts gemalt hatte. Stillgestanden! schrie ich, warum machen Sie nicht Meldung, wenn Sie hier eintreten?

Nikolovius wohnte damals im Nebenhaus. Man konnte ihn bei offenen Fenstern reden hören, wenn er einen Kameraden zu Besuch hatte. Es kam auch vor, daß er dann sang, und zwar sein Lieblingslied: Mein idealer Lebenszweck ist Borstenvieh und Schweinespeck. Ich hatte meinen Golem Nikolovius getauft und ließ ihn so lange stehen, bis mein Vetter kam. Es sollte eine Überraschung für ihn werden. Eigentlich wollte ich ihn auch singen lassen, aber der Plan zerschlug sich dann. Ich besaß zwar ein Kindergrammophon, das mit kleinem, tütenförmigem Trichter unter dem Rock der Figur Platz gehabt hätte, und eine Platte mit dem Potpourri aus dem Zigeunerbaron hatte sich auch auftreiben lassen, aber Platte und Grammophon paßten nicht zusammen. Mein Vetter war ohnedies überwältigt. Allerdings merkte ich ihm gleich an, daß ihm das Phantom nicht geheuer war. Dennoch spielten wir »Demonstranten zwingen Polizei zum Gebrauch der Schußwaffe«. Mein Vetter nahm Nikolovius den Gummiknüppel ab und drosch auf ihn los, bis er wankte. Als er dann mit großem Krach umfiel, begann die Puppe, die damals noch auf dem Sofa des Hinterzimmers saß, von alleine den weißen Flieder zu singen.

Um die Zeit bekam sein Vorbild den Orden für treue Dienste, das war jetzt rumstehen, Tschako aus der Stirn schieben, mit Zeige- und Mittelfinger den Schweiß abwischen. Die Kampfzeit war vorüber, alle Gegner des Regimes dingfest, Hanussen und die Brüder Sklarek auf der Flucht erschossen, der Reichstag angezündet. Während er abbrennt, muß man gelassen einem surrenden Flugzeug nachschauen, dem hundertsten, tausendsten, seit es Flugzeuge gibt. Erst kam die »Bremen« mit Köhlhühnefeldfitzmaurice, dann Ernst Udet, endlich kommt die Legion Condor. Bald siehst du tausend auf einmal: Großflugtag mit Bomben, aber nicht über dem Tempelhofer Feld. Damals beliebte Sprüche wie »Treue um Treue« belustigten ihn nie, das war sein Vorteil. So diente er längere Zeit ohne Gewissensbisse dem, was sich als Mark der Ehre selbst empfahl. Es wurde ihm in Metall und Papier aufgewogen, und er leistete sich eine Fahrt mit KdF dafür. Auf diese Weise ging es recht flott einer berüchtigten Novembernacht entgegen. In jener Nacht – vertraute er nach dem Kriege meinem Vetter an, der juristisch mit ihm zu tun hatte –, als gewisse Kommandos schon ohne Vorsicht unterwegs waren, sei er zum erstenmal von seiner Beamtenpflicht abgewichen. Das war am Spittelmarkt. Was er sah: ordinärer Schaftstiefel aus hartem, blankgewichstem Leder, das Knie nicht richtig umschließend, traktiert eleganten Herrenulster der (übrigens nichtjüdischen) Firma Herpich, hätte ihn sollen einschreiten lassen, aber er hatte Angst und kehrte dem Vorgang den Rükken, starrte – das ergab sich so – in ein noch nicht demoliertes Schaufenster mit Damenunterwäsche. Das Thema konnte ihn im Augenblick nicht fesseln, er war ein zu harmloser Mensch. An Volksgenossen hat er sich nie vergriffen, höchstens drei oder vier nach einem Geheimparagraphen pflichtgemäß gemeldet, aber das waren dann schon »ausgesprochene Schädlinge am Volksganzen« gewesen, und was sind drei oder vier in zwölf Jahren! Damals ging es ja um ganz andere Zahlen. Diese paar Deutschen müssen ihn auch nie belastet haben, sie tauchen nie mehr auf, sagt mein Vetter, weder bei ihm noch anderswo. Sehr im Gegensatz zu einem Fall, der sich jenseits des (damals noch im Erweitern begriffenen) eigenen Lebensraums hinter Pripjet und Bug ereignete. Erwarten Sie keinen sensationellen Bericht, es verlief vergleichsweise harmlos, die Landschaft war andere Eingriffe gewohnt, dort spielte man mit vollem Orchester. Was ich Ihnen zu bieten habe, ist demgegenüber Hausmusik, die war bei uns so beliebt, für ein MG und sechs Karabiner, einen davon bediente Nikolovius, es ist folglich nicht sicher, ob das tödliche Geschoß auf sein Konto geht, und wenn, dann war es bestimmt nicht nur seines, das traf. Trotzdem, er konnte es nicht vergessen, wie er meinem Vetter bekannte, und wenn er dann nach Jahren – immer noch im Dienst – vermutlich eines gewaltsamen Todes starb, dann war es vielleicht immer noch bei ihm. Was war geschehen? Ein Spähtrupp, dem er als Schütze angehörte, durchkämmte östlich Kobrin an einem klaren Tag die niedrigen Wälder. Plötzlich auf Rufweite vor ihnen ihr Ziel, ein Mensch. Eindeutig kein Soldat, auch kein Flintenweib, aber ein Weib, Kopftuch, Walenkis, Sack über der Schulter, geruhsam den Wald vor ihnen kreuzend, sagen wir auf dem Wege zum Markt, den Krieg durch Nichtachtung strafend. Hörte sie einen Anruf? Will sie, kann sie ihn nicht hören? Da ist keiner. Da lösen sich Schüsse, da klappt die Gestalt zusammen. Sie laufen hin, stehen herum, zucken die Achseln. Dann kehren sie um. Ein Witz ist fällig, auch Nikolovius lacht, aber er kommt nicht ganz mit, denkt an den Wald bei Kobrin, da gibt es im Sommer Erdbeeren und im Winter auch, färben den Schnee und ermuntern einen der Schupo-Kameraden später zu witzeln: Die grüne Minna, das ist – Preisfrage – ein Mädchen aus Pritzwalk, das vorgibt, noch an den Storch zu glauben, bekanntes Beförderungsmittel für Verhaftete oder die sich resolut verfärbende weibliche Leiche in einem der dürren Gehölze am Dnjepr-Bug-Kanal.

Nach dem Krieg stand Nikolovius wieder am Bautzener Platz. Er liebte sein Revier, sein Wachbuch, die Uniform. Gut, ich verstehe das. Ein Bekannter von mir hat drei Regimen gedient, er schwor und pfiff zugleich auf jede Fahne, die man ihm abverlangte, aber seiner Münzensammlung blieb er treu, er brachte sie unter Lebensgefahr über die grüne Grenze. Münzen gedeihen, das war der Vorteil dieses Herrn, im Schlagschatten der Mächte, sie müssen höchstens vorübergehend als staatspolitisch wertvolles Anschauungsmaterial getarnt werden. Das Hobby des Nikolovius dagegen steht immer im zersetzenden Licht der Geschichte.

Nach dem Krieg leitete er manchmal Einsätze im Westen der Stadt, zum Beispiel bei einer Demonstration der Einheitspartei auf dem alten Askanischen Platz. Da sollte ein thüringischer Genosse sprechen. Thüringen, das grüne Herz Deutschlands, die grüne Grenze, der eiserne Vorhang, auch grüne Hölle der Maschinenpistolen und der Genossen des Fürstentums Reuß-Schleiz jüngerer Linientreue. Ein Funktionär aus Thüringen war gekommen ins grüne Herz der Stadt, vor dem Niemandsland östlich des ehemaligen Anhalter-Bahnhofs. War von wenigen gebeten, von niemand außer seinesgleichen ermächtigt worden, an dieser Stelle seine Reuß-Schleizer Kampfesgrüße den Bewohnern westlicher Sektoren zu übermitteln. Nikolovius sollte ihn daran hindern, aber der andere hatte auch seine Direktiven. Von Natur ein friedliebender Mensch und daher den Parolen seiner Auftraggeber ehrlich zugetan, hätte er sich mit dem ebenso friedliebenden, ja friedfertigen Nikolovius verständigen können und auch wollen, wenn es nur um sie beide, Beauftragte aus Schleiz und aus Schöneberg, gegangen wäre. Nach einleitender Knüppelmusik wollte der Funktionär beginnen, sollte nicht, wurde frech, das heißt für seine Sache zum äußersten bereit, Nikolovius antwortete, wenn schon nicht mit dem Gummiknüppel, so doch – das soll man verurteilen – jähzornig mit der nackten Faust. Der Schleizer stand, naseblutend, sein Gegner, sofort wieder nüchtern, winkte dem Roten Kreuz, es fand nicht viel Arbeit. Die Aufmarschierten, wenig über zweihundert, wurden von dem westlichen Kordon und einer telefonisch herangerufenen Verstärkung der Schutzpolizei in den Ostsektor abgedrängt. Ein östlicher Sanitätswagen hielt an der Grenze, schickte zwei Männer vor mit einer zu ihrer Enttäuschung überflüssigen Trage. Inzwischen hatte sich Nikolovius mit dem Schleizer fast ausgesöhnt. Er übergab ihn, der erst angesichts der ihn Abholenden wieder Spruchbänder redete, den Männern mit der Trage. Abends wurde auf dem Schöneberger Revier festgestellt, daß der Schleizer längere Zeit als Untermieter in der Dennewitzstraße, also im Westen der Stadt gewohnt hatte. Durch diese Straße bewegte sich anderntags ein langer Leichenzug mit roten Fahnen und Transparenten, bog in jene Unterführung ein, die seinerzeit schon Himmler beschritten hatte, kam an Lehmanns Farbenhandlung vorbei und betrat den Matthäifriedhof. Dort wurde der Schleizer, ihm galt die propagandistische Beerdigung, unter den Klängen der Internationale beigesetzt. Sein Tod beschäftigte die westliche Gerichtsmedizin. War der Schlag des Beamten

Nikolovius stark genug gewesen, daß er unglücklicherweise tödliche Folgen hatte? Die Leiche des Schleizers wurde in der Nacht nach der Beerdigung exhumiert und nach Moabit gebracht. Als man das Gehirn untersuchen wollte, fand man, daß es bereits entfernt war.

Nikolovius bekam in der folgenden Zeit viel Post, anonyme Drohbriefe und ebenfalls anonyme Sympathieerklärungen. Pankow verlangte seine Auslieferung. Schöneberg stellte ihm Kriminalpolizisten. Vorzeitige Pensionierung bei vollem Gehalt nahm er nicht an, so sehr liebte er seinen Beruf, oder genauer: die grüne Uniform. In dieser stahl er sich denn auch bald aus der höchst verwickelten jüngsten Geschichte seines Arbeits- und Wohnortes. Oder wurde er gestohlen? Man sagt, daß er jener Polizist war, dessen Leiche eines Morgens wenige Meter westlich der Grenze lag, wo es heißt, Sie verlassen den amerikanischen, den britischen, den französischen oder den demokratischen Sektor. Nikolovius, wenn er es war, hatte alle gleichzeitig verlassen.

Sargträger in Gehröcken und Zylinder, wie bei Fontane, trugen ihn auf denselben Friedhof, der einige Monate vorher den Schleizer aufgenommen hatte. Ein Vorsommertag, das Musikkorps der Schutzpolizei spielt. Auf dem Sarg liegt der Tschako. Hinter der Mauer die S-Bahn-Züge nach Wannsee. Badewetter, Ausflugswetter, der Dampfer nach Nikolskoe hält an der Seebrücke, Abfahrt zwölf Uhr fünfzehn. Die Träger schwanken im Gleichschritt, denken an die Molle, die danach kommt. Die Trauergemeinde rückt hügelwärts vor. Schöner Platz, der Platz an der Hauptallee, ist das Präsidium seinem Nikolovius schuldig. Zwanzig Kilometer von hier, oberhalb der Havel, läuten gerade im Turm von Peter und Paul die Glocken der Potsdamer Garnisonskirche, aber auf Tonband, das ist alles ein zu weites Feld.

Hatte Nikolovius Angehörige? Ich weiß es nicht. Einen Freund besaß er. Dem hatte er manchmal den idealen Lebenszweck vorgesungen. Jetzt war der große Rudolf Virchow sein Nachbar, das nützte ihm nichts, das konnte ihm nichts schaden. War er sein Leben lang einsam gewesen, so war er es selten so reizvoll wie hier. Sein Hügel und der des Schleizers waren die bestgepflegten der Stätte. Die Stadt, das heißt jener Teil, genauer dessen Polizei beziehungsweise Einheitspartei, für die sie – vermutlich – gestorben waren, ließ es sich nicht nehmen, dafür zu sorgen. Hätte Nikolovius je über den Spruch »Treue um Treue« wenigstens schmunzeln können, so wäre jetzt wieder dazu Gelegenheit gewesen, da er sich doch einmal, und zwar auf anmutige, den Blumen der jeweiligen Jahreszeit entsprechende Weise bewahrheitete.

Ringsum nimmt das Leben, wie man so sagt, seinen Gang. Ameisen durchpflügen emsig und töricht wie eh und je den geschichtsträchtigen Sandboden eines winzigen Teils des mehrfach entheiligten Römischen Reiches, der weiße Flieder blüht, immer, immer wieder, desgleichen der violette, wenn auch die Evergreens davon nichts melden, Linden duften, ohne daß sich jemand deshalb zu Volksliedern angeregt fühlte. In der Nähe liegt unter hohem Gras und halbversunkenem Stein Franz Kugler, der ein anmutiges Stück der DDR besang: »An der Saale hellem Strande stehen Burgen stolz und kühn...« Rosen blühen und entblättern sich. Die Grabwespe zimmert ein unterirdisches Mausoleum für Halbtote, mit denen sie ihre Brut großzieht. In Kürze kommt sie wieder, aber nicht allein. Sie bringt eine smaragdgrüne Raupe mit, die nach einer Sonderbehandlung jede Möglichkeit zum Gebrauch eines ihrer acht Fußpaare aufgegeben und eine Injektion bald ausgereifter Eier in ihrem Bauch hat. Die Wespe befördert sie schnell und geschickt in jenen Bereich, den unsereiner erst bei völliger Ausschaltung des letzten Ganglions zu bereisen hofft, prüft mit Vorderbeinen und Mandibeln den einen und andern Stein und wälzt ihn vor das Grab, das anderen Nest, Wiege, Kinderstube, Frühstückslaube ist und von jenen, die den Profit davon haben, eines Tages hoffnungsvoll verlassen wird, damit sie – über Gräbern vorwärts – neuen Gräbern schöpferisch entgegenstreben können. Hätte die Grabwespe Eichendorff gekannt, so wäre sie doppelt entzückt gewesen über den idyllischen, dunkelgrün schattenden Mittag, über soviel Frieden inmitten der zerrissenen Stadt.

Manche freilich, sagt mein Vetter, wollen nicht wahrhaben, daß Menschen einfach verschwinden können. Obwohl sich die Zeiten geändert haben, glauben sie noch an Friedrich Rotbart und seine Wiederkehr. Sie sollten sich das abgewöhnen. Zwar fliegen hier nicht die alten Raben vom Kyffhäuser, sondern – wie wir uns haben sagen lassen – Uhus oder Steinkäuze, aber Nikolovius kommt nicht mehr. Doch, doch, sagen andre, er kommt, wir haben ihn ja gesehen, in den Nächten, wenn es am Kurfürstendamm besonders frühzeitig still wird und Nebel aus dem Landwehrkanal steigen, dann kommt er, da wo Steppe ist zwischen den Sektoren. Auch ich habe ihn gesehen, sagt mein Vetter, öfter sogar, er ging genau die Grenze entlang, einmal in der grünen Uniform der westlichen, einmal in der blauen der östlichen Polizei. Das ist wieder so ein Beispiel dafür, daß mein Vetter gern übertreibt. Wie kann er bei Nacht und Nebel blau von grün unterscheiden!

II

Hermann Kesten
Ein glückliches Mädchen

Als Anna in die Gefängniszelle ging, hielt sie diesen Schritt für einen neuen Irrtum der oberen Mächte. Sie glaubte fest, sie sei zum Glück geboren. Schon ihre Geburt schien ihr der beste Beweis dafür. Gesund und jung, guter Dinge und gefällig, genoß sie jede Stunde des Lebens und erwartete von der nächsten Stunde das einzige, was ihr bisher gefehlt hatte, das Glück. Da sie aber sicher war, daß es ihr zukam, trug sie die gehäuften Schläge und galoppierenden Unglücksfälle mit einer pfiffigen Zuversicht, ja man könnte sagen, mit einer christlichen Überzeugung, wie die Märtyrer und Heiligen – des Himmels gewiß – sich bereitwillig foltern, häuten, rösten oder vierteilen ließen.

Anna Morgen wurde zu Nürnberg geboren, in der Breitegasse 66. Ihr Geburtshaus steht nicht mehr. Ihre Eltern leben nicht mehr. Ihre Geschwister sind umgekommen. Ihr Bräutigam hatte sie seelenruhig für einen Diebstahl verurteilen lassen, den er verübt hatte, und danach eine andere geheiratet.

Nach jedem Schlag und dem ersten Überfall der Schmerzen mußte sie lächeln, sanft und erwartungsvoll. Jedes Unglück war der Beweis für die bessere Zukunft.

Ihr Vater war ein Pferdemetzger mit einer schönen Tenorstimme und dem Vornamen Raimund. Er sang alte lutherische Kirchenlieder des Morgens im Badezimmer, beim Rasieren, beim ersten Frühstück, beim Frühschoppen und beim Dämmerschoppen, nach dem Mittagessen und nach dem Abendessen, und jedesmal nachts, wenn er mit Todesangst in seinem Witwerbett mit den schweren Federkissen lag.

Er war seinen drei Söhnen ein guter Vater und wäre es auch seinen vier Töchtern gewesen, wenn er sie nicht verachtet hätte. Wie Kalbfleisch, so sagte er. Mädchen sind fade im Geschmack, sagte er.

Anna war die Jüngste. Ihr Vater schlug sie, weil er sie für aufsässig hielt. Je mehr er sie schlug, um so aufsässiger wurde die Kleine, so kam es ihm vor. Sie war verliebt wie eine Taube. Nur konnte sie sich für keinen ihrer Anbeter entscheiden. Für jeden Jüngling stellte sie eine neue Rechnung auf. Sie zog die Summe aus seinem Äußeren, seinem Charakter, seinen Redensarten und Küssen und verglich das Resultat mit ihrem Ideal, dessen sie sicher war, und wandte sich lachend dem nächsten Jüngling zu. Je mehr junge Männer sie ausschlug, um so näher war sie schon dem Richtigen.

Als ihr Vater, vom Huf eines Gauls vor die Brust getroffen, daran starb und sie acht Tage, nachdem man ihn begraben hatte, zum Friedhof lief, weil ihr vorkam, sie werde dort entdecken, alles sei ein Irrtum, und ein anderer sei an Stelle ihres Vaters begraben worden und der Vater lebte noch, in einem anderen Haus, in einem anderen Stadtteil, und am Friedhof werde er auf sie zukommen, in seinem blauen Sonntagsanzug, und ihr sagen, Anna, ich lebe noch, wie du siehst, und du warst immer mein liebstes Kind, und als sie auf dem vor lauter Sonne und blauem Himmel strahlenden Friedhof stand und gleich wußte, ehe sie noch das Grab gefunden hatte, daß ja alles nur eine kindliche Ausflucht ihres Schmerzes war und daß der Vater wirklich tot war, für ewig und heut, und sie nie sein liebstes Kind gewesen war, weil sie ja nur ein Mädchen war, da sprach der Soldat sie an.

Er hatte ganz dünne blonde Haare und war jung, er hinkte und hatte ein grausames Lächeln. Ich bin der Martin, sagte er, und sie konnte bei ihm nichts addieren; gar nichts gefiel ihr an ihm. Sie sind das Fräulein, sagte er, das ich nach Hause bringe. Es war warm, und sie gingen auf der Straße, und die Bäume gingen zu beiden Seiten mit, und in Schwärmen kamen die Flugzeuge, geschwind wie der Tod. Er zog sie von der Straße weg, unter die Bäume und aufs staubige Gras. Die Flieger spuckten Feuer auf die Stadt und flogen wieder fort.

Anna und der Soldat lagen noch im Gras, unter den hohen Bäumen, die stillstanden und zitterten. Als sie aufstehen wollte, fragte er, wohin, und faßte sie an. Sie wollte schreien und vergaß es. Erst wehrte sie sich stumm. Dann gab sie es auf.

Auf dem Heimweg weinte sie und sah weder Rauch noch Trümmer, nur ihr zerrissenes Kleid, und schämte sich.

Auch gingen sie gar nicht heim. Die Straße, wo sie wohnte, gab es nicht mehr, nur Feuer und Rauch und Staubwolken. Der Soldat nahm sie auf sein Zimmer, und da waren sie verlobt, und wenn der Krieg aus sei, werde er sie vielleicht sogar heiraten. Sie wußte genau, nun konnte es nur noch besser werden, und sie freute sich aufs Ende vom Krieg.

Mit ihrer Straße waren alle ihre Geschwister umgekommen, alle auf einen Schlag, in demselben Feuer. Der Soldat tröstete sie, mit Worten und Taten. Ich bin ein Deserteur, sagte er. Damit du es nur weißt. Auf den Friedhof, sagte er, sei er nur hingegangen, um Schluß zu machen, mit sich und der Welt. Wenn er zwischen den Toten dagelegen wäre, ein Toter, da wäre es gut gewesen.

Sie habe ihn aber auf andere Gedanken gebracht, sagte er. Es sei ihre Schuld. Das sei ihr doch klar? Und da müsse sie für ihn einstehen und sorgen. Das sei ihr doch klar? Auch fürchte er sich sehr; denn die knüpften ja die Deserteure einfach an einem hohen Baum oder Balken auf, ohne Federlesen, so seien die.

Der Soldat Martin hieß Kusch und war achtundzwanzig Jahre alt und Kunstschlosser von Beruf. Er schickte Anna in die zerstörten Häuser. Da würde sie schon alles finden, was sie brauchten. Anna kam aber mit leeren Händen zurück. Er schlug sie und schickte sie in andere Ruinen, und ihre Augen wurden so leer wie ihre Hände. Aber sie wußte es genau. Martin brauchte nur eine kleine Weile noch, und er wurde ein neuer Mensch, ein besserer, und sie würde anfangen, ihn zu lieben, bald, vielmehr in der folgenden Stunde.

Eines Tages wartete sie auf der Bank in der Anlage auf ihn, da war der Krieg schon aus. Schließlich kam er auch, und so schien alles gut, aber er brachte ein Paket und drückte es ihr in den Arm und rannte weiter. Sie saß mit dem Paket im Arm, als wäre es ihr Kind, und blickte dem Martin nach, da war er schon lange weg. Nun kommt es schon besser, dachte sie, und die Polizisten hießen sie aufstehen und folgen, sie trugen das Paket für sie und vernahmen sie auf der Wache viele Stunden lang. Im Paket waren fünf neue lederne Handtaschen.

Der Wachtmeister sagte ihr auf den Kopf zu, sie sei eine Warenhausdiebin. Ich nicht, sagte Anna.

Wir wissen alles, erklärte der Wachtmeister und gähnte, geben Sie es schon zu, liebes Fräulein, das macht es ja besser.

Ich tat es nicht, sagte Anna und sah die Polizisten mit ihren heiteren und strahlenden blauen Augen an und fühlte schon im voraus, daß alle nun ihre Unschuld entdecken würden, auch ohne daß sie den Martin verriet. Ich tat es nicht, sagte die Anna.

Wer sonst? fragte die Polizei.

Wer sonst? wiederholte Anna und dachte nach. Ich nicht, wiederholte sie endlich ganz leise.

Wer? brüllte der Wachtmeister. Seinen Namen! Die Adresse!

Ich habe ihn nie gesehen, sagte Anna.

Der bekannte Unbekannte also, sagte die Polizei und hieß ihn den großen Unbekannten, aber Martin war gar nicht größer als Anna. Sie bekam nur sechs Monate, weil es das erste Mal war. Als sie aus dem Gefängnis ging und ins Zimmer von Martin trat, da stand ein buntes Fräulein hinter der Tür, in einem veilchenfarbenen Unterrock, und sagte nur, ich bin die Frau vom Martin, und der hat keine Zeit für Sie.

Seine Frau, sagte die Anna. Vom Martin, sagte sie.

Die nämliche, antwortete die Frau Kusch, die bin ich.

Da ging Anna, vielmehr ihre Beine gingen mit ihr fort, sie wußte noch nicht, wohin. Sie war zweiundzwanzig Jahre alt, mutterseelenallein, da konnte es ja nicht fehlen, da mußte es ja besser werden, da stand doch das Glück um die Ecke, und der Richtige wartete schon. Die Sonne strahlte und machte die Ruinen schön, und der Himmel war blau wie die Zukunft und schien wie zum Anfassen nah. Darum war sie auch von Herzen froh und zuversichtlich, denn es ging ihr so schlecht, daß es bald nur noch gut werden konnte. Ihr Vater, der Raimund, hatte es immer zu allen Kindern gesagt: Seid nur getrost, liebe Kinder! Ihr seid Halbwaisen, und eure Mutter ist tot, und ihr seid schlecht geraten und nur eine Last auf der Welt; aber seid getrost, alle miteinander, sage ich euch, denn wo viel Schatten ist, da ist auch viel Licht.

Daran glaubte Anna Morgen ihr ganzes Leben lang. Darum ging sie nun lächelnd und mit strahlenden blauen Augen geradenwegs ins Glück. Das glaubte sie und trällerte leise eines der Kirchenlieder, die ihr Vater immer schmetternd gesungen hatte, am Morgen beim Rasieren und nach dem Dämmerschoppen und manchmal auch nachts, wenn er mit Todesangst in seinem Witwerbett lag, unter den schweren Federbetten.

Trällernd ging Anna zum Friedhof und setzte sich auf den Grabstein ihres Vaters.

Da sprach sie ein Herr an, der war ziemlich jung und hübsch. Ich heiße Anton, sagte er. Fräulein, ich bringe Sie heim.

Otto Flake
Die Versuchung des Richters

Es schellte; die Tochter und das Mädchen waren ausgegangen, der alte Richter öffnete selbst und erblickte den Mann in Polizeiuniform.

»Was führt Sie zu mir?« fragte er etwas verwundert.

»Eine Nachforschung«, lautete die Antwort. »Wir haben eine junge Frauensperson verhaftet und festgestellt, daß sie früher bei Ihnen diente – eine gewisse Adelheid H. Ihre Wirtin hat sie wegen Diebstahls angezeigt. Unter ihren Sachen befinden sich Gegenstände, über die sie sich nicht ausweisen kann. Wir vermuten, daß auch sie entwendet sind, und ich soll mich erkundigen, ob in Ihrem Haushalt etwas vermißt worden ist, nachdem das Mädchen gegangen war.«

»Nun, in einem Haushalt wird wohl immer etwas vermißt. Ich müßte meine Tochter fragen. Um welche Gegenstände handelt es sich denn?« Der

Polizist zog eine Liste hervor und las ab: »Drei Meter Seidentaft; vier silberne Eßlöffel, mit E. v. B. gezeichnet; ein vergoldetes Teesieb.«
Es folgten noch ein paar Kleinigkeiten. Der Richter erklärte:
»Wie gesagt, ich muß mit meiner Tochter sprechen, die ausgegangen ist. Sie erhalten Bescheid. Es war sehr freundlich, daß Sie sich bemüht haben.« Der Polizist ging, der Richter stellte sich ans Fenster. Der Seidentaft gehörte der Tochter, die aufgeregt nach ihm gesucht hatte. Die mit E. v. B. gezeichneten Löffel stammten aus der Mitgift seiner verstorbenen Frau.
Als die Tochter nach Hause kam, sagte er nichts vom Besuch des Polizisten. Die Tochter klagte bei Tisch über die Teuerung in den Läden. »Ich wollte mir Stoff für ein Abendkleid kaufen und konnte mich nicht entschließen«, berichtete sie; »wenn ich nur wüßte, was aus dem Taft geworden ist. Ich meine immer, das Ostzonenmädel hat ihn mitgenommen. Ob man nicht eine Durchsuchung bei ihr vornehmen kann?«
Der Richter gab keine Antwort. Er sah das junge, verzweifelte Gesicht vor sich; sie hatte ein Fähnchen am Leib und einen Karton in der Hand, als sie an seiner Tür um einen Teller Suppe bat. »Wie wäre es mit einem Spaziergang?« fragte er.
Sie verließen das Haus. »Nehmen wir den Tee in der Stadt«, sagte der Richter und schlenderte mit der Tochter durch die Gassen.
Sie blieben vor dieser oder jener Auslage stehen. Der Richter wußte, wo die Damen ihre Stoffe kauften, und lenkte die Tochter in das Geschäft. Der Taft zum Abendkleid wurde erstanden, dann tranken sie ihren Tee.
Am Abend im Arbeitszimmer allein, schlug der Richter eines der vergilbten Hefte, die seine Tagebücher waren, auf und las:
»12. November 1909. Meine künftigen Schwiegereltern luden mich in die Traube zum Frühstück ein und hatten nichts dagegen, daß ich nachher Elsbeth ins Warenhaus begleitete. Es war das erste Mal, daß ich diesen Neubau von innen ansah. Ihr Vater, der als Polizeidirektor Bescheid wußte, hatte erzählt, es werde viel gestohlen, und in allen Abteilungen seien Detektive zu finden.
Während Elsbeth an der Kasse zahlte, ging ich herum und blieb vor einer Auslage stehen, die Porzellanfigürchen im Meißner Stil enthielt. Ich nahm eines in die Hand, beschaute den Fuß, las den Preis, der zwei Mark betrug, stellte das hohle Gebilde an seinen Platz zurück, hielt es aber fest und ließ es in der Tasche meines Überziehers verschwinden.
Einen Augenblick war ich darauf gefaßt, die Aufforderung zu hören: Wollen Sie mir bitte folgen. Nichts geschah, Elsbeth kam, wir gelangten ins Freie. Auf dem Weg zur Potsdamer Brücke zog ich das Ding heraus und sagte: ›Das habe ich geklaut.‹

Sie schaute mich ungläubig an.

›Doch, doch‹, versicherte ich; ›es war ganz leicht, kein Detektiv legte mir die Hand auf die Schulter.‹

›Ich sah dich vor diesen Figuren stehen, es ist also wahr?‹

›Völlig wahr.‹

›Und was hast du dir dabei gedacht?‹

›Nichts. In der Sekunde vorher bestand noch nicht die Absicht.‹

Die Häuser hatten Vorgärten; am Gitter saß eine Blumenfrau. Ich ging hin und stellte das Porzellan, mit dem ich nichts anzufangen wußte, neben sie. Dann sah ich noch eben, wie Elsbeth im Pferdeomnibus verschwand. Ich lief allein weiter, in der Apathie, die seit dem Vorfall im Warenhaus über mich gekommen war.

In meinem Zimmer legte ich mich aufs Bett und schlief sofort ein. Die Wirtin weckte mich, sie gab mir einen Rohrpostbrief. Elsbeth schrieb: ›Vierzehn Tage nach dem Staatsexamen, acht nach der Verlobung begehst du einen Diebstahl und setzest alles aufs Spiel, die Laufbahn, den guten Namen, die Rücksicht auf den Vater in seiner exponierten Stellung, von mir zu schweigen. Das erschreckt mich so, daß ich dich nicht sehen darf, bevor du eine erträgliche Erklärung gegeben hast – ich fürchte, daß du es nicht kannst.‹

17. November. Der Schock, den diese Mitteilung bewirkte, hatte zur Folge, daß das Gehirn wieder zu arbeiten begann. Ich verfaßte eine Antwort für Elsbeth und zerriß sie; ich überquerte die Straße, um den Psychiater, der gegenüber wohnte, zu Rate zu ziehen, und machte an der Haustür kehrt. Zuletzt packte ich ein Köfferchen, fuhr nach dem Harz, bestieg den Brocken und suchte durch Bewegung, Luft, Anstrengung mir einen klaren Kopf zu schaffen.

Elsbeths Entsetzen konnte nicht größer sein als meines; hätte man mich ertappt, so wäre mein Leben zerstört gewesen. Ich schlug ihr eine Begegnung im Tiergarten vor, fuhr zurück und traf sie heute. Es gab nur eine Erklärung, die sie beschwichtigen konnte – die Bemerkung, Detektive überwachten die Käufer, müsse mich verführt haben, zu zeigen, daß auch sie nicht alles merkten; in einem Augenblick der Verwirrung, die mir eine Lehre sein werde, hätte ich wider meinen besseren Instinkt gehandelt. Die Erklärung, die sie einigermaßen beruhigte, genügt mir selber nicht. Es war noch etwas anderes im Spiel – als hätte angesichts der Versuchung in meinem Charakter mit unfaßbarer Schnelligkeit eine Verschiebung stattgefunden und ein Trieb, von dem ich normalerweise nichts weiß, mein Handeln bestimmt. Es ist mir unheimlich zumute, ich muß diesen Dingen nachgehen und ahne Schwierigkeiten, von denen der Jurist in seinen Vorlesungen nichts hört.«

Der Richter schloß das vergilbte Heft und sann den Wirkungen nach, die von jenem Erlebnis mit seinem eigenen Ich ausgegangen waren. Es hatte ihn veranlaßt, sich mit den neuen Wendungen in der Psychologie zu beschäftigen, und ihm verdankte er den Ruf als Rechtsphilosoph, der kein absolutes, starres Recht kannte.

Sein Auge suchte die Bücher, die er geschrieben hatte: ohne den Blick in sein Inneres wären sie nicht entstanden. Als man den bedingten Straferlaß in seine endgültige Form brachte, hatte er entscheidend mitgewirkt. Selbst seine Ehe war von der Begebenheit beeinflußt worden. Elsbeth hatte an der Entwicklung seiner Ideen teilgehabt und einer Frauenorganisation vorgestanden, die an den jugendlichen Gefährdeten viel Gutes tat.

Am nächsten Morgen ging er zur Wirtin der Adelheid H. und erklärte ihr, auf die Gefahr hin, daß sie unangebrachte Vermutungen anstelle, er wolle ihren Schaden ersetzen, wenn sie bereit sei, die Klage gegen das heimatlose Mädchen zurückzuziehen.

Nach der Freilassung bestellte er die H. in sein Haus, um die Lage zu besprechen. Es war wichtig, einem jungen Menschen eine Chance zu geben. Es wurde so viel gestraft, ein Mechanismus lief ab, und es änderte sich nichts.

Bernd Jentzsch
Feuerfalter

1

An einem milden Tag im September liegt Frau Flippjack in den Wehen. Manchmal richtet sie sich auf und beißt die Zähne zusammen, ihr Wöchnerinnenhemd ist grün bestickt. Sie hat es noch mit ihrem Mann unter all den durchbrochenen Modellen ausgewählt. Am Dienstag darauf wurde Herr Flippjack eingezogen. In wenigen Tagen hat er in einem motorisierten Verband das flache Polen erobert. Jetzt wird er auf einer Weichselbrücke stehen und Schnappschüsse machen, für später. Nichts wünscht er sich sehnlicher als einen gesunden Jungen, einen kleinen Siegfried. Herr und Frau Flippjack konnten sich erst in letzter Minute auf einen Vornamen einigen, aber insgeheim hofft Frau Flippjack, dem kleinen Siegfried mit einem Mädchen zuvorzukommen. Für Frau Flippjack gibt es überhaupt nur einen

Vornamen: Lizzi. Die Hebamme besitzt geschickte Hände, am frühen Nachmittag hat sie das Kind geholt. Sie legt die Nabelschere aufs Fensterbrett und fackelt nicht lange. Das Dingelchen will nicht atmen. Sie packt es an den Füßen, daß der Kopf nach unten hängt, während die freie Hand ausholt. Der erste Schrei klingt sogar schön. Mit der zweiten Post trifft der Brief ein. Sein Wortlaut ist vorgedruckt, nur Ort und Tag sind maschinenschriftlich eingefügt.

2

Auf Lizzis Kopf sprießt rötlicher Flaum, überhaupt gleicht sie Herrn Flippjack aufs Haar. An einem Pfingstsonnabend endlich ist es lang genug, um zu vielen widerspenstigen Schlangenlocken eingedreht zu werden. Auf dem Weg zur Heißmangel, zur Mechanischen Besohlungsanstalt von Lyonel Blechschmidt tanzen sie auf ihren Schultern, doch am liebsten steigt Lizzi die Stufen zu dem zauberisch glitzernden Spielwarenladen hoch. Ihr inständigster Wunsch ist eine Puppe im Dirndl, wie sie in langer Reihe so verträumt an der Rückwand des Regals lehnen. Frau Flippjack läßt den Tag der Erfüllung und den fünften Geburtstag zusammenfallen. Während sie Säume versticht, Abnäher auftrennt und die Kriegerwitwenrente flickt, bringt Lizzi dem Pfälzer Dirndl Liederanfänge, Knickse und im Luftschutzraum die wichtigsten Handgriffe mit der Feuerpatsche bei. Frau Flippjack bemerkt es heute nicht zum ersten Mal: In dem Kind steckt eine Lehrerin. Auf jeden Fall freut sich Lizzi einen Tag um den anderen auf die Schule und schnurrt die Zweierreihe her. Als es dann soweit ist, fällt die Zuckertüte nicht viel größer als ein Gewürztütchen aus. Den fellbezogenen Ranzen hat schon der Großvater als Infanterietornister getragen. Gleich am ersten Schultag verteilt die Lehrerin abgegriffene Fibeln, die Straßenbahn heißt da noch Elektrische, auf einer rechten Seite lächelt der Held von Tannenberg. Es war einmal. Das Land, dessen Briefmarken Lizzi ein bißchen sammelt und ins Steckalbum sortiert, heißt nun auch anders, und seit kurzem Sowjetische Besatzungszone. Erst Jahre später, nachdem Lizzi die Geographiestunde über die Lommatzscher Pflege hinter sich gebracht hat, wird die Republik ausgerufen, in der Zuckerrüben wachsen. Ganz hinten, in der Gegend um Fürstenberg, wachsen dann ganz andere Sachen in die Luft, Hochöfen zum Beispiel. Zeichenlehrer Dippel macht eine Aufgabe daraus und stellt Wasserfarben zur Verfügung. Rings um das Blatt malt Lizzi eine Girlande aus springenden Schafen und Hasen. Das erschwert die Betonung, zumal Herr Dippel nicht weiß, wie besessen Lizzi im »Jungen Naturforscher« liest. Wenn sie morgen noch einen Feuerfalter fängt, ist ihre Schmetterlingssammlung auf vierunddreißig Exemplare angewachsen.

In länglichen Pralinenkästen schillern sie in den schönsten Farben. Zur Abschlußprüfung kann ihr nichts die Biologie-Eins streitig machen, nicht einmal der jarowisierte Weizen. Völlig folgenlos bleibt so etwas nicht. Lizzi soll den mathematisch-naturwissenschaftlichen Zweig besuchen. Die Bezeichnung Zweig wiegt sie in einer Vorfreude.

3

Bis zur elften Klasse läuft alles schnurgerade, selbst der gepfeffertste Lehrstoff kommt ihr wie ein Pappenstiel vor. Am Ende des Schuljahrs, im Juli, wenn die Linden die Stadt in eine Duftei verwandeln, sind die Zeugnisse jedesmal vor lauter erstaunlichen Einsen und Zweien federleicht. Nur im Sport, an den Geräten in der kalten Halle, hängt Lizzi etwas durch. Aber der Juli. Es ist nämlich der Juli, der überall Leimruten auslegt. Oft genügt eine gesellschaftliche Betätigung von größter Ernsthaftigkeit, um ruckzuck eine Zuneigung zu stiften. Im Sommer werden ordnungsgemäß Zeltlager durchgeführt, eins in Krakow am See. Vormittags marschiert die Belegung zum provisorischen Schießstand, und mittags sind zwei mitten ins Herz getroffen. Auf der Rückfahrt, zwischen Waren und Neustrelitz, lehnt Lizzi ihren Kopf an Konrads Schulter, dann stapeln sich die Briefe in schneller Folge. Zum Glück verkehren die Züge fast stündlich, zum Glück wohnen Daphnis und Chloe nicht allzu weit auseinander. Hand in Hand promenieren sie durch die Ladenstraßen und den Stadtwald, bis sie glauben, der Mond gehe auf, damit sie sich über die Färbung ihrer Augen vergewissern können. Auf ihren Lippen moussieren zärtlichste Anreden, nur bei der Vokabelkontrolle in der zweiten Stunde löst sich Lizzis Zunge nun verhältnismäßig schwer, und im Physikraum gelingt es ihr nicht, sich der mathematischen Hilfsmittel zur Formulierung dieses oder jenes Gesetzes zu bedienen. Das ist beidemal schade. Frau Flippjack erwägt ein strengeres, eiskaltes, listiges Reglement. Aber mit einemmal haben die Spaziergänge über Nacht ein Ende, die hellblaue Korrespondenz wird schlagartig eingestellt. Es fehlt nicht viel, und das Szenar eines Gedichts von Otto Roquette ist zusammen. Frau Flippjack beginnt das sehr einfühlsame Gespräch im Badezimmer, wo sie beide bloß Frauen sind, die unter mehreren Flakons wählen und das Haar mit schönen Tüchern hochbinden. Um seiner Pflicht nachzukommen, bittet auch der Klassenleiter Lizzi zu sich. Genug ist nicht genug, am Wochenende regt sich das Elternaktiv und redet aus dem Vollen. Lizzi pfeift auf den Studienplatz mit all seinen acht oder zehn Semestern. Was ihr einigen Spaß macht, die himmlische Biologie in erster Linie, lernt sie so nebenbei auf ihren Streifzügen durch die wellige Umgebung. Als in den Vorgärten die Hyazinthen blühen, rücken die Prüfungen näher. Halbwegs kann sie alles beantworten, auch im Mündlichen: 1813 und 1618, in Friedrich Gottlieb Klopstock verehren wir den Dichter des Messias, sämtliche Säuren röten Lackmus und bilden mit Basen leicht changierende Salze. Das Abschlußzeugnis ist ebenso zufriedenstellend wie ausgeglichen, und doch löst Lizzi nach den Ferien eine Fahrkarte nach Hochweitschen. An der Strecke oxydieren kleine Fabriken. Das Dorf hat gekröpfte Dächer und viele beschilderte Versuchsfelder. Lizzi will kreuzen und die Bodenluft entgiften. Es juckt ihr schon in den Fingern.

4

Jeden Morgen um dieselbe Zeit wieselt Lizzi die Wendeltreppe hinunter. Das Frühstück ist reichlich, aber Vorsicht mit dem frischen Brot. Gegen sieben, wenn nicht schon dreiviertel, wird die Arbeit besprochen. Lizzi steckt in der Drillichkombination, zu der auch Gummistiefel gehören, und blinzelt in die Runde. Sie hat diese braunen Augen, die schnell großen Eindruck machen. Natürlich muß sie von der Pike auf lernen. Heute wird sie zum Pferdestriegeln eingeteilt, die feurigen Zweijährigen sind ihr ein und alles. So verstreicht der Herbst mit Pferden, Strohschütten und Landregen. Der theoretische Unterricht wird von einem minuziösen Plan regiert, er sieht erstens, zweitens und drittens den Facharbeiterbrief als Agrotechnikerin vor. Abends krault Lizzi dem Kater das Fell und macht sich Gedanken, teils über Gott, teils über die Welt. Wenn sie aus dem ovalen Fenster ihrer Mansarde auf den Gutsgarten blickt, sieht sie Pappeln und an den Stämmen Efeu, sieht zwischen weißen und rosa Dahlien schmale Wege aus Kies und in der Luft Landkärtchen und Kleine Füchse. Das löst eine Lawine von Gedanken aus. Bei passender Gelegenheit schützt sie im Unterricht Übelkeit vor, in ihrem Zimmer packt sie die länglichen Schmetterlingskästchen zusammen, dann geht sie los. Unterwegs, im Gutswald, liest sie noch die buntesten Blätter auf. Die Verwunderung ist groß genug, als sie außer Atem die Tür zum Schulhort aufklinkt und Käfer und Raupen über ihren Handrücken laufen. Die sommersprossigen oder spillrigen Senker der Häusler und Kombinefahrer brechen auch gleich in jaulendes Feldgeschrei aus und gruseln sich vor Freude. Lizzi klappt die Deckel der Schmetterlingskästchen hoch, die Blätter liegen auf einem Spieltisch. Ein Kanon aus Ahs und Ohs, denn wer hätte geglaubt, daß Schmetterlinge die Alpen überfliegen können. Die Fragen springen kreuz und quer, Lizzi erzählt und erzählt. Nächste Woche können wir uns ja wieder treffen, vielleicht sogar einen Tag früher. Nun werden Kokons gesammelt und Würmer in Marmeladengläsern herbeigeschleppt. Inzwischen hat Frau Flippjack das alte Mikroskop in Watte gepackt und zur Post gebracht. Jetzt sieht das Bein des

Dungkäfers mit all seinen Haken, Zangen und Bohrern wie ein kompletter Werkzeugkasten aus. Dann ist der vierte Forschernachmittag heran, und die Begeisterung will noch immer nicht nachlassen. Jemand hat schon von einem Zirkel gesprochen. Der Bürgermeister fühlt sich verantwortlich und stiftet den jungen Kuckuck, der auf dem Vertiko steht. Als Dauerleihgabe, behält er sich vor. Fräulein Lizzi hat schöne Beine, tuscheln die Kinder und sind ganz bei der Sache. Heute macht Lizzi mit den Naturforschern eine kleine Exkursion zu den Versuchsfeldern. Wenn sie der Regen überraschen sollte, suchen sie unter Bäumen Schutz und bestimmen das Alter. Paßt nur tüchtig auf, sagt Lizzi, man weiß nie, wozu es gut sein kann. Lizzi hat Übung im Taxieren, bei Eichen verschätzt sie sich höchstens um fünf Jahre. In ihr steckt also wohl doch eine Lehrerin. Frau Flippjack hat es ja gleich geahnt, eine Mutter ahnt das gleich. Meinetwegen, gibt sie schließlich am Telefon klein bei, obwohl mir Biologie gar nicht recht ist. Lizzis Delegierung steht zur Debatte, wahrscheinlich Jena, und die Leitung ist optimistisch, o doch. Die gesellschaftliche Seite gilt als erfüllt, unabhängig davon, wie wir das nennen: Zirkel oder Spintisiererein. Die Kinder sind fanatisiert, sie entdecken überall fremdartige Pflanzen und wollen nicht begreifen, warum Fräulein Lizzi weggeht. Zuvor hat Lizzi noch die Prüfungen abzuwickeln, die allerletzte Frage ist ein verlockendes Angebot. Dann bereits im neuen Haus, in fünf Jahren. Überlegen Sie sich das reiflich. Strenggenommen braucht Lizzi nur zu unterschreiben. Statt dessen lacht sie. Sie sagt: Nun auf einmal, und lacht. Es ist doch richtig, fragt der Prüfer im kindlichen Diskant, Sie sind doch ein Arbeiterkind? Ach, du grüne Neune, Lizzi hat es schon auf der Zunge, was denn nun noch alles.

5

Auf der Universität lernt Lizzi mit einem Eifer, der nicht zu bremsen ist. Nach zehn Semestern schwankt sie beim Gehen. Es ist ein strotzend grüner Tag im Juli. Alles schwebt ein wenig über der Erde. In der Kollegmappe knistert das Diplom, eine krumme Linie leerer Gläser gehört dazu. Die Biologie ist ja die Lehre vom Leben und den Lebewesen. Ich bin sehr stolz auf Dich, hat Frau Flippjack telegrafiert. Die Ferien sind eine Kette von Verwöhnungen. Assistentin Flippjack, sagt Frau Flippjack noch auf dem Bahnsteig. Lizzi muß zweimal umsteigen. Die Fahrt nach Hochweitschen dauert im Winterhalbjahr gut vier Stunden.

6

Im Gutsgarten wird die Fontäne abgestellt, es ist immerhin Ende Oktober, der dreiundzwanzigste. Auch das Laub ist so gut wie herunter. Man sollte lange Spaziergänge unternehmen. Lizzi hat sich schnell wieder eingelebt, das fällt ihr nicht schwer. Sie steht vor dem hohen Spiegel und hantiert mit Wattetupfern, als es klopft. Der Bürgermeister will nicht bloß Guten Tag sagen, heute, am Sonntag. Eine ernste Gefahr kann das werden, sagt er, bedingt durch den Witterungsverlauf in den beiden vergangenen Jahren. Wir müssen handeln, sofort. Im Frühjahr fressen sie sonst alles kahl. Er sagt, die Goldafterraupe befalle mit Vorliebe Weißdorn, Schlehen und Eichen. Wenn Sie vielleicht als Truppführer, Fräulein Flippjack, die Schulklassen sind mobilisiert. Bitte, sagt der Bürgermeister, Ihr Zirkel damals, Hut ab! Lizzi nimmt die Windjacke vom Haken, neben der Tür stehen die Stiefel, sie bindet sich noch ein warmes Tuch um. In den Astgabeln sind die Nester deutlich zu erkennen, weiße Gespinste, fast silbrig. Die Kinder haben das Gaudi gern, wie Drachensteigen oder den obligatorischen Kinobesuch. Spaßig ist auch der Name, da ist mehr drin als bei Emilia Galotti. Die Goldafterraupe macht großen Eindruck. Immer wieder mahnt Lizzi zur Vorsicht, wenn es mit einem Messer in der Hand die Leiter hinaufgeht. Anschließend werden die abgeschnittenen Nester verbrannt. Im Frühjahr denkt Lizzi wie an einen Filmausschnitt an diesen Sonntag zurück. Es ist nicht zutreffend, daß sie alle Gespinste verbrennen ließ. Lizzi hat ein Gespür für Zusammenhänge. Eines Abends wird sie von Dr. Amyntor überrascht, wie sie im Dunkellabor mehrere Nester einem Lichtschock aussetzt. Mittlerweile ist es sieben durch, Dr. Amyntor könnte fragen: Was suchen Sie denn noch hier? Und dann die Stirn runzeln. Unterrichten Sie mich doch bitte über Einzelheiten, insofern sie aufschlußreich sind. Dr. Amyntor sagt: Insofern, ein Blick hat ihm genügt. Sie sehen überhaupt so aus, als wären Sie mit Haut und Haaren bei der Sache, Fräulein Flippjack, sollte er zuletzt noch sagen. Man weiß, es ist sein Spezialgebiet, schon seit Jahren. Die biologische Uhr macht Schlagzeilen in den Illustrierten. Ihr Sitz konnte bisher nicht lokalisiert werden, natürlich gibt es Vermutungen. Lichteinwirkungen spielen eine Rolle, der Zeitpunkt, die Dauer. Vielleicht ist es etwas sehr Simples, aber vermutlich doch etwas sehr Kompliziertes. Jedenfalls gehört Lizzi jetzt zu seiner Arbeitsgruppe, seit dem Monatsersten. Lizzi sieht wirklich gut aus, zur Strickhose trägt sie die rumänische Bluse. Das Fräulein Flippjack, sagen die Männer und nehmen kleine psychische Veränderungen an sich wahr. Gerade eben hat Lizzi eine Beobachtung gemacht, vor ein paar Tagen, am Freitag. Sie wollte es selbst nicht glauben, doch das Ergebnis bleibt stabil. Dabei spricht vieles dagegen, fast alles, sie glaubt es auch heute noch nicht. Nach fünfzig Versuchen sind Zweifel weiterhin am Platz, das darf man gegen die Goldafterraupe einwenden. Wenn es stimmt, können wir insofern froh sein, wird Dr. Amyntor sagen. Bis nach

Mitternacht sitzt er am Tisch und schreibt den Forschungsbericht, für Lausanne, bei einer Kanne Tee. Im März, sobald das erste Gras sprießt, reist es sich angenehm, auch eine Dienstreise ist dann erträglich. Lizzi überprüft ihre Aufzeichnungen, sie verändert den Lichtfaktor und wiederholt abends den Versuch, noch einmal und noch einmal. In Winterthur haben wir einen Mietwagen genommen und sind einfach losgefahren, ins Blaue, schreibt Frau Flippjack, ich erinnere mich genau, das war im Spätsommer achtunddreißig. Der Bericht umfaßt schon einundvierzig Seiten, Dr. Amyntor hat Lizzis Beobachtung in einer Fußnote dargestellt. Er ißt Mangofrüchte aus der Büchse. Frühmorgens kurz nach sechs macht er seinen täglichen Kopfstand, um der Altersverkalkung rechtzeitig vorzubeugen. Wenn er so kopfsteht, ist er schlagfertig genug. Statt drei wird er nun vier Namen auf die Liste setzen, Amyntor, Boelitz, Flippjack, Leußer, in der alphabetischen Reihenfolge. Das ist ja längst eine Selbstverständlichkeit, hier stehen der Jugend alle Türen offen, was überall nachgelesen werden kann, in Lausanne die Windfangtüren des Hotels Zürchli, wo das Symposium stattfinden wird, mit dem Blick auf die Rabatten am Tell-Platz. Insbesondere die öffentlichen Anlagen in Winterthur mit ihren Tulpenbeeten sind ein zauberhafter Anblick, hat Frau Flippjack an Lizzi geschrieben, Vater und ich hatten immer das Gefühl, in Holland zu sein. Dr. Amyntor läßt sich nach hinten abkippen, wenige Minuten genügen durchaus, wenn die Übung regelmäßig geturnt wird. Obwohl die Beobachtung noch nicht als völlig gesichert gelten kann und obwohl das alles nicht so einfach ist, im Dunkellabor, will Dr. Amyntor auch Lizzi für Lausanne empfehlen, obwohl sie kein Wort Französisch spricht, und das ist doch höchst erstaunenswert.

Michael Scharang
Sightseeing

Hier sehen Sie die Reste eines Bauwerks der römischen Imperialisten. Der Ansichtskartenstand nebenan gehört einem Kriegsinvaliden, der im ersten Weltkrieg einen Elternteil und im zweiten Weltkrieg einen Teil seines Beins verloren hat. Den Stand hat er selbst konstruiert und gebaut. Er weist ein mechanisch verstellbares Sonnendach auf, das sich im Winter als Schutz vor Schneestürmen bewährt. Der Invalide ist ein allseits beliebter Mann, der schon viele müde Besucher der Reste des römischen Bauwerks durch allerlei Geschichten aus den beiden Weltkriegen aufzuheitern verstanden hat.

Die Einnahmen, die ihm daraus erwuchsen, verwendete er zum Ankauf einer batteriegespeisten Heizdecke für seinen rheumageplagten Körper.

Hier sehen Sie ein gotisches Bauwerk der klerikalen Imperialisten. Der Andenkenstand im Windschatten des Bauwerks gehört der Frau des Mesners, die in Gedanken dem Mittelalter insofern verhaftet ist, als sie von der fixen Idee besessen ist, dem Kardinal vier Kinder in die Welt gesetzt zu haben, wiewohl sie in Wirklichkeit von niemandem auch nur ein Kind bekommen hat. Ihr Mann, der nebenberuflich Mitgliedsbeiträge für die konservative Partei von den armen Mitgliedern dieser Partei kassiert, hat ihr, nachdem der Kardinal Weisung gegeben hat, es dürfe von der Kanzel keine Wahlwerbung getrieben werden, jeden weiteren Umgang mit dem Kardinal, mit dem sie nie Umgang gehabt hat, verboten. Daraufhin hat sie sich in jede Wuchtung ihres Brustgeschirrs eine falsche gotische Münze genäht.

Hier sehen Sie ein barockes Bauwerk der monarchischen Imperialisten. Der Zuckerlstand unter der Freitreppe des Bauwerks gehört einem alten aktiven Kommunisten, dem kein Unternehmer dieser Stadt mehr einen Arbeitsplatz einräumt. Als er sich anschickte, die Stadt, die ihm ans Herz gewachsen war, zu verlassen, traf er zu seinem Glück einen alten passiven Kommunisten, der, wie sich im Gespräch herausstellte, mittlerweilen ein alter aktiver Sozialdemokrat und im Zuge dessen Verwalter der barocken Bauwerke geworden war. Als dies der alte aktive Kommunist hörte, lachte er so lange, bis der alte passive Kommunist zu weinen anfing. In dieser Stimmung versprach er, dem alten aktiven Kommunisten Arbeit in dieser Stadt zu verschaffen. So kam dieser zu dem Zuckerlstand unter der barocken Freitreppe.

Hier sehen Sie ein klassizistisches Bauwerk der bürgerlichen Imperialisten. Unter der steinernen Muschel, in der eine steinerne Figur steht, die wie die Muschel an die steinerne Wand gepickt ist, steht ein Zeitungsstand, der einer Kleinbäuerin gehört, deren Mann sich erhängte, weil er von einem Großbauern zugrunde gerichtet worden war, die sich in der Stadt als Marktfrau versucht hatte, wo sie von einem Großkaufmann zugrunde gerichtet worden ist, und die nun von den Autoabgasen an der Straßenkreuzung, an der sie täglich sechzehn Stunden sitzt, zugrunde gerichtet wird. Sie ist dafür bekannt, daß sie nur solchen Personen, die ihr besonders vertrauenswürdig erscheinen, Wechselgeld herausgibt, von den anderen verlangt sie die genaue Erlegung dessen, was die jeweilige Zeitung kostet. Ihre

Vorgangsweise erklärt sie damit, daß sie sich bei der Herausgabe von Wechselgeld zu oft zu ihren Ungunsten irrt.

Hier sehen Sie ein sachliches Bauwerk der spätbürgerlichen Imperialisten. Der Lotteriestand neben dem Portal gehört einem Querschnittgelähmten, dessen jetziger körperlicher Zustand auf einen Absturz bei der Montage der Leuchtschrift an diesem Bauwerk zurückzuführen ist. Der Stand zeichnet sich dadurch aus, daß er an den mit einem Motor ausgestatteten Rollstuhl des Mannes anzukuppeln und dank einer Leichtmetallkonstruktion leicht zu transportieren ist. Der Querschnittgelähmte seinerseits zeichnet sich durch die Fähigkeit aus, Lotteriekäufern gegen eine Spende ihre berufliche Vergangenheit aus der Hand lesen zu können. Über die Zukunft befragt, pflegt er allerdings nur mit einem Blick auf seinen Rollstuhl zu antworten.

Uwe Kant
Wie Nickel zweimal ein Däne war

Nickel war schon sehr ungeduldig. Er hatte sieben vortreffliche Wodka getrunken in der Runde, und nun wollte er seine Geschichte unter die Leute bringen. Sie kribbelte ihm auf der Zunge. Voller Pein hörte er den rosigen Manthey immer noch an der elenden Humoreske arbeiten, wie sie einmal einen Hummer gekauft hatten und wie sie ihm endlich mit Hämmern und Kombizangen an den Panzer gefahren seien und wie der rosige Manthey dann doch noch ein Glas Bockwurst habe öffnen müssen. »Und was soll ich euch sagen: Die waren nicht mehr gut, die waren vergammelt!« krähte der rosige Manthey erfreut. Dies gab Nickel einen Stich, zugleich aber stärkte es sein Vorgefühl. Denn einer Steigerung über verdorbene Bockwürste hinaus konnte man den Manthey nicht für fähig halten.

»Ich muß euch auch mal ein Ding erzählen«, sagte Nickel hastig. Und in demselben Augenblick dachte er: Siehste. »Siehste« aber hieß: Siehst du es nun wohl, lieber Nickel? Eintritt, was dir schon damals schwante, dies wird einmal eine prima Schote für die Periode des Übergangs vom siebenten zum achten Wodka sein. Was sonst? Dieser Vater zum Beispiel, der Vater des Mädchens Roswitha, das die Aktentasche mit der Inschrift »A. Nickel, Däne« und dem deutsch-dänischen Wörterbuch darin gefunden haben wollte, dieser Vater also, der war doch tatsächlich eine höchst ulkige Nudel gewesen. Der saß am Rauchtisch mit der Flasche Verschnitt und den eloxierten Aschbecherchen und der männermordenden Zigarette »Carmen« und sagte: »Tja, es ist ja bekannt, nicht wahr, daß der Däne viel radfährt. Sogar der König soll ja jeden Morgen Punkt sieben zum Bäcker fahren. Punkt sieben! Der König!«

Und du, scharfzüngiger Nickel im geblümten Ohrensessel, Ehrenplatz für den Ehrengast, was versetztest du doch gleich schnell? Wie hieß das glitzernde Bonmot, mit dem du ihn ... »Sehr zutreffend«, habe ich gesagt, »sehr zutreffend.« Ist das vielleicht wichtig, ob es sich um den von Dänemark oder um den von Schweden handelt? Sollte ich deshalb mit dem Mann? Mit dem Vater der Tochter? In Gegenwart der Mutter? Nicht wahr? Fest steht, daß dieser Vater ein regelrechter Clown gewesen ist. Der hielt sich für einen großen Plauderer. Kaum war die Rede davon gewesen, daß Nickel seine Tasche ja vom Rad herunter verloren hatte und daß die Roswitha, der heranbrausenden Kraftwagen nicht achtend, rettend hinzugestürzt war, ohne freilich mit ihrem Ruf den davonradelnden Nickel noch zu erreichen, da hatte er auch schon seine Weisheiten aufgetischt. »Ja«, sagte er, »und die haben da lauter solche Rillen in den Bürgersteigen, wo man die Fahrräder reinstellen kann. Das ist sehr praktisch. Der Däne tut eben alles für sein Fahrrad.« Nickel sagte: »Ganz richtig. Lauter Rillen. Rille an Rille sozusagen.«

Genau. Das habe ich gesagt. Man soll nicht vor lauter Polemisierlust, es hat also keinen Zweck, an feststehenden Tatsachen herumzukritteln. Diese verfluchten Rillen sind wirklich eine praktische Einrichtung. Jetzt dachte er schon: »verfluchte« Rillen. Aber damals hatte sich Nickel das gar nicht so schwierig vorgestellt, ein Däne zu sein. Ein Guatemalteke oder ein Chinese gar – das wären noch Aufgaben gewesen. Was bedeutete es schon, einmal ein Däne zu sein, wenn man blond war, Norddeutscher von Geburt und obendrein den berühmten Testsatz »jeg spiser rød grød med fløde« zu artikulieren wußte, der im Deutschen harmlos »ich esse rote Grütze mit Sahne« lautete. Das war doch ein Kinderspiel, was, Nickel? Ein regelrechter Gag, ein toller Streich. Bloß mit diesem Vater und seinen Rillen hast du nicht gerechnet. Der Vater kann mich mal. Es ist wegen der Tochter gewesen. Ein bißchen wegen der Mutter, aber vor allem wegen der Tochter. Die Mutter hatte die Tür aufgemacht und gesagt: »Ach, Sie sind der Herr aus Dänemark.« Und von da aus war es schnurstracks in den geblümten Ohrensessel gegangen, und es hatte geheißen, man müsse nur schnell noch der Tochter Bescheid geben. »Die hat nämlich die Tasche gefunden, wissen Sie, und ist schon ganz gespannt, Gott ja, ein Ausländer, konnte ja auch keiner ahnen, nicht? Sie ist doch erst siebzehn, wird allerdings bald achtzehn.« Ja sicher, das war alles wahnsinnig komisch, ein ausgemachter Lustspielfilm. Aber nun kam die Tochter und sah so unerhört jung und gutgläubig aus und war dazu eine Spur zu hübsch für ein anfechtbares Dänenherz. War hübsch von jener raren Art, die blondes Haar und doch dunkle Augen hat, und sagte mit diesen Augen sehr vernehmlich: Na, du junger Fremdling! Und da wurde es ernst, da wurde es noch komischer, da mußte ich *wirklich* ein Däne sein, das erstemal. Denn wer wollte das alles enttäuschen? Ich jedenfalls nicht.

Ja, hatte Nickel gesagt, er sei schon ganz schön lange in der DDR; ja, es gefiele ihm wirklich sehr gut in diesem Land; die Wurst sei gut und die Studienbedingungen seien gut und R. sei weiß Gott eine prima Stadt. So sagte er die Wahrheit und nichts als die Wahrheit, wenngleich unter falscher Flagge. Seinen von Vorsicht leicht gelähmten Zungenschlag mochten sie für Akzent genommen haben.

Mein lieber Schwan! Gut, daß ich überhaupt auf Studienbedingungen gekommen bin. Zwei Stunden später war doch mein Termin: Gewi-Prüfung bei Heidendorn. Das hätte ich glatt vergessen können. Aber von dem Moment an war es immer in meinem Kopf, und das machte die Lage noch schwieriger oder ulkiger vielmehr.

Ihm war nämlich ein Ausspruch seines früheren Russischlehrers Spieglein eingefallen. Der Ausspruch lautete: Dies ist füglich nicht nur eine Schul-, sondern auch eine politisch-ideologische Sache. Denn Dänemark ist ein NATO-Staat! Der Ausspruch war auf dem Kartoffelacker gefallen, kurz nachdem der aufsichtführende Spieglein von Nickels arglosen Mitschülern erfahren hatte, dieser erlerne abends im Internat aus einem von Hamburg mitgebrachten Buch die dänische Sprache, und das hörte sich nach einer heißen Pellkartoffel im Mund an. Rød grød med fløde. Da hast du ganz hübsch gezittert, was, Nickel? Von der Seite hattest du die Sache noch nicht gesehen, wie? Ich hab kein bißchen gezittert, Mann. Ich hab ja nicht mal das Wort Däne, das sie mir einen Tag später heimlich in die Aktentasche gemalt haben, wieder ausgekratzt. Überhaupt nun dieser Spieglein. Ein halbes Jahr später ist der in den Westen gegangen, obwohl er »Die junge Garde« im Original gelesen hat und die russischen Aspekte kannte. Und dies war füglich eine Scheiß- oder auch Scheißersache. Ich konnte sehr gut einmal ein Däne für Roswitha sein und anschließend doch zu Heidendorns Gewi-Prüfung gehen. Es war lediglich der Zeitdruck.

Der Vater sagte: »Sie wundern sich bestimmt über meine Kenntnisse, was?« O ja, darüber wundere er sich schon die ganze Zeit, wirklich erstaunlich seien diese Kenntnisse, wahrhaftig, erklärte Nickel. Der Vater warf einen vielsagenden Blick auf Frau und Tochter. Er riß das linke Auge weiter auf als gewöhnlich und wiegte den schiefgehaltenen Kopf leicht hin und her. So

wie mittelmäßige Schauspieler tun, wenn im Text »Gott ja, nanu« steht. »Wissen Sie«, sagte er, »so ein Wunder ist es nun auch wieder nicht. Ich bin nämlich mal dort gewesen. 1940 bis 45. Ja, die ganze Zeit. Das war nicht das schlechteste, kann ich Ihnen sagen. Also, ich war als Fachmann da. Eisenbahnsoldat, wissen Sie, Ei-sen-bahn-sol-dat.« – »Mein Mann war Feldwebel«, sagte die Frau. »Na ja, Feldwebel hin, Feldwebel her. Man ist eben Spezialist, Eisenbahner mit Leib und Seele, wie man sagt, nicht wahr. Aber das muß ich sagen: Ihre Landsleute verstehen auch was von der Bahn. Der Unterbau, die Signaleinrichtungen, das Waggonmaterial – alles tipptopp, ohne Frage. Später mußten wir ja dann allerhand an die Ostfront abgeben, ist uns gar nicht leichtgefallen. Der ganze Rußlandfeldzug war ja überhaupt Wahnsinn. Das hat keinem von uns gefallen. Das können Sie glauben.«
Nein, Nickel, du bist mir vielleicht einer! Das soll der wirklich alles gesagt haben? Das ist ja in der Tat zum Totlachen, der Mann war ja wahrhaftigen Gottes ein Unikum. Natürlich, gewiß, das war schon alles sehr, nun ja, *kurios* könnte man sagen; zwanzig Jahre nach dem Krieg, in der DDR, in R., kurz vor der soundsovielten Ostseewoche. So betrachtet, war das ganz, ganz schön eigenartig, war das. Aber wenn man Däne ist, dann geht so etwas doch unter die Haut, dann fallen dich so Bilder an, dann schießt dir diese Hitze vom Herzbeutel bis in die Ohren. Ich bin kein Nationalist, aber mich ärgert das eben, wie dieses Unikum mit seinen geputzten Stiefeln und seinen Feldwebellitzen und seinem Greifvogel an der Mütze auf unserem Kongens Nytorv herumstolziert und alles sehr sauber findet. Und im Tivoli schluckt er unsere Sahne und hört sich dazu den Champagnergalloppen an, und vor der Börse läßt er sich fotografieren. »Ich vor der Börse.« »Ich und Kameraden vor dem Thorwaldsen-Museum.« Das mag ich gar nicht gern. Noch viel weniger, wie er auf dem Bahnhof herumkommandiert und aufpaßt, wie unser »Waggonmaterial« mit unseren schönen dänischen Äpfeln, unserem Käse, unserer Butter vollgestopft wird, damit die mit etwas volleren Mägen in den Krieg marschieren können. Es gefällt mir nicht, mir vorzustellen, wie er die Rangierer, meine Landsleute, herumschubst. Es paßt mir nicht einmal, daß dieser Spezialist den Unterbau unserer Staatsbahnen gut findet. Vielleicht sollte ich das überhaupt nicht erwähnen, vielleicht ist das sentimental: Aber mein eigener Vater ist nun mal dänischer Eisenbahner gewesen, und es waren ein paar von diesen Komikern, die ihn geschlagen und eingesperrt haben, weil er ein bißchen an den Signalanlagen herumgebastelt hat. Der wollte nämlich, daß wir unsere Äpfel selber essen, mein Lieber!
Dein Vater? Wieso denn, Nickel? Der war doch sein Lebtag Gärtner in Parum. Wenn ich sage: dänischer Eisenbahner, dann war er das auch. Du

mußt das verstehen, in dem Augenblick war ich zum zweitenmal ein wirklicher, ein echter Däne. Was sollte ich da mit einem Vater in Parum. Das ist doch vollkommen unlogisch, Mann. Ist ja absurd. Na schön, und was ist dann gewesen?

Dann war eigentlich nicht mehr viel. Ich hab der Frau und der Tochter klargemacht, daß ihr Alter seinerzeit scharf auf dänische Mädchen gewesen ist, und dann bin ich irgendwie abgehauen. Ich mußte ja auch zur Gewi-Prüfung.

»Na, lassen wir die alten Kriegsgeschichten lieber ruhen«, sagte der Vater, »lille pige jeg elsker dig«, das ist eher was für uns, nicht wahr, wir verstehen uns. Er hatte Nickel freundlich-verschwörerhaft zugewinkert. »Was heißt denn das auf deutsch, ›lelle pije‹ und so weiter, Vati?« sagte das Mädchen Roswitha. Nickel hatte sich schnell vorgebeugt und voller Genuß gesagt: »Das heißt ›kleines Mädchen, ich liebe dich‹, Fräulein Roswitha!« Er hatte aus dem Augenwinkel gesehen, wie die Eheleute ein bißchen zusammenzuckten und wie das Mädchen die Sammetaugen entschieden auf den Vater richtete.

In der Straßenbahn, auf dem Weg zur Universität, hatte er gedacht: Komm, grimmiger Heidendorn, jetzt bin ich zweimal ein wirklicher Däne gewesen, jetzt kannst du mich prüfen.

Nickel, mit dem Wodkaglas, dem achten, in der Hand, merkte, daß er schon etwas zu lange zögerte mit Erzählen. Er tat einen langen Zug und dachte: Dies ist nicht nur eine Alkohol-, sondern füglich auch eine deutsch-sowjetische Freundschaftssache. Dann sagte er: »Ja, ich werd euch mal erzählen, wie ich am Herrentag, Himmelfahrt, nicht wahr, in Slate von der Bühne in den Gasthaussaal gefallen bin. Ihr lacht euch scheckig, sage ich euch.«

Ingeborg Drewitz
Der eine, der andere

Ein Ort, wie es Hunderte gibt, nichts besonderes, Wartesaal zweiter Klasse, Ausschank, gehobelte Tische, Reisende, Gastarbeiter, Einheimische bei Bier und Korn, Tabaksqualm, dumpfes Licht, Stimmen überschlagen sich, Stühle stürzen um, Bier fließt auf den Boden, einer grölt, ein paar Alte mümmeln Kornflakes oder Hustenbonbons und zählen immer wieder die Koffer und Taschen um sich herum. Dort saß er Abend für Abend. Das

Bier war ein paar Pfennige billiger als im Restaurant, und immer frisch abgezapft. Die Züge wurden angesagt. Er wartete nicht auf jemand, der mit einem der Züge hätte kommen sollen, er wartete nicht auf die tägliche Sensation und nicht auf die Mädchen, die durch den Wartesaal strichen und ihn immer mit einem Kerl verließen. Er paßte nicht hierher, wußte er, aber er blieb doch, kam wieder, redete auch hier und da einen an, Wetter, steigende Lebenshaltungskosten, er redete drauflos. Manchmal hörte ihm der andere, irgendein anderer zu. Der Kellner sah ihn gern, weil auf ihn Verlaß war, wenn eine Schlägerei anfing. Weil er jedenfalls ruhig blieb. Einmal jeden Abend fuhr ein Zug nach drüben, wo er her war, zweimal jeden Abend kamen die Gepäckträger mit ihren grünen Schürzen und den Schirmmützen und kippten einen, zwei- oder dreimal kamen die Rangierer und gegen elf auch die Zeitungsverkäuferin, die es eilig hatte, ihren Kaffee zu bekommen, den sie, ohne zu schwappen, in den Kiosk trug. Kurz vor Mitternacht kam meist die Streife, gut genährte junge Burschen, griffen irgendeinen, der keinen Ausweis hatte, und führten ihn ab, Polizeigriff, man kennt das, nie sah sich jemand nach denen um. Bis sie ihn abführten. Aber auch da sah niemand sich um, nicht mal der Kellner, der gerade abkassierte.

Erst ein paar Minuten später kam die Zeitungsfrau aufgeregt an die Theke zurück, und riß der Kellner einen Zettel vom Rechnungsblock und schrieb die offen gebliebene Rechnung darauf und legte den Zettel in die Kasse, und steckten zwei alte Frauen die Köpfe zusammen, und zuckten die Rangierer die Achseln und kippten einen Klaren extra. Er hatte doch einen Ausweis, sagte der Kellner, und das dicke Mädchen dachte das auch, hatte ihn immer so nett gefunden und nie mit ihm sprechen können, weil sie schüchtern war oder er. Aber die Kampfhähne schrien schon wieder aufeinander ein, Bier floß über den Tisch und ein Stuhl fiel polternd um, und der Kellner tobte, anstatt ruhig zu bleiben, weil der nicht mehr da war, auf den er sich hatte verlassen können.

Vielleicht ein Spitzel, sagte schließlich ein Rangierer und rief es nachher auch den Gepäckträgern zu, die sich auf Bahnsteig vier aufstellten, weil der Zug von Köln erwartet wurde. Vielleicht ein Spitzel, dachte der Kellner und schenkte sich ein Bier ein und schrieb es auf die offene Rechnung. Die Mädchen blieben länger an der Theke, weil sie es interessant fanden, weil mal was Interessantes passiert war und weil ihn keine gehabt hatte. Nur das dicke Mädchen dachte: es ist wie sonst, keiner kümmert sich, wenn einer geholt wird! Aber sie wußte auch nicht, was sie machen sollte.

Sie antworteten nicht auf seine Fragen. Er hatte gehört, daß es sinnlos wäre aufzubocken und verhielt sich entsprechend. Er wußte, daß er sich nichts hatte zuschulden kommen lassen vor dem Gesetz. Sie würden ihn morgen in der Werkstatt vermissen, sie würden in seiner Wohnung nachforschen, sie würden sich um ihn kümmern (das war angenehm zu denken!), er war Spezialist im Lackspritzverfahren, da ließen sie keinen anderen ran, sie würden die Polizei verständigen, der Irrtum würde sich aufklären. Und wenn nicht? Sie würden die Kunden verständigen, Leute, die ihren Wagen wieder brauchten, ehrenwerte Leute, Bürger der Stadt, die würden sich an die Parteien wenden oder an den Bürgermeister, seine Verhaftung würde Tagesgespräch werden (oder die Kunden würden die Werkstatt wechseln).

Das Auto fuhr durch die Straßen, die er kannte, sogar an der Werkstatt vorbei. Da arbeite ich, sagte er, wußte nicht, warum er das sagte, der andere in der grünen Minna war betrunken und schnarchte. Er preßte sein Gesicht an das Gitter, die Straßen wurden fremd draußen. Später wurden zwei junge Männer in das Auto gestoßen, die tobten und schlugen um sich und wollten die Bänke für sich haben. Es war alles, wie er es immer wieder in der Zeitung gelesen und manchmal auch im Kino gesehen hatte, ohne daß ihn das je interessiert hätte. Auch die Aufnahmeformalitäten, auch das hellerleuchtete Untersuchungsgefängnis, auch die Zelle. Er hatte Glück, er kam nicht mit den Jungen zusammen, und der Betrunkene war zum Ausnüchtern weggeschleppt worden. Er hatte Zeit, wußte er, wenn sie auch die Uhr und sein Taschenmesser und sein Portemonnaie in Verwahrung genommen hatten. Ihm fiel ein, daß er das Bier nicht bezahlt hatte. Er legte sich auf die Pritsche und ihm fiel auch ein, wie zerbeult das Thekenblech im Wartesaal war, wie verbogen die Garderobenhaken, wie gewöhnlich die Spielautomaten, die Mädchen, die roten Gesichter der Kampfhähne waren. Und daß er doch dahin gehörte. Hatte es nie recht wahrhaben wollen, hatte sich ausgedacht, was die Gastarbeiter reden mochten, ob sie von ihren Familien redeten, von ihren Kindern, von ihren Dörfern, vom Fischfang nachts, wenn sich die Schwärme im Lichtstrahl fingen, mit dem sie die Tiefe sondeten. Und immer hatte er die Reisenden beobachtet, die ihre Koffer und Taschen nicht aus dem Blick ließen, und die alten Frauen, die nie einen Gepäckträger nahmen, sondern sich abmühten und alle fünf Meter stehenblieben und hilflos umhersahen. Und er hatte dem Kellner zugeblinzelt, wenn es hoch herging an den Tischen, ein flinker pickeliger Junge mit blassen Augen. Warum wird so einer denn Kellner? Wenn der meiner wäre, den würde ich was lernen lassen. So einer hat doch keine Chance, kommt nie in ein besseres Lokal, macht vielleicht mal einen Kiosk auf dem Bahnhofsvorplatz auf, das ist alles.

Aber da war das wieder, was er nicht denken wollte: wenn es meiner wäre. Er hatte ihn nie an die Hand genommen. Ein Lehrer nimmt keinen Jungen an die Hand. Ein Lehrer muß gerecht sein, darf nicht wünschen: der sollte mein Sohn sein, darf nicht sagen: der ist mein Lieblingsschüler, darf nicht hoffen, daß der sich ihm anvertraut. Darf hoffen, daß der Junge weiterkommt, darf sagen: der Junge ist ungewöhnlich begabt, darf wünschen, daß er Erfolg hat. Er war in der zehnten Klasse zugestoßen aus einem kleinen Nest an der Ostsee. Mehr wußte er nicht von ihm, nur daß er nicht Mitglied der Jugendorganisation war, weil das in der Personalakte vermerkt wurde. Darum beobachtete er ihn von Anfang an genauer als sonst die Neuen, ein aschblonder Junge, sehr hochgeschossen wie viele in dem Alter, etwas abstehende, aber kleine Ohren, viel zu große Hände. Er suchte sich immer einen Platz in der Ecke der Klasse, meldete sich kaum, die Mädchen hatten etwas gegen ihn, Großstadtmädchen sind immer mit dem Mund voraus, und der Junge war keiner, dem das imponierte. In seinen Arbeiten übertraf er die Helden und die Beaus und die Streber der Klasse. Deswegen kam er mal mit ihm ins Gespräch. Der hatte noch nicht mal den Stimmbruch ganz hinter sich. Er wollte seine Arbeit einreichen, sagte er ihm, er gehörte nicht mehr auf die Schulbank. Aber der Junge lehnte ab. Das hatte ihm gefallen und ihn doch auch enttäuscht. Er ließ sich's nicht anmerken, aber er beschäftigte sich mit ihm, ohne mehr herauszufinden, als er wußte: ein vaterloser Junge, der auf dem Prenzlauer Berg bei seiner Großmutter wohnte. Er ging oft an dem Haus vorbei, eines der trostlosen grauen Häuser der Gründerzeit, wie sie straßenweise aufgereiht sind, kaum Farbe auf den Fensterrahmen, verwaschene Stores hinter den Scheiben, und im Winter dunkelrote oder dunkelgrüne Halbvorhänge gegen den Durchzug. Bäume gab es nicht in der Straße. Wer da aufgewachsen ist, vermißt sie nicht, die meisten seiner Schüler wohnten so. Doch der Junge kam von der Ostsee, hatte die baumgesäumten Chausseen in der Erinnerung, den großen Himmel und die wechselnden Wolkendekorationen. So etwas dachte er, sentimental genug, und wie er mit dem Jungen eine solche Straße entlangging, ohne Ziel, nur einfach so nebeneinander her! Und sein Ärger über sich selbst und dieses Verlangen, das ihn zwischen Korrekturen und Sitzungen und Konferenzen packte, übertrug sich auf den Jungen. Der würde die Partei nicht brauchen, um sich durchzusetzen, wußte er, der war so unabhängig in seinen Gedanken, wie er es nie gewagt hatte zu sein. Er beobachtete ihn in den Pausen, er stellte ihm Fangfragen im Unterricht, er erkundigte sich bei den Kollegen und stellte befriedigt fest, daß auch denen der Junge unheimlich war, und hätte ihn doch gern an die Hand genommen oder ihm den Arm um die Schulter gelegt, weiter nichts.

Und nun hatten sie ihn vom Tisch weggeholt, wie sie immer irgendwelche wegholten. Er hatte nicht einmal sein Bier bezahlt. Aber das war kein Zusammenhang mit dem Jungen. Der war tot. Das passiert, daß einer beim

Angeln verunglückt. Das ging ihn nichts an. Wenn einer auch bei Gewitter auf den See hinausrudert! Er versuchte gleichmäßig zu atmen, wer weiß, wieviel Zeit vergangen war! Am Morgen würde sich alles klären, sie würden ihn verhören, es würde sich herausstellen, daß er nur immer im Wartesaal sein Bier getrunken hatte, weil es da ein paar Pfennige billiger war, weil er sparen mußte, er war ja nicht wieder in den Schuldienst gegangen nach der Flucht, trotz des Lehrermangels nicht. Sie würden ihn entlassen, sich entschuldigen, den Verdienstausfall bezahlen, er fing ja schon um sieben an, da schliefen die Beamten, mit denen er es zu tun haben würde, sicher noch. Dabei war das Unglück beim Angeln ganz nebensächlich gewesen. Die Kollegen hatten gesagt: irgendwas wäre dem Jungen bestimmt zugestoßen, der suchte das Unglück, einer, der so begabt ist und schon ausgespielt hat. Niemand hatte gesagt: daran sind Sie schuld. In der Konferenz hatten sie kaum zehn Minuten davon gesprochen, ein begabter Schüler, der wegen Sabotage von der Schule hatte verwiesen werden müssen, wen ging es an, was aus dem wurde. Ein Unfall, ein Opfer des Wetters, die märkischen Seen sind tückisch, und vielleicht war es ein Blitz.

Es gelang ihm noch immer nicht, ruhig zu atmen, auch wenn er sich lang ausstreckte auf der Pritsche. Er sah die Jungen und Mädchen, ihre straffe Haltung, die muskulösen Körper im Sportdreß und der Blonde immer schlaksig und viel zu groß. Sie lachten ihn aus. Aber dann verloren sie beim Fünfkampf, es gab Stürze, einen Knöchelbruch, der Blonde hatte die Geräte zu betreuen, die Aschenbahn zu überprüfen, die Hochsprungstäbe zu verwahren, die Kugeln, die Bälle, und hatte den Sand in der Sprunggrube aufzuschütten, ein Amt, das immer den mäßigen Sportlern übertragen wurde. Sabotage war ein Wort. Einer hatte es gesagt. Irgendeiner. Der Blonde war nicht organisiert, der Blonde war ein Außenseiter, begabt, aber die Begabten sind gefährlich, wenn sie sich nicht einfügen. Er hätte so gern einmal seinen Arm um ihn gelegt, ihn einmal schwach gesehen. Sabotage war doch nur ein Wort. Als er's ihm sagen mußte, daß er von der Schule verwiesen war ein Jahr vorm Abschluß, und daß ihn auch keine andere Schule aufnehmen durfte, hatte er die Hände in die Hosentaschen geschoben, um leger zu erscheinen, und weil er nicht wußte, wohin mit ihnen, weil er sonst vielleicht nach den Händen des Jungen gegriffen hätte. Nachmittags war er wieder an dem Haus vorbeigegangen, in dem der Junge bei seiner Großmutter wohnte. Der hätte ja herausgekonnt. Damals war die Grenze noch offen. Mit der S-Bahn und drüben neu anfangen. Das taten viele.

Er dehnte das Zwerchfell, atmete bis in die Lungenspitzen, schmeckte den Zellengeruch, saurer Schweiß und Urin und der Staub von der Heizung, die

Zelle war überheizt. Es gab auch ein Fenster ohne Riegel. Wenn er die Augen zukniff, konnte er sich einbilden, daß es hell wurde hinter dem Fenster. Auf seinem Ausweis standen Geburtsort und -datum, Name und Adresse, nichts von dem Jungen, auch das nicht, daß er drüben Lehrer gewesen war. Nichts von dem Aufbruch. Ganz einfach. Nach den Ferien war er nicht mehr dort. Schrieb an den Schulleiter, schickte auch seinen Parteiausweis zurück, die Miete hatte er bis zum Monatsende bezahlt. So war er: korrekt. Mußte sich durchschlagen zuerst, bis er von Berlin wegkonnte, bis niemand mehr fragte, ob er anerkannt war. Denn lügen wollte er nicht, eine Fluchtursache erfinden wollte er nicht. Ob sie ihn deshalb geholt hatten? Aber das war lange her. Das wußte niemand. Hatte den Jungen an die Hand nehmen oder neben ihm hergehen wollen: aus dir mach ich was, aus dir machen wir was, solche wie dich brauchen wir. Aber der Junge hatte abgelehnt, hatte ihn nicht einmal angesehen, hatte vielleicht an sein Angelzeug gedacht oder wer weiß – beim Gewitter springen die Fische –.

Abends der gehobelte Tisch, der Wartesaal zweiter Klasse, Reisende, Gastarbeiter, Einheimische bei Bier und Korn. Er hat sein Bier von gestern bezahlt, der Kellner hat den Zettel zerrissen. Die Züge werden angesagt, die Gepäckträger kommen mit ihren grünen Schürzen und den Blechschildern an den Mützen, die Mädchen sehen herein, auch die Rangierer, und die vom Zeitungskiosk holt ihren Kaffee. Es ist alles wie sonst, wie jeden Abend. Es ist anders als sonst, als gestern.
Sie hatten ihn gehen lassen in der Frühe, um halb acht schon. Eine Verwechslung, sagten sie, gaben ihm auch die Bescheinigung mit für den Chef, aber die hatte er für sich behalten. Genau der gleiche Name und die Ähnlichkeit, aber der andere ein Mörder. Sie zeigten ihm auch das Bild, nur die Fingerabdrücke unterschieden sich, und der andere war im Februar geboren. Er drehte sein Bierglas. Er würde dem Kellner gern sagen, daß es ein Irrtum war, und auch der aus dem Kiosk, als sie mit ihrem Kaffee vorbeikommt und nur auf die Tasse sieht, und auch den Rangierern und den alten Frauen, die nach drüben zurückfahren. Ein Irrtum, verstehen Sie! Ich bin der nicht! Aber er dreht sein Glas und trinkt das Bier in kleinen Schlucken. Das dicke Mädchen sieht mitleidig (oder neugierig) herüber.

Max von der Grün
Der Betriebsrat

Von dem Unglück wußten die Menschen in der Stadt bereits, noch ehe die ersten Kumpels der Nachtschicht gegen sieben Uhr morgens nach Hause gingen. Fast auf die Minute drei Uhr nachts war es, daß auf der fünften Sohle, in der fünften östlichen Abteilung in Flöz Sonnenschein das Hangende auf zwanzig Meter Streblänge niederbrach. Acht Männer hatte das Gebirge eingeschlossen, fünf konnten nach drei Stunden geborgen werden, verletzt, aber sonst wohlauf. Die Bergungsarbeit für die anderen drei Männer währte Stunden. Endlich, gegen elf Uhr mittags, wurden auch sie gefunden – tot. Es war weiter nicht viel passiert. Ein Unglück – fünf Überlebende, drei Tote; es war also noch einmal gutgegangen. In den Abendstunden sprachen in der Stadt nur noch diejenigen von dem Unglück, die unmittelbar berührt oder betroffen waren. Rundfunk und Fernsehen blendeten in ihren Regionalsendungen die Unglücksmeldung ein. Warum sich groß erregen über drei Arbeiter, die der Berg erschlagen hat. In der Welt verändert sich täglich so viel, ganze Länder werden erschüttert, Städte zum Einsturz gebracht. Flüsse treten über ihre Ufer, Berge speien Feuer und Schwefel; warum sich dann erregen über drei Männer, die weiter nichts als das Opfer ihres Berufes wurden.

Im Ruhrgebiet gewöhnt man sich an solche Meldungen, sie gehören, wie der Staub, zum Alltag.

Zwölf Uhr.

Die Toten fuhren im Schacht tagan, im Büro waren Betriebsführung und Betriebsrat versammelt, um die reihum springende Frage zu erörtern, wer die Familien benachrichtigen solle. Immer ist das ein Weg, um den sich Vorgesetzte wie auch Freunde der Bemitleidenswerten zu drücken suchen, keiner will schließlich die ersten Ausbrüche des Schmerzes erleben und dann dastehen ohne Trost, wie ein Verbrecher, der in eine vorher fröhliche Wohnung das Entsetzen pflanzt.

Für zwei Besuche fanden sich schnell die Boten, für den dritten Weg meldete sich lange keiner, jeder der Anwesenden scheute vor diesem Besuch zurück, denn zwei Söhne jener Familie waren in drei Jahren in der Grube geblieben, und der letzte, ein Knappe von einundzwanzig Jahren, lag nun in der Leichenhalle hinter der Waschkaue.

In die lähmende Stille sagte unvermittelt der Betriebsrat Brinkhoff: Ich werde gehen!

Er sagte es fest, wenn auch mit belegter Stimme, und er sah aufmerksam in die Maskengesichter seiner Kollegen, ob nicht im letzten Augenblick vielleicht einer da war, ihm diesen Gang abzunehmen. Aber die sieben Gesichter verrieten nur Erleichterung, weil sich einer gefunden hatte und nicht, wie so oft in den vergangenen Jahren, durch Loswurf bestimmt werden mußte.

Feige Bande, dachte er, große Fresse, wenn es um nichts geht, aber Schwanz einkneifen, wenn sie Worte finden sollen. Egal, ich habe mich nun mal gemeldet, aber ich darf auf keinen Fall das Fußballspiel heute nachmittag am Fernsehschirm versäumen.

Die Familie Haugk, die Brinkhoff aufzusuchen hatte, wohnte am Stadtrand in einer der vielen Siedlungen. Vater Haugk, wegen Staublunge seit einem Jahrzehnt Invalide, arbeitete in seinem Vorgarten. Brinkhoff bemerkte, wie der alte Haugk ab und zu die Harke sinken ließ, sich aufrichtete, die Augen beschirmte und die Straße hinabsah; die Straße, auf der Brinkhoff gekommen war.

Der Betriebsrat blieb an der Gartenpforte stehen: Tag Wilhelm! Schaff nicht soviel, laß für die anderen Tage auch noch was übrig.

Schönes Wetter heute. Wurde aber auch langsam Zeit.

Brinkhoff sagte es langsam und unbeteiligt.

Mein Gott, was hat es der Alte gut, dachte Brinkhoff, ist sein eigener Herr, kann tun und lassen, was er will. Auf keinen Fall darf ich das Fußballspiel versäumen.

Ach, sagte Haugk, Fritz, du bist es. Tag auch. Ja, das Unkraut wächst und wächst, da muß man schon jeden Tag ein wenig im Garten machen, wenn man Blumen von Unkraut unterscheiden will.

Ich darf auf keinen Fall das Fußballspiel versäumen, dachte Brinkhoff. Ob der Uwe mitspielt?

Wartest du auf jemand? fragte Brinkhoff.

Warten? Ja, mein Junge ist noch nicht da, hat Nachtschicht, und jetzt ist es gleich zwei Uhr. Macht wohl wieder eine Doppelschicht, der unvernünftige Kerl. Weißt du, der hat jetzt so ein lecker Mädchen, er will sich unbedingt ein Motorrad kaufen. Na, du weißt ja, wie das heute ist, die jungen Leute wollen 'raus, haben kein Interesse mehr für den Garten. Aber immer diese Überstunden, braucht er doch gar nicht, ich gebe ihm was von meiner Rente dazu.

Jaja, sagte Brinkhoff und dachte an das in einer Stunde beginnende Fußballspiel am Fernsehschirm.

Aber die jungen Leute wollen natürlich mit dem Kopf durch die Wand, sagte der alte Haugk und war etwas ärgerlich dabei.

Welche Marke will er sich denn zulegen? fragte der Betriebsrat. Motorrad, dachte er, so ein Blödsinn. Wer kauft sich heutzutage noch ein Motorrad. Vier Räder sind vier Räder, und ein Dach drüber ist ein Dach drüber. Ob der Uwe heute mitspielt?

Da darfst mich nicht fragen, Fritz, ich kenne mich da nicht aus. Eine italienische soll es sein. Ich sage dir, die letzten Abende saßen er und das Mädchen nur über Katalogen und Prospekten. Hinten, wo früher der Stall war, da hat er sich jetzt eine Garage aufgebaut, fein, sage ich dir. Sogar austapeziert hat er sie, mit Tapeten, die vom Tapezieren immer übrigbleiben. Ist ein bißchen scheckig geworden, die Garage, aber sonst ganz nett. Was die Jungen heute für Ideen haben. Haugk lächelte zufrieden.

Wenn wir so weiterquasseln, versäume ich noch das Länderspiel, dachte Brinkhoff, aber er sagte: Jaja. Wann will er sich die Knattermühle eigentlich holen? Ist sie teuer?

Nächste Woche, hat er gesagt. Ich freue mich auch schon, er will mich dann immer zu Tauben- und Hühnerausstellungen fahren. Aber Knattermühle darfst du nicht sagen. Er sagt nämlich, seine Maschine sei die leiseste, die auf dem Markt ist. Das wird mit Phon gemessen, oder so ähnlich heißt das. Mein Gott, dachte Brinkhoff, wie kann er so in den Tag leben, alle um ihn wissen es, keiner hat es ihm gesagt, ausgerechnet ich muß es sein, muß mich noch freiwillig melden. So ein Unfug. Ob der Uwe heute mitspielt?

Was machst du eigentlich in unserer Gegend hier? fragte der alte Haugk plötzlich. Willst du Tauben kaufen?

Brinkhoff sah auf seine Uhr. Wenn es so weitergeht, dachte er, versäume ich noch das Fußballspiel.

Hast du Urlaub? fragte der alte Haugk wieder.

Nein, Wilhelm, den hatte ich schon im März, mußte mein Häuschen in Ordnung bringen. Na ja, da nahm ich mir eben Urlaub.

Natürlich, Fritz, da kann man wenigstens über seiner Arbeit bleiben, ich habe das früher auch immer so gemacht. Und jetzt habe ich Zeit, viel Zeit ... Ja, dachte Brinkhoff, Invalide müßte man sein.

... Ich sage dir, was man so den lieben langen Tag alles machen kann. Keine Hetze mehr, keine Antreiber, kein los! los! kein schneller mehr, nicht mehr den Satz: nur keine Müdigkeit vortäuschen. Aber jetzt ist man kaputt, die Lunge macht nicht mehr so mit. Ich sage dir, mir ist schon wieder angst, wenn der Nebel kommt, der schnürt mir dann immer die Kehle zu. Von der Rente hat man nicht mehr viel. Wir sind ausgelaugt und verbraucht, wenn wir unser Alter erreicht haben. Aber was willst da machen, ist eben so.

Wir sind eben Arbeiter, sagte Brinkhoff, und dachte bei sich, daß nicht immer die Antreiber schuld sind, auch die, die sich antreiben lassen. Hoffentlich verpasse ich das Länderspiel nicht.

Der Niggemeier verkauft seinen ganzen Schlag, der zieht in die Innenstadt. Weißt du, seine Frau hat das Haus ihres Onkels geerbt, da ziehen sie 'rein. Aber Tauben darf er da nicht halten. Du kannst billig zu Tauben kommen, der hat gute Flieger, hat schon viele Preise gewonnen. Ist auch kein Halsabschneider, der Niggemeier.

Was verlangt er denn für seine Tauben? fragte Brinkhoff.

Wenn ich so weiterquaßle, versäume ich noch das Spiel.

Wenn du willst, ich spreche mal mit ihm. Oder wir gehen gleich hin, er wohnt ja nur ein paar Häuser weiter. Das heißt, wenn du willst und Zeit hast ...

Nein, Wilhelm, sagte Brinkhoff hastig, ich muß nämlich wieder mal so einen Gang machen, du weißt schon.

Um Gottes willen, Fritz, ist was passiert auf der Zeche? Der alte Haugk sah Brinkhoff von unten an.

Mein Gott, dachte Brinkhoff, so ahnungslos, wo hundert Menschen im Umkreis wissen, daß sein Sohn unter den Toten ist. Wie feige doch die Nachbarsbande sein kann, keiner hat es ihm gesagt.

Ob der Uwe mitspielt?

Ja, Wilhelm, Flöz Sonnenschein, in der fünften östlichen Abteilung. Du kennst dich da ja aus von früher.

Was? Sonnenschein? Fünfte Osten? Jaja, Sonnenschein hatte schon immer ein schlechtes Gebirge. Zu meiner Zeit ... jede Woche ein Bruch, es war wie verhext, man konnte noch so sicher bauen, immer kam was 'runter. Und zugemacht wurde das verdammte Flöz auch nicht, hatte doch die besten und billigsten Kohlen. Was kommt es schon auf ein paar Tote an oder auf ein paar Verletzte. Hauptsache viel und billig Kohlen, Hauptsache die Kohlen stimmen. Das war immer so und bleibt auch so. Wir können nichts ändern. Gut, daß ich mit der Bande nichts mehr zu tun habe.

Haugk sah einem Bussardpaar zu. Schön, sagte er. Ich beobachte sie schon ein paar Tage. Muß wahnsinnig interessant sein, da oben einen Heiratsantrag anzubringen.

In der Zeitung stand, daß Uwes Aufstellung für das Spiel noch fraglich ist, hat eine alte Verletzung zu spüren bekommen, dachte Brinkhoff.

Aber, aber, rief der Alte plötzlich. Was hast du gesagt? Fünfte Osten? Fünfte Sohle? Aber ... aber ... da ist doch auch mein Junge.

Du! Fritz! Was ist nun wirklich passiert?

Sein Junge war ein blendender Linksaußen. Wenn er in die richtigen Hände gekommen wäre, wer weiß, vielleicht bundesligareif. Jetzt könnte ich vor dem Fernsehschirm sitzen, hätte ich mich nicht freiwillig gemeldet.

Acht waren unter dem Bruch, Wilhelm, sagte der Betriebsrat schwer und sah interessiert den Kreisen der Bussarde zu. Wie zwei Außenstürmer, sagte er unhörbar für Haugk vor sich hin.

Ja, acht waren unter dem Bruch, fünf konnten wir gleich 'rausholen, drei hat es erwischt. Ja, du weißt ja.

Der alte Haugk zündete seine Pfeife an. Er hatte keinen Tabak im Kopf der Pfeife, aber er entzündete Streichholz auf Streichholz, bis vor seinen Füßen so viele Hölzer lagen, daß sie einem ausgeworfenen Mikadospiel glichen. Wieder sah Haugk die Straße hinunter, auf der Brinkhoff gekommen war. Drei hat es also erwischt, sagst du, drei. Drei! Fritz! Warum drei? Jaja, deshalb ist also mein Junge noch nicht da, deshalb. Jaja, so ist das also. Und nach einer Weile beklemmender Stille lachte Haugk, so, als hätte er den besten Witz des Jahres gehört.

So ist das also, Fritz. Du wolltest von Anfang an zu mir. Und ich Trottel dachte, du wolltest Tauben kaufen vom Niggemeier, wo er doch seinen ganzen Schlag verkauft.

Das Bussardpaar zog noch immer seine Kreise, der alte Haugk aber sah auf die vor seinen Füßen liegenden abgebrannten Streichhölzer. Jaja, sagte er wieder, Sonnenschein hatte schon immer ein schlechtes Gebirge, war mürbe wie Sandkuchen.

Ob er nun begriffen hat? Jetzt wird auch das Spiel anfangen. Ob der Uwe mitspielt?

Drei hat es also erwischt, sagst du ... aber warum drei ... warum nicht zwei ... oder einen ... oder gar keinen. Und er schrie plötzlich: Warum gar keinen?! Warum? Warum? Fritz! Warum? Weil die Herren nicht begreifen wollen, daß ein Mensch mehr wert ist als eine Tonne Kohlen? He! Ist es so? Ist es so?

Mein Gott, wie recht der Alte hat, dachte Brinkhoff, wie recht. Aber was soll man dagegen tun? Soll man die Arbeit abschaffen?

Haugk sah auf das Haus, aus dem seine Frau kam und die Straße hinabsah, ohne die beiden Männer an der Gartenpforte zu beachten. Auf der Straße sah man schon die ersten Kumpel der Frühschicht, sehr eilig, manche liefen Trab.

Die kommen alle noch früh genug an den Fernsehschirm, dachte Brinkhoff. Aber Fritz, wie soll ich das meiner Frau sagen? Wie nur? Wie? fragte der Alte verzweifelt.

Was, Wilhelm, was?

Hab auch schönen Dank, daß du gekommen bist, Fritz. Aber wie soll ich das nur meiner Frau sagen, wie nur, wie?

Ich werde zu ihr hineingehen, sagte Brinkhoff.

Bin ich denn verrückt? Mein Gott, wie komme ich dazu, er verlangt vielleicht noch, daß ich der ganzen Verwandtschaft Bescheid gebe. Jetzt hat das Spiel angefangen.

Der alte Haugk nahm eine Schere und schritt auf einen übermannshohen Ritterspornstrauch zu.

Brinkhoff wartete, bis die Frau ins Haus gegangen war, dann säumte er hinterher. Im Flur roch es nach gebackenem Fisch, und er hörte, wie die Frau Töpfe oder Pfannen hin und her schob. Lange blieb der Betriebsrat im Flur stehen, er atmete schwer, schließlich zählte er wie ein Kind an den Knöpfen seiner Jacke: soll ich, soll ich nicht, soll ich. Hastig stieß er die angelehnte Tür auf, und die Frau war etwas überrascht, statt Mann oder Sohn einem Fremden gegenüberzustehen.

Ja? Bitte? Wollen Sie zu meinem Mann? Er ist im Garten ... aber, haben Sie nicht eben mit ihm gesprochen?

Jetzt muß ich es sagen, dachte er, schnell, damit es schnell vorbeigeht. Schnell, nur schnell.

Er sprach nicht. Er wollte auf die Frau zugehen und blieb doch auf der Schwelle stehen und drehte seinen Hut in der Hand, immer nur den Hut in der Hand ... immer nur den Hut in der Hand.

Betriebsrat Brinkhoff merkte, wie die Augen der Frau größer und größer wurden, wie sie auf einen Stuhl fiel. Dann schrie sie: Nein! Neinneinneinnein! Das ist nicht wahr!

Brinkhoff drehte sich schnell um und lief hinaus. Der Alte schnitt aus dem Ritterspornstrauch lange blaue Stengel, und er sagte zu Brinkhoff: Meine Schwägerin kommt gleich, sollte eigentlich schon hier sein. Holt die Blumen und meinen Spaten. Einen Pelzmantel hat sie, aber keinen Spaten.

Du kannst hineingehen! rief Brinkhoff im Vorbeilaufen.

Ja, Fritz, ja ... so ein lecker Mädchen hat er, so ein ...

Das Bussardpaar war verschwunden.

Als der Betriebsrat Brinkhoff wieder auf der Straße stand, war er schweißnaß, das Hemd klebte am Körper fest, durch die Brauen perlte der Schweiß. Dann schlurfte Brinkhoff die Straße hinunter. Es war niemand auf der Straße zu sehen, menschenleer war die Siedlung, und am Ende der Siedlung, wo auch die Straße ihr Ende fand, setzte sich Brinkhoff in das staubige Gras am Straßenrand und trocknete sein Gesicht.

Mein Gott, was sind das für Menschen, sitzen vor dem Fernsehschirm und glotzen dem Ball nach. Was sind das nur für Menschen, gucken und gucken und schreien sich heiser. Und ich ...?

Ob der Uwe aufgestellt worden ist?

Wolfgang Kohlhaase
Worin besteht das Neue auf dem Friedhof?

Die Straßen waren glatt, es schneite die ganze Zeit. Wir vermieden es, über den Anlaß unserer Fahrt zu sprechen. Nur einmal sagte mein Vater: »So geht einer nach dem anderen.«

Vor dem Haus am Rand der Siedlung, hinter der die Haffwiesen beginnen, standen schon zwei Autos, ein Skoda und ein Trabant. Drei Nachbarkinder sahen neugierig zu, wie wir ausstiegen. Meine Mutter und Tante Hedwig waren steif vom langen Sitzen. Die Blumen ließen wir im Wagen.

Als wir den Hof betraten, sah uns meine Tante Lene durch das Küchenfenster, und wir sahen sie: ihre Augen leuchteten freudig überrascht, ihre Stimme kreischte jugendlich: »Die Berliner sind da.«

Aber gleich darauf, drinnen, als die Frauen sich umarmten, weinte sie und schniefte durch die Nase. Ich drückte ihr die Hand, ebenso meinem Cousin und meiner Cousine, die ich zehn Jahre nicht gesehen hatte, und brachte es nicht fertig, »Herzliches Beileid« zu sagen. Meine Cousine hatte einen Mann, ihren zweiten, den ich nicht kannte, und einen Sohn, den ich einmal gesehen hatte, als er im Garten spielte. Jetzt diente er in der Armee und hatte einen Tag Sonderurlaub. Auch mein Cousin war verheiratet, seiner Frau war ich nie begegnet. Wir begrüßten uns alle freundlich, in komischer familiärer Fremdheit, redeten Belangloses (der Straßenzustand bot sich an), stolperten über das ungewohnte »Du« und ließen den Grund unserer Anwesenheit unerwähnt.

»Hoffentlich reicht das Essen«, rief Tante Lene in der Küche und lief geschäftig hin und her und legte noch zwei Scheiben Fleisch in die Pfanne. Die Frauen stellten Teller und Schüsseln auf den ausgezogenen Tisch. Wir zwängten uns in dem kleinen Zimmer auf unsere Stühle und wünschten uns guten Appetit.

Der Platz meines Onkels Rudolf blieb nicht frei. Dazu war es zu eng. Wo er immer gesessen hatte, am Kopfende, gegenüber dem Fenster, saß nun, wie es wohl richtig war, Tante Lene, seine Witwe. Als wir uns mit übertrieben höflichem »Bitte« und »Danke« die Schüsseln zureichten, um unsere Verlegenheit zu überspielen, als wir zu essen begannen, dachte vielleicht jeder an ihn. Dort hatte er gesessen, mit rotgeädertem Gesicht und hellblauen Augen. Dort saß er, erzählte mit langsamem Temperament Geschichten, machte Späße auf Kosten seiner Frau, hörte nicht auf zu lachen, solange sie nicht aufhörte zu schimpfen, goß seinen selbstgemachten Wein ein, und seine kranke rechte Hand bewegte sich täppisch auf dem Tisch.

Wir aßen, und Tante Lene liefen die Tränen über das Gesicht, weil sie berichtete, wie es ihm zuletzt gegangen ist. Er hat die Schmerzen nicht aushalten können und hat verlangt, daß sie ihm einen Ziegelstein auf den Kopf schlagen soll. Aber Weihnachten hat er noch am Fenster gesessen und sich über die Kinder geärgert, die mit dem Schlitten gegen seinen Zaun gefahren sind; Jahr für Jahr war es dasselbe. »Seit dreißig Jahren hat er sich darüber geärgert«, sagte Tante Lene. Und dann sagte sie, beruhigt über den Tisch blickend: »Seht ihr, es hat für alle gereicht, Gemüse und Kartoffeln sind sogar noch übrig.«

Der Weg war vereist, so daß die Frauen sich einhakten. Vor dem Friedhofstor war eine Rodelbahn, aber die Kinder fuhren geschickt und rücksichtsvoll um uns herum. Ich wickelte unsere Blumen aus und steckte das Papier in die Tasche. Die Kapelle war geheizt.

Wir setzten uns auf die Stühle rechts vom Sarg und warteten. In den Fensternischen brannten Kerzen. Nach und nach kamen andere Trauergäste und setzten sich auf die linke Seite, meist ältere Leute mit den Mienen maßvoll mittrauernder Nachbarn, dann zwei Männer in Postuniform und eine üppige Frau in Skihosen und einer Postjacke. Eine andere Frau in einem Pelzmantel erschien, ging routiniert in die Tiefe der Kapelle, stellte ihre Handtasche auf das Harmonium, setzte sich davor, holte ein Tuch aus der Handtasche und wischte sich die Nase. Ein jüngerer Mann in einem schwarzen Anzug, der ihm zu knapp geworden war, trat ein und drückte den Leidtragenden in der ersten Reihe in stummer Anteilnahme die Hand. Ich saß in der zweiten Reihe. Der Mann hatte, hinter einer Brille, erschrokkene Augen; er trug eine rote Kunstledermappe in der Hand, an seinem Revers sah ich das Abzeichen der SED. Das Harmonium fing an zu spielen. Als es endete, trat der Mann im schwarzen Anzug an seinen Platz am Kopfende des Sarges, schlug seine Mappe auf und begann zu reden, und was er redete, las er ab.

»Wir haben uns zusammengefunden aus traurigem Anlaß. Wir haben Abschied zu nehmen von Rudolf L., dem Mann, dem Vater, unserem lieben Kollegen und Genossen ...«

Er sprach schnell und leise und wirkte unsicher. Erst jetzt wunderte ich mich, warum eigentlich kein Pfarrer da war. Und ich erinnerte mich undeutlich, daß Onkel Rudolf vor langer Zeit aus der Kirche ausgetreten war, aus Gründen seines Weltbildes und ein wenig auch aus Gründen der Sparsamkeit. So gab es also keine Predigt, sondern eine Rede, eine leise vorgelesene Rede. Und es fehlte ihr jene Wendungen, die das Unabänderliche verklären und die das Gemüt so seltsam anrühren, auch wenn wir nicht glauben.

Nicht der Gottesknecht Rudolf L. hatte seinen Erdenwandel nun beschlossen und war eingegangen in den Herrn nach unerforschlichem Ratschluß, sondern der Postangestellte Rudolf L., wollte man dieser Rede glauben, war einfach gestorben. Der Mann im schwarzen Anzug gab sozusagen eine kurze Einschätzung des Hingangs meines Onkels Rudolf. Er kennzeichnete die Pflege, die Tante Lene ihm hatte angedeihen lassen, als aufopfernd, wenn auch am Ende vergebens, die Überführung in das städtische Krankenhaus war nicht länger vermeidbar gewesen, die dortige Behandlung erfolgte nach besten Kräften, doch auch sie konnte nicht verhindern, daß der Erkrankte, der sich den Umständen nach tapfer verhielt, in einer Mittwochnacht, um zwei Uhr dreißig, verstarb. Es folgte ein Goethezitat tröstenden Charakters, dann wandte sich die Rede dem Lebensweg des Toten zu, der schon im Jahr 1911 aus hinterpommerscher Kleinstadt nach Berlin gezogen war, um dort das Schlosserhandwerk zu erlernen. Zwei Jahre später trat er dem deutschen Metallarbeiterverband bei. Dann aber mußte er, sagte die Rede, in den vom Imperialismus verbrecherisch vom Zaun gebrochenen Krieg ziehen, wo er eine schwere Verwundung erlitt, die ihm die weitere Ausübung seines Berufes verbot.

Ich weiß nicht viel von Onkel Rudolf, aber von dieser Verwundung, die er sich in Frankreich holte, hat er mir erzählt. Er hatte den Arm voller Handgranatensplitter. Auf einem Pferdewagen fuhr man ihn zurück. Als er endlich auf dem Verbandplatz ankam, in einem Schuppen, saß da der Arzt am Tisch, rasierte sich und sah ihn gar nicht an. Da verlor Onkel Rudolf, siebzehnjährig, halb verrückt vor Schmerz, die Beherrschung, er schrie: »Ich halte es nicht mehr aus. Können Sie sich nicht später rasieren?« Zur Strafe ließ man ihn zwei Tage mit seinem Notverband liegen, bis die Maden aus dem blutigen Mull krochen. Der Arm wurde nicht wieder, er blieb dünn und steif, seine Jacke konnte sich Onkel Rudolf niemals mehr allein anziehen.

Auf Grund seiner Verletzung bekam er eine Stellung als Briefträger, das galt als Beamtenlaufbahn. Einarmig lenkend fuhr er mit dem Rad die Post in die Haffdörfer, seit 1925, ein Leben lang. Er heiratete, er zeugte vier Kinder, zwei starben. Erst lange nach dem zweiten Krieg kam er in den Innendienst. Hier hole ich die Rede wieder ein. Sie würdigte seine Arbeit am Paketschalter, die vorbildlich gewesen ist, er war ein allseits geschätzter Kollege, dies gelte auch für sein Auftreten als Genosse.

Onkel Rudolf, möchte ich einfügen, war nicht das, was man einen politischen Kopf nennt, kein Diskutierer, kein Analytiker, kein Motor des gesellschaftlichen Fortschritts. Er besaß keinen Fernsehapparat, doch las er seine Bezirkszeitung und hörte Radio. Daß er als alter Mann auf seinem

Amt in die Arbeiterpartei eintrat, konnte seine Postlaufbahn nicht mehr ändern. Es war wohl einfach die gründlich zusammengerechnete Summe aus vielen Ziffern seines Lebens. Warum, nach allem, sollte er, als man ihn danach fragte, da nicht eintreten? Ehe sein letzter Mittwoch anbrach, Tante Lene hat es mir erzählt, kam der Schmerz, der ihn immer begleitet hatte, übermächtig aus seinem entstellten Arm gekrochen und besetzte seinen Körper.

Onkel Rudolf schrie erbärmlich, ein halbes Jahrhundert, nachdem er verstümmelt worden war.

Wenn der Pfarrer spricht, ist es leicht zu weinen. Er weiß viele Gleichnisse auf das Geheimnis des Todes, vor dessen Größe die Welt nichtig erscheint, unsere Zeit in ihr flieht schnell dahin. Der Pfarrer kennt die Wirkung seiner Worte, die seit langem erprobt sind. Auch seine Stimme ist geübt.

Der Mann mit der Kunstledermappe erinnerte sich vielleicht an die Melodie des gepredigten Wortes, denn er versuchte, sie nachzuahmen, indem er seine Rede in einem sanften Gleichklang vortrug, der zu ihrem Text nicht recht paßte. Ich blickte traurig auf die gefugten Bretter, hinter denen Onkel Rudolf lag, ohne daß er sagen konnte, ob ihm die Feier gefiele. Aber alles in allem wäre sie ihm sicher recht gewesen, denn er hat sich mit dem Gegebenen einrichten müssen.

Einmal habe ich ihn an seinem Schalter besucht, es sah ungeschickt aus, wie er mit der linken Hand schrieb. Einmal haben wir in einer Blechtonne Aale geräuchert, die er manchmal von den Fischern bekam.

Einmal sind wir über die Wiesen an der Ücker gegangen, aber ich weiß nicht mehr, was wir uns erzählt haben. Ich weiß wenig von ihm, wirklich. Aber daß nun, wo feierlich und betrüblich von seinem Leben die Rede war, das Wort »Imperialismus« gesprochen wurde und kein Wort wie »unerforschlich«, das hat er, glaube ich, verdient. Der junge Mann im schwarzen Anzug ließ, was das angeht, dem alten Mann in der Holzkiste Gerechtigkeit widerfahren. Der schüchterne, ungeübte junge Mann war, genau besehen, ein mutiger Mann, denn was seit undenklicher Zeit auf eine bestimmte Art gesagt worden ist, sagte er auf eine andere Art. Den Blick nicht von seiner Mappe hebend, besorgt, sich nicht zu verlesen, stand er ängstlich für unsere mutige Sache an einem Ort, der einem kaum einfällt, wenn man an die Revolution denkt.

Am Ende hob der Redner beherzt die Stimme und rief etwas, das sich reimte, aber man verstand es nicht, weil zugleich das Harmonium einsetzte. Sechs rüstige alte Männer traten ein und nahmen ihre schwarzen Zylinder ab. Sie trugen die Kränze fort, einer brachte eine Deichsel und befestigte sie an einem Wagen, den man erst jetzt bemerkte. So zogen sie den Sarg hinaus.

Wir folgten ihm einen Weg entlang, der mit Pappeln gesäumt war, bis zu einem Platz, von dem aus man über die Wiesen sah. Die Träger senkten den Sarg in die Grube, an deren Rand noch einmal der Redner trat. Er schlug wieder seine Mappe auf und blickte hinein und sagte, man könne den Angehörigen durchaus nachfühlen, daß dies eine schwere Stunde sei. Ich sann dem Wörtchen »durchaus« nach und sah, wie der Redner fror, denn er hatte keinen Mantel an. Er äußerte die bestimmte Vermutung, daß die Familie sicher noch oft diesen Ort aufsuchen werde, um des Verstorbenen zu gedenken. So gab er eine gewisse Orientierung für die Zukunft. Dann klappte er die Mappe zu und sprach den schönen alten Satz:

»Ruhe in Frieden.«

Wir warfen drei Hände Erde ins Grab, nicht im Namen des Vaters, des Sohnes und des Heiligen Geistes, aber in wessen Namen dann?

Mysterium der Zahl drei? Oder einfach drei Atemzüge Zeit, um jemand nachzublicken, der zu unseren Füßen verschwindet?

Tante Hedwig schluchzte, meine Mutter war still und gefaßt; von elf Geschwistern waren sie nun noch vier. Nach dem Händeschütteln gingen die Leute schnell fort, wir folgten ihnen langsamer. Mein Cousin sagte, der richtige Redner habe nicht kommen können. Es gäbe einen in der Kreisleitung, der die Reden halte, wenn ein Genosse begraben würde, aber der sei heute über Land, wo sich ein vierzigjähriger Mann erhängt habe, und niemand habe am Grab eines Selbstmörders sprechen wollen. So war zu Onkel Rudolfs Trauerfeier ein Vertreter gekommen, der sich zum ersten Mal vor so einer Aufgabe sah. »Der Inhalt war gut«, sagte mein Vater, »aber es war zu leise. Wer von den alten Leuten soll denn noch so gut hören?« Er sagte, daß er sich einen Zwischenruf mit Mühe verkniffen habe.

Vor der Kapelle sammelten sich Leute für die nächste Beerdigung, vor dem Friedhofstor fuhr ein leuchtend gelbes Postauto ab, der Redner aber wartete auf uns und fragte Tante Lene, wie es ihr gefallen habe. Es habe ihr gut gefallen, sagte Tante Lene. Mein Vater aber rief noch einmal: »Der Inhalt war gut. Aber es war zu leise.« Er sagte auch, daß sie in Berlin die Gruben tiefer machen würden.

Dann saßen wir wieder am Tisch und tranken wohltuend heißen Kaffee und aßen Streuselkuchen, der Tante Lene immer so gut gelingt, weil sie ihn mit Hefe und Pulver backt. Und wie immer fragte jemand erstaunt: »Beides? Hefe und Pulver?« Mein Cousin erzählte, daß sein Vater, als er ihn zum letzten Mal besucht habe, am Sonntag vor acht Tagen, noch etwas habe sagen wollen, er habe immerzu die Lippen bewegt, aber zu verstehen war nichts. Jemand meinte, es sei wenigstens gut, daß jetzt das Frühjahr käme, da sei es für Tante Lene nicht so schwer. Sie nahm den Gedanken auf.

»Ach«, rief sie zuversichtlich, »ich habe die Hühner und den Garten, da
habe ich schon meine Beschäftigung.«
Die Straßen waren glatt wie am Morgen, es schneite wieder. Die Flocken
wirbelten im Scheinwerferlicht. Ich dachte verwundert, daß ich, in der
Mitte der Jahre, den Tod noch immer nicht verstand.

Josef Reding
Ein Schrank wird übergeben

Pause! Alles Schulhof!
Die Kinder an den beiden Lehrerinnen vorbei. Gezappel von Nietenhosen
und Pullovern. Viel rote Wolle. Kaum Gesichter. Nur wenn eins der Vor-
beizuckelnden zu den Lehrerinnen aufsah, erkannte man: halbgeöffnete,
neugierige Münder; aber der Mund des einen Jungen da war verkniffen.
Große Augen. Von dem dunklen Parkett in Fischgrätenlage wirbelte unter
dem Getrampel der Füße Staub auf.
Wild, aber lieb, die Rasselbande, sagte die alte Lehrerin.
Beides werd' ich schon merken, sagte die junge Lehrerin.
Die Kinder reflektieren nach einer gewissen Zeit die Gemütsstruktur ihrer
Erzieher, sagte die alte Lehrerin.
Das hat sie aus einem pädagogischen Schinken, dachte die junge Lehrerin.
Vielleicht gestern erst gelesen. Psychosoziales Feld und Einschulung oder
vorpubertäre Konfliktwelt oder weiß der Kuckuck was. Bin froh, daß ich
das erst mal in die letzte Reihe auf dem Bücherbord stellen kann. Zweite
Lehrerprüfung ist geschafft. Jetzt können mir die Theoretiker erst mal den
Buckel runterrutschen. Warum erzählt sie mir nichts von ihrer Erfahrung?
Will sie bei mir Eindruck schinden? Beweisen, daß sie auf dem laufenden
ist?
Margret und Thomas brauchen in der Pause nicht auf den Schulhof, sagte
die alte Lehrerin.
Jetzt erst merkte die junge Lehrerin, daß zwei Kinder in der Klasse geblie-
ben waren. Das Mädchen trug von den Ellenbogen ab zierliche Prothesen.
Contergankind, sagte die Alte leise. Sie kann mit den künstlichen Gliedern
schreiben wie die andern. Nur soll sie noch nicht auf den Schulhof. Wenn
sie hinfällt und die Prothesen gehen kaputt, dann kostet das allerhand. Der
Thomas ist ein Nachbarjunge. Begleitet Margret und leistet ihr in der Pause
Gesellschaft.

Hinterm Mond sind die hier, dachte die junge Lehrerin. Warum nimmt man dem Kind nicht die künstlichen Arme ab und läßt es auf den Schulhof wie alle anderen?

Aber jetzt will ich Ihnen meinen Schrank übergeben, Fräulein Deggen. Viel ist nicht mehr drin. Nur der Grundbestand.

Die alte Lehrerin zeigt auf die grüngrauen Schranktüren. Die letzten fünfzehn Jahre hab' ich ihn gehabt.

Sie strich mit der Hand über eine schwärzliche Spur. Die Farbe hatte an dieser Stelle Blasen geschlagen. War ein Luftheuler, sagte die alte Lehrerin. Edwin hatte ihn mit einem Bindfaden an den Schrankschlüssel gebunden und in der Pause angesteckt. Als ich nicht da war. Sonst hätte er es nicht gewagt. Edwin ist heute schon Tankstellenwart an der Ecke Mühlenstraße-Grenzbachweg. Ich fahre immer zu ihm tanken. Mit Feuerwerkskörpern kann er ja nun an den Zapfsäulen nicht mehr hantieren.

Wußte gar nicht, daß sie ein Auto hat, dachte die junge Lehrerin. Sicher, sie hat keinen Kicks, sondern 'ne schicke Bubikopffrisur, und das in ihrem Alter. Aber ein Auto? Hätte ich ihr nicht zugetraut.

Na, die Vasen hier schenke ich Ihnen, Kollegin, sagte die alte Lehrerin. Die oberen zwei Fächer des Schrankes waren mit Vasen vollgestopft. Vasen aus Keramik, Chrom, Glas, Ton, Kupfer. Nicht groß. Eher Väschen. Väschen mit Kringeln, Tupfern, Karos, Streifen, Väschen mit Taille, Schlankhals, Klumpfuß, mit in die Hüfte gestemmten Henkeln.

Die junge Lehrerin bekam eins der kunstgewerblichen Gebilde in die Hand gedrückt. Eine nachgemachte Amphore mit der Aufschrift »Ibbitza Kräuterlikör«.

Ich schenke Ihnen die Vasen, sagte die alte Lehrerin.

Alle? fragte die Junge.

Alle, sagte die Alte.

Dankeschön.

Nur nicht widersprechen, dachte die junge Lehrerin. Ich kann dem Hausmeister heute Bescheid sagen. Er soll die Fächer ausräumen.

Aber die Erinnerungen nehme ich mit, sagte die alte Lehrerin. Sehen Sie, hier im mittleren Fach? Nur Erinnerungen. Alles voll Erinnerungen.

Die junge Lehrerin sah zu, wie die alte Kollegin Stück um Stück aus dem Fach nahm und in ihre große leere Aktentasche legte: ein Herz in Schweinchenrosa, offenbar mit einer Nagelschere mühsam aus einem Schuhkarton geschnitten, mit Buntstift daraufgekritzelt: Fräulein Erwitte zum 60. Geburtstag von Ihrer Klasse 5b. Ein hölzerner Brieföffner, darin eingeritzt: Wir danken Fräulein Erwitte! Abschlußklasse 1965. Ein Sträußchen

Kunstblumen mit Schleife. Auf der Schleife die tintig zerlaufene Schrift: Fräulein Hedwig Erwitte zum Namenstag 1952.

Aus der Ecke, in der die beiden Kinder saßen, kam Geschrei. Die Lehrerinnen drehten sich um. Das Contergankind schlug dem Jungen mit der Prothese auf den Kopf.

Na! rief die alte Lehrerin. Thomas, lies Margret etwas vor. Und zur jungen Lehrerin sagte sie: Manchmal wird Margret ungeduldig. Kein Wunder. Man muß Nachsicht haben.

Die alte Lehrerin kramte weiter in ihrem Erinnerungsfach. Die Junge ging zum Fenster.

Lies was anderes, sagte Margret. Lies das, wo das Haus mit den drei Kindern verbrennt.

Hab' ich doch schon vorige Woche, sagte der Junge. Aber dann las er gehorsam: Die Kinder lagen auf den Strohsäcken in ihrer Kammer unter dem Dach. Die Mutter kam mit der Kerze, um den Kindern einen Gutenachtkuß zu geben. Da sagte das älteste Kind: Mutter, stell die Kerze hin und erzähle uns noch eine Geschichte. Da stellte die Mutter die Kerze neben den Strohsack und erzählte die Geschichte vom Sturm, der sich in einer Bucht verirrt hat. Der Sturm war weit, weit her gekommen, vom gelben Meer. Und er kannte sich in China gut aus. Aber in der Nordsee kannte er weder Insel noch Leuchtturm, weder Küste noch Fisch, weder Möwe noch Flußmündung ... So, bin fertig, sagte die alte Lehrerin. Fräulein Deggen, Sie können den Schrank übernehmen. Viel Glück mit der Klasse. Wie gesagt, alles liebe Kinder. Im Grunde liebe Kinder. Passen Sie auf, wie schnell sich Ihr Erinnerungsfach füllt.

Die junge Lehrerin ging vom Fenster auf das alte Fräulein zu und gab ihm die Hand. Das Handgeben war schwierig, weil die alte Lehrerin außer der schweren Aktentasche noch einige Kästchen und Tüten an sich gepreßt hielt.

Wiedersehen, Kinder! rief die Lehrerin.

Auf Wiedersehen, Fräulein Erwitte, sagten die Kinder. Sie sagten es wie im Sprechchor: Auf-Wie-der-se-hen-Fräu-lein-Er-wit-te. Wahrscheinlich hatte sich die Klasse so Tag um Tag von der Lehrerin verabschiedet.

Die junge Lehrerin schloß die Tür hinter dem alten Fräulein. In der Ecke las Thomas: ... kroch der Sturm durch das Dachfenster und warf die Kerze neben dem Strohsack um ...

Die junge Lehrerin ging zum Schrank, der noch offen stand. Eine Stoffrose war heruntergefallen. Die Lehrerin hob sie auf. Dabei entdeckte sie im untersten Fach eine Blechschachtel. Die Schachtel war mit Zetteln angefüllt. Die Lehrerin las den obersten: Erwitte, alte Nebelkrähe, husch dich in die

Melle und friß Salat. Auf dem nächsten Zettel stand der Reim: Lieber Gott, ach bitte, bitte piesack die alte Erwitte!

Auch die nächsten Zettel enthielten ähnliche Verwünschungen. Geschrieben in verschiedenen Schriften. Die meisten Schriften akkurat und säuberlich, wie es die alte Lehrerin den Schreibern beigebracht hatte.

Thomas las: ... knisterte der Strohsack. Aber nicht, weil sich eins der Kinder auf ihm bewegt hatte, sondern weil das Feuer am Fußende ...

Die junge Lehrerin klappte die Blechschachtel zu und lief zur Tür.

Fräulein Erwit -! Sie brach den Ruf ab. Fräulein Erwitte, Sie haben noch etwas vergessen, hatte sie rufen wollen. Aber warum soll ich ihr diesen Blechkasten aufhalsen, dachte sie. Vielleicht hat sie ihn bewußt hier stehen lassen, im untersten Fach? Aber so viele Zettel! Noch mehr als Vasen. Die junge Lehrerin legte die Blechschachtel in das leere Erinnerungsfach. Der Grundstein, dachte sie.

Thomas las: ... da war der Dachboden im Nu mit Rauch und Feuer angefüllt, daß die Mutter und die drei Kinder nicht einmal mehr schreien konnten. Vom Nachbarhaus liefen Männer herzu, um zu helfen. Aber die Leiter zum Dachboden war schon verkohlt. Und als der wütende Sturm am brennenden Haus rüttelte ...

Pause ist zu Ende, Frollein, sagte Thomas. Die junge Lehrerin hatte das Schnarren überhört.

Helga Schütz
Das Erdbeben bei Sangerhausen

Auf der Fahrt kommen sie sich näher.

Michèle Charrel sei vorher in Rostock gewesen zur Ostseewoche, und jetzt sei sie hier im Mansfeldischen und wolle sehen.

Und Sie, woher kommen Sie?

Wir sind aus Berlin.

Und was machen Sie?

Wahrscheinlich einen Film.

Und wie heißt der Film?

Entweder, aber verstehn Sie nicht falsch, es sind nur Arbeitstitel: Vorspiegelung falscher Tatsachen, oder: Vom Ausschöpfen des Wassers, das in die Boote regnet. Und Sie, Michèle, was möchten Sie sehen?

Sie wolle erst einmal sehen, was sie sehen möchte. Sie wisse noch nicht. Sie sei erst einmal froh hierzusein. Die Humanité brächte viel zuwenig Nachrichten aus der DDR. Und noch viel weniger interessante Reportagen, und von der DDR-Literatur kennte man fast gar nichts. Besonders von den Jüngeren wisse man nichts. Michèle Charrel wollte sich weiter erklären, aber es gelang ihr nicht. Sie dachte vor einer linguistischen Mauer, der Gegenstand komplizierte sich so, daß sie keine Worte mehr fand. Sie haben ein sehr avantgardistisches Unternehmen, sagte sie noch.

Aber Josephine gab ihr Zeichen mit dem tiefgehaltenen Daumen nach vorn auf den Fahrer und machte auch Blicke, die erklären sollten. Der Mann muß uns nicht ganz genau kennen. Michèle Charrel ahnte Bescheid und schwieg.

Aber Karl Schüler meinte, laß sie doch reden. Laß ihn doch hören. Und laut: Dieses Schlackensteinpflaster, das fährt sich gefährlich. Das ist glatt. Das rutscht, Herr Rennebart, gefährliches Pflaster.

Ich richte mich schon ein, sagt Herr Rennebart, aber ich fahre hier ungern. Lausige Strecke.

Und Josephine sagt: Übrigens: Rennebart? Seltener Name.

Gibt's wenig, sagt er, aber in Norwegen, da gab's viele Rennebarts. Wie wir dort warn, in Tyssedal, gab's Rennebärte an allen Ecken. Auch ein großes Hotel. Grand Hotel Rennebart. Ich sollte mal hingehn, hatte extra frei, aber ich hab mich nicht getraut, war vielleicht ein Fehler, aber ich hab mich nicht getraut, denn wir warn dort nicht gerne gesehn, wir warn dort verhaßt. (Darüber muß sich Herr Rennebart heute noch wundern, er hält diesen Haß heute noch für eine nationale Eigenheit der Norweger.) Die haben uns eben gehaßt, die Norweger. Einmal, so sagt er, sei er mit der U-Bahn zum Holmenkollen gefahren, und er erklärt, wie es war, als die U-Bahn plötzlich aus dem Untergrund aufgetaucht sei und wie sich das Gebirge aufgebaut habe, gigantisch sei das gewesen. Eine Sonne, wie man sie hier gar nicht kennt, aber die Norweger haben nicht neben ihm sitzen wollen, einer nach dem anderen sei aufgestanden, er habe vier Plätze in der überfüllten Bahn für sich allein gehabt.

Wohl war mir nicht, sagt Herr Rennebart. Karl sagt, die Norweger werden wohl gewußt haben, warum, aber Rennebart hört kaum, er muß sich jetzt konzentrieren. Ein Polizist steht auf der Mittellinie der Straße mit Sprechgerät und Haltesignal. Hebt die rote Kelle. Was steht 'n da wieder an, sagt Rennebart.

Fahrn Sie mal rechts ran, sagt der Mann mit der roten Kelle durchs niedergedrehte Fenster, und er bedeutet das auch den hinten nachkommenden Fahrzeugen per Trillerpfeife und Handzeichen. Alles halt. Rechts ran. Und warum? Darf man wissen?

Linker Hand auf dem Felde ist ein größeres Zivilistenaufgebot mit Absperrungsarbeiten beschäftigt. Pfähle werden eingerammt, Leinen gespannt, rote Fähnchen gehängt, Nachteulen gestellt. Es wird fotografiert und vermessen.

Was geht hier vor?

Hier hat die Erdkruste einen Lidschlag getan. Hat die Erde mal mit der Wimper gezuckt. Kurz und leise. Aber vernehmlich. Was ist geschehen? Ein erdgeschichtliches Ereignis. Das jüngste. Und zwar nicht in Chile, sondern hier, am Ort, hier vor Sangerhausen, etwa zweihundert Meter von der Straße entfernt. Wird noch nach Jahrmillionen ansichtig sein. Werden die Leute der Umgebung tagelang nicht vergessen. Wird einer bestimmten Familie jahrelang nicht aus dem Kopf wollen, werden ihr Leben lang darüber rechnen und rechten. Wie ging das zu. Wem gehört hier Schuld und Verantwortung. Bleibt keiner, außer einem Allmächtigen. Der wird sehr scharf und häufig befragt. Wie konntest du? Und warum, wenn schon, warum gerade wir, warum unser Sohn, mein Mann, unser Vater. In den ersten Tagen fragen noch mehr, zum Beispiel auch die Kollegen, warum unser Horst, warum auf unserem Gebiet, wenn schon, warum unter diesen Umständen. Und in unserer Zeit, wo wir doch schon zum Mond und so weiter, warum, du Allmächtiger, warum? Nicht nur der Allmächtige, auch andere werden um Auskunft gefragt. Der Fernfahrer soll Angaben machen. Ich habe den Traktor auf dem Felde gesehn – war das nicht ein Kartoffelfeld? –, ich weiß genau, er war ohne Anhänger, ohne Gerät, also nur mit Zugmaschine, jawohl, es war um die Mittagszeit, gegen zwölf Uhr dreißig, ja, fast genau zwölf Uhr dreißig, ich weiß, ich bin um zwölf vom Roten Roß weggefahren, dort habe ich selber Mittag gemacht, dreiundsechzig Kilometer fahre ich ungefähr mit Ladung in einer Stunde.

Wenn er ohne Grubber gefahren ist, dann, so sagt die weinende Witwe, dann war er schon auf dem Heimweg. Also wieder einmal eine Maßarbeit der bösen Natur und der eilfertigen Zuhälterin Zeit. Nicht mitten im Chaos, sondern am Rande, aber trotzdem gründlich getroffen. Das begreife, wer kann. Uns dämmert: Bei allem, was je geschah, wir sind dieser letzten Minute – wer weiß, wie – jeweils entgangen. Wir sind die Davongekommenen. Horst Hofrat ist dem Verhängnis begegnet. Auf dem Heimweg hat's ihn erwischt.

Ich sage immer, wir stehen täglich mit einem Bein in der Grube, sagt Laubisch, der Traktorist, jener, der gestern mit dem nämlichen Traktor am Rain unweit von hier Ammonsalpeter geladen hat.

Ihres Mannes Lebensfaden hatte eine schadhafte Stelle, sagt der leitende Agronom, eine andere Erklärung gibt es hier nicht. So ähnlich will auch der

Dreigemeindepfarrer argumentieren. Er arbeitet seine Sonntagspredigt auf Jeremia. Wenn es donnert, so ist da Wasser die Menge unter dem Himmel; er zieht die Nebel von den Enden der Erde; er macht die Blitze im Regen und läßt den Wind kommen aus seinen Vorratskammern. Alle Menschen sind Narren mit ihrer Kunst, und alle Goldschmiede bestehen mit Schanden mit ihren Bildern; denn ihre Götzen sind Trügerei. Darauf aufbauend, fährt Pastor König fort im eigenen Text: Zum Beispiel der Traktorist Horst Hofrat von der Gemeinde Fraunau. Wo ist er? Ist er zur Hölle gefahren?

Erst dachte ich, sagt der Fernfahrer, der hat ein Tempo drauf, der Kerl, der will sich wohl den Hals brechen auf dem Gelände, der ist wohl lebensmüde, der Junge. So sah das von weitem aus, das ging ja in Bruchteilen von Sekunden, als ich ein Stück näher ran war, konnte ich noch sehen, um Himmels willen, bin ich besoffen, der rutscht mitsamt dem Felde, wenn ich mir das jetzt vorstelle, dann war das so, als könnte ich von außerhalb zusehn, wie die Erde sich dreht, dann flog eine Staubwolke auf, obwohl gar kein Wind war, im selben Moment habe ich aufs Gas gedrückt und rausgeholt, was nur in der Karre steckte, hinter mir habe ich Geräusche gehört, ich konnte mir gar nichts dazu denken. Höchstens schnell das: haste vielleicht eine Umleitung übersehn, und die sprengen hier auf eine neue Art, denn übliche Dynamitsprengung war das nicht, das konnte ich beurteilen, weil ich selber mal beim Sprengkommando in Halle gearbeitet habe, also ich habe höchstens gedacht, da wird irgendwas gemacht; daß da selber was in Bewegung gekommen sein sollte, darauf bin ich nicht gekommen, ehrlich, nicht ein Stück. Und die Frau fragt wieder: Und Sie haben den Traktor deutlich gesehen?

Deutlich, die Sicht war klar bis zum Elektrizitätswerk. Es war so ein kleiner alter Pioniertrecker, wenn ich nicht irre, aber ich kann mich auch irren.

Und in welche Richtung ist er gefahren?

Mir entgegen, wie schon gesagt, parallel zur Straße, etwa zweihundert Meter entfernt. Aber, wie gesagt, ich war schnell, und er war auch ziemlich schnell, und ich dachte mir weiter nichts, und als er an mir vorbei war, ging die Staubwolke hoch; jedenfalls hinter mir, im Rückspiegel, habe ich nichts mehr gesehen. Nur noch Grau.

Er war schon auf dem Heimweg, sagt die Frau und weint oder schreit oder lacht irgendwelche Laute, die vielleicht Worte sein und Sinn haben sollen. Grau war alles, sagt der Fernfahrer an der Frau vorbei zu den anderen, und leise sagt er zur Frau: Aber es kann doch ein anderer gewesen sein. Wer denn! schreit die Frau, und dann beginnt sie laut und genau zu erklären: Heute früh, ehe er losgefahren ist, hat er noch gesagt, wenn ich hinhau, schaffe ich das Brückenfeld bis Mittag. Und ich habe gesagt, dann komm doch heim, essen, wenn ich das nicht gesagt hätte, wenn!, wäre er in Richtung Arnstadt zum Büro gefahren und hätte sich von seinem Brigadier einen neuen Auftrag geholt und wäre dann in die Küche essen gegangen, wenn er fünf Minuten früher fertig gewesen wäre, dann hätte er die Straße noch erreicht, wenn: wenn: er heute früh nicht zurück gemußt hätte, wegen der Fahrzeugpapiere, wenn: wie vorgesehen, Laubisch den Traktor genommen hätte. Wenn? Wenn er statt dessen die Frühkartoffeln zum Bahnhof gefahren. Er führe noch. Und würde morgen wieder fahren.

Lange Reden. Manches Wenn wird zurückgenommen. Das eine WENN bleibt, wird wiederholt: Wenn ich nicht gesagt hätte, er soll nach Haus kommen. Der Frau dämmert ein falsches Wissen. Ich habe die Weichen gestellt. Ich bin die schicksallenkende Weichenstellerin. Wenn, schreit seine Frau.

Sein Vater schweigt. Und seine beiden kleinen Mädchen machen die Augen weit auf und wissen nichts und werden vorläufig nichts erfahren. Seine Mutter geht zu Frau Kalkuhl, weil die, von der Mutter geerbt, die Alraune im Haus hat. Die wird wissen, die wird sagen können. Wer sonst?

Der Fernfahrer sagt: Nachdem ich so ungefähr zehn Kilometer losgeprescht bin, wurde mir langsam wieder klarer im Kopfe. Ich dachte, vielleicht ist dem Trecker was passiert, vielleicht ein Unfall, du mußt zurück. Ich dachte, wer weiß, was da los ist.

Der erste, der danach den inzwischen berüchtigten Kilometer dreiundsechzig vor der Autobahnauffahrt passieren wollte, war eine Pkw-Fahrerin, eine Ärztin vom Kreiskrankenhaus in einem blaugrauen Wartburg.

Sie sagt, anfangs sei ihr gar nichts aufgefallen. Na ja, ein wenig gewundert habe sie sich über den Dreck auf der Straße, aber sie habe gedacht, kann sein, ein Mutterbodentransport, schlecht beladen, habe ein gut Teil seiner Ladung unterwegs verloren. Kann sein. Aber dann habe sie sich doch sehr verwundert, wo der Brückensee hingekommen sei, der kleine, der immer so in der Landschaft stand wie ein Auge, den sie immer so schön ungenutzt fand, so unberührt, aber sie habe sich sofort eine Erklärung gemacht: die haben den schönen See zugeschüttet, um den Grundwasserspiegel zu heben, und sie habe sich sofort auch geärgert über das Vorhaben als solches und weil, wie sie geglaubt habe, die Arbeit mitten in der Vegetationszeit vorgenommen worden sei, sie habe gedacht, die schönen Felder, die viele schöne Arbeit, wieder einmal alles unsonst, hätte man nicht bis zum Herbst warten können, bis die Ernte eingebracht ist. Aber dann habe sie anhalten müssen, denn ein großer Stein habe die Straße blockiert, er wäre von rechts die abschüssige Obstplantage herabgerollt, die Spur war genau zu erkennen. Entwurzelte Apfelbäume lagen quer über dem Chausseegraben. Der Chausseegraben selber war teilweise von einer gefalteten Grasnarbe überworfen. Ihr gegenüber habe ein Lkw gehalten. Der Lkw mit dem zurückgekehrten Fernfahrer. Der Mann sei ausgestiegen, sehr verwirrt zu ihr gekommen und habe schnell und entsetzt seine Beobachtungen geschildert. Die Landschaft habe sich binnen kurzem total verändert, aus einem grünen hügligen Ackerland sei mit eins eine flache, stein- und felsbesäte Wüstenei geworden. Der Mann habe am ganzen Leibe gezittert und sei blaß gewesen, wie von einer neurozirkulatorischen Dystonie. Sie habe ihn beruhigt und habe ihm Tabletten, ein Phenyläthylbarbitursäurepräparat, gegeben, und dann sei sie umgekehrt, um vom nächsten Ort aus das VPKA zu benachrichtigen. Der Fernfahrer hat sich unterdessen nicht von der Stelle gerührt. Eine Stunde später waren Polizei und Feuerwehr am Ort. Zwei Stunden später kamen Geologen mit Meß- und Prüfgeräten. Nach drei Stunden war die Umgebung schwarz von Menschen. Die Polizei hat notdürftig abgesperrt.

Und Frau Hofrat und die nächstbetroffenen Hofrats wollen von den Sachverständigen hören, hier könne unmöglich ein Traktor samt Traktorfahrer untergegangen sein, so etwas habe man noch nie gehört, das brächte die Erde von allein gar nicht fertig. Aber die Geologen stürzen und stützen sich auf die Angaben der Zeugen und der Geräte und ihre eigenen Berechnungen, sie sagen, wenn die Aussagen des Fernfahrers so sind, wie sie sind, wenn sie also der Wahrheit entsprächen, so müsse man damit rechnen, zumal bisher jede andere Spur fehle. Oder könne Horst, ihr Mann, vielleicht vom Feld weg woandershin gefahren sein, fragt die Frau. Das müsse die Frau selber am besten wissen, oder der Brigadier. Der schüttelt ratlos den Kopf, ihm sei nichts bekannt, trotzdem, bis zum Abend könne man noch hoffen. Auch die Geologen räumen Zufälle ein, sagen einen Satz, den zu wiederholen Jean Paul jedem Schreiber abrät, es gäbe Dinge zwischen Himmel und Erde, von denen sich unsere Schulweisheit nichts träumen läßt.

Unter sich sind die Experten einig. Die Erde hat den Traktoristen Horst Hofrat samt Traktor, samt Eisen und Ketten verschluckt und verschlungen. Die Erde hat einen Lidschlag getan. Es handelt sich hier um ein Einsturzbeben, um eine kleine, örtlich beschränkte Bodenerschütterung, deren Auslöser niemand anderes ist als die Schwerkraft. Natürliche Hohlräume hätten sich aufgefüllt. Und jetzt wird gemessen und geprüft, wie weit das Feld reicht und ob mit weiteren Einstürzen zu rechnen ist. Die Sachverständigen können schon jetzt sagen, sie rechnen mit an Sicherheit grenzender Wahrscheinlichkeit nicht damit.

Dies hier müsse man als Schutzvorkehrung verstehen oder als Sicherheitsmaßnahme. Motorisierte mehrspurige Fahrzeuge dürfen die Gefahrenstelle nur einzeln passieren. Der Polizist wartet auf das Zeichen des Mannes vom anderen Ende. Grünes Signal. Straße frei. Ab. Fahren Sie, bitte, langsam, bleiben Sie noch bei dreißig und lassen Sie sich gelegentlich einen einwandfreien Außenspiegel anbringen.

Wird gemacht, sagt Rennebart.

Die Fahrbahn ist gesäubert. Der Felsbrocken liegt aufgeräumt am Straßenrain. Der Straßendienst befestigt die Böschung. Einheimische zersägen die entwurzelten Apfelbäume. Kinder und Großväter laden das Holz in Leiterwagen. Michèle macht sich Notizen. L'homme perdu. Le tremblement de terre de Sangerhausen.

Hermann Kant
Auf einer Straße

Der Junge blinzelte in die Sonne und sagte mürrisch: »Da ist ja diese Fliege.«

Er hatte wohl geträumt. Ich sagte: »Wenn Sie nach Gdansk wollen, müssen Sie hier raus.«

Er öffnete die Tür, und ich reichte ihm seinen Rucksack. Er setzte sich in den Sand des Sommerweges und zerrte an seinen Haaren, als wollte er sich daran aus dem Schlaf ziehen. »Das ging aber schnell«, sagte er.

Er sah das Mädchen eher als ich und klinkte im Sitzen die Tür wieder auf. »Sie kriegen eine neue Fuhre, oder wollen Sie nicht? Sie ist sehr hübsch.«

Sehr war übertrieben. Sie hatte die Länge eines Basketballmädchens und würde es schwer haben, einen Mann zu finden, der sich traute, neben ihr über die Straße zu gehen.

»In Richtung Poznan?«

»Ja.«

Sie sah den Jungen fragend an, aber der hob nur die Schultern, nahm ihr den Campingbeutel ab und warf ihn durch das Wagenfenster.

»Vielleicht kommen Sie mal wieder, und wir treffen uns«, sagte er und reichte mir die Hand, wozu er sich beinahe erhob. Dann saß er wieder im Sand und schnürte seinen Rucksack auf.

Das Mädchen stieg gerade so weit in den Wagen, daß sie die Tür zubekam. »Wenn Sie schlafen wollen, nur zu. Der Junge hat auch geschlafen.«

Sie schüttelte den Kopf und sah nach vorn auf die Straße.

Ich wäre lieber allein gewesen, überhaupt und jetzt besonders. Überhaupt, weil mir auf langen Strecken manchmal nach Singen war, und im besonderen jetzt, weil dies eine besondere Straße für mich war.

Das Mädchen versuchte, in den Spiegel über der Frontscheibe zu sehen, ohne mehr als Kopf und Hals dabei zu bewegen. Ich drehte ihr den Spiegel hin. Einen Augenblick nahm sie sich noch zusammen, dann sah sie hinein und sagte: »Bei allen Heiligen!«

Ein Trupp Gänse marschierte in loser Formation über die Straße, und ich nannte sie Gänse. Als wir aus dem Dorf heraus waren, war sie mit der Malerei fertig, und jetzt sagte ich: »Bei allen Heiligen!« Der Junge hatte trotz seiner Müdigkeit weit besser gesehen als ich.

»Da ist eine Karte; würden Sie mal nachsehen, wie weit es bis Klodawa ist?«

»Noch vier Dörfer«, sagte sie, »müssen Sie tanken? Es sieht sehr klein aus auf der Karte.«

Sie faltete das Blatt zusammen und las die Aufschrift: »Aus Leipzig. Sind Sie aus Leipzig?«

»Warum nicht gar«, sagte ich, »spreche ich etwa sächsisch?«

»Ich weiß nicht, ich kenne nur die Wörter. Und wenn Sie polnisch sprechen, ist es nur komisch, aber ich weiß nicht, ob es auch sächsisch ist.«

»Einmal komisch genügt«, sagte ich.

»Woher können Sie Polnisch? Haben Sie hier gelebt?«

»Ja, eine Weile. Aber nicht in Klodawa. Da habe ich einmal beinahe aufgehört zu leben.«

Das war billig. Hätte ich es mit Tränen in der Kehle gesagt und die Augäpfel dabei rollen lassen, wäre es erträglich gewesen, aber ich sagte es beiläufig, und ich klopfte dabei eine Zigarette aus dem Päckchen. – Hello, Ernest! Und das Mädchen war höchstens zwanzig – schnell runter von dem Pferd!

Ich sagte: »Heute früh war ich noch in Warschau. Da marschierten beim Frühstück zweiundvierzig Männer in den Saal, lauter Riesen im feinen Anzug. Sie stellten sich hinter ihre Stühle und sagten kein Wort. Wir anderen dachten, sie beteten. Niemand im Saal sprach, nur der Oberkellner und eine kleine Frau. Das ging vier, fünf Minuten so. Dann setzte sich die Frau zu den zweiundvierzig Hünen, und da setzten die sich auch, und jetzt wurden sie so laut, daß wir anderen mit unseren Kommentaren kaum dagegen ankamen. Ich hörte nur: ›Unsinn, das ist die Dolmetscherin!‹, und eine Frau brachte ihre ganze Ehe auf die Formel: ›Siehst du, Spiczek, das ist die amerikanische Höflichkeit!‹«

Das Mädchen lachte, und ich versuchte, Musik ins Radio zu bekommen, aber ich geriet gleich an den »Goldenen Pavillon« und schaltete wieder aus.

Das Mädchen sagte: »Und wie meinten Sie das vorhin: In Klodawa wären Sie beinahe gestorben?«

»Es war töricht. Ich hätte sagen sollen: Ich war dort Soldat.«

»Ja?« sagte sie und wartete.

Die Farben des Sommers waren schon ein wenig abgetragen, und in diesem oder jenem Baum saß bereits der Herbst. Noch einen Monat weiter, und die Äste würden so kahl sein wie damals.

»Damals lag hier Schnee«, sagte ich, »und ich kam auch von Warschau her. Ich hatte ein Gewehr mit. – Interessiert es Sie?«

»Wenn es eine Kriegsgeschichte ist, nicht so sehr.«

»Es ist keine Geschichte, es ist ein Gefühl.«

»Vielleicht mag ich es«, sagte sie und setzte sich endlich vernünftig hin.

»Es ist so verrückt. Ich versuche mir klarzumachen, daß dies dieselbe Straße ist. Aber ich fasse es nicht einmal, daß ich derselbe Mensch bin.«

»Sind Sie es denn?«

»Sicher doch. Anders wäre es bequem.«

»Und bequem ist nicht richtig?«

»Nein.«

»Jetzt haben Sie mich angeführt«, sagte sie, »Sie reden gar nicht von Gefühlen; Sie reden von Geschichte.«

Ich hielt vor der Post von Klodawa. Sie stieg mit aus.

Am Schalter saß eine ältere Frau und verkaufte einem Kind Briefmarken; am Klappenschrank saß auch eine ältere Frau.

»Da hat ein Freund von mir gesessen«, sagte ich, »der hat sich nachher eine Handgranate an den Kopf gehalten. Mein Funkgerät stand dort, wo der Zeitungsständer ist.«

Wir gingen auf den Posthof, und ich sagte: »Auf der Straße brannte ein Panzer, und ich dachte, ich brauchte nur über den Zaun dahinter zu kommen.«

»Hatten Sie nicht recht?« sagte das Mädchen.

Ich ging mit ihr an die Einfahrt und trat gegen den Prellstein am Torpfeiler. »Hier habe ich mit einer Panzerfaust gelegen.«

»Wie Sie das alles wissen«, sagte sie, »und wie Sie versuchen, nicht stolz darauf zu sein.«

»Ja, ich bin schon ein Guter.«

Ich hätte nicht zu sagen vermocht, ob sich die Stadt verändert hatte oder nicht. Sie war voll Licht und Sommerstaub, und es roch nach Birnen und Senf und Speck und Seife.

Das Mädchen hieß Eva, und sie war nicht zufrieden damit. »Die Männer erwarten dann immer, daß man ihnen einen Apfel gibt.«

Als wir zur Stadt hinausfuhren, gab sie mir ein Wurstbrötchen, und ich sagte nicht, was ich dachte. Aber sie lachte, und dann sagten wir sehr lange nichts mehr.

Sie holte sich aus ihrer Schläfrigkeit zurück und erzählte: »Ich habe noch nie mit einem Deutschen gesprochen. Ich habe nur mal welche gesehen. Einmal eure Radfahrer, als sie uns in Warschau die Friedensfahrt weggeschnappt haben – wir waren mit der Schule im Stadion und haben geschimpft –, und einmal war eine Delegation da, aber die waren noch weiter weg.«

»Wohnen Sie in Warschau?«

»Ja, in der Pulawska, kennen Sie die?«

»Die kenne ich; ich wette, ich kenne Warschau besser als Sie; ich bin nämlich nicht sehr viel weiter als über den Postzaun in Klodawa gekommen, und nachher war ich vier Jahre in Warschau. Da habe ich Kohlen ausgefahren, unter anderem, und in der Pulawska habe ich mal einer Frau die Büchsenmilch ausgetrunken, die da im Keller herumstand. Vielleicht war das bei Ihnen?«

»Glaube ich nicht. Davon würde meine Mutter heute noch reden. Aber gesehen haben kann ich Sie schon. Warum nicht? Kohlenmänner waren da manchmal bei uns. Ich hatte so lange Zöpfe.«

»Und ich hab immer, ›Vorsicht, Platz da!‹ geschrien!«

»Es könnte schon sein«, sagte sie.

»Ja«, sagte ich, »als ich jetzt nach Warschau kam, dachte ich, ob du wohl einen triffst? Das war doch vierzehn Jahre her, und ich hatte nur wenige Leute gekannt. Aber zwei Stunden nach meiner Ankunft traf ich den Magazinchef, bei dem ich gearbeitet hatte. Er kam mit einem anderen Mann über die Ujazdowska-Allee, und ich sagte: ›Guten Tag, Chef!‹ Sie sagten beide, es müsse ein Irrtum sein, sie seien keine Chefs. Ich nahm die Sonnenbrille ab, und das half dem einen, meinem. Er war natürlich noch erstaunter als ich, denn es war ein ganz gewöhnlicher Tag, und er war ohne Erwartungen über die Straße gegangen. Er sagte du zu mir, wie er es damals getan hatte, und er verbesserte sich jedesmal, wenn ihm einfiel, daß nicht mehr damals war. Er sagte zu dem anderen: ›Ich war wirklich mal der Chef von diesem Herrn. Der hat bei mir gearbeitet. Er saß im Gefängnis, und ich hab ihn da morgens abgeholt und abends wieder hingebracht, und am Tag hat er bei mir gearbeitet. Kannst du dir das vorstellen?‹

Der andere sah ihn an und mich und sagte, nein, das könne er nicht.

Mein Chef sagte: ›Bin ich froh, daß du dabei bist. Du glaubst mir ja nie. Nun sieh ihn dir an: Er hat im Kittchen gesessen, und ich war sein Chef. Ist denn das die Möglichkeit!‹

Der andere grinste und fragte: ›Hast du ihn auch mal gehauen?‹ Mein Chef bekam rote Ohren. ›Einmal. Aber er war schuld. Er hat geklaut. Stimmt's? Du hattest Heringe geklaut! Entschuldigen Sie, aber Sie werden sich erinnern, daß Sie etwas gestohlen hatten, Heringe! Mensch, habt ihr alle geklaut!‹

Wir sind in die nächste Kneipe gegangen und haben auf die Prügel getrunken und auf die Heringe, und wir tranken so viel, als hätte es sich um eine richtige Schlägerei und eine ausgeraubte Fischfabrik gehandelt. Es war furchtbar lustig.«

»Und Sie sind auch *furchtbar lustig*«, sagte Eva; sie sagte die beiden Wörter auf deutsch.

»Und warum?«

»Weil Sie mich davon überzeugen wollen, daß Sie ein böser Bube gewesen sind. Wenn Sie sagen, Sie haben Angst gehabt hier bei uns, dann sagen Sie gleich, aber Sie haben ein Gewehr gehabt, nur damit ich nicht denke, Sie wüßten nicht, daß Sie selbst schuld gewesen sind an Ihrer Angst. Sie zeigen mir einen Hof, auf dem es Sie beinahe umgebracht hätte, und dann fällt Ihnen ein, ich könnte mir vorstellen, daß Sie an Ihre Mutter gedacht haben, als Sie über den Zaun geklettert sind, und sofort zeigen Sie mir einen Prellstein, hinter dem Sie gelegen und geschossen haben, damit ich auch weiß, was Sie für eine Gefahr gewesen sind. Sie sagen: Ich war in Gefangenschaft, vier Jahre lang, ich habe schwer gearbeitet, ich habe in einem Gefängnis gesessen und Schläge gekriegt, aber dann reißen Sie sich das Hemd auf und rufen: Aber denkt nur nicht, ich wüßte nicht, wie sehr ich das alles verdient hatte; ich habe ja selbst da noch armen Leuten die Milch weggetrunken, und Heringe habe ich gestohlen, man denke! Und während Sie das alles sagen, suchen Sie rechts und links die Straße ab, und das Grün der Bäume und das Gelb der Sonnenblumen und das Rot der Ziegel ist nur auf der Oberfläche Ihrer Augen, aber darunter ist etwas ganz anderes. Darunter ist der Schnee von damals und das Feuer auf den Scheunendächern und dann der Freund, der sich eine Granate an den Kopf gehalten hat, und Ihre Angst, aber Sie sagen: Es war furchtbar komisch!«

Ein Traktor bog aus einem Feldweg auf die Straße, und ich mußte scharf bremsen. Der Fahrer beugte sich interessiert aus dem Sattel, und als ich den Wagen vorbeizwängte, winkte er dem Mädchen zu. Sie steckte mir eine Zigarette an, und ich sagte: »Was ist bloß mit euch Polen los?«

»Was ist denn mit uns Polen los?«

»Ich unterhalte mich in Warschau mit einem Geschichtsprofessor, und es stellt sich heraus, wir haben beide einmal in derselben Gefängniszelle gesessen, er bei den Faschisten und ich als Faschist. Er findet den Zufall interessant, aber nicht aufregend, dafür ist er Historiker, aufregend findet er etwas anderes. ›Das ist ja furchtbar‹, sagt er, ›ich kenne doch dieses Wanzenloch und diese Drahtpritschen und diesen Blick auf den zweiten Block, und da hat man Sie reingesteckt? Sie müssen ja noch ein Kind gewesen sein!‹ Und dann kommt eure Filmregisseurin und hört von mir, daß ich ihren Film über Auschwitz zweimal gesehen habe, einmal zu Hause und später, und das erstemal noch im Lager in Warschau. ›Was?‹ schreit sie und kann sich gar nicht fassen. ›Das hat man mit Ihnen gemacht? Wie konnte man das tun, euch so einen Film zeigen, wo ihr selber eingesperrt seid, das ist ja ganz entsetzlich!‹ Ich habe sie nicht davon überzeugen können, daß es ganz heilsam für uns gewesen ist. – Ihr geht da entschieden zu weit!«

»Nein«, sagte sie, »und jetzt muß ich gleich aussteigen. Darf ich Sie noch zu einem Kaffee einladen?«

Vor dem Café sagte sie: »Die Einladung war unbedacht. Ich bringe Sie in Verlegenheit, so wie ich aussehe.«

»Das stimmt«, sage ich.

Sie bestellte zwei große Kaffee. Uns gegenüber saßen drei junge Männer mit Campingbärten. Sie hatten gepfiffen, als wir hereingekommen waren, und der eine beugte sich zu mir herüber. »Wenn du Hilfe brauchst, Kumpel ...« Ich sagte: »Bist du vom Roten Kreuz?«, und sie lachten und kümmerten sich nicht mehr um uns.

Wir tranken unseren Kaffee und fühlten uns wohl, ich jedenfalls. Sie zahlte und wünschte mir eine gute Fahrt. Ich winkte ihr durch das Fenster zu, und sie winkte zurück. Sie hatte schmutzige Jeans an und einen weiten Pullover. Sie war sehr groß, aber es mußte schon sehr viel Dummheit dazugehören, nicht mit ihr über die Straße zu wollen.

Günter Herburger
Ein Vormittag

Als Gerhard die Betten machen wollte, läutete das Telefon. Die Hauswirtin kam und sagte, Carlo wolle ihn sprechen. Er war erstaunt, denn Karl war erst seit einer Stunde weg. Gerhard ließ die Leintücher liegen und ging schnell zum Telefon, das draußen im Flur stand. Im Hörer knackte es, Karl sagte:

»Nimm das letzte Geld und fahr zur Fabrik hinaus. Ich habe mein Wörterbuch vergessen. Beeil dich, der Chef ist nicht lange weg. Aber zieh die hellgraue Hose an, die grüne Jacke und das weiße Hemd. Wenn man dich im Büro sieht, muß ich dich vielleicht vorstellen.« Gerhard strich sich ungeduldig über die kurzen Haare, die seinen Kopf jünger machten. Karl war auch schon über dreißig, aber ihm sah man es an.

»Wie lange brauchst du?«

»Eine knappe Stunde.«

In der Muschel summte es, dann kam Karls Stimme wieder:

»Putz dir die Schuhe und nimm meinen karierten Schlips. Und vergiß nicht, in die Kragenecken Stäbchen zu tun. Hast du verstanden?«

»Jaja«, sagte Gerhard und faßte sich an den Hals, »ich komme sofort.« Er hängte ab, hörte aber noch, daß Karl etwas sagen wollte. Jetzt mußte er sich beeilen.

Im Zimmer leerte er den Aschenbecher in den Papierkorb und warf die Wäsche in eine Schublade. Das Bett hängte er zum Lüften über die zwei Stühle. So sah es nicht zu unordentlich aus, die Wirtin achtete auf Sauberkeit. Sie waren froh gewesen, endlich ein Zimmer gefunden zu haben, das sie nicht anzahlen mußten. Zwei Wochen hatten sie auf Parkbänken geschlafen oder abwechselnd in den Baracken der drei kirchlichen Hilfsorganisationen. Für die Jugendherberge waren sie zu alt, außerdem mochte Karl dort den Betrieb nicht. Dann hatte Karl in einer Fabrik eine Stelle als Korrespondent gefunden, obwohl er keine Arbeitserlaubnis für Milano besaß. Das war wirklich Glück gewesen. Sie wußten zwar noch nicht, von was sie bis zum ersten Gehalt leben sollten, aber sie würden schon durchkommen. Ein Zimmer war das Wichtigste gewesen.

Karl würde sicher versuchen, Männer kennenzulernen, von denen er sich Geld leihen konnte. Das klappte in jedem Land. Jetzt begannen sie das vierte Mal.

Gerhard wäre viel lieber in Frankfurt geblieben, aber er kannte dort alle, mit denen man sich treffen konnte, und wußte, wie es meistens ausging. Läppische Eifersucht und Schwätzereien, denn die wenigsten waren sich darüber im klaren, wonach sie sich sehnten. Karl war zwar mißtrauisch, aber das eine mußte man ihm lassen, er hatte Initiative. Und wenn sie Geld gehabt hatten, waren sie in der Wohnung geblieben, und er hatte sich sicher gefühlt. Das würde er Karl nie vergessen.

Karl war sogar einmal verheiratet gewesen mit einem Mädchen Anfang zwanzig. Sie hatte behauptet, sie würde ein Kind bekommen. Für Karl war das eine große Aufregung gewesen, aber das Mädchen hatte nur seine anständige Erziehung ausnützen wollen. Karl hatte sie geheiratet, aber es war gar kein Kind gekommen. Und selbst das wäre noch kein Grund zur Scheidung gewesen, hat Karl behauptet. Das Mädchen war aber so weit gegangen, von Karl zu verlangen, er solle seine Freunde aufgeben. Karl war sehr wütend gewesen und hat ihr auf den Kopf zugesagt, daß sie auf seine Freunde eifersüchtig sei, weil er mit ihnen reden könne und mit ihr nicht, und weil sie gleichwertig seien und eine Frau nie und nimmer. Sicher, vielleicht kann man mit einer Frau übereinkommen, aber wenn es schwierig wird, kommen sie mit ihren Ansprüchen. Und diese Rücksichtslosigkeit hat Karl nicht unterstützen wollen.

Gerhard zog sich hastig um. Zur hellgrauen Hose mußte er wieder einen Gürtel nehmen, sie rutschte ihm über die Beckenknochen, obwohl er doch schon so mager war und die Hose nach Maß gearbeitet. Als er in den Schuhen stand, drückten die gestopften Stellen unter den Fersen. Er würde es nie lernen, er zog eben die Löcher in den Socken zu einem Knäuel zusammen. Die Krawatte saß richtig, der braune Fleck genau an der Innenseite des Knotens. Er sagte seiner Wirtin, daß er bald wiederkomme. Dann ging er.

Bis zur Haltestelle der Straßenbahn war es eine Viertelstunde. Er mußte den großen Parco Sforzesco durchqueren. Kinder spielten auf den Wegen, und auf den Bänken saßen Rentner, die hier alle dünn waren, und sonnten sich. Er hatte einfach keine Lust mehr, sie zu beneiden, obwohl er hier viel spazieren ging und sich den Kopf zerbrach, wie er auch etwas verdienen könnte. Er durfte Karl nicht alles überlassen. Die üblichen Hilfsarbeiten als Tellerwäscher, Lagerist oder Maurer konnte er nicht übernehmen, dazu war er nicht kräftig genug, außerdem würde sicher alles besetzt sein. In der Stadt gab es immer noch Arbeitslose. Und in den Büros beschäftigten sie nur Frauen. Karl war eine Ausnahme, er sprach Englisch und Französisch beinahe fließend, Italienisch weniger.

Gerhard stieg in die Straßenbahn. Die Fahrt in den Außenbezirk kostete den doppelten Tarif. Er fand noch einen Sitzplatz. Hoffentlich kamen nicht diese kleinen Hausfrauen, die vormittags mit den dicken Einkaufstaschen unterwegs sind.

Es war doch so einfach, wenn man einander verstand und achtete. Aber niemand wollte das begreifen. Nur, wenn man sich mühevoll fortpflanzte, dann waren sie für einen und all den Dreck. In Japan wurden die Schwangerschaftsunterbrechungen vom Staat gefördert und waren kostenlos.

Er konnte sich nicht vorstellen, wie er ohne Karl hätte leben sollen, und hier schon gar nicht. Zu diesen Kerlen, die sich herumtreiben und jeden anblinzeln, zu denen hatte er nie gehört. Die Gemeinschaft war wichtig und das Gefühl dafür. Die praktische Folgerung davon ist, daß man dann zusammenwohnt. Unter den berühmten Männern gab es dafür genügend Beispiele, was für ihn aber keine Entschuldigung war. Das Gefühl kennt keine Unterschiede, wenn es echt und tief ist. Außerdem war alles eine Geldfrage.

Die Straßenbahn wartete an einer Ausweichstelle auf den Gegenzug. Gerhard stand auf und ging auf die Plattform hinaus. Es wehte kein Wind. Sein Kragen klebte, und er fühlte, wie sich der Schweiß in den Achselhöhlen sammelte. Die Hosen spannten ein wenig im Schritt. Er tastete, ob die Krawatte noch in der Mitte saß. Das dumme Wörterbuch bauschte die Rocktasche. Schließlich nahm er es in die Hand.

Die Straßenbahn fuhr wieder. Unter Gerhard, der sich über das Geländer lehnte, hupten Autos und Motorroller, die überholen wollten. Die Straße wurde wieder gerade, und die Fabrikanlagen begannen. Überall hingen Plakate, die politisch aussahen. Wer hier lebte, kam nicht mehr heraus. Von den Mauern, den Hallen mit den schmutzigen Glasdächern, den Schornsteinen und Eisenbahngeleisen mit verdorrten Grasbüscheln zwischen den Schwellen ging eine saugende Drohung aus, der Gerhard ohne Karl, das wußte er, mit kraftlosem Entsetzen erliegen würde. In einer Fabrik zu arbeiten sei eine sträfliche Phantasielosigkeit, hatte Karl einmal gesagt. Vielleicht aber wäre es hier für kurze Zeit noch zu ertragen gewesen, man verstand die Sprache nicht, alles war fremdartig und reizte ein wenig.

Als Gerhard auf einer riesigen, gelben Wand das Wort ›Brill‹ las, stieg er bei der kommenden Haltestelle aus. Der Schaffner hatte vergessen, es ihm zu sagen. Auf einer Seitenstraße ging Gerhard zum Fabrikeingang zurück und verlangte am Portierhaus, Karl zu sprechen. Es kam ein Mann, der ihm den Weg zeigte. Sie stiegen Treppen und kreuzten Korridore.

Karl saß allein in einem kleinen Zimmer, dessen Tür offenstand. Sein weißes Hemd stach von den dunklen Arbeitsmänteln, die Gerhard bei den anderen gesehen hatte, wohltuend ab. Mit seiner Brille, der scharfen Nase und dem braunen Gesicht sah Karl gewissenhaft, aber auch sportlich aus.

Gerhard wagte nicht einzutreten. Er blieb an der Schwelle stehen und streckte das Wörterbuch vor. Karl stand vom Schreibtisch auf und kam zu ihm heraus. »Nun hast du gesehen, wo ich arbeite«, sagte er. »Du mußt sofort wieder gehen, ich fürchte, der Chef kommt.«

Karl fuhr Gerhard mit der Hand über die Stirn.

»Du bist ja ganz naß!«

»Die Krawatte und die schwere Jacke«, sagte Gerhard, »ich werde nun wieder gehen.«

»Einen Augenblick.«

Karl ging in das Zimmer zurück und öffnete die Schublade des Schreibtisches.

»Magst du ein paar Pfefferminz?« sagte er. »Bei der Hitze braucht man was im Mund. Reicht das Fahrgeld noch? Kauf Brot, Käse muß noch da sein. Heute abend verlange ich einen kleinen Vorschuß, wenn's sein muß, privat vom Chef, dann kann ich etwas zum Kochen mitbringen. Ich habe das kalte Zeug satt. Vertreib dir den Nachmittag, geh spazieren. Vielleicht findest du in einer Schublade noch Waschpulver, ich glaube sicher, daß noch was da ist. Ich habe kein gewaschenes Hemd mehr. Ja, und Zucker brauchen wir auch noch.«

Gerhard nickte und steckte ein Pfefferminz in den Mund. Er sah zu, wie Karl sich wieder hinsetzte und auf seine Papiere vor sich blickte. Er wünschte sich, daß auch er für Karl einmal würde arbeiten können, sich für ihn einsetzen, ihn verteidigen.

»Du mußt jetzt gehen«, sagte Karl.

Als Gerhard wieder unten war, blickte er an der Fabrikfront hoch, ob Karl aus einem Fenster sah. Aber vielleicht lag das Büro auch auf der anderen Seite. Jedenfalls wußte er jetzt, wo Karl arbeitete.

An der Straßenbahnhaltestelle standen ein paar Burschen mit schwarzen Haarschöpfen. Sie waren kleiner als Gerhard und hatten unruhige Augen. Mit dieser Sorte kannte er sich nicht aus, er würde sich besser abseits halten.

Eine alte Frau sprach mit den Burschen. Sie lachten und feixten und zeigten herüber. Die Frau kam zu ihm und sagte etwas. Aber er verstand sie nicht. Die Burschen lachten wieder.

Gerhard ging schnell in die Cafeteria hinter dem Stationshäuschen und trank einen Espresso. An einem Marmortisch saß ein Mann und aß Brot und Tomaten. Neben dem Büfett lehnte das Mädchen, das ihn bedient hatte, in einem oben offenen Glaskasten und kramte in der Registrierkasse. Sonst war niemand in dem Raum. An der Decke drehte sich langsam ein langstieliger Propeller.

Gerhard hörte die Straßenbahn kommen, trank aus, zahlte und ging. Als die Straßenbahn anfuhr, blickte er zu den Burschen zurück, die ihm winkten und ein Geschrei machten, und dann sah er zu der Fabrik hinüber, las das Wort ›Brill‹ und betrachtete auf der riesigen Wand den bunten Mann, von dessen glänzend schwarzen Stiefeln Strahlen ausgingen.

Gerhard tat die Krawatte ab, knöpfte das Hemd auf und zog die Jacke aus. Die Manschettenränder waren schon schmutzig. Er würde sie nachher gleich auswaschen, damit das Hemd immer bereitlag, falls er sich einmal vorstellen sollte. Es war eine Dummheit gewesen, den Espresso zu trinken. Jetzt hatte er nur noch zwei Fünfer und konnte sich nichts mehr kaufen, nicht einmal mehr ein Panino. Aber Tabak zum Drehen mußte daheim noch auf dem Tisch liegen. Zündhölzer würde er sich aus der Küche der Wirtin nehmen.

Hoffentlich behielt Karl seine Geduld. Warum sollte er ihn ernähren? Freundschaften waren in so umständlichen Fällen doch etwas anderes als

Heirat, und ähnliche Schwierigkeiten hatte Karl schon bei diesem Mädchen abgelehnt.

Oder sollte er wie Karl versuchen, Männer kennenzulernen? Zwar wollte er nicht wissen, ob Karl bei seinen nächtlichen Gängen Erfolg hatte, mit wem er sich traf und wer ihm Geld lieh, aber für ihn war das schwieriger, er sprach doch kaum italienisch.

Einmal hatte er Karl zufällig in einer Limousine vorbeifahren sehen, damals, als Karl noch nicht angestellt war. Es war bei der Nationalbank gewesen, wo er gern herumstand, weil dort der Verkehr am dichtesten ist und man in der Ferne, durch zwei Straßenzüge hindurch, den Dom sah. Karl hatte nie davon erzählt, wer der Fahrer des Autos gewesen war, hatte nur gemeint, er sei auch unterwegs gewesen.

Vielleicht war es jemand vom Konsulat oder von der deutschen Handelskammer, wo Karl, bevor er die Stelle bekommen hatte, oft hingegangen war, um sich zu erkundigen. Stimmt, er erinnerte sich an das Nummernschild! Nein, stimmte nicht, es war eine englische Nummer gewesen. Karl kannte einen Handelsattaché vom britischen Konsulat. Der hatte ihm zwei Anzüge aus schottischem Stoff geschenkt, eine schwere, rauhe Qualität, wie man sie hier nur im Winter tragen konnte. Und alle seine Schuhe hatte er Karl auch gegeben. Sie waren jedoch für ihn wie für Karl zu groß gewesen. Die Anzüge konnte man ändern lassen. Der Attaché war nach Kanada versetzt worden, würde bald reisen, so erzählte Karl. Seine ganze Garderobe hatte der Mann dagelassen. Andererseits hatte Karl auch erzählt, daß die Freundin des Attachés die meisten Anzüge für ihren Bruder bekommen habe. Jedenfalls hatte auch ein Mädchen existiert.

Gerhard verließ die Straßenbahn an der Endhaltestelle und ging durch den Park. Auf den von Bäumen überschatteten Wegen spazierten jetzt Frauen mit ihren Kindern. An einem Pavillon blieb er stehen.

Einige Leute saßen mit dem Rücken zum Park auf Bankschaukeln, die mit Kissen ausgestopft waren, und blickten, leicht hin und her schwingend, auf einen Fernsehapparat, der im Inneren der gläsernen Bar auf einem hohen, dünnen Eisengestell stand. Ein schwarzgekleideter Kellner servierte den Leuten Tassen und Kuchenstückchen. Auf dem Bildschirm demonstrierte eine Dame Kochrezepte in einer schönen, übersichtlichen Küche. Gerhard freute sich über die Mühelosigkeit und Schnelligkeit der kochenden Dame. Er bekam nicht einmal Hunger.

Zu Hause öffnete die Vermieterin, bevor er aufschließen konnte, schon die Tür. Sie hatte wieder gehorcht. Sie bat ihn, ihr beim Umräumen einer Kommode zu helfen, die sie in sein Zimmer stellen wollte, und den kleinen Tisch mit den Schleiervolants unten herum wollte sie dafür herausnehmen.

Die Kommode war ein mächtiges und scheußliches Ding auf Rollen. Sie lavierten sie durch die zwei Flügeltüren. Der drehbare Spiegel nahm die ganze Wand zwischen den beiden Fenstern ein. Über die gemaserte Kunststeinplatte legte die Wirtin ein durchsichtiges Wachstuch, in das blaue Rosen eingepreßt waren. Da sie für das Zimmer weniger als üblich bezahlten, wagte Gerhard nicht zu widersprechen. Karl würde ihm sicher Vorwürfe machen, er hätte sich das nicht bieten lassen sollen, nur damit die drei Elektriker, die am anderen Ende des Korridors wohnten, Platz für ihre Fahrräder im Zimmer bekamen.

Gerhard versuchte, mit einem bunten Halstuch die Steinplatte zu überdekken, aber es war zu klein und außerdem sah es noch lächerlicher als das Wachstuch aus.

Er setzte sich, drehte eine Zigarette und hörte, wie draußen die Tochter der Wirtin in der Küche herumschrie, mit ihrer Mutter schimpfte und schrill lachte. Das war so ein vorlautes, blondiertes Ding, das nichts anderes tat, als auf einen Mann warten und in der Wohnung herumschnüffeln. Neulich hatte sie gesagt, sie finde es komisch, daß die beiden Deutschen in einem Bett schliefen, bei armen Italienern sei das allerdings etwas anderes. Karl hatte ihr, das war am Ton zu hören, anscheinend eine scharfe Antwort gegeben, denn sie war wortlos in ihr Zimmer gegangen. Genauso stellte er sich das Mädchen vor, nur nicht ganz so blond, mit dem Karl verheiratet gewesen war. Man konnte es sich nicht lächerlich genug vorstellen.

Nachher würde er zur Hauptpost gehen, vielleicht lag ein Brief da von einem dieser Herumtreiber aus Frankfurt. Sie würden es nur wagen, in eine ausländische Stadt zu fahren, wenn sie wußten, daß dort jemand war, der sich auskannte. Vielleicht hatte sogar einer Geld geschickt, wenn es sein mußte auch seine Mutter, aber die wußte nichts über ihn und lebte in ihrem Dorf und würde regelmäßig ihre Ansichtskarte bekommen, die sie herumzeigen konnte. Jedenfalls würde er die Runde machen, zum Bahnhof, zum American Express und zur Galleria Vittorio Emanuele Secondo, wo die vornehmen Geschäfte lagen, und versuchen, Touristen abzufangen, denen er die Stadt oder den Dom zeigen konnte, von denen sie wahrscheinlich mehr wußten als er.

Die Wirtin rief, ob er ihr nicht Brot holen könnte, sie wiederholte immer wieder Brot, als ob er dieses Wort nicht verstünde, sie sei müde und das Treppensteigen sei schlecht für ihr Herz. Die Tochter lag sicher in ihrem Zimmer und hatte keine Zeit, weil sie an einen Mann denken mußte. Weiß der Teufel, was sie dabei trieb.

Ja, er käme. Vielleicht erhielt er zur Belohnung einen Teller Suppe. Karl hatte es besser, der saß jetzt da draußen hinter einem Schreibtisch und verfaßte Briefe in alle Welt.

Gerhard stand auf und stellte den Aschenbecher auf den Nachttisch. Alles war sauber und aufgeräumt. Er blickte in den großen Spiegel über der Kommode. Durch die Ritzen der Fensterläden fiel Licht auf sein Gesicht. Er sah immer noch gut und vor allem jung aus. Karl hatte ihm das noch nie gesagt.

Martin Walser
Nach Siegfrieds Tod

Die Boten einer Firma (die hier nicht genannt sein will) versammelten sich am dritten Tag nach dem Tod ihres Kollegen Siegfried Brache im Gang, an dem die Büros der Hauptverwaltung liegen. Es war sehr früh am Tag, fast könnte man sagen, es war um fünf Uhr morgens.

Lucius Nord hatte im Schrank des verstorbenen Kollegen Brache eine Liste gefunden, auf der kein Bote fehlte. Vielleicht hatte ihn diese Liste auf den Gedanken gebracht, eine Botenversammlung einzuberufen. Lucius war der einzige Bote, dem in all den Jahren weder eine Hand noch ein Auge, ja nicht einmal ein Ohr abhanden gekommen war. Kein Wunder, daß er sich unter seinen Kollegen unzulänglich vorkam. Mag sein, daß ihn dieses Gefühl der Unzulänglichkeit bewog, die Sache der Boten heftiger zu vertreten, als es sonst bei den Boten Brauch ist.

Wägelchen schiebend, begegnen die Boten einander in den langen Gängen im Schutz ihrer Sprache. Diese Wägelchen, zirpend unter Papierlasten wechselnden Datums, verzieren sie durch ihre Gestalten, die sich keiner Erwartung fügen. Im Botenzimmer sitzend, berühren die Boten einander an den Ellbogen und ertragen die Widerwärtigkeit, die man zu ertragen hat, wenn man längere Zeit mit Schicksalsgenossen in einem Raum verbringen muß, ohne daß große Veränderungen zu erhoffen sind.

Lucius Nord, der sich diesen Namen erst zugelegt hatte, als er Bote geworden war, Baff, den man Bäffchen nannte, und Pieter Naal, diese drei waren zuerst da am dritten Morgen nach Siegfrieds Tod, sie ordneten die Ankommenden, als wüßten sie sehr genau, wo jeder am besten stehe; auf die von Brache geerbte Namensliste zeichneten sie sorgfältig Haken um Haken, ja, sie benahmen sich fast wie die Abteilungsleiter, in deren Vorzimmer sie täglich ihre Papierfrachten löschten.

Unter Bäffchens Händen bildete sich ein Halbkreis. Den einen zog er mit der fleischigen Rechten am Gürtel nach vorn, den nächsten schob er mit der eisernen Linken um eine Handbreit zurück. Um den Halbkreis standen feierlich und drohend die Botenwägelchen. Das war Pieter Naals Einfall gewesen. Pieter Naal war ein Kenner gotischer Schicksale.

Lucius räusperte sich. Schon horchten ein paar Putzfrauen aus der Dämmerung herüber. Aber Bäffchen drehte Putzfrau für Putzfrau mit ungleichen Händen um und stieß jede kurzerhand (denn seine Linke war kürzer) in den Rücken, daß die Putzfrauen, Frau für Frau, ins Ungewisse rutschten. Zu jedem Stoß sagte er entweder beschwörend: das geht nicht an! oder er sagte, seine Stoßkraft prahlerisch überschätzend: ab nach Kassel!

Nun aber Lucius Nord.

Freunde, sagte er, folgende Fragen: Wie war das, als in der Sitzung der Abteilungsleiter der Tod Siegfried Braches bekanntgegeben wurde? Sind tatsächlich alle aufgestanden für die Gedenkminute? Ist es nicht bloße Heuchelei, wenn auch der Personalchef aufsteht für die Gedenkminute zu Ehren Braches, den er doch bei jeder Gelegenheit einen radikalen Boten nannte? Wie lange hat denn die Gedenkminute gedauert? Hat sich jemand darum gekümmert? Oder haben sich alle darum gekümmert, haben also bloß auf die Uhr geschaut, anstatt Siegfried Braches zu gedenken? Wurden ironische Bemerkungen gemacht? Kann der Direktor den Tod eines Boten überhaupt ohne Ironie bekanntgeben? Wird man Siegfrieds Tante nach seinem Tod noch ins Haus und ins Botenzimmer lassen? Sollen wir die Frage, was sie dort zu suchen hat, beantworten? Sollen wir noch länger abwarten, ob man uns den Winterfahrplan wieder ins Botenzimmer hängen wird? Hängt man ihn hinein, sollen wir dagegen protestieren? Wollen wir geltend machen, der Fahrplan störe die notwendigen Erholungspausen der Boten, weil jeder, wenn er über Züge was wissen will, rücksichtslos ins Botenzimmer eindringt? Und wenn man uns den neuen Fahrplan vorenthält, sollen wir auch dagegen protestieren, etwa behaupten, der Fahrplan im Botenzimmer sei ein altes Recht?

Wollen wir auf den Vorwurf eingehen, es seien zu viele Katzen im Botenzimmer gewesen, als der Leichnam Siegfried Braches dorthin geschafft wurde? Muß das Botenzimmer immer bereit sein, Kollegen, die während des Dienstes vom Tod ereilt werden, aufzunehmen? Was ergibt sich daraus für die Katzen, die sich im Botenzimmer aufhalten? Hätte man es verhindern können, daß die Katzen Siegfried Brache ableckten? Hätte man es verhindern sollen? Haben sie das getan, weil er tot war, oder ist das schon früher vorgekommen? Warum interessiert sich der Personalchef dafür, ob Siegfried von Katzen abgeleckt wurde? Gönnt er das dem Toten nicht, weil

Siegfried ein radikaler Bote war? Warum schleichen sich überhaupt Katzen ins Haus und, sobald sie im Haus sind, warum finden sie ohne Verirrung sofort den Weg ins Botenzimmer? Sind es wirklich die Würste? Hat der Betrieb das Recht, die Schränke der Boten im Botenzimmer zu kontrollieren? Kontrolliert der Betrieb auch die Schränke in den Büros? Wenn nicht, warum will er die Botenschränke kontrollieren? Wirklich nur wegen der Katzen? Oder will man sich über die Tanten informieren, die gelegentlich von feinfühligen älteren Boten mitgebracht werden? Oder vermutet man den durchgegangenen Kassierer in den Schränken des Botenzimmers? Oder die verschwundene Sekretärin des Direktors? Ist das Verlangen nach Kontrolle nicht bloß eine Maßnahme des Direktors, durch die er von der aufsehenerregenden Tatsache, daß seine Sekretärin verschwunden ist, ablenken will? Und wenn es so wäre, sollen die Boten dem Direktor helfen, über seine Verlegenheit hinwegzukommen? Das heißt, sollen sie freiwillig einen nicht genauer festlegbaren Teil der Schuld an diesem Verschwinden auf sich nehmen, in der Hoffnung, der Direktor werde sich irgendwann einmal den Boten gegenüber erkenntlich zeigen? Aber beweisen die Boten nicht Schwäche und schlechtes Gewissen, wenn sie das Wohlwollen des Direktors für notwendig halten? Beweisen sie dadurch, daß sie ihr Glück nicht mehr ausschließlich auf ihre Leistung bauen können? Werden die Feinde der Boten nicht sofort auf diesen Schachzug hinweisen? Käme nicht alles darauf an, sich gerade jetzt korrekt zu verhalten? Aber welcher Stand im Haus hat bisher durch korrektes Verhalten überlebt? Sollen ausgerechnet die Boten ihr Ende durch korrektes Verhalten beschleunigen? Kann man das von den Boten verlangen angesichts des Beispiels, das die Abteilungen geben? Sollen die Boten etwa Anhänger des Personalchefs werden, der ihre Dezimierung im Auge hat? Sollen wir, als letztes Mittel gegen den Personalchef, eine Versehrtenmannschaft aufstellen, um so in der Öffentlichkeit für unsere Firma zu wirken? Darf der Personalchef – ihr seht, ich drücke mich nicht um die Versehrtenfrage herum –, darf er die Kollegen, die ihre Invalidität nicht dem Kriege verdanken, weiterhin als Boten zweiter Ordnung behandeln? Will er einen Keil zwischen uns treiben? Ist es wirklich bloß eine Bildungslücke, wenn das Wort *Intrige* für den Boten ein komisches Fremdwort ist? Gibt aber unsere Einigkeit dem Personalchef das Recht, uns als *Völkchen* zu bezeichnen? Wie meint er das? Können wir es dulden, daß der Personalchef weiterhin Chauffeure, die einen Unfall verschuldeten, strafweise zu Boten macht? Geht das gegen unsere Ehre oder geht das nicht gegen unsere Ehre? Wird dadurch die Anzahl der Boten, die zum Trinken neigen, nicht in untypischer Weise erhöht? Ist diese Praxis des Personalchefs vielleicht ein Manöver, um das Ansehen des Botenstandes zu untergraben? Sind wir das Strafbataillon der Firma? Müssen wir uns gefallen lassen, daß der Personalchef den Boten durch einen Ukas verbietet, ausländische Gäste in den Gängen anzustarren? Ist nicht auch das wieder ein Schachzug, um dem Boten seine Fortbildung zu erschweren, ihm seine Weltoffenheit auszutreiben? Warum zum Beispiel hat es Verdacht erregt, daß an Siegfrieds Grab Boten anderer Firmen ein Lied sangen? Dürfen wir nicht mit Boten anderer Firmen in Verbindung stehen?

Welcher Verdacht muß da bei uns entstehen?

Soll der Bote angesichts so vieler Fragen resignieren? Oder soll er die Fragen nach Art der Abteilungsleiter erledigen? Muß der Bote überhaupt anerkennen, daß es Fragen gibt, die mit seinem Beruf verknüpft sind, oder soll er nicht einfach behaupten, daß es sich hier um allgemeine Fragen handelt, um Fragen also, die es auch dann noch geben wird, wenn der Personalchef sein Ziel erreicht, das heißt: die Boten ausgerottet haben wird? Kann der Bote wünschen, die Gegenseite müsse den Beweis liefern, daß diese Fragen nur durch die Boten entstehen? Soll der Bote überhaupt etwas wünschen? Oder soll er nicht den Betrieb in die Rolle des Wünschenden hineinmanövrieren? Ist der Bote also jemand, der Wünsche erfüllt, ohne selbst Wünsche zu haben? Wird er dafür gut genug bezahlt? Wäre die Frage, ob der Direktor den Tod eines Boten ohne Ironie bekanntgeben kann, überhaupt notwendig, wenn der Bote besser bezahlt würde? Soll aber andererseits auch noch der Bote anfangen, mehr Geld zu fordern, um dadurch zu höherem Ansehen zu gelangen? Hat der Bote das nötig? Sicher nicht! Der Bote hat, dank seinem Beruf, der ihm alle Büros des Hauses erschließt, ein gesundes Selbstbewußtsein. Wie aber denkt die Umwelt? Warum ließ der Personalchef am Schwarzen Brett anschlagen, der Bote Siegfried Brache sei einem Herzschlag erlegen, warum hielt es der Personalchef nicht für angebracht – wie er es drei Wochen vorher, als der Einkaufsleiter starb, sehr wohl für angebracht hielt – von einem Herzinfarkt zu sprechen? Wollte er damit seinen Feind, unseren Kollegen Siegfried Brache, noch im Tod demütigen, weil Siegfried ein radikaler Bote war? Oder soll der Bote für immer des Herzinfarkts unwürdig bleiben?

Lucius Nord sprach ohne Manuskript und Pult, aber er hatte sich für diese Rede von seinem eigenen Geld ein Paar Schuhe mit besonders dicken und weichen Sohlen gekauft. Bei jeder Frage hob er die Absätze, ließ sich auf die Fußballen rollen, bis er nur noch auf den Zehen stand, hob die Stimme, wie er die Absätze hob, und jedesmal knirschten die neuen Sohlen, bis Lucius den höchsten Punkt und die Frage ihr Fragezeichen erreicht hatte. Nicht daß er von Anfang an beabsichtigt hätte, nur Fragen zu stellen! Er habe nicht mehr herausgefunden, sagte er später. Die jedesmal steil nach oben strebende Fragemelodie und die synchron arbeitenden Füße hätten ihn, den noch ungeübten Redner, einfach weitergezogen. Wie weit sie ihn noch gezogen hätten, kann niemand sagen. Da man komplizierte Fügungen gern Zufälle nennt, muß man es wohl auch einen Zufall nennen, daß an diesem Morgen – lange vor Arbeitsbeginn – der Direktor und der Personalchef zusammen das Haus betraten und den Gang herunterkamen.

Wenn man will, kann man alles erklären. Die Führenden kommen gern schon mal etwas früher, um die Masse der pünktlich Hereinhastenden zu beschämen. Oder: ein Bote hatte einen Brief in den falschen Korb gelegt, ein irregeleiteter Brief aber ist kaum mehr auf den rechten Weg zu bringen in einem großen Haus, sehr genau jedoch läßt sich, gute Organisation vorausgesetzt, die Spur bis zum Schuldigen verfolgen, und der Schuldige wollte seinen Schnitzer wiedergutmachen, also spielte er den Judas. Auf jeden Fall kam der Direktor mit dem Personalchef den langen Gang herunter, beide plauderten wie zwei große Sportsleute verschiedener Disziplinen auf dem Weg in die Arena; plauderten, wie ein Filmstar mit einem Weltraumforscher plaudert. Beide schlenderten, waren entspannt, zeigten jene Spur von Anmut, die man immer beobachten kann, wenn zwei Menschen beieinander sind, die sich zur Elite zählen, die aber – dank ihrer unterschiedlichen Profession – nicht zu Konkurrenten werden können.

Der fast feierliche und durch Bäffchens zusammenwirkende Hände immer noch makellose Halbkreis der Boten erschreckte die beiden Herren nicht. Das kann auf einen Judas hinweisen. Es kann aber auch heißen: diese beiden Herren waren nicht so leicht zu erschrecken.

Und Lucius Nord? Als er sah, daß die beiden Herren schon drauf und dran waren, zwischen ihm und seinen Zuhörern freundlich grüßend durchzugehen, sah er voraus, in welch schlimmer Ungewißheit die Boten zurückbleiben müßten, wenn jetzt lediglich Morgengrüße ausgetauscht würden und die beiden Chefs hinter glänzenden Türen verschwänden. Er wollte sich nicht in die Rolle des Ertappten drängen lassen.

Lucius hatte nicht viel Zeit. Er konnte sich nicht einmal mehr auf die Zehenspitzen stellen, aber wenigstens die Hacken hatten noch zueinander gefunden, als er rief: Herr Direktor, ich melde, Boten bei der Diskussion revolutionärer Fragen.

Daß er den Direktor unter Umgehung des Personalchefs angesprochen hatte, erfüllte ihn sofort mit Sorge. Aber die Antwort des Direktors beruhigte ihn wieder. Bravo, meine Freunde! Weitermachen!

Einige Boten wiederholten: Weitermachen.

Alle sahen den beiden Herren nach, sahen, daß jeder der Herren in ein anderes Zimmer, nämlich jeder in sein eigenes, ging. Da löste sich der Halbkreis sofort auf, man klopfte einander auf die Schultern, einer schlug vor, ein Lied zu singen, aber da war ein anderer schon bei seinem Wägelchen. Jetzt wollte jeder so schnell wie möglich zu seinem Wägelchen. Kreuz und quer liefen sie durcheinander, die Wagenburg erwies sich als ein großes Hindernis, aber dann hatte schließlich doch jeder sein Wägelchen gefunden, klammerte sich an sein Wägelchen, stob mit seinem Wägelchen in seriöser Hast davon.

Wer kurz darauf einem Boten begegnete, der spürte, daß von den Boten etwas Feiertägliches ausging. Der Betriebspsychologe Dr. Gander, der von nichts wußte, will sogar noch am späten Nachmittag in den Augen einzelner Boten etwas wie Verklärung festgestellt haben.

Wenige Tage später gab Lucius Nord im Botenzimmer bekannt, die Betriebsleitung sei der Ansicht, es könne den vielen körperbehinderten Boten nicht zugemutet werden, revolutionäre Fragen im Gang stehend zu diskutieren, deshalb biete man den Boten an, die Diskussion revolutionärer Fragen in Zukunft im großen Sitzungssaal der Firma zu veranstalten. Als Lucius Nord dann noch hinzufügte, die Betriebsleitung habe ausdrücklich vermerkt, daß auch die Wägelchen mitgebracht werden dürften, da war es im Botenzimmer mehrere Augenblicke lang ganz still. Dr. Gander hätte wieder etwas wie Verklärung feststellen können.

Lucius Nord, der immer noch die Schuhe mit den dicken weichen Sohlen trug, hob sich von den Absätzen auf die Zehen und sagte: Meine Freunde, was wollen wir mehr?

Leonie Ossowski
Die Metzgerlehre

Ein Schwein wurde geschlachtet. Es war Fietschers erster Arbeitstag, bisher hatte er noch nichts zu tun. Er sah nur das Schwein an und dachte darüber nach, wie es wohl sterben würde.

Fietscher hatte nie Metzger werden wollen. Er wollte nicht schlachten, nicht Fleisch schneiden, keine Wurst machen und nicht im Blut rühren.

Er wollte zur See fahren, und das hatte man ihm verboten. Was also dann? Genau das wußte er nicht. Trotz vieler Vorschläge hatte er sich für nichts anderes als für das Aufdemwasserherumfahren entscheiden können.

Trotzdem sagte der Vormund: Metzger. Jeder Widerspruch blieb sinnlos.

Also das Schwein. Es lief herum und quiekte und war groß und fett. Ein schönes Schwein, von dem man lange essen konnte, sagte der Bauer, während die Bäuerin Eimer und Schüsseln für das Blut zurechtstellte. Das Schwein lief hin und her. Nicht sehr weit, denn es war am Hinterbein an einen Baum gebunden und sah Fietscher unter rosa Wimpern an.

Steh nicht so rum, sagte der Metzger, dem – wie den meisten Metzgern – ein Finger von den Händen fehlte, hol das Schießeisen.

Fietscher lief zum Auto und kam unverrichteter Dinge zurück. Er hatte das Schießeisen in der Metzgerei liegen gelassen. Da fiel dem Metzger ein gutes Mittel gegen Fietschers Vergeßlichkeit ein.

Fietscher sollte jetzt das Schwein selber totschlagen. Die Bäuerin war dagegen, hatte das Schwein ein Jahr gefüttert und eine Beziehung zu ihm gewonnen, der Bauer nicht. Fietscher wurde blaß, und es würgte ihn im Hals. Das Schwein quiekte, zwinkerte und spürte Angst. Das sah Fietscher ihm an.

Ich kann nicht, sagte er.

Der Metzger war anderer Meinung, drückte ihm eine Axt in die Hand, stand mit einem großen Vorschlaghammer neben ihm, bereit, den zweiten Schlag zu führen und schon im vorhinein Fietscher nichts zutrauend.

Also los!

Ich kann nicht.

Da bekam Fietscher einen Schlag, nicht doll und vorerst nur ins Genick, aber er stolperte, fiel vorneüber auf das Schwein, umarmte es, um nicht in den Dreck zu rutschen, und sah sich Auge in Auge mit ihm.

Alle lachten: die Bäuerin, der Bauer, der Metzger.

Los!

Fietscher stand auf und wußte Bescheid. Auch das Schwein wußte wohl Bescheid, quiekte jedenfalls nicht mehr, zeigte Vertrauen und stand ganz still. Da schlug Fietscher mit dem verkehrten Ende der Axt zu.

Es war ein großartiger Schlag. Das Schwein fiel gleich um. Der Metzger brauchte nicht zum Nachschlag auszuholen. Fietschers Schlag hatte genügt. Hohl und dumpf dröhnte er auf dem Schweineschädel, brummte noch nach und hinterließ keine Spur. Das Schwein hatte nicht einmal mehr Zeit gehabt, die Augen zuzumachen, so gut saß der Schlag.

Der Metzger war sehr zufrieden, warf den Hammer weg und stach das Tier ab. Die Bäuerin holte die Schüssel für das Blut, der Bauer das Wasser für den Trog. Alles ging wie am Schnürchen.

Nur in Fietschers Ohren brummte der Schlag und fing dort ein Getöse an, so daß er die Zurufe des Metzgers nicht verstand!

Weiß der Himmel, wie lange er nutzlos herumgestanden oder auch diesen oder jenen Handgriff gemacht hatte.

Plötzlich drückte ihm der Metzger den Kopf des Schweines in die Hand.
Trag ihn in die Küche!
Fietscher hielt den Schweinekopf an den Ohren. Die offenen Augen waren
auf ihn gerichtet. Immer noch läppisch vertrauensselig sah das tote Vieh ihn
an.
Da rannte er los. Nicht in die Küche, sondern am Haus vorbei, hinunter
zum Neckar bis zur Brücke, unter der ein Kahn mit Koks durchfuhr. Fietscher ließ den Schweinekopf fallen, mitten auf den Koks, wo er still und
rosa liegenblieb und nun mit offenen Augen in aller Ruhe bis Stuttgart fahren würde.
Und endlich hörte das Brummen vom Schlag in Fietschers Ohren auf. Er
ging zurück zum Metzger, steckte ohne Mucken und Tränen gewaltige
Prügel ein, ohne eine Erklärung für sein Handeln abzugeben. Eine Zufriedenheit hatte ihn mit dem Davonfahren des Schweinekopfes auf dem Schiff
erfüllt, die ihm niemand nehmen konnte.

Angelika Mechtel
Johanna Blechnapf

Wir wußten, daß er mit zerborstenem Schädel im linken Raumdrittel lag,
einer hatte sich erbrochen, und unten fuhr die Funkstreife vor. Judith kam
mit der Pfanne voll Spiegeleier dazu, ließ sie aus der Hand rutschen, daß sie
aufs Linoleum schlug, und bekam einen Schreikrampf. Wir achteten dar-
auf, auf der Schweinerei nicht auszurutschen. Die Polizei protokollierte
Selbstmord durch Erschießen und stellte die Schußwaffe sicher.
Danach nistete sich Judith bei Johanna ein.
Es hat während der Beerdigung nicht geregnet.
Ich sage zu Judith: Geh nach Hause.
Sie brät Spiegeleier und sucht Zärtlichkeit.

Das Dröhnen der Kirchenglocken verfängt sich im Trichter des Hinterhofs.
Johanna schläft, und auf dem Linoleum unter dem geöffneten Fenster liegt
Judith nackt im Sonnenstreifen.
Heftig schaukelt der Schmerz hinter der Schläfe, stülpt sich wie eine Glocke
über Johannas Hirn. Sie denkt an Judith wie an eine blaßgrüne Pflanze.
Achtundfünfzig Zentimeter, sagt Judith und preßt sich Haut und Fleisch
mit beiden Händen in den Magen.

Die Glieder lösen sich aus dem Körper und verteilen sich, jetzt bleibt nur noch der Kopf, entfernt sich der Kopf, bleibt der Schmerz, die Hitze, die schon den Morgen ermüdet.
Bewegungsunfähig liegt Johanna, das Laken über den Nabel gezogen.
Gliederlos schaukelnd.
Judith wird braun.

Ich habe Lust auf Spiegeleier.
Halbschlafträume drehen auf, die mich mit pulsierenden Herzschlägen aus der Bewußtlosigkeit reißen, so liebe ich mich später selbst, um die Besinnung wiederzufinden.

Gegenüber liegt ein Mann im Fenster, bleichhäutig und aufgeschwemmt.
Sein Unterhemd leuchtet.
Johanna wirft die Zigarettenkippe in den Hof. Der Mann gegenüber folgt ihr mit den Augen.
Judith sucht einen Mann.
Johanna beugt sich aus dem Fenster. Wenn sie auf der Mauer aufschlägt, wird sie sich das Rückgrat brechen, die Zunge aus dem Hals gepreßt.
Sie holt sich noch eine Zigarette.
Auf dem Zementboden des Hinterhofs spielen Kinder Himmel und Hölle und betrügen sich.
Anfangs hatte Johanna sich erwartungsgemäß verhalten.
Dann begann es mit Müdigkeit.
Später der schaukelnde Schmerz im Kopf und die Trübung der Bewußtseinsbegriffe, das Bedürfnis, Müdigkeit durch Essen zu kompensieren.
Johanna schlief von morgens bis mittags. Trotzdem kleidete sie sich anfänglich noch gegen vierzehn Uhr an und lief durch die Wohnung, bis die Augen tränten, Müdigkeit im Hirn, Schweißausbrüche.
Johanna begann im Gehen zu essen.
Später machte sie sich an die Vorräte der mitwohnenden Kommilitonen.
Den übrigen Tag verbrachte sie auf dem Bett, lag meistens auf dem Bauch, die Beine gespreizt.
Sie hörte den Schuß nebenan.
Er hatte sich in den Mund geschossen.
Judith schrie eine Woche hindurch nachts.
Dann begann Johanna mit Judith.
Morgens sah sie dem Bleichhäutigen von gegenüber zu, wie er sich mit bloßem Oberkörper rasierte.
Johanna war glücklich.

Seit einer Woche wohnt im Zimmer nebenan ein Medizinstudent.

Judith sagt: Er sieht gut aus.

Johanna ekelt sich vor blassen Pflanzen.

Judith sagt: Meinst du, ich kann ihn kriegen?

Inzwischen sind es vier Kinder, die Himmel und Hölle spielen, das vierte mogelt am besten.

Ich ziehe mich an. Wochenlang habe ich mich nicht mehr angekleidet, habe nackt auf dem Bett gelegen, ungewaschen, ins Laken gerollt. Das ungekämmte Haar binde ich unter Judiths grünes Kopftuch.

Judith zirpt jetzt nebenan.

Ich stecke meine Füße in ihre Straßenschuhe. So aufgeschwemmt bläht sich mein Bauch, daß der Rock nicht mehr schließt.

Ich gehe in die Stadt. Die aufgeblendeten Scheinwerfer der Wagen fahren auf mich zu.

Ich setze mich auf den Randstein und zünde mir eine Zigarette an.

Ich habe nichts getrunken.

Habe nicht randaliert.

Ich habe, die Füße im Rinnstein, einen halben Meter neben einem Gully gesessen und geraucht.

Habe nicht gebettelt.

Es hat mir auch keiner was gegeben.

Aber zwei von der Polizei haben mich unter den Achseln gefaßt und hochgezogen.

He, Sie da.

Johanna hat beide angelächelt.

Danke schön.

Aber sie ließen mich nicht sitzen.

Gegen Verkehr unter Frauen, sage ich auf der Station, gibt es keinen Paragraphen.

Da hat mich einer angefaßt.

Ich habe keine Promille, habe ich gesagt.

Ich habe kein Auto.

Arbeitsscheu.

Ich treibe mich nicht herum.

Ich nehme auch jeden Mann.

Prostitution. Wenn Sie hier raus sind, werden wir Ihnen mal den Steuerprüfer schicken.

Haben Sie eine Zigarette für mich?

Die drei Wachtmeister lachen.

Ich spüre, wie Angst in mir hochkommt.

Leibesvisitation.
Geschlechtskrank?
Die Ärztin fingert. Man gibt mir einen Zettel:

Nicht geschlechtskrank. Gegen diese Bestätigung können Sie bei Ihrer Entlassung eine Unterhose, einen Büstenhalter, einen Rock, einen Pullover, ein Paar Halbschuhe und ein grünes Kopftuch unter der Nummer 2346 abholen.

Die weibliche Polizei steckt mich in einen Kittel.
Das muß runter, sagt die propre junge Frau, das Käppi kerzengerade auf den Scheitel gesetzt und den Knüppel um die Hüften geschnallt, und meint die Haare. Sie nimmt die Schere selbst. Freude liegt in ihrem Gesicht. Das Rasieren der Kopfhaut übernimmt ein Mann.
Ich habe nie geschrien.
Mich nicht gewehrt.
Ich habe mich befingern und kahlscheren, habe mir bestätigen lassen, ohne Widerstand.
Trotzdem bringt man mich in die Beruhigungszelle. Nimmt mir den Kittel und läßt mich nackt auf der Pritsche zurück. Eine Neonröhre, die unter bruchsicherem Glas in die Decke eingelassen ist, erhellt den Raum unerträglich. Die Wärterin beobachtet mich durch das Guckloch in der Stahltüre.
Es hatte mit Müdigkeit begonnen.
Der Schmerz drängt in mein pulsierendes Hirn.
Judith wird nachts neben dem Mediziner zirpen.
Mein Freund fährt einen schnellen Wagen.
Sie machen es hier mit unerträglichem Neonlicht.
Mein Vater ist clever.
Sie machen es hier mit trockenheißem Luftstrom.
Sie machen es mit Schlägen.
Ich sage, ich bin glücklich gewesen.
Sie machen es hier mit Fußtritten.
Und der Lautsprecheranlage.
Die Wärterin hat den Napf Mittagessen neben Johanna gestellt, die kotbesudelt auf dem Fußboden gelegen haben soll.
Die Wärterin soll Johanna mit dem Fuß gestoßen haben.
Johanna ist tot.
Die Obduktion ergibt, daß Merkmale der Einwirkung äußerer stumpfer Gewalt festgestellt werden können, in Form von Rippenbrüchen und

Quetschungen der Lungenlappen, von zahlreichen Blutbeulen über beiden Gesäßhälften, dem Rücken und der rechten Brustkorbseite.

Die Ermittlungen der Kriminalpolizei haben aber keine Anhaltspunkte ergeben, wonach der Tod durch fremde Hand verursacht worden sein könnte.

Man hat Johanna zu Tode geprügelt.

Die Wärterin sagt von Johanna: sie habe wild um sich geschlagen, sie habe gebissen und gekratzt, Johanna habe sie angefallen.

Die Behörden behandelten die Angelegenheit ein Vierteljahr lang als Leichensache ohne Fremdeinwirkung.

Wolf Wondratschek
Mittagspause

Sie sitzt im Straßencafé. Sie schlägt sofort die Beine übereinander. Sie hat wenig Zeit.

Sie blättert in einem Modejournal. Die Eltern wissen, daß sie schön ist. Sie sehen es nicht gern.

Zum Beispiel. Sie hat Freunde. Trotzdem sagt sie nicht, das ist mein bester Freund, wenn sie zu Hause einen Freund vorstellt.

Zum Beispiel. Die Männer lachen und schauen herüber und stellen sich ihr Gesicht ohne Sonnenbrille vor.

Das Straßencafé ist überfüllt. Sie weiß genau, was sie will. Auch am Nebentisch sitzt ein Mädchen mit Beinen.

Sie haßt Lippenstift. Sie bestellt einen Kaffee. Manchmal denkt sie an Filme und denkt an Liebesfilme. Alles muß schnell gehen.

Freitags reicht die Zeit, um einen Cognac zum Kaffee zu bestellen. Aber freitags regnet es oft.

Mit einer Sonnenbrille ist es einfacher, nicht rot zu werden. Mit Zigaretten wäre es noch einfacher. Sie bedauert, daß sie keine Lungenzüge kann. Die Mittagspause ist ein Spielzeug. Wenn sie nicht angesprochen wird, stellt sie sich vor, wie es wäre, wenn sie ein Mann ansprechen würde. Sie würde lachen. Sie würde eine ausweichende Antwort geben. Vielleicht würde sie sagen, daß der Stuhl neben ihr besetzt sei. Gestern wurde sie angesprochen. Gestern war der Stuhl frei. Gestern war sie froh, daß in der Mittagspause alles sehr schnell geht.

Beim Abendessen sprechen die Eltern davon, daß sie auch einmal jung waren. Vater sagt, er meine es nur gut. Mutter sagt sogar, sie habe eigentlich Angst. Sie antwortet, die Mittagspause ist ungefährlich.

Sie hat mittlerweile gelernt, sich nicht zu entscheiden. Sie ist ein Mädchen wie andere Mädchen. Sie beantwortet eine Frage mit einer Frage. Obwohl sie regelmäßig im Straßencafé sitzt, ist die Mittagspause anstrengender als Briefeschreiben. Sie wird von allen Seiten beobachtet. Sie spürt sofort, daß sie Hände hat.

Der Rock ist nicht zu übersehen. Hauptsache, sie ist pünktlich. Im Straßencafé gibt es keine Betrunkenen. Sie spielt mit der Handtasche. Sie kauft jetzt keine Zeitung.

Es ist schön, daß in jeder Mittagspause eine Katastrophe passieren könnte. Sie könnte sich sehr verspäten. Sie könnte sich sehr verlieben. Wenn keine Bedienung kommt, geht sie hinein und bezahlt den Kaffee an der Theke. An der Schreibmaschine hat sie viel Zeit, an Katastrophen zu denken. Katastrophe ist ihr Lieblingswort. Ohne das Lieblingswort wäre die Mittagspause langweilig.

Kurt Marti
Neapel sehen

Er hatte eine Bretterwand gebaut. Die Bretterwand entfernte die Fabrik aus seinem häuslichen Blickkreis. Er haßte die Fabrik. Er haßte die Maschine, an der er arbeitete. Er haßte das Tempo der Maschine, das er selber beschleunigte. Er haßte die Hetze nach Akkordprämien, durch welche er es zu einigem Wohlstand, zu Haus und Gärtchen gebracht hatte. Er haßte seine Frau, so oft sie ihm sagte, heut nacht hast du wieder gezuckt. Er haßte sie, bis sie es nicht mehr erwähnte. Aber die Hände zuckten weiter im Schlaf, zuckten im schnellen Stakkato der Arbeit. Er haßte den Arzt, der ihm sagte, Sie müssen sich schonen, Akkord ist nichts mehr für Sie. Er haßte den Meister, der ihm sagte, ich gebe dir eine andere Arbeit, Akkord ist nichts mehr für dich. Er haßte so viel verlogene Rücksicht, er wollte kein Greis sein, er wollte keinen kleineren Zahltag, denn immer war das die Hinterseite von so viel Rücksicht, ein kleinerer Zahltag. Dann wurde er krank, nach vierzig Jahren Arbeit und Haß zum ersten Mal krank. Er lag im Bett und blickte zum Fenster hinaus. Er sah sein Gärtchen. Er sah den Abschluß des Gärtchens, die Bretterwand. Weiter sah er nicht. Die Fabrik sah er nicht, nur den Frühling im Gärtchen und eine Wand aus gebeizten Brettern. Bald kannst du wieder hinaus, sagte die Frau, es steht jetzt alles in Blust. Er glaubte ihr nicht. Geduld, nur Geduld, sagte der Arzt, das kommt schon wieder. Er glaubte ihm nicht. Es ist ein Elend, sagte er nach drei Wochen zu seiner Frau, ich sehe immer das Gärtchen, sonst nichts, nur das Gärtchen, das ist mir zu langweilig, immer dasselbe Gärtchen, nehmt einmal zwei Bretter aus dieser verdammten Wand, damit ich was anderes sehe. Die Frau erschrak. Sie lief zum Nachbarn. Der Nachbar kam und löste zwei Bretter aus der Wand. Der Kranke sah durch die Lücke hindurch, sah einen Teil der Fabrik. Nach einer Woche beklagte er sich, ich sehe immer das gleiche Stück Fabrik, das lenkt mich zu wenig ab. Der Nachbar kam und legte die Bretterwand zur Hälfte nieder. Zärtlich ruhte der Blick des Kranken auf seiner Fabrik, verfolgte das Spiel des Rauches über dem Schlot, das Ein und Aus der Autos im Hof, das Ein des Menschenstromes am Morgen, das Aus am Abend. Nach vierzehn Tagen befahl er, die stehengebliebene Hälfte der Wand zu entfernen. Ich sehe unsere Büros nie und auch die Kantine nicht, beklagte er sich. Der Nachbar kam und tat, wie er wünschte. Als er die Büros sah, die Kantine und so das gesamte Fabrikareal, entspannte ein Lächeln die Züge des Kranken. Er starb nach einigen Tagen.

Christine Brückner
In stillem Gedenken

Gustav U. Seit dem großen Unglück gibt es den Namen nicht mehr. Auf keinem Grabstein und in keiner Todesanzeige hat er unter denen der Toten gestanden. Das war allerdings nur ein Versehen gewesen. Niemand hat nach ihm gefragt in den ersten Tagen nach der Katastrophe. Später ging dann alles wieder seinen gewohnten Gang, die leergewordenen Plätze wurden wieder aufgefüllt, und von den Toten sprach man nicht, nicht untereinander und schon gar nicht mit den Neuen.

Als sein Kollege G. aus dem Krankenhaus entlassen wurde, schickte man ihn zum Abwaschen in die Kantine, weil er für die Pumpen nicht mehr taugte. Er hätte vermutlich gemerkt, wenn ein anderer am Platz des Gustav U. gestanden hätte. Er suchte in den ersten Tagen auch nach ihm, durch das Fenster der Essensausgabe konnte man von der Abwaschküche aus einen Teil der Kantine überblicken. Einmal war er drauf und dran, die Luzie L. nach ihm zu fragen, das Mädchen, das beim Servieren half. Aber gerade da schlug sie mit einem dreisten Lachen nach der Hand, die sie beim Arm packte, und da ließ er es lieber.

Im großen Saal des Verwaltungsgebäudes wurde das Datum des Unglücks in die weiße Marmorwand, rechts hinter dem Rednerpult, eingemeißelt: der 14. September. Darunter hing ein Kranz aus vergoldeten Lorbeerblättern, der von da an regelmäßig abgestaubt wurde. Er hing wohl auch für Gustav U. dort. Die Kessel waren wieder gefüllt, die Schornsteine rauchten, morgens, mittags und abends heulten die Werksirenen. Der Jahresbericht des Konzerns, dem das Werk in B. angehört, füllte auch im folgenden Frühjahr wieder vier Seiten der Wirtschaftsbeilagen sämtlicher großer Tageszeitungen. Zu Beginn der Weihnachtsfeier hatte sich die Belegschaft zwei Minuten zu stillem Gedenken im großen Saal des Verwaltungsgebäudes erhoben.

Zwei Monate nach der Explosion fiel einer Angestellten der Lohn- und Gehaltsabrechnungsstelle die Karteikarte des Gustav U. in die Hände, die seit dem Unglückstag nicht mehr gelocht worden war. Kein Lohn, keine Steuern, keine Krankmeldung, keine Entlassung. Sie nahm die Karte, um den Abteilungsleiter zu fragen. An der Tür seines Vorzimmers hörte sie bereits seine erregte Stimme, die sich im Zorn überschlug; sie bekam Angst, faltete die Karte zusammen, ließ sie in ihrem Jackenärmel verschwinden und warf sie auf dem Heimweg in einen Mülleimer. Wenn man ihr gesagt hätte, daß sie es war, die ihn vernichtet hatte, wäre sie an jenem Abend nicht einmal überrascht gewesen. Später leugnete sie, den Namen je gehört zu haben, da er sich ihrem Gedächtnis nicht eingeprägt hatte, wohl aber die Nummer. Hätte man sie nach der Nummer 07 0647 gefragt, wäre sie rot geworden und hätte vermutlich ihren Fehler eingestanden.

Als dieser Mann mit der Kontrollnummer 07 0647 etwa fünf Stunden nach der Explosion das Bewußtsein wiedererlangte, züngelten gerade die ersten Flammen nach seinen ölgetränkten Hosenbeinen. Er wälzte sich ein Stück zur Seite, kam auf Gras zu liegen, streifte die Hosen ab und lag still da, den Kopf mit beiden Armen schützend. Einmal drangen Schreie bis in seine Nähe, und ein anderes Mal meinte er, Wasser zu riechen und das Prasseln von Wassergarben zu hören. Zum Rufen war er zu erschöpft. Als er zum zweitenmal aufwachte, war es immer noch dunkel, aber hinter den Rauchwänden stand irgendwo die Sonne. Dann fing es an zu regnen. Er breitete Arme und Beine weit aus und ließ die Tropfen in seinen ausgetrockneten Mund fallen. Später rieb er sich mit dem regennassen Taschentuch den Ruß aus den Augen und das Öl von den Lippen und Nasenlöchern, kämmte sich sogar, suchte seine Hosen, fand sie und ging dann weg. Damals hatte er nichts weiter vorgehabt, als wegzugehen. Raus aus der Hitze, dem Ölgestank, dem Rauch, dem Dröhnen. Sein Kopf war benommen, er ging langsam, manchmal taumelte er voran, ohne den Weg wiederzuerkennen, den er am Vorabend noch mit Luzie L. und ihrem Jungen gegangen war. Im Dorf schenkte ihm jemand einen alten Anzug, aber als sie ihn umringten und etwas hören wollten, ging er weiter; er schlief im Freien, bis er vor Hunger wach wurde und wieder weiterging. Was er wollte, wußte er nicht. Aber er wußte, was er nicht mehr wollte: er wollte nicht zurück. Er wollte keine ölverschmierten Hosen mehr anhaben und nicht mehr mit Männern in einer Baracke schlafen müssen, er wollte nicht mehr an der Stechuhr vorbei müssen, er wollte nicht mehr in Kantinen essen, er wollte keine Nummer mehr sein.

Schon früher war das einmal über ihn gekommen, daß er nicht mehr mitmachen wollte, nur daß er damals jünger gewesen war und gewußt hatte, was er statt dessen wollte. Aber schon nach drei Wochen hatten sie ihm die Frau weggeholt, Ija W., eine Fremdarbeiterin aus Polen. Er hatte sich selbst gestellt und war zu einer Strafkompanie abkommandiert worden. Er hatte Minen geräumt. Aber er war einer, der immer davonkam. Vielleicht lag es daran, daß ihm das Leben nicht mehr viel bedeutete. Er hatte nichts mehr zu verlieren.

Manchmal hatte er gehofft, daß er sie noch einmal finden würde: eine Frau, die jener anderen glich. Mit ihr wollte er alles neu anfangen. Arbeiten wollte er und eine Wohnung haben mit einer Korridortür, an der sein Name stand und sonst keiner, und ein Schlafzimmer mit weißbezogenen Betten und einen Jungen, aber der mußte Vater zu ihm sagen und nicht Onkel. So vermessen war er in den ersten Wochen, daß er glaubte, sie würde ihm begegnen, einfach so auf der Straße, wie damals.

Viele sind ihm begegnet, und mit einigen ist er auch mitgegangen, aber was er bei ihnen suchte, besaßen sie alle nicht, und was sie bei ihm suchten, besaß er nicht. Und eines Tages stand er dann wieder auf der Straße.

Gleich am Anfang hatte er sich einen neuen Namen zugelegt. Er nahm an, daß man diesen Gustav U. vermissen und verfolgen würde. Er entschied sich für ›Paul Weber‹. Davon gab es sicher viele und nun also auch ihn. In den langen Nächten dachte er sich Geschichten aus, weshalb er keine Papiere besaß und wie er sich durchmogeln wollte, ohne Kennkarte, ohne Arbeitspapiere und ohne polizeiliche Abmeldung. Großartige Abenteuer hatte er erfunden, die niemand hören wollte. Man gab ihm ein Bett, ohne nach seinem Namen zu fragen, und man gab ihm zu essen, wenn er Geld in der Tasche hatte. Und Arbeit fand er auch. Er hatte alles mögliche gelernt in den vierzig Jahren, in denen er Volksdeutscher und Heimatvertriebener gewesen war. Einmal half er an einer Tankstelle aus und das andere Mal beim Mähdreschen, er fuhr den Trecker für ein Fuhrunternehmen und arbeitete ein paar Wochen in einer Molkerei. Keine Papiere –? Dann brauchte man auch keine Sozialbeiträge für ihn zu zahlen. Paul hieß er? Warum nicht, also rief man ihn Paul.

Aber immer kam dann ein Morgen, an dem er weiter mußte. Nicht, weil man ihn fortschickte. Er mußte sich seine Freiheit bewahren. Städte, Dörfer, Autostraßen, Feldwege. Winter und Frühling und Sommer. Ohne daß er es wollte und merkte, geriet er unter jene, die auf den Straßen leben, weil sie kein Zuhause haben, die frei sind, weil es niemanden gibt, der sie hält.

Eines Tages bekam er Sehnsucht nach seinem alten Namen. Daß jemand ihn ›Gustav‹ nannte. Und wenn es die Luzie gewesen wäre, oder der alte G. Zum erstenmal überlegte er, wen es wohl damals erwischt hatte und wer davongekommen war wie er, und einen Augenblick lang war er noch einmal stolz darauf, daß er ihnen entwischt war. Einen tollen Streich hatte er ihnen gespielt! Sie würden ihn gesucht haben, ihn, den Gustav U.! Ganze Kolonnen würden sie ausgeschickt und den Wald nach ihm abgekämmt haben. Vielleicht hatten sie ihn sogar durch die Zeitung suchen lassen! Und erst ganz zum Schluß hatten sie dann auf seine Personalkarte geschrieben, daß er bei der Explosion am 14. September sein Leben für die Treibstoffwerke in B. gelassen hätte. In treuer Pflichterfüllung.

Es tat gut, sich das auszumalen, wenn er nachts zwischen den anderen Männern in der Baracke lag und nicht schlafen konnte, weil das Bellen eines Hundes ihn nicht zur Ruhe kommen ließ. Er kam sich so verloren vor wie der Hund, der durch die Nacht streunte. Er dachte sich aus, wie er aus der Baracke schleichen wollte, um den Hund zu suchen, und wie er ihn zu sich locken wollte und ihn streicheln. ›Jawohl, mein Alter‹, würde er sagen. ›Wir beide! Es ist doch gar nicht so schlimm. Laß doch die andern! Wenn erst die Nacht rum ist, wird alles besser, dann gehen wir zusammen los, wir beide. Komm, sei ruhig!‹ – So würde er sagen.

Es war noch kein volles Jahr vergangen, als er wieder in B. ankam. Nicht, daß er abgerissen und halbverhungert vor dem Pförtner gestanden hätte. Er kam wie einer, der auf sein gutes Recht pochen konnte. Hier bin ich! Ihr habt wohl gedacht, ich wäre mit in die Luft gegangen. Ich bin noch am Leben! Er hatte sich vorgestellt, daß der Pförtner blaß werden würde, wenn er ihn sähe und seinen Namen hörte. Aber er wurde nicht blaß, niemand wurde blaß, niemand konnte sich an sein Gesicht und seinen Namen erinnern.

›Seht doch auf meiner Karte nach!‹ schrie er. Aber seine Karte befand sich in keiner Kartei.

Ludwig Fels
Warten

Ich stand neben ihm an der nächsten Maschine. Wir machten die gleiche Arbeit, nicht zusammen, aber nahe genug, um die Schwierigkeiten des andern zu merken. Keiner von uns beiden war zufrieden. Bis ich eines Tages jedem sagte, was wir dachten. Die Personalabteilung schrieb mir, ich sei entlassen. Ich zeigte Savvas den Brief. Er schwieg dazu. Er konnte wenig Deutsch. Ich erinnere mich gern an meinen letzten Tag in der Fabrik, schon deshalb, weil er in meiner Nähe war. Er kaut den letzten Bissen, schaltet die Maschine ein, nimmt noch einen Schluck aus der Flasche, der die Essensreste aus den Zahnlücken spült, und legt sich wieder ins Zeug, weil er muß. Ich kaufe mir einen Schnaps auf nüchternen Magen; eigentlich ist er eine schmerzende Blase, in der Zigarettenrauch sticht. Ich bin heut der erste Betrunkene, sag ich.

Ich bücke mich noch oft zu dem Geldschlitz des Bierautomaten hinab und stelle die leeren Flaschen so in einer Reihe auf, daß auch der Meister sie sieht, wenn er auf seinen Rundgängen vorbeikommt.

Der Mann neben mir lächelt schwitzend; trotzdem wirkt er ganz gelassen. Einmal hat er sich wegen der Hitze bis auf die Badehose ausgezogen, und ich mußte ihm erklären, daß das verboten ist. Das Maschinenöl hatte gekocht. Er schlüpfte mit der nassen Haut wieder in die feuchten Kleider. Ich glaube, er hätte mir in der Kantine, an einem dieser endlosen Tische, wo alle alles schlucken, zu verstehen geben können, daß er auch manchmal schreien möchte.

Iß lieber, sag ich, oder trink, ich hab eine Flasche dabei: wenn die leer ist, sind wir voll.

Ich lade ihn ein, sag, komm zu mir, den Abschied feiern, du findest mich in der Kneipe. Er nickt, als er mich endlich verstanden hat, gibt mir die Hand und bedient wieder seine Maschine, die ihm keine Zeit zu Herzlichkeiten läßt. Er winkt mir noch ein paarmal zu.

Ich geh eher weg.

Der Laden ist mir egal geworden; ein neuer wird sich schon finden lassen, und die alte Scheiße beginnt von vorn. Man muß sich verkaufen, ohne daß man seinen Besitzern die Freude verderben könnte. Was nützt mir das Wissen, daß es auch anders geht? Man hat den Kopf voll schöner Gedanken, und die Hände stecken noch immer im Dreck.

In der Kneipe dann wandern meine Blicke vom Glas zur Uhr, häufiger als üblich. So kenne ich mich gar nicht. Die Frau aus dem Hinterhaus, die von jedem Freier ein Kind behält, ist ebenfalls da; sie arbeitet in der gleichen Fabrik und ist zu arm, um jemals Nein sagen zu können. Jetzt lacht sie über die Schlagzeilen in der Zeitung, die man hier umsonst lesen kann. Wegen ihr trauen sich schon die ersten Ausländer herein und bringen gesunde Kultur mit. Ihre Mutter ist daheim und behütet die Enkel.

Würde Savvas nur endlich antanzen, dann könnten wir uns gegenseitig auf die Schultern klopfen oder freundschaftlich in die Magengrube boxen und lachen ohne Luft, die sowieso stinkt.

Ich warte auf sein gutes Schweigen.

Das ist die beste Verständigung für den Anfang: am Tisch sitzen und mit Bewegungen Stimmung erzielen, die uns näherbringt; ich kann mir einfach nicht die immergleichen Worte anhören, die keine Veränderung einleiten, da sie zu oft nachgeplappert werden.

Ich brauche einen Genossen.

III

Hermann Hesse
Ein Maulbronner Seminarist

Im Kloster Maulbronn, wo seit etwa anderthalb Jahrhunderten schwäbische Knaben als Stipendiaten wohnen und, zu evangelischen Theologen bestimmt, in Latein, Hebräisch, klassischem und neutestamentlichem Griechisch unterrichtet werden, tragen die Arbeitsräume dieser Knaben schöne, vorwiegend humanistische Namen; sie heißen etwa Forum, Athen, Sparta, und einer von ihnen heißt Hellas. In dieser Stube Hellas steht an zwei Wänden mit kleinen Zwischenräumen etwa ein Dutzend Arbeitspulte, an denen die Seminaristen ihre Schulaufgaben besorgen, ihre Aufsätze schreiben, ihre Wörterbücher und Grammatiken stehen haben, aber auch eine Fotografie der Eltern oder der Schwester, und unter dem Pultdeckel werden neben den Schulheften auch Freundes- und Elternbriefe, Lieblingsbücher, gesammelte Mineralien und die eßbaren Gaben der Mutter aufbewahrt, die jeweils mit dem Wäschepaket kommen und das trockene Vesperbrot veredeln, ein Topf Konfitüre etwa oder eine haltbare Wurst, ein Glas Honig oder ein Stück Geräuchertes.

Ziemlich in der Mitte der Längswand, unter einer mit Glas gerahmten Zeichnung mit einer allegorisch-klassischen Idealfrauengestalt, dem Wahrzeichen der Stube Hellas, stand oder saß an seinem Pult in der Zeit um 1910 ein Knabe namens Alfred, ein Lehrerssohn aus dem Schwarzwald, ein Fünfzehnjähriger, der heimlich Gedichte machte und öffentlich wegen seiner glänzenden deutschen Aufsätze berühmt war; sie wurden des öfteren vom Repetenten der Klasse als Musterstücke vorgelesen. Im übrigen machte sich Alfred, wie mancher junge Poet, durch allerlei sonderlinghafte Züge und Gewohnheiten teils merkwürdig, teils unbeliebt; beim Aufstehen am Morgen war er meist der letzte seines Schlafsaals, der aus dem Bett zu bringen war; sein einziger Sport war das Lesen, auf Neckereien konnte er bald mit schneidendem Hohn, bald mit beleidigtem Schweigen und Sicheinkapseln antworten.

Unter den Büchern, die er am meisten liebte und beinahe auswendig wußte, war auch der Roman »Unterm Rad«, ein nicht geradezu verbotenes, von den Autoritäten aber wenig geschätztes Buch. Vom Verfasser dieses Buches wußte Alfred, daß er auch einmal, vor etwa zwanzig Jahren, Seminarist in Maulbronn und Bewohner der Stube Hellas gewesen war. Er kannte auch Gedichte dieses Verfassers und war heimlich gesonnen, in dessen Fußstapfen zu treten und ein bekannter und von den Philistern beargwöhnter Schriftsteller und Dichter zu werden. Allerdings war jener Verfasser von

»Unterm Rad« einst nicht sehr lang im Kloster und in der Stube Hellas geblieben, er war entsprungen und hatte schwierige Jahre zu überstehen gehabt, ehe er seinen Kopf durchgesetzt hatte und ein sogenannter freier Schriftsteller geworden war. Nun, wenn Alfred bisher auch diesen Sprung ins Ungewisse nicht getan hatte, sei es aus Verzagtheit, sei es aus Rücksicht auf seine Eltern, wenn er Seminarist geblieben war und vielleicht in Gottes Namen auch noch Theologie studieren würde, einmal würde doch der Tag kommen, an dem er die Welt mit Romanen und Gedichten beschenken und an denen, die ihn heute verkannten, edle Rache nehmen würde.

Eines Nachmittags nun, während der Zeit der »stillen Beschäftigung«, hatte der Jüngling den Deckel seines Pultes hochgeschlagen, nach irgend etwas im Innern dieser Schatzkammer suchend, die neben dem Honigtöpfchen von zu Hause auch seine lyrischen und anderen Manuskripte barg. Er war in träumerischer Stimmung und fing an, die vielen mit Tinte oder Bleistift geschriebenen oder mit dem Taschenmesser eingekratzten Namen früherer Nutznießer dieses Pultes zu studieren, lauter Namen, die mit dem Buchstaben H begannen, denn die durch alle Stuben laufende Reihe der Schülerplätze war nach dem Alphabet geordnet, und die mittleren Pulte hatten durch Jahrzehnte immer Seminaristen gedient, deren Name mit H begann. Es war unter ihnen der verdienstvolle Otto Hartmann und auch jener Wilhelm Häcker, der heute im Kloster als Professor für Griechisch und Geschichte atmete. Und im gedankenlosen Starren auf das Durcheinander der alten Inschriften zuckte er plötzlich auf: Da stand in ungefüger Handschrift mit Tinte ins helle Holz des Pultdeckels gekritzelt ein Name, den er kannte und hochhielt, der mit H beginnende Name jenes Dichters, den er zum Liebling und Vorbild erkoren hatte. Also hier, genau an seinem, an Alfreds Pult hatte der merkwürdige Mann einst seine Lieblingsdichter gelesen und seine lyrischen Versuche geschrieben, in diesem Fach hatte er sein lateinisches und griechisches Wörterbuch, den Homer und den Livius stehen gehabt, hier hatte er gehockt und die Pläne für seine Zukunft ausgesponnen, von hier war er eines Tages zu jenem Spaziergang aufgebrochen, von dem er der Legende nach als Gefangener eines Landjägers anderntags zurückgekehrt war! War das nicht wunderbar? Und war es nicht wie ein Vorzeichen, ein Schicksalswink und hieß: Auch du bist ein Dichter und etwas Besonderes, Schwieriges, aber Kostbares, auch du bist berufen, auch du wirst einst der Stern junger Nachfolger und ihr Vorbild sein!

Kaum konnte Alfred das Ende der Schweigestunde erwarten. Die Glocke schlug an, alsbald kam Bewegung und Lärm in die stille Stube, Geschrei, Gelächter, Zuschlagen von Pultdeckeln. Ungeduldig winkte der Jüngling seinen nächsten Nachbarn heran, mit dem er sonst kaum etwas zu teilen pflegte, und als der nicht sofort herüberkam, rief er aufgeregt: »Du, komm, ich muß dir etwas zeigen.« Gelassen näherte sich der andere, und Alfred zeigte ihm begeistert die von ihm entdeckte Inschrift mit dem Namen des Mannes, der vor zwanzig Jahren hier gehaust hatte und im Kloster Maulbronn eine ganz eigene, leidenschaftlich umstrittene Berühmtheit genoß.

Aber der Kamerad war kein Dichter und kein Schwärmer, auch war er bei seinem Pultnachbarn an Phantastereien gewohnt. Ungerührt betrachtete er die Buchstaben, die ihm des anderen Zeigefinger wies, wandte sich ab und sagte mit einer Art spöttischen Mitleids nur: »Ach, den Namen hast ja doch du selber da hingemalt.« Erbleichend wandte Alfred sich ab, wütend über die Abfuhr und wütend über sich selber, daß er seinen Fund nicht hatte für sich behalten können und ihn gerade diesem Theodor hatte zeigen müssen. Man wurde nicht verstanden, man lebte auf einer anderen Ebene, man war allein. Lange fraßen der Groll und die Enttäuschung in ihm fort.

Von Alfreds Maulbronner Taten und Leiden ist uns weiter nichts bekannt, auch seine Aufsätze und Verse haben sich nicht erhalten. Doch wissen wir über den Ablauf seines späteren Lebens in großen Zügen Bescheid. Er durchlief die beiden Seminare, bestand jedoch die Aufnahmeprüfung ins Tübinger Stift nicht. Ohne Begeisterung, der Mutter zuliebe, studierte er Theologie, zog als Freiwilliger in den ersten Weltkrieg, kehrte als Feldwebel zurück, scheint aber nie im Kirchendienst gewesen zu sein, sondern wandte sich einer kaufmännischen Tätigkeit zu. Im Jahr 1933 machte er den großen Rausch nicht mit, setzte sich gegen die Hitlerleute zur Wehr, wurde verhaftet und vermutlich schmachvoll behandelt, denn nach der Entlassung erlitt er einen Nervenzusammenbruch und wurde kurzerhand in eine Irrenanstalt gesteckt, von wo seine Angehörigen keinerlei Nachricht mehr erhielten, außer im Jahre 1939 eine kurze Todesanzeige. Keiner seiner einstigen Mitseminaristen, keiner seiner Tübinger Bundesbrüder stand mehr mit ihm in Verbindung. – Vergessen aber ist er trotzdem nicht.

Durch Zufall erfuhr eben jener Theodor, sein Maulbronner Stubenkamerad und Pultnachbar, die traurige Geschichte seines erfolglosen Lebens und seines elenden Untergangs. Und da Alfreds Lieblingsdichter und Vorbild, der Autor von »Unterm Rad«, noch am Leben und erreichbar war, hatte Theodor das drängende Gefühl, es sei hier etwas gutzumachen und es müsse irgendwie und irgendwo das Gedächtnis dieses begabten Unglücklichen und seiner jünglingshaften Liebe zu jenem Dichter fortleben. Er setzte sich hin und schrieb jenem H. H., der in unvordenklicher Zeit Alfreds Vorgänger an jenem Pult in der Stube Hellas gewesen war, einen langen Brief mit der Geschichte seines armen Maulbronner Mitschülers. Es ist ihm gelungen, den alten Mann für seine Geschichte so zu interessieren, daß er, damit die Kunde vom Seminaristen Alfred noch eine Weile fortlebe, diesen Bericht aufgesetzt hat. Denn das Bewahren und Erhalten und der Protest gegen Vergänglichkeit und Vergessenheit gehören ja, neben andern, zu den Aufgaben des Dichters.

Friedrich Georg Jünger
Der Knopf

Das Dorf lag an der Landstraße und an einigen Seitenwegen, die in Felder, Wiesen und Wald führten. Ein Straßendorf wie manches andere, mit roten Ziegeldächern, einer alten Kirche, die aus Hausteinen errichtet war, und einer an Umfang bescheidenen Gemarkung. Große, stattliche Höfe waren nicht darin, und wer es von vorn bis hinten abschritt, der fand keinen Vollmeierhof. Pferde gab es wenige; der Hauptteil der Feldarbeit wurde von Kühen verrichtet. Kleine und mittlere Bauern wirtschafteten hier, dazu einige Häusler. Die Dorfmark schnitt schon in die offene Heide ein, deshalb überwogen die leichten und mageren Böden. Auch lag ein Teil des Landes, der zu Wiesen gebraucht wurde, in der Senke, und in ihr floß ein mit Schilf, Kalmus und Ried bestandener Bach, der bei Sonnenlicht eine goldbraune Farbe hatte. Reich konnte auf solchen Böden niemand werden, doch hatten die Leute ihr Auskommen und begnügten sich.

Die Häusler hatten früher bei den Bauern auf dem Felde gearbeitet, und ihre Frauen taten das immer noch und halfen vor allem bei der Ernte aus. Die Männer fuhren jetzt in die Stadt und arbeiteten in den Fabriken. Der Häusler Schleen aber war bei einer Bohrgesellschaft beschäftigt, die in der Nachbarschaft nach Öl bohrte. Die Bohrungen, die seit Jahren rastlos fortgesetzt wurden, kosteten viel Geld, und obwohl das Ergebnis unbefriedigend war, wurden sie nicht eingestellt, denn kleinere Vorkommen, auf die man stieß, lockten zu immer neuen Versuchen. Die Bohrmeister fuhren mit ihren Röhren, ihren Bohrern und ihrem sonstigen Gerät in der Heide umher, und Schleen folgte ihnen. Da die Arbeiten seit einiger Zeit in die Umgebung des Dorfes verlegt worden waren, fuhr er früh am Morgen mit dem Rad fort und kam am späten Nachmittag zurück. Seine Frau besorgte inzwischen das Haus, die zwei Morgen Land, die dazugehörten, und das Kleinvieh. Sie waren seit zwei Jahren verheiratet und hatten noch keine Kinder. Ihr Haus, eine alte, immer noch strohgedeckte Kate, lag auf einem der Seitenwege des Dorfs, abwärts und gegen die offene Heide hin. Der Weg dorthin war mit Birken bepflanzt. Das Haus, ein Fachwerkbau, der bis auf die dunklen Balken weiß gestrichen war, war, obwohl alt, fest und in gutem Zustand. Wie alle Bauernhäuser der Landschaft vereinigte es Wohnraum, Stallung und Scheune unter einem Dach. Und wie überall war die Tenne darin aus hartgestampftem Lehm.

Schleen war ein fleißiger Mann, klein, mager, zäh und mit einem Gesicht, das nach innen ging. Auch seine Augen verrieten, daß er mehr mit eigenen Gedanken und Grübeleien beschäftigt war als mit seiner Umgebung. Seine Arbeit litt nicht darunter, denn er behielt etwas Handliches und Geschicktes. Er war nur ein Span von einem Mann, was jedem deutlich wurde, der ihn neben seiner Frau sah. Diese, die Dora hieß, erschien an seiner Seite noch größer und üppiger, als sie war. Sie hatte nicht nur für das schönste Mädchen des Dorfes gegolten, sie war auch so stark und tüchtig, daß alle Arbeit nur ein Spiel für sie zu sein schien. Sie rührte sich unermüdlich und lachte und schwatzte dabei gern; in der Heiterkeit, die von ihr ausging, war eine sinnliche Macht und Kraft. Und die Heiterkeit war eins mit ihrem Bedürfnis nach Bewegung und Mitteilung. Kein Fisch konnte sich im Wasser wohler fühlen als sie in ihrem Häuschen. Sie gehörte an ihren Platz, und wer sie so unbefangen, derb und rüstig an der Arbeit sah, der mochte ihrem Mann Glück dazu wünschen. Er war wohlversorgt und konnte das Haus ruhig verlassen, um seiner Arbeit nachzugehen.

Was den Bauern im Dorf an Dora gefiel, das schien ihrem Mann nicht rühmenswert zu sein. Er war still, abwartend, nachdenklich und gehörte zu den Schweigsamen, die man in der Landschaft oft trifft. Vielleicht hätte er nicht zu heiraten brauchen, denn wer ihn kannte, der kam zu der Überzeugung, daß er einen guten Junggesellen abgegeben hätte. Es blieb etwas Einschichtiges an ihm, und zu dieser Seite seines Wesens war ein Zugang schwer zu finden. Was hatte er auszusetzen? Nun, was ihm an Dora nicht gefiel, war eben ihre Heiterkeit, die so beständig wie ein blauer Sommertag war. Was ihm mehr und mehr zusetzte, war diese Heiterkeit, die er nicht verstand, für die ihm kein Grund vorhanden schien. Daß der Mensch nicht aus Gründen heiter zu sein braucht, daß ein heiteres Wesen grundlos sein kann, ging ihm bei seinem Spintisieren nicht durch den Kopf. Hätte ihm jemand das zu sagen versucht, dann wäre er wohl einem Kopfschütteln begegnet. So ohne Anlaß, ohne bestimmbaren Grund in den blauen Tag hinein fröhlich zu sein – was war das? Für ihn war es Unkenntnis, Übermut, Vermessenheit. Für ihn war in Dora etwas Hohles. Aber darin täuschte er sich vielleicht.

Der Streit brach, wie das oft geschieht, wenn der Zwist schon lange, leise und tiefglimmend sich emporfrißt, über einem winzigen Anlaß aus. Schleen hatte eine blaue Leinwandjacke, die mit Hirschhornknöpfen besetzt war. Von diesen Knöpfen, die rundgeschnitten, an den Seiten und unten bis auf das weiße Horn abgeschliffen, oben aber braun waren, sprang ihm einer ab und war nicht wiederzufinden. Im Dorf waren keine solchen Knöpfe vorrätig, Dora mußte also, um einen neuen zu kaufen, in die Stadt fahren. Sie hatte in diesen Tagen viel Arbeit und kam nicht dazu, hielt die Angelegenheit auch nicht für wichtig. Schleen hatte ihr zweimal gesagt, daß sie den Knopf kaufen und annähen solle, und er war fest entschlossen, es nicht ein drittes Mal zu sagen. Kein Wort mehr wollte er darüber sagen. Seltsam war, wie der Knopf ihn beschäftigte und ihm zusetzte. Während der Arbeit sah er ihn manchmal vor sich, rund, weißgeschliffen, oben braun, mit zwei Löchern, durch die der Faden gezogen wird. Er verwunderte sich darüber, wie deutlich er den kleinen Gegenstand sah, bedachte aber nicht, daß er ihn nur deshalb so scharf, so herausgestanzt zu sehen vermochte, weil um ihn herum nichts war, nichts als eine leere Stelle. An dem Knopf hing jetzt nicht nur die Jacke, sondern alles andere. Als er am Nachmittag nach Hause fuhr, dachte er an nichts anderes als den Knopf, und unter diesen Gedanken verbargen sich Erwägungen und Absichten, die er sich nicht deutlich machte. Er merkte nicht, daß er aus dem Knopf schon einen Vorwand, eine Schlinge, einen Hinterhalt zurechtgemacht hatte, ja, daß er schon in der Erwartung heimfuhr, ihn nicht vorzufinden. Diese Erwartung täuschte ihn nicht. Kaum war er heimgekommen und hatte sein Rad eingestellt, als er nach der Jacke sah. Der Knopf war nicht daran. Dora trat auf ihn zu, lachte und sagte: »Morgen wird er daran sein.« Er aber schwieg nicht nur, sondern legte auch noch den Finger auf den Mund und ging hinaus. Sie sah ihm lachend nach und begann, das Geschirr aus dem Schrank zu nehmen. Er aber saß vor dem Haus auf einer Bank und sah in die Heide hinein. Dann nahm er aus seiner Tasche ein Notizbuch, schrieb etwas darin, riß die Seite heraus, ging ins Zimmer und legte sie auf den Tisch. Und ohne sich weiter aufzuhalten, verließ er das Haus und ging ins Dorf. Dora, die ihm verwundert nachsah, ergriff den Zettel und las darauf die Worte: Sprechen hilft nichts. Ich werde jetzt schweigen. Und darunter, größer geschrieben und unterstrichen, stand noch einmal das Wort: Schweigen. Sie lachte, schüttelte den Kopf und konnte doch nicht hindern, daß, wie eine Vorahnung, etwas Trübes in ihr aufstieg. Warum hatte er das Wort Schweigen zweimal geschrieben? Sie mochte das nicht ernst nehmen, mußte es aber. Denn abends kam er nach Haus und sprach kein Wort. Schweigend ging er ins Bett und schlief ein. Als sie in der Nacht bei hellem Vollmond aufwachte, sah sie ihn neben sich liegen. Sein Gesicht war in dem hellen Mondschein starr, der

Mund aber hatte etwas Bitteres und Enges. »Eigensinniger Bock«, sagte sie leise vor sich hin und drehte sich auf die Seite. Am Morgen stand er auf, schwieg, frühstückte und fuhr zur Arbeit.

Schweigen ist oft gut, manchmal gleichgültig, manchmal ganz und gar schlecht. Das heißt, es ist nicht an sich gut oder schlecht, sondern in Beziehung auf ein anderes. Schleen hatte, wie manche Leute, die Wert auf ihre Grübeleien legen, etwas Lehrhaftes, und vielleicht wollte er Dora eine Lehre erteilen. Unter allem, was er hervorsuchen konnte, war dieses Mittel wohl das wirksamste und unheimlichste. Wie verfiel er darauf? Das ist nicht leicht zu sagen. Er war seinem Wesen nach nicht mitteilsam und allem müßigen Gespräch abhold. Und da er leicht verstummte, ließ er auch andere verstummen und gab nicht viel darauf. Vielleicht vergaß er, daß die Herzlichkeit, ja die Gewohnheit des Miteinanderlebens Worte fordert, nicht umgekehrt, und daß auch die Törichten gut sind und nicht fehlen dürfen. Wenn er geschrien und getobt, wenn er Dora geschlagen hätte, hätte er weniger getan. Aber er war kein Mensch, der schrie und tobte, und er schlug auch nicht, denn alles Rohe und Gewaltsame verabscheute er. Der Knopf war angenäht, und er schwieg weiter. Er war so stumm wie ein Fisch, kein Wort entschlüpfte ihm. Sie aber war nach dem ersten Erstaunen und Leichtnehmen wie gelähmt. Gegenüber ihren Fragen und Bitten blieb er unerbittlich stumm, gegenüber ihren Zornesausbrüchen verzog er den Mund nicht zu dem leisesten Flüstern. Was sie ihm auch sagen mochte, er veränderte keine Miene und schien die Sprache verloren zu haben. Auch mit einem Stummen läßt sich leben, nicht aber bei einem Menschen, der willentlich verstummt. Rege, mitteilsam und auf Aussprache angewiesen, hatte sie die Empfindung, daß ihr Atem sich verengte und die Luft ihr ausging. Gegenüber dem Mann, der beharrlich schwieg, der ihr seine Stimme vorenthielt, war ihre ganze Kraft ohnmächtig. Und das leicht Quellende und Überlaufende ihres Wesens sammelte sich wie hinter einem Stau und Damm, der ebenso hart wie lautlos das Wasser hält. Einen Rat, eine Hilfe fand sie nicht. Eines Abends – ihr Mann war ins Dorf gegangen – saß sie auf der Bank vor dem Haus und starrte hilflos in die untergehende Sonne. Der ganze Himmel war rot, sie sah lange in die Glut, und ein Schauer überrann sie. Wo war ihre Munterkeit geblieben? In ihr brannte alles. Sie war auf eine Weise verletzt, die sie nicht voraussehen konnte, die ihr unverständlich blieb. Unverständlich wurde ihr auch das, was sie bisher gewohnt und vertraulich umgeben hatte. Die Dämmerung kam, der Abendwind bewegte leise das Laub der Bäume, sie war allein. Seufzend ging sie noch in den Stall, um die beiden Ziegen zu melken, aber über dem Eimer sank ihr das Haupt auf die Knie, und so blieb sie in der Dunkelheit sitzen, umstanden von den

Tieren, die sich an sie drängten und ihr Gesicht und Hände leckten. Was war zu tun? Sie entschloß sich, am nächsten Tag den Pastor aufzusuchen, der sie konfirmiert hatte und bei dem sie bis zu ihrer Heirat als Mädchen in Stellung gewesen war. Der Entschluß erleichterte sie, sie verließ den Stall, schloß das Haus ab und ging zu Bett.

Am nächsten Morgen machte sie sich auf den Weg. Sie fand den Geistlichen im Garten, wo er nach seinen Erbsen sah, und während sie das Gartenpförtchen öffnete und auf ihn zuging, wandte er sich um und sah sie.

»Du bist es, Dora«, sagte er, indem er sie freundlich ansah. »Was gibt es?« Sie war verlegen und wußte nicht recht, wie sie ihm alles erzählen sollte. Es fehlte ihr nicht an Vertrauen, und doch fiel ihr der Anfang schwer. Dann aber, indem beide den Hauptweg des Gartens, der ihn in zwei Hälfte teilte, auf und nieder gingen, begann sie ihren Bericht mit dem Knopf und endete bei dem Zettel, den ihr Mann ihr hingelegt hatte, und bei seinem Schweigen. Der Pastor Bachmann, ein Mann, der lange in der Gemeinde und hoch bei Jahren war, hörte sie schweigend an, wobei er hin und wieder im Gehen von den Stachelbeerbüschen eine Raupe ablas.

»Erzähl das mit dem Knopf genauer«, sagte er dann. Sie wiederholte noch einmal umständlich, was sich zugetragen hatte, er aber blieb stehen und indem er sie nachdenklich ansah, sagte er: »Das ist es nicht.«

»Was dann?« fragte sie hilflos.

»Ja, was. Hör, Dora, schwatzt du nicht zu viel?«

»Zu viel? Es ist wahr, ich rede gern. Aber er ist doch mein Mann, und ich muß ihm alles sagen. Sie wissen doch, Herr Pastor, daß ich eine Waise bin und niemanden im Dorf habe.«

»Schon recht, Dora. Aber läßt du ihm auch ein wenig Ruhe?«

Sie sah ihn an, errötete stark und murmelte: »Herr Pastor, wir sind junge Leute.« Und indem sie seine eigenen Worte wiederholte, sagte sie ebenso leise: »Das ist es nicht.«

»Gut, ich werde mit ihm sprechen.«

»Ich kann ihn nicht schicken«, sagte Dora bedrückt.

»Du sollst es auch nicht. Ich treffe ihn schon, wenn er von der Arbeit zurückkehrt. Geh jetzt.«

Sie murmelte ihren Dank und ging nach Haus zurück. Der Pastor setzte seinen Rundgang im Garten fort. Er kannte Schleen so gut wie Dora, denn er hatte ihn nicht nur konfirmiert, Schleen hatte auch bei ihm in Garten und Haus gearbeitet und während dieser Zeit Dora kennengelernt und sich mit ihr verlobt. Gegen den Mann hatte niemand im Dorf etwas einzuwenden: er war fleißig, nüchtern und lebte für sich, ohne sich in die Händel anderer einzumischen. Er trank nicht, spielte nicht, randalierte nicht und hielt sich an sein Haus und an seine Arbeit. Das alles sprach für ihn, aber der Pastor gab nicht viel darauf. Weniger ist manchmal mehr, dachte er. Besser wäre, wenn er hin und wieder über die Stränge schlüge. Er hatte weder Freund noch Fröhlichkeit, blieb einschichtig und kam nicht über die eigene Spur hinaus. Ein Duckmäuser. Nein, das nicht, aber voll Hochmut und Eigensinn. Wenn er nicht wie die anderen über den Strang schlug, dann tat er das auf seine Weise, auf eine vertrackte Art. Sein Schweigen war etwas Vertracktes, Bohrendes und Spitzfindiges. Der Pastor, versunken in seine Überlegungen, schüttelte den Kopf. Er war nicht geneigt, dieses Schweigen leichtzunehmen, er hielt es für schlimmer als die schlimmen Dinge, die in der letzten Zeit ihn und seine Gemeinde beschäftigt hatten. Auch wollte er die Unterredung mit Schleen nicht hinausschieben. Er verließ den Garten und seufzte dabei. Der Morgen war schön und frisch, der Garten in vollem Wachstum, aber er nahm es nicht mehr wahr. Ein Verdruß stieg in ihm auf, der schwer zu bekämpfen war.

Dora setzte auf das Gespräch des Pastors mit ihrem Manne ihre ganze Hoffnung. Mit ihren Mitteln war sie am Ende. Wenn es dem Geistlichen nicht gelang, ihm den Kopf zurechtzusetzen, wem sollte es sonst gelingen? Niemandem, sagte sie sich, und in ihre Erwartung mischte sich eine dunkle Angst. Auf dem Weg nach Haus hörte sie die Lerchen singen, und unhörbar flüsterte sie vor sich hin: »Jeder Vogel hat doch seine Stimme.«

Das Gespräch fand noch am gleichen Tage statt. Der Pastor hatte einen Gang in die Heide gemacht und kam am Abend über den Birkenweg zur gleichen Zeit zurück, in der Schleen mit dem Rad von der Arbeit heimkehrte. Schleen, als er sah, daß der Pastor stehenblieb und ihn erwartete, stieg vom Rad ab. Klug und nachdenkend, wie er war, hegte er keinen Zweifel über die Absicht des Geistlichen. Dora mußte mit ihm gesprochen haben. Das verdroß ihn von vornherein, aber er ließ sich nichts anmerken. Der Pastor gab sich keine Mühe mit Einleitungen und fragte sofort:

»Was ist das mit dir und Dora, Johann?«

»Das ist meine Sache, Herr Pastor.«

»Wer zweifelt daran? Wenn es nicht deine Sache wäre, würde ich mit dir nicht darüber sprechen. Dora war heute bei mir. Was ist das für eine Geschichte mit dem Knopf?«

Schleen zuckte die Achseln. »Sie wird es erzählt haben. Warum soll ich noch einmal davon sprechen?«

»Ja, warum? Ein Knopf ist ein Knopf. Was liegt an dem Knopf, Johann?«

»Nichts, Herr Pastor.«

»Nichts, und doch hast du diesen Knopf in dich hineingefressen und kannst ihn nicht ausspeien. Was hast du gegen Dora? Sprich darüber. Wenn dir auch alle Knöpfe fehlten, wer gibt dir ein Recht, den Stummen zu spielen? Warum schweigst du?«

Schleen schwieg auch jetzt, aber er, der stille, ruhige Mensch, zitterte am ganzen Körper vor Erregung. Er mußte sich auf das Rad stützen, um einen Halt zu bekommen. Der Pastor sah ihn scharf an. Warum zittert er? dachte er. Es ist nicht die Wut, nein, er zittert vor Eigensinn.

»Wann soll das enden?« fragte er wieder.

Schleen schwieg.

»Hör, Johann«, sagte der Pastor sanfter, indem er ihn bei der Hand ergriff, »soll ich mit dir zu Dora gehen? Wollen wir zusammen zu ihr gehen?«

»Nein«, stieß Schleen hervor.

»Du willst nicht? Wer bist du denn, du törichter, eigensinniger Mensch, daß du dir das Recht anmaßt, nach Laune und Willkür den Mund zuzusperren? Begreifst du nicht, daß auf diese Weise nichts zu bessern ist, daß du alles schlimmer machst? Glaubst du, daß jemand mit einem Menschen leben kann, der den Stummen spielt? Du, ein Ehemann, und der eigenen Frau gegenüber? Es gibt Klügere als du. Mach das Maul auf, Mann.«

Der Pastor war feuerrot vor Zorn, aber Schleen gewann gegenüber diesem Ausbruch seinen Halt zurück. »Es ist genug, Herr Pastor«, sagte er. »Es ist schon zuviel.« Mit diesen Worten schwang er sich auf sein Rad und fuhr davon. Auch der Geistliche ging weiter. Seine Erregung verflog, er war unzufrieden mit sich, ja er überlegte, ob er nicht umkehren und dem Häusler in sein Haus folgen solle. Was hielt ihn davon ab? Ein Rest der Erregung vielleicht, die das Gespräch in ihm hervorgerufen hatte. Er ging mit unmutigem Gesicht weiter, den Birkenweg hinunter, auf die Kirche zu.

Schleen hatte inzwischen sein Haus erreicht. Schweigend ging er an Dora vorüber, die ihn erwartet hatte. Das Gespräch hatte Bitterkeit in ihm hinterlassen, zugleich aber einen tiefen Eindruck auf ihn gemacht. Er war ein Mann, dem weder Urteil noch Sinn für das Rechte fehlte. Mehr noch, er sah ein, daß er zu weit gegangen war, daß er sich ins Unrecht setzte. Über seine Kraft aber ging es, das zuzugeben. Was ihn jetzt erschreckte, war, daß sich Dritte in seine Ehe einmischten. Er war klug genug, um sich zu sagen, daß er durch sein Verhalten solche Eingriffe herausforderte. Morgen wird das ganze Dorf davon wissen, dachte er mit erneuter Bitterkeit. Ein Zweifel stieg in ihm auf. Er hatte gehandelt, hatte unbedenklich gehandelt wie jemand, der eine Sache allein zu entscheiden gedenkt und dabei nur auf sich selbst sieht. Die Sache aber kehrte zu ihm zurück – was hatte er versäumt? Weder Dora noch der Pastor konnten wissen, daß er sich einen Termin für sein Schweigen gesetzt hatte. Die Zeit war noch nicht abgelaufen, und der zähe, unbiegsame Eigensinn befahl ihm, an seinem Termin festzuhalten.

Was war dieser Termin, von dem er nicht abgehen wollte? Etwas Künstliches wohl, ein Aufschub, mit dem er sein Schweigen befestigte und einhegte. Eine tote Zeit, denn die lebendige floß unaufhaltsam davon.

Dora, nachdem sie noch am gleichen Abend das Mißlingen der Unterredung erfahren hatte, begab sich am nächsten Vormittag auf den Friedhof, um das Grab ihrer Eltern instand zu setzen. Die Eltern waren ihr früh weggestorben, so früh, daß sie nur wenige Erinnerungen an beide behalten hatte. Sie brachte einen Korb voll blühender Geranien mit, die sie beim Gärtner gekauft hatte, und setzte die roten Blumen in die Erde ein. Während sie am Grab kniete, die Erde aushob und wieder verzog, sah sie starr vor sich hin. In ihr war alles Heimweh. Wonach sehnte sie sich? Sie dachte an ihre Eltern, an ihre Kindheit und an die Jahre, die sie bei den Bauern und beim Pastor verbracht hatte. In dem allen lag kein Trost für sie, keine Stärkung. In allem aber lag ein Abschied, und den Schmerz dieses Abschieds spürte sie. Sie kniete auf der Erde, als ob eine Last sie am Hochkommen hindere. Wozu auch aufstehen? dachte sie. Doch erhob sie sich endlich, klopfte die Erde von ihrem Rock, packte ihr Gerät in den Handkorb und verließ den Friedhof. Am Tore, an dem zwei alte Linden standen, sah sie sich noch einmal um. Sie war allein gewesen zwischen den Gräbern. Der Frieden des ummauerten Bezirks, der so ungeschäftig, verlassen und geschmückt in der Sonne lag, schien ihr groß zu sein. Draußen aber war Unruhe. Sie seufzte und ging nach Haus zurück. Das Dorf war leer, die Bauern wegen des Heus auf den Wiesen. Niemand begegnete ihr, doch sah der Müller, als sie an der Mühle vorbeikam, durchs Fenster und erkannte sie.

Am Nachmittag, als Schleen von der Arbeit zurückkam, sah er sie auf der Bank vor dem Haus sitzen. Ihn verwunderte, daß sie ohne Beschäftigung war, denn er war daran gewöhnt, sie unermüdlich tätig zu sehen. Indessen bereitete sie ihm doch das Abendessen, und beide setzten sich schweigend an den Tisch. Schleen ging bald zu Bett, sie aber, von sichtlicher Unruhe getrieben, schloß die starken Holzläden vor den Fenstern des Hauses, schloß auch das Haus ab und steckte den Schlüssel zu sich. Dann saß sie noch in der Küche, eine Kerze vor sich, in deren Flamme sie ohne Augenzwinkern hineinsah. Sie erhob sich endlich, nahm die Kerze mit sich und stieg auf den Boden, der mit Stroh und Heu prall gefüllt war. Sie hielt die Kerze an eine Ecke des Strohs, und als sie sah, daß die Flamme gefaßt hatte, stieg sie die Treppe hinunter und zündete auch im Stall das Heu an. Dann nahm sie eine Harke und stemmte ihren Stiel so fest zwischen die Klinke und die Tür des Schlafzimmers, daß es von innen nicht mehr geöffnet werden konnte. Das Haus stand alsbald in Flammen, denn der Ostwind fuhr in die Glut hinein und machte es zu einer einzigen lodernden Fackel. Sie aber, trotz der zu-

nehr. enden Hitze an der Tür stehend und auf die Stimme ihres Mannes lauschend, hatte die Augen geschlossen. Er erwachte endlich und sprang aus
dem Bett – das Feuer fraß sich schon durch die Decke, und beizender Rauch
zog durch das Zimmer. Durch die Läden der Fenster konnte er sich keinen
Ausweg bahnen, die Tür ließ sich nicht öffnen, so warf er sich denn mit
Wucht gegen sie. Er hörte ein Weinen vor der Tür. »Mach auf!« schrie er.
»Mach die Tür auf, Dora!« Aber die Worte kamen zu spät, und er erhielt
keine Antwort mehr. Er stemmte sich wieder verzweifelt gegen die Tür. Da
kam in einem Regen von Feuer und Funken die Decke herunter. Indem sie
prasselnd herabstürzte, stieg eine mächtige Rauch- und Funkenwolke in
den Himmel empor. Das Haus brannte ganz zusammen, nur die geschwärzten Grundmauern blieben stehen.

Johannes Bobrowski
Begebenheit

Also Haustaufe, hatte Dewischeit gesagt, und eingeladen wird auch nicht.
So war der Herr Pfarrer geholt worden, die Hebamme war gekommen,
Dewischeit und der alte Saborowski hatten Pate gestanden. Hier stell die
Schüssel her, hatte der Pfarrer gesagt, dann war alles schnell fertig gewesen,
Lene Dewischeits Junge hatte einen Namen.
Ist ihm nicht gut genug, bloß Hefefladen. Saborowski kam eine Träne, er
stierte auf den schreienden Säugling, den Lene hinaustrug. So vergehn
die Begebenheiten, aber Begebenheit ist das wohl nicht. Bißchen Holz-
hacken und Aufstapeln, und dann Brennspiritus, ganze Flasche, ist besser, ja.
Immerhin, es gab Kaffee. Sie setzten sich um den Tisch, unter die Petro-
leumlampe, die an bronzierten Ketten von der Decke hing. Frau, renn nicht
immer raus, greifen Sie zu, Herr Pfarrer, sagte Dewischeit, als der Kuchen
da war. Ihm selber war nicht nach Essen. Die Hebamme rückte sich auf
dem Stuhl zurecht, faßte Mutter Dewischeit ins Auge. Wollen Sie ein Kissen, fragte Trude Dewischeit, die klein und grau dasaß, nah an der Tür, den
Kopf mit dem dünnen Scheitel erhoben, den Arm um Lene gelegt, die auf
der Vorderkante ihres Stuhls kauerte, ein weißblondes Häufchen Küm-
mernis. Aber die Wildermuth war nicht zu halten, jetzt saß sie richtig, einen
Schluck noch und den traurigen Fladen in die Hand. Dewischeit machte
eine hoffnungslose Bewegung, legte die Hände auf den Tisch, nahm sie

wieder auf die Knie, da fuhr die Hebamme mit heller Stimme los: Der Herr Kindesvater wird wohl nicht kommen, wie?

Konnte der Pfarrer nicht was sagen! Hat das Kind doch eingesegnet, weiß doch, wie das ist. Aber die Wildermuth redete, von Ehre und Gewissen, endlich hatte sie ihr Kuchenstück in Mundhöhe.

Nun, Lenchen, mein Kind, sagte der Pfarrer, fingerte sich einen Krümel aus dem Bart, das werden manchmal die besten Menschen. Er fing an, von Kalweits Ernst zu erzählen, der gedient hatte, bei der bespannten Artillerie, jetzt war er Kämmerer und damals auch bloß so ein armes Wurm. Aber ein gutes Kind, fragen Sie meine Frau, Herr Dewischeit, noch jetzt, jedes Jahr Pfingsten, bringt er die Birken vor die Kirche gefahren.

Er drehte sich zum Saborowski, der vor sich hin schniefelte und eben den Finger hob, weil es da oben juckte, ganz oben in der Nase. Erschrocken bog der Alte den Kopf zur Seite, der Finger blieb stehn, Herrjeh! sagte er, und Dewischeit hatte es auch schon gehört, ein Fuhrwerk bog auf den Hof, es kamen also doch welche und uneingeladen.

Womöglich wurde es doch noch eine Begebenheit. Saborowski war nicht für grundlose Erwartungen, aber ans Fenster gehen konnte man schon. Wilhelm Dewischeit hatte sich beim Aufstehen am Tisch festhalten müssen, doch jetzt hatte er es eilig, vor die Tür zu kommen. Na, Emil, sagte er und: Guten Tag, Manthey, und Emil Aschmoneit, der schon die Pferde versorgte, brummte zurück: Na, wie heißt er nu?

Der lange Manthey half erst Frau Aschmoneit vom Wagen, drehte sich dann langsam zu Dewischeit, richtete sich auf und sagte: Gratuliere. Und jetzt fiel Frau Aschmoneit erst einmal Mutter Dewischeit, die mit der abgebundenen Schürze in der Hand an der Tür stand, um den Hals, laut weinend, wie es sich gehört.

Begebenheit. Gäste waren gekommen. Der Täufling schlief, Lene hantierte am Herd, Frau Dewischeit rannte zwischen Stube und Küche hin und her. Das Kind sehen? Ja, nachher. Aber Manthey war nicht so leicht zu beruhigen wie Aschmoneits beide. Endlich fiel ihm etwas ein wegen der Schweine, und damit glückte es, Mutter Dewischeit auf den Hof zu locken.

Wie ist mit Pulver, fragte er heiser.

Ich hab nicht, sagte Trude Dewischeit.

Du hast.

Nein.

Du hast.

Und nein, sagte Frau Dewischeit.

Dem Bartschat hast auch gegeben.

Bloß so bißchen.

Bißchen ist am Arsch gejuckt.

Ich muß jetzt rein, sagte Mutter Dewischeit, und Manthey marschierte hinterher, rot vor Wut, und schrie beim Eintritt in die Stube los: Na siehst, Wilhelm, wirst alt – Opa! Mach man so weiter.

Wer macht? Dewischeit beherrschte sich. Was hatte der Kerl da draußen gehabt? Wegen Schweine, so sah er nicht aus. Und der Aschmoneit war auch so komisch, immer wieder zog er die Uhr und verglich sie mit dem Regulator über dem Sofa. Schönes Stück, sagte er.

Auf dem Perpendikel ist der Kaiser Wilhelm, sagte Dewischeit, und das stimmte auch. Bloß mit dem Aschmoneit stimmte es nicht. Jetzt stand der auch noch auf und ging zur Tür. Und Saborowski hinten nach. Da ist doch was? Wilhelm wurde unruhig.

Herr Dewischeit! Nun wollte auch der Pfarrer noch etwas. Ja, Herr Pfarrer, sagte Wilhelm. Hier bin ich, hätte er am liebsten gesagt.

Ich werde jetzt gehen, sagte der Pfarrer, reichte der Wildermuth, mit der er die ganze Zeit zu reden gehabt hatte, wegen ihrem Sohn, dem Schornsteinfeger, der ein Motorrad hatte, die Hand. Herr Dewischeit, kommen Sie doch mal raus! Als wenn ich nicht so gekommen wäre! Wilhelm folgte dem Pfarrer, der für lange Verabschiedungen keine Zeit hatte, in die Küche. Am Tisch blieb er stehen. Dewischeit zählte das Geld vor, da lag es, eine Hand legte sich schnell darauf, eine Stimme, zerlassener Talg, sagte: Das ist ja vielleicht wohl nicht nötig. Die Hand steckte die Scheine weg. Auf Wiedersehen, sagte Trude Dewischeit.

Adieu, antwortete der Pfarrer, zu Deutsch: Gott befohlen. Und Seinen Segen für Mutter und Kind. Dann war er weg.

Und der Aschmoneit?

Wilhelm ging langsam zum Stall, da sah er ihn.

Emil Aschmoneit stand am Zaun. Brennt der Scheiß noch immer nicht! hörte er ihn sagen, und im gleichen Moment wußte er Bescheid. Hat Feuer gelegt. Wegen der Versicherung. Und dann kommt das zu uns. Feiern.

Brennt nicht, sagte Wilhelm und trat auf Aschmoneit zu.

Was weißt du, sagte Aschmoneit.

Nuscht, sagte Wilhelm.

Aber ausgestanden war die Geschichte noch nicht, jetzt brannte es. Das Heufach über dem Stall wahrscheinlich.

Emil, es brennt, sagte Dewischeit. Lene kam mit dem Wassereimer über den Hof. Bei Ihnen brennt, Herr Aschmoneit, sehen Sie nicht? Und Wilhelm Dewischeit ging schon zum Wagen, um die Pferde einzuspannen.

Aschmoneit stand am Zaun und sah zu seinem Hof hinüber. Dann drehte er

sich um, wollte wieder ins Haus. Du mußt doch fahren, sagte Dewischeit.
Alle standen auf dem Hof.

Der Aschmoneit wird also jetzt losfahren. Langsam, denn es wird schon
dunkel. Langsam, damit die Pferde keinen Schaden nehmen. Langsam,
damit die Scheune, die in Windrichtung steht, Feuer fangen kann. Wenn er
fünfhundert Meter vor dem Gehöft sein wird, wird nichts mehr zu retten
sein. Dann kann er auf die Pferde einschlagen und zu schreien anfangen.
Daß es auch jeder sieht und hört.

Der Saborowski ist zum Brenneisen gegangen. Wegen Spiritus. Vorschuß
für Holzaufstapeln. Weil es doch eine Begebenheit hätte werden können.
Und der Manthey hat sein Pulver gekriegt. Altsitzerpulver nennt sich das.
Die können einen Hof zugrunde richten, die Altenteiler. Was machst du,
wenn die noch zehn Jahre leben wollen? Jeden Tag fünfzehn Eier, drei
Pfund Butter, und Gespann immer gerade, wenn die Pferde gebraucht wer-
den. Aber es steht ja im Kontrakt, sonst, mein Lieberchen, machen wir
Prozeßchen, gehen wir aufs Amtsgericht.

Und jetzt ist auch die Wildermuth weg.

Ein Tag wie im Kalender, sagt Dewischeit.

Mutter Dewischeit sitzt in der Küche und denkt, daß es nun das letzte Mal
gewesen ist mit dem Pulver, ganz gewiß, ... bestehen, wenn ich zum Himmel werd' eingehen.

Lene gießt den letzten Eimer Wasser ins Faß. Dewischeit kommt in die
Küche. Na ja, sagt er.

Nebenbei das Kind ist aufgewacht. Er geht hinein, da liegt es gewickelt und
gerollt und schreit. Schrei du man, sagt er, wird dir schon vergehen, und
setzt sich. Morgen kommt der Herr Meyer. Sein Kind besehen.

Wie sieht denn so ein Kind schon aus?

Besser wie der Meyer allemal.

Peter Jokostra
Gespräch in Podolien

Vor einiger Zeit traf ich meinen alten, grauen, schon etwas krumm gewordenen Jagdgefährten Janusz Ochlast wieder, der unter seinem verregneten
Filz wie im Schlaf die Fährte durch den dichtesten Busch fand. Es ist zweck-
los, ihm Briefe zu schreiben, er beantwortet sie nicht. Er hat sich längst für
das Schweigen entschieden.

Ochlast, der Allesspürer und Alleswisser aus den podolischen Wäldern zwischen Sokolow und Siemiatycze, wo die Witwen weiße Bänder um die schwarzen Hauben tragen und drei, vier, fünf bunte Röcke übereinander anziehen, wenn sie an Markttagen – und das sind immer Festtage – in die Wojewodschaftshauptstadt kutschieren, ein besticktes Fransentuch ginsterfarben um die Schultern geworfen, um hineinweinen zu können oder auch verbotene Fröhlichkeit dahinter zu verstecken.

Ochlast, der schwere, graue Mann, für den alle Flüsse Bzura hießen nach dem Waldwasser seiner Heimat – Wasser zwischen schwarzen Wäldern, Spiegel, unter dem der Hecht die Schatten jagt –, Ochlast war es, der mich als erster auf die feinen, nur dem inneren Auge wahrnehmbaren Unterschiede zwischen Realität und Wirklichkeit aufmerksam machte.

Damals trafen wir uns nach umständlichen Telefonaten, Wettertests, Generalstabsbesprechungen, über eine alte Landkarte gebeugt, die jeden Tümpel, jede Schneise, jede zerschossene Försterei, jeden Fußbreit Erde verzeichnete, auf dem verwüsteten Bahnhof des podolischen Dorfes.

Es ist für meine Geschichte bedeutungslos, welche Jahreszeit unseres Lebens es war, welcher Frühling, Sommer, Herbst oder Winter gerade begonnen hatte, ob der nächtliche Waldnebel unsere Schritte dämpfte, ob die Eulen über uns riefen im gespenstischen Wipfelschatten der Sturmkiefern, ob Regengüsse uns mit Kälte schlugen, ob der Weg sich in gläsernen Wiesen verlor und die Torflöcher im Widerschein des vollen Tageslichtes aufleuchteten wie Rauch über verlassenem Lagerfeuer.

Wir trafen uns, und ich habe meine Finger seitdem nie mehr aus der festen, körnigen und trockenen Hand – dieser zielsicheren Hand – meines Gefährten gelöst. Wie könnte ich das, da uns doch das leidenschaftliche polnische Blut verbindet, da es in unseren Träumen zirkuliert, da es zäh und dick wie brennender Kien ist, dunkel auch und morastig, mit den Intarsien rostbrauner Eisenablagerungen gegittert, wie das träge Stichlingswasser des Dubitzgrabens, an dem entlang wir uns nachtwärts tasteten zu den Suhlen des Wildes.

Da gingen die Gespräche um den alten Eissprossenzehner, den Einzelgänger, der auch in der Brunst hier am Dubitz seinen Zorn herausschrie und gar nicht daran dachte, die Dickungen der Sasleu zu verlassen und dem Rudel zu den großen Kampfplätzen nachzuziehen. Die Rede ging von dem Stau, vor dem der Hecht laichte. Sie drehte sich in selbstgefälligem Monolog um das Schicksal des siebenjährigen Keilers, dem ein Partisan Gomulkas das Gebrech mit einem Wilddiebsschuß zerschmettert hatte.

Es war »unser« Keiler, unser Sonderling, ein seltsamer Spezialist und Feinschmecker, den wir den »Stubbenroder« nannten, weil er die Wurzelstöcke der umgebrochenen oder enthaupteten Kiefern ausgrub, um darunter fette Maden und Käfer zu naschen. Eines Nachts beobachteten wir ihn von einer Randkiefer auf der Kamienka. Er spielte Fangball mit den aufgewirbelten Erdklumpen und schmatzte grunzend die weißen Larven der Maikäfer. Du hattest immer einen Kanten selbstgebackenes Pfadfinderbrot in deiner verschlissenen Umhangtasche, eine Pinte Schnaps, weißen, klaren, dabei und eine Scheu vor jedem zu groß bemessenen Wort, vor jeder vagen Rede, vor dem Geschwafel der Offiziellen. Wir hatten ja beide den Phrasenhimmel der harten Herren über uns, diesen Nebel, der sich nicht heben wollte mit dem Morgenlicht, der wie Leim über der Stille hing, die die Wortemacher und Zukunftsapostel meiden und fliehen.

Hier warst du angekommen. Und ich blieb bei dir. Wir auf der schmalen Piste unserer Odyssee. Und du gingst sparsam um auch mit deinem Lächeln. Ich liebte alles, was du mir vorenthieltest: die leichtfertigen Tröstungen, als ich dir erzählte, daß ich einer Frau verfallen war, einer von der Sorte, die den Wiedehopf nicht vom Kiebitz unterscheiden kann, die von unserer Wahrheit und von der Stille des Dubitz so weit entfernt war wie ein Fixstern von der Venus.

Damals erzählte ich dir mein seltsames Abenteuer mit dem Papagei meiner Herzdame. Sie schickte mich aus, das kostbare Federvieh zu suchen, als es eines Tages mit dem weichen Vorfrühlingswind krächzend davongeflogen war. Lori – so oder ähnlich heißen alle Papageien – hatte nur einen Fehler, einen reparablen allerdings: er wollte partout kein Polnisch lernen.

Ich trabte mit der Gig meiner federleichten Sommerbraut tagelang durch die Wälder und Wiesen bis hinunter zum Bug, bis nach Siemiatycze. Lori war nirgends gesehen worden oder, kurz bevor ich eintraf, gerade weitergeschwärmt. Aber dann begegnete ich im Mahlsand eines Heideweges Sambuc, dem Rosinenbrot ausfahrenden Bäcker aus Malkinia, und von ihm erfuhr ich, wo Lori eingefallen war, wo er großzügige Herberge, ja einen ausgesprochen liebevollen Unterschlupf und ein unbefristetes Asylrecht gefunden hatte, wo man – wie Sambuc mit zweideutigem Augenblinzeln und aasigem Lächeln wissen wollte – ihm zu Ehren geradezu Empfänge exquisitester Art veranstaltete. Ja, ich mußte erfahren, daß man Lori, meinen Fundevogel, in einem gewissen Hause, in dem jeder Tag ein Tag der offenen Tür war, nicht mehr entbehren wollte. Es war mir dann auch nur mit einem Hinweis auf den unbestechlichen Ortsgendarmeriekommissar und gewisse von mir gemachte Beobachtungen möglich, die Damen zum Nachgeben zu veranlassen und die Platzhalterin zur Kapitulation zu zwingen.

Lori war in den Wochen seiner Abwesenheit von unserem schönen, stillen Kossow geradezu gesprächig geworden. Ich wünschte, er hätte es nie ge-

lernt und besäße noch seine stumme Unschuld! Denn was er nun auszu-
plaudern ebenso entschlossen und bemüht war – wie vorher es zu verschweigen –, kam einer völligen Entwertung aller Tugenden des vertrauli-
chen Gesprächs gleich. Was Lori mir allein schon auf der Rückfahrt durch
die schwitzenden und duftenden Kiefernwälder anvertraute und sich beeilte zu gestehen, war haarsträubend, war – mit einem Wort – auf nicht wie-
derzugebende Weise obszön.

So, verdorben bis auf den Grund seiner Papageienexistenz, brachte ich den
von Frühling und Freiheit verführten Exoten in unserem östlichen Land
»heim nach Kossow«. Aber schon tags darauf mahlte die gummibereifte
und wendige Gig erneut den Sand der podolischen Wälder. Und das wurde
auch meine letzte Ausfahrt im Auftrag meiner stolzen, aber lieblosen
Herzdame.

Wie war es dazu gekommen? Was war geschehen? Nicht mehr und nicht
weniger, als daß Lori den Aufenthalt in jenem Hause in Malkinia als wahre
Lebensschule genutzt hatte, daß er nun wieder zu Hause und im vergoldeten Käfig mit seinem Wissen prahlen und sein Können nicht verheimlichen
wollte. Nein, Lori war kein Vogel, der sein Licht untern Scheffel stellte.
Denn er hielt meiner Dame eine Art Begrüßungsansprache, wie sie sie noch
nie vernommen und in ihrem behüteten Leben auch nie für möglich gehalten hätte.
Lori wurde schon nach den ersten Worten – die wiederzugeben ich mich
weigern muß – verstoßen, für immer ausgeschlossen aus der guten Gesellschaft Podoliens, und die ist ja wohl immer noch tonangebend für unsere
große listen- und siegreiche Nation.
Mir wurde also nach wochenlangen Bemühungen um den ahasverischen
Vogel keine Verschnaufpause, keine Trinkpause mit dem funkelnden
Kännchen gegönnt. Ich mußte Zigi, den Beißer und Schläger, der kaum
trocken geworden war unter der nierenschützenden Pferdedecke, erneut
vor die Gig spannen – vorsichtig, niemals ein Pferd von hinten angehen! –
und Lori für immer in die Verbannung zu den Damen nach Malkinia, in das
lustige, bunte Haus mit den offenen Türen und geschlossenen Fenstern
über dem sanft und träge dahinströmenden Bug bringen.
Als ich dir das erzählte – es war unter den lichten, mit Birkenjungwuchs
durchsetzten Kiefern hinter dem doppelten, das Revier teilenden Gleis-
paar, über das wir – ein Auge links und eins rechts – ins Nächtliche glitten –, als ich dir dieses unmännliche Abenteuer gestand, habe ich zum erstenmal deine makellosen Zähne gesehen. Denn du hast mich ausgelacht
und mir einen Schluck aus deiner Flasche angeboten, damit ich meinen Lie-

beshaß wegspülen konnte. Ich tat, wie du wolltest. Und ehe die Sonne die dampfenden Torfbrüche, die die Nacht ausschwitzten, überrollte, war ich über meine Ohnmacht hinweggestiegen wie über einen toten Hund.

Wir ließen viele solcher verrückten Seelenhunde hinter uns zurück im Zwielicht des erwachenden Tages. Du hast mit deinen Winterzähnen gelacht, mit dem polnischen Wolfsgebiß, mit den Partisanenflüchen, den ungeheuerlichen. Wortlos ging die Theatersonne der Lügen und der Feigheit in deinem Gesicht unter, wurde abgewrackt, verscheuert an den ersten besten Windhund, der uns ins Fangnetz wehte, morgens, nach der Nacht im Stroh der ausgeräumten Schule, dem ehemaligen Hauptverbandsplatz der Durchbruchsschlacht von Baranow.

Ochlast, wie war das auf unserer Odyssee, die so schön, so erregend, so unnachahmlich ist, weil es keinen Terminkalender, keine Begrenzung in irgendeiner Richtung für sie gibt? Unsere Landkarte wird niemand mit Markierungsfähnchen bestecken und mit Geschichte, mit harten Stories aus was weiß ich für barbarischen Unternehmen drapieren. Unsere Vormarschstraße führt direkt ins Innere, ins Jenseits von Zeit und Raum. Auf ihr erwarten uns weder Feldküchen noch Fahnen, an ihren ginsterüberwachsenen Gräben protzen keine Batterien, keine Nebelwerfer und Todesorgeln ab.

»Da, Alter, nimm und iß!« sagtest du zu mir hinter der Blöße auf der verlassenen Station. »Gegen die Liebe hilft nur Essen und ein Schluck aus der Pulle... Los, mach Rest!« Ich muß die Wahrheit sagen: Das war die kürzeste und schönste Rede, die ich jemals von dir gehört habe. Wie hast du es nur angestellt, daß du immer noch mit mir sprichst, daß deine Rede ein so langes Garn geworden ist und ich nun schon seit zwanzig Jahren alle Geschichten damit spinnen kann, aufgespult auf einem riesigen durch die Waldnacht von Kossow rollenden Rad, das in den Speichen auch die kommenden Jahre, die noch verblieben sind zwischen Schicksal und Schicksal, zwischen meinem Traum und deiner Wirklichkeit, eindreht und vorwärtstreibt?

Das hast du mir damals, also gestern, heute und morgen versprochen und hast es gehalten, als du am Abend nach diesem Tage, an dem wir zwölf Wilddiebsschlingen aus der Sasleudickung geborgen und ich dich dann aus der dreizehnten befreite, in die du vorwärtshastend geraten bist – das also hast du wahrgemacht mit deinen dunklen Worten, als du zwischen Traum und Schlaf die Summe aller Tage zogst: »Wir werden unser Hemd gemeinsam in den Wind der Zeit hängen und werden es erst wieder anziehen, wenn die Läuse, Polens fette Kriegsläuse, für immer ausgewandert sind!«

Nun sind *wir* Auswanderer geworden, wir auch, du und ich und ich und ich, mit demselben Namen und tragen die gleiche Tarnkappe, das gleiche Schild vor uns her, das uns unverletzlich und unkenntlich macht: die Namenlosigkeit. Und der schöne Schein der Wirklichkeit ist abgefallen von uns, wertlos und billig, ein Talmi, abgestreift und versunken mit der Zeit in dem Tümpel, in dem die Dämmerung rumort und die Nacht sich spiegelt mit ihrem großen blinden Auge. Sie erkennt uns nicht. Niemand erkennt uns. Niemand sieht uns zu. Namenlos Niemand sein: das haben wir uns gewünscht, damals in der polnischen Nacht, als der Bomberstrom über uns drohte und unsere Königsstadt suchte, ostwärts über die Lysa Gora hin.

»Wir werden«, auch das war einer deiner vollständigen Sätze, eine deiner Metaphern, die alle Niederlagen überstehen und die Siege der anderen in verlustreiche Rückzüge verwandeln, »wir werden dem Tod nicht glauben!«

Damals suchten wir in einem unbefahrenen Straßentunnel Zuflucht vor einem jener nächtlichen Gewitter, die plötzlich über einem sind, die sich nicht ankündigen mit einer Wetterwand, aus der es grollt und zuckt, die sich ohne Vorwarnung entladen wie ein Feuerüberfall an einer stillen und schlafenden Front.

Wie jung wir waren! Wir standen auf buckligen Steinen, während die Flut stieg und Schwaden von Wasserdampf durch die Tunnelschlucht gepreßt wurden. Es war die Stunde der Dämmerung, vor Morgen, aber die Nacht kehrte noch einmal zurück. Niemand kam, um sich auf unsere Insel zu retten. Denn die Straße führte ins Nirgendwo, eine Straße, die nur für uns in den Wald geschlagen war, begehbar nur für unseren Traum, für Außenseiter und Vagabunden, für Überlebende und Eingeweihte.

Die Wagen der Fliehenden lagen zerbrochen und verkohlt am Rand, es mußte wohl eine Rückzugsstraße gewesen sein. Ausgebrannte Trosse, Lastkraftwagen, ein Panzerspähwagen, ein Kübelwagen flankierten die Piste, dort, wo der Feuerstoß der Tiefflieger die Fahrzeuge erreicht und ins Gebüsch geworfen hatte, das sich bereits wieder durch die zerfetzten Verdecke und geborstenen Sitze fraß.

Längst waren unsere Ankersteine überspült von der nachschießenden, schlammigen Flut, die den Kies von den Wurzeln der Kiefern schwemmte. Er rollte wie aus einer Goldwäsche, weiß und von der Farbe gebleichter Tierknochen, in unsere Mulde und schob sich zu einem Damm zusammen, auf dem wir höherstiegen, bis wir mit unseren tief in die Mäntel gedrückten Köpfen fast an das Gewölbe des Tunnels stießen.

»Hast Angst, Alter?« Janusz trieb mich mit seiner Frage ins Freie, ins offene Gelände. Er wußte, wie hilflos ich stets vor jeder unbändigen Gewalt war, gleich von welcher Macht sie ausging. Er war der Partisan, ich hatte mich nie zu einer Tat aufraffen können. Für mich genügte schon das harmose Feuerwerk einer Gewitternacht, um mich wehrlos dem Schrecken auszuliefern.

Ich war aus unserer Königsstadt geflohen, als sie das Feuer des Aufstands ergriffen hatte. Janusz hatte sie gerade in ihrem Untergang gesucht und geliebt. Ich war in unsere Kinderhöhle in die Lysa Gora geflohen. Er hatte sich mit seinem Gewehr und dem letzten Dutzend Patronen in die Katakomben gerettet, nicht aus Feigheit, nicht um sich zu verstecken, sondern um dem Sterben seiner Stadt nahe zu bleiben, solange sie sich wehrte gegen das fressende Feuer und den Staub der Sprengungen.

Wieder erkannte ich die wölfische Nacktheit seines Lächelns, das alles Wissen vorwegnahm. Und sein Blick brannte wie Brennesseln auf meiner Haut, beißend und heilsam. Er fraß das Kleinliche, die niederträchtige Angst der Kreatur, den kläglichen Wunsch nach Geborgenheit, nach Nestkükenwärme.

»Das kommt, weil du am Leben hängst. Aber du verstehst nichts vom Leben. Man muß tot gewesen sein, um zu wissen, wie lächerlich jede Illusion ist, an die sich unsere Hoffnungen und Wünsche klammern. Unsere Gedanken, das Haus, von dem wir träumen, es einst zu beziehen, mit dem ganzen Troß womöglich: alles Philosophie und Theorie, Seifenblasen, Luftgebilde, Hirngespinste, Spiegelungen in der Wüste, in der wir leben ... Unsere braven Eltern – und wer für diese Täuschung sonst noch verantwortlich ist – haben aus dem Hiersein eine Pusteblumenidylle gemacht. Ich bin zufrieden mit der Frist, die mir geblieben ist. Ich lebe mit dem Einverständnis aller Dinge und im Einverständnis mit allen Dingen. Und nur deswegen lebe ich. Es ist *mein* Gewitter, *mein* Feuerwerk, *mein* Regen, *mein* Untergang und *meine* Nacht. Merk dir: wir können nie wieder anfangen, wo wir aufgehört haben zu lieben. Flicken aufsetzen, Pflästerchen aufkleben, Risse zuschmieren: das ist für Schwächlinge. Ich bin für Kahlschlag.«

»Janusz«, unterbrach ich meinen Gefährten dieser tausendundeinsten Nacht, »es wird hell hinter dem Tunneleingang. Der neue Tag ist schon angebrochen. Wie schnell sich alles ändert, wenn man dir zuhört und die Zeit vergißt.«

»Ja«, bestätigte Janusz, »und auch die Wirklichkeit und die Nacht. Es gibt kein Ende, wenn wir es nicht wollen. Der Tod ist die dümmste Erklärung für das Leben. Man sollte ihm einen anderen Namen geben, vielleicht – der Traum!«

Das Wetter war weitergezogen. Das intensive Grün der Schirmkiefern leuchtete vor der Regenwand. Die Stämme standen als Warnfinger in feuchter Schwärze vor dem bewegten Hintergrund. Ich wies auf die gebuckelten

Steine, deren glänzende Profile aus der Schlammflut wuchsen, die den Kies und Sand der Furt, zu der unsere Tunnelpassage geworden war, klar herausgewaschen hatte. »Das soll doch mit dem Deiwel zugehen, wenn wir nun nicht bald nach Hause zockeln können«, ermunterte ich mich selbst. Janusz Ochlast zwinkerte aus gelben Augenschlitzen und grinste mit weißen Zähnen, während er sich bedächtig mit der runden, gerollten Zunge über seine dicken Lippen fuhr. »Aber nicht, ohne vorher beim Pan Kukuruz, dem alten Schlawiner, einen zu verlöten.«

Pan Kukuruz, so nannte Janusz den alten Kaminski, den Bahnhofswirt, weil der in seiner Jugend einmal auf den Maisfeldern von Sopron in Ungarn gearbeitet hatte und dort unten wohl auch seinen Verstand gelassen hatte. »Na komm schon, Sascha, wolln dem alten Gauner aus den Federn helfen«, lachte er. Dann zog er sich die Stiefel aus, aus denen das Wasser blubberte, und stapfte mir voraus barfuß durch den blasigen Schlamm. Am Horizont zuckte es wie von fernen Abschüssen. Flackerndes Licht lag auf der riesigen Blöße der Kamienka.

Christoph Meckel
Der Zünd

Der Großbäcker von Milis hat eine gute Tat getan, so scheint es, denn er hat dem Zünd eine feste Arbeit verschafft. Das hat noch kein andrer Geschäftsmann in Milis getan. Zünd, von jeher arbeitslos, hat immer nur Gelegenheitsarbeit verrichtet, Gepäck zum Omnibus und Steine zu den Baustellen getragen, hat sommerüber im Heu geholfen, Bierkisten transportiert und Holz gehackt. Eine gleichermaßen flüchtige und hartnäckige Erscheinung, in Gasthäusern sitzend, an der Omnibushaltestelle herumlungernd, kleinköpfig, stumpfäugig, lallend und lächelnd, wenig mitteilsam und ziemlich lästig, am Rand eines alten Kirschgartens ein Gartenhaus bewohnend, das er heizen und abschließen kann – Zünd hat vor einigen Wochen einen neuen Geschäftszweig der Großbäckerei übernommen: er trägt einen Brotkasten durch das Gebirge. Die Großbäckerei von Milis besitzt zwei Lieferwagen, die die Gemischtwaren, Handlungen und Filialen in der Umgebung mit Brot und Kuchen versorgen. Das ist eine Einrichtung. In das Gebirge ist schwer mit Lieferwagen zu kommen, daran hat sich seit Jahren nichts geändert. Tiefe, verschattete, von Holzfuhrwerken breit ausgefahrene, von Regengüssen oft aufgeweichte Sandwege führen in Kehren hinauf in die entlegenen Hochtäler und enden plötzlich in nichts als Wald und sumpfigem Brachland. Im Bau befindliche Schotterstraßen sind vorerst noch nicht zu befahren, die kleinen Ortschaften sind verstreut und abgelegen, die Gemischtwaren klein und kaum lohnend für regelmäßige Lieferungen von Kuchen und Brot. Es gibt dort Weiler, die ihre eigenen Backöfen haben. Und so kann der Großbäcker weiter nichts tun, als einen Brotträger in das Gebirge schicken. Er hat den Zünd in die Bäckerei kommen lassen und mit ihm wegen Arbeit und Bezahlung bei einer Zigarre verhandelt. Zünd hat in alles eingewilligt, er hat auch weiter keine Fragen gestellt, man hat ihm genau gesagt, welchen Weg er durch das Gebirge nehmen soll, er kennt, so scheint es, die Gegend von früher her, die Namen der Ortschaften sind ihm geläufig, und der Großbäcker glaubt, daß der Zünd sich eignen wird. Ein alter Brotkasten wird vom Dachboden geholt, auf der Innenseite der Brotkastentür wird eine Preisliste mit Reißnägeln festgemacht; der Großbäcker selbst hat sie, im Hinblick auf den Regen, der eindringen könnte, mit schwarzer Tusche in Druckschrift schöngeschrieben. Zünd weiß, was er zu tun hat. Vor Morgengrauen kommt er in die Bäckerei und packt den Brotkasten voll mit schwarzen und weißen Broten, Spitzwecken, Rosinenbrötchen und kleinen, marmeladegefüllten Kuchen. Eine Stunde, bevor die Lieferwagen losfahren, verläßt er Milis auf der Landstraße in Richtung Norden. Nach einer Viertelstunde verläßt er die Straße, quert ansteigende Kirschbaumwiesen bis zur Höhe des großen Waldes, hier wird es gewöhnlich hell, die frühe Dämmerung läßt Wald und Gebirge erkennen, Zünd kann den Rauch aus den Kaminen der Großbäckerei in den grauen Himmel fliegen sehen. Er hört die Lieferwagen des Großbäckers anfahren, vor ihm erscheint das Innere der Wälder voller Vogelgeräusche und kühler Dunkelheit; er steigt nun bergauf durch die Wälder, eine Stunde vergeht, das Licht dringt unter die Bäume, gleichmäßig und braun und verteilt sich zwischen den Stämmen. Verwurzelte enge Kehren steil abkürzend steigt er weiter und höher in die Berge, in einer Lichtung trifft ihn der erste Sonnenstrahl, er nimmt ihn wahr und bleibt eine Weile stehn oder läuft, den ersten Sonnenguß kühl auf dem Rücken, bergaufwärts weiter. Etwa um acht Uhr wird er, wenn er gut und gleichmäßig ausgeschritten ist, die ersten Gemischtwaren erreichen. Hier wird er bereits erwartet, er betritt den Laden durch die niedere bretterne Klingeltür, setzt den Brotkasten auf den Ladentisch, öffnet die Brotkastentür und wartet ab. Man entnimmt dem Kasten Brot und Brötchen, an Samstagen auch ein paar Marmeladekuchen, Zünd weist mit kurzen, verhornten Fingern auf die Preisliste, die Ware wird an Ort und Stelle verrechnet, bares Geld wird vor ihn auf den Ladentisch gezählt, Zünd wischt es mit den Handflächen in seinen Geldbeutel und lächelt. Man hilft ihm, den Brotkasten wieder auf seinen Rücken zu setzen, er verläßt den Laden und läuft weiter, nach zwei Stunden hat er die Hälfte des Brotes an Häusern, Gehöften und Weilern abgesetzt, die höher und entfernter längs der Wege verstreut liegen. Gegen Mittag hat er drei weitere Läden versorgt, sein Kasten ist leichter und reibt ihm die schweißnassen Schultern. Sein Gang ist langsamer und aufrechter, und seine Füße sind schwerer geworden. Nach ein Uhr am Mittag erreicht er, lächelnd und das rotkarierte Taschentuch feucht in den Händen, eine kleine Gastwirtschaft auf der Hochebene. Hier kennt man ihn schon, er kommt, um Speck, Spiegeleier oder Kartoffelsuppe zu essen. Dazu nimmt er ein paar Brötchen aus seinem Brotkasten; das steht ihm zu, hat der Bäcker gesagt. Er wird auch einen Kaffee und ein paar Pflaumenschnäpse trinken wollen; das geht auf eigene Rechnung, hat der Bäcker anfangs bestimmt. Hier hält er sich gewöhnlich eine Stunde auf, an Regentagen in der dunklen, nach Bier und Rauch duftenden Gaststube sitzend, an hellen Tagen auf der Kiesterrasse im dichten dunklen Schatten großer Kastanien. Am frühen Nachmittag wird er sein letztes Brot in einer abgelegenen Krämerei los, er versorgt den Geldbeutel in der Gesäßtasche, der Rest des Tages gehört ihm. Er wird nun, langsamer, einen andern Weg nach Milis zurücklaufen, durch unzugänglichere Waldgegenden absteigen, hier und dort am Wegrand sitzenbleiben, lächeln und mit sich selber reden, nachdenklich den Schmutz unter seinen Fingernägeln mit kleinen gespitzten Stöcken hervorholen, einmal wird er den Brotkasten an einen Wegstein schlagen, da werden die Krüme und Brotrindensplitter herausfallen, eine kleine durchsichtige Mehlwolke wird durch den Farn fliegen und sich auf Blätter, Nadeln und Steine herabsenken. Er wäscht seine Füße an einer Viehtränke, schüttet Sand und Steine aus seinen Schuhen, wirft sie in den Brotkasten und läuft barfuß weiter. Er trägt den leeren Brotkasten durch einige Orte, die sein Brot nicht kaufen, denn sie kaufen anderes von anderen Bäckereien oder haben eigenes. In der Dämmerung, an manchen Tagen auch später, wird der Zünd südlich von Milis wieder auf die Landstraße kommen und gleich in die Bäckerei gehn, vor der die Lieferwagen schon abgestellt sind. Er übergibt dem Großbäcker oder seinem Geschäftsführer den vollen Geldbeutel, stellt den Brotkasten im Ladenraum neben die Kasse oder lehnt ihn, wenn es geregnet hat, an die warme schwarze Ofenwand. Er packt, das ist ihm zugesagt, ein paar Weken in seine Tasche und verläßt den Laden. Im Dunkeln geht er nach Hause, gelegentlich trinkt er, meistens allein, ein paar Gläser Bier in einem Gasthaus, das am Weg liegt. Während der Nacht ist er unsichtbar.

Diese Arbeit hat der Zünd zur Zufriedenheit des Großbäckers ein paar Monate getan. Es ist September geworden, auf der Hochebene steht ein voller goldener Glanz, das Innere der Wälder ist trocken und kühl, in den Obstbaumgärten werden Äpfel, Birnen und Pflaumen geerntet. An einem Morgen in jener Zeit kommt Zünd wie gewöhnlich in die Bäckerei, füllt den Brotkasten und verläßt den Laden. Alles weitere ist ungewiß. Gewiß ist nur, daß die Gemischtwaren, die Zünd zwischen acht und neun Uhr morgens gewöhnlich erreicht, an diesem Tag auf ihn warten, vergeblich auf ihn warten, vergeblich auf ihn warten bis in den Nachmittag und dann nicht mehr. Alle andern Handlungen, Gemischtwaren, Häuser und Gehöfte warten zur gewohnten Zeit auf den Zünd und sein Brot, warten vergeblich bis in den Nachmittag oder Abend und dann nicht mehr. An keinem der Orte, durch die er kommen muß, ist an diesem Tag etwas von Zünd, seinem Brot oder seinem Brotkasten gesehn worden. Kein Wetter kann ihn, so überlegt man hier und dort, vom Brottragen abgehalten haben, denn der Tag ist ein vollkommener Tag im September. Man telefoniert auch nicht gleich zur Großbäckerei nach Milis, denn ein Versehen oder dergleichen kann vorkommen, und so rechnet man fest mit dem Zünd für den folgenden Tag. Um Mitternacht dieses Tages schließlich wird man in der Großbäckerei unruhig. Einer der Lieferanten wird ausgeschickt, um den Zünd in seinem Haus zu suchen. Das Gartenhaus ist verschlossen, es rührt sich nichts, Zünd ist nicht zu Hause, so scheint es, und der Lieferant kommt unverrichtet zurück. In den Gasthäusern spricht sich herum, daß der Zünd im Gebirge verschwunden ist, und man sagt, das sei auch einmal zu erwarten gewesen. Eine Krämerei des Verkaufsweges wird nach Mitternacht angerufen. Zünd ist hier nicht gesehen worden, wird ausgerichtet. Die ganze Nacht brennt Licht in der Bäckerei für den Fall, daß der Zünd während der Nacht zurückkommen sollte. Und der Großbäcker hat den ärgerlichen Gedanken, daß er an den falschen Brotträger geraten ist.

Wo treibt sich der Zünd herum? Unsichtbar ist ihm die Geschichte gefolgt, die als einziges dem Brotträger folgen kann, ein Irrlicht verschollener, abgestiegener Poesie, eine namenlose Geschichte mit Namen Zünd, die ihm anhängt auch abseits seines Verkaufsweges; was über Zünd zu erfahren ist, ist einzig durch sie zu erfahren, und stünde ihr ein Erzähler zur Verfügung, so würde sie lauten: Zünd – er hat jetzt die Landstraße verlassen, er geht den gewohnten Weg durch die Kirschbaumwiesen, er betritt die Wälder, es ist dunkel, er verläßt den Verkaufsweg, ohne Willen ihn zu verlassen, und geht quer durch die Wälder ohne den Gedanken, er könnte sich verirrt haben. Das ist noch früh am Tag, und kühl und feucht geht ihm die Morgenluft auf die Haut. Er stopft seine Mütze zu den Broten in den Brotkasten und sieht sich um. In seinem Kopf, so scheint es, ist kein Gedanke an Brot und Ge-

mischtwarenläden, die sind ihm in anderen älteren Wäldern abhanden gekommen. Hinter den Bäumen und hoch darüber kommt eine große Bläue
herauf, das ist so ein Tag, denkt der Zünd, ich erkenn ihn doch gleich, das
ist so ein Licht, das gleich am Anfang in den Tag hineinkommt. Da liegen
weiße Wolken auf dem Himmel herum, das kann der Zünd auch später am
Tag noch bemerken, wenn der Tag von dem Licht schon ganz voll ist, Zünd
die Augen aufmacht und den Kopf zurücklegt. Über den Wald weit hinaus
und höher als die Bäume, weiße Wolken, denkt er und sieht er, Zünd. Und
weiter noch vom Weg abkommt der Zünd, das geschieht, so scheint es,
beim Herumschaun, und wenn ein Auge und noch eines sich festsetzt an
Steinen, Holzstößen und weißen Wolken. Zünd sieht den eignen Schuh-
spitzen zu, wie sie laufen. Auch setzt er einmal den Brotkasten ab, riegelt
auf, blickt hinein, drückt die Nase an das Brot, räumt aus das Brot und zählt
es Stück für Stück auf den Waldboden, zählt es Stück für Stück zurück in
den Brotkasten Brotkasten. Er nimmt wohl auch ein Brot, ein kleines, beiseite, zerdrückt es zahnlos und langsam und schluckt es schnell. Das
schmeckt mir, denkt ein Wohlbehagen in seinem Mund. Das ist so eine
braune Wolke in meinem Bauch, denkt der Zünd. Weiße Wolke, denken
die Augen von Zünd. Brotkasten Brotkasten Holz, denkt der Rücken von
Zünd. Ich fliege ein Weilchen Brot in dem Wald herum, denkt der Brot-
sten Brotkasten. Wir werden fremden Füßen bekannt, denken die unbegangenen Wege im Wald. Wind, Wind, himmlisches Kind, denken die
windstill stehenden Bäume am Berg. Ein Zünd trägt einen Brotkasten in die
Welt, denken die begangenen, unbegangenen Wege am Berg. Da geht nun,
so scheint es, eine große leichte besondere Wolke durch den Zünd, da regnet ein wildes Wetterchen Fröhlichkeit bis in die Haare und Fußnägel; un-
gewohnt, ein Gewitterchen Fröhlichkeit. Satansheiland, denkt kichernd
der fröhliche Zünd. Das läuft kopfüber durch Zünd und Zünd hindurch.
Das macht ihm die Handflächen heiß und feucht, daß er stehenbleibt und
sie ableckt, Zünd. Das kitzelt, denkt ein kleines Kichern im atemlosen unruhigen Kopf, der von Schweiß tropft und beim Laufen hin und her rückt.
Das zieht den Füßen die Schuhe ab, denken die feuchten Hände von Zünd.
Daß mehr solche Fröhlichkeit an den Zünd herankommt; da schleifen die
Blätter und Nadeln viel neue Fröhlichkeit über seine Füße. Satansheiland,
ächzt der entzückte Zünd. Zuviel von der Fröhlichkeit, zuviel solche Wet-
terchen. In einem Bach kann man stehn und fortwaschen lassen, denkt der
Zünd. Kann man Wasser auch in den Mund nehmen, denkt er, kann man,
denkt er, Brot und Brot abwaschen. Wäscht der Zünd die Brote ab. Wäscht
Rosinenbrote und Spitzwecken ab. Wäscht kleine Kuchen und Brotkasten
Brotkasten ab. Auch weitergehn kann man und Brotkasten Brotkasten tra-

gen. Wald ist das, ein Tag voller Bäume, denkt Zünd. Zum Durchlaufen sind sie, zum Drinbleiben sind sie, zum Schattenfangen und Brotkasten Brotkasten tragen. Zum Bergeverstecken sind sie, denkt listig der Zünd. Und weitergehen kann man, die Schuhe auch fortwerfen kann man. Satansheiland, den Brotkasten Brotkasten kann man. Zünd kann man sein und Brotkasten Brotkasten tragen. Und da bin ich wohl in eine Menschengegend gekommen, denkt der Zünd. Da haben Gemischtwaren Hunger auf Brot von Zünd, daß das Brot im Brotkasten Brotkasten Sprünge macht. Da kann man, wo keine Gemischtwaren sind, den Brotkasten absetzen, Rükken am Baumstamm reiben, den Brotkasten reiben, Hände am Brotkasten reiben. Daß der Brotkasten aufwacht, das Brot im Brotkasten aufwacht. Daß Zünd ihm ein Wetterchen Fröhlichkeit abgeben kann. Brot, Rosinenbrot, kann man rufen, denkt der Mund, und so hört es der Zünd. Brot, Rosinenbrot, Satansheiland, so scheint es. Wir werden ausgerufen, denkt das Brot. Kann man auch weitergehn weitergehn, denkt der Zünd, den Brotkasten wieder abriegeln, denken die Hände. Weil Brot nicht verkauft wird, alles schon satt ist, Spitzwecken genug hat, Großbäcker genug hat. Kommt der Brotkasten wieder auf Zünd obenauf. Wird die Fröhlichkeit auf seinem Rücken zu einem Fladen Schweiß zusammengedrückt. Wird das Brot durch Wald und Wald getragen, durch vielmal mehr als einen Wald getragen, bis neue Gemischtwaren am Weg sind und das Brot kopfüber Spitzweckensprünge macht. Kommt ein Kopfschütteln aus fremden Gemischtwaren, so scheint es, wird Zünd und Brotkasten Brotkasten abgewiesen. Verbeugt sich Zünd vor den brotlosen Bäumen, so scheint es. Und es trauert ihn plötzlich, daß er die Füße nicht ablecken kann von soviel lästiger Fröhlichkeit. Kann er aber die fröhlichen Hände ablecken. Wo wären Schuhe gegen zuviel Fröhlichkeit, denken die Füße. Man kann das Brot, denkt Zünd, auch weitertragen. Da ist der Brotkasten-Zünd, denkt die weiße Wolke, denkt der Himmel, denkt Zünd, daß der Himmel denkt. Ich bin ein Brotkasten, denkt die Fröhlichkeit. Satansheiland, denkt Zünd und leckt die Hände. Ich führe einen Zünd durch große Wälder, denkt die Geschichte ...

Am Nachmittag setzt Zünd den Brotkasten am Rande eines weißen Sandweges ab. Er ist erschöpft, und viel ermüdete Fröhlichkeit klebt und kitzelt auf seiner schweißnassen Haut, läuft langsam und übelkeiterregend durch seinen Körper und setzt sich lärmend und schmerzhaft in seinem Kopfe fest. Sein grünes Hemd zeigt einen dunklen Schweißfleck, der auf die Rückwand des Brotkastens abgefeuchtet hat. Er riegelt den Brotkasten auf und zählt die Brote, streut weißen Sand über die Brote und lächelt. Er folgt dem Sandweg und erreicht ein dichtes Gehölz. Er dringt ein, seine nackten

Füße verbrennen an wuchernden Brennesselsträuchern, er lacht erschreckt und seine Zehen verkrampfen sich. Auf einem Grasplatz bleibt er stehen und schüttet den Inhalt des Brotkastens vor seine Füße. Der Anblick des herumliegenden Brotes versetzt ihn, so scheint es, in Wut. Er bleibt, den Brotkasten über den Kopf haltend, stehn, und seine Augen verengen sich vor Erregung. Nach einer Weile knicken die durchgedrückten Knie ein, sein Gesicht wird nachdenklich, er wirft den Brotkasten in das Gebüsch, hockt sich zwischen die im Gras verstreuten Brote und beginnt mechanisch und langsam zu essen. Nach einer Weile schlingt er die Bissen eilig und achtlos herunter. Als es Nacht wird, sucht er, auf allen vieren kriechend, und mit gekrümmten Händen durch das Gras tastend, nach den im Gras noch verstreuten Broten. Er stopft sie heftig und ächzend in seinen Mund. Ein wenig später schläft er unruhig ein. In der Nacht erbricht er sich mehrmals und wälzt sich, halbschlafend gegen Astwerk und Baumstämme stoßend, durch das Gehölz. Auf dem Bauch liegend, schläft er schwer und betäubt gegen Morgen ein. Am folgenden Vormittag wacht er auf und weiß nicht, was er mit sich anfangen soll. Er scheint sich zu erinnern, daß er gestern oder heute oder zu sonst einer Zeit einen Brotkasten getragen hat, denn er beginnt im Gras zu tasten und zu wühlen. Er findet den Brotkasten später in einem Brennesselbusch, packt ihn ungeduldig auf den Rücken und arbeitet sich aus dem Gehölz ins Freie. Er erreicht einen Feldweg, dem er ohne Besinnen folgt. Als er den Brotkasten einmal absetzt, stellt er fest, daß die Kastentüre hin und her schlägt und daß der Brotkasten leer ist. Er schüttelt den Kopf und denkt nach. Ein Unbehagen, eine undeutliche, flüchtige Angst scheint sich seiner zu bemächtigen. Sein Gesicht verzieht sich zu vagen, jäh wechselnden Grimassen. Er geht weiter und kommt am Mittag in einen Wald, gelangt dort an einen klaren, über dunklen goldenen Laubgrund hinspringenden Bach. Während er sich Kopf und Füße wäscht, entdeckt er im feuchten Laub des Bachrandes einen Frosch. Er nimmt ihn vorsichtig auf und setzt ihn in den Brotkasten. Als der Frosch aus dem Brotkasten springt, fängt er ihn hastig noch einmal im schwarzen Laub und tötet ihn, indem er ihn mehrmals auf einen Stein schleudert. Er nimmt den toten Frosch, setzt ihn in den Brotkasten, verriegelt die Brotkastentüre und läuft lächelnd und ohne Eile bachabwärts weiter. In den Ortschaften, durch die er an diesem Nachmittag kommt, öffnet er den Brotkasten und zeigt auf den toten Frosch. Es mag ein Zufall sein, daß er später in eine Krämerei seines gewohnten Verkaufsweges gerät. Sein Verhalten zeigt, daß er niemanden wiedererkennt; was er anzubieten hat, läßt an ihm zweifeln. Man fragt ihn nach Schwarzbrot und Weißbrot, Spitzwecken und Kuchen, er deutet mit offenem Mund lachend und eindringlich nickend auf den toten Frosch.

Man hält ihn fest, eine Zigarette wird ihm angeboten, man nimmt, ohne an den Frosch zu rühren, den Brotkasten beiseite, und während ihn Ladenbesitzer und zusammengelaufene Kundschaft unterhält, wird im Treppenhaus des Ladens zur Großbäckerei nach Milis telefoniert. Dort rät man, ihn freundlich aufzuhalten, man wird, sobald das möglich ist, ein paar Leute schicken. Der Laden hat sich innerhalb weniger Minuten gefüllt; Zünd ist ausgelassen und erzählt, so scheint es, eine Geschichte, die jedermann lachend oder mit ernstem Gesicht zu verstehen vorgibt. Man stellt nun auch fest, daß Zünd ohne Schuhe angekommen ist. Zünd lächelt und lallt und leckt seine schmutzigen Hände. Anderthalb Stunden später fährt ein Lieferwagen der Großbäckerei vor. Die beiden Lieferanten und ein Polizeigehilfe aus Milis betreten den Laden; im Nebenzimmer wird ihnen der Brotkasten und der tote Frosch gezeigt. Der Polizeigehilfe, ein älterer Mensch, wirft den Frosch, wohin man ihn zu werfen angewiesen hat, aus dem Küchenfenster. Die beiden Lieferanten, die der Zünd nicht wiedererkennt, nehmen den Lächelnden in ihre Mitte und weisen ihn an, in den Kasten des Lieferwagens zu steigen, was Zünd auch fröhlich und ohne Widerstreben ausführt. Währenddessen wird im Laden über den Zünd geredet. Er hat wohl nicht herpassen wollen, wird gesagt. Warum? Er hat wohl kein gutes Verhältnis zu seinem Herrgott gehabt oder der nicht zu ihm. Warum? Er ist wohl so ein Alleinseliger gewesen, wird gesagt. Der Polizeigehilfe trägt den Brotkasten aus dem Laden und schiebt ihn hinter Zünd in den Lieferwagen. Vor zwanzig oder dreißig Zuschauern fährt der Lieferwagen in Richtung Milis davon.

Jetzt geht der Zünd nicht mehr durch das Gebirge. Der Großbäcker hat ihn abholen lassen; es ist, so scheint es, dafür gesorgt, daß der Zünd nicht mehr zurückkommen wird. Sein Gartenhaus ist ausgeräumt und vermietet worden. Dort, wo der Zünd hingekommen ist, mag er noch eine Weile leben oder auch nicht. Vorläufig wird auch kein Brot in das Gebirge gebracht. Man hat dort den Zünd schon fast vergessen und den Brotkasten Brotkasten auch.

Luise Rinser
Ein alter Mann stirbt

Tante Emily starb ein Jahr nach ihrem Mann. Woran sie starb, war nicht festzustellen. Der Arzt schrieb auf den Totenschein »Altersschwäche«, aber er zuckte dabei die Achseln, denn Tante Emily war kaum sechzig. Aber was sonst sollte er schreiben? Er kannte sie nicht. Aber ich kannte sie, und darum weiß ich, woran sie starb.

Onkel Gottfried, zehn Jahre älter als sie, war sein Leben lang nicht krank gewesen. Darum waren wir mehr erstaunt als bestürzt, als uns Tante Emily auf einer Postkarte kurz mitteilte, daß er uns »noch einmal sehen möchte«. Es war Ende Februar, naßkalt und rauh, und ich erwartete unser erstes Kind.

»Du kannst unmöglich fahren«, sagte mein Mann. »Und im übrigen kennst du Tante Emily. Wahrscheinlich ist Onkel Gottfried nur erkältet, und sie weiß sich nicht zu helfen.«

Aber an der Unruhe, die mich gepackt hatte, spürte ich, daß »noch einmal sehen« wirklich hieß: »noch einmal, und dann niemals mehr«. So fuhren wir denn ab.

»Weißt du«, sagte Peter, »ich hätte es Onkel Gottfried gegönnt, daß er sie überlebte. Umgekehrt wäre es nicht in Ordnung. Es wäre ungerecht.«

Es war bitter ungerecht. Onkel Gottfried hatte Tante Emily geheiratet, als sie fast noch ein junges Mädchen war. Sie soll sehr hübsch gewesen sein, und er vergötterte und verwöhnte sie. Er war es, der morgens aufstand, Feuer machte und das Frühstück an ihr Bett brachte. Er kaufte Gemüse und Fleisch ein, er verhandelte mit der Putzfrau, er schlug Nägel ein und nähte Knöpfe an, kurzum: er tat alles. Sie fand es zuerst hübsch, dann selbstverständlich, und dann langweilte er sie damit. Sie hatten keine Kinder, denn sie wollte keine, und er nahm Rücksicht darauf. So verging Jahr um Jahr, und schließlich lebten sie nebeneinander wie fremde Leute. Sie blieb tagelang im Bett und las und wurde dick. Er begann zu trinken und wurde ebenfalls dick. Sie zankten sich nie. Sie waren selbst dafür zu gleichgültig geworden, wie es schien. Einmal hatte ich Onkel Gottfried gefragt: »Warum laßt ihr euch nicht scheiden?« Er sah mich erstaunt an. »Scheiden? Weshalb?« Ich wurde verlegen. »Ich meine nur so. Ich denke, du bist nicht recht glücklich mit Tante Emily.« Er sagte gelassen: »So, meinst du? Darüber habe ich nie nachgedacht.« Nach einer Pause fügte er hinzu: »Wer A sagt, muß auch B sagen.« – »Mein Gott«, rief ich, »man kann doch nicht zwanzig Jahre büßen dafür, daß man einmal falsch gewählt hat.« Er klopfte mir gutmütig auf die Schulter. »Doch«, sagte er, »man kann das. Bis zum Ende, bis zum Ende.«

Ich hatte ihn sehr lieb, den dicken alten Mann mit dem blauroten, aufgedunsenen Gesicht. Er flößte mir Mitleid und Respekt zugleich ein, und der Respekt überwog. Das ist um so seltsamer, als Onkel Gottfried Abend für Abend betrunken nach Hause kam, tagsüber Möhren schabte, Kartoffeln schälte, Geschirr spülte und Tante Emilys Launen mit einer Geduld ertrug, die wie Stumpfsinn erschien. Aber die Gelassenheit und würdevolle stumme Schwermut, mit der er sein Leben hinnahm, war imponierend. Als ich das Wort »hintergründig« zum erstenmal hörte, verband ich es augenblicklich mit dem Gedanken an Onkel Gottfried, und dabei blieb es.

Nun waren die beiden mitsammen schwerhörig und weitsichtig und alt geworden nach einem Leben, das so trist erschien wie ein langer Regensonntag, und es sollte Onkel Gottfried nicht mehr vergönnt sein, noch ein paar ruhige Jahre zu erleben ohne diese zähe Last, die seine Frau für ihn war. Was für eine Gerechtigkeit war das, die Tante Emily zum endgültigen Sieger machte?

Als Tante Emily öffnete, fiel ihr erster Blick auf mich. Sie schlug die Hände über dem Kopf zusammen. »Ach du lieber Gott«, schrie sie, »das auch noch.«

Peter schob sie beiseite. »Was fehlt Onkel Gottfried?«

»Dem«, sagte sie abwesend, noch immer auf meinen Leib starrend, »dem geht's schlecht. Der stirbt.« Sie sagte es ganz sachlich, so etwa, als erzählte sie, daß das Essen fertig sei. »Lungenentzündung«, fügte sie hinzu, dann öffnete sie die Tür zum Schlafzimmer. »Da«, rief sie, »da seht ihr selbst. Der macht es nicht mehr lang.«

»Still«, flüsterte ich entsetzt, »sei doch still.« Sie sah mich erstaunt an. »Warum denn? Er ist bewußtlos, er hört nichts mehr.« Ich streichelte Onkel Gottfrieds Hand. Er lag mit weit offenen Augen und blickte zur Decke, aber ich spürte, daß er mich erkannt hatte, wenn auch vielleicht nur für einen Augenblick.

»Spricht er nicht mehr?« fragte ich leise. Aber ich hatte Tante Emilys Schwerhörigkeit vergessen.

»Was meinst du?« schrie sie, die Hand am Ohr.

»Gehen wir hinaus«, sagte ich.

»Warum hinaus? Ich habe nirgendwo sonst geheizt. Wir machen uns einen Kaffee.« Kläglich fügte sie hinzu: »Aber zu essen habe ich nichts im Haus. Eingekauft hat doch immer er. Ich verstehe davon nichts.«

Peter ging fort, um einzukaufen, und ich schlug die Büchsensahne, die ich mitgebracht hatte, zu Schlagrahm. Tante Emily kochte Kaffee, und sie redete laut und beharrlich. »Es ist der neunte Tag. Die Krisis. Der Arzt meint, er könnte durchkommen. Aber der Arzt ist ein Dummkopf. Das kann man doch sehen, daß da keine Widerstandskraft mehr ist; er hat ja auch zuviel getrunken in seinem Leben. Damit ist es jetzt aus.«

Sie goß den Kaffee durchs Sieb.

»Hat er nach mir gefragt?« sagte ich.

»Ja, gleich am ersten Abend, als er Fieber bekam.«

»Warum hast du dann nicht sofort geschrieben?« Ich war zornig. Sie hob erstaunt die Schultern. »Was hätte das genützt?«

»Mein Gott, vielleicht wäre es ein Trost für ihn gewesen.«

»Meinst du?« fragte sie ungerührt. »Er hat ja mich.« Ich unterdrückte, was mir auf der Zunge lag, nahm das Schälchen mit Schlagsahne und ging zu Onkel Gottfried. Er lag noch genauso wie vorher. Ich strich ihm ein wenig Rahm auf die Lippen, die spröde und brüchig waren wie angesengtes Holz. Er hatte Schlagrahm fast ebenso geliebt wie seinen Wein. Jetzt aber konnte er ihn nicht mehr schlucken. Er lief ihm aus den Mundwinkeln über das unrasierte Kinn.

»Was tust du denn da?« rief Tante Emily, als sie mit der Kaffeekanne hereinkam. »Schade um den Rahm. Du siehst doch: er behält nichts mehr.« Aber ich hörte nicht auf, den kühlen Rahm in den ausgedörrten Mund zu streichen, und winzige Schluckbewegungen zeigten mir, daß doch ein wenig davon in den armen, verbrannten Hals gelangte.

Endlich kam Peter mit Brot und Butter. Gierig begann Tante Emily zu schlingen. »Ich habe nämlich zwei Tage nichts gegessen«, erklärte sie kauend. »Er hat ja immer für acht Tage Vorrat heimgebracht, und heute ist schon der zehnte Tag.«

»Wie kam es denn«, fragte Peter, »daß er so krank wurde?«

Sie zuckte die Achseln. »Es hätte nicht sein müssen«, sagte sie. »Aber er ist ja so eigensinnig. Er hat Schnupfen gehabt. Bleib daheim bei dem Wetter, sagte ich. Aber er wollte durchaus einkaufen gehen. Und da ist er mit Fieber heimgekommen.«

Peter konnte sich nicht enthalten zu sagen: »Warum zum Teufel hast du ihn gehen lassen, wenn er erkältet war? Konntest du nicht auch einmal gehen?« Sie warf ihm einen gekränkten Blick zu. »Ich?« fragte sie gedehnt. »Wieso auf einmal ich, wenn er's doch vierzig Jahre lang getan hat?«

Peter seufzte.

»Jedenfalls seid ihr jetzt da«, sagte Tante Emily, »und ihr bleibt doch gleich bis zur Beerdigung, nicht wahr?«

»Tante«, sagte Peter wütend, »jetzt ist's aber genug. Sollen wir denken, daß du es nicht mehr erwarten kannst, bis er unterm Boden ist?«

Sie sah ihn seltsam an. »Denkt, was ihr wollt«, murmelte sie schließlich und ging hinaus. Sie kam erst wieder herein, als es dämmerte. »Atmet er noch?« sagte sie. Niemand gab ihr Antwort. Es wurde Nacht. »Geht zu Bett«, sagte Peter, »ich wache.« Aber wir blieben alle angekleidet sitzen. Stunde um Stunde verging. Schließlich waren Peter und Tante Emily eingeschlafen. Ich setzte mich an Onkel Gottfrieds Bett.

»Onkel Gottfried«, sagte ich dicht an seinem Ohr. Er schlug die Augen auf und sah mich an. Sein Blick war so klar, daß ich erschrak. Er versuchte zu lächeln, sein altes, schwermütiges resigniertes Lächeln. Plötzlich begannen seine Augen umherzuirren. Mühsam sagte er: »Emily?«

»Sie ist da, sie schläft.«

»Laß sie«, flüsterte er. »Und verlaßt sie nicht.« Ganz leise und zärtlich fügte er hinzu: »Sie ist so ein Kind.«

Plötzlich sank er wieder zurück in die Bewußtlosigkeit.

»Mit wem redest du?« fragte Peter, der aufgewacht war.

»Still«, sagte ich, »schlaf weiter.« Dann war ich wieder ganz allein mit Onkel Gottfried, und ich fühlte, daß er begann fortzugehen. Obwohl mir die Angst fast die Kehle zuschnürte, hätte ich um keinen Preis eines der beiden geweckt. Der Todeskampf war kaum ein Kampf, sondern eher ein eigensinniges Verzögern der letzten Einwilligung. Stunde um Stunde ging hin. Im Morgengrauen wachte Tante Emily auf.

»Lebt er noch?« fragte sie laut. Sie beugte sich über den Sterbenden, hob die Bettdecke und befühlte seine Beine. »Bald«, murmelte sie, »bald.« Sie ließ die Decke wieder fallen. Dann schlurfte sie hinaus. Ich hörte sie mit Herdringen und Töpfen hantieren.

Plötzlich richtete Onkel Gottfried seinen Blick auf mich und sagte erstaunlich laut und fest: »Seid gut zu Emily.«

Das waren seine letzten Worte. Einige Augenblicke später, noch ehe ich Tante Emily hatte rufen können, war er gestorben. Der Ausdruck geduldiger Schwermut war ihm verblieben. Ich rief nach Peter und Tante Emily.

»Tot?« fragte sie, und plötzlich stand in ihren Augen ein wildes Entsetzen. Dann begann sie zu weinen. Sie weinte haltlos und klammerte sich abwechselnd an Peter und mich. Plötzlich aber rief sie: »Und er hat mich einfach allein gelassen. Das war sein Trumpf: Einfach fortzugehen. Mag ich umkommen, ihm ist's gleich. Er ist fort, ihn kümmert's nicht mehr.«

Peter schob sie aus der Tür und führte sie in die Küche. Dort ließ er sie laut weiterweinen. Dann ging er fort, den Arzt zu holen. Ich blieb mit dem Toten allein.

Gegen Mittag war alles geregelt. Onkel Gottfried lag im Leichenhaus, und

Tante Emily blieb in der Küche sitzen und starrte vor sich hin. Wir wagten nicht, sie allein zu lassen.

Bei der Beerdigung regnete es in Strömen, aber das Wetter hatte nicht vermocht, die Leute abzuschrecken. Die halbe Stadt war gekommen, und viele weinten, auch Männer. Ich glaube, sie weinten nicht so sehr über den Tod des alten Mannes, als über ein Schicksal, das dem ihren glich: sie alle fühlten sich betrogen vom Leben, und als sie den alten Mann begruben, dessen Schicksal sie kannten, da waren sie alle selbst dieser alte Mann, dem das Leben soviel schuldig geblieben war und auf den sie nun schwere Brocken nasser Erde warfen.

Tante Emily, in vollem Staat, mit langen dichten Trauerschleiern, weinte nicht. Sie starrte regungslos auf den Sarg.

Als wir wieder daheim waren, warf sie den Hut mit dem Schleier ab, blickte mit funkelnden Augen um sich und rief: »So, jetzt werde ich die Zimmer neu tapezieren lassen, in Blau, alles in Blau, auch die Möbel lasse ich neu beziehen.« Mit einem düstern und bösen Lachen fügte sie hinzu: »Blau hat er nicht leiden können.« Dann holte sie einen Fahrplan aus dem Schrank. »Zeigt mir, wie man Züge liest«, befahl sie. »Ich verreise.« Peter begann verwundert, es ihr zu erklären. Plötzlich rief sie: »Aber er fährt ja nicht mit.« Und sie begann zu weinen, so leidenschaftlich und jammervoll und so unaufhaltsam, daß wir völlig ratlos wurden. Dieses Weinen dauerte Stunde um Stunde, es glich einem Naturereignis an sich.

Wir fuhren erst tags darauf ab, als sie beruhigt und sogar unternehmungslustig aussah und bereits den Tapezierer bestellt hatte.

Einige Tage darauf hatten wir einen Sohn, und wir nannten ihn Gottfried. Ein paar Wochen später schrieben wir an Tante Emily, ob sie nicht zu uns kommen wollte. Aber sie kam nicht. Sie schrieb lakonische Karten, aus denen nicht zu entnehmen war, wie es ihr ging.

Ein halbes Jahr nach Onkel Gottfrieds Tod besuchten wir sie. Klein und völlig abgemagert saß sie in einem blauen Lehnstuhl am Fenster, trotz der Sonnenwärme in eine dicke Decke gehüllt. Das ganze Zimmer war blaugrün wie ein Aquarium.

»Ah«, rief Peter aus, »jetzt hast du dir dein Leben nach deinem Geschmack eingerichtet.« Sie hob abwehrend die Hände.

»Bist du jetzt zufrieden?« fuhr er unerbittlich weiter.

»Was verstehst denn du«, sagte sie müde.

»Aber du kannst doch jetzt tun, was du willst«, sagte Peter.

Sie gab ihm keine Antwort. Ich stieß Peter an, daß er schweigen sollte, dann sagte ich: »Das Blau ist schön.«

»So«, sagte sie, »schön. Schön sagst du.« Ihre Stimme wurde laut und scharf. »Seht es euch nur genau an, das schöne Blau. Habt ihr's gesehen?«

Es war bereits vom Licht ausgebleicht und fleckig.

»Versteht ihr?« rief sie. »Er hat Blau nie leiden können.« Dann sah sie uns mit ihren trüb gewordenen Augen so scharf wie möglich an und rief: »Ihr denkt natürlich, ich bin verrückt. Ich bin so klar wie ihr. Aber ihr versteht nicht.«

Sie zuckte die Achseln. »Meinetwegen«, murmelte sie. Dann zog sie eine Flasche Rotwein hinter dem Sessel hervor und hob sie gegen das Licht. »Leer«, sagte sie. »Es war die letzte. Ich habe sie alle ausgetrunken.«

»Du? Aber du hast doch Wein nie leiden können!«

»Richtig«, sagte sie. »Vielleicht ist jetzt Frieden. Er wollte immer, daß ich auch trinke.«

Sie wickelte sich fester in ihren Schal, und wir fühlten uns verabschiedet. Sie versank in einer Welt, zu der wir keinen Zugang hatten. Wir waren zu jung. Einige Wochen später war sie tot. Sie war keine Stunde krank gewesen. Eines Abends hatte sie sich schlafen gelegt wie immer, und am Morgen fand die Putzfrau sie tot.

»Altersschwäche«, schrieb der Arzt auf den Totenschein. Ich aber begriff, woran sie gestorben war, und mich schauderte davor, zu sehen, was für unheimliche Formen die Liebe annehmen kann.

Gabriele Wohmann
Ein schöner Tag

Das war heute zum Beispiel wieder ein schöner Tag. Nicht zu früh und nicht zu spät hat mein Traum aufgehört. Die Nacht verlief gut, dank der medikamentösen Behandlung, mit der ich gestern meine Rhinitis ziemlich rigoros bekämpft habe, bin ich nur zweimal aufgewacht. Es gibt ja auch Leute, die durchschlafen, Robert etwa. Aber was weiß Robert schon von gelungenen Nächten? Gleichmäßiges Wohlergehen wird zur Einrichtung und nicht mehr gewürdigt.

Beim Aufwachen waren wir freundlich zueinander, Robert und ich, ohne große Anstrengung. Wie jeden Sonntag ist er zu mir ins Bett gekrochen. Das ist also jeden Sonntag schön und dauert maximal zwanzig Minuten. Während Robert im Anschluß daran auf dem Teppich im Studio die Gymnastikübungen absolviert hat, die ihm gegen die Bellermannsche Krankheit verordnet sind, wurde in der Küche mein Espresso fertig. Wie immer habe ich Robert um zwei Tassen betrogen, daraus sollte ich mir jedoch keinen neurotischen Vorwurf zimmern, dies kleine Delikt hat seinen festen und beinah vernünftigen Platz in meinem Tagesablauf, und es führt eine Reihe ähnlicher Verstöße an, die unauffällig das Leben erleichtern. Kein gefestigter Mensch bezichtigt sich ihrer. Ich rede also sinnvollerweise von der Wohltat für Robert: seinen leeren Magen würde das Coffein nur reizen.

Ein schöner Tag, ein ruhiger Tag. Ruhig blicke ich auf ihn zurück. Nichts, worüber ich mich beklagen könnte. Ich bewege mich fast schon wieder wie früher, vor der Operation. Wie gut doch alles verläuft. Sie haben sich einer Operation unterziehen müssen, hat Herr Beier mich am Telefon gefragt. Seine diskrete Neugier macht wirklich immer wieder einen angenehmen Eindruck. Sie würden mir gern ein paar Blumen bringen. Wie liebenswürdig, aber es paßt schlecht heute, zu dumm.

Die Sonne schien übrigens auch. Wir haben auf dem etwas zugigen Platz gesessen, den der Architekt Loggia nennt. Ein schönes Frühstück. Beinah hätte das Telefonat mich zu lang aufgehalten und die weißen Bohnen wären matschig, die Eidotter hart, die Speckscheiben hutzlig geworden. Weil mir aber eingefallen war *o es klingelt – Pech – ich muß an die Haustür* in die Muschel zu rufen, ist alles so geraten, wie Robert und ich es wünschen. Hast du dich zu einer Verabredung mit den Beiers durchgerungen, wollte Robert wissen, und ich antwortete *Ja, aber Sie können leider nicht.* Es war mir möglich, diese nicht der Wahrheit entsprechende Antwort zu geben, weil das Geräusch von Roberts Rasierapparat meine Sätze zu Herrn Beier gedeckt hat. Ich mag die Aufmerksamkeit nicht besonders, mit der, ich stelle es mir vor, Robert Frau Beier an einem sonnigen Sonntag betrachtet. Es ist nichts dabei, Robert auf diese echt weibliche Weise zu hintergehen, es fällt nicht ins Gewicht. Wer seinen Mann liebt, schützt ihn vor Versuchungen. Gefahren für unser Zusammenleben würde er übrigens selber fürchten. Ehepartner müssen eifersüchtig sein, andernfalls brauchen sie sich über Verluste nicht zu wundern. Die Eifersucht ist eine natürliche Vorsichtsmaßnahme.

Wir werden um das Freigelände beneidet, über das wir an der Westfront unseres Hauses verfügen. Mein Vater, meine Tante und meine Schwester, die drei kämen gern öfter zu uns heraus. Der Konkurs meines Vaters hat sie in eine enge Wohnung verschlagen. Leider sind die Stunden gezählt, die Robert und ich der Geselligkeit opfern können. Abends haben wir bisweilen Besuch oder wir gehen aus. Abends kommt von meiner Familie niemand. Es ist ein schönes Haus. Was für ein schöner Tag war das heute in diesem schönen Haus und um es herum. Die großen Fenster gehen auf den schönen Wald. Schöne Fasanen und schöne Hasen nähern sich in schöner Zutraulichkeit unseren verschiedenen schönen Sitzplätzen. Meine Familie würde gar nicht gut daran tun, uns allzuoft zu besuchen: jede Rückkehr schärft ihnen den Blick für ihr dunkles Zwangsquartier.

Das Telefonat mit meinem Vater war auch nicht dazu geeignet, Niedergeschlagenheit hervorzurufen. Zum Glück bin ich mit dem Frühstück gerade fertig gewesen. Meiner Tante ist es beim Spaziergang schlecht geworden, das kommt jetzt wiederholt vor, aber schließlich findet sie im Unterholz Schutz, und vielleicht sind die Tabletten, dämpfende Gaben für ihr hypertonisches Herz, nicht ganz schuldlos an diesen peinlichen Zwischenfällen, die ich dennoch für unerheblich halte. Sie werden ja nicht jünger, die Verwandten werden älter, das bleibt nicht aus. Sie hat sich übergeben, sie ist blaß auf den Weg zu den andern am Spaziergang Beteiligten zurückgekehrt; und meinen Verwandten, die sie mit großer Hast beruhigte, ist es entgangen, daß sie ratlos aussah.

Es gelang mir, mich mit Hilfe der *Ich habe genug*-Arie abzulenken. Gegen Traurigkeit hilft traurige Musik mir fast zuverlässig. Selbstverständlich bin ich gar nicht ausgesprochen traurig gewesen, eher leicht betrübt, mit Tanten ist man ja nicht so nah verwandt; jetzt weiß ich es, diese leicht betrübte Stimmung entstand aus Mitgefühl, das ist eine schöne Regung, schön humanitär, Mitgefühl in aller Ruhe bei laut aufgedrehtem Bach – ich verständige Robert, der mir grollt, weil ich den Baßbariton singend unterstützte: *Ich freue mich auf meinen Tod.* Hör auf damit. Außerdem ist es nicht wahr. Viele Male am Tag hat Robert recht und jetzt wieder. Dies bißchen Gerede kann man noch lange nicht Streit nennen. Allerdings geht es, fürchte ich, auf einen Hörfehler zurück, daß ich meine Tante für die Patientin des gestrigen Spaziergangs halte. Ich glaube, mein Vater hat von meiner Schwester gesprochen. Meine Schwester brachte von jenem Spaziergang einen schönen Strauß mit in die Notwohnung. Sie gehört zu diesen anspruchslosen Leuten, die auf Waldlichtungen Sträuße pflücken.

Der Lambert hat uns auch nicht weiter gestört. Wenn man einmal fest vorhat, daß man, wie beharrlich ein ungebetener Gast auch sitzenbleibt, keine Mahlzeit servieren wird, klärt sich die Lage und läßt sich ertragen. Überrumpeln uns Besucher, so ermögliche ich es Robert, sich unter Vorwänden zurückzuziehen. Du, Robert, wolltest dich ja gerade über die Steuer hermachen, sage ich. Robert, sage ich, der Gute, schade, daß er nicht hier gemütlich mit uns zusammensitzen kann. Robert schindet sich ab mit den Korrekturen. Während ich heute zwischen 15 und 15.30 Uhr mit Lambert redete, sann ich darauf, was für ein Vorhaben Robert und mich binnen einer Stunde nötigen könnte, den leider vorzeitigen Abschied Lamberts zu erbitten. Wie ärgerlich, Lambert, dich schon wieder herzugeben. Es war so anregend. Lambert, der sich einen Imbiß ausgerechnet hat, steht unbefriedigt endlich auf der Schwelle. Es kann jetzt nur noch knapp fünf Minuten dauern, bis er endgültig auf und davon ist. Lambert ist ein netter Freund. Wir winken ihm lange nach. Unser Haus liegt zum Glück so, daß man lang winken kann. Winken, wie wir es grundsätzlich betreiben, vielfach mit Taschentüchern und beiden Händen, wirkt auf alle Leute günstig. Diese freundlichen Roberts, denken sie, während sie die lahmen Handgelenke hinter der Wegbiegung ausruhen, angenehm der Umgang mit ihnen, die man bedauerlicherweise immer nur so kurz zu sehen bekommt. Lamberts Stippvisite hat auch dazu beigetragen, daß dies ein schöner Tag war. Ich befinde mich, nach beinah fanatischem Winken, wieder im status quo ante. Lambert hat mir auch heute wieder die prekäre Situation der peinture pure innerhalb sämtlicher Gegenströmungen skizziert.

Kaum war er weg, da stand auch mein Tee schon auf dem Tisch. Zum Tee die traditionelle Beigabe: eine Gebäckmischung namens Früchtegarten. Ist man nur für zwei Personen gerichtet, so hat es gar keinen Zweck, eine dritte hinzuzubitten. Für dieses Gebäck besitze ich wirklich eine Schwäche. Mittels einer Cremeschicht pappen zwei Gebäckhälften aufeinander. Mir ist flüchtig eingefallen, daß meine Schwester zur Senkung des Prothrombinspiegels auf das therapeutische Niveau von 20 bis 30 Prozent auf Schritt und Tritt Sintrom mit sich herumschleppen muß. Das wird sich bald ändern, sagt Robert ärgerlich. Sehr bald werden sie mit dieser Dosierung ausschleichen. In Gesellschaft Dritter bleibt mir beim Verzehr des Gebäcks Früchtegarten der Genuß fast ganz vorenthalten, denn ich bereite ihn mir mit einer besonderen Eßtechnik. Im Grunde bin ich nur auf die Cremeschicht aus, aber ohne die beiden hinderlichen Gebäckhälften, die ich mit den Zähnen abklappe, käme es gar nicht zur Klimax. Anstrengung gehört dazu.

Meine Schwester hätte uns am heutigen Nachmittag gern besucht. Sie, meine Tante und mein Vater vermissen die Terrasse des früheren, nun verlorenen Hauses. Meine Schwester, die im Freien viel liegen soll, hat dort Stunden und Stunden auf einem Ruhebett verbracht. Wir hier konnten das Ruhebett gut gebrauchen und haben es übernommen. Ein schöner Tag, wir verbrachten ihn fast ausschließlich auf der Loggia, bis gegen 17 Uhr: um diese Zeit verspürte ich eine Vorahnung, so als wäre doch wieder jemand zu uns unterwegs, und es ist mir gelungen, Robert zum Besuch des Städtischen Museums zu bewegen. Kantor und Oberbürgermeister des ausgehenden 19. Jahrhunderts haben es fast durchweg aus Geschenken der Bürger zusammengestellt und 1882 gegründet. Wir waren schon einmal hier, und auch dieser Tag vor ungefähr drei Jahren ist mir als ein schöner Tag in Erinnerung. Wenn man ehrlich ist, gibt es ziemlich viele schöne Tage. Wir haben den Rundgang gemacht. Hier trifft man keinen, den wir kennen. In der Eingangshalle sind wir bei den Wappen der Fürstäbtissin Charlotte und der eisenbeschlagenen Geldtruhe eines Steuereinnehmers aus dem 18. Jahrhundert flüchtig gewesen. Im Keller tat uns die Kühle wohl. In dieser Abgeschiedenheit denke ich in aller Ruhe unangefochten an meine Familie. Von Lapidarium I bis III, bei Steinplastiken, romanischen Architekturfragmenten, bei den Resten der Nikolaikirche und den Wappen des 16. und 17. Jahrhunderts hat Robert sich in sein angeborenes Interesse für alles, was beschildert und unter Glas ist, zurückgefunden, dies Interesse, von dem Frieden ausgeht und das am Zustandekommen schöner Tage beteiligt ist. Nirgendwo werde ich ruhiger als in Lichthöfen mit Robert, vor Schaukästen mit Bodenfunden und Stadtansichten, gegenüber von Vitrinen mit Scherben, Faksimiles und meinem undeutlichen Spiegelbild. Schöne, beruhigende Langeweile nimmt mich ein, sobald ich den Fuß auf die Schwelle eines Museums setze. In Raum 10, dem Schnitzbalkenraum, der beachtliche Schnitzwerke von abgebrochenen Fachwerkhäusern enthält, hat Robert auch nicht den Arm um mich gelegt. Hinter ihm her, immer hinter ihm her, ins Kaminzimmer zum Beispiel, Robert muß den Kamin aus dem Jahre 1587 und dessen zeitgenössisches Zubehör immer wieder bewundern, er wird die Inschriften eine gute Weile im Gedächtnis behalten; wir sind in die Lichthof-Galerie eingetreten, die für Wechselausstellungen bestimmt ist, gewissenhaft hat sich Robert um die unverfänglichen Aquarelle eines einheimischen Künstlers gekümmert, ich habe mich mit Roberts Konzentration beschäftigt und *das ist ein schöner Tag* gedacht. Es wimmelt von schönen Tagen, sieh das ein. Meine Schwester – womöglich auf dem Weg zu uns. Meine Schwester geht den weiten Weg zurück. Hat sie sich angekündigt? Ja, ich glaube doch, aber schon zweifelt sie daran. Sie wird auf dem Rückweg ein wenig müde. So lange Pausen zwischen Mahlzeiten verträgt sie nicht. An Sintrom hat sie gedacht. Ihr Blut kann jederzeit zur Gerinnung gebracht werden. Zu Haus wird sie Sergeant Peppers Lonely Hearts Club Band immer wieder hören. Jetzt am Abend dürfte sie genau wie ich feststellen: ein schöner Tag – obwohl sie noch an den Tod des Aurorafinken denken muß. Raum 16, Kirchengeschichte. Auch für meinen Vater und meine Tante, das ist doch anzunehmen, war es ein schöner Tag. Beachtliche Holzplastiken und Urkunden, wir beeilen uns dennoch, wir werden erst wieder im Biedermeierzimmer langsam, hier liebt Robert eine ganz bestimmte Kommode. Während uns der Aufseher begrüßte, so ungefähr um diese Zeit, mag meine Schwester an unserer Gartentür geschellt haben. Andere Besucher sind ebenfalls denkbar. Wer jetzt umkehren muß, weiß einen landschaftlich schönen Rückweg vor sich.

Feldmark I. Bäuerliches Kulturgut, eine Sammlung von Trachtenstücken. Ich habe Robert hingehalten. Noch nicht nach Haus, noch nicht. Raum 22, Kaufmannschaft und Handwerk. Machst du dir denn nichts mehr aus den Zunftgegenständen, Schriftstücken, den sehenswerten Schmiedearbeiten des 16. und 17. Jahrhunderts? Keine Aufregung, es ist gutgegangen. Wir sind bis zur Schließung geblieben. Robert hat eingewilligt und mich in die Eremitage gefahren. Nett von ihm, denn er zieht es vor, zu Haus zu essen.

Bei der Ankunft dort war ich ruhig. Der kleine Gruß meiner Schwester – heut bleibt der Briefkasten verschlossen, ich werde ihn erst morgen entdecken. Die Arme, sie hat uns besuchen wollen, hörst du, Robert? Wir haben diesen schönen Tag nun hinter uns. Die schönen Tage nehmen überhand.

Klaus Konjetzky
Der Fall in Oberblauberg

Vor fünf Jahren war Jakob Berger nach Oberblauberg an das dortige städtische Gymnasium für Knaben und Mädchen versetzt worden.

Herr Berger, Frühsport, Tennis und eine Woche Skiurlaub, einsachtzig groß, eher größer, kein Gramm zuviel, immer braun und noch bräuner durch Höhensonne, ein strahlendes Gebiß, nicht eine Plombe, hohe Stirn, stets tipptopp gekleidet, Herr Berger war eine ansprechende Erscheinung, stets jünger geschätzt, auch wenn sein Haar am Hinterkopf dünner wurde.

Drei Jahre vor seiner Versetzung, private Gründe, war seine junge Frau »völlig überraschend« gestorben, die Ehe war kinderlos geblieben, und zwei Jahre später hatte Jakob Berger, als 39jähriger, eine Witwe geheiratet, die neben einem beträchtlichen Vermögen, vielleicht einige Hunderttausend, objektgebunden und Papiere usw., eine damals 9jährige Tochter in die Ehe brachte.

Jakob Berger liebte das Mädchen »wie seine eigene Tochter« und nannte Gisela zärtlich »Muck«. Er verfolgte die Entwicklung seiner Tochter mit viel Freude, klärte sie mit 10 Jahren in Abwesenheit der Mutter absolut auf und beschäftigte sich mit ihr, wann immer er konnte.

Gisela, die ihren ersten Vater nicht mehr mit Bewußtsein erlebt hatte, fand ihren neuen von Anfang an »lieb«.

Sie hatte schon mit 12 Jahren Haare unter den Achseln und spielte lieber mit Papa als mit Freundinnen.

Jakob Berger war seiner Tochter weniger ein Vater, was seine Frau mehr und mehr beunruhigte, als vielmehr ein Freund. Er halte, so sagte er seiner Frau und anderen, nichts von väterlicher Autorität.

Vier Wochen nach ihrem Einzug gaben die Bergers, es war seine Idee, »man kann sich doch nicht einfach so sang- und klanglos ins Haus setzen, Maria«, ein »kleines Abendessen« für die Mitbewohner des Hauses, um so einen offiziellen Einstand zu geben.

Es war ein vornehmes Haus und war auf Antrag des »Vereins zur Erhaltung des historischen Stadtbildes e. V.« mit städtischem Zuschuß renoviert worden. Die reich·verzierte Fassade, die Simse, Absätze und Schnörkel waren zweifarbig gestrichen, rosa und grau, hohe Doppelfenster, von gemalten Säulen »täuschend echt« und »klassischen« Giebeldreiecken umrahmt, eine eisenbeschlagene Eichentür, grün gekacheltes Stiegenhaus, Parketttreppen, rote Kokosläufer, ein schmiedeeisernes Geländer und in den Zwischenstöcken standen auf den Fensterbrettern Blattpflanzen der jeweiligen Parteien.

Im Parterre wohnte Doktor med. Heise, Facharzt für innere Krankheiten, Privat und Praxis, mit Frau und 11jähriger Tochter, im ersten Stock der alte Apotheker Floß und rechts Frau und Herr Blütner, Amtmann, im zweiten Stock Frau Reuther, Hauptmanns-a.-D.-Witwe und Familie Silberling, sie Klavierpädagogin, staatlich geprüft, Unterricht außer Haus, er Textilkaufmann, Großhandel, meistens auf Reisen, »viel Ausland«, im dritten Stock schließlich wohnte Studienrat Jakob Berger, Erdkunde, Biologie und Chemie, mit seiner vier Jahre älteren Frau und Tochter Gisela; links war der Speicher und der Aufgang zu einer kleinen Dachaltane zum Wäscheaufhängen oder zum Sonnen, aber das tat niemand außer Herrn Berger, und auch von der Möglichkeit des Wäscheaufhängens wurde wenig Gebrauch gemacht, eigentlich nur von Frau Reuther aus dem 2. Stock, die anderen wuschen nicht selbst.

Einmal in der Woche kam die Putzfrau fürs Stiegenhaus, von allen Mietern zu gleichen Teilen bezahlt; das hatte Amtmann Blütner organisiert, und die Bergers, die kurz nach ihrem Einzug einen riesigen Asparagus an das Zwischenstockfenster neben die Töpfe von Frau Reuther und Herrn Floß gestellt hatten, beteiligten sich »selbstverständlich« gleich an diesem Bündnis.

Frau Heise vom Parterre, die »Frau Doktor«, läutete als erste, entschuldigte ihren Mann, der noch zu tun hätte, aber gerne, wenn es sich zeitlich noch machen ließe, nachkäme, brachte Blumen und einen Kristallaschen-becher, »jetzt habe ich den weitesten Weg und bin die erste« und empfing »charmant, charmant« von Herrn Berger einen Handkuß. Noch während Jakob Berger, hocherfreut, »das ist wirklich reizend, das wäre doch nicht nötig gewesen«, sich für das Geschenk bedankte und seiner Frau die Blumen zum Einfrischen gab, kamen Familie Amtmann Blütner und Frau Silberling. Blütners gaben Blumen, »stell sie doch bitte auch gleich ins Wasser, Liebes«, und Leinenservietten, Frau Silberling, die ihren Gemahl ebenfalls entschuldigte, er sei geschäftlich unterwegs, »wäre aber gerne gekommen«, überreichte Herrn Berger, nicht ohne Rührung, den Druck einer Feder-zeichnung »Der junge Wolfgang Amadeus Mozart«, »aber gnädige Frau, Sie beschämen mich«, und als letzte, »das wird Frau Reuther sein«, läuteten Frau Hauptmannswitwe Reuther, »hoch erfreut, gnädige Frau«, Holzker-zenhalter mit echter Bienenwachskerze, und Herr Apotheker Floß mit ei-ner Schachtel Pralinen und der Bemerkung: »Das beste Elixier für alle Lei-den, gegen natürlich, gegen.«

»Das ist aber reizend«, sagte Jakob Berger, seine Frau und er würden sich wirklich freuen, »darf ich Sie gleich zu einem Stehtrunk bitten?«, reichte auf einem Tablett Gläser herum, goß Wermut ein, erhob das Glas und be-dankte sich nochmals für das Kommen.

Die Gesellschaft stand in der chinesischen Wohndiele, »sehr geschmack-voll«, prostete und plauderte über die Stadt, die Leute und das Haus. Gisela wurde gerufen, sie machte einen ordentlichen Knicks, »der ganze Papa«, sagte Apotheker Floß, und Gisela war verlegen.

Frau Berger entschuldigte sich, sie müsse sich ums Essen kümmern. »Aber machen Sie sich bitte keine Umstände«, bemerkte Frau Blütner, ohne zu lä-cheln.

Jakob Berger zeigte den Gästen, »bis es soweit ist«, die Wohnung, viereinhalb Zimmer, Küche, Bad, Toilette, Kammer und die große Diele, alles »sehr schön«, »wirklich, sehr schön«, »reizend«, »bestimmt nicht billig«.

Im großen Wohnzimmer blütenweiß gedeckter Tisch, Eichenschrank, Kronleuchter, alles gediegen, Teppiche, echte Teppiche, ein schwarzer Flügel, auf den Frau Berger die mitgebrachten Blumen gestellt hatte.

»Bitte, nehmen Sie Platz, die Reihenfolge spielt ja keine Rolle, vielleicht Herr Floß hierhin und Frau Reuther dorthin, aber das ist ja ganz egal, wie Sie wollen.«

»So«, sagte Frau Berger und brachte eine große Suppenterrine herein.

»Am besten, wir machen es ganz unkompliziert«, sagte Herr Berger, nahm den Schöpflöffel in die Hand und ließ sich reihum die Teller reichen.

Es war ein gelungener Abend.

Herr Berger, immer witzig und charmant, »sehr sympathisch«, wie Frau Reuther später im Treppenhaus zu Herrn Floß sagte, war zufrieden. Seine Frau und Gisela stellten die Suppenteller zusammen, trugen sie in die Küche und brachten die Fleischplatte und Schüsseln. Vor dem Lendenbraten »köstlich« mit Kartoffelpüree und jungen Karotten erhob Jakob Berger das Glas, Mosel, Spätlese 1956 hatte er eingeschenkt, und sagte: »Den lieben Gästen diesen Trank – und für Ihr Kommen vielen Dank!«

»Sehr gut«, sagte Frau Doktor, »Sie sind ja ein Dichter.«

»Ein vorzüglicher Tropfen«, rühmte Amtmann Blütner, und Herr Floß und Frau Reuther sagten es auch, »in der Tat, ein vorzüglicher Tropfen«. Gisela war noch ein wenig schüchtern, durfte auch Wein trinken, »aber natürlich, du bist doch schon erwachsen«, und Frau Berger war bemüht, einen heiteren Eindruck zu machen.

Nach dem Käsedessert spielte Jakob Berger am Klavier »Summertime«, wozu sein Töchterchen aufgeregt, aber »reizend« sang und seine Frau das Geschirr abräumte.

In den Beifall sagte Studienrat Berger abwehrend, daß er sich eigentlich schämen mußte, »Muck, fein hast du gesungen«, mit seiner dilettantischen Kunst, »aber nein, ganz im Gegenteil«, wäre doch eine große Meisterin unter ihnen.

Klavierpädagogin Silberling gab sich bescheiden und spielte schließlich, wozu sie sich »aber nein doch« gerne drängen ließ, die Sonate Nr. 11 in A-Dur, Köchelverzeichnis 331, von Wolfgang Amadeus Mozart.

Die Anwesenden klatschten, und Herr Berger war begeistert und fand den Vortrag »ganz außergewöhnlich«.

»Ach wissen Sie«, sagte Frau Silberling, »es ist schon ein göttliches Werk, spielt Ihre Tochter eigentlich auch?«

Gisela spielte auch.

Beim Wein, »ein Gläschen können wir schon noch trinken«, wurde vereinbart, daß Gisela, die seit dem Umzug »leider keinen Unterricht mehr gehabt hat«, einmal in der Woche von Frau Silberling eine Klavierstunde erhalten sollte, und über das Finanzielle würde dann schon noch geredet werden.

»Hast du gehört, Liebes«, wandte sich Jakob Berger an seine Frau, »Frau Silberling ist so liebenswürdig, jeden Dienstag um 4 Uhr zum Unterricht raufzukommen.«

»Gut«, sagte Frau Berger.

Herr Floß gab mit seinem Aufstehen, »aber bleiben Sie doch noch«, das allgemeine Zeichen zum Aufbruch, »nein, es war wirklich reizend, aber es ist doch schon sehr spät, Ihre Frau wird sicher müde sein, und Sie haben ja morgen auch wieder Dienst«. Die Gäste verabschiedeten sich, und Jakob Berger wünschte allen eine gute Nacht.

Im Laufe der nächsten fünf Jahre erwarb sich Jakob Berger das Vertrauen und die Achtung seiner Mitmenschen und war in gutsituierten und gebildeten Kreisen ein gern gesehener Gast. Seine Frau hingegen war nicht gerne in Oberblauberg.

Klein und nervös lebte sie im Schatten ihres Mannes, hatte so gut wie keinen Kontakt zu den Nachbarn und zu den Freunden ihres Mannes. Sie galt als kränklich und versuchte diese Meinung nicht durch sportliche Taten zu widerlegen. Wenn sie in der Früh um dreiviertel sieben ihren Mann und Gisela in der Diele kniebeugen und rumpfkreisen hörte, stand sie unglücklich auf und ging schlaftrunken in die Küche, um das Frühstück herzurichten. Wenn die beiden draußen waren, legte sie sich wieder ins Bett und schlief manchmal bis elf.

Nach fünf Jahren war sie in Oberblauberg noch immer eine Fremde. Jakob Berger, Donnerstag Skatrunde mit Lehrerkollegen im »Grünen Eck«, Dienstag Kegelabend, auch Herr Doktor Heise konnte sich an diesem Abend freimachen, war von der Oberstufe seiner Schule zum Vertrauenslehrer gewählt worden und war bald dank seiner »hervorragenden pädagogischen und organisatorischen Fähigkeiten« die rechte Hand des Oberstudiendirektors.

Gisela war in der 7. Klasse des städtischen Gymnasiums und hatte ihren Vater in Erdkunde und Chemie.

9. Juni

Nach dem Unterricht um halb eins war Lehrerkonferenz, und anschließend gingen die Damen und Herren des Lehrerkollegiums traditionsgemäß ins »Grüne Eck«.

Herr Berger, Oberstudienrat, hatte in der Früh seiner Frau gesagt, daß er zum Essen nicht heimkommen würde.

Das Kollegium setzte sich an zwei reservierte Tische, der Wirt, »so, haben Sie die Sitzung gut überstanden?«, begrüßte die Gäste mit besonderer Freundlichkeit, man aß wie immer Schweinebraten und trank dazu ein helles Bier. Oberstudienrat Jakob Berger war ein guter Lehrer, bei seinen Kollegen wie bei den Schülern gleichermaßen beliebt.

»Sagen Sie, ist es nicht schwierig, die eigene Tochter in der Klasse zu haben?«

»Aber nein, Gisela macht es mir leicht.«

Herr Berger geriet nie in den Verdacht, seine Tochter zu begünstigen, und hätte er Gisela nicht als einzige in der 7a geduzt, niemand würde auch nur gemerkt haben, daß er der Vater ist. Er tadelte sie wie die anderen und manchmal, wenn Gisela mit ihrer Nachbarin schwätzte, sagte er verschmitzt: »Schick mir doch mal deinen Vater in die Sprechstunde.« Die Klasse fand Herrn Berger toll.

Gisela war ein intelligentes Mädchen, hatte gute Noten, ohne die Beste zu sein und übersetzte und rechnete zu Hause oft mit ihrem Vater, der ihr gerne half.

Die Lehrer sprachen von schulischen Belangen, erzählten später Witze und redeten von ihren Urlaubsplänen. Oberstudienrat Jakob Berger wollte dieses Jahr erst Ende August nach Italien fahren.

Einige bestellten sich noch ein zweites Bier. Herr Berger stand auf und verabschiedete sich vom Herrn Oberstudiendirektor. »Aber warum gehen Sie denn schon, Herr Kollege?«

»Meiner Frau geht es nicht so besonders, die Nerven, der Kreislauf, Sie wissen ja«, erwiderte Jakob Berger bedrückt, »Sie entschuldigen mich bitte, ich möchte meine Frau nicht so lange allein lassen.«

»Meine Empfehlungen an die Frau Gemahlin«, sagte der Chef teilnehmend, »und gute Besserung.«

»Also bis morgen«, sprach Jakob Berger und verbeugte sich vor beiden Tischen.

Er ging gemächlich nach Hause, öffnete die schwere Eichentür und begegnete Frau Reuther, die mit einer großen Einkaufstasche auf der ersten Stufe stand.

»Darf ich Ihnen helfen, gnädige Frau«, fragte er höflich, »ich trage sie Ihnen schnell rauf, Sie dürfen sich doch nicht so abschleppen.«

»Sehr liebenswürdig«, sagte Frau Reuther, »das ist doch nicht nötig, aber wenn Sie unbedingt wollen, sehr liebenswürdig.«

Sie gingen gemeinsam, Herr Berger eine Stufe hinter der Witwe, um sie nicht durch zu schnelles Vorausgehen zu kränken, bis in den zweiten Stock, »vielen Dank, Herr Oberstudienrat«, sagte Frau Reuther, »sehr liebenswürdig, auf Wiedersehen!«

Jakob Berger ging zu sich rauf und sperrte die Wohnungstür auf. Seine Frau kam in die Diele und wollte ihm einen Kuß geben, aber er stieß sie weg. »Laß mich in Ruhe«, sagte er.

»Was ist denn los?« fragte Frau Berger.

»Was ist denn los? Was ist denn los? Was soll denn los sein?«

»Jakob, du hast getrunken, hast du getrunken?« fragte sie.

»Frag nicht so viel, wo ist Gisela?«

»Bei ihrer Freundin.«

»Glotz mich doch nicht so an, hast du noch nie einen Betrunkenen gesehen?«

Maria Berger ging weinend in ihr Zimmer.

Jakob Berger legte sich aufs Sofa in seinem Arbeitszimmer. Dort schlief er auch nachts, weil er oft bis in die Nacht hinein arbeitete und seine Frau »nicht stören« wollte. Er las die Zeitung.

Um halb vier läutete es. Herr Berger richtete sich auf. Seine Frau öffnete, er hörte Giselas Stimme. Er legte die Zeitung auf den Tisch, stand auf und ging in die Diele.

»Hallo Paps«, sagte Gisela und umarmte ihren Vater. Herr Berger küßte sie auf die Wange.

»Machst du dann Kaffee, Liebes?« wandte er sich an seine Frau und sah sie freundlich an.

Seine Frau sagte nichts und ging in die Küche.

»Mutter geht es nicht so gut, Muck«, sagte er zu seiner Tochter, »die Nerven, sie ist so gereizt, ich mache mir solche Sorgen.«

21. Juni

Frau Berger fuhr in der Früh in ihre Heimatstadt zu ihrer Schwester.

»Ein paar Tage Ausspannen wird dir guttun, Maria«, sagte Jakob Berger an der Tür und gab seiner Frau zum Abschied einen Kuß auf die Wange.

»Gute Fahrt, Mutter«, sagte Gisela.

22. Juni

Herr Berger und seine Tochter kamen mit dem Haushalt gut zurecht. Früh um halb sieben, noch im Schlafanzug, ging er in Giselas Zimmer, legte seine Hand auf ihren Kopf und sagte: »Muck, aufstehen.«

»Guten Morgen, Paps, ist es schon halb sieben?«

Sie sprang aus dem Bett, gab ihm einen Gutenmorgenkuß und zog den Morgenrock an. Sie gingen in die Diele, 15 Minuten Frühsport, Gisela hatte sich daran gewöhnt und fand es nach einiger Zeit »richtig dufte«. Anschließend ging sie ins Bad, duschen, Kosmetik, anziehen, Herr Berger stellte inzwischen den Wassertopf auf den Herd und deckte den Tisch, dann ging er ins Bad, rasieren, duschen, anziehen, und Gisela goß das kochende Wasser in den Filter.

Sie frühstückten gemütlich zusammen und gingen gemeinsam in die Schule. Nach dem Unterricht aßen sie im »Grünen Eck« zu Mittag, und abends machte Gisela belegte Brötchen oder irgend etwas Kaltes.

23. Juni

Gisela rief aus dem Badezimmer: »Paps, kannst du mir mal ein Handtuch reinreichen?«

»Ja, soll ich dir den Rücken waschen?«

»Ich habe ja nichts an«, sagte Gisela.

»Das macht doch nichts«, erwiderte Jakob Berger, »ich schau nicht hin, Muck.«

»Aber du darfst bestimmt nicht schauen, Paps!«

Herr Berger ging mit einem Frotteehandtuch ins Badezimmer und machte hinter sich die Tür zu. Gisela saß bis zu den Schultern in einem Lavendelschaumbad.

»Das duftet ja toll«, sagte Herr Berger.

Gisela war mit 17 Jahren voll entwickelt, sie war noch unberührt, hatte einen starken Busen und eine schlanke Taille. Gisela war ein schönes Mädchen und hatte noch nie einen Jungen geküßt.

Jakob Berger krempelte die Ärmel hoch, nahm die Seife und rieb ihr den Rücken ein, tauchte die Hand tief ins Wasser und wusch sie bis ganz unten. Gisela hatte beide Arme vor der Brust und hielt sich mit den Händen die Augen zu. Ihr Vater drehte die Dusche auf, »soll ich dir den Kopf waschen?«, spritzte Eishampoo auf ihr Haar und massierte die Kopfhaut, bis es richtig schäumte. Er strich ihr mit den schaumigen Händen über den Nacken und über die Schultern und wusch sie unter den Armen, dabei berührte er an der Seite ihren festen Brustansatz.

»Ich bin doch so kitzlig, Paps«, sagte Gisela und kicherte, »aber du darfst bestimmt nicht gucken!«

Herr Berger spülte den Schaum mit der Dusche ab und sang dazu. »Im Bad klingt das ganz enorm, soll ich dir den Rücken abtrocknen?«

Er mußte sich umdrehen, Gisela stieg aus der Wanne, wickelte sich ins große Badehandtuch ein und stellte sich mit dem Rücken gegen ihren Vater. Der rieb sie ab, löste das Handtuch, zog es ihr über den Kopf, trocknete die Haare ab und sah ihre Schenkel und schließlich den ganzen Körper.

»Ich stell schon mal Kaffeewasser auf«, sagte er.

»Schön, Paps«, sagte Gisela mit roten Wangen.

Herr Berger ging raus und streifte seine Hemdsärmel wieder runter.

3. Juli

Gisela war nach dem Mittagessen in den Keramikwerkskreis der Schule gegangen, und Herr Berger hatte gesagt, er hätte heute wieder eine Besprechung und würde im Gasthaus essen. Frau Berger ließ das Geschirr stehen und legte sich mit ihren Sachen aufs Bett.

Um halb drei hörte sie die Tür schließen, sie stand auf, richtete sich schnell die Haare und ging in die Küche Geschirr spülen.

Ihr Mann kam rein.

Sie sah ihn ängstlich an: »Hat die Sitzung nicht so lange gedauert, hast du schon gegessen, Jakob?«

»Ja, ich habe, wenn es dir recht ist«, antwortete er.

»Du bist schon wieder betrunken, Jakob!«

»Halt die Schnauze«, lallte er und sah seine Frau mit stierem Blick an, lachte kurz auf und stellte sich breitbeinig vor sie hin. »Da staunst du, was?«

»Wie soll das nur weitergehen«, sagte sie, »ich halte das nicht mehr aus, was habe ich dir denn getan?«

Jakob Berger blies die Backen auf.

»Was«, schrie er, »was du mir getan hast? Daß ich nicht lache, meine verrückte Alte fragt mich, was sie mir getan hat.«

Er ging schwankend auf seine Frau zu und faßte sie mit festem Griff am Arm. Frau Berger bekam Angst.

»Ja«, zischte er, »ich bin betrunken, oder ich bin nicht betrunken, aber das geht dich einen Scheißdreck an, einen Scheißdreck, verstehst du.«

Er stieß sie zurück und sah sie mit aufgerissenen Augen drohend an.

»Warum heulst du denn nicht, heul doch, das kannst du doch so gut«, sagte er und hob die Hand.

Frau Berger rannte entsetzt zur Tür, riß sie auf und lief die Treppen runter und läutete im zweiten Stock bei Frau Reuther.

»Was ist los?« fragte Frau Reuther erschrocken, »wie sehen Sie denn aus?«

»Bitte kommen Sie doch mal rauf«, stammelte Frau Berger weinend, »mein Mann ist betrunken, ich weiß nicht, was ich tun soll, es ist schrecklich.«

»Um Gottes willen«, sagte Frau Reuther, »das ist doch wohl kaum möglich, beruhigen Sie sich doch, dann will ich halt mal mitkommen.«

Frau Berger ging voraus. Sie betraten die Wohnung.

Herr Berger war nicht da.

»Wo ist denn Ihr Mann?« fragte Frau Reuther, »ich denke, er ist betrunken.«

»Er war eben noch hier«, sagte Frau Berger weinend.

Herr Berger kam aus dem Bad.

»Ja, Frau Reuther«, sagte er freundlich, »grüß Sie Gott. Was ist denn, Maria? Wissen Sie, meine Frau ist heute schon den ganzen Tag so merkwürdig.«

Frau Berger stand völlig aufgelöst neben Frau Reuther.

»Er lügt, er lügt, er wollte mich schlagen.«

»Aber Liebes«, sagte Herr Berger, »so faß dich doch.«

Er wollte seinen Arm um sie legen, aber sie zuckte zurück.

»Er lügt, er lügt, bitte glauben Sie ihm nicht, er wollte mich schlagen.«

»Aber ich bitte Sie«, sagte Frau Reuther, »sicher ist Ihnen nicht gut«, und zu Herrn Berger gewandt: »Sie sollten Ihre Frau vielleicht doch einmal zu einem Nervenarzt schicken.«

»Ja«, antwortete Herr Berger und stand ratlos da und blickte besorgt auf seine Frau. »Sie ist in letzter Zeit öfter so merkwürdig, bitte entschuldigen Sie die Aufregung, Frau Reuther, vielleicht können Sie meine Frau ein wenig beruhigen.«

»Möchtest du einen Cognac, Liebes?« fragte er.

Frau Berger ließ sich widerstandslos von Frau Reuther in ihr Zimmer führen, legte sich mit dem Gesicht nach unten aufs Sofa und weinte krampfartig.

Frau Reuther stand eine Weile dabei, dann ging sie raus, sagte zu Herrn Berger: »Sie Ärmster, da kann ich wohl auch nicht viel machen«, trank mit ihm ein Gläschen Cognac im Stehen und verabschiedete sich.

»Sie entschuldigen bitte, es ist mir so peinlich«, sagte Herr Berger und schloß die Tür.

5. Juli

Jakob Berger war nach dem Kegelabend wie immer spät nach Hause gekommen. Doktor Heise sagte vor seiner Wohnungstür im Parterre bedeutsam lächelnd, »jetzt müssen wir leise sein, sonst schimpfen unsere Frauen«, Jakob Berger stieg die drei Treppen rauf zu seiner Wohnung. Er öffnete vorsichtig die Tür, schlich auf Zehenspitzen an Giselas Zimmer und sah durchs Schlüsselloch, daß drinnen kein Licht mehr brannte.

Er ging ins Schlafzimmer zu seiner Frau. Sie schlief.

Herr Berger machte Licht und pfiff vor sich hin. Maria Berger wachte auf und fragte erschrocken: »Was ist, Jakob? Es ist sicher schon sehr spät.«

»Sicher, sicher, schläft mein kleines Frauchen schon«, sang er leise und vergnügt, »ja, ja, es ist schon spät. Stört es mein kleines Frauchen?«

Sie setzte sich im Bett auf, strich sich die zerzausten Haare aus dem Gesicht und blickte ängstlich auf ihren Mann.

»Aber Jakob!«

In den letzten Jahren war sie noch kleiner und nervöser geworden, hatte bei jeder Gelegenheit Tränen in den Augen und zuckte zusammen, wenn im Zimmer ihres Mannes das Telefon klingelte. Herr Berger grinste, stützte sich am Fußende ihres Bettes auf, »du siehst aus wie eine Nachteule«, und trommelte mit den Fingern aufs Holz.

»Was glotzt du denn so?«

Frau Berger weinte, »quäl mich doch bitte nicht so, bitte geh, bitte«, hielt die Decke vors Gesicht und schluchzte.

»Was heulst du denn? Weißt du was, du kannst mich mal am Arsch lecken, magst du? Mag mein altes Schlampenweib ihrem süßen Goldmännchen den Arsch lecken? Magst du nicht?«

»Bitte geh! Geh!«

Herr Berger, braungebrannt, eleganter Sommeranzug, jugendlich, lachte und zeigte seine weißen, makellosen Zähne.

»Schlaf gut, Eulchen«, sagte er, machte das Licht aus und ging leise pfeifend in sein Zimmer.

9. Juli

Gisela war übers Wochenende zu ihrer Tante gefahren.

Herr Berger war kein Freund von langem Bettliegen. Auch am Sonntag stand er spätestens um halb acht Uhr auf.

Er zog seinen Morgenmantel an, ging in die Diele, machte fünf Minuten Frühsport, rasierte und duschte sich im Bad, zog sich sorgfältig an und ging guter Dinge ins Schlafzimmer zu seiner Frau.

Frau Berger wachte auf. »Du bist schon aufgestanden, Jakob?«

»Entschuldige, wenn ich dich geweckt habe«, sagte Jakob Berger freundlich, trat ans Bett, beugte sich runter und gab seiner Frau einen Kuß. »Aber weißt du, die Sonne scheint heute so schön, Liebes, da gehe ich ein wenig auf die Altane zum Sonnen, magst du nicht mitkommen?«

Frau Berger war überrascht.

»Weißt du was, Maria, ich gehe schon mal rauf, und du frühstückst in Ruhe, ich mag erst später was, und kommst dann nach.«

Frau Berger sah ihren Mann verwundert an und stand auf.

Herr Berger holte sich Sonnenöl aus dem Bad, ging auf die Altane, trat ans Geländer, blickte über die Dächer, es war noch ganz ruhig, und klappte den Liegestuhl auf, den er immer oben stehen ließ. Er zog sein Ober- und Unterhemd aus, rieb sich mit Nußöl ein, legte sich in den Liegestuhl und schloß die Augen.

Nach einer halben Stunde hörte er die Schritte seiner Frau, er ging ihr entgegen, »wunderbar ist es heute morgen, leg dich in den Liegestuhl, Liebes, ich hole noch den Klappstuhl von unten«.

»Jakob«, sagte Frau Berger, »du bist heute so anders.«

Herr Berger legte seine Hände an ihre Hüften und zog seine Frau zu sich.

»Verzeih, wenn ich in letzter Zeit nicht nett zu dir war, Liebes.«

Er küßte sie lange.

Frau Berger kämpfte mit den Tränen und konnte nichts sagen.

»Ich möchte dich auf Händen tragen, mein Herz«, sagte Herr Berger, »ja, das ist eine gute Idee, komm Schatz, ich möchte dich tragen.«

»Aber Jakob, wenn uns jemand sieht, und hier oben ist es doch gefährlich.«

»Ach was, hier sieht uns niemand«, antwortete er, legte seinen rechten Arm um ihre Schultern, den linken unter ihre Kniekehlen und hob sie lachend hoch.

»Jakob«, sagte Frau Berger lächelnd und konnte das Weinen nicht mehr zurückhalten.

Herr Berger ging mit seiner Frau auf den Armen langsam nach vorn.

9. Juli

Frau Doktor Heise sagte, sie sei gerade erst aufgestanden und in die Küche gegangen, da habe sie einen dumpfen Aufprall gehört, sie sei sofort ans Fenster gelaufen und habe im Hof Frau Berger liegen gesehen.

»Es war ein entsetzlicher Anblick.«

Frau Reuther tröstete den völlig fassungslosen Herrn Berger. Sie habe das kommen sehen, sagte sie, »Ihre Frau hat Ihnen das Leben wirklich schwergemacht, Sie Ärmster, vielleicht ist es besser so.«

Er müsse leider, »wir haben Verständnis für Ihren Zustand«, kurz aufs Revier mitkommen, sagte der Polizist, »es ist nur eine Formsache«.

Barbara König
Latenzen

Die Leute sagten: für ihn ist es Zeit zum Heiraten. Seine Wirtin sagte es, wenn sie ihm einen Knopf annähte, die Kollegen sagten es, wenn sie ihn an Festtagen abwechselnd in ihre Familien einluden, sein Vorgesetzter sagte es, wenn er freiwillig Überstunden machte. Immer langsam, rief Lothar dann und lachte, aber wenn er allein war, gab er es sich zu; die Einsamkeit verdroß ihn, er schaute links und rechts nach Bräuten aus, und alle hatten recht, wenn sie ihn neckten – er ging auf Freiersfüßen.

Er traf Corinne und liebte sie, er traf, noch ehe er sich mit Corinne verloben konnte, Marie und liebte sie, er lernte Maries Freundin Hannah kennen und liebte sie, jede ein wenig mehr als die vorangegangene, er setzte sich auf eine Parkbank neben Gaby und liebte sie, heftiger als alle anderen zuvor. Auf dieser Bank auch, wenige Tage nach dem Kennenlernen, kam ihm zum ersten Male der *Verdacht*.

Es dämmerte. Gabys Züge, die noch keine Gelegenheit gehabt hatten, sich ihm einzuprägen, verwischten sich. Er strengte seine Augen an, um sie zu erkennen, doch je schärfer er sie ansah, desto mehr entglitt sie ihm: sie nahm in schneller Verwandlung eine Unzahl von Gesichtern an, solche, die er genau kannte, wie die von Hannah, Corinne und Marie, dann andere, an die er sich vage erinnerte, und wieder andere, denen er noch nie begegnet war. Entsetzt schloß er die Augen und drückte das Gesicht in ihr Haar. Die Bilder verschwanden, doch nun roch er ihr Parfum: es war ein ganzes Bouquet von Parfums, zarte Düfte mit schweren vermischt, Lavendel bis Juchten, ihm wurde schwindlig. Gleichzeitig fühlte er durch den Mantelstoff ihren Arm, er hatte nichts mit Gaby zu tun, es war jeder Mädchenarm, den er in seinem Leben gefühlt hatte, es war der Mädchenarm schlechthin. Liebling? fragte er unsicher. Ja? fragte sie zurück, und es durchfuhr ihn, daß sie auf das anonyme Wort erwiderte, als habe er sie beim Namen genannt.

Unter den Neonlampen eines Espressocafés versuchte er, den Verdacht loszuwerden; er prägte sich Gabys Züge ein, beobachtete ihre Gesten. Wie deutlich sie ihm war, so hell bestrahlt ihm gegenüber, wie unverwechselbar in ihrer Besonderheit! Doch die Beruhigung hielt nicht an; schon auf dem Heimweg trieb sich in seinem Gehör ein neuer Satz herum: Warum gerade sie?

Übernächtig kam er am Morgen ins Büro. Sein Vorgesetzter, ein Mann in Hemdsärmeln, der sich seines Jacketts nur während des Publikumsverkehrs bediente, schüttelte den Kopf und meinte, Lothar solle heiraten, damit dieses ungesunde Leben ein Ende habe. Und können Sie mir auch sagen, wen? rief der Gescholtene, der im übrigen für sein ruhiges Temperament bekannt war. – Eine von Ihren Freundinnen natürlich, eine, die ein bißchen häuslich ist. Der Vorgesetzte klemmte die Daumen unter die Hosenträger und sagte: überhaupt ist es gar nicht so wichtig, *wen* man heiratet, Hauptsache, *daß* mans tut. Denn das lassen Sie sich von einem alten Ehemann gesagt sein: sie kochen alle nur mit Wasser.

Dieser Spruch bestätigte Lothars Verdacht und verhalf ihm unmittelbar zur Erkenntnis. Wissen Sie auch, was das bedeutet? fragte er, indem er sich erhob und seinem Gegenüber kalt ins Auge blickte, es bedeutet, daß ich genau so gut eine wie die andere heiraten, hier wie woanders wohnen könnte ...

Und wenn schon, junger Mann, rief der Vorgesetzte, dessen Geduld sich ihrer Morgengrenze zu nähern begann, und wenn schon! Er beugte sich vor, und indem er mit dem Zeigefinger rhythmisch auf einen Aktendeckel pochte, der auf Lothars Schreibtisch lag, erklärte er: Auf jeden Fall werden Sie jetzt diesen Vorgang bearbeiten, der kann nicht morgen und nicht gestern auch nicht woanders und von jemand anderem, sondern nur heute und hier und von Ihnen erledigt werden.

Es war das Ende dieser Unterhaltung, doch sie hatte genügt, um aus Lothars Verdacht eine Theorie zu machen. Er nahm Urlaub, verabschiedete sich von Gaby und trat, obwohl es Spätherbst war, eine Reise an, um die Auswechselbarkeit des Ortes zu prüfen. Seinen Mitteln entsprechend kam er nicht weit. Er besuchte nacheinander eine Großstadt, zwei Mittelstädte und eine Kleinstadt; überall hielt er sich zwei bis drei Tage lang auf, betrachtete gewissenhaft die lokalen Sehenswürdigkeiten, unterhielt sich mit Ansässigen und stellte sich währenddessen immerzu vor, daß er in dieser Stadt lebte, beziehungsweise schon jahrelang hier gelebt habe. Er fand keine wesentlichen Unterschiede. Für ihn war jeder neue Ort gleich angenehm, gleich öde.

Er kam zurück, ließ sein Gepäck auf dem Bahnhof, betrat das Büro und fragte seinen Vorgesetzten, gleich nachdem er ihn begrüßt hatte: Was ist der häßlichste Ort, den Sie kennen? Renzberg, sagte der Vorgesetzte, ohne nachzudenken, dort bin ich einmal zur Inspektion gewesen, drei Tage nur, es war die reine Strafe.

Lothar beantragte seine Versetzung nach Renzberg, die ihm auch sofort gewährt wurde, da sie einem dort stationierten Kollegen die lang ersehnte Austauschmöglichkeit bot. Gaby, wie um mit dieser letzten Gefälligkeit Lothars Theorie der Auswechselbarkeit zu unterstreichen, verlobte sich kurze Zeit später mit einem Beamten des Außendienstes, den sie durch ihn kennengelernt hatte.

Renzberg war übel. Es bestand aus einem Industriewerk, um das sich ein Nest tintiger Zweckhäuser drängte, von denen jedes dritte eine Schenke und somit die Möglichkeit enthielt, sich selbst und auch gleich die Nachbarhäuser vergessen zu machen. Lothar verschmähte diese Tröstung; bleich, aber pflichtbewußt tat er seinen Dienst und fiel seinem neuen Vorgesetzten nur durch die ab und zu geäußerte Behauptung auf, daß Renzberg im Grunde nicht schlechter sei als jeder andere Ort.

Manchmal allerdings, wenn er aus einem verrußten Tor auf eine verrußte Straße trat, und zwar in immer kürzer werdenden Abständen, spürte er unter seinen Rippen einen schmerzhaften Druck, den er nach anfänglicher Überlegung und nach Konsultation mehrerer Nachschlagewerke ›die intransitive Zärtlichkeit‹ nannte, oder auch ›die latente Zweisamkeit‹. Er ging dann sofort in sein Zimmer, kochte sich auf einer Heizplatte einen Kaffee (wobei ihm regelmäßig der Ausspruch seines früheren Vorgesetzten einfiel: sie kochen alle nur mit Wasser) und begann, aufrecht auf seinem Stuhl sitzend, über die Austauschbarkeit der Zeit nachzudenken.

Dieses Gebiet war schwerer zu erforschen als etwa die Auswechselbarkeit des Ortes und der Person, schon weil ihm keine andere Möglichkeit blieb als die, in der Gegenwart zu leben. So ging er in seiner Erinnerung zurück und stellte dort allerlei Versatzspiele an, am liebsten mit seinen einstigen Freundinnen, weil die ihm als die anschaulichsten Muster erschienen. Wenn ich sie in der umgekehrten Reihenfolge kennengelernt hätte, so fragte er sich, also Gaby als erste, Hannah als zweite, Marie als dritte und Corinne als letzte – was wäre dann jetzt anders? Und er mußte diese Frage mit einem glatten Nichts beantworten. Oder aber: wenn mir Marie als erste begegnet wäre, Gaby als zweite, Corinne als dritte und Hannah als vierte – und wieder war die Antwort: nichts. Nach einigen mathematischen Verwicklungen, zu deren Lösung er meist Stift und Papier zu Hilfe nehmen mußte, kam er unweigerlich zu dem Schluß, daß das Ergebnis sich immer gleichblieb und daß somit auch die Zeit austauschbar sein müßte. Er stand dann erschöpft auf, schüttete nach einigem Zögern den Rest des Kaffees in den Ausguß und legte sich ins Bett. Dort erschien seinem von Rechenexempeln und Mädchennamen verstörten Hirn zuweilen der zarte Umriß eines Wesens, das keinen Namen trug, sondern einfach ›die‹ hieß, auf Lothars Heizplatte Kaffee mit sehr viel Wasser kochte und sich schließlich am Arm eines Mannes in Hosenträgern lachend davonmachte.

Eines Tages geschah das Unvermeidliche: das Erlebnis Zweisamkeit, das Lothar so lange künstlich in der Latenz gehalten hatte, offenbarte sich mit vermehrter Wucht und ließ an Heftigkeit die Erwartungen selbst seiner Vor- und Zweifelszeit weit hinter sich zurück. Dieses von Herzklopfen und einem spürbaren Stimmungsaufschwung begleitete Ereignis trug sich an einem Morgen zu, an dem – allerdings erst einige Stunden später – der Inspektor aus der Kreisstadt mit seiner Sekretärin eintraf, einem kleinen, etwas farblosen und auch sonst ihren hübschen Vorgängerinnen in nichts vergleichbaren Fräulein, und gerade diese Unvergleichlichkeit war es, die Lothars vorgefaßtes Urteil bekräftigte, daß eben dies die Einmalige war, die Unverwechselbare, auf die er gewartet hatte, die einzige Ausnahme, die seine Theorie ihm gönnte, kurz die Frau seines Lebens.
Gleichzeitig trat eine Anzahl anderer Erlebnisse auf, die er ahnungslos ebenfalls in sich umhergetragen hatte, der Mut zum Beispiel, der Ehrgeiz und die Zuversicht, die er alle unter dem Sammelnamen Glück registrierte. Von einer Stunde zur anderen sah er sich von jedem Zweifel befreit, sein Weltbild rückte sich zurecht oder verschwand vielmehr vollkommen, und er entdeckte, daß ein Gefühl wie das seine keinen besseren Hintergrund finden konnte als die zurückhaltende Kargheit von Renzberg. Immerhin

beantragte er seine Versetzung in die Kreisstadt, weil seinem neuen Ehrgeiz die beruflichen Aufstiegsmöglichkeiten dort günstiger erschienen.

Das Mädchen, das übrigens Hannah hieß wie Lothars dritte Liebe, was ihm jedoch gar nicht zum Bewußtsein kam, setzte seiner Werbung keinerlei Widerstand entgegen. Hingerissen von so viel Schwung (und wer weiß, welche Büschel von Erlebnissen um diese Zeit in *ihr* zur Blüte kamen?) löste sie ihre Verlobung mit einem Straßenbahnschaffner, heiratete Lothar und folgte ihm auf eine Hochzeitsreise, die sie Station um Station in jene Städte führte, in denen Lothar vor gar nicht langer Zeit die Austauschbarkeit des Ortes geprüft hatte. An einen Brunnen gelehnt, auf dem Marktplatz von W., gestand er ihr diese ›Jugendtorheit‹, die Hannah sekundenlang verwirrte, danach aber um so herzlicher belustigte. Und außerdem hatte ich recht, rief Lothar, nachdem sie lange genug gelacht hatten: sie *sind* austauschbar! Mir ist ein Ort so lieb wie der andere, solange ich nur mit dir da bin!

Sie lebten in der Kreisstadt. Kinder hatten sie nicht. Sie führten eine harmonische Ehe, waren meist der gleichen Ansicht über Küchenzettel, Urlaubspläne, Politik und Bekannte, und sie feierten gemeinsam, als Lothar nach einigen Jahren zum Abteilungsleiter befördert wurde. An diesem Abend brachten sie den Fernsehapparat zum Schweigen und leerten eine Flasche Weißwein auf die Zukunft. Nach dem zweiten Glas lehnte Lothar sich zurück, betrachtete seine Frau über den Tisch hinweg und fragte: Weißt du auch, daß ich einmal ein Mädchen kannte, das Hannah hieß wie du? Sie wußte es nicht. Und eine andere, die ganz ähnliche graue Augen hatte wie du, die hieß Corinne. Ich verstehe nicht, sagte seine Frau, wieso dir das ausgerechnet jetzt einfällt! Ja wieso, sagte Lothar. Dann wischte er mit der Hand durch die Luft und rief: ach was, Wein-Gedanken! Und sie feierten weiter.

Doch am folgenden Sonntag, als sie auf dem Weg zum Kino durch den Anlagenring gingen, der in der Nähe ihrer Wohnung lag, sah Lothar auf die Uhr und sagte: wir haben so viel Zeit, setzen wir uns noch ein bißchen. Es ist nicht früher als sonst, sagte seine Frau, doch sie setzte sich mit ihm auf eine Bank. Es dämmerte schon. Hannahs Züge, die ihm so wohlbekannt waren, verwischten sich. Nach Sekunden, wie zögernd, nahm sie ein anderes Gesicht an, ein zweites, ein drittes ... Lothar schloß die Augen; er legte den Arm um ihre Schulter und drückte das Gesicht in ihr Haar. Hannah wurde unruhig und fragte, ob ihm nicht gut sei. Lothar antwortete nicht; er roch ihr Parfum und er spürte durch den Mantel ihren Arm, er spürte ein Dutzend Arme und er roch ein Dutzend Parfums. – Jetzt gehen wir aber, rief seine Frau mit ungewohnter Heftigkeit. Sie gingen ins Kino.

Dieser Film begann mit einer Friedhofsszene: ein Mann löste sich aus einer Gruppe von Trauergästen und ging eine beschneite Straße entlang; es war sehr hell, der Mann ging auffallend leicht und mit schwingenden Armen, allein, das war es, vollkommen allein, ein Mann in den besten Jahren in einem Tweedmantel mit einem schwarzen Bändchen im Knopfloch ... In alle folgenden Handlungen sah Lothar diese Szene eingeblendet, er sah sie auf dem Heimweg und vor dem Einschlafen im Bett, und er sah sie auch später noch, immer wieder.

Von diesem Tag an wußte er, daß er das Erlebnis Freiheit in sich trug, Wieder-allein-sein, Witwer. Man sah es ihm nicht an. Keiner seiner Freunde sagte zu ihm, wie einst: es ist Zeit, daß du heiratest! so jetzt: es ist Zeit, daß du Witwer wirst! Er selbst verscheuchte das Bild, so gut er konnte, manchmal gelang es ihm für Tage, manchmal für eine ganze Woche. Danach tauchte es allerdings wieder auf, meist mitten in der Arbeit, eine Szene in kompromißlosem Schwarz-Weiß, die ihn erröten ließ. Dann kaufte er auf dem Heimweg vom Büro Blumen für seine Frau, oder Katzenzungen, oder auch ein Stück Gorgonzola, den liebte sie.

Als ihn an einem Februartag des folgenden Jahres der Anruf des Krankenhauses erreichte, war Lothar erschüttert, aber nicht überrascht. Das fatale Bewußtsein, daß es ja so kommen mußte, dieses ›Ich-habe-es-gleich-gewußt‹ ließ ihn zu jedem Wort der Krankenschwester sinnlos mit dem Kopf nicken. Seine Frau, so informierte man ihn, war unter den Opfern eines Straßenbahn-Unglücks; man bat ihn zu kommen. Lothar ließ den Hörer sinken. So bald? dachte er, so jung schon? Seine Theorie erschien ihm plötzlich unmenschlich und übertrieben. Hannah mochte auswechselbar gewesen sein, in Renzberg noch (gerade als sie ihm so einmalig erschienen war). Das hatte sich geändert: die Jahre, die er mit ihr verbracht hatte, hatten sie unauswechselbar gemacht, keine andere Frau würde je imstande sein, diese Jahre einzuholen, sie gehörten Hannah ganz allein. Er legte den Kopf auf die Schreibtischplatte und weinte.

Im Korridor des Krankenhauses lief ihm ein Arzt entgegen, drückte ihm die Hand und rief: Da haben Sie aber Glück gehabt, Ihre Frau ist mit dem Schock davongekommen, Sie können sie gleich mitnehmen. –

Lothar wollte protestieren. Ja, aber – begann er, dann wurde ihm schwarz vor den Augen; der Arzt fing ihn im Fallen. Als er wieder zu sich kam, hielt Hannah seine Hand und sprach gerührt von Liebe.

Von diesem Tag blieb ihnen nichts als die Erinnerung an Lothars Schmerz; sie beglückte Hannah und befreite ihn selbst von allen Gewissensbissen. Er wußte jetzt, daß das Erlebnis Witwer, mochte es noch so deutlich in ihm wohnen, auf keinen Fall seinen Wünschen entsprach, und erleichtert sah er sich in die Lage des gemeinen Mannes zurückversetzt, den Schicksalsschläge treffen mögen, ohne daß er sich dafür verantwortlich zu fühlen braucht. Freilich fielen dieser Normalisierung neben Lothars Kämpfen auch Lothars Aufmerksamkeiten zum Opfer: er beschränkte seine Blumenkäufe von da ab auf Geburts- und Hochzeitstage, Katzenzungen brachte er seiner Frau nur noch zu Weihnachten mit und nie mehr Gorgonzola.

Walter Helmut Fritz
Das Schweigen vieler Jahre

Das Fenster war zugeklebt, derart, daß auf einen Bogen braunen Packpapiers kleinere Blätter und Stücke aus Zeitungen und Illustrierten aufgelegt waren, da und dort in mehreren Schichten übereinander. Auch Karton konnte man entdecken und Wellpappe. Sogar Fasern von Holzwolle waren zu unterscheiden. Dazwischen die getrockneten Spuren von Kleister. Das Ganze machte den Eindruck der Unzerreißbarkeit. Aber ich sagte mir, ein Griff müsse genügen, es wegzuziehen, um den Blick freizubekommen. Dennoch blieb ich zunächst davor stehen, ohne mich zu bewegen. Ich sah nur das Gewirr von Überschriften und Bildern, von Zeilen, Worten und Buchstaben zwischen den leeren Flächen, versuchte auch, etwas zu entziffern, was nicht gelang, da die Stücke so ineinander und aufeinander geklebt waren, daß sich kein Abschnitt erkennen ließ, der nicht durch Einschübe oder Überdeckungen in Mitleidenschaft gezogen gewesen wäre. Wenigstens war es mir nicht möglich, einen solchen herauszufinden, obwohl es ihn – wenn ich die Sache jetzt in Ruhe überlege – gegeben haben müßte. Nur war ich wahrscheinlich zu sehr in Unruhe, um ihn entdecken zu können. Ich wandte mich ab, um mich fertig zu machen für einen Gang in die Stadt. Es gab ein paar Besorgungen zu erledigen, unter anderem etwas einzukaufen für das Abendessen. Einen begonnenen Brief schob ich beiseite, ordnete einiges auf dem Tisch, nahm mir vor, an dem Kleid Annes, meiner Tochter, das uns eine Verwandte geschenkt hatte und das ich kürzen mußte, anschließend weiterzuarbeiten, ging ins Bad und legte Rouge auf. Ich hörte das Telefon läuten und eilte zurück ins Zimmer. Man hatte falsch gewählt. Entschuldigen Sie. Bitte sehr.
Dann stand ich erneut vor dem mit Packpapier, Zeitungen, Illustrierten, Kartons und Wellpapperesten verklebten Fenster. Gewiß, einigermaßen

verwundert, doch nicht so sehr, daß mich Panik erfaßt hätte. Weshalb auch. Ich würde mich daran gewöhnen. Auch mein Mann und die Kinder würden sich daran gewöhnen. Es galt nur, eine plausible Erklärung zu finden. Sie würde sich ergeben. Warum ich dann doch plötzlich an dem Konglomerat zu zerren begann (ich hatte den Eindruck, ich müsse Staub zwischen den Zähnen oder gerade Rhabarber gegessen haben), weiß ich nicht. Es gab nach, fiel zu Boden und in sich zusammen. Ein stumpfes Geräusch.

Ich sah auf eine Landschaft, über der Heiterkeit und Glanz standen. Links ein Weg, einen Hügel hinauf und sich dahinter verlierend. Zwei Häuser, sehr still. Man nahm niemanden davor wahr. Sie machten einen sonntäglichen Eindruck. Aber ich wußte, daß es nicht Sonntag war. Zur Rechten, in etwas weiterer Entfernung, die Schleife eines kleinen Flusses, eine Brücke, die darüber wegführte. Wirbelnde Helligkeit. Ich kannte die Landschaft. Schließlich war sie mir täglich vor Augen. Sie kam mir zugleich aber auch fremd vor, denn alles darin war etwas entstellt. Ich verweilte zunächst nicht bei den Einzelheiten, versuchte dann aber, das sich darbietende Bild zu vergleichen mit dem, das mir vertraut war. Der Hügel schien weiter zur Seite gerückt, die Häuser in etwas größerer Ferne, das Leuchten über dem Fluß hatte an Kraft zugenommen.

Das Überraschendste jedoch war, daß Anne jetzt den Weg herunterkam, in Begleitung zweier Mädchen aus der Nachbarschaft, mit denen sie oft spielte. Aber warum überraschend? Ich wußte doch, daß sie gleich nach dem Mittagessen hinausgegangen war, es war ein schöner Tag, Osterferien. Sie trug ihr blaues Kleid, das sie am liebsten hatte. Ich erkannte ihre Ausgelassenheit an den übermütigen Bewegungen, die sie machte. Streckenweise legte sie den Weg springend zurück. Dann tollte sie mit den beiden anderen in der Wiese. Sie riß Gras aus und warf es in die Höhe. Oder sie streifte mit zwei Fingern Rispen ab. Nachher suchte sie Blumen. »Wer pflückt schneller einen Blumenstrauß, der Gärtner oder ich?« rief sie ihren Freundinnen vielleicht im Augenblick zu. Häufig brachte sie kleine Sträuße mit.

So hielten sich die Mädchen an diesem bis an die Ränder von Licht gespannten Tag in ihrem Spiel auf. Mich jedoch erfaßte plötzlich Entsetzen. Ich drehte mich um und saß lange bewegungslos in einem Sessel. Die Angst hatte mich überfallen, Annes Leben könne wie das meine in eine Sackgasse führen.

Ich sah sie (und sah mich selbst), verheiratet mit einem Mann, der abstößt durch seine Vitalität, mit der er protzt, und die wie ein penetranter Geruch ist. Sie wird auch eine Tochter haben und wird dieses Kindes wegen möglicherweise manchen Entschluß nicht ausführen, den sie gefaßt hat.

Ein Tag wie jeder. Es ist bald siebzehn Uhr. In einer halben Stunde wird er zu Hause sein. Sie ist unfähig, noch etwas zu tun. Sie fummelt nur vor sich hin, irgend etwas, und schiebt dabei Brot in den Mund, zerstreut, Bissen um Bissen. Sie überlegt, was sie ihm sagen wird. Sie wird ihm alles sagen. Sie wird ihm das Schweigen vieler Jahre vor die Füße werfen. Dann wird sie hinausgehen und ihn allein lassen. Anders wird sie es nicht ertragen können. Hat er noch nicht gemerkt, wie es um sie beide steht? Wenigstens tut er so. Jahraus, jahrein diese Robustheit, undurchdringlich, als habe man ihm Paraffin unter die Haut gespritzt. Sie geht zur Haustür, öffnet und sieht die Straße hinunter. Wer draußen vorbeigeht, könnte meinen, sie warte auf ihn. Die Schatten werden breiter: unter den beiden Apfelbäumen im Vorgarten ist es, als spreizten sich Hände. Geschäftigkeit des Spätnachmittags. Eine lange Straße. Ganz am anderen Ende wird er auftauchen. Noch nie hat er an sich gezweifelt. So hat er sich immer betrogen. Sie geht ins Haus zurück. Ich könnte noch etwas tun, denkt sie, was könnte ich noch tun. Ich müßte den Tisch decken. Wenn er kommt, möchte er, daß der Tisch gedeckt ist. Sie tut das Notwendigste mit ein paar Handgriffen, um wieder unter der Tür stehen zu können.

Guten Tag, mein Mäuschen, wird er sagen, wenn er kommt, und sie dabei auf die Stirn küssen. Der Kuß wird von schneckenhafter Klebrigkeit und kühl sein. Sie wird zurückweichen, aber er wird es nicht merken. Sie haßt ihn, weil er nie etwas merkt.

– Gibt's was Neues, wird er fragen.

– Nein.

– Ist nichts mit der Post gekommen?

– Nein.

Seine Fragen, die dieselben sind seit Jahren, leben in ihrem Ohr als böses Gesumm, das sie nicht mehr los wird. Sie wird sehen, wie er sich seine Lippen leckt. Sie wird frieren.

Vielleicht wird er sich wundern, daß sie nicht im Haus ist.

Ich wollte frische Luft haben, wird sie antworten. Ich war den ganzen Tag über nicht draußen.

Auf die letzten Worte wird er kaum mehr hören. Er wird ihr sagen, daß er gleich soweit sein werde.

Später wird man sich gegenübersitzen. Sie selbst wird nichts zu sich nehmen, sich entschuldigen mit einer Magenverstimmung. Sie wird darauf warten, daß er zum Schluß ein Stück Hefekuchen in den Tee tunkt, und wird merken, daß sich in ihren Armbeugen Schweiß bildet. Dann wird sie zur Seite blicken. Er wird ihr sagen, Herr G., sein Mitarbeiter im Büro, verstehe nichts von der Arbeit. Wie selbstgefällig er ist, wird sie wieder denken müssen. Sie wird schweigen. Er vermißt sie nicht, wenn sie nichts sagt. Sie wird dasitzen. Es genügt ihm.

Ich erhob mich, ging zum Fenster. Die drei Mädchen spielten Fangen, nicht weit. Ich deckte den Tisch. Dann rief ich Anne herein.
– Ist Vater schon zurück? fragte sie.
– Er wird gleich da sein.
Ich holte Reißnägel, hob das Packpapier vom Boden auf und heftete es auf dem Rahmen des Fensters fest. So wurde der Blick nicht mehr abgelenkt von dem, was draußen vor sich ging. Nur müßte man einen Vorhang kaufen, dachte ich, ihn darüberziehen.

Gerhard Amanshauser
Die fahrlässige Tötung

Sie schlug mit dem Kopf gegen die Scheibe, während mir das Lenkrad die Rippen eindrückte. Ihr Schädel zerbrach, während mir nur das Bauchfell riß. Der Kopf ist empfindlicher als alles andere: ein Knochenbau, der keine Frakturen verträgt, exponiert wie sonst nichts. Das Herz zum Beispiel ist durch Muskelschichten und durch einen Rippenkäfig geschützt. Das Lenkrad kam nicht an mein Herz. Man hätte das Gehirn ins Innere verlegen müssen, als Zentrum, um das die Organe sich gruppieren, und zwar so, daß die wichtigen innen, die weniger wichtigen außen sind. Natürlich ist diese Überlegung unsinnig.
Ich stehe in der Küche und starre in den Kühlschrank, der früher immer gefüllt war. Der Kühlschrank ist leer, produziert sinnlose Kälte, die sich sinnlos erhellt, wenn ich öffne. Diese plötzliche Beleuchtung der Kälte hat unheimliche Bedeutungen angenommen.
Manchmal ist allerdings von irgendeiner Speise, die einem schon zum Hals heraushängt, eine Riesenportion da. Oder fünf Flaschen ungenießbarer Erfrischungsgetränke. Das Werk meiner Tochter.
Dabei habe ich meine Tochter geliebt. Das war vor zehn Jahren, und es war nicht diese hektische Spielerei mit anderen Menschen, die man sich unterwerfen will (das nennen sie doch Liebe), sondern es war wie eine Strahlung, die den ganzen Körper gleichmäßig erwärmt. Auch auf die Frau (ich sage mit Absicht *die* Frau, um den Ausdruck *meine* Frau, den ich nicht leiden

kann, zu vermeiden) übertrug ich ein wenig von dieser Liebe: sie hatte das Kind geboren, sie sorgte für das Kind.

Aber leider ging die Sorge nach und nach über das Animalische hinaus, und sobald eine Sorge über das Animalische hinausgeht, ist sie schon verdächtig. Was sich wie zufällig reiht, Meinungen, Gewohnheiten, Redensarten –, das alles verdichtet sich zu einem tödlichen System. Und schneller als man glaubt.

Dann mußte ich mein Kind den Lehrerinnen ausliefern, diesen aufgegebenen Frauen, die in alten Aktentaschen Käsebrote und Thermosflaschen mittragen. Das Lächeln meiner Tochter wurde mir gründlich getrübt. Ja sogar die Haare meines Kindes verloren an Glanz. Etwas Hinterhältiges sammelte sich in ihm, ein Gift, das in jedes Lächeln, jede Bewegung einströmte. Und es war, als bestünde ein unterirdischer Zusammenhang zwischen mir und meinem Kind, eine einzige Giftquelle, aus der wir beide zu trinken bekamen. So endeten unsere Spiele, so hörten unsere Haare zu fliegen auf.

Ich begann zu altern. An meinem Körper bildeten sich häßliche Falten: nach innen, wo etwas vertrocknete, und nach außen, wo ich etwas Überflüssiges nicht mehr los wurde. Nach Jahren, die immer schneller sich abspulten, wurde ich plötzlich von jüngeren Augen fixiert, bemerkte erschrocken etwas Neues, Unverständliches, Fremdartiges, das mich mit Auflehnung und Spott taxierte.

Mein Kind war nicht mehr mein Kind, es war *ihr* Kind geworden, sie schien es nun ganz zu verstehen. Die Entwicklung, die ich verfluchte, erfüllte sie mit Stolz. Sie steckte mit den Lehrerinnen zusammen, teilte mit ihnen die Prinzipien der Zerstörung. Denn wer sich für *dieses* Leben, das ich vor mir sehe, zurechtmachen läßt, der wird zerstört.

Ich schwieg immer mehr, trieb mich in Gasthäusern herum, und manchmal wünschte ich die Frau zum Teufel. Da gibt es doch diese Witze, die vom Tod der Ehefrau als von einer Erlösung sprechen; man hat darüber gelacht, über den einen zum Beispiel, der den Vergleich mit einem scharf gewürzten Bissen bringt, von dem die Augen tränen, während das Herz lacht.

Nicht umsonst sind diese Witze erfunden, sie drücken einen allgegenwärtigen Wunsch aus, und weil man ihn nicht erfüllen kann, spricht man ihn wenigstens aus, macht sich Luft, und wirft ihn einander zu, verkleidet als Witz.

Doch wenn er erfüllt wird, dann lacht das Herz nicht; es erschrickt, als sei etwas Ungeheuerliches eingetreten, das man niemals gewünscht hat. Dann kommt der bekannte, im Schrecken gesprochene Satz: *Das* habe ich nicht gewollt! – Ja was hast du denn dann gewollt? Da liegt die Welt verwüstet nach deinem heimlichen Wunsch, und der scharf gewürzte Bissen schmeckt dir nicht; die Augen tränen, doch das Herz lacht nicht.

Und warum? Was ist es, das dich lähmt? Ist es vielleicht nur der Schrecken darüber, daß dich die gewohnte Misere nicht mehr umgibt und an ihre Stelle eine ungewohnte getreten ist? Gewohnheiten sind so stark, daß man selbst an den täglichen Schimpfworten hängt und in ihnen Wurzeln schlägt. Und hundert völlig nichtige Haltegriffe, an die du dich Tag für Tag angeklammert hast, sind abgerissen. Der Kühlschrank ist nicht angefüllt wie früher. Wenn es das allein wäre, müßtest du froh sein, daß alles so gekommen ist. Wenn dein Leben so erbärmlich war, daß es nur mehr auf ein Anklammern an den täglichen Haltegriffen hinauslief, dann solltest du froh sein, daß alles abgerissen ist. Vielleicht bist du nur zu schwach, die Wahrheit des Witzes zu erkennen: die Augen tränen, doch das Herz lacht.

Wenn ich so stark wäre, mein Herz zum Lachen zu bringen, wäre es das Herz eines Mörders. *Fahrlässige Tötung* nannte es das Gericht. Ich nannte es Zufall. Schließlich hatte ich öfters ein wenig getrunken und war dann gefahren. Ich verstand nicht, warum man mich anklagte. *Fahrlässige Tötung*, das ist doch unsinnig. Zwischen der Fahrlässigkeit und der Tötung besteht hier kein direkter Zusammenhang. Und überhaupt – was soll das Wort *Tötung* bedeuten? Ich sagte ihnen: »Die Frau ist tot; was wollen Sie jetzt noch? Wollen Sie sie an mir rächen?« Sie machten betretene Gesichter und setzten mir Wortfossilien vor, die sie aus ihren antiken Folterkammern zogen. *Fahrlässige Tötung*, von mir aus, doch vielleicht wird es noch Mord. Wenn ich mein Herz so lange stärke, bis es lacht, dann verwandle ich die Tötung in Mord. Ich würde es tun, wenn ich könnte. Was kümmert es mich jetzt, da nichts mehr zu ändern ist, ob ich ein Mörder bin oder nicht? Es wäre mir gleichgültig, wenn ich mein Herz nur zum Lachen brächte.

Doch diese Anstrengung ist vergebens. Zwar habe ich sie zum Teufel gewünscht, doch ihr Tod befreit mich nicht. Ein solcher Wunsch ist ein Affekt, und was besagt ein Affekt vor einer Wirklichkeit, deren Kälte bis zum Horizont sich dehnt?

Manchmal spüre ich Feuchtigkeit in meinen Augen. Es ist nicht Trauer um sie. Es ist Mitleid mit mir selbst. Und jetzt weiß ich, was das Unheimliche des Kühlschranks bedeutet, dessen Leere sich erleuchtet, wenn ich öffne: Es ist das Abbild der Leere eines größeren Kühlschranks, der ein Tier von meiner Statur erwartet, um sein Fleisch zu konservieren bis zur Beschau.

Peter Bichsel
Die Tante

Es schien ihr schon viel, daß, wenn man auf eine Taste des Klaviers schlägt, ein Ton aus dem Kasten antwortet.

Ihre Mutter hatte allerdings spielen können. Sie hatte ihr damals auch versprochen, es ihr beizubringen. Dann war die erste Stunde von einem Tag auf den andern verschoben worden, und sie hatte das schwarze Klavier mehr und mehr verehrt. Der Staub hatte sich in seinem Glanz gespiegelt, ein Hauch hatte genügt, ihn wegzublasen.

Nun schien das Klavier klebrig zu sein. Sein Glanz ging mit der Mutter weg, der Staub war bösartig geworden, und man mußte mit Tüchern gegen ihn kämpfen. Man mußte es mit weißen Tüchern decken oder mit gelben Tüchern abstauben. Seine Tasten waren gelb und seine Töne verstimmt und schöner geworden.

Es war nun ein altes Klavier, das von Tag zu Tag wuchs und nirgends mehr Platz finden wollte. Und es machte seine Umgebung, Tische, Stühle und Teppiche lächerlich. Jetzt endlich war es Mutters Klavier, damals hatte sie es noch nicht so genannt. Sie hätte es nicht weggegeben, sie hätte es nicht verkauft, sie hätte es wohl nicht einmal spielen lassen.

Als ihr der Notar das Klavier zugeteilt hatte, war sie so gut wie verlobt gewesen. Das hatte der Mutter vieles leichter gemacht. Es war ihr nicht aufgefallen, daß der Bruder keinen Anspruch auf das Klavier erhoben hatte, trotzdem er verheiratet war und Kinder hatte.

Sie hatte nun das Klavier und die Erinnerung an das Klavier. Sie bekämpfte mit Tüchern den Staub. Überhaupt gab sie viel auf die Sauberkeit ihrer Wohnung, auf den Glanz des Parketts, auf die Unverrückbarkeit der Möbel, auf die Lage der Teppichfransen.

Auch sonst begann sie ihrer Mutter zu gleichen, wurde dick und bekam ein liebes Gesicht, wie man es in Kirchenbänken antrifft, ein Gesicht, das ihren Neffen bald verhaßt war.

Der Bruder besuchte sie nie.

Im Januar bekam sie einige mit viel Widerwillen geschriebene Dankbriefe der Neffen für die Weihnachtsgeschenke, »die uns gefallen«. Sie hatte eine Abscheu vor Männern und sie bewunderte ihre Mutter, die soviel Geduld für den Vater aufgebracht hatte. Sie beschwerte sich bei den Nachbarn über den Lärm der Kinder der andern Nachbarn. Und sie hatte Kinder gern. Vor Jahren half sie im Kinderhort aus, aber ihre Nerven ertrugen es nicht. Im Mütterverein nahm niemand daran Anstoß, daß sie ledig war. Sie freute sich auf den Ausflug des Müttervereins, auf den Autocar, auf die Süßigkeiten.

Beim Hausmeister beklagte sie sich von Zeit zu Zeit über die mangelhafte Heizung, und wenn man von ihr sprach, sagte man: »Sie hätten ihre Mutter kennen sollen.«

In ihrem Kehrichteimer lagen zerlesene illustrierte Zeitschriften. Man wußte von ihr, daß sie früh zu Bett ging, daß sie früh aufstand, daß sie ihre Steuern rechtzeitig bezahlte.

Sie war nicht einsam, erfüllte ihr Leben mit Betriebsamkeit, Zeitschriften und Geschwätz, mit Pünktlichkeit und Liebe, und sie strickte Mützen und Pullover, die niemand tragen mochte. Auf dem Wohltätigkeitsfest des Müttervereins kaufte sie so viele Tombolalose, daß ihr die große Zierpuppe mit den echten Haaren und den Schlafaugen und dem Namen Marilyn fast sicher sein mußte, und sie gewann sie auch. Jetzt saß die Marilyn auf dem Sofa und hatte auch ein liebes Gesicht.

Sie löste Preisausschreiben, kaufte eine Tafel Speisefett der Marke soundso, suchte den Namen der griechischen Friedensgöttin, erriet die Zahl der möglichen Teilnehmer und träumte von der versprochenen Reise nach Palma de Mallorca.

Und sie fand die Dinge nett, allerliebst und reizend.

Und ihr Bruder besuchte sie nie.

Und ihre Neffen schrieben ihr mit Widerwillen.

Und sie glich mehr und mehr ihrer Mutter.

Sie war auf die Sauberkeit ihrer Wohnung bedacht. Sie war auch sechsundfünfzig Jahre alt, sie saß in ihrer Wohnung und man hörte sie nie, nicht umhergehen, nicht eine Melodie summen, nicht die Vorhänge ziehen. Wenn sie gesungen hätte, das ahnte man, hätte sie eine sehr hohe Sopranstimme gehabt, kindlich und alt zugleich.

Sie gehörte nun bald zu jenen Leuten, denen man, besonders im Winter und besonders in der Adventszeit, eine Freude machen sollte; zu den Leuten, denen man Geschichten vorliest, ein Liedchen singt und eine Kerze schenkt, oder denen man das Holz spaltet und den Teppich klopft.

Und man hörte sie nie eine Melodie summen.

Und wenn sie auf Mutters Klavier einen Ton anschlug, dann geschah das zufällig, dann geschah das zum Beispiel, wenn sie mit dem gelben Tuch über die Tasten fuhr.

Jens Rehn
Der Zuckerfresser

»Was schreibst'n da?«

Ich sah auf und konnte ihn nicht richtig erkennen, er stand genau in der Sonne. Ich setzte mich auf und drehte mich um.

»Biste von der Zeitung oder isses nurn Brief?«

Der Junge war mager wie ein neugeborenes Kalb. Seine hellblau ausgeschossene Turnhose hatte ein ziemliches Loch auf dem linken Bein. Das Flachshaar klebte naß am Kopf. Er hatte aber keine Gänsehaut. Das Wasser war bestimmt nicht wärmer als fünfzehn Grad.

»Kalt, was?« sagte ich. Was soll man schon sagen. »Willst du dich abrubbeln?«

Er rieb sich trocken und verdreckte mein Frottiertuch mit dem elenden Teerzeug. Die sollten endlich mal verbieten, daß die Dampfer draußen auf See ihr mistiges Öl außenbords pumpten und den ganzen Strand versauten. Und überhaupt: Mit dem Schreiben hatte es nicht so geklappt, wie ich es mir vorgestellt hatte, im Strandkorb gab es entweder Sonne mit Wind, oder ich saß ohne Wind im Schatten, ein bißchen braun wollte ich ja schließlich werden; und wenn ich mich auf den Bauch an den Sandwall meiner Strandburg legte, gab es auch keine Ruhe; entweder blies der Wind die Ecken vom Papier um, oder Sand rieselte drüber hin, oder ich bekam ein steifes Kreuz, oder der Schreibarm tat mir weh.

»Wo kommst du denn her?«

Der Junge machte eine unbestimmte Bewegung. Ich schätzte ihn auf sieben Jahre. Vielleicht auch acht.

»Kannst du denn schon lesen?«

Ich merkte sofort, daß das eine völlig verkehrte Frage gewesen war. Er beantwortete sie überhaupt nicht. Ich konnte mir vorstellen, was er jetzt dachte. Er zog die Nase hoch.

»Wasser, weißte«, sagte er und sah einer Möwe nach, die im Aufwind des Kliffs den Strand absegelte. »Schreibste Geschichten?«

»Auch. Ist aber nichts geworden, heute.«

»Wasn für Geschichten?«

»So alles mögliche.«

»Für Bücher?«

»Auch, manchmal.«

»Was de selbst erlebt hast?«

»Selten. Meistens denkt man sich was aus.«

Es waren nicht mehr viele Leute am Strand. Fünfzehn Uhr, die Sonne stand schon recht niedrig. Ich zog mich an. Der Junge sah zu. Er blieb immer todernst.

»Wo gehsten jetzt hin? Hause?«

»Nein, Tee trinken, im Witthüs.«

Er zog die Augen etwas zusammen und leckte sich über die Lippen. Nicht wegen des Tees, ich erfuhr erst später, warum.

»Komm mit«, sagte ich, »wenn du Lust hast.«

Er drehte sich jedoch um und stakte durch den Sand davon. Auf dem hartgetretenen Weg am Fuße des Kliffs setzte er sich in Trab und verschwand bald hinter den Strandkörben. Ich suchte meine Sachen zusammen und ging. Vor der Haupttreppe saß der Bademeister und Strandwächter in seinem kleinen Rollkarren und las. Wenig zu tun in der Nachsaison. Die Badeflagge zeigte ablaufendes Wasser an, das Baden war aber noch nicht verboten. Ruhiges Wetter, wenn es auch nicht eben sanft wehte. In einigen wenigen Körben saßen noch ein paar ältere Leute oder Liebespaare, hatten sich in Decken gewickelt und lasen ebenfalls oder sahen einfach nur auf die See hinaus. Links am Kliff flitzten die Seeschwalben und verschwanden haarscharf in ihren Nestlöchern. Die eisernen Buhnen wurden noch vom Wasser überspült. Die meisten Möwen hatten sich nach drüben auf die Landseite der Insel ins Watt verzogen und warteten darauf, daß das Wasser noch weiter fiele, dann konnten sie bequem jagen und fressen.

Oben auf dem Kliff wehte es heftiger. Auf den Aussichtsbänken der Kurverwaltung saß niemand, und auch die Straßen des Ortes lagen ausgestorben, kahl und hölzern. In acht Tagen würden die Pensionen schließen, Schluß der Nachsaison. Vor ein paar Jahren war ich schon einmal hier gewesen, allerdings mitten in der Hochsaison, Massenpublikum, aufgedonnert und laut und mit zahllosen Autos. Jetzt, Ende September, war es viel schöner. Mit dem Wetter hatte ich Glück gehabt, bis jetzt wenigstens. Und auch mein Quartier war in Ordnung, abseits vom Ort nach Westerland zu, ruhig und solide, nicht zu teuer, kein Nepp. Ein einzelnes, niedriges Haus mit Strohdach, ich mag gerne unter einem Rieddach schlafen. Unten im Hause ein gemütlicher holzgetäfelter Raum, an der einen Wand zwei Regale mit Flaschen zur Selbstbedienung, sehr angenehm. In dieser Jahreszeit gab es natürlich auch keine Veranstaltungen der Kurverwaltung mehr, Réunions oder Wahlen der Orts- und Strandkönigin, und so weiter. Auf dem Flugplatz, drüben bei Keitum, war wohl gerade Lehrgangwechsel, schon seit Tagen hatte ich keine Düsenjäger mehr gehört. Vor einer Woche war einer ins Watt gestürzt, der Pilot hatte aber noch rechtzeitig abspringen können. Nun lagen ein paar Millionen Mark im Schlamm. Na ja.

Ich suchte mir einen Platz am Fuß der zweiten Düne, sah in die Brandung tief unter mir und rauchte eine Zigarette. Wenn eine Bö in die Düne einfiel, prickelten feine Sandkornfahnen auf meiner Gesichtshaut. Der Strandhafer duckte sich und zog mit seinen längsten Halmen gezirkelte Kreise in den feuchten Sand. Die Kreise überschnitten sich sauber und exakt, wie auf dem Reißbrett konstruiert.

Endlich ging ich zurück und die Hauptstraße landeinwärts, bis ich links abbiegen mußte zum Witthüs. Sicherlich eines der ältesten Häuser hier, weiß gekalkt, niedrig, das Rieddach sah recht verwittert aus. Im Hause gab es kleine Kabäuschen, hier kredenzten appetitliche Bajaderen alle möglichen Teesorten, den echten ›Friesischen‹ mit Rahm und Kandis, russischen Tee mit kandierten Kirschen und Preiselbeeren, grünen Indientee. Ich mag den russischen am liebsten. Die hübschen Geishas waren Studentinnen und nutzten ihre Semesterferien aus für ihren Geldbeutel. Eine gehobene Atmosphäre, nicht ohne Fröhlichkeit.

Aus dem Schallplattenverzeichnis suchte ich mir eine verschollene Kammermusik von Scarlatti aus, meine blonde Nymphe legte die Platte auf, und ich machte es mir mit meinem Tee gemütlich. Als mir dann etwas einfiel, holte ich mein Heft hervor und fing an zu schreiben.

»Schreibst ja doch!«

Da war der Junge wieder. Ein Auftritt wie beim Zauberkünstler, die Hexerei aus dem schieren Nichts. Er hatte jetzt eine Cordhose an und eine überraschend flotte Strickjacke aus Schafwolle. Er zeigte auf den Kandiszucker.

»Schenkste mir den?«

»Türlich. Nimm nur. Auch Tee?«

Er wollte keinen Tee, nur den Zucker. Er zerbiß ihn krachend in die Musik hinein. Mir lief es bei diesem Geräusch den Rücken hinauf.

»Biste fertig oder machste weiter?«

»Mit was?«

»Schreiben.«

Er hatte sich gesetzt, rechts neben mir hockte er auf der Eckbank, zwinkerte und kontrollierte die anderen Tische. Er konnte aber keinen Zucker mehr entdecken.

»Nein«, sagte ich und gab auf, der Musik zuzuhören.

»Keine Lust mehr. Außerdem taugt die Geschichte nichts.«

»Biste allein hier?«

»Ja. Und du?«

»Haste keine Frau?«

»Nein.«

»Machste keine leiden?«

Ich brauche nicht zu antworten, denn er sagte sofort:

»Ich auch nich. Mädchen sin tumbich.«

»Tumbich? Was ist denn das? Dumm?«

»Genau.«

»Nana –!«

»Ich könnte ganz gern nochn bißchen Zucker haben!«

Die runde, blonde Geisha kam vorbei, blieb stehen und sah den Jungen an.

»Was!« sagte sie. »Bist *du* wieder hier?«

Der Junge stieß mich an, und wir waren uns einig über die Qualität dieser Frage.

»Lassen Sie ruhig. Wir kennen uns schon lange, und ich habe ihn eingeladen.«

»So?«

Es blieb ihr nichts übrig, als höflich zu bleiben: »Ich wundere mich nur, daß der ganze Junge nicht aus purem Zucker besteht. Dieser Zuckerfresser! Unser bester Kandiskunde. Ein Nassauer ist er, das ist er!«

»Genau!« sagte der Junge ungerührt und sah das Mädchen ernst an. Dann zu mir:

»Soll ich wohl noch was haben?«

»Klar.«

Der erste Satz von Scarlatti war zu Ende, die Nadel lief in der Leerrille, im Lautsprecher kratzte es. Das Mädchen drehte die Platte um und brachte eine zweite Schale mit Kandis. Der Tee war inzwischen kalt geworden, so bestellte ich neuen. Die Sonne ging jetzt unter, die letzten Strahlen über der Düne erreichten den Jungen in der Ecke. Sein ernstes Gesicht sah rot aus wie eine Tomate. Dann zerbiß er wieder den Zucker und brachte den zweiten Satz der Musik zur Strecke.

»Mensch!« sagte ich, »deine Zähne! Das ist doch nicht gut! Lutsche doch wenigstens!«

»Kanns ja mal sehn!« sagte er und fletschte mich an. Ein tadelloses Gebiß, ohne Lücke, und gerade, eine Perlenkette. Er mußte doch schon älter sein, das waren keine Milchzähne mehr, auch weiter hinten nicht.

»Schreibste wirklich nich mehr?«

»Nein. Tee trinken und Musik ist schöner.«

»Was machsten nacher?«

»Weiß nich. Vielleicht lesen, zu Hause, oder nochmal am Strand längsgehen. Weiß noch nicht, mal sehn.«

»Haste Lust?«

»Wozu?«

»Was zeigen.«

»Was denn?«

Der letzte Zucker verschwand. Dieses Mal ging der Beißkrach in einer Fortissimostelle von Scarlatti unter. Das störte den Jungen jedoch nicht. Die Sonne war nun untergegangen, und es wurde schnell dämmrig. Meine Geisha brachte eine Tischkerze.

»Noch mal Zucker?«

Sie konnte sich die Frage nicht verkneifen.

»Genau«, sagte der Junge und wurde noch ernster, wenn das überhaupt möglich gewesen wäre.

»Bitte sehr, wenn er mag«, sagte ich.

Das Mädchen brachte eine, wie mir schien, größere Portion.

»Den kute ich.« Er steckte den Kandis in die Hosentasche: »Is für Teetje!«

»Wer is denn Teetje? Dein Freund?«

»Wirste sehn. Kommste mit?«

Ich bezahlte, und wir gingen. Ein anderer Gast hatte die Siebente Bruckner bestellt, und so hatten wir einen weihevollen Abgang und Auszug.

Draußen war es finster geworden, und der Wind hatte noch zugenommen. Das Rauschen der Brandung war bis hierher zu hören. Der Junge lief voran, quer über die Heide auf einem schmalen, versteckten Gehsteig zu den Dünen in Richtung Kampen und Kliffende. Die Trümmer der bei Kriegsende gesprengten Artilleriebunker blockten schief und schwarz gegen die dunkelblauen, wehenden Wolken. Manchmal kam ein Stern durch, wurde aber sofort wieder zugedeckt. Der Mond war nicht zu sehen, er ging wohl erst später auf.

Zwischen zwei Dünenzügen hob sich der Weg sacht aufwärts, dann steiler, und schließlich mußten wir um einen mächtigen Betonklotz herumklettern. Unter dem Klotz zwängten wir uns in ein enges Loch. Völlige Dunkelheit.

»Warte mal!«

Die Stimme des Jungen klang dumpf vor mir. Ein Streichholz zischte, dann schwebten zwei Kerzenflammen schräg über mir.

»Komm rauf, hier isses!«

An der Seite war ein Teil des Bunkers unbeschädigt geblieben. Aus der abgebrochenen Zwischendecke hing verrosteter Eisendraht in wirren Mustern. Die Kerzen flackerten in einem Luftzug wer-weiß-woher, Schatten jagten um die Höhlenwände.

Der Junge hatte sich eine Ecke mit getrocknetem Seegras ausgepolstert. Er saß da, ließ die Beine baumeln und blickte mir mit großen, lichtglänzenden Augen entgegen. »Das is Teetje«, sagte er. »Friß!«

Die Möwe sperrte den Schnabel auf und schluckte ein Stück Kandiszucker.

Sie ruckte mit dem Hals. Gerechter Strohsack, ein zweiter Zuckerfresser, und was für einer! Die Möwe sah arg mitgenommen aus, der linke Flügel hing, und der Vogel lahmte; die Federn waren teerverkleistert.

Der Junge nahm die Möwe auf den Schoß und streichelte sie. Das Tier hielt den Schnabel halb geöffnet und fiepte zart. Die schwarzen Knopfaugen mit den hellen Ringen beobachteten mich unbeweglich.

»Tag, Teetje!« sagte ich.

Die Möwe fraß den Zucker, und der Junge streichelte sie.

»Hab ich vor ner Woche gefunden, is ganz zahm, von Anfang an. Machsten leiden?«

»Genau«, sagte ich.

Der Junge verzog das Gesicht, und nun sah ich ihn zum erstenmal leise lächeln.

Wir haben uns in den nächsten Tagen noch zweimal getroffen, der Junge, die Möwe und ich. Ich sorgte dafür, daß den beiden der Kandis nicht ausging. Drei Tage bevor ich abfahren mußte, blieb der Junge plötzlich aus. Ich wartete vergebens. Erst am Abend des letzten Tages kletterte ich allein in den Höhlenbunker. Die Seegrasecke war leer.

Ich ging nochmals zurück zum Witthüs, trank meinen Abschiedstee, hörte der Musik zu und dachte ein wenig nach. Dann endlich fragte ich meine blonde Geisha beiläufig, ob sie den Jungen irgendwann in den letzten Tagen gesehen habe.

»Den Zuckerfresser?« sagte sie und horchte in Richtung des Plattenspielers; das ›Erwachen heiterer Gefühle auf dem Lande‹ – ›Allegro ma non troppo‹ mußte gleich zu Ende sein. Es dauerte aber doch noch ein bißchen, da wir beide auf einen Trugschluß hereingefallen waren, und sie sah mich geradeheraus an: »Ja – der! Am Dienstag war er hier und ging sofort wieder. Er sagte ›Teetje is tot, un ich eß kein Zocker mehr‹. Wissen *Sie*, wer Teetje ist?«

Robert Wolfgang Schnell
Nach dem Tod des Herrn Wiebel

Gestern abend ist Herr Wiebel gestorben.

Herr Wiebel war ein alter Mann, Besitzer eines Kolonialwarenladens. Seine Frau war schon einige Jahre tot, und er führte ein Schattendasein in der Wohnküche, die einige Stufen höher hinter dem Laden lag. Die Wünsche der Kunden erfüllte seine Tochter, eine Frau Bähr, mit ihrem Mann, deren

Wohnung im selben Hause war, in der zweiten Etage. Aber nur zum Schlafen benutzt wurde. Tagsüber teilten sie mit dem alten Wiebel die Wohnküche.

Man kann nicht sagen, daß Frau Bähr zu ihrem Vater freundlich gewesen wäre. Sie berichtete eines Tages von Beschwerden der Kundschaft, ganz unvermittelt, nachdem sie sich in den Finger geschnitten hatte. Jemand habe gesehen, wie ein Tropfen aus der Nase des Herrn Wiebel auf die Theke gefallen sei. Und dann noch eine zweite, sehr dunkle Geschichte von Kautabakresten in einem Heringsfaß. Herr Bähr, dessen Zuneigung zu seiner Frau allerdings seit Jahren immer mehr geschwunden war, so daß kaum noch von Duldsamkeit ihr gegenüber die Rede sein konnte, glaubte kein Wort von diesen Beschwerden. Und sagte ihr das auch.

»Die Leute ekeln sich vor ihm«, gab sie zur Antwort. »Im übrigen kann er ja sehr gut hier in der Küche sein.«

Jedoch setzte sie sich nicht ganz durch. Herr Wiebel zog nach alter Gewohnheit morgens um sieben Uhr seinen weißen Kittel an, und Bähr, der ein gemütlicher Mann war und ohne Leidenschaft für das Bücken, ließ ihn die Kartoffeln abwiegen. Aber als seine Tochter, am Vormittag von Wiebels Todestag, im überfüllten Laden eilig mit ihrem Vater zusammenstieß, sagte sie ihm ins Gesicht – und alle Kunden hörten es –: »Die Leute ekeln sich vor dir!« Wiebel hatte sich noch einmal aufgerichtet – so groß war er schon lange nicht mehr gewesen – und mit voller Kraft geschrien: »Das gehört alles mir! Alles gehört mir!« Darauf war er in die Küche gegangen, woselbst er sich ruhig verhielt und nur noch nachmittags, nachdem er schweigend sein Mittagbrot eingenommen, einen kurzen Blick durch die Scheiben der Tür auf die Kunden im Laden warf. Unbeweglich hatte man seinen Kopf neben den Gardinen gesehen, die mit roten Bändern gerafft waren.

Jetzt saß Bähr rauchend auf dem Plüschsofa in der Küche, die Hemdsärmel aufgekrempelt und die Hosenträger von der Schulter gestreift. Das Sofa, auf dessen Armrollen und Rückpolster gestickte Deckchen mit Stecknadeln festgeheftet waren, war von vielen Fotografien umrahmt. Bähr durfte sich nicht gegen die Deckchen lehnen; zu Lebzeiten seiner Schwiegermutter hatte das schon zu manchen Auseinandersetzungen geführt, und seine Frau, geborene Wiebel, sah ebenfalls streng darauf, daß das nicht vorkam. Deshalb hatte er sich angewöhnt, die Arme stets auf den Tisch zu stützen und dabei die Hosenträger herunterzuklappen, weil sie in solcher Stellung in die Schultern schnitten.

Seine Frau saß ihm gegenüber. Die rotgeweinten Augen starrten in eine Zeitung, die sie weit von sich hielt, da sie fernsichtig war. Aber sie las nicht, die Zeilen schwammen in den Tränen durcheinander, und das Taschentuch, mit dem sie sich immer wieder über die Augen fuhr, konnte den Strom nicht bändigen, so daß sie in schnellen Abständen die Nase aufzog.

»Daß er schon sterben mußte –!« sagte sie.

Bähr sah über sie hinweg auf die hintere Wand der Küche, in der die Tür zu Herrn Wiebels Schlafzimmer aufstand. Dort war der Tote zwischen einigen Blumen aufgebahrt worden.

»Na, achtundsiebzig, ganz nettes Alter«, antwortete er und bemühte sich, möglichst gefühlvoll zu sprechen.

»Sieh dir mal Frau Friedlands Vater an, der ist fünfundachtzig, wie rüstig der noch ist.«

»So was kommt vor. Übrigens wird der Mann von der ganzen Familie umhegt und ekelt niemanden.« Er gab dieser scharfen Formulierung keine besondere Lautstärke, er vertraute der Sache als solcher. Aber Frau Bähr empfand gar nichts, die Tränen schwemmten alles fort. Die Frau hatte nicht mal ein Gefühl für das Opfer, das ihr Mann brachte, indem er heute hier saß. Sonst saß er um diese Zeit bei Merkers in der »Süßen Traube« am ersten Tisch rechts (direkt um die Ecke, Kunden von Wiebels). Sein Stuhl dort war so lange schräg an den Tisch gestellt, bis er kam.

Wenn sie wenigstens nicht sprechen würde, denn das unvermeidliche Aufziehen der Nase machte ihm freundliche Antworten unmöglich.

Da sagte sie: »Vater ist nur aus Gram gestorben.«

»Gut möglich –!« unterstrich er bedeutungsvoll.

»Ich wußte schon immer, daß er Mutter nicht lange überleben würde.«

Bähr ließ eine große Pause eintreten, in der er sich mit dem abgeschnittenen Ende seiner Zigarre beschäftigte, das bei ihm leicht zu feucht wurde, dann sagte er: »Er hätte es angenehmer haben können.«

»Man versäumt immer so viel.«

»Meine Rede.« Bähr war außerordentlich trocken.

»Du kümmerst dich doch um gar nichts.« Sie senkte die Zeitung. Sie wollte ihn ansehen, ihn strafen. Aber die Tränen vor ihrer Pupille wölbten Bähr zu einem unbeweglichen Felsen. Noch einen Versuch der Durchdringung machte sie: »Willst du das bestreiten?«

»Man hätte den Alten ruhig noch einmal ein Pfund Zucker abwiegen lassen können ...« Er sprach gegen die Wand, nur sein Auge ließ er auf Frau Bähr ruhen, ohne Mühe gelang es ihm so, dem Satz einige Doppeldeutigkeit zu verleihen. Er riß die Augenbrauen hoch und zog die Mundwinkel herab.

O Gott, dieser Clown, dachte sie, hier ist doch keine Kneipe. Wenn der Vater auch immer im Wege gestanden hatte, aber es hatte doch wenigstens irgend etwas dagestanden. Jetzt war sie nur noch mit Herrn Bähr – so hätte sie ihn auch nennen können, er stand ihr nicht näher – allein, nichts würde

302

ihn mehr hemmen und hindern, ganz dieser fremde Herr Bähr zu sein. Er stand vom Sofa auf, irgend etwas rührte ihn im Augenblick an seiner Frau. Deshalb wollte er den Tisch nicht berühren, um sie nicht zu stören. So war das Aufstehen recht mühsam. Nachdem er, die Hose mit beiden Händen haltend, um sie herumgegangen war, schlüpfte er, nun hinter ihr stehend, in seine Hosenträger. Dabei ging er kurz in die Kniebeuge, versenkte seine Hände tief in die Taschen und schob die Hose hin und her, um sie in die richtige Lage zu bringen. Er sah auf seine Frau. Unter den Haaren, die heute etwas unordentlich lagen, saß ein schlanker, in das dunkle Knäuel flink aufstrebender Hals. Das hatte er nie gesehen. Und dieser Hals war gerötet, als ob eine Hand grob in ihn hineingepackt hätte. Es rührte ihn. Nahe hinter ihr stehend, legte er seine Hand einen Augenblick leicht auf ihr Haar. »Du mußt, trotz allem, etwas essen, sonst gehst du vor die Hunde«, sagte er. »Ja, mein Gott, ja, Armin, du hast ja heute noch nichts Ordentliches bekommen.«

Erlöst und als sei sie in großer Freude, stand sie auf und ging zur Anrichte. Bähr dehnte sich ganz zufrieden in der Mitte der Küche und klopfte die Asche von seiner Zigarre. Ruhig auf den Fußboden, sie würde nichts sagen, heute sicher nicht. Und während sie kalte Pellkartoffeln aus dem Schrank holte und das Gas ansteckte, begann er, auf und ab zu gehen, die Zigarre im Mund, die Hände in den Taschen. In der Pfanne siedete das Fett, und die ersten Kartoffeln – nicht in Scheiben, sondern in kleine Stücke geschnitten, wie er das gerne mochte – fielen hinein, und es begann gleich gemütlich zu brutzeln. Dann blieb Bähr mit seiner Zigarre im Mund in der offenen Tür zum Schlafzimmer stehen, um noch einen Blick auf den toten alten Mann zu werfen.

Frau Bähr, die mit dem Zerschneiden der Kartoffeln fertig war, hatte nun Zeit und beobachtete ihn. Er stand ein wenig gebeugt. Sein runder Rücken und ihre Tränen, war das nicht dasselbe? Sie wandte sich noch einmal zum Herd, drehte die Kartoffeln, legte das Pfannenmesser vorsichtig hin und putzte sich die Hände an der Schürze ab, was sie sonst nie tat, denn die Schürze mußte immer weiß sein, weil die Mutter von Bähr das auch so gehalten hatte. Dann trat sie hinter ihren Mann und legte das Kinn auf seine Schulter, um ihren Kopf an seinen zu lehnen. Als sie ihn kennenlernte, hatte sie so gern die beiden kühlen Ohren aneinandergefühlt. Bähr schauderte es in der Tür zu dem dunklen Schlafzimmer, das wie ein riesiger Sarg vor ihm lag. Er fühlte den Kopf seiner Frau, da ihre Haare ihn kitzelten, denn sie wagte nicht, sich fest anzudrücken. Ein kaltes, unabweisbares Gift breitete sich in Herrn Bähr aus. Er machte alle Gedanken messerscharf.

Was, dachte er, habe ich mit diesem toten Mann zu tun? Warum lebe ich überhaupt in diesem Zimmer, in dem noch nie ein vernünftiges Wort gesprochen worden ist? Sitze auf diesem Sofa, das zwischen Küchendünsten mit dummem Zierat behangen ist? Warum komme ich Abend für Abend in dieses Haus zurück? Soll ich jetzt, angesichts einer Leiche, die stumpfsinnig hergerichteten Bratkartoffeln essen?

Er, Bähr, sah sich selber in der Tür stehen, an sich angelehnt eine Frau, die sich Frau Bähr nannte, und deren fett heraustretende Hüften ihn seit Jahren anekelten.

Brüsk drehte er sich um, nahm ein Schlüsselbund von der Anrichte und schloß die gardinenverkleidete Tür zum Laden auf. Dann drehte er sämtliche Lichter an und hob die Glasglocke vom Schweizerkäse. Mit dem größten der darunter liegenden Stücke ging er zur Schneidemaschine. Kaum fielen die Scheiben vom Messer, verschwanden sie schon in seinem Mund. Frau Bähr, die, ohne es zu wissen, ihrem Mann nachgegangen war, sah durch die Scheiben der Tür über den Aufbau der Theke hinweg die kauenden Kinnbacken und hörte das Messer der Schneidemaschine. Starr, mit unbewegtem, nunmehr tränenlosem und trockenem Blick, öffnete sie die Tür und brach, ehe sie Herrn Bähr anrufen konnte, auf der Schwelle zusammen.

Kauend trug Bähr sie zum Sofa. Er freute sich, daß sie selber es war, die es nun notwendig machte, das Zierdeckchen von einem Armpolster zu entfernen, damit sie sich nicht an den Stecknadeln verletzte. Die Nadeln steckte er in die Rücklehne, das Deckchen warf er auf den Boden. Dann schloß er die Tür zum Totenzimmer und ließ eine Kaffeetasse voll Wasser laufen. Er überlegte, ob er ihr den ganzen Inhalt über den Kopf schütten sollte oder nur einige Spritzer mit dem Finger in ihr Gesicht spritzen. Er entschied sich für das Spritzen.

Als Frau Bähr die Augen aufschlug, fragte er: »Na, wieder gut?«

Er drehte das Gas unter den angebrannten Kartoffeln aus, ging in den Laden zurück und aß noch ein Stück Leberwurst von seiner Lieblingssorte mit Trüffeln. Da Frau Bähr auch die Nacht über gern auf dem Sofa liegenbleiben wollte, ging er allein nach oben in das Schlafzimmer.

Am nächsten Morgen hängte Herr Bähr wieder das Pappschild »Wegen Todesfall heute geschlossen« in die Ladentür und setzte sich mit einer Zigarre und den heruntergelassenen Hosenträgern auf das Sofa, um die Todesanzeigen zu adressieren. Frau Bähr saß ihm gegenüber und las von einem großen Blatt die Adressen vor. Er schrieb sie auf die Umschläge. Kam Ärger in ihm hoch, ließ er sich die Namen buchstabieren, was Frau Bähr nie so glatt von der Zunge ging.

Dieter Wellershoff
Während

Während er fährt, während sie am Strand sind, während ein Federball durch den blaßblauen Himmel fliegt, während eines Nachmittags, ein stiller Nachmittag im sehr grünen Land. Wenn man sagt, jetzt ist es still, beginnt man sofort etwas zu hören. Nämlich: die Wanduhr tickt, auf der Dünenstraße fährt ein Lieferwagen. Ticken nah, Motorgeräusch fern sich entfernend, Ticken sehr nah. Es geht immer etwas vor. Wahrscheinlich ist die Dichte der Vorkommnisse an jedem Ort gleich, obwohl dies ein ruhiges Haus ist, das sie gemietet haben, die Ruhe, die sie gemietet haben im sehr grünen Land.

Er blickt aus dem Hinterfenster. Einen schönen Blick haben Sie hier, Herr Westhues. Langgestrecktes, abfallendes Wiesengrundstück, in der Senke sieben flache Bungalows, zwei parkende Autos, dahinter Viehweiden, grün, mit schwarzweißen Kühen besetzt, die Straße, die Dünen, der Himmel. Keine Bewegung? Keine bedeutende Bewegung. Ein Mann kommt über die Wiesen, hat einen schwarzen Hund bei sich, verschwindet hinter einem Bungalow, erst der Mann, dann der Hund, kommt wieder zum Vorschein, erst der Mann, dann der Hund. Im Vorderfenster die Straße. Ein alter Mann fährt langsam auf einem Fahrrad vorbei, drei Tretbewegungen, Freilauf, in diesem offenbar asthmatischen Rhythmus und dahinter ein schwarzer Hund. Ein Schwung Möwen kreuzt das hintere Fenster. Im Vorderfenster das Haus gegenüber und eine dicke Frau in Shorts, die aus der Türe tritt. Hat einen Tennisschläger in der Hand. Hat einen kleinen bebrillten Jungen in blaugestreiftem Hemd. Hat auch einen Schläger. Wollen Federball spielen. Im Hinterfenster vor allem der Himmel, vor allem die Wolken, vor allem hinter den Dünen die Wolken, hinter den Wolken den Dünen Wolken der Wind.

Sie sind jetzt am Strand. Carola zieht den Kindern die Luftanzüge an. Till will Ring spielen. Nele Kuchen backen. Die Umkleidekabine ist himbeerrot mit einer blauen Leinwand als Sonnenschutz, oder ist das Windschutz, Wind- und Sonnenschutz. Till will Ring spielen, Nele Kuchen backen. Till will mit Papi Ring spielen. Warum kommt er nicht? Kleiner dreijähriger Junge, braungebacken, hüpft im Sand, will Ring spielen. Kommt er nicht? Sei still, sagt sie, halt doch still. Ihr Gesicht unter der weißen Badekappe: Sei still, kannst mit mir Ring spielen. Und da wirft er den Ring und fällt und sie hebt ihn auf und wischt sein Gesicht mit dem Handtuch. Sie hat ein braunes Muttermal unter dem linken Schulterblatt. Er steht gebückt zwischen ihren Beinen, hat Sand im Mund. Sei still; sie tupft mit dem Handtuch. Sie hat nichts gesagt. Sie sind zum Strand gegangen. Jetzt ist es still. Und eine dicke Frau in Shorts steht vor dem Fenster und lächelt. Westhues lächelt. Eine dicke Frau in Shorts mit fleischigen rosa Schenkeln. Sie bückt sich, sehr tief, und nun ist vor dem Fenster etwas Wulstiges. Westhues lächelt. Das Gesicht der Frau erscheint wieder, lächelt. Westhues lächelt. Sie bückt sich und nun bewegt sich das Wulstige seitwärts und schwankt. Auf der Straße steht ein dicker Junge in blaugestreiftem Trikothemd, zieht einen Finger aus der Nase, betrachtet die Fingerspitze. Wahrscheinlich ist das alles normal, denkt Westhues, während das Gesicht der Frau hochkommt, während ein alter Mann auf einem Fahrrad vorbeikommt und er auf einen Hund wartet, während der Junge die Fingerspitze betrachtet, die Frau vor dem Fenster lächelt, die Achseln zuckt und sich auf die Knie niederläßt, erst auf das eine, dann auf das andere, während ein schwarzer Hund vorbeikommt, während er bemerkt, daß er immer noch lächelt und sich erinnert, daß es der 11. ist, der 11. im 9. in Callantsoog in Nordholland im Zeeweg Nr. 20 in einem Haus mit einer Wanduhr, die in diesem Augenblick halb fünf schlägt, und die Frau hochkommt vor dem Fenster und ihm etwas zeigt, das er nicht erkennt, er aber immer noch lächelt, als sie auf rosa Beinen zur Straße geht, wo der Junge durch die Brille die Fingerspitze betrachtet und hinter der Straße helle Backsteinhäuser stehen mit roten Ziegeldächern vor einem blaßblauen Himmel und die Frau mit einem Schlag von unten her etwas kleines Schwarzes in den blaßblauen Himmel schlägt, das einen Bogen beschreibt, an dessen anderem Ende der Junge im Trikothemd zu spät zurückschlägt, so daß er sich bücken muß – und da hat er die Bestätigung, sie spielen Federball, es sind Feriengäste, es ist alles normal. Till will Ring spielen, Nele Kuchen backen, die Kabine ist himbeerrot, der Sonnenschutz blau, der Fleck auf Carolas Rücken ist braun, es ist der Sonnenschutz. Gestern hat er an der Buhne einen Fisch gefunden, den hatte jemand mit einer großen schwarzen Sicherheitsnadel durchbohrt. Der Fisch zeigte eine kurze fleischige Zunge, und das hatte ihn entsetzt. Westhues lächelt die dicke Frau an, die vor dem Fenster steht, beiderseitiges Lächeln durch Glas. Bist du im Aquarium oder ich? Etwas Wulstiges auf rosa Beinen. Jetzt wird es gleich halb fünf schlagen und ein Mann auf einem Fahrrad wird vorbeikommen und ein schwarzer Hund wird unaufhörlich wird es halb fünf schlagen während während er längst fährt und nur das Lenkrad etwas zu krampfig hält, während rechts immer dieser Kanal ist und sich die Windmühlen überall zu drehen beginnen und die Dichte der Vorkommnisse überall gleich ist, so daß er noch überall durchkommt, neben ihm sitzt Carola und hinter ihnen Herr und Frau Thelen und sie fahren auf Makadam nach Amsterdam und sobald er über Hundert ist, fliegt ein Schild auf ihn zu: Matag Uw Snelheid, oder so ähnlich oder so ähnlich, denn jetzt beginnt dieses Huschen, bei dem es ganz still wird, bei dem man gerade noch durchkommt, zwischen dem feuerroten Lastwagen und dem Kanal muß Herr Westhues eine Husche machen, und jawohl er macht eine Husche und er merkt, wie sie sich festhalten, und zwischen dem grauen Lastwagen und dem grauen Kanal macht er gerade noch eine Husche und jetzt kommt der Feuerrote wieder von vorn und zwischen rechts und links wird es halb fünf schlagen, wird der Augenblick ganz dicht sein, wird es feuerrot Makadam schlagen und etwas Wulstiges steht auf rosa Beinen vor dem Fenster und zeigt ihm einen Fisch. Rechts oder links schlägt der blaugestreifte Junge neben das Schwarze. Entweder schielt er durch seine Schielbrille oder es ist der Wind. Hier ist immer Wind, Wind, der die weißen Wolken vom Meer her über die Dünen treibt, Wind, der die weißen Bettlaken und die blauen Schürzen trocknet neben dem Hotel. Er spürt den Wind, als er über den Kamm der Düne kommt, blauer Trainingsanzug, roter Ball, gelbe Plastiktasche, am gekrümmten Zeigefinger baumelnd die Sandalen, so erscheint er auf dem Kamm der Düne, so erscheint er durchaus auf der Höhe, wo der Wind durch die Baumwolle bläst, wo Till und Nele zu laufen beginnen, mit nackten Beinen, mit kleinen heftigen Füßen im rutschenden Sand, und der Durchaus von der Höhe atmet den Wind ein und springt mit wachsenden Sätzen, dunkelblau hinter rotem Ball, hinter heftigen kleinen Füßen, purzelnden Blecheimern und Geschrei den Abhang hinunter, durchaus ein Durchaus ein Durchaus ein Durchaus in die sich weitende Weite, der immer weiter ins Weite, der immer weiter fährt im sehr grünen Land, das im Rückspiegel verschwindet mit Kühen und Kanälen und Strohdächern und einem roten Lastwagen, der kleiner und kleiner wird, während er aufatmet und das Ticken der Uhr hört und weiß, daß etwas am Fenster vorbeikommt, das er schon gesehen hat. Westhues lächelt die Frau an, die auf rosa Beinen vor dem Fenster steht. Bist du im Aquarium oder ich, bist du oder ich, bistuoich, bistuoich kommt es am Fenster vorbei: Freilauf, ein schwarzer Hund. – Aber das Motorgeräusch von der Dünenstraße ist vielleicht eine Erinnerung, ein sanftes Summen im sehr grünen Land. Grünes Weideland mit schwarzweißen Kühen besetzt und in der Senke die Bungalows. Wind. Hier ist immer Wind, ein Schwung Möwen im Wind und Schwung aus Schwung aus den Knien aus den Hüften in die Schultern die Arme, sie flügelt am Wasser, er kommt von der Düne. Aber das ist normal, das ist Gymnastik, das ist Schwung aus Schwung unter dem fliegenden Himmel kommt er ihr näher, hagebuttenrot, eine Silhouette, das ist Frau Thelen, das ist Gymnastik, das ist Schwung aus Schwung aus den Hüften in die Schultern aus den Armen wirft er da einen roten Ball, während der Junge sich bückt, kommt es vorbei und verschwindet im Rückspiegel und das sanfte Summen hinter ihm das ist Till, der auf dem Rücksitz mit einem kleinen Auto spielt, da sind Kühe Till und da Schafe und da eine Windmühle, da im sehr grünen Land fährt er sein Kind, das vergessen hat, daß er fährt, fährt er das autofahrende Kind in die sich weitende Weite, in das besänftigte Land. Du bist da, also lebe ich, also gibt es diesen Ort, der Anna Paulowna heißt, also ist Gras gewachsen über das Wieringermeer. Ein Reiher oder ein Kranich, er fliegt nach Medemblik. Weiß hinter dem Deich liegt das Schleusenwerk Lely, läßt das Meer durch zwei Kanäle in den Polder, wo dreißig Jahre schon Gras wächst. Du bist da und ich weine nicht, wenn der weiße Mann kommt, das ist der Herenkapper, der wäscht nur die Haare und ich werde dir zuwinken im Spiegel, wenn er meinen Kopf in das Becken taucht. Nein, der tut mir nichts Till. Klein sitzt er hinten auf der Wartebank, klein mit einem kleinen Auto in der winkenden Hand. Und das Summen ist sanft und leise, ein fortwährendes sanftes Sichentfernen, während er fährt ist dieses Summen da, das vielleicht eine Erinnerung ist, ein sanftes Sichentfernen, an das er sich erinnert, eine sanft sich entfernende Erinnerung an ein Auto auf einer Straße, an ein Auto in einem Auto auf einer Straße, die sich sanft in das sehr grüne Land entfernt. Während er lächelt und sich zu erinnern versucht, ob er gewinkt hat, ob er es versäumt hat, lächelt die Frau vor dem Fenster, weil er vielleicht gewinkt hat, als er sich erinnerte, daß er versäumte zu winken den Augen im Spiegel, entsetzte Augen, die ihn anstarren, warum kommt der nicht kommt der nicht, während er den Kopf senkt, um es da zu finden, da auf der weißen Straße nach Medemblik, was er versäumt hat auf der weißen Straße, die immer weiter ins Weite, in die sich weitende Weite schwingt, fährt, um es da zu finden, während die heftigen Füße zu laufen beginnen und hinter ihm dieses Winken ist, Matag Uw Snelheid oder so ähnlich oder so ähnlich, die Straße ist weiß und er hat vergessen, was er versäumt hat, die Straße ist weiß, und er hat vergessen, die Straße ist weiß und sie winken, ein Gesicht unter einer Badekappe, kleine, heftige, wirbelnde Füße, halt doch still, sei still, während dreißig Jahre das Gras wächst mit seinem sanften Summen, das vielleicht eine Erinnerung ist, eine sanft sich entfernende Erinnerung, die er einholen muß auf der weißen Straße, unter dem fliegenden Himmel auf der schwingenden weißen Straße kommt es von vorn und am Fenster vorbei und kommt unaufhörlich und schwindet und da ist es und da ist da und er weiß wie es ist, während er den Kopf senkt, während es feuerrot halb fünf schlägt, während ein Federball durch den blaßblauen Himmel fliegt, während eines Nachmittags.

Jutta Schutting
Mutter und Töchter

Die älteste Tochter – sechzehnjährig an einer Lungenentzündung gestorben – eine verschwommene Erinnerung der um vieles jüngeren Schwestern, bis ihnen die Mutter ihr Bild zeigt: umgeben von Blumen, deren die Mutter viele großzieht und malt, in einem weißen Kleid, den Kopf auf einem Kissen und zwischen den Händen einen Rosenkranz.

Ohne Erklärung wissen die Mädchen sofort, wer das Bild gezeichnet hat, aber sie erschrecken, als die Mutter sagt: Ich wollte sie nicht fotografieren lassen, und so bin ich eine Nacht an ihrem Bett geblieben und habe dabei meine Trauer vergessen (oder einige Tage später: sie hat sich mir in ein Bild verwandelt, und es ist mein bestes Bild geblieben; und kurz darauf zum Vater: sie hat mir zu meiner eigensten Schöpfung verholfen, all ihre Sanftheit habe ich mir bewahrt).

Aber bald nimmt sie die Zeichnung täglich aus der Lade und sagt: ich hätte sie malen müssen, dann erst hätte sie sich mir ganz geschenkt, aber ich sah keine Farben!, oder sie legt die Zeichnung neben ein Blumenbild und sagt: es wäre die einzige Möglichkeit, mich zu verwirklichen, gewesen, darüber hilft mir nichts hinweg, nicht einmal der Trost, drei Töchter zu haben, oder sie hält das Bild an die Wand oder schiebt ein kleines Blumenbild in die weiße Decke oder hält es probeweise unter einen Rahmen, aber da legt ihr der Vater den Arm um die Schultern, und sie tut das Bild in die Lade zurück.

Seit dem 16. Geburtstag der jüngsten Tochter auf einige Zeit mit dem Schicksal, wie es scheint, versöhnt – sie läßt das Bild in der Lade, versucht sich wieder in Landschaften, stellt in manche Wiese ein Kind oder junges Mädchen, aber bald übermalt sie die Figuren mit einem Strauch oder vernichtet das Bild, ist dann tagelang unansprechbar und bleibt oft in Gedanken vor der Lade stehen.

Eine Besserung, wenn der Vater mit einem Interessenten nach Hause kommt, dem ein Blumenbild ganz besonders gefällt.

Wirklich ruhig zu der Zeit, wo sie das Totenbild, ohne einen Widerspruch zu dulden, kopiert, statt in Kohle nun in Rötel, aber als es mit geringfügigen Abänderungen vollendet ist, die mehrmals wiederholte Klage, sie hätte aquarellieren müssen, nun sei es zu spät, und die mittlere Tochter etwas betroffen, daß das Lächeln deutlicher geworden ist und an das ihrer älteren Schwester erinnert, deren Gesicht die Mutter oft geistesabwesend studiert.

Diese einige Wochen später einen tödlichen Autounfall – die Mutter geht die ganze Nacht im Zimmer auf und ab, ist nicht imstande, am Begräbnis teilzunehmen, aber als die Familie nach Hause kommt, ist das Aquarell – das Mädchen lächelt blonder, als es war, aus dem Fenster – fast vollendet. Sie arbeitet monatelang an einem Rahmen, vergeblich der Einspruch des Vaters, daß das Bild nach dem Trauerjahr in eine Ausstellung geht. Dann hängt es in ihrem Zimmer, ab Weihnachten über dem Schreibtisch der Lieblingstochter, die immer häufiger, wenn sie zerstreut von der Arbeit aufsieht, sich durch das Haar fährt (die Mutter erlaubt ihr nicht, ein Foto des Verlobten auf den Schreibtisch zu stellen).

Bald darauf – der junge Mann von einer Auslandsreise einen letzten Brief geschrieben – die Mutter in diesem Zimmer am Bett vor einer Staffelei und vollendet noch in der nächsten Nacht das vor Wochen begonnene Doppelporträt, von weißen Rosen umschlossen. Nur einmal zum Vater: das Bild ist wirklich gut, aber er hat es nicht verdient (und zur jüngsten Tochter – die einzige, mit der sie sich nie verstanden hat –: sie hätte einmal eine kleine Tochter haben können, ich hätte so gern einmal ein Kind gemalt!).

Die jüngste Tochter den Wunsch: vielleicht sollte ich dich mit Papa im Garten zeichnen! weder entschieden noch begütigend abgelehnt, daran gewöhnt, ihre Schwestern täglich aus ihrem Zimmer auf den Gang zu stellen, und sie heiratet bald in die Stadt.

Als ihr eine Tochter geboren wird, diese der Mutter kurz gezeigt und als Sohn ausgegeben (er schaut wie dein einziger Bruder aus, der uns sehr früh verlassen hat, ich habe damals zu malen begonnen und ihn als Schneerosenlandschaft, Vergißmeinnichtwiese oder Weidenkätzchen gemalt).

Ein Jahr später die Mutter in einem Brief: ich bin sehr ruhig geworden, denn ich habe verstanden, daß Frühlingsbilder mein eigentlicher Auftrag sind. Vater und ich freuen uns auf ein Wiedersehen.

Klaus Nonnenmann
Kurswagen nach Rom

Obwohl ihn der Wagenführer durch einen dienstlichen Blick bedrohte, nahm er den scheckigen Lederkoffer, hängte seinen Schirm in die Ellenbeuge und stieg schon während der Kurve auf die Stufenplatte der Straßenbahn hinab.

Keine Haltestelle der Herr.

O wie er schmerzte, dieser Appell an den Bürger, das Verbindliche zu wahren. Keine Haltestelle. So wandte er sich, eine höchst gefährliche Sekunde für den Siebzigjährigen, gegen die Uniform zurück und hob in einer drolligen Geste der Entschuldigung den alten Koffer. Dann sprang er tapfer, ein wenig übereifrig, doch in korrekter Haltung, linke Hand am linken Griff.

Er trippelte, er keuchte neben dem Wagen her, dann blieb er stehen. Er hob grüßend den Schirm gegen den verdutzten Schaffner, stellte den Koffer ab, legte seinen Hut darauf und wischte sich die Stirn mit einem Taschentuch. Dem zweiten, wir bemerken es der Ordnung halber. Für mindere Zwecke nahm er stets das zweite, doch auch dieses fein gestärkt, Hohlsaum und Lavendelblüte. Vor ihm, keine dreihundert Meter, lag die Riesenkuppel der Bahnhofshallen, umspannt von einer Kette brauner Neonfächer. Er blieb neben dem Koffer, sein Herz hämmerte im Fieber der unerhörten Stunde.

Endlich bog die Straßenbahn in den menschenleeren Platz, es wurde still. Aus der Dunkelheit keifte ein Betrunkener. Ein Frauenlachen zerschnitt sein Lallen, dann waren, weit entfernt, die Schritte und ein spitzes Wort von Zeit zu Zeit.

Der Mann stellte den Koffer vor das Portal eines kleinen Hotels, ging um die Ecke und klopfte lässig, ein Snob, mit dem Siegelring an die Scheibe eines Taxifahrers. Der schnarchte erschrocken auf und schob die Mütze über das fette Haar zurück, er stieß die Tür nach außen und grüßte durch ein rauchiges Hüsteln.

Das Abenteuer. Endlich, es konnte beginnen.

Er sagte nicht verzeihen Sie die lächerliche Entfernung.

Er sagte nicht ich habe kein Geld.

Er sagte nicht ich fahre zum ersten Mal im Leben Taxi.

Er sagte nur Bahnhof, einfach kurz und sicher Bahnhof, als atme der rußige Gigant nicht schon im Schmutz der Gasse hier, als zerre sein Sog nicht alles unter die Krallen der Bogenlampen. Er sprach mit halber Stimme, Befehl des Fürsten, dem Worte lästige Vergeudung bleiben. Er streckte den kleinen Finger gegen das Hotel und sagte noch mein Gepäck.

Triumph, die Pose gelang. Ohne Zögern schleppte der Fahrer den Koffer herbei. Er nahm ihn hochkant auf den freien Vordersitz, der Alte lehnte sich mit Haltung in den grauen Fond des Wagens. Er fuhr zum Bahnhof, mit einem Wagen zum Bahnhof. Er knöpfte die Handschuhe um das Gelenk und genoß den weichen Schutz des Leders, man muß die Augen schließen. Sanft stieß ihn die Fliehkraft gegen das Polster. Der Wagen umkreiste ein letztes Rondell, er schwang im Druck der Federung und stand am Bord. Der Greis stieg aus, Rheuma, das ängstliche Maßhalten, ein weitgereister Herr, der sich mit Anstand seiner Lebenspflicht entledigt. Er dankte durch ein Lächeln für die Hilfe und gab sich Mühe, daß es würdevoll gelinge.

Gerne erlaubte man die Sorge ums Gepäck und ließ den Träger rufen, auch gab man reichlich über die geforderte Summe und zog den losen Schein aus einer Manteltasche, sieh da! Gleich rechts, ein Zufall. Der Fahrer nahm die Mütze ab. Sein feierliches Angenehme Reise war mehr als dienstliche Routine, wenigstens sah es der Alte so und nickte gnädig.

Der zweite Diener, zum Kurswagen nach Rom, war beauftragt. Es blieben, umständlich zog er die Uhr und ließ ihren Deckel springen, es blieben vier Minuten. Er ging zum Schalter und verlangte die Karte, leise, mit gestrenger Miene und gab die Summe. Plötzlich, im Weitergehen, kam die Schwäche. Sie war nicht im Programm. Der Reisende war sehr empört. Er zögerte, er lehnte sich an eine Bretterwand. Er las die Titelworte am Kiosk nebenan, er spürte die Spannung, der Druck preßte die Schläfen und sang in den Ohren. Langsam ging er weiter, günstige Haltepunkte fixierend, Stück um Stück, er spielte ein saloppes Schlendern und schwang den Schirm. Doch niemand war zu täuschen, die Halle schlief. Ein verkrüppelter Dienstmann fegte ihren Boden. Sein Reisigbesen peitschte den klebrigen Stein.

Draußen hinter der Sperre traf ihn die weibliche Stimme. Während er gehorsam seine Karte präsentierte, folgte er der überirdischen Weisung. Sie schwang aus tückisch kleinen Kästen über den ganzen Perron, bis hinaus in die eisige Nebelluft und das Gestrüpp der Farben. Der Mann wandte den Kopf, rasch, gierig, er mußte sehen. Da waren sie schon, vor der Mündung draußen, gelbe matte Augenlichter, weit und unbeweglich, doch sie schoben sich herein, deutlich zu erkennen, auch nannte die harte Stimme über ihm eine Zeit. Er kannte sie gut, bei Gott er kannte sie, kein Zweifel wurde amtlich geduldet. Die Stimme war überall im offenen Raum, sie duckte ihn, er blieb gebannt und klein und schaute.

Sie krochen vor, gläserne Pupillen, glitten in die Halle, auf ihn zu und lebten. Grollend sprang der Lärm in den Dom aus Stahl und totem Glas. Er glitt, ein schwarzer Wurm, er schob sich heran, er fraß sich in die Furche aus schmierigem Beton, Dampf kam aus dem müden Eisen, es sabberte und kreischte. Noch ein Zucken, es stand, sprühte Kraft und Hitze, es preßte öligen Schweiß aus seinen Drüsen. Wie er stehenblieb, unser Held, seine Schmerzen vergaß, wie er gaffte mit kindlich aufgerissenem Mund! Der Schirm lag auf dem Boden. Die schöne glatte Seide neben ihm, war es die Möglichkeit?

Welche Klasse der Herr?

Da war er wieder, sein zweiter Sklave. Der Alte sagte herrisch, als kränke ihn der Zweifel: Erste Klasse, bückte sich beschämt und folgte dem Träger, stieg ein, ließ seinen Koffer heben und entlohnte den keuchenden Mann, gab reichlich über Tarif und ohne ein Gespräch zu dulden. Angenehme Reise, sagte auch der und ging.

Nun saß er im Halbdunkel des Coupés, er zog die Uhr, öffnete den Deckel und hielt sie in der linken Hand. Langsam legte er den Kopf gegen die Nakkenrolle, das kühle Leinen und schloß die Augen. Wie um ein fremdes Gift zu kosten, freudiges Entsetzen, zog er die klamme Luft in seine Nase, ängstlich und in halben Zügen. Er schnupperte den Staub der roten Würfelkissen, ihren muffigen Zauber, die würdevolle Stumpfheit eines verbrauchten Adels. Dann streifte er den Handschuh von der Rechten und führte sie über den abgewetzten Samt. Geborgen wie ein Emigrant, zu Hause, immer unterwegs. Alles war gefährlich! Er riß die Augen auf und sah das Zifferblatt, er fühlte das Herz und das Blut, er senkte die Lider und murmelte. Wie ein Kind murmelte er, das sich zurechtfindet durch Worte.

Kurswagen, seine Lippen wurden schmal, direkt und immer ganz direkt. Aber als Gast, versteht sich, mal hier mal dort, man gibt ihm alle Ehre. Was hat er gemein mit den andern, ein Kurswagen? Ein Gast im Zug, in allen Zügen. Was kümmert's ihn, wer ihn bedient? Er ist ein Gast und ich sein Gast, direkt bis Rom.

Er öffnet die Augen gegen den halbverbrannten Schirm des Nachtlichtes, Roma Termini und sah auf die Uhr, gleich muß ich gehen. Seine Schläfen waren offen, wie weh sie tun, noch nie hatte ich so große Schläfen, jeder sieht in meinen Schädel, Termini, ich rufe den kleinen Träger, der lacht mich an. Alle lachen dort unten, immer lachen sie, ecco, da bin ich endlich, prego amico, sage ich, porta questa valigia, sage ich und muß mich genieren. Aber er lacht, wie froh mich sein Lachen macht, und ich bummle neben ihm über die Platten, hinunter in den Wundergarten der Station und nehme –

Ich muß gehn, die Zeiger springen, heute sind sie böse, muß gehn, noch eine Sekunde. Ich gehe in den Keller, ich nehme – ein Bad. Ja. Zuerst ein Bad, ganz warmes Bad. Man müßte es heißer machen, denke ich und ich sage o scusi signori. Das zuerst, es gehört sich so, dann sage ich ho molto freddo. Sie lächeln und sind geschäftig. Sie nehmen Pinienharz, Rosenmilch, eine Mixtur Orangen, die taut meine Ohren und schließt den Kopf, ich sehe die Uhr nicht mehr, weit und tief, bittere Orangen. Das Harz muß sein, mein Alter, muß sein, es schützt dein Gehirn. Vielleicht ist das gut für die Angst, denke ich und sage mille grazie. Ganz elegant sage ich das, nur das R macht mir zu schaffen, das weiche rollende R, aber ich werde es lernen. Dann bleibe ich unten. Auch morgen sind sie freundlich, immer freundlich, und es ist nicht mehr so kalt, so fürchterlich komisch kalt und so kalt.

Als man ihn zufällig fand, kurz vor Abfahrt des Zuges, und seine dienstliche Mühe hatte mit dem schweren Körper, war es ein Glück für alle Reisenden und die außerplanmäßige Abfahrt, daß sie ihn kannten, in der Zugbegleitung.

Nacht für Nacht am Bahnsteig, sagten sie, mindestens zehnmal, und immer vor demselben Wagen. Das war sein Spleen. Sonst war er nett. Auch Zigaretten und so.

Was war er denn, fragte der Arzt und nahm ihre Unterschriften zu Protokoll.

Statist beim Theater, sagte ein Junger. Er hat ein Foto gezeigt.

Als Chorführer. Don Carlos, glaube ich.

Das hat doch keinen Chor, sagte ein Älterer.

Jedenfalls, murrte der Junge, kann's nicht doll mit ihm gewesen sein. Eine Rente, oder wie die das machen beim Theater.

Das genügt, sagte der Arzt.

Sie gingen zum Zug, und der Arzt telefonierte. Der Alte blieb liegen. Er verzog die Lippen, als sei ihm die Szene peinlich. Aber so ein Gesicht kann täuschen.

Auf dem Boden lag sein Lederkoffer, er war geöffnet. Er war gefüllt mit altem Papier. Auf dem öligen Diensttisch lag seine Bahnsteigkarte und ein Prospekt von Rom.

Günter Grass
Die Linkshänder

Erich beobachtet mich. Auch ich lasse kein Auge von ihm. Beide halten wir Waffen in der Hand, und beschlossen ist, daß wir diese Waffen gebrauchen, einander verletzen werden. Unsere Waffen sind geladen. In langen Übungen erprobte, gleich nach den Übungen sorgfältig gereinigte Pistolen halten wir vor uns, das kühle Metall langsam erwärmend. Auf die Länge nimmt sich solch ein Schießeisen harmlos aus. Kann man nicht einen Füllfederhalter, einen gewichtigen Schlüssel so halten und einer schreckhaften Tante mit dem gespreizten schwarzen Lederhandschuh einen Schrei abkaufen?

314

Nie darf in mir der Gedanke reifen, Erichs Waffe könnte blind, harmlos, ein Spielzeug sein. Auch weiß ich, daß Erich keine Sekunde an der Ernsthaftigkeit meines Werkzeuges zweifelt. Zudem haben wir, etwa vor einer halben Stunde, die Pistolen auseinandergenommen, gereinigt, wieder zusammengesetzt, geladen und entsichert. Wir sind keine Träumer. Zum Ort unserer unvermeidlichen Aktion haben wir Erichs Wochenendhäuschen bestimmt. Da das einstöckige Gebäude mehr als eine Wegstunde von der nächsten Bahnstation, also recht einsam liegt, dürfen wir annehmen, daß jedes unerwünschte Ohr, in des Wortes wahrer Bedeutung, weitab vom Schuß sein wird. Das Wohnzimmer haben wir ausgeräumt und die Bilder, zumeist Jagdszenen und Wildbretstilleben, von den Wänden genommen. Die Schüsse sollen ja nicht den Stühlen, warmglänzenden Kommoden und reichgerahmten Gemälden gelten. Auch wollen wir nicht den Spiegel treffen oder ein Porzellan verletzen. Nur auf uns haben wir es abgesehen.

Wir sind beide Linkshänder. Wir kennen uns vom Verein her. Sie wissen, daß die Linkshänder dieser Stadt, wie alle, die ein verwandtes Gebrechen drückt, einen Verein gegründet haben. Wir treffen uns regelmäßig und versuchen unseren anderen, leider so ungeschickten Griff zu schulen. Eine Zeitlang gab uns ein gutwilliger Rechtshänder Unterricht. Leider kommt er jetzt nicht mehr. Die Herren im Vorstand kritisierten seine Lehrmethode und befanden, die Mitglieder des Vereins sollten aus eigener Kraft umlernen. So verbinden wir nun gemeinsam und zwanglos eigens für uns erfundene Gesellschaftsspiele mit Geschicklichkeitsproben wie: Rechts einfädeln, eingießen, aufmachen und zuknöpfen. In unseren Statuten heißt es: Wir wollen nicht ruhen, bis daß rechts wie links ist.

Wie schön und kraftvoll dieser Satz auch sein mag, ist er doch lautester Unsinn. So werden wir es nie schaffen. Und der extreme Flügel unserer Verbindung verlangt schon lange, daß diese Sentenz gestrichen wird und statt dessen geschrieben steht: Wir wollen auf unsere linke Hand stolz sein und uns nicht unseres angeborenen Griffes schämen.

Auch diese Parole stimmt sicher nicht, und nur ihr Pathos, wie auch eine gewisse Großzügigkeit des Gefühls, ließ uns diese Worte wählen. Erich und ich, die wir beide dem extremen Flügel zugezählt werden, wissen zu gut, wie tief verwurzelt unsere Scham ist. Elternhaus, Schule, später die Zeit beim Militär haben nicht dazu beigetragen, uns eine Haltung zu lehren, die diese geringfügige Absonderlichkeit – geringfügig im Vergleich mit anderen, weitverbreiteten Abnormitäten – mit Anstand ertrüge. Das begann mit dem kindlichen Händchengeben. Diese Tanten, Onkels, Freundinnen mütterlicherseits, Kollegen väterlicherseits, dieses nicht zu übersehende, den Horizont einer Kindheit verdunkelnde, schreckliche Familienfoto. Und allen mußte die Hand gegeben werden: »Nein, nicht das unartige Händchen, das brave. Wirst du wohl das richtige Händchen geben, das gute Händchen, das kluge, geschickte, das einzig wahre, das rechte Händchen!«

Sechzehn Jahre war ich alt und faßte zum erstenmal ein Mädchen an: »Ach, du bist ja Linkshänder!« sagte sie enttäuscht und zog mir die Hand aus der Bluse. Solche Erinnerungen bleiben, und wenn wir dennoch diesen Spruch – Erich und ich verfaßten ihn – in unser Buch schreiben wollen, so soll damit nur die Benennung eines sicher nie zu erreichenden Ideals versucht werden.

Nun hat Erich die Lippen aufeinandergepreßt und die Augen schmal gemacht. Ich tue das gleiche. Unsere Backenmuskeln spielen, die Stirnhaut spannt sich, schmal werden unsere Nasenrücken. Erich gleicht jetzt einem Filmschauspieler, dessen Züge mir aus vielen abenteuerlichen Szenen vertraut sind. Darf ich annehmen, daß auch mir diese fatale Ähnlichkeit mit einem dieser zweideutigen Leinwandhelden anhaftet? Wir mögen grimmig aussehen, und ich bin froh, daß uns niemand beobachtet. Würde er, der unerwünschte Augenzeuge, nicht annehmen, zwei junge Männer allzu romantischer Natur wollen sich duellieren? Sie haben die gleiche Räuberbraut, oder der eine hat wohl dem anderen Übles nachgesagt. Eine seit Generationen während Familienfehde, ein Ehrenhandel, ein blutiges Spiel auf Gedeih und Verderb. So blicken sich nur Feinde an. Seht diese schmalen, farblosen Lippen, diese unversöhnlichen Nasenrücken. Wie sie den Haß kauen, diese Todessüchtigen.

Wir sind Freunde. Wenn unsere Berufe auch noch so verschieden sind – Erich ist Abteilungsleiter in einem Warenhaus, ich habe den gutbezahlten Beruf des Feinmechanikers gewählt –, können wir doch soviel gemeinsame Interessen aufzählen, als nötig sind, einer Freundschaft Dauer zu verleihen. Erich gehört dem Verein länger an als ich. Gut erinnere ich mich des Tages, da ich schüchtern und viel zu feierlich gekleidet, im Stammlokal der Einseitigen eintrat, Erich mir entgegenkam, dem Unsicheren die Garderobe wies, mich klug, doch ohne lästige Neugierde betrachtete und dann mit seiner Stimme sagte: »Sie wollen sicher zu uns. Seien Sie ganz ohne Scheu; wir sind hier, um uns zu helfen.«

Ich sagte soeben »die Einseitigen«. So nennen wir uns offiziell. Doch auch diese Namengebung scheint mir, wie ein Großteil der Statuten, mißlungen. Der Name spricht nicht deutlich genug aus, was uns verbinden und eigentlich auch stärken sollte. Gewiß wären wir besser genannt, würden wir kurz, die Linken, oder klangvoller, die linken Brüder heißen. Sie werden erraten, warum wir verzichten mußten, uns unter diesen Titeln eintragen zu lassen. Nichts wäre unzutreffender und dazu beleidigender, als uns mit jenen, sicher bedauernswerten Menschen zu vergleichen, denen die Natur die einzig menschenwürdige Möglichkeit vorenthielt, der Liebe Genüge zu tun. Ganz im Gegenteil sind wir eine buntgewürfelte Gesellschaft, und ich darf sagen, daß unsere Damen es an Schönheit, Charme und gutem Benehmen mit manch einer Rechtshänderin aufnehmen, ja, würde man sorgfältig vergleichen, ergäbe sich ein Sittenbild, das manchen um das Seelenheil seiner Gemeinde besorgten Pfarrer von der Kanzel ausrufen ließe: »Ach, wäret Ihr doch alle Linkshänder!«

Dieser fatale Vereinsname. Selbst unser erster Vorsitzender, ein etwas zu patriarchalisch denkender und leider auch lenkender höherer Beamter der Stadtverwaltung, Katasteramt, muß dann und wann einräumen, daß wir nicht gutheißen, daß es am Links fehlen würde, daß wir weder die Einseitigen sind, noch einseitig denken, fühlen und handeln.

Gewiß sprachen auch politische Bedenken mit, als wir die besseren Vorschläge verwarfen und uns so nannten, wie wir eigentlich nie hätten heißen dürfen. Nachdem die Mitglieder des Parlamentes von der Mitte aus nach der einen oder anderen Seite tendieren und die Stühle ihres Hauses so gestellt sind, daß allein schon die Stuhlordnung die politische Situation unseres Vaterlandes verrät, ist es zur Sitte geworden, einem Schreiben, einer Rede, in der das Wörtchen links mehr als einmal vorkommt, eine gefährliche Radikalität anzudichten. Nun, hier mag man ruhig sein. Wenn ein Verein unserer Stadt ohne politische Ambitionen auskommt und nur der gegenseitigen Hilfe, der Geselligkeit lebt, dann ist es der unsrige. Um nun noch jedem Verdacht erotischer Abwegigkeit hier und für alle Zeit die Spitze abzubrechen, sei kurz erwähnt, daß ich unter den Mädchen unserer Jugendgruppe meine Verlobte gefunden habe. Sobald für uns eine Wohnung frei wird, wollen wir heiraten. Wenn eines Tages der Schatten schwinden wird, den jene erste Begegnung mit dem weiblichen Geschlecht auf mein Gemüt warf, werde ich diese Wohltat Monika verdanken können.

Unsere Liebe hat nicht nur mit den allbekannten und in vielen Büchern beschriebenen Problemen fertig werden müssen, auch unser manuelles Leiden mußte verwunden und fast verklärt werden, damit es zu unserem kleinen Glück kommen konnte. Nachdem wir in der ersten, begreiflichen Verwirrung versucht hatten, rechtshändig einander gut zu sein, und bemerken mußten, wie unempfindlich diese unsere taube Seite ist, streicheln wir nur noch geschickt, das heißt, wie uns der Herr geschaffen hat. Ich verrate nicht zuviel und hoffe auch, nicht indiskret zu sein, wenn ich hier andeute, daß es immer wieder Monikas liebe Hand ist, die mir die Kraft gibt, auszuharren und das Versprechen zu halten. Gleich nach dem ersten, gemeinsamen Kinobesuch habe ich ihr versichern müssen, daß ich ihr Mädchentum schonen werde, bis daß wir uns die Ringe – hier leider nachgebend und das Ungeschick einer Veranlagung bekräftigend – an die rechten Ringfinger stecken. Dabei wird in südlichen, katholischen Ländern das goldene Zeichen der Ehe links getragen, wie denn auch wohl in jenen sonnigen Zonen mehr das Herz als der unerbittliche Verstand regiert. Vielleicht um hier auf Mädchenart zu revoltieren und zu beweisen, in welch eindeutiger Form die Frauen argumentieren können, wenn ihre Belange gefährdet zu sein scheinen, haben die jüngeren Damen unseres Vereins in emsiger Nachtarbeit unserer grünen Fahne die Inschrift gestickt: Links schlägt das Herz.

Monika und ich haben diesen Augenblick des Ringewechselns nun schon so oft besprochen und sind doch immer wieder zu demselben Ergebnis gekommen: Wir können es uns nicht leisten, vor einer unwissenden, nicht selten böswilligen Welt, als Verlobte zu gelten, wenn wir schon lang ein getrautes Paar sind und alles, das Große und das Kleine, miteinander teilen. Oft weint Monika wegen dieser Ringgeschichte. Wie wir uns auch auf diesen unseren Tag freuen mögen, wird denn wohl doch ein leichter Trauerschimmer auf all den Geschenken, reichgedeckten Tischen und angemessenen Feierlichkeiten liegen.

Nun zeigt Erich wieder sein gutes, normales Gesicht. Auch ich gebe nach, verspüre aber dennoch eine Zeitlang diesen Krampf in der Kiefermuskulatur. Zudem zucken noch immer die Schläfen. Nein, ganz gewiß standen uns diese Grimassen nicht. Unsere Blicke treffen sich ruhiger und deshalb auch mutiger; wir zielen. Jeder meint die gewisse Hand des anderen. Ich bin ganz sicher, daß ich nicht fehlen werde; und auch auf Erich kann ich mich verlassen. Zu lange haben wir geübt, fast jede freie Minute in einer verlassenen Kiesgrube am Stadtrand zugebracht, um heute, da sich so vieles entscheiden soll, nicht zu versagen.

Ihr werdet schreien, das grenzt an Sadismus, nein, das ist Selbstverstümmelung. Glaubt mir, all diese Argumente sind uns bekannt. Nichts, kein Verbrechen haben wir uns nicht vorgeworfen. Wir stehen nicht zum ersten Mal in diesem ausgeräumten Zimmer. Viermal sahen wir uns so bewaffnet, und viermal ließen wir, erschreckt durch unser Vorhaben, die Pistolen sinken. Erst heute haben wir Klarheit. Die letzten Vorkommnisse persönlicher Art und auch im Vereinsleben geben uns recht, wir müssen es tun. Nach langem Zweifel – wir haben den Verein, das Wollen des extremen Flügels in Frage gestellt – greifen wir nun endgültig zu den Waffen. So bedauerlich es ist, wir können nicht mehr mitmachen. Unser Gewissen verlangt, daß wir uns von den Gepflogenheiten der Vereinskameraden distanzieren. Hat sich doch da ein Sektierertum breitgemacht, und die Reihen der Vernünftigsten sind mit Schwärmern, sogar Fanatikern durchsetzt. Die einen himmeln nach rechts, die anderen schwören auf links. Was ich nie glauben wollte, politische Parolen werden von Tisch zu Tisch geschrien, der widerliche Kult des eidbedeutenden, linkshändigen Nägeleinschlagens wird so gepflegt, daß manche Vorstandssitzung einer Orgie gleicht, in der es gilt, durch heftiges und besessenes Hämmern in Ekstase zu geraten. Wenn es auch niemand laut ausspricht und die offensichtlich dem Laster Verfallenen bislang kurzerhand ausgestoßen wurden, es läßt sich nicht leugnen: jene verfehlte und mir ganz unbegreifliche Liebe zwischen Geschlechtsgleichen hat auch bei uns Anhänger gefunden. Und um das Schlimmste zu sagen: Auch mein Verhältnis zu Monika hat gelitten. Zu oft ist sie mit ihrer Freundin, einem labilen und sprunghaften Geschöpf, zusammen. Zu oft wirft sie mir Nachgiebigkeit und mangelnden Mut in jener Ringgeschichte vor, als daß ich glauben könnte, es sei noch dasselbe Vertrauen zwischen uns, es sei noch dieselbe Monika, die ich, nun immer seltener, im Arm halte.

Erich und ich versuchen jetzt gleichmäßig zu atmen. Je mehr wir auch hierin übereinstimmen, um so sicherer werden wir, daß unser Handeln vom guten Gefühl gelenkt wird. Glaubt nicht, es ist das Bibelwort, welches da rät, das Ärgernis auszureißen. Vielmehr ist es der heiße, immerwährende Wunsch, Klarheit zu bekommen, noch mehr Klarheit, zu wissen, wie steht es um mich, ist dieses Schicksal unabänderlich oder haben wir es in der Hand, einzugreifen und unserm Leben eine normale Richtung zu weisen? Keine läppischen Verbote mehr, Bandagen und ähnliche Tricks. Rechtschaffen wollen wir in freier Wahl und durch nichts mehr vom Allgemeinen getrennt neu beginnen und eine glückliche Hand haben.

Jetzt stimmt unser Atem überein. Ohne uns ein Zeichen zu geben, haben wir gleichzeitig geschossen. Erich hat getroffen, und auch ich habe ihn nicht enttäuscht. Jeder hat, wie vorgesehen, die wichtige Sehne so unterbrochen, daß die Pistolen, nicht mehr kraftvoll genug gehalten, zu Boden fielen und damit nun jeder weitere Schuß überflüssig ist. Wir lachen und beginnen unser großes Experiment damit, ungeschickt, weil nur auf die rechte Hand angewiesen, die Notverbände anzulegen.

Botho Strauß
Schützenehre

Er habe im Dorf O gelebt. Er sei sogar Oer und ein geselliger Mensch gewesen, vorher. Nun sei er aber ein ausgezeichneter Schütze gewesen, habe dem Oer Schützenverein Sieg nach Sieg, Meisterschaft um Meisterschaft erschossen. Schon das habe das Verhängnis ausgemacht.

Er sei zum Ehrenbürger des Dorfes O ernannt worden, bereits nach sehr kurzer Zeit. Er habe die höchsten menschlichen Privilegien genossen, habe nach Besonderem verlangt, habe alles abgeschlagen, was man ihm geboten: prächtiges Haus, reife schöne Mädchen, Bürgermeisterschaft, Erbschaften. Man habe dann bald befremdet bemerkt, daß sich der Meister ungezwungen für das minder-, erst zwölfjährige Töchterchen des Bürgermeisters interessiere, habe sich gesagt – zwar nur psychologisch: er sei eben ein ganz besonderer Mensch. Man habe sich jedoch bald unbehaglich gefühlt, mißtraute nun den Gefühlen des Mannes in den Vierzigern.

Die Bürgermeisterin, die zu der Zeit in gesegneten Umständen gewesen sei, habe sogar öffentlich verkündet: das mit dem Maestro und ihrer Tochter hielte sie für eine Schweinerei. Daraufhin habe der Gemeinderat getagt. Man habe sich zu einem glücklichen Entschluß durchgerungen: man werde einfach die Kleine zur Tante in die Stadt schicken, zwecks Entwöhnung, so habe man sich gedacht. Dies sei geschehen. Es sei dann eingetreten, womit man nicht gerechnet habe: als der Meisterschütze gemerkt habe, daß man ihn hintergehe, sei er in wilde Zornesausbrüche verfallen – man habe ihn nie so gesehen –, sei handgreiflich geworden, habe den Bürgermeister öffentlich verprügelt, obendrein das Rathaus, das kostbare alte Oer Rathaus, angezündet, daß es restlos niedergebrannt sei. Er habe kommentiert: so könne er auch sein.

Die Oer seien durch sein Temperament stark eingeschüchtert worden, man habe sich jedoch nicht dazu entschließen können, gegen ihn vorzugehen.

Im Gegenteil habe man überlegt, die Bürgermeisterstochter, Os schöne minderjährige Helena, zurückzurufen, habe man Maestro doch so schnell als möglich versöhnen müssen, da er gedroht habe, am nächsten Schützenfest nicht teilzunehmen. Das Kind sei eiligst ins Dorf zurückgerufen worden. Man habe Gerüchte in Umlauf gesetzt: er habe das Kind nur väterlich liebkost, das Kind wolle sich wichtig tun, wenn es anderes behaupte.

Der Bürgermeister, der es besser gewußt habe, sei unter all dem Gram über das schmähliche Verhältnis sehr gealtert, habe nur noch widerwillig seines

Amtes gewaltet und sei drauf und dran gewesen, seine Tochter zu verstoßen, was er jedoch unterlassen habe.

Eines Sonntags, als sie gerade die heilige Beichte habe ablegen wollen, sei ihr Liebhaber zum Portal hereingestürzt und habe sie vom Beichtstuhl gerissen. Der Pfarrer sei aufgesprungen und habe den üblen Sünder mit einem heftigen Fußtritt aus der geweihten Stätte hinausbefördert, wie er schon immer ländlich und tatkräftig gewesen sei, habe ihm nachgerufen: er sei ein Saukerl und solle die Pfoten von dem armen Christenkind lassen. Dann sei das eingetreten, was keiner befürchtet habe: Maestro sei tief gekränkt gewesen.

Er habe sich auf sein Zimmer – die Dachkammer des bürgermeisterlichen Hauses – zurückgezogen, an der Tür ein Schild befestigt, daß er das Frühstück morgens pünktlich um neun Uhr, das Mittagessen pünktlich um halb eins an der Tür vorzufinden wünsche, man solle sich nicht unterstehen, ihn zu stören; er sei beleidigt.

So habe er fern der Oer Gesellschaft gelebt, die sehr bemüht gewesen sei, ihn möglichst bald wieder für sich zu gewinnen, habe sich doch das Schützenfest genähert. Dabei sei auf die Teilnahme des eigenwilligen Starschützen nicht zu verzichten gewesen.

Man habe versucht, ihn umzustimmen. Der Bürgermeister selbst schließlich habe ihm an der verschlossenen Tür mit zaghafter Ehrerbietung und gewaltiger Verdrängung jedweden Skrupels sein Töchterchen angeboten. Etwas Hartes sei darauf gegen die Tür geschmettert. Man habe den Versuch als mißglückt ansehen müssen.

Nun habe man ihn respektvoll in Ruhe gelassen, habe ängstlich um die Gnade des Maestros gebetet. Dann habe sich das ganze Dorf am Vorabend des Schützenfestes versammelt, ihn zu ehren. Die Feuerwehrkapelle habe »Üb immer Treu und Redlichkeit« intoniert, der Geehrte habe das Fenster aufgerissen und gebrüllt: verfluchte Saubande, dreckige, sie solle sich davonscheren. Man habe das Lied abgewinkt, sei sich nicht sicher gewesen, ob es dem musikalischen Schützen das Rechte gewesen sei.

Der Bürgermeister habe sich dann bereitgestellt am Rednerpult und laut gesprochen hin zum höchsten Fenster seines Hauses, habe begonnen, die Verdienste des erhabenen Maestros zu würdigen, seine innige Volksverbundenheit trotz seiner genialen Größe, seinen vorbildlichen Lebenswandel. Es habe sich darauf das Fenster zum zweiten Male geöffnet, und eine Schüssel ekliger Flüssigkeit habe sich auf die harrenden Häupter der Oer ergossen.

Man habe sich entsetzt und sei in panischem Schrecken auseinandergestoben. Das Schützenfest sei ausgetragen worden ohne den Meisterschützen.

Der Oer Schützenverein habe die größte Niederlage seit seinem Bestehen erdulden müssen.

Das ganze Dorf tobte, beschimpfte sich gegenseitig, besann sich schließlich auf einen gemeinsamen Sündenbock: man erinnerte sich bald daran, daß er sich erst nach dieser Schmach auf sein Zimmer zurückgezogen habe.

Nun hatte die Bürgermeisterin trotz der Aufregungen der letzten Wochen einem gesunden Knaben das Leben geschenkt. Seine Taufe wollte man als gegebenes Mittel zum Zweck benutzen, den Pfarrer seine Schandtat büßen zu lassen.

Das ganze Dorf war zu dieser Taufe eingeladen worden, das ganze Dorf war ausnahmslos erschienen: man taufte im Haus des Bürgermeisters. Das Festessen war reichlich, man fühlte sich gestärkt, den Pfarrer zur Rede zu stellen, sein gefälliges Lächeln verwandelte sich in eine angstverzerrte Grimasse. Die Menge wurde immer aggressiver, begann handgreiflich zu werden, verprügelte das Werkzeug Gottes sinnlos. Der Hirt flehte seine eigenen Schafe um Gnade an, man drosch barbarisch, nicht einer hatte Erbarmen mit seinem Seelsorger, jeder dachte nur an den Verlust der Schützenehre.

Adolf Muschg
Der Zusenn oder das Heimat

Vielleicht ist es dem Untersuchungsgericht nicht bewußt, daß ich mit meiner Frau Elisabeth sel. 15 Jahre auf dem Fröschbrunnen gewirtschaftet habe und dabei gut beleumdet war, auch zu leben hatte, bis derselbe anno einundfünfzig aus zweifelhaften Gründen mit unserem damals zweijährigen Christian abbrannte und ich auch unser sämtliches Vieh sowie Fahrhabe verlor, weil das Feuer zu schnell um sich griff, auch der Löschzug nicht rechtzeitig zur Stelle war. Der Fröschbrunnen war Familienbesitz seit mehr als 100 Jahren und hat schon mein Großvater zur Zufriedenheit darauf gewirtschaftet. Infolgedessen wurde mein Vater sel. sogar in die Schulpflege gewählt und darf ich von mir sagen, daß ich die Sekundarschule in Krummbach besuchen konnte, weil meine Mutter sel. kein Opfer scheute. Man hätte das Wasser aus der Feuerrose beim Gießhübel beziehen können, aber der Feuerwehrhauptmann blieb bei seiner Auffassung, derselbe sei zugefroren gewesen, was auch ganz richtig war, man jedoch nur das dünne Eis zerschlagen gemußt hätte. So verging mehr als eine Stunde, bis die Leitung vom Hasenrain herüber gelegt war und auch das Wohnhaus nicht gerettet werden konnte. Der Tod unseres Christians hat zu vielen bösen Gerüchten geführt, obwohl er noch ganz klein gewesen ist und wir immer gut zu ihm geschaut hatten. Das versetzte uns damals einen schweren Stoß. Da das Schadengeld nirgends hinreichte und wir zuerst in der Schattenhalde einquartiert wurden, führte auch dieses zu starken Reibereien, und meine liebe Frau überlebte es nur ein Jahr, weil sie sich während der Brunst erkältet hatte, welches sich aber als Krebs herausstellte. Auch darunter haben wir viel zu leiden, wo doch jeder wußte, daß wir gut ausgekommen sind und sowieso gestraft genug, auch unsern Zins regelmäßig bezahlt hatten. Aber das Schadengeld wurde uns bösartig herabgesetzt, auch kostete die Operation 5000 Franken, die ich fast nicht aufnehmen konnte, und der Schattenhaldenbäuerin wurde es zuviel, wegen meinen Töchtern, wobei Lina schon 22 Jahre alt war und überall mithalf, auch ich auf dem Feld, während man sagte, ich mache die Kühe scheu und deshalb nicht melken durfte. Daß Barbara erst drei Jahre alt war, dafür konnte sie nicht, machte freilich viel Mühe, welche ich als Mann nicht genug unterstützen konnte und die Schattenhaldenbäuerin selbst in Erwartung war. So mußten wir ausziehen und die Torggelalp von der Gemeinde in Pacht nehmen, wofür ich noch dankbar sein durfte, weil der vorherige Pächter mit Tod abgegangen war, nachdem er abgewirtschaftet und sich erhängt hatte. Es war ihm eben auch zu einsam dort oben.

Daher war auf der Torggelalp seit vier Jahren nichts mehr gemacht worden, aber Lina und ich brachten das Heimat so weit wieder in Ordnung und gelang es uns auch, Barbara günstig aufzuziehen, so daß sie gesund blieb. Nur der Schulweg war so weit, daß sie ihn im Winter nicht immer gehen konnte, deswegen zurückfiel und viel Freude verlor, obwohl ich den Weg jeden Morgen frei machte und dies nicht einmal im Vertrag festgehalten war. Ich bahnte den Weg bis zur Sennerei, wo ich mich aber nicht aufhielt, auch im Dorf nicht, wegen der Leute, nicht einmal wegen dem Milchgeld. Wenn auch deswegen wieder Gerüchte aufkamen, so ist das typisch, schuld war aber die große Abgelegenheit des Heimat, die durch den Schnee oft schon Mitte Oktober einsetzte.

Auch mußte ich ganz auf Milchwirtschaft umstellen, was ich mir im Fröschbrunnen nie hätte träumen lassen, aber trotz widriger Umstände durchsetzte.

Auch war der Zins so hoch, daß wir beim besten Willen wieder Schulden aufnehmen mußten. Zuerst war es mir vergönnt, jedes Jahr 15–20 Rinder zu sömmern, von privat, aber dann nahmen dieselben undurchsichtig ab, obwohl ich nur verlangte, was recht ist, die Rinder auch in gutem Zustand wieder ins Tal kamen, wo ich mich aber leider nie solange aufhielt, um den Gerüchten zuvorzukommen. Ferner war meine ältere Tochter Lina oftmals krank, worunter die Wirtschaft aber nicht gelitten hat, da ich sie trotzdem zu Mühe und Arbeit anhielt und unsere Jüngere früh hatte lernen müssen, derselben unter die Arme zu greifen, dann freilich am Schulbesuch gehindert war. Muß ich auch sagen, daß mir sonst Lina ohne Worte und trotz ihrer Beschwerden, die sie im Bauch hatte, eine lebhafte Stütze war und immer noch wäre, wenn man sie jetzt nicht versorgt hätte, woran sie keine Schuld betrifft, und hoffe nur, daß man ihr heute ärztliche Pflege zukommen läßt, weil sie dieselbe verdient hat. Es war ein Schlag für uns, als die Gemeinde wegen Unregelmäßigkeiten, an denen kein wahres Wort war, oder die nur in den gesamten Umständen ihren Grund hatten, und weil ich mich nicht jeden Augenblick rechtfertigte, keine Rinder mehr zur Sömmerung zukommen ließ, so daß ich auf meinen geringen Bestand zurückgeworfen war.

Ist es doch eine Verleumdung, ich sei nicht mehr bei Troste gewesen, nur weil es mir nicht mehr gelang, ein Zucken in meiner Backe zu unterdrükken, und bin ich deswegen gewiß niemandem lästig gefallen, sondern habe kein ungutes Wort aus dem Mund gelassen, was der Pfarrer bestätigen kann, solange er noch kam, später bekanntlich nicht mehr, bis es zu spät war. Als ich wegen des Zuckens nicht mehr gern gesehen war, schickte ich ja Barbara mit der Milch, was ihr gewiß nicht geschadet hätte, hat auch im Laden nur das Notwendigste gekauft, weil gar nicht mehr da gewesen wäre, und wenn sie im Laden manchmal stehen geblieben ist, so nur, weil sie warten mußte und die andern Leute jetzt mehr kaufen können als zu meiner Zeit.

Und wenn gesagt wird, meine Milch sei nicht 100 % gewesen, so hat mir das niemand bewiesen und keiner der Herren zugesehen, wie ich mein Vieh versorgte, das kam immer vor uns Menschen dran, und von wegen kranken Kühen, ich hatte ja kein Telefon, um eine solche allfällig zu melden, damit der Viehdoktor rechtzeitig gekommen wäre, und ist dem doch von der Gemeinde ein Jeep zur Verfügung gestellt worden.

Ich bin auch Bürger der Gemeinde, aber das heißt nicht, daß man meine Töchter einfach versorgen kann, nur weil sie keine Schuld trifft. Es heißt auch immer, ich sei ja nicht einmal mehr zur Kirche gegangen oder in die Beichte, da möchte ich aber bitte bedenken, daß ich schon gegangen wäre, als die Not da war, aber es war zu weit weg, und da sind wir eben mit der Not selber fertiggeworden. Wenn das Sünde ist, so können meine Töchter sicher nichts dafür, das müssen auch Sie vom Gericht zugeben, einmal wegen der Jugend, ferner wegen der Armut, und ist zu bedenken, daß Barbara bei alldem vielleicht etwas zurückgeblieben ist. Trotzdem ist dann, als es passiert war, keine Verwilderung eingetreten, ja eine Verbesserung des Haushalts, lebten wir doch endlich im Frieden zusammen und konnten auch den Zins wieder aufbringen, was wie ein Wunder war, auch Gott dafür dankte, bis dann der Pfarrer kam und hinterher der Friedensrichter, alles der Verleumdung wegen. Habe nämlich die Meinung, wenn man eine Familie solange allein läßt, muß man ihr auch erlauben, wie sie damit fertig wird. Da sie jetzt halt versorgt ist, will ich aber dem Glück meiner Tochter auch nicht im Weg stehen, hoffe nur, daß es sich darum handelt und nicht um den Profit von irgendeinem, weil meine Tochter arbeiten gelernt hat, möchte auch bitten, von Nachstellungen abzusehen, da ich sie nämlich nicht verdorben habe, obwohl es bekanntlich zu unzüchtl. Handl. kam. Diese waren nur der Ruhe wegen, was Barbara bestätigen kann, wenn sie will, und vergebe ich ihr darum von Herzen, sie soll sich nicht hintersinnen, weil sie mich ins Gefängnis gebracht hat, weil es so unser Schicksal war, wie es scheint, und wir haben jetzt genug davon. Will darum Gott danken, daß sie von der Torggelalp herunterkam, und bitte das verehrte Gericht nur um einige Sorgfalt, damit sie es überlebt. Ich hatte sie eben auch gern, konnte in der Folge nicht gut anders und wüßte auch heute noch nicht was tun. Und hätte sogar meine Frau sel. nichts dagegen, das weiß ich, habe ja ihr gutes Herz fast 24 Jahre mitansehen dürfen und hat sich auch über den späten Kindersegen gefreut, zuerst die Barbara, dann den Christian, der dann ja auch im Feuer geblieben ist. Darum ist sie auch heimgegangen und hat die Familie ganz uns selbst überlassen, das war etwas viel auf ein Mal, wenn man dazu noch gepfändet wird und auf die Torggelalp muß. Wenn meine ältere Tochter Lina der Mutter sel. nicht nachgeschlagen wäre wie aus dem Gesicht geschnitten, weiß ich nicht, was dort oben aus uns geworden wäre. Man muß aber nicht vergessen, daß ein Mädchen noch etwas anderes im Kopf hat als den Haushalt, auch ein älteres.

Jedenfalls war Lina nicht mehr krank, als Sie uns auseinandernahmen, das mag dem Herrn Pfarrer nicht in den Kram gepaßt haben, weil ihm der Verstand stillstand, aber er war ja geistlich und über die Jahre hinaus, wo man geplagt ist.

Sollte Lina aber jetzt wieder beschwerlich geworden sein, dann haben die Leute das fertiggebracht, denn meine Tochter hat eine starke Natur und wird überall gesund, wo sie gebraucht wird. Ich wußte es ja selbst nicht, daß ich als 57jähriger nochmals geplagt würde, und war es auch ein kalter Morgen. Ich wollte zum Füttern und sah, daß sie noch kein Feuer gemacht hatte, sondern die Küche leer war, und der Atem blieb Ihnen vor der Nase stehen. Ich war erschrocken, liebes Untersuchungsgericht, denn kann nur sagen, daß so etwas in 10 Jahren noch nicht passiert war, auch wenn sie Bauchweh hatte, sie schleppte sich hinunter und stellte den Kaffee auf den Herd. Alle Fenster waren gefroren und alles wie in einem Friedhof, da hätte ich Sie sehen sollen, denn so still war es seit dem Tod meiner Frau nie mehr gewesen. Aber daran dachte ich nicht in diesem Augenblick, ich verspreche es Ihnen, das kam erst später über mich.

Ging die Treppe hinauf zur Kammer, die Kleine schlief ja noch, was nicht auffiel, denn wir hatten sie immer schlafen lassen, wenn es zu kalt war, hatte ja auch nur einen Verschlag dazu, aber ein warmes Bett, da war sie am wohlsten, was sollte sie anderswo. Ich dachte einzig, daß wir wieder eins weniger sein könnten und klapperte aus diesem Grund vor Angst, klopfte nicht einmal an Linas Tür, sondern riß dieselbe ohne weiteres auf. Ich schreibe das nur, damit Sie die Umstände wissen, und nicht, damit Sie dabei wieder etwas Schmutziges denken. Denn da in der kalten Kammer saß meine Frau im Hemd, im bloßen Hemd, verehrtes Untersuchungsgericht, drehte sich gar nicht um, sondern machte ihre Sache wie zuvor, war etwas nach vorn gebogen, um sich im Spiegel zu sehen, der nur ein kleiner Spiegel war, und fuhr sich mit ihrer Bürste über die Haare. Dieses tat sie aber so langsam, daß diese Langsamkeit, mit dem bloßen Hemd zusammen und dem Atem, der den Spiegel beschlug, so daß sie mit der freien Hand darüber wischen mußte, mir ins Herz schnitt und mich ganz schauerlich machte, ich kann es nicht sagen, und war meine Frau doch viele Jahre tot. Was machst du, fragte ich, hör doch auf, du erkältest dich ja. Sie sagte, und drehte sich gar nicht um: Warum nicht, sagte sie, ganz ruhig und komisch. Hinterher sagte sie, daß sie von der Mutter geträumt hatte, und erst da, ich verspreche es Ihnen, merkte ich, daß ich auch von der Mutter geträumt hatte, aber dann war es schon zu spät.

Solange ich noch dort stand in der Tür, sah ich nur, daß sie sich nicht einmal umdrehte, und infolgedessen, daß ihr Haar schon an mehreren Stellen grau geworden war. Bedenken Sie, daß Lina ins Siebenunddreißigste ging, was normal ist, nur daß ich bisher als Vater nie darauf aufgepaßt hatte, ferner die Kälte, und daß ich mich vom Schrecken her in einem abnormalen Zustand befand. Deshalb spielte sich alles so schnell ab, daß ich mich nicht mehr erinnern kann, wie es dazu kam, da habe ich nicht gelogen, obwohl Sie es ja genauer wissen wollen, aber wem hilft so etwas jetzt. Ich weiß auf Ehre und Seligkeit nur noch, daß mir plötzlich leichter wurde und das Gesicht Linas mit einem rosigen und müden Ausdruck, den sie seit Kindesbeinen nie mehr gehabt hatte, neben mir auf dem Kissen lag, und wir beide atmeten. Es tut mir leid, daß ich Ihnen nicht mehr sagen kann, außer daß es eben vorkam, das war auch alles, und Sie sind doch schließlich erwachsene Leute, auch der Unrechtmäßigkeit des Tatbestandes im Moment nicht bewußt, aber das Alter war es nicht, sondern im Gegenteil, 57 sind ja leider noch kein Alter. Item, ging dann die Tiere füttern, und als ich zurückkam, stand Lina ohne weiteres am Herd und summte ein Lied und war der Kaffee schon fertig. Dabei blieb es bis zum Abend, außer daß ich nicht einschlafen konnte, sondern grausam geplagt wurde. Trank mehrere Gläser Branntwein, läßt dich vollaufen, sagte ich mir, dann spürst es nicht mehr so. Dieses war aber nicht der Fall, auch die ganze Stimmung im Haus verändert, wie Weihnachten, weshalb ich mich zurückzog zwecks Selbstbefleckung, wie schon all die Jahre, wenn ich geplagt war. Die Stimmung ließ aber nicht locker, Sie müssen auch nicht denken, daß solches oft geschah, war nur ca. vier bis fünf Jahre nach dem Tod meiner Frau täglich geplagt, später vielleicht einmal per Monat und dann hörte es ganz auf und lebte wie ein anständiger Witwer. Ich sagte mir, was ist da los, dir gehört doch kein Weihnachten mehr, nicht einmal müde, und ging infolgedessen auf einen Gang hinüber zu den Tieren, was mir fast immer geholfen hat.

Obwohl ich damals nur noch zwei eigene Tiere hatte und 6 Geißen, auch einem der Atem an der Nase gefror, kam ich ins Schwitzen, wenn ich nur hinsah, hatte dasselbe doch schon tausendmal gesehen, drehten sich auch mit den Köpfen nach mir um, als wollten sie mir etwas, wie verhext, so ging ich wieder hinaus und immer durch den Schnee, bis dahin, wo mir in den Sinn kam, jetzt legst dich hin, dann wird dir schon besser. Dachte dann aber in der Kälte, daß meine Töchter das Geld zur Beerdigung nicht aufbringen würden, sondern dem Gespött ausgeliefert, wenn auch hinter vorgehaltener Hand wie immer, das gönnte ich ihnen nicht, mußte überhaupt immer an meine Töchter denken, aber nicht wie Sie meinen, und kroch wieder auf die Beine. Stand daher plötzlich wieder vor dem Heimat, mußte in einem Bogen gegangen sein, das kommt vor im Schnee. War ja nicht mein eigenes Heimat, das hatte ich immer gewußt, aber wenn Sie müde sind und Obiges vorgefallen, sehen Sie es wie zum ersten Mal. Stand also wie fremd vor diesem Heimat und wußte nicht mehr, was, fürchtete mich, hineinzugehen. Ich dachte, etwas passiert dann schon, wenn du da stehen bleibst lange genug, einmal ist die Musik, ich hörte nämlich die ganze Nacht Musik, zu Ende, und die Sterne waren draußen, es wurde rasch kälter, dem Morgen zu. Weil aber schon der Schnee alles erhellte, sah ich, daß oben ein Fenster offen stand, bitte nicht, lieber Gott, sagte ich dazu, aber es half alles nichts, also rief ich, mach doch zu, mach doch zu du Schwein, ja das rief ich, weiß aber nicht, ob es erhört wurde, hatte auch nicht viel Stimme und blieb alles wie zuvor.

Wenn ich den Kopf etwas wegdrehte, sah ich's deutlicher, konnte aber immer nicht sicher sagen was, wenn ich grade hinschaute, war es bald da und bald wieder nicht, aber etwas Weißes war es immerzu.

Man will doch wissen, Ihr Herren, ob da etwas Eigenes bei einer solchen Kälte solange am offenen Fenster steht und sich den Tod holt, ging also ins Haus hinauf, aber die Plage war es nicht, spürte ja nicht einmal meine Füße mehr. In Linas Kammer war alles offen und das Fenster auch, aber da stand niemand, und hatte schon wieder Angst, was sie sich angetan hat. Streckte die Hand aus bis dahin, wo es am dunkelsten war, denn da war das Bett, bis ich etwas Warmes spürte, etwas Lebendiges, welches da war. Sagte Gott sei Dank, ohne daß sie es hören konnte, weil sie unter der Decke lag und ich sie trösten wollte. Da hielt sie aber meine Hand fest und sagte Komm doch du Idiot, komm doch du Schlappschwanz, sagte es ganz deutlich, und schlug ich darauf ein, weil ich plötzlich nichts mehr von mir wußte, und muß es dabei zum zweiten Mal geschehen sein, denn plötzlich war da wieder Friede und keine Musik mehr. Den Schlappschwanz dürfen Sie meiner Tochter nicht übelnehmen, das war offenbar eine Art Scherz, ich hatte ja auch Schwein gerufen und es nicht so gemeint. Sie können das Sünde nennen, aber immer diese Kälte, und ein Schlappschwanz bin ich nicht, leider, deshalb blieb ich, bis es warm war. Es dankt es uns ja doch niemand, wenn wir uns mit der Kälte plagen, und ist die Not zu groß, als daß sie uns vergeben werden kann, wie der Pfarrer sagte, ob wir nun wie Mann und Frau leben oder nicht.

Infolgedessen hatte Lina kein Bauchweh mehr, wir waren auch freundlicher zueinander und kümmerten uns, konnte auch dieses Jahr meinen Zins pünktlich zahlen, weil ein Segen darauf lag. Konnte zwei Kühe dazukaufen und alle vier führen, welche Kuhkälber warfen und übers Jahr prämiiert wurden, was ermöglicht wurde, weil die Preisrichter in Krummbach meine Lage nicht so kannten, und wurde augenscheinlich, daß ich ohne Vorurteile recht wirtschaftete, auch ein Darlehen der Kleinbauernhilfe bezog, welches gestattete, das Dach neu zu decken und ein lange ersehntes Klärbecken zu mauern, aber wieder böses Blut machte im Dorf. Denn hohes Gericht, es ist heilig wahr, daß man sich auf den Kopf stellen kann, das böse Blut läßt sich nicht belehren, besonders wenn das Dorf klein ist.

Es ist auch wahr, daß ich meinen Töchtern je ein neues Kleid kaufen lassen konnte, was heutzutage sogar in abgelegenen Gegenden kein Luxus ist, habe dafür auch den Ausverkauf abgewartet und gewiß nicht herrlich und in Freuden gelebt. Hatten wir doch nur so viel, daß wir uns an unsern Zustand etwas gewöhnen konnten.

Mich betreffend kann ich nur beifügen, daß ich seit dem Tod meiner Frau sel. nie mehr in einer Familie gelebt habe, dieses aber jetzt vermehrt der Fall war. Wurde auch beim Weißen des Stalls von unserer Jüngsten beim Singen überrascht! Soviel kam mir gewiß nicht zu, mochte es einzig meinen lb. Töchtern gönnen.

Nach Erledigung ihrer Schulpflicht wollte Barbara ja keine Stelle antreten, da sie von den Hänseleien genug hatte, das Reißen im Gesicht auch stärker wurde, welches sie geerbt haben muß, obwohl ich es an mir selbst nicht immer kannte. Konnte auch der Viehdoktor keine vernünftige Ursache davon angeben, außer daß es nervös sei und hätte ihm doch seine Pillen bezahlt bei Heller und Pfennig. So ergab sich, daß Barbara bei uns blieb, auch selbst keine Begierde nach einer Lehre äußerte, welcher ich gewiß nachgegeben hätte, will meinen Töchtern vor nichts stehen, da ich beide gern habe, wenn auch nicht wie Sie meinen. Wußte auch kein Wort davon, daß sie in der Hütte regelmäßigen Verfolgungen von seiten des Zusenns ausgesetzt war, dem Ihnen wohlbekannten Füllemann, der ihre Notlage ausnützte, weil sie nie dazu Stellung nahm in der Öffentlichkeit, vielleicht dachte, wir hätten schon Kummer genug. Wäre aber besser gewesen, dann hätte ich beizeiten dem Zusenn ruhig den Schädel eingeschlagen. Was man mir aber vorwirft, weil es der Zusenn aus ihr herausgeholt hat, das hatte eine andere Bewandtnis, als wie es herumgeschwätzt wurde und weswegen ich jetzt im Gefängnis bin. Nämlich weil ich meine jüngere Tochter gern hatte, konnte ich nicht widerstehen aus Sorge um deren Gesundheit, was ich nicht besser verstand, da sich ja nicht einmal ein Viehdoktor die Mühe nahm, habe ihr deswegen aber geschweige keinen Hochmut ins Herz gepflanzt, daß sie sich beim Zusenn dessen rühmen sollte, was bestimmt aus Notwehr geschehen ist und allzu großer Verfolgung, war ja noch ein halbes Kind, welches sie heute noch ist.

Denn hohes Gericht, Sie hätten auch nichts anderes tun können, wenn Ihre Tochter so schwer darum gebettelt hätte und Sie es nicht mitansehen können, nur weil das Mädchen nicht Bescheid weiß, aber körperlich reif war und darunter zu leiden hatte wieder wegen der Abgelegenheit des Heimat, was nur auf der Torggelalp geschehen konnte. Der Fröschbrunnen ist eben abgebrannt, meine Frau heimgegangen und ich mit den Töchtern allein, von denen eine jetzt 37 und die andere 21, was ein großer Abstand ist, aber doch nicht in Betrachtung des weiblichen Körpers, da ist es schwierig, keine Liebe zu zeigen, wenn es Lina plötzlich besser geht, die Jüngere aber gleich hinter der dünnen Wand schläft und geplagt wird auf ihre Art.

Da sie keinen tiefen Schlaf hatte, wollte ich ihr das abnehmen, das ist der ganze Grund, und fand je länger je weniger jemand etwas dabei, wenn der Zusenn es nicht aus ihr herausgeholt hätte, wird schon gewußt haben warum. Und wenn gesagt wird, daß sie in Tränen ausbrach, so hätte ich Sie sehen wollen, wenn Sie als halbes Kind unter den Füllemann geraten wären, was ja erst sieben Monate später war, die Tränen auch wieder kamen wegen des Pfarrers, der spät genug erschien, bei mir war dasselbe nie vorgekommen.

Der Tatbestand war vielmehr dieser, daß meine jüngere Tochter mir im Frühjahr damit kam, ich wisse sie nicht zu schätzen, weil Lina es besser habe, die auch nur ihre Schwester sei. Ich habe dasselbe zuerst in den Wind geschlagen, bis meine Jüngere sich krank ins Bett legte und nicht mehr aufstehen wollte, auch das Reißen in ihrem Gesicht so kräftig wurde, daß das Meinige wieder hervortrat und um ihren Verstand fürchtete, sang auch so laut, wenn ich bei Lina war, daß ich dachte, es würde eine Sau gestochen, traute sich aber niemals herein, weil sie ein anständiges Mädchen ist. Im Märzen trat aber solches Bauchweh bei ihr ein, daß ich dachte Oh weh, es ist wohl besser, du machst ihr Frieden, mich deswegen mit Lina besprach, die ein richtiges Hausmütterchen geworden war. Aber es trifft nicht zu, daß sie mir dazu geraten hat, sie wußte nur, was sein mußte, mußte sein. Daher, als Lina mit der Milch zur Hütte gegangen war, brachte ich Barbara eine Kachel kuhwarm in die Kammer, mußte ihr ja alles nachtragen, was beschwerlich wurde, und war es der 23. März. Nahm auch sofort meine Hand, daß ich fühlen mußte, ob da keine Geschwulst sei, und als ich fühlte, begann wieder dieses grausame Geschrei samt Krämpfen, welche ihr von Auge sichtbar über den ganzen Leib liefen und dauerte mich so, daß ich mir nicht mehr zu helfen wußte, sondern das Folgende geschehen ließ. Dann stand sie ganz freundlich auf und lächelte wie ein Schelm, hatte aber die Tochter zu gern, als daß ich ihr etwas nachtragen sollte, bat sie nur aufrichtig, daß es nie wieder vorkommen sollte. Worauf sie die Milch, welches sie zuvor weit von sich gewiesen, ohne Schwierigkeit zu sich nahm, ging dann voller Vernunft in die Küche und rüstete ein Nachtmahl, welches sie lange Zeit nicht mehr getan, ja sott und briet, daß mir angst und bange wurde und wir uns an diesem Abend recht ernährten, in großer Vergessenheit auch Branntwein zu uns nahmen, bis es zu weiteren Handlungen kam und ich sogar der treibende Teil war, was ich meinen Töchtern heute anzurechnen bitte. Das war der 23. März. Ich muß nämlich beifügen, daß ich wegen beständiger körperlicher Arbeit immer noch im Saft bin, wider Erwarten, auch kein Mittel dagegen gewußt habe, bis Lina die Angelegenheit in die Hand nahm, dies aber aus gutem Willen beiderseits geschah, wie auch der Verkehr mit meiner Jüngeren, den ich ja nicht mehr nötig hatte.

Soll mir aber das verehrte Gericht einen Weg sagen, wie man einer armen Person wie Barbara von ihrer Sache helfen kann, wenn die Wände dünn sind und keine Aussicht, daß sie einen rechten Mann bekommt, weil sie schon in der Schule nicht nachkam, aber nur wegen der Torggelalp, wo man aus unserer Lage kein Geheimnis machen kann wie andere Leute. Denn liebes Gericht, die Armut war vorher, das muß ich ganz deutlich sagen, die hat viele Beschwerden im Gefolge, wovon man nur das Gröbste lindern kann, wenn einem sonst keiner hilft.

Es wäre darum das erste Mal gewesen, daß ich eine Tochter der andern vorgezogen hätte, drum mußte ich sie drannehmen, und nicht, weil ich geplagt war. Nachher war Ordnung bei uns, da können Sie jeden fragen, und wenn es Sünde war und jetzt keiner mehr etwas von uns wissen will, so bitte ich Sie doch, aus dem geschl. Verkehr kein übertriebenes Wesen zu machen, welches wir auch nicht taten, sondern der Frieden war die Hauptsache, und haben wir ja keinen Menschen gestört, sondern sind nie auf Rosen gebettet gewesen. Und verspreche Ihnen, daß die Unzucht keine reine Freude war, weil eine solche auf der Torggelalp gar nicht vorkommt, sondern nur etwas Trost.

Früher hatten wir uns wohl auch ein Gewissen gemacht, aber das hörte auf, weil meine Töchter nicht mehr am Bauchweh litten und dies besser war als viele Gedanken, uns im Winter sogar manchmal fröhlich machte. Es gibt immer Leute, die sich ein Gewissen machen und sagen einem dann doch nicht, was man gegen die Kälte vorkehren soll oder die Schmerzen, wenigstens hat es uns keiner gesagt. Als der Pfarrer endlich kam, hatten wir dieses nicht mehr erwartet und wußten auch nicht recht, was damit anfangen, und er auch nicht. Denn er kam ganz langsam, Lina sah es von weitem und sagte O mein Gott. Darum, als er keine Worte fand, nur fragte, wollen Sie nicht beichten, da konnte ich ihn nicht unterstützen und antwortete rechtmäßig, ich wüßte nicht, was beichten, und er entgegnete, er glaube doch, und konnte mich nicht einmal grade ansehen. Jahrelang hätte er beobachten können, wie es mich oder Barbara im Gesicht riß, auch das Bauchweh meiner Tochter Lina, aber das war alles nichts gewesen, erst jetzt, wo alles gut ging, wenn auch ohne seinen Segen. Ich ließ ihn diese Gedanken wissen. Er sagte, daß er nie auf die Leute höre, aber sei verantwortlich, daß der Bazillus sich nicht ausbreite und die halbe Gemeinde beim Gedanken an uns krank würde, und könne ich es erst recht nicht verantworten, weder vor Gott noch meinen Töchtern. Ich sagte, ich könne vieles verantworten, so lang der Mensch Hilfe brauche und die Wege nicht immer deutlich seien, weigerte mich kurz und gut, deswegen zu beichten, wo er mich immer noch nicht ansehen durfte, sondern nur mit der einen Hand seine Hüfte streichelte.

Bot ihm dann einen Schnaps, worauf er nicht eintrat, sondern sagte: wenn Sie das Beichtgeheimnis nicht beanspruchen, muß ich Sie als Mitbürger auffordern, sich zu stellen, weil Sie sonst Scherereien bekommen, Sie machen das Dorf unglücklich mit Ihren Zuständen, oder wollen Sie lieber, daß Ihnen eines Nachts das Dach über dem Kopf angezündet wird? Hohes Gericht, da erschrak ich, als ich das mit der Feuersbrunst hörte, war mir doch schon früher ein Kind in einer solchen umgekommen, auch da die Ursache dunkel gewesen, obwohl ich niemals Grund zur Klage gegeben hatte. Worauf meine Tochter Barbara ins Zimmer fuhr und das Unglück sehr groß machte, indem sie schrie, daß der Pfarrer ein schmieriger Fink sei und sich die Nase wischen solle vor lauter Topfgucken, wenn es ihn nichts angehe, und ob der Zusenn auch gebeichtet habe, was er ihr angetan? Da war es endlich heraus mit dem Zusenn, und ergab sich in der Folge, daß derselbe ihr wiederholt abgepaßt hatte, wenn sie unbeholfen war wegen der schweren Tanse, sie dabei angefaßt, was sie ihm widerraten. Schließlich aber Ende Juni so weit gegangen, daß er ihr bald nach der Hütte den Kopf auf einen Stein geschlagen, daß sie nicht mehr konnte, und sie gebraucht, weil sie keinen Beistand in der Nähe, darauf noch höhnisch gesagt, wie gut das Wieslein gemäht gewesen, ob er ihr denn nicht wehgetan? Infolgedessen meine Tochter in Besinnungslosigkeit geschrien, mit seinem elenden Stummel könne er keiner Person weh tun, geschweige denn wohl. Worauf derselbe nur seine Hose zugeknöpft und gesagt, wohl, das freue ihn aber für unsern Bock, daß er die Geißen wieder ganz für sich habe, nachdem der Bauer mit seinen Töchtern einig geworden sei, und solle sie nur ja die ganze saubere Wirtschaft grüßen, setzte sich aber den Hut auf und ging. Das war eine traurige Rede, wie es denn wohl bekannt ist, daß einsame Männer sich an das Getier halten müssen, wenn ihnen jahrelang kein lebendiger Mensch mehr zur Hand ist, welches ich aber auch in der größten Not nicht getan, sondern erst um meinen Töchtern Frieden zu machen vom geraden Weg abgewichen, wessen sich die Jüngere freilich nicht hätte überheben dürfen, habe ihr auch nie so etwas ins Herz gepflanzt.

Ist aber zu bedenken, hohes Gericht, daß sie von dem Zusenn gebraucht worden, und dies ohne jede Verständigung.

Ich habe immer gemeint, es müsse da ein Einvernehmen sein und gehören zwei dazu, auch bei armen Leuten, und etwas Freude, woran es nicht einmal das Vieh fehlen läßt auf seine Art. Dieses aber war erfüllt zwischen meinen Töchtern und mir, da wir es wegen der Wärme begingen und nicht das Wichtigste war, sondern damit die Familie beisammenblieb, und ist dabei niemals Gewalt gebraucht worden. Der Zusenn aber beichtete die Untat dem Pfarrer und wurde seine Sünde los, indem er das Gericht über unser Heimat herabzog und wir alle die geringe Hoffart Barbaras grimmig zu büßen haben. Nun wollen Sie mehr wissen, als ich aufwarten kann, ist doch der rechte Schreck erst eingetreten und das Verderben, nachdem sich alle des Handelns so inbrünstig angenommen haben.

Der Zusenn kam leicht davon weg, weil er jung ist und saudumm, aber einem älteren Fleisch wird niemals verziehen, wenn es geplagt wird, und hat es doch viel schwerer damit als irgendein Schnösel und Lumpenhund. Wäre meine Tochter Lina aber jünger gewesen und die Angst nicht, ich hätte mich niemals an derselben vergriffen, sondern weil ich ihre grauen Haare sah und mich das Erbarmen packte wie eine Wut, daß diese Tochter nicht richtig genommen werden sollte, sondern ihr Bauchweh stumm mit sich schleppen ein Leben lang, welches mich bis heute viel tierischer bedünkt als alles andere. Und auch dieses war nicht wegen dem Fleisch, sondern weil das Fleisch mit einer Seele geplagt ist und nichts mehr zu hoffen hat, wenn es keine Wärme findet, was ich infolgedessen nicht länger mitansehen konnte.

Das andere wiederum, wie ich ausgeführt habe, knüpfte sich logisch daran, weil ich Barbara nicht verkürzen durfte und den Verkehr niemals als solchen betrieb, sondern damit die Mädchen etwas Freundliches hatten im Leben.

Und soll es mir ganz recht sein, wenn mich nun die ganze Schuld trifft, weil Männer es immer besser wissen müssen. Ich wußte es nicht besser, habe mir nur bei den strafbaren Handlungen Mühe gegeben, das Richtige zu treffen. Indem Sie meine Töchter versorgt haben und einen Vormund bestellt, werden Sie es wohl besser wissen, und bitte ich nur, daß den Töchtern, da sie Mädchen sind, die Schande weitgehend erspart bleibe, ev. in einem andern Tal, wo sie neu sind. Ist uns ja niemals im Leben soviel Aufmerksamkeit zuteil geworden, wie nach dem Besuch des Pfarrers, worunter ich nur den Friedensrichter nenne, hierauf den alten Lehrer von Lina, zweimal den Landjäger und dann ein regelrechtes Polizeiaufgebot sogar mit Hunden, als ob wir daran gedacht hätten auszureißen, wo wir nicht einmal gewußt hätten wohin. Sind die Netze ja überall so dicht gesponnen. Habe seither meine Töchter nie mehr gesehen und genug von den Verhören, wenn ich so sagen darf, weiß nicht, ob sie dieselben auch unterzogen und ob es genützt, werden kaum alle Ihre Worte begriffen haben, wenn auch sicher zu Herzen genommen. Bitte deswegen schon an dieser Stelle um Entschuldigung. Will auch nie mehr einen Brief meiner Töchter bekommen, wenn das schaden kann, möchte nur gern wissen, ob sie den Umständen entsprechend verbeiständet sind und wäre sehr entgegenkommend, Ihrerseits diesbezüglich eine Beruhigung zu erfahren. Ersuche auch um Belehrung, wie ich mich bei den Verhören ein für allemal ausdrücken soll, da ich wohl sehe, mit meiner Redensart die Herren keineswegs befriedigt zu haben, sondern womöglich alles nur schlimmer gemacht, wenn auch wahrheitsgemäß.

Über die Erscheinungen in meinem Gesicht, welche ich losgeworden, nun aber wiedergekommen, bitte ich sich nicht zu beunruhigen, aber auch nicht stören zu lassen, wenn es geht. Ich komme schon zurecht.

Einzelheiten der strafbaren Handlung machen mich leider verlegen, da der Vorgang erwachsenen Menschen ja wohlbekannt ist, möchte nur bemerken, daß diese denselben in der Regel unter günstigeren Umständen abwikkeln können, glaube auch nicht, daß von meinen Töchtern mehr darüber zu erfahren wäre, als jede rechte Frau weiß.

Geben Sie da endlich Ruhe, verehrtes Gericht, weil Sie es besser haben, ich könnte sonst sagen, was mich reut, will meine Töchter gern zur Unzucht verführt haben, wenn Sie darauf bestehen und ich das Los der Mädchen dadurch erleichtere.

Vielleicht ist es auch möglich, den Vormund meiner Töchter so zu wählen, daß es kein geistlicher Mann ist. Diese machen sich leider oft falsche Vorstellungen, welche die Bevormundeten dann ausfressen müssen, aber nicht immer können, was zu Tragödien führt.

Jeder Mensch ist geplagt auf seine Art, und habe ich gelernt, daß der Stärkere dann einen andern deswegen drücken muß, wobei ich den guten Willen nicht in Abrede stelle und gar nichts gesagt haben möchte.

Ich habe Ihnen nur geschrieben, weil meine mündlichen Worte zu Ihrer Zufriedenstellung nicht ausreichen und weil Sie vielleicht trotzdem Gelegenheit nehmen, meinen Töchtern einen Gruß zu bestellen, welchen ich hiermit niedersetze, aber auch dieses nicht meinetwegen, sondern weil sich die Mädchen in diesen Jahren wieder etwas Wärme gewohnt waren.

Bitte auszurichten, ich dächte Tag und Nacht an meine Töchter, aber nicht wie das hohe Gericht meint.

Peter Handke
Augenzeugenbericht

Nach dem Bericht des Augenzeugen habe sich das Geschehen folgendermaßen abgespielt: zunächst sei der geistig zurückgebliebene Halbwüchsige mit hängendem Kopf aus dem Anwesen getrottet, dann sei er, in sich hineinmurmelnd, zu der im Hof befindlichen Rübenhackmaschine gegangen, dann sei der Vormund des Schwachkopfs aus dem Anbau gekommen, dann habe der Vormund die Maschine mit Rüben angehäuft, dann habe er dem danebenstehenden Narren, mit der einen Hand das Fallbeil der Maschine

anhebend, mit der andern eine Rübe nachschiebend, zuletzt mit dem Fallbeil zuhackend, den Mechanismus der Maschine gewiesen, dann habe der
Schwachsinnige genickt, dann habe ihm der Vormund den Griff des Beils in
die Finger gedrückt und eine Rübe bis zum Kraut unter die Schneide geschoben, dann habe der Idiot das Fallbeil höher gehoben und mit einem
Hieb das Kraut von der Rübe getrennt, dann habe er mit der Rechten den
Nacken seines Erziehungsberechtigten umklammert, dann habe er mit einem Ruck den Schädel dieses nach vorne gerissen, dann habe er den Körper
des Vormunds waagrecht auf die Rüben gelegt, dann, bei passender Lage,
habe er die Faust vom Nacken des Vormunds gelöst, dann habe der Geistes-
schwache mit einem kurzen Schlag aus dem Gelenk der Linken dem Vormund, eben da dieser, von den Fingern befreit, sich herumwälzt, die
Schneide des Beils in die Kehle geschlagen, dann habe er das Beil von neuem
gehoben und von neuem geschlagen, dann, als Antwort auf die Wucht des
Schlages, seien die Arme des Vormunds aufwärtsgeschnellt, dann habe der
Jugendliche die Schneide neuerlich zuschnappen lassen, dann seien die
Arme des Vormunds neuerlich aufwärtsgesprungen, dann habe das Mündel
zerstreut die Hand gewechselt und mit der rechten geschlagen, dann habe
der Bursche wieder die Hand gewechselt und mit der linken geschlagen und
dann, nach der Aussage des Augenzeugen allmählich in seinen Bewegungen
zu dem Tempo eines Zeitlupenfilms erschlaffend, handwechselnd und wieder handwechselnd, rechterhand und linkerhand, unter geistesabwesen-
dem Murmeln, Kichern und Kopfschütteln, zuzeiten sogar zur Gänze aus-
setzend und sich die Augen reibend, solange die Schneide in die Gurgel des
Vormunds geschlagen, bis er, nach längerem Hin und Her, mit Ach und
Krach dem letzteren den Kopf vom Rumpf getrennt hatte, worauf der Augenzeuge, da der Narr immer noch fortfuhr, das Beil zu bewegen, ihm endlich in den Arm fiel und entrüstet Einhalt gebot.

Thomas Bernhard
An der Baumgrenze

Am elften, spät abends, nahmen hier im Gasthaus ein Mädchen und ein
junger Mann, wie sich herausstellte, aus Mürzzuschlag, ein Zimmer. Die
beiden waren schon kurz nach ihrer Ankunft im Gastzimmer erschienen,
um ein Nachtmahl einzunehmen. Ihre Bestellung gaben sie rasch, nicht im
geringsten unbeholfen, auf, handelten jeder für sich dabei vollkommen

selbständig; ich sah, daß sie gefroren hatten und sich jetzt, in Ofennähe, aufwärmten. Sie seien, meinten sie, über die Menschenlosigkeit, die hier herrsche, überrascht, und erkundigten sich, wie hoch Mühlbach liege. Die Wirtstochter gab an, daß wir uns über tausend Meter hoch befänden, das ist unwahr, ich sagte aber nicht »neunhundertachtzig«, ich sagte *nichts,* weil ich in der Beobachtung der beiden nicht gestört sein wollte. Sie hatten mich bei ihrem Eintreten in das Gastzimmer zuerst nicht bemerkt, waren dann, wie ich sah, über mich erschrocken, nickten mir zu, schauten aber nicht mehr zu mir herüber. Ich hatte gerade einen Brief an meine Braut zu schreiben angefangen, daß es klüger sei, schrieb ich ihr, noch eine Weile, bis ich selbst mich in Mühlbach eingewöhnt habe, bei ihren Eltern auszuharren; erst dann, wenn ich außerhalb des Gasthauses für uns beide, »möglicherweise in Tenneck«, schrieb ich, zwei Zimmer für uns beschafft habe, solle sie herkommen. Sie hatte mir in ihrem letzten Brief, von den Anklagen gegen ihre verständnislosen Eltern abgesehen, geschrieben, sie fürchte Mühlbach, und ich antwortete, ihre Furcht sei grundlos. Ihr Zustand verändere sich in der Weise krankhaft, daß sie jetzt *alles* fürchte. Dann, wenn das Kind da sei, schrieb ich, könne sie wieder klar sehen, daß alles in Ordnung *sei.* Es wäre falsch, vor Jahresende zu heiraten, schrieb ich, ich schrieb: »Nächstes Frühjahr ist ein guter Termin. Der Zeitpunkt, in welchem das Kind kommt«, schrieb ich, »ist in jedem Falle peinlich für die Umwelt.« Nein, dachte ich, das kannst du nicht schreiben, alles, was du bis jetzt in den Brief geschrieben hast, kannst du nicht schreiben, darfst du nicht schreiben, und ich fing von vorne an, und zwar sofort mit einem Satz, in welchem ich Angenehmes, von unserm Unglück Ablenkendes, von der Gehaltserhöhung, die mir für August in Aussicht gestellt ist, berichtete. Der Posten in Mühlbach sei abgelegen, schrieb ich, dachte aber, Mühlbach ist für mich und für uns beide eine Strafe, eine Todesstrafe, und schrieb: »Innerhalb der Gendarmerie werden sie alle nach Gutdünken des Bezirksinspektors versetzt. Zuerst habe ich geglaubt, die Versetzung nach Mühlbach sei für mich und für uns beide vor allem eine Katastrophe, jetzt nicht mehr. Der Posten hat Vorteile. Der Inspektor und ich sind ganz selbständig«, schrieb ich und dachte: eine Todesstrafe und was zu tun sei, um eines Tages wieder aus Mühlbach hinaus – und in das Tal und also zu den Menschen, in die Zivilisation hinunterzukommen. »Immerhin sind drei Gasthäuser in Mühlbach«, schrieb ich, aber es ist unklug, das zu schreiben, dachte ich, und ich strich den Satz aus, versuchte ihn unleserlich zu machen und beschloß schließlich, den ganzen Brief ein drittes Mal zu schreiben. (In letzter Zeit schreibe ich alle Briefe drei- bis vier- bis fünfmal, immer gegen die Erregung während des Briefschreibens, meine Schrift selbst sowie meine Gedanken betreffend.) Die Gendarmerie sei eine gute Grundlage für uns beide, von der Gehaltserhöhung, von einer im Spätherbst in Wels zu absolvierenden Waffenübung schrieb ich gerade, als die beiden, seltsamerweise das Mädchen zuerst, hinter ihr der junge Mann, in das Gastzimmer eintraten, von der Frau des Inspektors, die in den Lungen krank und verloren sei und aus dem slowenischen Cilli stamme. Ich schrieb weiter, aber ich fühlte, daß ich auch diesen Brief nicht abschicken werde können, die beiden jungen Menschen zogen meine Aufmerksamkeit vom ersten Augenblick an auf sich, ich stellte eine plötzliche vollkommene Konzentrationslosigkeit meinerseits, den Brief an meine Verlobte betreffend, fest, schrieb aber weiter Unsinn, um die beiden Fremden durch die Täuschung, ich schreibe, besser beobachten zu können. Mir war es angenehm, einmal neue Gesichter zu sehen, um diese Jahreszeit kommen, wie ich jetzt weiß, niemals Fremde nach Mühlbach, um so merkwürdiger war das Auftauchen der beiden, von welchen ich annahm, daß er Handwerker, sie Studentin sei, beide aus Kärnten. Dann aber bemerkte ich, daß die zwei einen steiermärkischen Dialekt sprachen. Ich erinnerte mich eines Besuches bei meinem steirischen Vetter, der in Kapfenberg lebt, und ich wußte, die beiden sind aus der Steiermark, dort reden sie so. Mir war nicht klar, was für ein Handwerk der junge Mann ausübt; zuerst dachte ich, er sei Maurer, was auf Bemerkungen seinerseits, Wörter wie »Mauerbinder, Schamotte« usw., zurückzuführen war, dann glaubte ich, er sei Elektriker, in Wirklichkeit war er Landwirt. Nach und nach wurde mir aus dem, was die beiden sprachen, eine schöne Wirtschaft, die noch von dem fünfundsechzigjährigen Vater des jungen Mannes geführt wurde, (»Hanglage«, dachte ich), gegenwärtig. Daß der Sohn die Ansichten des Vaters, der Vater die Ansichten des Sohnes für unsinnig hält, daß sich der Vater gegen den Sohn, der Sohn gegen den Vater wehrt. »Unnachgiebigkeit«, dachte ich. Eine Kleinstadt sah ich, in welche der Sohn einmal in der Woche zum Unterhaltungszweck hineinfährt, sich dort mit dem Mädchen, das er jetzt da am Ofen über seine Vorhaben, den väterlichen Besitz betreffend, aufklärt, trifft. Er werde den Vater zwingen, aufzugeben, abzudanken. Plötzlich lachten die beiden, um dann für länger ganz zu verstummen.

Die Wirtin brachte ihnen ausgiebig zu essen und zu trinken. Mich erinnerte, während sie aßen, vieles in ihrem Verhalten an unser eigenes. So wie der junge Mann dort, habe auch ich immer zu reden, während sie schweigt. In allem, was der junge Mann sprach, drohte er. Drohung, alles ist Drohung. Ich höre, sie ist einundzwanzig (ist er älter?, jünger?), sie habe ihr Studium (Jus!) aufgegeben. Von Zeit zu Zeit erkenne sie ihre Ausweglosigkeit und flüchte dann in wissenschaftliche (juristische?) Lektüre. Er »verschlechtere« sich, sie entdecke mehr und mehr eine von ihr so genannte »angewandte Brutalität« an ihm. Er würde seinem Vater immer noch ähnlicher, ihr mache das angst. Von Faustschlägen in die Gesichter von Brüdern und Vettern, von schweren Körperverletzungen ist die Rede, von Vertrauensbrüchen, von Mitleidlosigkeit seinerseits. Dann sagt sie: »Das war schön, auf dem Wartbergkogel.« Ihr gefalle sein Anzug, das neue Hemd dazu. Ihrer beider Schulweg führte durch einen finstern Hochwald, in welchem sie sich fürchteten, daran erinnerten sie sich: an einen aus Göllersdorf entsprungenen Häftling, der, in Häftlingskleidung, in dem Hochwald über einen Baumstamm gestürzt und an einer tiefen Kopfwunde verblutet und, von Füchsen angefressen, von ihnen aufgefunden worden ist. Sie redeten von einer *Frühgeburt* und von einer Geldüberweisung ... Sie waren, wußte ich plötzlich, schon vier Tage aus der Steiermark fort, zuerst in Linz, dann in Steyr, dann in Wels gewesen. Was haben sie denn für Gepäck mit, dachte ich. Anscheinend ist es viel Gepäck, denn die Wirtin hat schwer getragen, ich höre sie noch, man hört, wie jemand in den ersten Stock hinaufgeht zu den Fremdenzimmern. Zweimal ist die Wirtin hinaufgegangen. Inzwischen, dachte ich, wird es in dem Zimmer warm sein. Was für ein Zimmer? Die Schwierigkeit in den Landgasthäusern ist im Winter die Beheizung. Holzöfen, dachte ich. Im Winter konzentriert sich, auf dem Land, fast alles auf das Einheizen. Ich sah, daß der junge Mann derbe hohe, das Mädchen aber städtische, dünne Halbschuhe anhatte. Überhaupt, dachte ich, ist das Mädchen für diese Gegend und für diese Jahreszeit völlig ungeeignet angezogen. Möglicherweise haben die beiden, dachte ich, gar keinen Landaufenthalt vorgehabt. Warum Mühlbach? Wer geht nach Mühlbach, wenn er nicht gezwungen ist? Im folgenden hörte ich einerseits zu, was die beiden miteinander sprachen, während sie mit dem Essen aufgehört hatten, nunmehr noch Bier tranken, andererseits las ich, was ich fortwährend geschrieben hatte, durch, und ich dachte, das ist ein völlig unbrauchbarer Brief, rücksichtslos, gemein, unklug, fehlerhaft. So darf ich nicht schreiben, dachte ich, so nicht, und ich dachte, daß ich die Nacht überschlafen werde, am nächsten Tag einen neuen Brief schreiben. Eine solche Abgeschiedenheit wie die in Mühlbach, dachte ich, ruiniert die Nerven. Bin ich krank? Bin ich verrückt? Nein, ich bin nicht krank und ich bin nicht verrückt. Ich war müde, gleichzeitig aber wegen der beiden jungen Leute unfähig, aus dem Gastzimmer hinaus und in den ersten Stock, in mein Zimmer zu gehn. Ich sagte mir, es ist schon elf Uhr, geh schlafen, aber ich ging nicht. Ich bestellte mir noch ein Glas Bier und blieb sitzen und kritzelte auf das Briefpapier Ornamente, Gesichter, die immer gleichen Gesichter und Ornamente, die ich schon als Kind immer aus Langeweile oder versteckter Neugierde auf beschriebenes Papier gekritzelt habe. Wenn es mir gelänge, plötzlich Klarheit über diese beiden jungen Menschen, Verliebten, zu haben, dachte ich.

Ich unterhielt mich mit der Wirtin, während ich den beiden Fremden zuhörte, alles hörte ich und plötzlich hatte ich den Gedanken, die beiden sind ein *Gesetzesbruch*. Mehr wußte ich nicht, als daß das keine Normalität ist, so, wie die beiden, spätabends mit dem Postautobus in Mühlbach anzukommen und sich ein Zimmer zu nehmen, und tatsächlich, fiel mir auf, gestattet die Wirtin den beiden, wie Mann und Frau in einem einzigen Zimmer zu übernachten, und ich empfinde das als natürlich und ich verhalte mich passiv, beobachte, bin neugierig, sympathisiere, denke nicht, daß es sich da ohne Zweifel um etwas zum Einschreiten handelt. Einschreiten? Auf einmal fange ich mit Verbrechen in Zusammenhang mit den beiden zu spielen an, als der junge Mann mit lauter Stimme, im Befehlston, zu zahlen verlangt, und die Wirtin geht zu ihnen hin und rechnet die Konsumation zusammen, und wie der junge Mann seine Brieftasche öffnet, sehe ich, daß sehr viel Geld in ihr ist. Die Landwirtssöhne, so kurz sie von ihren Eltern gehalten sind, denke ich, heben doch dann und wann eine größere Summe von einem ihnen zur Verfügung stehenden Konto ab und geben sie, gemeinsam mit einem Mädchen, rasch aus. Die Wirtin fragt, wann die beiden in der Frühe geweckt werden wollen, und der junge Mann sagt »um acht« und schaut jetzt zu mir herüber und legt für die Wirtstochter ein Trinkgeld auf den Tisch. Es ist halb zwölf, wie die beiden aus dem Gastzimmer sind. Die Wirtin räumt die Gläser zusammen, wäscht sie ab und setzt sich dann noch zu mir. Ob ihr die beiden nicht verdächtig vorkommen, frage ich sie. Verdächtig? »Natürlich«, gibt sie mir zu verstehen. Wieder versucht sie, sich mir auf die gemeinste Weise zu nähern, ich stoße sie aber weg, mit der Stablampe an die Brust, stehe auf und gehe in mein Zimmer.

Oben ist alles ruhig, ich höre nichts. Ich weiß, in welchem Zimmer die beiden sind, aber ich höre nichts. Während des Stiefelausziehens glaube ich, daß da ein Geräusch war, ja, ein Geräusch. Tatsächlich horche ich längere Zeit, aber ich höre nichts.

In der Frühe, um sechs, denke ich, ich habe nur vier Stunden geschlafen, bin aber frischer als sonst, wenn ich schlafe, und ich frage im Gastzimmer unten die Wirtin, die den Boden aufreibt, sofort, was mit den beiden sei. Sie hätten mich die ganze Nacht lang beschäftigt. Er, der junge Mann, sagte die Wirtin, wäre schon um vier Uhr früh wieder aufgestanden und aus dem Haus gegangen, wohin, wisse sie nicht, das Mädchen sei noch auf seinem Zimmer. Die beiden seien gänzlich ohne Gepäck, sagte die Wirtin jetzt. Ohne Gepäck? Was hat sie, die Wirtin, dann gestern abend so schwer in das

Zimmer der beiden hinaufgetragen? »Holz.« Ja, Holz. Jetzt, nachdem der junge Mann schon um vier Uhr früh weggelaufen ist (»Ich bin aufgewacht und hab' ihn beobachtet«, sagt die Wirtin, »ohne Mantel bei der Kälte, weg . . .«), sei ihr, was die beiden anbelangt, »unheimlich«. Ob sie ihnen die Pässe abverlangt habe, Ausweise, fragte ich. Nein, keinen Paß, keinen Ausweis. Das sei strafbar, sagte ich, ich sagte das aber in einem Ton, der zu nichts führt. Ich frühstückte, dachte aber immer an die zwei Fremden, und auch die Wirtin dachte an sie, wie ich beobachten habe können, und den ganzen Vormittag, an welchem ich mit dem Inspektor zusammen auf dem Posten verbracht habe, nicht ein einziges Mal habe ich den Posten verlassen müssen, haben mich die zwei Fremden beschäftigt. Warum ich dem Inspektor nichts von den beiden erzählt habe, weiß ich nicht. Tatsächlich glaubte ich, es würde nicht mehr lange (Stunden?) dauern und es hieße einschreiten. Einschreiten? Wie und *auf Grund von was* einschreiten? Berichte ich dem Inspektor von dem Vorfall, oder berichte ich ihm nichts davon? Ein Liebespaar in Mühlbach! Ich lachte. Dann schwieg ich und machte meine Arbeit. Es waren neue Einwohnerlisten aufzustellen. Der Inspektor bemüht sich, seine Frau aus der Lungenheilstätte Grabenhof in die von Grimmen zu bringen. Das koste, meinte er, viel Gesuchsanstrengung, viel Geld! Aber in Grabenhof verschlechtere sich ihr Zustand; in Grimmen sei ein besserer Arzt. Er werde einen ganzen Tag Urlaub nehmen und nach Grabenhof fahren und seine Frau nach Grimmen bringen müssen. Die zwanzig Jahre, die er und seine Frau in Mühlbach gelebt haben, hätten genügt, um sie, die aus der Stadt Hallein stammt, zu einer Todkranken zu machen. »Ein normaler Mensch wird ja da in der guten Luft, auf der Höhe heroben, nicht lungenkrank«, sagte der Inspektor. Ich habe die Inspektorin nie gesehen, denn solange ich in Mühlbach bin, ist sie nie mehr nach Hause gekommen. Seit fünf Jahren liegt sie in der Heilstätte Grabenhof. Er erkundigte sich nach meiner Verlobten. Er kennt sie, hat sogar mit ihr, wie sie das letzte Mal in Mühlbach gewesen ist, getanzt, der alte, dicke Mann, denke ich, ihn anschauend. Es sei »Wahnsinn«, zu früh, genauso »Wahnsinn«, zu spät zu heiraten, sagte er. Er gestattete mir in der zweiten Vormittagshälfte (»schreib«, kommandierte er) den Brief an meine Braut endgültig zu schreiben. Auf einmal hatte ich einen klaren Kopf für den Brief. Das ist ein guter Brief, sagte ich mir, als ich damit fertig war, und in ihm ist nicht die kleinste Lüge. Ich würde ihn rasch aufgeben, sagte ich und ging zum Postautobus hinüber, der schon warmgelaufen war und gleich, nachdem ich dem Fahrer meinen Brief gegeben hatte, abfuhr, an dem Tag, vom Fahrer abgesehen, ohne einen einzigen Menschen. Es hatte einundzwanzig Grad Kälte, ich las das gerade neben der Gasthaustür vom Thermometer ab, als mich die Wirtin, im offenen Gang stehend, ins Gasthaus hineinwinkte. Sie klopfe schon stundenlang immer wieder an das Zimmer, in welchem das Mädchen liege, und bekomme keine Antwort, sagte sie, »nichts«. Ich ging sofort in den ersten Stock hinauf und zu der Zimmertür und klopfte. Nichts. Ich klopfte noch einmal und sagte, das Mädchen solle aufmachen. »Aufmachen! Aufmachen!« sagte ich mehrere Male. Nichts. Da kein zweiter Zimmerschlüssel da ist, müsse man die Tür aufbrechen, sagte ich. Die Wirtin gab wortlos ihr Einverständnis, daß ich die Tür aufbreche. Ich brauchte nur einmal kräftig meinen Oberkörper an den Türrahmen drükken, und die Tür war offen. Das Mädchen lag quer über das Doppelbett, bewußtlos. Ich schickte die Wirtin zum Inspektor. Ich konstatierte eine schwere Medikamentenvergiftung bei dem Mädchen und deckte es mit dem Wintermantel zu, den ich vom Fensterkreuz heruntergenommen hatte, offensichtlich war das der Wintermantel des jungen Mannes. Wo ist der? Unausgesprochen fragte sich jeder, wo der junge Mann ist. Ich dachte, daß das Mädchen den Selbstmordversuch tatsächlich erst *nach* dem Verschwinden des jungen Mannes (ihres Verlobten?) unternommen hat. Auf dem Boden verstreut lagen Tabletten. Der Inspektor war ratlos. Nun müsse man warten, bis der Arzt da sei, und alle sahen wir wieder, wie schwierig es ist, einen Arzt nach Mühlbach herauf zu bekommen. Es könne eine Stunde dauern, bis der Arzt kommt, meinte der Inspektor. Zwei Stunden. In Mühlbach nur nie in die Lage kommen, einen Arzt zu brauchen, sagte er. Namen, Daten, dachte ich, Daten, und ich durchsuchte die Handtasche des Mädchens, erfolglos. Im Mantel, dachte ich, und ich suchte in dem Mantel, mit dem ich das Mädchen zugedeckt hatte, nach einer Brieftasche. Tatsächlich befand sich in dem Mantel die Brieftasche des jungen Mannes. Auch sein Paß war in dem Mantel. WÖLSER ALOIS, GEB. 27. 1. 1939 IN RETTENEGG, RETTENEGG BEI MÜRZZUSCHLAG, las ich. Wo ist der Mann? Ihr Verlobter? Ich lief ins Gastzimmer hinunter und verständigte per Telefon alle Posten von dem Vorfall, der mir für einen Haftbefehl gegen Wölser ausreichend erschien. Mit dem Arzt hat es größte Eile, dachte ich, und als der eine halbe Stunde später erschien, war es zu spät: das Mädchen war tot.

Das vereinfacht jetzt alles, dachte ich, das Mädchen bleibt in Mühlbach. Die Wirtin drängte, daß man die Leiche aus dem Gasthaus hinausschaffe, in die Leichenkammer hinüber. Dort lag das Mädchen, ununterbrochen von den neugierigen Mühlbachern angestarrt, zwei Tage, bis seine Eltern ausgeforscht werden konnten und am dritten Tag endlich in Mühlbach erschienen, *die Wölser,* Wölsers Eltern, die auch die Eltern des Mädchens waren, der junge Mann und das Mädchen waren, wie sich zum Entsetzen aller herausstellte, Geschwister. Das Mädchen wurde sofort nach Mürzzuschlag überführt, die Eltern begleiteten es im Leichenwagen. Der Bruder und Sohn blieb dann unauffindbar.

Gestern, den achtundzwanzigsten, fanden ihn überraschend zwei Holzzieher knapp unterhalb der Baumgrenze über Mühlbach erfroren und mit zwei von ihm erschlagenen schweren Gemsen zugedeckt.

Herbert Eisenreich
Ein Beispiel christlicher Nächstenliebe

Vor dem Richter sagte sie dann: »Nur die Angst um ihn war es. Immer die Angst: jetzt stirbt er, und kommt in die Hölle. Immer diese Angst. Er war sonst ein braver Bub, immer folgsam, nie laut, nur das in der Nacht, ich hab's ja gehört durch die Tür, die nur angelehnt war, immer wieder, sein ganzes Bett hat gewackelt, das war die Sünde. Ich hab' ihm immer gesagt: sei schön brav und schlaf gleich, und hab' ihm das Kreuz auf die Stirn gezeichnet, und wie er nicht aufgehört hat, er war da schon vierzehn, da hab' ich ihm so ein Heft von dem Stand bei der Kirchentür mitgebracht, und er hat es gelesen, doch aufgehört hat er noch immer nicht mit diesen Sachen, obwohl er doch früher einmal Ministrant war und überhaupt folgsam und brav, und am Sonntag ist er stets beichten und kommunizieren gegangen, doch in der Nacht dann war's wieder dasselbe, ich hab' mir schon nicht mehr zu helfen gewußt. Denn wenn er krank war, dann hab' ich gedacht, das ist jetzt die Kinderlähmung oder so etwas und in ein paar Tagen dann ist er tot, und an Tetanus hab' ich gedacht und an Blutvergiftung, wenn er mit aufgeschlagenen Knien nach Hause gekommen ist, und ich hab' mir gedacht, eine Kreuzotter beißt ihn beim Heidelbeerbrocken; und wenn er im Autobus in der Stadt war, das war dann noch schlimmer, so etwas Plötzliches wie ein Verkehrsunfall: nicht mehr die Zeit zum Beichten und Kommunizieren. Ich hab' ihn auch nicht mehr zum Baden gehn lassen, auch Kinder kriegen da manchmal den Herzschlag, und hab' auf ihn aufgepaßt, wie ich nur konnte, und wenn es ganz still in der Wohnung war, weil er gelesen hat oder so etwas, dann hab' ich gedacht, er ist tot und drunt' in der Hölle. Nur wenn er grad beichten und kommunizieren war: da hab' ich dann gar keine Angst mehr gehabt diesen Tag lang. Doch in der Nacht war's dann wieder dasselbe, und ich war voll Angst wie zuvor. Nur die Sonntage waren schön, wenn er beichten und kommunizieren war und ganz rein und ganz ohne Sünde, da hat er auch anders ausgeschaut, grad wie ein Engel.

342

Vielleicht, wenn sein Vater nicht auf und davon wär', gleich wie's passiert ist: vielleicht wär' es anders gekommen: ein Vater hätt' reden können mit ihm. Ich aber, wie hätt' ich denn reden können mit ihm über das, was da war in der Nacht? Ich hab' gebetet für ihn, und ich hab' ihn die Zehn Gebote hersagen lassen und hab' ihn beim sechsten extra gefragt, ob er's auch versteht, und ich hab' ihm die Hölle gezeigt auf den Bildern im Katechismus und in unserer Kirche, und hab' getan und gesorgt für ihn all die Jahre und hab' mir gedacht, er soll's gut haben, soll ein gesunder und braver Bub sein, ein braver Mann werden, der dann nicht Sachen macht wie sein Vater, der eine Jungfrau in andere Umstände bringt und davonläuft. Nein, der Bub sollte brav und anständig werden, nicht wie sein Vater, der doch so ein großer Sünder war. Alles hab' ich getan, daß er brav und anständig wird, nur das eine, das hab' ich ihm einfach nicht austreiben können. Und deshalb hab' ich die Angst gehabt: immer die Angst, er stirbt, und kommt in die Hölle. Und wie wir dann einmal nach Hause gekommen sind von der Messe, und wie ich ihn angeschaut hab', wie er rein war und frei von Sünde und wie ein Engel: da hab' ich's nicht aushalten können, diesen Gedanken, daß er sich wieder beflecken wird mit der Sünde. Ich hab' mir gedacht: wenn er jetzt, jetzt gleich, stirbt, dann muß ich nie wieder, nie wieder mein Leben lang, diese Angst haben, daß er in Sünde verfällt und im sündigen Zustand stirbt und dafür in die Hölle kommt, in die Hölle für alle Ewigkeit, nein, nie wieder die Angst, und dann hab' ich ihm's in die Suppe getan, und wie ihm dann übel geworden ist, da hab' ich ihm noch das Kopferl gehalten beim Speien und ihn dann aufs Bett gehoben, den schweren Burschen mit seinen fast fünfzehn Jahren, und hab' ihm ein feuchtes Handtuch unters Genick gelegt und hab' ihm den Schweiß abgetrocknet, klatschnaß war sein ganzer Körper, gezittert hat er und dann sich gekrümmt und geworfen, ich konnt' ihn schon gar nicht mehr bändigen, und da ist er dann gegen die Wand geplumpst mit dem Schädel und hat zu schreien versucht, doch das hat er schon gar nicht mehr richtig können, sein Mund war voll Schaum, und ich hab' noch gebetet mit ihm, ja wirklich: ich hab' ihm geholfen, bis alles vorbei war; und hab' ihm die Hände gefaltet und hab' ihm das Kreuz auf die Stirne gezeichnet und hab' ihm die Augen zugedrückt, ganz verdreht waren sie, und ich hab' keine Angst mehr um ihn gehabt, nicht mehr die Angst, er sündigt und stirbt und kommt in die Hölle.« Weiter sagte sie nichts.

Theodor Weißenborn
Eine befleckte Empfängnis

Ich habe einen Stock, den hat mir der Arzt verschrieben, damit zeichne ich einen Kreis, der geht ganz um mich herum. Dann stehe ich in dem Kreis und mache ein Kreuz, das geht so: ein Schritt nach Norden, ein nach Süden, ein nach Osten, ein nach Westen. Im Namen des Vaters und des Sohnes und des Heiligen Geistes Manni, der mich überschattet in der Maske eines Engels, aber wahrlich, ich sage euch, es ist der böse Feind gewesen, er hat mir den Dolch in den Leib gestoßen, er hat alle meine Gebeine gezählt, da floß das Blut in den Sand, so ward die Empfängnis befleckt.

Zur Buße lasset uns beten:

Zum Altare Gottes will ich treten, zu Gott, der mich erfreut von Jugend auf, ich trete an den Rundaltar und öffne das Buch, darin verzeichnet sind die Namen aller Lebenden und Verstorbenen zur Rechten wie zur Linken, ich nehme den Kugelschreiber und schreibe:

An alle Fernsprechteilnehmer!
WISCHT DAS BLUT FORT, SCHLIESST DIE WUNDEN!!!

Geoffenbart am 18. Juli 1965, mittags, 12 Uhr, auf dem Hauptpostamt Recklinghausen, Schalterhalle, vorn, Fernsprechaltar.

Kommt her zu mir, ihr Verfluchten, ich will für euch bitten. Ich bin die Schmerzhafte Mutter, ich bin die Maria aus Neheim-Hüsten, ich bin die Maria Plattefüß. Geboren am Tage Mariae Empfängnis erhielt ich die Namen Anna Maria Merten als Tochter des Kötters Bernhard Merten und seiner Ehefrau Agnes, geb. Büscher. Der weite Schulweg und Holzschuhe verursachten Plattfüße verbunden mit Bandscheiben, das hat der Arzt erkannt, aber nicht die Eltern. Diese schickten mich im Alter von 14 Jahren zu Schulte-Brinkmann auf den Bühel. Da war ich eine Magd des Herrn und melkte die Kühe. Infolge Überanstrengung und auf Fürsprache von Pfarrer Dickes trat ich am 9. Oktober 1945 als Küchenhilfe in das Bischöfliche Konvikt in Soest ein. Die Schwester Hildegardis hat mir eine kalte Hand auf die Stirn gelegt und mich gesegnet und hat mir den Schlafsaal gezeigt und mein Bett und den Schrank. So war ich im Haus der guten und bösen Geister, die mich bedrängten von rechts und von links, aber die bösen haben gesiegt, sie haben ihre Posten aufgestellt, die mich beobachten, ich sagte es dem Arzt, aber er will es nicht glauben. So sagte ich es dem Pater im Beichtstuhl, zu dem gingen die Mädchen aus der Küche und die Schwestern. Ich sagte, mein Schutzengel hat einen Spruch über mein Bett gestickt mit blauem Garn, der heißt rein bleiben und reif werden, aber der böse Feind läßt mich nicht einschlafen, der regnet die Zettel durchs Fenster, da stehen die Sachen drauf, die man nicht darf, die machen, daß ich an die Jungens denken muß, die schlafen im Südflügel, so mache ich ein Gegenkreuz, ein Schritt nach Norden, ein nach Süden, ein nach Osten, ein nach Westen. Zur Buße 3 Gegrüßet seist du, Maria, hat er gesagt, Maria hilft, und ich habe gebetet heilige Maria, Mutter Gottes, bitte für uns Sünder, jetzt und in der Stunde unseres Todes, Amen. Aber ich war schon vergiftet und habe immer schneller gebetet und bin immer schneller gelaufen mit den Tabletts mit der Suppe, mit den Kartoffeln, den Klößen, dem Gemüse, dem Nachtisch, denn es mußte schnell gehen, das Tischdecken, das Abräumen, beim Frühstück, beim Mittagessen und am Abend. Nie haben wir die Jungens gesehen im Haus oder auf dem Hof, denn wir waren das Personal und wohnten im Nordflügel, da war unser Eingang und die Küche und unser Schlafsaal, und im Südflügel war die Schule, da waren die Jungens und mußten studieren, die wohnten über den Klassenräumen, da waren die Schlafsäle, ganz hoch unterm Dach, aber sie sind doch ausgeflogen, die Geister, sie sind am Efeu herübergeklettert, haben auf der Fensterbank gesessen und die Zettel hereingeworfen, die Gertrud hat es gesehen. Die Schwester mit den kalten Händen und dem weißen Gesicht ist vor uns her den langen Gang hinuntergelaufen, so schnell, als liefe sie auf Gummirädern, aber die haben wir nicht gesehen unter der Kutte, und auch die Jungens haben wir nicht gesehen, denn vor der Tür zum Speisesaal mußten wir warten. Die Schwester hat nachgesehen, ob kein Junge darin war, dann hat sie die Tür zum Südflügel verschlossen und zweimal in die Hände geklatscht, da sind wir hineingegangen, hintereinander, mit den Tabletts und haben die Tische gedeckt, und die Schwester hat gesagt hurtig, Mädchen, hurtig, immer eins-zwei, eins, die Teller, zwei, die Tassen, klatsch, die Messer, klatsch, die Gabeln, klatsch, die Nudeln, klatsch, die Soße, klatsch, das Fleisch, dann hat sie wieder zweimal geklatscht, und wir sind hinausgelaufen, hintereinander, sie hat die Tür zum Südflügel aufgeschlossen, dann ertönte der Gong, und wir haben in der Küche gegessen. Das schnelle Essen, das schnelle Laufen, das hat die bösen Gedanken vertrieben, aber das Beten, das hat sie nicht vertrieben. Immer beim Beten sind sie gekommen, die Gedanken, beim Rosenkranz in der Kapelle, da hat der böse Feind geflüstert in meinem Ohr, und ich habe an die Zettel gedacht, die unter den Kopfkissen lagen, wir haben die Vorhänge zwischen den Betten hochgehoben und uns die Zettel gezeigt. Immer waren neue Zettel da, und wir haben geflüstert, bis es dunkel wurde. Die Fenster haben wir offengelassen und den Efeu gehört an der

345

Hauswand, der raschelte im Wind, und die Vorhänge bauschten sich und bewegten sich hin und her, und ich habe gewartet. Da ist ein Engel hervorgetreten zwischen den Vorhängen in der Gestalt eines schönen Jünglings, ich habe gezittert und konnte nicht atmen, aber ich konnte den Engel nicht greifen, so hat der böse Feind mich genarrt. Da schlug die Glocke vom Patroklusturm, da bin ich eingeschlafen, da hat der böse Feind mich entführt in den Südflügel. Ich wußte, es war verboten, aber es waren schöne Lichtgestalten, sie sind mir im Traum erschienen und haben gesagt fürchte dich nicht. So waren meine Gedanken vergiftet, jetzt ist das Gift in mir, niemand darf mich anfassen, ehe ich nicht rein bin, ich muß das Unheilige gebären, das Kind des bösen Feindes Manni in der Maske des Heiligen Geistes. Kyrie eleison, Christe eleison, kyrie eleison, ein Schritt nach Norden, ein nach Süden, ein nach Osten, ein nach Westen, der Kreis ist geschlossen, aber ich werde beobachtet, links steht einer, rechts steht einer, vor mir steht einer und schreibt. Was schreibt er? Eine Zahlkarte, einen Bericht an den bösen Feind, die Maria ist im 81. Monat. Jetzt sieht er herüber, auf meine Hände, er reckt den Hals, er will sehen, was ich schreibe, er will mich verraten, und wenn ich aufblicke und ihn ansehe, dann sieht er weg, dann tut er, als sähe er mich nicht, als sähe er woanders hin, das kenne ich, das ist immer so, immer steht irgendwo einer und tut so, als sähe er mich nicht, das ist das Verdächtige, an der Haltestelle oder im Geschäft, immer steht da einer mit einer Zeitung oder einem Brief und tut harmlos, aber wenn ich mich umdrehe, dann hebt er die Hand mit der Zeitung und gibt ein Zeichen, dann wissen alle, die Maria ist im 9. Monat, im 9×9ten Monat, im $9 \times 9 \times 9$ten Monat, ich schreibe das ganze Buch voll, auf jeder Seite steht eine 9.

Jetzt ist der Stock umgefallen, der Stock darf nicht umfallen, das stört die Predigt, das kostet ein Bußkreuz auf die Stirn, auf die Lippen, auf die Brust. Ich habe die Zettel in die Schürzentasche getan und in der Küche in den Ofen geworfen und drei Gegenkreuze gemacht, so verbrannte die Sünde, aber was auf den Zetteln stand, das ist in meinem Kopf geblieben, das ist mir eingefallen in der Messe, bei der Kommunion habe ich daran gedacht, das heißt Vereinigung, dann war es ganz schlimm. Den Heiland auf den Lippen, den bösen Feind im Herzen, so habe ich auf der Kommunionbank gekniet und gedacht, was auf den Zetteln stand, da zitterten mir die Knie, mein Hals war ganz trocken, und ich konnte nicht schlucken, ich konnte den Heiland nicht schlucken, nie mehr, da hat die Schwester gesagt Maria, du hast morgen frei, da war es gut. Da war ich zu Hause und bin durch das Dorf gegangen. Da war ich im Haus, da war mein Vater, da war meine Mutter. Da habe ich in der Stube gesessen. Da habe ich den Schrank gesehen und den Tisch. Da habe ich die Lampe gesehen. Da war der Hund, da war die

Katze. Da habe ich einen Korb genommen und bin über den Bühel gegangen nach Holtkamp zu. Da war die Mühle, da war Kamps Weide, da war der Bach. Da habe ich mich an den Bach gesetzt und die Schuhe ausgezogen und die Füße ins Wasser gehalten. Das war gut für meinen Kopf. Da war das Gras, da habe ich die Wolken gesehen, da war ein Vogel, der sang. Da habe ich die kleinen weißen Steine aus dem Wasser geholt, die habe ich abgetrocknet und in den Sand gelegt, einen an den andern, da habe ich aus den Steinen ein Haus gemacht mit vier Wänden und einer Tür, dann bin ich in das Haus gegangen und habe mich hingesetzt und habe die Tür weggewischt und die Steine, die zuviel waren, in die Wand gedrückt, da war alles schön gerade, das war gut für meinen Kopf.

Aber im Winter bin ich in Soest geblieben, und im nächsten Sommer, da ist es passiert. Die Agnes und die Gertrud haben gesagt, als wir frei hatten, geh mit in die Stadt, da treffen wir die Jungens, die haben heute Ausgang. Da bin ich mitgegangen, es war verboten, aber ich hatte die Zettel gelesen, das war meine Schuld, meine Schuld, meine übergroße Schuld. Ich bin nicht mitgegangen, wenn sie getanzt haben bei Kopps hintendurch bei der Kegelbahn, aber am Kino haben wir gestanden und an der Eisdiele, da habe ich sie gesehen und gehört, was sie gesagt haben, stille Wasser, tiefe Loch, das waren die aus dem Sonderlehrgang, und Manni war der Boß, so haben sie gesagt, es war aber eine schöne Lichtgestalt, die konnte Klavier spielen bei Kopps mit feinen Händen, das hab ich gesehen, wie sie um ihn herumstanden in der Dunkelheit mit den Glühwürmchen, erst war er bei der Flak, hat er gesagt, und dann bei den Amis, und jetzt sollen die Patres, wenn sie so doof sind, sein Studium finanzieren, aber nicht Theologie, wenn er das Abi erst hat, macht er Volkswirtschaft. Da hat er mich angesehen und gelacht, und ich wollte, daß er mich mag und nicht sagt Maria Plattefüß. Am Abend hat der Engel vor meinem Bett gestanden mit Mannis Gesicht und den schönen Händen, und ich habe gezittert, da sprach der Engel Manni fürchte dich nicht, denn ich verkünde dir eine große Freude. Aber die Schwester mit den kalten Händen hat gesagt die Maria ist krank, das wird immer schlimmer, Maria, willst du ins Krankenhaus? Aber es war gar nicht schlimm mit meinen Füßen, ich hatte mich schon daran gewöhnt, aber da lachten sie mich aus, und ich habe gebetet heiliger Manni, hol mich hier weg, nimm mich mit in den Himmel. Da aber hat die Verschwörung begonnen, und die bösen Geister haben gesiegt, da kam die Opferung, die Wandlung und die Kommunion, und das verkünde ich jetzt allen Lebenden und Toten am Fernsprechaltar: WISCHT DAS BLUT FORT, SCHLIESST DIE WUNDEN!!!

Am 7. Tag, als die Schwester gesagt hat die Maria redet Unsinn, es wird immer schlimmer, am Sonntag, dem 3 × 7 = 21. Juli des Jahres 1947, um 9 Uhr, 30 Minuten, 30 Sekunden nach der Messe am Tor, da ist ein Bote gekommen aus dem Sonderlehrgang mit einer Botschaft und hat gesagt schönen Gruß von Manni. Auf dem Zettel hat gestanden Ich fahre ins Sorpetal. Willst Du mit? Ich bin bei Kopps im Hof. Manni. Da habe ich gedacht jetzt hat der Engel Manni meine Bitte erhört, und ich bin dem Boten gefolgt. Im Hof bei Kopps hat der Engel Manni gestanden mit seinem Motorrad. Er hat mich auf das Motorrad gesetzt, da habe ich meinen Kopf hinter seinem Rücken versteckt und mich an ihm festgehalten, und wir sind losgeflogen: bei Kopps durch das Tor und zur Stadt hinaus, über Stock und Stein, über Berg und Tal und durch die Luft, und das ging so geschwind, daß die Haare im Winde pfiffen. Dann sind wir mit 120 Kilometern nach dem 60sten Telegrafenmast am Kilometerstein 180 in den Wald gefahren und auf eine Wiese gekommen, die war wie Kamps Weide. Da war ein Fluß, das war die Sorpe, mit Sand am Ufer und Steinen. Da hat die Sonne geschienen. Der Engel Manni hat das Motorrad unter einen Busch gelegt und eine Zigarette geraucht und mich geküßt. Ich habe die Schuhe ausgezogen, bin in den Fluß gewatet und habe die Steine aus dem Wasser geholt. Auf dem Sand am Ufer habe ich sie aneinandergelegt und ein Viereck gemacht mit einer Tür. Was tust du da? hat der Engel Manni gefragt, und ich habe gesagt ich baue ein Haus. Du goldenes Haus, hat da der Engel gesagt, und ich habe gesagt du elfenbeinerner Turm. Da hat der Engel Manni gefragt, ob ich seinen Turm sehen will, ich habe nicht hingesehen, aber er hat gesagt fürchte dich nicht, ich bin der Heilige Geist, ich verkünde dir eine große Freude, und ich habe gesagt siehe, ich bin eine Magd des Herrn. Da sind wir in das Haus gegangen, und ich habe die Tür geschlossen und habe alles getan, was der Heilige Geist gesagt hat. Da habe ich mich ausgezogen, da hat er mich gestreichelt, da hat er meine Gebeine gezählt mit seinen schönen Händen, da ward geheiligt, was verboten war, da haben wir gemacht, was auf den Zetteln stand, das war die Kommunion, das heißt Vereinigung. Ich habe den Sand gefühlt in meinem Rücken und das Gras an meinen Füßen, da schien die Sonne, da wehte der Wind, da waren die Wolken am Himmel, da rauschte der Fluß, ein Schmetterling kam und küßte mein Knie, da sang ein Vogel an meinem Ohr du bist schön, meine Freundin, deine Augen sind Taubenaugen, deine Lippen gleichen einer Purpurschnur, und dein Mund ist voll Anmut, ja, du bist schön, deine Brüste sind gleich einem Zwillingspaar junger Gazellen, die unter Lilien weiden, die Wölbungen deiner Hüften sind wie Halsgeschmeide, dein Schoß eine runde Schale, o laßt euch beschwören bei den Gazellen, störet die Liebe nicht auf und wecket sie nicht, bis es ihr selber gefällt. Da endete das Lied, und es kam die Wandlung. Der Engel Manni hat

sich eine Zigarette angezündet und gesagt zieh dir was an. Da habe ich mich angezogen und das Blut im Sand gesehen, der Engel war noch da, aber da schlugen die Büsche oben an der Straße die Augen auf und lachten und reckten die Arme und zeigten auf mich, da vollzog sich die Wandlung. Die Büsche haben sich geschüttelt vor Lachen, und aus den Büschen traten die Verschwörer hervor, die sich verkleidet hatten als lichte Gestalten, sie lachten und johlten, da lachte die Sonne, da lachte der Engel, da kamen die Verschwörer auf uns zu, ich wollte mich verstecken hinter dem Rücken des Engels, aber er schob mich fort, da kamen sie heran, quer über die Wiese, und lachten, rissen sich die Masken von den Gesichtern und verwandelten sich, und ich erkannte die bösen Geister. Sie schleppten einen Kasten Bier mit sich und johlten und kamen auf mich zu, und ich dachte, ich bin im Haus, da ist die Wand, da können sie nicht herein, aber sie hielten nicht an der Hauswand, sie traten gegen die Steine, daß sie ins Wasser flogen, sie zerstörten das Haus, wo ich saß, sie umtanzten mich und riefen prost, Maria Plattefüß! Sie stellten den Kasten Bier vor den Engel Manni und riefen prost, Manni! Du hast die Wette gewonnen! Da zerbrach die Maske des Engels, und ich erkannte den bösen Feind, ich sah sein verzerrtes Gesicht, er hielt mir eine Flasche hin, da rief ich mit lauter Stimme Satan, hebe dich fort! Da johlten die Geister und stachen mich mit ihren Blicken, da rissen sie an meinen Kleidern, da lief ich, da rannte ich davon, über die Wiese, über den Weg, durch den Wald, da lachten sie hinter mir her, ich verlor einen Schuh, da kamen mir die Bäume entgegen, die Büsche, da schlugen mich die Zweige, da stieß mein Fuß an einen Stein, da fiel ich unter die Dornen, da zuckte mein Herz. Da lag ich unter den Dornen und wußte er hat mir den Dolch in den Leib gestoßen, so ward ich geopfert, ich habe das Blut gesehen, jetzt ist die Empfängnis befleckt.
Wahrlich, wahrlich, ich sage euch: WISCHT DAS BLUT FORT, SCHLIESST DIE WUNDEN!!! In 9 × 9 Monaten wird die Frucht der Sünde geboren, dann bin ich rein, und die Schuld ist getilgt. Im Krankenhaus haben sie gesagt, nach dem 9ten Krampf werde ich entlassen. Da habe ich beim 9ten Krampf das Bein gebrochen und mußte noch 9 Wochen liegen. Jetzt kann ich wieder gehen, ein Schritt nach Norden, ein nach Süden, ein nach Osten, ein nach Westen, aber überall steht einer und guckt, vor mir, hinter mir, neben mir, der guckt und will wissen, was ich schreibe, dann heißt es das ist verboten. So zeichne ich einen Kreis, den darf niemand betreten, ich drücke fest auf, dann färbt das Gummi gut ab, so drehe ich mich einmal um mich selbst, dann ist der Kreis geschlossen. Nun folgt der Segen für alle Lebenden und Verstorbenen im Namen des Vaters und des Sohnes und des Heiligen Geistes, Amen, da kommt der Geist mit der Aktentasche auf mich zu,

der hat mich beobachtet, was sagt er? Da hebt der Geist gegenüber die Zahlkarte und gibt ein Zeichen, da kommt der Geist hinter dem Schalter hervor, da kommen auf einmal alle auf mich zu, von allen Seiten, sie kommen näher, sie lachen, nein, sie lachen nicht, sie machen ernste Gesichter, sie tragen Masken, sie treten in den Kreis, sie dringen ein, geht weg! Ite! Missa est! Sie fassen mich an, das dürfen sie nicht, sie holen mich aus meinem Haus, ich will nicht, sie bewegen die Lippen, was sagen sie? Fürchte dich nicht!

IV

Günter Eich
Notizblatt eines Tänzers

Meine Welt ist nur von der Fußsohle her zu begreifen. Spitze kann ich auch, aber es hat mich nie interessiert. Was ist schon Tanz? Mir liegt nichts daran, mich anmutig zu bewegen –, wer mir das nachrühmt, macht mich ärgerlich. Was sind schon Bühnen? Bretter, die überall schon von ganzen Fußsohlen betreten sind, kein Quadratmillimeter ist mehr für mich übrig. Denn darum geht es: Eine unbetretene Stelle zu betreten. Nein, keine Himalaya-Kundfahrt, keine Wüstenexpedition. Hier, direkt in Rhodos müßte es sein, hic salta, in der Fußgängerstraße, beim Gemüsehändler, beim Spielwarengeschäft, im Hof, am Warmbrunner Weg oder in der Kastanienallee. Es müßte mich durchzucken, aber es durchzuckt mich nicht.
Soweit meine Jugend. Jetzt wo ich mich schwerer tue, habe ich meinen Irrtum erkannt. Ich steige um auf die nächste windschiefe Gerade –, das ist die richtige. Ich bin sicher, daß mein Körper noch nicht alle Bewegungen gemacht hat. Denn es muß eine geben, die in Fliegen übergeht. Keine Wendung wiederholen, sage ich mir, immer neue Sprünge, Drehungen, Radschläge. Irgendwo ist der Abflug, ich kreise über das Parkett, lande ovationensicher an den Stehplätzen, und die Sorge wird nur sein, ob mein Gedächtnis standhält. Jetzt abtreten vom Beruf, und auf die Wasserkuppe! Es ist ein ganz bescheidener Trick, vielleicht sogar lehrbar, aber man muß ihn ein paarmal finden. Immer üben, üben.

Wolfgang Hildesheimer
Bildnis eines Dichters

Der vor einigen Jahren verstorbene Lyriker Sylvan Hardemuth stellt eine der merkwürdigsten Erscheinungen der Literaturgeschichte dar. Denn man darf den Fall eines Mannes, den Verkennung zum gefeierten Lyriker machte, wohl als seltsam, wenn nicht gar als einzigartig betrachten.
Hardemuths eigentlicher Name war Alphons Schwerdt. In jungen Jahren bereits offenbarte sich seine außergewöhnlich klare Urteilskraft in literarischen Dingen. Er nützte sie, um in scharfsinnigen kritischen Aufsätzen gegen einige ausgewählte Dichter der Jahrhundertwende zu Felde zu ziehen, die er auch tatsächlich bald zum Schweigen brachte. Daraufhin ver-

stummte zunächst auch er, denn er hatte sich seiner Opfer beraubt. Da sich nun vorerst keine anderen zu bieten schienen – denn gegen die allgemeine Tendenz der damaligen Literatur hatte er nichts einzuwenden, oder vielmehr: sie interessierte ihn nicht –, beschloß er, seine eigene Lyrik zu schreiben, welcher er nun genau die Mängel anhaften ließ, durch deren kritische Beurteilung die Kunst seiner bösartigen Feder ins beste Licht gerückt würde.

Er legte sich also den Künstlernamen Sylvan Hardemuth zu und schrieb eine Gedichtsammlung. Ihrem Erscheinen folgte in der damals führenden literarischen Zeitschrift eine vernichtende Kritik von solcher Brillanz, daß die Leser Hardemuths Gedichte gierig verschlangen, um den vollen Gehalt der Schwerdtschen Würdigung – wenn man es so nennen will – voll auskosten zu können.

Ein Jahr darauf erschien ein weiterer Gedichtband Hardemuths, dem sofort eine Besprechung von Schwerdt folgte, die auf dem Gebiet der kritischen Literatur geradezu als epochemachend bezeichnet werden muß. Dieser Vorgang wiederholte sich auch im folgenden Jahr und versprach, eine feste literarische Institution zu werden, aber diesmal schlug die Sache fehl, indem das Publikum, auf dessen Gunst nun einmal kein Verlaß ist, an den Gedichten Gefallen fand: die Besprechung, obgleich geistreicher denn je, stieß auf kühle Ablehnung: man stellte fest, daß sie dialektisch zwar meisterhaft, als Analyse jedoch ungerecht und kleinlich sei. Darauf war Schwerdt nicht vorbereitet gewesen, und in seinem nächsten Gedichtband wählte er einen Stil, den man selbst vom damaligen Standpunkt aus nur als krasses Epigonentum ansprechen kann. Das Publikum aber war begeistert, und über die bald darauf erscheinende Kritik wurden bereits Stimmen der Empörung laut.

Der erbitterte Schwerdt ließ daraufhin Hardemuth eine Sammlung neobarocker Sonette schreiben: vergebens; Hardemuth war der Liebling des Publikums geworden – welches sich nun auf einmal in seiner Gunst beständig zeigte – und genoß den ganz und gar unerwünschten Nimbus des großen Dichters. Sein Ansehen wurde durch den Umstand, daß er persönlich niemals in Erscheinung trat, noch erhöht. Im Jahre 1909 erhielt er, wie sich mancher Leser erinnern mag, den Nobelpreis.

Das war zuviel für Schwerdt. Entmutigt und verkannt, beschloß er, die Scheinexistenz des erfundenen Dichters ad absurdum zu führen. Als Sylvan Hardemuth kaufte er sich ein Bauerngut mit Äckern, Stallungen, Vieh und allem Zubehör. Hier lebte er, verfaßte einen Gedichtband nach dem anderen und ging so rückwärts die Stilentwicklung der Jahrhunderte durch; er hatte sich ein homerisches Epos zusammengeschrieben, als ihm der Tod, der ergeben gewartet zu haben schien, bis er bei den Ursprüngen angelangt war, die Feder aus der Hand riß.

Zwischen diesen Werken verfertigte Hardemuth von Zeit zu Zeit kleine Aufsätze für Wochenzeitschriften, in welchen er die stille Einfachheit des Landlebens pries, die Unverdorbenheit der Landbewohner, die Schönheit der Berge zu verschiedenen Jahreszeiten und die würdevolle Einfalt des Viehs. Unter der Treibkraft gekränkter Eitelkeit gehen selbst geniale Menschen oft zu weit. Denn es muß leider gesagt werden, daß diese Artikel, zweifelsohne in Augenblicken diabolischer Genugtuung abgefaßt, vom Publikum durchaus ernst genommen wurden, ja, es sah eine Zeitlang so aus, als drohe von seiten der gebildeten Schichten eine ernsthafte Rückkehr zur Natur. Aber dazu kam es nicht, so weit reichte selbst der Einfluß eines Hardemuth nicht.

Einmal noch versuchte sich Hardemuth als Alphons Schwerdt, und zwar in einem recht abgeschmackten Artikel, in dem es hieß, daß der ganze bäuerliche Tand zu nichts anderem diene, als den Besuchern eine abgeklärte Beschaulichkeit vorzutäuschen, die in Wirklichkeit nichts anderes sei als ein eitles Lügengebäude: der Gutsbetrieb sei nur zum Schein bewirtschaftet, das Gesinde werde von stellungslosen Schauspielern dargestellt, und die Herden seien durchsetzt mit Rindviehattrappen aus bemaltem Sperrholz. Dieser allerdings wirklich lächerliche Angriff löste nur mehr Erheiterung aus. Man betrachtete ihn – gewissermaßen mit Recht – als das erboste, impotente Wettern eines Zwerges gegen einen Giganten. Schwerdt ist daraufhin als Schwerdt ein für allemal verstummt.

Nun aber kam es so, daß Hardemuth – denn so dürfen wir ihn von jetzt an nennen – sich mit zunehmendem Alter mehr und mehr in seine titanische Rolle einfühlte und seine frühere Existenz zu vergessen, oder wenigstens zu verdrängen begann. Nicht nur ermöglichte ihm die im Lauf der Zeit erworbene Fertigkeit, in seiner Lyrik von einer Stilepoche zur anderen zu springen – wahrhaft ein Rhapsode des Eklektizismus! –, sondern er paßte nun auch das tägliche Leben seinem Dichtertum an. Die zahlreichen Besucher empfing er in einem hohen Lehnsessel sitzend, eine Toga um die Schultern und ein Plaid über den Knien, in einer Pose also, die er den traditionellen Darstellungen von Dichterfürsten entnommen hatte, die sich bekanntlich, um ihre Unsterblichkeit zu wahren, gegen Zugluft schützen müssen. Auch umgab er sich mit Jüngern und Jüngerinnen, die zu seinen Füßen auf Kissen – er nannte sie Jüngerkissen – saßen und ihn mit »Meister« anredeten. Ein Porträt, wenige Jahre vor seinem Tode gemalt, zeigt ihn auf seinem Sessel, einen Federkiel in der linken, eine Pergamentrolle in der rechten Hand; über sein Gesicht huscht ein bitter-feines Lächeln, gleichsam als verzeihe er dem Betrachter schon im voraus sämtliche Fehlurteile, die er über ihn, Hardemuth, in Zukunft äußern möge. Dieses Bild befindet sich in meinem Besitz. Ich habe es von einer staatlichen Galerie äußerst günstig erworben, zu einer Zeit, in welcher sich Hardemuth – nicht lange nach seinem Tod – als mit Schwerdt identisch entpuppte und daraufhin bei der Öffentlichkeit, die sich peinlich betrogen fühlte, in posthume und endgültige Ungnade fiel.

In wenigen Jahren wird Hardemuth der Vergessenheit anheimgeraten sein, ein Schicksal, dem nun einmal die wenigsten literarischen Nobelpreisträger zu entgehen scheinen. Damit ist dann auch das Andenken Schwerdts ausgelöscht, denn die beiden heben einander gegenseitig auf.

Kurt Kusenberg
Ein gewisses Zimmer

Ein etwas sonderbarer, um nicht zu sagen anrüchiger Herr namens Payk [er handelte mit Wasserflöhen, zahmen Bibern und Mädchen, und es kam ihm gar nicht darauf an, was davon er verkaufte] hatte herausgefunden, daß in einem gewissen Zimmer mehr unsichtbare Fäden zusammenliefen als an irgendeinem anderen Ort der Welt. Die gegenseitige Verknüpfung aller irdischen Erscheinungen ist sehr viel größer, als man gemeinhin annimmt; da sich jedoch das Hin und Her der unzähligen Wechselwirkungen im geheimen vollzieht, erfährt man wenig darüber. Wollte man übertreiben, so ließe sich sagen, daß schlechthin Alles mit Allem zusammenhängt, doch das stimmt nicht ganz. Jenes heimliche Gewirk, in welches wir versponnen sind, hat lockere und dichte Stellen. Vielerorts überkreuzen sich die Fäden nur, aber bisweilen laufen sie in einem Knoten zusammen, der dann von großer Bedeutung ist. Das Zimmer, von dem wir reden, war ein solcher Knotenpunkt.

Wie Herr Payk es in Erfahrung gebracht hatte, wissen wir nicht. Er wird wohl, Faden für Faden, das Gespinst abgetastet haben und allmählich, über kleinere Verknüpfungen, auf die entscheidende Stelle geraten sein. Eine Unzahl von Fäden mündete hier, und das Bestürzende daran war, daß sie alle ungemein weit reichten; sie umspannten den Erdball und das Weltall dazu.

Das Zimmer gehörte zur Wohnung eines Herrn Klose, eines schlichten Bürgers, und wurde, damit es sich nicht abnutze, selten von ihm oder seiner

Familie betreten. Es war eine sogenannte Gute Stube, die nur sonntags ein wenig Geselligkeit sah und am Werktag nur aufgetan wurde, wenn Herrn Kloses Tochter auf dem Klavier übte. Wie gut und wie böse die Stube war, wie mächtig vor allem, ahnte niemand. Herr Payk allein wußte es und hatte früher, als er ein leidlich gern gesehener Gast war, von diesem unheimlichen Herzpunkt aus manches Weltereignis ausgelöst. Veränderte man nämlich die Lage irgendeines Gegenstandes, der zum Zimmer gehörte, rückte oder hob oder rieb man ihn, so lief durch geisterhafte Fäden ein Strom, der weit, weit entfernt kleine wie große Dinge geschehen ließ.

Eine Blumenvase beispielsweise, die künstliche Lilien enthielt, brachte jedesmal, wenn sie gedreht wurde, den Gelben Fluß in China zum Überlaufen und verursachte großen Schaden. Schlug ein Finger die Taste mit dem Ton fis an, so brachen, keinem Arzt erklärlich, in Neuseeland plötzlich die Pocken aus. Doch das Zimmer beschränkte sich nicht auf schädliche Wirkungen [wobei einzuschalten wäre, daß man über den Nutzen oder Schaden einer Sache bis zum Morgengrauen streiten kann] –, es trieb auch freundliche hervor. Fiel es jemandem bei, an der gehäkelten Tischdecke zu zupfen, so meldeten die Fischer in Norwegen überreichen Fischfang. Freilich durfte man nur zupfen; wer heftig an der Decke zog, entfesselte Schneestürme in Kanada.

Man wird wissen wollen, auf welche Weise Herrn Payk all diese Zusammenhänge offenbar wurden. Nun, das ging seltsam zu, und der Weg, den Herr Payk verfolgt hatte, bevor er Einsicht erhielt, wird immer dunkel bleiben. An einem Bretterzaun nämlich, auf dem die Anwohner kleine Zettel befestigten, wenn sie etwas zu tauschen oder zu verkaufen wünschten, wenn ihnen ein Gegenstand oder ein Hund abhanden gekommen war, hafteten regelmäßig kleine Papierchen, die in roter Schrift etwa folgende Bemerkungen enthielten: Uhr aufgezogen – Heuschreckenplage in Siam, Teppich gebürstet – Staatsstreich in Argentinien, linkes Fenster bewegt – Zunahme der Sonnenflecken, und dergleichen mehr. Niemand begriff, was das heißen sollte. Nur Herr Payk wußte Bescheid; er schrieb die Meldungen ab und trug sie zu Hause sorgsam ein. Wer die Papierchen anbrachte oder sie wieder entfernte, konnte Herr Payk nie ausfindig machen, obwohl er sich tagelang auf die Lauer legte und auch manche Nacht den Bretterzaun nicht aus den Augen ließ.

Es war, lange Zeit, alles sehr gut gegangen. Als leidlich gern gesehener Gast hatte Herr Payk Gelegenheit gehabt, sonntags oder auch unter der Woche wie beiläufig mit den Gegenständen zu hantieren, die das Zimmer enthielt; er hatte am Bretterzaun ablesen können, was daraus entstanden war, und in aller Ruhe nichts Geringeres angelegt als ein Verzeichnis aller Wirkungen, die von dem Raume ausgingen. *Fast* aller Wirkungen, müssen wir hinzusetzen, denn bevor das Verzeichnis vollständig war, entzweite sich Herr Klose mit Herrn Payk und verbot diesem sein Haus, richtiger gesagt: seine Wohnung, denn das Haus gehörte nicht ihm, sondern einem Herrn Treufler, von dem aber hier nicht die Rede sein soll. Der Streit, welcher Herrn Payks Forschung so jäh beendete, rührte daher, daß dieser vorgegeben hatte, er wolle Herrn Kloses Tochter – jenes junge Mädchen, welches auf dem Klavier übte – ehelichen. Die Verlobung aber hatte, da es Herrn Payk im Grunde nicht ernst damit war, überaus lange angedauert, solange beinahe, wie heute eine Ehe zu dauern pflegt, jedoch ohne in eine solche überzugehen. Ungeduldig und mißtrauisch geworden, spürte Herr Klose den Ursachen der mißlichen Verzögerung nach und entdeckte dabei, daß Herr Payk mit einer dicken, reichen Witwe zusammenlebte. Da er nicht wissen konnte, was Herrn Payk an seinen Hausstand fesselte, nahm er an, der Lüstling wolle aus Gründen der Abwechslung auch das junge Mädchen betören. Herrn Payks Vorhaben empörte ihn so sehr, daß er dem Freier die Tür für immer verschloß, selbst auf die Gefahr hin, daß sich kein anderer einfinden werde.

Seither war es für Herrn Payk außerordentlich schwierig, die Untersuchungen fortzusetzen, denn was gemeinhin in dem Zimmer geschah und was daraus wurde, wußte er bereits. Ihm kam es ja lediglich darauf an, einige fehlende Punkte zu ergänzen – wenn man davon absieht, daß er nun jenes Machtgefühls verlustig ging, das ihn stets überkommen hatte, sobald er von der geheimen Befehlsstelle aus Wirkungen in die Welt jagte. Die Familie Klose tat dies in einem fort, doch sie ahnte es nicht und hatte infolgedessen nichts davon, denn nur bewußte Macht ist Genuß.

Gewiß, Herr Payk hätte diesen oder jenen Bekannten, der mit Kloses Familie Umgang pflog, darum bitten können, in dem gewissen Zimmer gewisse Gegenstände zu berühren oder von ihrem Platz zu rücken. Eine solche Bitte aber wäre vielleicht mit Befremden aufgenommen worden und hätte womöglich den anderen darauf gebracht, daß es mit Herrn Kloses Guter Stube eine eigene Bewandtnis habe. Das wollte Herr Payk unter allen Umständen vermeiden.

Es blieb ohnehin nicht viel Ungeklärtes übrig. Was geschehen würde, wenn man an die Drahtspiralen der Polstersessel geklopft hätte, wollte Herr Payk nicht unbedingt wissen. Er vermutete, daß nur Geringes daraus entspringe. Jedoch wollte er für sein Leben gern ergründen, was ein kleiner, abscheulicher Aschenbecher vermochte und welcher Fernwirkung der rechte Kerzenhalter am Klavier fähig sei. Ob man die beiden Gegenstände rücken, reiben oder dem zugedachten Zweck entsprechend benutzen müsse, damit sie ihre Kraft aussandten, war bislang nicht zu entdecken gewesen, und auf Feinheiten kam es ja gerade an. Unendlich fein ist das große Weltnetz gesponnen.

Schließlich aber fand Herr Payk einen Mittelsmann, der so dumm und zugleich so verschwiegen war, daß man ihn ohne jede Erklärung bitten durfte, sich an den beiden Gegenständen zu versuchen. Dreimal – es ging viel Zeit darüber hin, denn der Besucher wurde nur sonntags angenommen – befaßte sich dieser vergeblich mit dem Aschenbecher; nichts geschah. Erst als er, plaudernd und rauchend, Zigarrenasche hineinfüllte, vermeldete bald darauf ein Zettel, der Bürgermeister von Bayonne habe sich den Arm verstaucht. Daß auch kleine Wirkungen von dem Zimmer ausgingen und daß sie sich gegen einzelne Personen richteten, war etwas Neues. Herr Payk mußte einsehen, daß sein Verzeichnis noch längst nicht vollständig sei, und er, jeden Gegenstand sehr viel gründlicher ausprobierend, sich hinfort auch über unbedeutende Ereignisse unterrichten müsse.

Er hatte das Gefühl, an einem Wendepunkt zu stehen, als er seinem Sendboten auftrug, beim nächsten Besuch die rechte Kerze an Kloses Klavier zu entzünden. Fürs erste mißlang es, denn Herr Klose war sparsam und sah nicht ein, warum man bei Tag Licht brennen sollte. Am zweiten Sonntag aber, als Herr Klose den Raum auf kurze Zeit verließ, glückte das Unternehmen. Die Kerze brannte, und Herr Payk, der es ahnungsvoll merkte, obwohl er nicht dabei war, empfand ein großes Hochgefühl – zu früh allerdings, denn die brennende Kerze richtete nichts an.

Erst als vor Herrn Kloses nahendem Schritt das Lichtlein ausgelöscht wurde, geschah etwas. Doch davon erreichte Herrn Payk keine Kunde mehr, denn er war schon tot, als ein rot beschriebenes Zettelchen meldete: Rechte Kerze ausgelöscht – Herr Payk verstorben.

H. G. Adler
Erfüllte Prophezeiung

Mr. Ken Milton Sillitoe, ein unbeschriebener Bürger der Stadt Denver, las am Freitag, dem 30. November 1951, sein Abendblatt. Von allem, was in der Welt geschah, las er immer gern, und, leichtgläubig wie er war, vertraute er der Wahrheit der Nachrichten, soweit sie Ereignisse meldeten. Voraussagen gegenüber war er freilich mißtrauisch, weswegen er wenig darauf gab, wenn die Zeitung einmal den Frieden für gefährdet und dann wieder für gesichert hielt. In solchen Fällen stieß Mr. Sillitoe ärgerlich das Abendblatt beiseite und meinte: »So gescheit, wie die sind, bin ich auch.« Das durfte er vor sich ruhig hinmurmeln, Widerspruch oder Streit war nicht zu befürchten, denn niemand hörte zu. Ganz anders stellte er sich dazu ein, was die Zeitung über das morgige Wetter zu verkünden hatte, zumal er nur einen Tag warten mußte, um entweder befriedigt die Richtigkeit oder lachend den Irrtum festzustellen. Auf Wettkämpfe mit Fußball, Pferden, Motorrädern oder gar von Boxern setzte Mr. Sillitoe kein Geld, weil ihm das als ein Spielen mit der Vorsehung erschienen wäre; davor fühlte er sich bereits durch seine Kenntnis der Bibel gewarnt, die Wahrsagern und Zeichendeutern das Gewerbe verbot. Die Herren Wettermacher hingegen mochten als harmlose Brüder über Sonnenschein und Regen schreiben, was sie wollten; das las er mit einem Schmunzeln und verglich seine Unschuld im Abwarten mit den sündigen Aussichten, für die sich selbst ein Mann als bloßer Beobachter, also noch ohne Einsatz von Geld und Nerven, beim Buchmacher in einem Wettbüro mit Geduld wappnen mußte. Auf solche Einsätze, wo auch das Herz beteiligt war, ließ Mr. Sillitoe bescheiden sich nicht ein und hielt auf Plänemachen aller Art keine großen Stücke. Es kommt immer anders als vorausgesetzt.

Während nun Mr. Sillitoe in seinem Blatte las, erweckte eine Schlagzeile über einem kurzen Beitrag seine Neugier. Da stand: »Keine Weihnachten für Mr. M.« So eine Überschrift wenig über drei Wochen vor den großen Feiertagen fiel auf. War Mr. M. krank? War er gestorben? Oder saß er im Zuchthaus oder war er nur ein Griesgram, der keine Freudenfeste feiern wollte, weil er verdrossen auf das Leben blickte? Das wollte Mr. Sillitoe erfahren, und darum las er schnell:

Wie der Nationale Sicherheitsausschuß bekanntgibt, erliegen jede Stunde fünf Amerikaner Verkehrsunfällen auf der Straße. »Mr. Million« – die millionste Person, die in den Vereinigten Staaten auf der Straße ums Leben kommen wird – dürfte den Berechnungen nach am 21. Dezember 1951 sterben, gerade einundfünfzig Jahre, drei Monate und sieben Tage nachdem der »Wagen ohne Pferde« sein erstes Todesopfer in einer New Yorker Straße gefordert hat.

Mr. Sillitoe verweilte nicht gern bei jedem einzelnen Bericht in der Zeitung, sondern las gewöhnlich weiter, bis er sich durch alles Wissenswerte hindurchgearbeitet hatte, denn seine Zeit war kostbar. Hier aber verlohnte eine Ausnahme. Der Artikel regte an, wie oft stirbt schon der millionste Mensch? Doch keine Gedanken, die viele andere bewegt hätten, hielten

Mr. Sillitoe auf. Nein, nicht die große Anzahl der Opfer, nicht das bestürzende Sterben, nicht der Kummer erschütterte diesen sinnenden Leser. Er war Unglück gewohnt und hatte durch die Zeitungen schon seit Jahrzehnten die traurigsten Dinge erfahren. Da stand soviel Grauenhaftes gedruckt, worüber er bei einigem Nachdenken nur hätte weinen müssen. Nein, in Anbetracht des Umstandes, daß es außerdem noch die häuslichen Sorgen gab, die Mr. Sillitoe voll beschäftigten, durfte er fremdes Leid nicht allzusehr sich zu Herzen nehmen. Die Prophezeiung war es, die Voraussage, die Mr. Sillitoe aus seinem Alltag riß, doch gewiß kein Mitleid mit einem unbekannten Opfer, das irgendwo nach vorbestimmter Frist im großen Amerika verderben sollte. Ein Mr. M., der, schuldig oder unschuldig, in diesem Augenblick an nichts Böses dachte! Wie lebhaft stellte Mr. Sillitoe sich den Fremden vor, der jetzt wahrscheinlich auch seine Abendzeitung las und vielleicht ein Weilchen später im Rundfunk einem warnenden Vortrag über die Gefahren des Straßenverkehrs lauschte. Aber Mr. Sillitoe brütete nicht lange. Unberufene Prophetenworte galten nichts. Jeder hatte die Pflicht, den Wortlaut und den Geist der Gesetze des freiesten Landes der Welt zu befolgen und der Zukunft unverzagt entgegenzusehen. Was der Nationale Sicherheitsausschuß vorherwußte, mochte stimmen oder nicht: er hätte das gefälligst für sich behalten sollen. Zuletzt entschied Mr. Sillitoe in einem Augenblick die Frage, ob es nicht zynisch war, einen Mr. M. zu erfinden und ihn gerade vor Weihnachten zur Strecke zu bringen.

Freitag, der 21. Dezember, war in Denver ein kalter, aber schöner Tag. Beim Einheizen fand Mr. Sillitoe das Abendblatt vom 30. November, drei Wochen war die Zeitung alt, und da stand noch immer: »Keine Weihnachten für Mr. M.« Das mußte man nicht abermals lesen. Er wußte schon: der millionste Mann. Dabei hatte sich Mr. Sillitoe so auf Weihnachten gefreut, auf den knusprigen Truthahn, den duftenden Pudding! Aber die Pflicht rief. Einer muß sterben, der Nationale Sicherheitsausschuß hat es bestimmt. Da griff Mr. Sillitoe schnell nach seinem neuen Mantel und setzte sich einen schwarzen Hut auf, den er seit dem Begräbnis seiner Mutter nicht mehr getragen hatte. Sonst nahm Mr. Sillitoe nichts mehr. Sogar die Morgenzeitung ließ er liegen, obwohl sie den Namen eines Atomphysikers, der als Spion entlarvt war, mit roten Riesenbuchstaben in eine Schlagzeile gesperrt hatte. Mr. Sillitoe ging auf die Straße und legte sich, so schnell es nur möglich war, vor ein Auto hin und starb. Einer mußte sich schließlich opfern, und Mr. Ken Milton Sillitoe war heute einundfünfzig Jahre, drei Monate und sieben Tage alt.

Günter Seuren
Andere Schritte

»Ich gehe rückwärts, weil ich nicht länger vorwärtsgehen will«, sagte der Mann. Er war über mittelgroß, bleich vor Anstrengung, sich auf das Rückwärtsgehen zu konzentrieren, und hatte eine vom Wind gerötete Nase. Es blies ein heftiger Westwind, und die Böen, die die übrigen Fußgänger, mit denen der Mann in die gleiche Richtung ging, nur als Brise im Rücken empfanden, trafen ihn mitten ins Gesicht. Er bewegte sich langsamer als die anderen, aber stetig wie ein Krebs im Rückwärtsgang.

»Eines Tages«, sagte der Mann, »war ich ganz allein in einem windstillen Park. Ich hörte die Amseln neben mir im Gebüsch nach Futter stochern, ich hörte Tauben rufen – und eine große Ruhe überkam mich. Ich ging ein paar Schritte rückwärts, und ich weiß jetzt: wenn man immer nur vorwärtsgeht, verengt sich der Weg. Als ich anfing, rückwärtszugehen, sah ich die übergangenen und übersehenen Dinge, ich hörte sogar das Überhörte. Sie werden entschuldigen, wenn ich mich Ihnen nicht ganz verständlich machen kann. Verlangen Sie keine Logik von mir, die Entdeckung, die ich gemacht habe, läßt sich nicht in Worte fassen. Und denken Sie auch nicht, daß ich ein Mann der Umkehr bin, nein, ich kehre nicht um, ich ...«, der Mann schwieg ein paar Sekunden und sah entschlossen geradeaus, »es wird Sie verwundern ... aber ich bin kein Träumer.«

»Was sind Sie dann?« sagte der Begleiter, ein Mann, der sich im überlieferten Vorwärtsgang bewegte. »So kommen Sie doch nicht weiter. Eines Tages sind Sie stehengeblieben, vielleicht wollten Sie das Gras wachsen hören, Sie traten ein paar Schritte zurück, um Abstand zu haben. War es so?«

Der rückwärtsgehende Mann sah seinen Begleiter an, sein Blick war sanft.

»Mein Experiment ist noch nicht abgeschlossen.«

»Glauben Sie, daß Ihre Art der Fortbewegung sich durchsetzen wird?« sagte der Begleiter.

»Eine schwer zu beantwortende Frage«, sagte der Mann und hielt den Blick auf einen Punkt gerichtet, den der andere nicht erkennen konnte. »Übrigens ist meine Idee nicht neu. Wie mir später eingefallen ist, hatte ein längst zu Staub zerfallenes Volk ähnliche Probleme zu lösen wie wir. Es war ebenfalls in ein Stadium getreten, da sein Weiterleben in Frage stand. Es half sich auch auf eine scheinbar seltsame Weise, Sie können auch Trick sagen, wenn Sie so wollen: Fortan wurden kriegerische Auseinandersetzungen unter den einzelnen Stämmen derart ausgetragen, daß sich die Gegner mit dem Rücken gegeneinanderstellten und so lange ihre Streiche und Hiebe in purer

Luft ausführten, bis einer nach dem anderen erschöpft zu Boden sank. Schweratmend fielen ganze Heere ins Gras, und der anschließende Schlaf war verdient. Es waren tagelange, aber unblutige Schlachten, und die einzige Folge war ein gewaltiger Muskelkater. Wie finden Sie das?«

»Zugegeben – ein brauchbares Ventil für Naturvölker«, sagte der Begleiter, »aber nichts für uns. Was also versprechen Sie sich von Ihrem Rückwärtsgang?«

»Ich hoffe«, sagte der Mann, »daß ich die Aufmerksamkeit auf mich lenke.«

»Das tun Sie auf jeden Fall«, sagte der Begleiter. »Das tut auch ein Dauerklavierspieler oder einer, der fünfzig Kilometer auf Händen geht.«

Aber der rückwärtsgehende Mann ließ sich durch solche Anspielungen nicht aus der Fassung bringen.

»Ich hoffe, ich werde verstanden«, sagte er. »Als ich das erstemal rückwärtsging, lebte ich auf.«

»Schon gut«, sagte der Begleiter, »Sie sind nicht der erste, der solche Ansichten vertritt. Immerhin schlagen Sie etwas Praktisches vor, doch zweifle ich sehr, daß Sie Erfolg haben.«

»Erfolg oder nicht«, sagte der Mann, »wir sollten es versuchen, wir alle.«

»Verzeihung«, sagte der Begleiter, »ich denke in Tatsachen: Haben Sie nie ein Protokoll wegen groben Unfugs bekommen?«

Der rückwärtsgehende Mann sah seinem Begleiter zum erstenmal voll ins Gesicht.

»Ein einziges Mal«, sagte er lächelnd, »das war am Anfang, als ich noch unsicher war.«

»Und heute stoßen Sie mit keinem mehr zusammen?«

»Niemals!« sagte der Mann noch immer lächelnd.

Sie schwiegen. Mit elastischen Schritten ging der Mann rückwärts. Der Begleiter hatte Mühe, ihm zu folgen. Der Mann, der rückwärtsging, wurde schneller.

»Entschuldigen Sie«, sagte er, »ich muß mich leider etwas beeilen. Ich habe noch eine Verabredung. Auf Wiedersehen.« Dann verschwand er im Gedränge. Der Begleiter verlangsamte seinen Schritt wie jemand, der zurückbleibt, um Luft zu schöpfen.

Wenige Augenblicke später geschah es. Wie aus einem Riß in der Asphaltdecke aufgestiegen, explodierte ein mehrstimmiger Schrei. Die Leute blieben stehen und sahen in eine bestimmte Richtung. Erst waren es einzelne, dann ganze Gruppen, die sich auf einen schnell anwachsenden Kreis zubewegten.

Als der Begleiter schließlich so weit vorgedrungen war, daß er in den Kreis sehen konnte, sah er, daß der Mann, der rückwärtsgegangen war, wie eine vom Himmel gefallene große Marionette, der sich beim Aufprall die Glieder verrenkten, auf dem Asphalt lag.

Aus dem Kreis sagte jemand: »Der Wagen hat keine Schuld, das kann ich bezeugen.«

Und ein anderer sagte: »Er muß betrunken sein, er ging rückwärts.«

Der Begleiter schob sich in die Mitte des Kreises und bückte sich über den Mann. »Können Sie mich verstehen?«

»Ja«, sagte der Mann und bewegte sich nicht. Er lag mit der linken Wange auf dem Asphalt und sprach in die graue stumpfe Decke hinein. »Versuchen Sie es einmal, wenn Sie ganz allein sind. Irgendwo. In einem Park oder nachts an einer freien Stelle. Ich hoffe, Sie werden Gefallen daran finden. Und machen Sie es besser als ich.«

Polizisten betraten den Kreis.

»Können Sie Angaben machen?« sagte einer zu dem Begleiter.

»Er wollte rückwärtsgehen«, sagte der Begleiter.

»Das ist heute schon der vierte, der das versucht«, sagte der Polizist.

»Was ist nur mit den Leuten los?«

Walter Vogt
Der Bäckermeister kann nicht sterben

Der alte Bäckermeister sitzt, von Kissen gestützt, hochaufgerichtet in seinem Spitalbett. »Ich mache jetzt dann den Schirm zu.« Mit ›den Schirm zumachen‹ meint er sterben. Seine Frau, eine Tochter, zwei Söhne und eine Schwiegertochter sitzen gefaßt im Kreis um das Bett herum. Die Frauen haben rotgeweinte Augen. Die Enkel sind längst wieder nach Hause gegangen, und die Blumen stehen auf dem Korridor. Im Nachtwachezimmer klappert Geschirr und Blech. Ein Summer tönt unangenehm deutlich durch das ganze Geschoß.

»Ich mache jetzt dann den Schirm zu.«

Es ist zehn Uhr abends. Was soll man darauf antworten?

»Aber nein, Vater«, versucht's einer der Söhne.

»Doch, doch.« Der Alte ist eigensinnig, und er hat eine eigene Meinung vom Verlauf seiner Krankheit.

»So etwas darfst du doch nicht sagen.« Das war die Tochter. Sie stößt sich an der Ausdrucksweise des alten Bäckermeisters, die ihr der Würde und Feierlichkeit des Augenblicks nicht angemessen erscheint.

Der Kranke ist hellwach. Er läßt seine Augen über die Runde schweifen. Er hat es aufgegeben, ihnen zu sagen, daß nicht alle die ganze Nacht hindurch hierzuhocken brauchten. Im Grunde gehörte es sich so. Die Familie hatte dem Sterben ihres Oberhauptes beizuwohnen. Das fand er, und er hielt es für richtig, daß die andern offensichtlich derselben Ansicht waren. Diese Feststellung gewährte ihm eine gewisse Befriedigung. Er atmete mühsam.

»Ich mache jetzt dann den Schirm zu.«

Er schien Gefallen an dem zweifellos recht unpassenden Ausdruck zu finden. Und die Reaktionen der Familie auf seine Äußerung interessierten ihn. Die beiden Söhne bekamen ebenfalls rote Augen.

Die Frauen murmelten tonlos vor sich hin. Gebete wahrscheinlich. In solchen Lagen hatten es die Katholiken besser. Der Spitalpfarrer war dagewesen, hatte irgend etwas, das er für tröstlich hielt, geäußert, ein bißchen gebetet, und war wieder gegangen. Dem Kranken hatte er keinen Eindruck gemacht. Der schien ein eigenes und sehr patriarchalisches Verhältnis zum Gott seines Hauses zu haben. Dieser Gott war ein Gott, der den Seinen die Herden segnete, und der auch, warum nicht, das Brot in des Bäckers Ofen segnete. Die lächerlichen kleinen Backwaren und Süßigkeiten, die mit zum Beruf gehörten, paßten zu diesem Gott nicht, und der alte Bäckermeister mochte sie nicht. Es stand zwar ständig eine Schachtel voll davon auf dem Tisch neben seinem Bett, das gehörte sich vermutlich so; er fütterte Schwestern und Laborantinnen damit.

Der Tagesarzt trat ein, ein wenig verlegen gegenüber dieser ganzen gefaßten Versammlung.

»Herr Doktor, ich mache jetzt dann den Schirm zu.«

Der Arzt lächelte beschwichtigend. Die Frauen fanden den Ausdruck dem Arzt gegenüber besonders unpassend.

»Du mußt Vertrauen haben, Vater – die Ärzte werden ihr Bestes für dich tun.« Das war die Schwiegertochter. Frau und Tochter nickten beistimmend. Der Assistenzarzt zuckte leicht mit den Achseln.

»Die Ärzte kenn ich«, sagte jetzt der Alte, ohne Bosheit, ohne Ironie, als Feststellung, »die lassen einen immer die Zunge herausstrecken – dazu sind die gut.« Er wies ohne Aufforderung die Zunge vor.

»Ich brauche sie nicht zu sehen«, meinte der Arzt, »sie sieht übrigens gar nicht besonders schlecht aus.«

»Als ob die Zunge der ganze Mensch wäre.«

Frau und Tochter waren bekümmert. Sie suchten mit um Vergebung bittendem Blick die Augen des Arztes. Der lächelte immer noch geradeaus gegen das verhängte Fenster hin und zählte den Puls.

»Ich komme wieder«, sagte er dann.

»Bis dahin habe ich vielleicht den Schirm schon zugemacht.«

Der Bäckermeister hatte sich offensichtlich vorgenommen, nun, da sich die Gelegenheit bot, geordnet zu sterben, wie er geordnet gelebt hatte, und es wäre kaum in Frage gekommen, ihm zu widersprechen.

Der ältere Sohn folgte dem Arzt auf den Korridor hinaus. Seine Augen waren verweint, kein Zweifel. ›Seltsame Familie‹, dachte der Arzt, ›aber imponierend.‹

»Wird er –«

»Ich glaube nicht – nicht diese Nacht, soviel man voraussagen kann. Es geht ihm besser. Er hat sich einigermaßen von der Blutung erholt, und nach menschlichem Ermessen wird sie sich nicht wiederholen. Immerhin –«

Er zuckte mit den Achseln.

»Wir danken Ihnen ... und bitte, nehmen Sie ihm nicht übel, was er sagt.«

»Keineswegs. Ich komme später wieder.«

Um Mitternacht betrat er erneut das Krankenzimmer. Alle Angehörigen hatten geweint. Der alte Mann hatte offensichtlich sein Haus bestellt. Er war hellwach.

»Ich mache jetzt dann den Schirm zu.«

Puls und Blutdruck waren inzwischen beinahe normal geworden. Der Arzt überlegte, ob er dem Kranken sagen solle, daß er nicht ans Sterben denken dürfe, und wie er das sagen sollte – ach, das Gegenteil war jeweils schon schwierig genug! Außerdem schien es aussichtslos zu sein. Der alte Mann war von seinem Vorsatz nicht abzubringen.

Um zwei Uhr früh lag der Kranke noch immer wach. Aber es schien dem Arzt, seine Rede habe jetzt einen beschwörenden Unterton, nicht mehr den Ton ruhiger Gewißheit. Die Angehörigen, die alle leicht geschlummert hatten, schreckten auf, Angst und Unsicherheit ergriff wieder Besitz von ihren Mienen. Der Arzt blickte geradeaus. Puls und Blutdruck waren völlig normal. Es mußte nicht einfach sein, eine ganze Nacht lang vor versammelter Familie das Haus zu bestellen und am nächsten Morgen friedlich weiterzuleben. Er murmelte irgend etwas vor sich hin und verließ den Raum.

Bis sechs Uhr früh hatte er Ruhe. Kaum hatte er sich angezogen, eilte er in das Zimmer des Bäckermeisters. Der schlief jetzt friedlich zurückgelehnt, blies bei jedem Atemzug prustend die Backen auf und sah rosig aus. Möglicherweise hatte er zuviel Bluttransfusionen bekommen. Trotz der Winterszeit lag bereits ein fahler Morgenschein über der verschneiten Stadt. Die Angehörigen saßen und standen verlegen und übernächtig herum. Die Männer wirkten unrasiert. Die Augen waren noch immer gerötet, allein aus einem andern Grund.

Der älteste Sohn nahm den Arzt beiseite. »Meinen Sie, daß wir ihn verlassen dürfen? Wir sollten ins Geschäft zurück. Es geht gegen Weihnachten –« Dem alten Mann war der Weihnachtsrummel gleichgültig. Er blies friedlich vor sich hin. Den Seinen segnete der Herr Herden und Brot im Backofen – ohne Weihnachtsrummel, ohne Geschäftsgang und steigenden Umsatz. »Selbstverständlich können Sie gehen. Es besteht augenblicklich überhaupt keine Gefahr. Lassen Sie ihn schlafen. Er wird nachher erholt sein. Niemand braucht hierzubleiben.«

Die jüngere Tochter erschien zur Ablösung und brachte Blumen mit. »Es geht besser«, flüsterte der älteste Bruder ihr zu, besorgt, daß der Vater nur ja davon nichts höre. Dann machten sie sich auf.

›Er hat den Schirm nicht zugemacht‹, dachte der junge Arzt, ›es wird für ihn schwer sein, es zu glauben. Wahrscheinlich ist es das erstemal in seinem Leben, daß er einen einmal gefaßten Vorsatz nicht ausführt.‹

Franz Hohler
Der Rand von Ostermundigen

Am Rand von Ostermundigen steht ein Telefon. Daneben sitzt ein Mann, der jedesmal, wenn es läutet, abnimmt und sagt: »Das ist der Rand von Ostermundigen.« Wenn die Leute fragen, ist dort nicht Rieser oder Maibach, dann sagt er: »Nein, das ist der Rand von Ostermundigen!« und hängt wieder auf.

Das ist der Anfang der Geschichte »Der Rand von Ostermundigen«.

Diesen Mann, das muß ich gleich zu Beginn sagen, diesen Mann kennt niemand. Es gab eine Zeit, da hätte ich ihn gerne kennengelernt, und zwar vor allem, damit ich bei Gelegenheit in ein Gespräch hätte einflechten können, ich kenne einen Mann, der jedesmal, wenn das Telefon läute, abnehme und sage: »Das ist der Rand von Ostermundigen.« Bis vor kurzem hätte das auch die Wirkung gehabt, an der mir gelegen wäre, die Leute hätten gedacht, das ist aber interessant, der kennt einen Mann, der jedesmal, wenn das Telefon läutet, abnimmt und sagt: »Das ist der Rand von Ostermundigen.« Inzwischen ist aber mit diesem Mann so viel geschehen, daß ich nicht mehr sagen könnte, ich kenne einen Mann, der, sondern ich müßte sagen, ich kenne den Mann, der, und die Leute würden sich auf mich stürzen und fragen, was, den kennen Sie?

Das ist die Fortsetzung der Geschichte »Der Rand von Ostermundigen«.

Nehmen wir an, Sie telefonieren einem Bekannten in Bern, der Hofmann heißt. Sie stellen seine Nummer ein, 22 10 46, dann kann es sein, daß ein Mann abnimmt und sagt: »Das ist der Rand von Ostermundigen.« Wenn Sie nun fragen, ist dort nicht Hofmann, dann sagt er: »Nein, das ist der Rand von Ostermundigen!« und hängt wieder auf. Sie hängen auch auf und stellen die Nummer nochmals ein, und dann meldet sich Ihr Bekannter namens Hofmann, und wenn Sie ihn fragen, ob er einen Witz gemacht habe, dann sagt er nein und weiß von nichts.

Ostermundigen liegt bei Bern, es hat dieselbe Vorkennzahl, 031, es ist also möglich, daß Sie falsch gewählt haben und zufällig die Nummer des Mannes eingestellt haben, der jedesmal, wenn das Telefon läutet, abnimmt und sagt: »Das ist der Rand von Ostermundigen.«

Jetzt kann es aber auch sein, daß Sie einen Bekannten in Chur anrufen wollen, der unter der Nummer 22 28 26 erreichbar ist, und daß dann, wenn Sie diese Nummer eingestellt haben, wieder der Mann abnimmt und sagt: »Das ist der Rand von Ostermundigen«, und daß er, wenn Sie fragen: ob Sie mit Herrn Caprez sprechen können, sagt: »Nein, das ist der Rand von Ostermundigen!« und wieder aufhängt. Chur hat die Vorkennzahl 081, Sie müßten sich also von 081 nach 031 verwählt haben, was Sie sich kaum vorstellen können.

Sie haben sich auch nicht verwählt, denn das, was Ihnen passiert, passiert andern auch, und zwar jeden Tag. Irgendwo sitzt ein Mann, der sich in Telefongespräche einschalten kann und hat kein anderes Interesse, als auf den Rand von Ostermundigen hinzuweisen. Ich muß sagen irgendwo, weil man inzwischen in Ostermundigen selbst sämtliche Anschlüsse überprüft hat, von Abbühl bis Zysset, und keine Unregelmäßigkeit feststellte. Hätte man allerdings so etwas wie eine Fehlschaltung gefunden, wäre man damit nicht viel weitergekommen.

Es ist noch nicht lange her, da war er zum erstenmal am Radio zu hören; als der König in einer Kinderstunde zum Schweinehirt sagen wollte, ich gebe dir also meine Tochter zur Frau, sagte er statt dessen: »Das ist der Rand von Ostermundigen.« Der Schauspieler, der die Rolle des Königs sprach, hatte diesen Satz nicht selbst gesagt, sondern es war die Stimme des Mannes, der diesen Satz auch am Telefon sagt, es war der Mann am Rand von Ostermundigen.

Die Hoffnung, dies würde ein Einzelfall bleiben, erfüllte sich nicht. Am nächsten Tag wurde eine Aktualitätensendung mit den Worten angesagt:

»Sie hören nun unsere aktuelle Sendung: Das ist der Rand von Ostermundigen.« Die Sprecherin erklärte nachher, sie habe gesagt: »Sie hören nun unsere aktuelle Sendung: Die laufende Woche«, aber für den Hörer hatte sich nach dem Wort »Sendung« ein leichter Pfeifton bemerkbar gemacht, auf dem dann die Stimme des Mannes am Rand von Ostermundigen ertönte.

Seither ist kein Tag vergangen, an dem sich der Mann nicht in irgendeine Sendung eingeschaltet hat, öfters gibt er seinen Hinweis während der Nachrichten ab, und der Satz hat dann auch die Eigenheit, daß er sich nicht mehr wegbringen läßt, also wenn sich der Sprecher am Schluß der Nachrichten korrigieren will, kann es sein, daß er sagt: »Wir bitten Sie um Entschuldigung für die kleine Störung, der Präsidentschaftskandidat hat in seiner heutigen Pressekonferenz nicht gesagt, das ist der Rand von Ostermundigen, sondern das ist der Rand von Ostermundigen.«

Natürlich tun die Behörden das möglichste, um diesem Mann auf die Spur zu kommen. So hat man die Bevölkerung gebeten, jedes Auftauchen des Satzes »Das ist der Rand von Ostermundigen« in einem Telefongespräch zu melden, und es hat sich herausgestellt, daß dieser Satz häufiger gesprochen wird, als es einem einzelnen möglich wäre. Gegenwärtig findet die größte Suche statt, an die man sich in diesem Land erinnern kann, Peilgeräte, mit denen man sonst Schwarzhörer ermittelt, werden zusammen mit Polizei und Militär zur Auffindung und Vernichtung dieses Satzes eingesetzt, der sich indessen immer mehr verbreitet.

Neuerdings hat er sich auch des Fernsehens bemächtigt. In einer Diskussion über Wohnbauprobleme wollte gerade ein Vertreter der Bauunternehmer auf die gestiegenen Produktionskosten hinweisen, als es auf dem Bildschirm dunkel wurde und man den Satz hörte: »Das ist der Rand von Ostermundigen.« Seither ist auch keine Fernsehsendung mehr gegen diesen Satz gesichert, nur sind die Aussagen darüber, was man während des Satzes sehe, sehr verschieden.

Einige Leute behaupten, sie sähen, wenn es dunkel werde, ganz schwach das Gesicht eines alten Mannes mit einem Bart, andere glauben während dieser Zeit einen Raubvogel wahrzunehmen, der seinen Kopf ruckartig auf sie zudreht, die Mehrzahl der Leute aber, die den Einbruch des Satzes erleben, machen die Aussage, sie sähen während des Satzes auf dem Bildschirm sich selber.

Noch etwas muß gesagt werden, und zwar zu der angestrengten Suche nach dem Urheber des Satzes. Auch wenn diese Suche, woran ich übrigens zweifle, den Erfolg haben sollte, daß man eines Tages in einer Felshöhle oder einem Keller eine Sendeanlage entdeckt, dann wäre damit der Satz

»Das ist der Rand von Ostermundigen« nicht mehr rückgängig zu machen. Schlagen Sie eine beliebige Tageszeitung auf und lesen Sie sie von vorn bis hinten durch – irgendwo werden Sie den Satz lesen »Das ist der Rand von Ostermundigen«, kleingedruckt neben dem Kremationsdatum in einer Todesanzeige oder als Legende zum Bild eines Rennfahrers, der eine Etappe gewonnen hat.

Jeder fürchtet sich heute davor, einen Brief zu schreiben, aus Angst, es könnte darin stehen »Das ist der Rand von Ostermundigen«, jeder fürchtet sich heute davor, eine Ansprache zu halten, aus Angst, er könnte sagen »Das ist der Rand von Ostermundigen«, anfangs haben viele diesen Satz zum Spaß gesagt, heute macht niemand mehr einen Witz damit, die Leute haben Angst bekommen zu sprechen, und zwar in jeder Situation, stellen Sie sich vor, ein Metzger zeigt einer Kundin ein Stück Rindfleisch und sagt dazu: »Das ist der Rand von Ostermundigen.«

Wohin das noch führen wird, ist schwer abzusehen. Im Moment scheint sich eine Möglichkeit zu zeigen, wie man diesen Satz zwar nicht ausrotten, aber unter Kontrolle bringen könnte.

Ein Mann aus der Politik, welcher eine Rede halten mußte und befürchtete, er könnte vom Satz überrascht werden, versuchte ihn dadurch zu überlisten, daß er die Rede mit den Worten anfing: »Meine Damen und Herren, das ist der Rand von Ostermundigen!« Man hätte nun denken können, daß auch dies nichts nützte, ja daß er dadurch erst recht den Satz nochmals heraufbeschworen hätte, aber dies war nicht der Fall, er konnte ungestört weiterfahren.

Das ist bekannt geworden, und wer sich jetzt gegen den Satz schützen will, kann ihn einfach freiwillig aussprechen und wird dann nicht mehr von ihm betroffen. In diesen Tagen gehen viele zu dieser Methode über, das Radio beginnt seit gestern seine Sendungen mit der Ansage, guten Tag, liebe Hörerinnen und Hörer, das ist der Rand von Ostermundigen, die Zeitungen haben beschlossen, den Satz als Untertitel zu drucken, Lehrer fangen ihre Schulstunden so an, Bekannte, die sich antreffen, begrüßen sich mit diesen Worten, und ich, der ich Geschichten schreibe, habe mir jetzt dadurch geholfen, daß ich eine Geschichte über diesen Satz geschrieben habe.

Ich finde aber, das ist auf die Dauer keine Lösung. Es geht doch nicht, daß wir uns mit diesem Satz abfinden, es geht doch nicht, daß wir diesem Satz nicht Meister werden, daß wir uns diesem Satz einfach unterziehen, diesem Satz, der sinnlos ist, diesem Satz, der nur dann angebracht ist, wenn man den Rand von Ostermundigen vor sich sieht, in Wirklichkeit oder auf einem Bild, und selbst wenn man in einer Situation ist, wo dieser Satz hinpaßt, dann geht von diesem Rand von Ostermundigen, den ich nicht kenne, nichts aus, es werden ein paar Wohnblöcke sein, eine Wiese, ein Waldrand vielleicht, aber es ist nicht einzusehen, warum ausgerechnet das von Bedeutung sein soll, und jetzt, gerade jetzt, vernehme ich, daß heute zum erstenmal die Stimme des Mannes nicht mehr gehört wurde, er braucht sich nicht mehr zu melden, er hat erreicht, was er wollte, jeder kennt den Satz, jeder spricht ihn aus, keiner kann mehr etwas sagen, ohne zugleich an den Rand von Ostermundigen zu denken, und keiner weiß, was damit gemeint ist.

Dieser Satz muß zum Schweigen gebracht werden. Das ist das Ende der Geschichte »Der Rand von Ostermundigen«.

Wolfgang Bauer
Tantismus

Eine meiner Großtanten sagte nach dem Essen immer: Jetzt bin ich satt und mag kein Blatt. Hinten herum hatte sie erfahren, daß man darüber lachte. Darauf änderte sie ihren Spruch und sagte nur noch: Jetzt bin ich satt und mag kein Bl. Hinten herum erfuhr sie aber, daß man jetzt erst recht über sie lachte, und so änderte sie ihren Spruch und sagte nur noch: Jetzt bin ich satt und mag kei. Hinten herum erfuhr sie natürlich, daß man jetzt noch mehr über sie lachte, und so änderte sie ihren Spruch und sagte nur noch: Jetzt bin ich satt und mag k. Hinten herum aber – wie's schon so ist – erfuhr sie abermals, daß man sich über sie königlichst unterhielt, und so änderte sie ihren Spruch und sagte nur noch: Jetzt bin ich satt und ma. Hinten herum erfuhr sie aber, daß man sie aufs Dröhnendste auslachte, und so änderte sie ihren Spruch abermals und sagte nach dem Essen nur noch: Jetzt bin ich satt u. Hinten herum erfuhr sie zufällig, daß man sie nicht für voll nahm, und so änderte sie ihren Spruch und sagte nur noch: Jetzt bin ich sa. Hinten herum leider mußte sie zu ihrem Entsetzen erfahren, daß man sich über sie deshalb lustig machte, und so änderte sie ihren Spruch und sagte nur noch: Jetzt bin i. Hinten herum – wie die Leute schon reden – erfuhr sie aber zufälligerweise, daß man trotz Kürzung ihres Spruches noch immer schallend über sie lachte, und so änderte sie ihren Spruch und sagte nur noch: Jez. Hinten herum erfuhr sie, daß man deshalb lachte, und so änderte sie ihren Spruch und sagte nur noch: J. Hinten herum aber sprach es sich zu ihr durch, daß man sich ob ihres Spruchs teuflisch unterhielt, und so beschloß sie, von nun an nach Tisch nichts mehr zu sagen, sondern nur aufzustehen und in die Küche hinauszugehen. In der Küche schloß sie sich alsdann ein, um, einen Topf vorm Mund – auf daß niemand etwas höre –, »Jetzt bin ich satt und mag kein Blatt« zu sagen.

Rainer Brambach
Känsterle

Wallfried Känsterle, der einfache Schlosser, sitzt nach Feierabend vor dem Fernsehschirm. Wo denn sonst? – Tagesschau, Wetterkarte; die Meisterschaft der Gewichtheber interessiert Känsterle.

»Mach den Ton leiser, die Buben schlafen!« ruft Rosa, die in der Küche Geschirr gespült hat und nun hereinkommt.

Känsterle gehorcht.

»Es ist kalt draußen«, plaudert sie, »wie gut, daß wir Winterfenster haben. Nur frisch anstreichen sollte man sie wieder einmal. Wallfried, im Frühjahr mußt du unbedingt die Winterfenster streichen. Und kitten muß man sie! Überall bröckelt der Kitt. Niemand im Haus hat so schäbige Winterfenster wie wir! Ich ärgere mich jedesmal, wenn ich die Winterfenster putze. Hast du gehört?«

»Ja, ja«, sagt Känsterle abwesend.

»Was macht denn der da?« fragt Rosa und deutet auf den Fernsehschirm. »Der könnte seine Kraft auch für was Besseres gebrauchen! Stell das doch ab, ich hab mit dir zu reden!«

»Gleich, gleich!« sagt Känsterle und beugt sich etwas näher zum Schirm.

»Herr Hansmann im Parterre hat im letzten Sommer seine Winterfenster neu gekittet und gestrichen, obwohl es gar nicht nötig war. Nimm dir mal ein Beispiel an Herrn Hansmann! Seine ganzen Ferien hat er drangegeben. So ein ordentlicher Mann ... Übermorgen ist Sankt Nikolaus. Erinnerst du dich an Herrn Weckhammer? Ich hab heut im Konsum seine Frau getroffen, ganz in Schwarz. Der alte Weckhammer ist umgefallen, beim Treppensteigen, Herzschlag.«

Känsterle drückt auf die Taste ›Aus‹.

»Ein Trost«, fängt Rosa wieder an, »daß die Weckhammerschen Kinder aus dem Gröbsten raus sind. Die Witwe fragt, ob wir den Nikolaus gebrauchen könnten. Eine Kutte mit Kaninchenfell am Kragen, schöner weißer Bart,

Stiefel, Sack und Krummstab, alles gut erhalten. Nur vierzig Mark will sie dafür, hat sie gesagt. Mein Mann wird kommen und ihn holen, hab ich da gesagt. Nicht wahr, Wallfried, du wirst doch Paul und Konradle die Freude machen?«

Känsterle schaut auf die matte Scheibe.

»Wallfried!« ruft Rosa.

»Aber Rosa«, murmelt Känsterle hilflos, »du weißt doch, daß ich nicht zu so was tauge. Was soll ich denn den Buben sagen? Ein Nikolaus muß ein geübter Redner sein! Muß gut und viel sprechen …«

Rosa glättet mit der Hand das Tischtuch und schüttelt den Kopf, wobei der Haarknoten, trotz des Kamms, der ihn wie ein braunes Gebiß festhält, eigensinnig wackelt.

»Vermaledeiter Stockfisch!« zischt sie. »Nicht einmal den eignen Buben willst du diese Freude machen! Dabei hab ich schon im Konsum Nüsse, Datteln, Feigen, ein paar Apfelsinen und alles eingekauft!«

Känsterles Gemüt verdüstert sich. Er denkt an das schwere, ihm aufgezwungene Amt.

Eine verstaubte Glühbirne wirft trübes Licht. Känsterle steht auf dem Dachboden; er verwandelt sich zögernd in einen Weihnachtsmann. Die Kutte, die den Hundertkilomann Weckhammer einst so prächtig gekleidet hat, ist dem gedrungenen Känsterle viel zu geräumig. Er klebt den Bart an die Ohren. Sein Blick streift die Stiefel, und dabei versucht er sich an die Füße Weckhammers zu erinnern. Er zerknüllt ein paar Zeitungen und stopft sie in die steinharten Bottiche. Obwohl er zwei Paar grobwollene Socken anhat, findet er noch immer keinen rechten Halt. Er zieht die Kapuze über den Kopf, schwingt den vollen Sack über die Schulter und ergreift den Krummstab.

Der Abstieg beginnt. Langsam rutscht ihm die Kapuze über Stirn und Augen; der Bart verschiebt sich nach oben und kitzelt seine Nase. Känsterle sucht mit dem linken Fuß die nächste Treppenstufe und tritt auf den Kuttensaum. Er beugt den Oberkörper vor und will den rechten Fuß vorsetzen; dabei rollt der schwere Sack von der Schulter nach vorn, Mann und Sack rumpeln in die Tiefe.

Ein dumpfer Schlag.

In Känsterles Ohren trillert's.

Ein Gipsfladen fällt von der Wand.

»Oh! Jetzt hat sicher der Nikolaus angeklopft!« tönt Rosas Stimme hinter der Tür. Sie öffnet und sagt: »Mein Gott … was machst du denn da am Boden? Zieh den Bart zurecht, die Kinder kommen!«

373

Känsterle zieht sich am Treppengeländer hoch, steht unsicher da. Dann holt er aus und versetzt Rosa eine Backpfeife. Rosa heult auf, taumelt zurück; Känsterle stampft ins Wohnzimmer, reißt Rosas Lieblingsstück, einen Porzellanpfauen, von der Kommode und schlägt ihm an der Kante den Kopf ab. Dann packt er den Geschirrschrank; er schüttelt ihn, bis die Scherben aus den Fächern hageln. Dann fliegt der Gummibaum samt Topf durch ein Fenster und ein Winterfenster; auf der Straße knallt es.

»Er schlachtet die Buben ab!« kreischt Rosa durchs Treppenhaus. Auf allen Stockwerken öffnen sich Türen. Ein wildes Gerenne nach oben. Man versammelt sich um Rosa, die verdattert an der Wand steht und in die offene Wohnung zeigt. Als erster wagt sich Herr Hansmann in die Stube, betrachtet die Zerstörungen; ein Glitzern kommt in seine Augen, und er sagt: »Mein lieber Känsterle, ist das alles?«

Elend hockt der Weihnachtsmann im Sessel, während Paul und Konradle unter dem Sofa hervorkriechen.

Ein kalter Wind zieht durch die Stube.

Horst Bingel
Kennen Sie Herrn Sporleder?

»Da vorn steht die Straßenbahn wieder. Heute hat Sporleder seinen Tag. Kennen Sie Herrn Sporleder?

Sporleder war Lehrer an einer Schule in unserer Stadt, und viele Generationen haben ihn von daher gekannt. Während dieser Zeit war Sporleder niemandem besonders aufgefallen. Er lebte mit einer älteren Haushälterin zusammen und hatte sich nicht verheiratet. Nach seiner Pensionierung jedoch hatte er jene merkwürdige Sitte eingeführt, die ihn stets an seinem Geburtstag mit dem Gesetz hadern ließ.

An diesem Tag nämlich rasierte sich Sporleder wie stets, nahm sein Frühstück ein und begab sich auf den Weg in sein Café, um dort die Zeitung zu lesen. Während er alle Tage im Jahr zu Fuß ging, auch Regen hielt ihn nicht davon ab, bestieg er an seinem Geburtstag die Straßenbahn. Er weigerte sich Jahr für Jahr, und die Schaffner rechneten bald schon mit ihm, an diesem Tag das Fahrgeld zu entrichten. Auch gutgemeinte Angebote von Fahrgästen und Schaffnern, ihm das geringe Fahrgeld auszulegen oder zu schenken, lehnte er ab, und in besonders krassen Fällen, wenn er sich der

Aufdringlichkeit der Spender nicht erwehren konnte, wurde er grob, was um so schneller zur Lösung des Problems beitrug. ›Da vorn steht die Straßenbahn wieder. Heute hat Sporleder seinen Tag. Sie könnten ihn jetzt eigentlich einmal im Jahr gratis fahren lassen. Mir macht es keinen Spaß, jedes Jahr den störrischen Alten wieder zu verhaften.‹

Sporleder hatte es wieder einmal erreicht, daß der Straßenbahnzug, den er vor fünf Minuten bestiegen hatte, an einer größeren Haltestelle hielt. Der Wagenführer hatte hier angehalten, um einen Oberbeamten der Straßenbahn hereinrufen zu können. Doch auch ihm war es nicht gelungen, Sporleder zu überzeugen. Wie es die Statuten, Paragraph soundsoviel, verlangten, ich kann es Ihnen nicht genauer sagen, mußte die Bahn so lange halten, bis der Fahrgast seinen Obolus entrichtet hatte – oder aber von Polizeiorganen entfernt wurde. Wie unwillig selbst die Polizeibeamten waren, denen diese Mission keinesfalls gefiel, zumal wenig Ruhm dabei zu ernten war, können Sie sich vorstellen.

Sporleder diskutierte beim Eintreffen der Beamten, die stets noch etwas mit ihrem Eingreifen zögerten, mit den Fahrgästen und dem Fahrpersonal und erklärte, daß er dasselbe auch dieses Mal wieder dem Richter darstellen würde. Da er niemals mit der Bahn führe, sich jedoch ständig über die Einrichtung zu ärgern habe, sei es nur recht, daß er an seinem Geburtstag einmal im Jahr gratis fahren könne. Er würde zweifellos die Gemeinnützigkeit dieser Einrichtung vollauf anerkennen, doch zur Information sei es ihm zu gestatten, jedes Jahr einmal diese Einrichtung ohne Entgelt benutzen zu können.

Bald schon gehörten Sporleders merkwürdige Proteste zum jährlichen Ablauf, und es gab immer mehr Bürger, die für ihn eintraten und sogar eine Bewilligung seines Anliegens vertraten, das ihnen recht und billig erschien. Genau vermag ich das Jahr nicht mehr zu sagen, als es passierte, daß Sporleder wieder einmal rebellierte und dabei auf heftigen Protest einiger Mitfahrer stieß. Sie gingen mit rüpelhaften Worten gegen den Alten vor, und als sie durch das Gelächter der Umstehenden bestärkt wurden, warfen sie Sporleder aus dem Wagen hinaus, ohne daß der Schaffner eingriff. Sporleder befand sich noch an dieser Stelle, als die Polizisten eintrafen, die wie jedes Jahr mit ihm gerechnet hatten. Er sagte ihnen noch, daß er ihnen keine Mühe mehr bereiten, daß er seine Aktionen einstellen würde: er hatte ihnen noch zugenickt und war gegangen, ehe die Polizisten ihn überhaupt verstanden hatten. Wenige Wochen später starb Sporleder.«

Günter Bruno Fuchs
Iwan Alexandrowitsch Gontscharow in Württemberg

Der Bericht geht zurück auf Gontscharows Dienerehepaar, dem der Dichter, mit den Jahren zu einigen Rubeln gelangt, testamentarisch allen Besitz an Mobiliar, Büchern und Rubeln zugeschrieben hatte. Der Ehemann des Dienerehepaars, Peskin L. Wergantschew, gab nach Gontscharows Abreise von diesem Stern im Jahre 1891 zu St. Petersburg, wo er, damit wir uns verstehen, von wo aus I. A. Gontscharow ohne Krawall verscheidend sich fortbegab, was heutigentags anstößig klingt, in eine neue Wohnstatt, die wir nicht keß mit einem bestimmten Namen versehen wollen –, Peskin L. Wergantschew, der den aufregend still schreibenden Menschen Iwan A. Gontscharow sehr liebte und ihm morgens die sommerhellen Grüße des Bäckers überbrachte, dieser altmodische Peskin, der am 2. Mai vor dreißig Jahren seine Mütze in die Luft warf und ihr nachspringend rief: »Was du kannst, kann ich auch!« weshalb Peskin L. Wergantschew seit diesem Vorfall nicht mehr gesehen wurde, damit wir uns verstehen: weder er noch seine Mütze! dieser Peskin hatte seiner Frau, einer Mohntortenbäckerin aus Nowgorod, den Bericht hinterlassen, den wir an dieser Stelle erstmalig veröffentlichen. Doch muß verzeichnet werden, daß wir von Peskins Witwe, sie nannte sich: Puszta Olga Wergantschewa, frei übersetzt ungefähr: Mutter des selbstlosen Ziehbrunnens, daß wir den anschließenden Bericht, Gontscharows Abenteuer in Württemberg, einem Diarium Puszta O. Wergantschewas entnommen haben und den Übersetzer des Berichts zur Stunde für die Gegenzeichnung getreuer Wiedergabe nicht ausfindig machen können, da er sich auf Brautschau befinden soll. Frau Olgas Bericht lautet wie folgt: Unser aller herzlicher Herr Iwan Alexandrowitsch mußte ja, wenn er auch nicht wollte, dem großfürstlichen Zaren nicht widersprechen, und er bestieg, er wollte sitzenbleiben am Schreibtisch, das große Segelschiff Pallas, weil der Zar ihn nicht als einen Matrosen haben wollte, dafür als einen Reiseschreiber, der damals vierzig Jahre alt war. Mit vierzig Jahren war unser herzlicher Herr Iwan Alexandrowitsch noch nicht so umgängig mit einer Weltreise, er sagte deshalb zum Vizeadmiral Graf Putjakin, der das Schiff steuern ließ: »Wir sind hier in der richtigen Gegend, ich muß mal eine Buchhandlung besuchen wegen einer Reisebeschreibung.« Graf Putjakin konnte durch sein ausgestoßenes Fernrohr deutlich die Stadt A. erkennen, auch Aal wie Aaljoscha oder die Aalen und vielen Brüder der Stadt A., Graf Putjakin sagte zu unserem herzlichen Herrn: »Gut, wir sind in der Landschaft Württemberg, besuchen Sie die Buchhandlung, wählen Sie bitte in Ruhe, ich gebe einen Böller zum Zeichen der Weiterfahrt!«

Unser herzlicher Herr verließ übers Strickleitertreppchen das Schiff, vor dem er große Angst hatte, weil in seinem Bauch zweihundert Zentner Schießpulver lagen, und zwar abgepackt je zwei Zentner in einem Sack. Das war wegen der Seeräuberei, hatte Graf Putjakin erklärt. Jetzt war die Angst aber verschwunden, weil unser herzlicher Herr I. A. Gontscharow in einer Buchhandlung stand, auf und ab ging, ein wenig trällerte, dann den Buchhändler fragte: »Könnten Sie mir eine ältere Reisebeschreibung verkaufen, ich bin noch neu auf diesem Gebiet! Ich denke an russische Beschreibungen, wenns sein darf!«

»Noi«, sprach der Buchhändler, »des kenne mir net!«

Unser herzlicher Herr Iwan Alexandrowitsch sagte höflich: »Ich bin Russe, mein Herr. Bitte helfen Sie mir bei der Suche nach einer älteren Reisebeschreibung. Schon im elften Jahrhundert gab es einen Nachfahren jenes berüchtigten Trinkers Wassilij Buslajewitsch, der nach vierhundertvierzig Saufgelagen nach Jerusalem reiste und jeden Schritt aufschrieb oder aufgeschrieben haben soll während seines Bußganges.«

»Noi«, sprach der Buchhändler, »des hanni no ni gherht!«

Es war nun unser herzlicher Herr, der sich vor dem Buchhändler verbeugte und sprach: »Ich bin Russe, mein Herr. Bitte helfen Sie mir bei der Suche nach einer älteren Reisebeschreibung. Im fünfzehnten Jahrhundert reiste Afanassij Nikitin über drei Meere, und über diese gewaltige Fahrt hat er selbst geschrieben. Könnten Sie mir da vielleicht aushelfen, mein Herr?«

»Noi«, sprach der Buchhändler, »des kenni au-et!«

»Ich bin«, sagte nun unser herzlicher Herr Iwan A. Gontscharow, »der russische Schriftsteller Gontscharow, der soeben ein Werk auf dem Petersburger Schreibtisch liegenließ, das einen Mann beschreibt, der Oblomow heißt, von dem Sie bald hören werden.«

»Ah«, knurrte der Buchhändler, »Sie sind e Russ? Sie schwätzet deitsch, des voistandi nette!«

»Könnten Sie bitte«, rief jetzt unser herzlicher Herr, »sich einmal bemühen, mir behilflich zu sein. Ich brauche eine Reisebeschreibung, um mich einzulesen, wie man eine Reisebeschreibung schreibt. Leider habe ich vergessen, die Abreise ging ganz überraschend, im Hafen von Kronstadt die entsprechende Buchhandlung zu besuchen. Bitte, es gibt doch Aufzeichnungen über die Reisen Schukowskijs nach Westeuropa, mein Landsmann Gribojedow fuhr manchmal in den Kaukasus, auch nach Persien, mein Herr! Puschkin und Lermontow haben Interessantes über ihre Reisen hinterlassen! Denken Sie an die bewegten Reisen von Tschaadajew und Bakunin!

Gogol wohnte sogar einige Jahre in Italien und hat Berichte herausgegeben über seine Pilgerfahrt ins Heilige Land! Es muß doch in Ihrer Buchhandlung irgendein Landsmann zu finden sein, ich will deutlich sagen: eins seiner Werke, wenn schon kein Reisebericht! Nicht wahr, Sie verstehn, ich möchte während der Weltreise, die mir bevorsteht, ab und zu in diesen Büchern lesen. Leider ging die Abreise zu schnell, sonst hätte ich in einer Buchhandlung in Kronstadt mal nachgesehen.«

»Saget Sie«, sprach der Buchhändler, »krieget Sie 'n Rabatt auf d'Russe, netwoar?«

Nun sprach unser herzlicher Herr: »Ich sollte Ihnen, weshalb ich nicht unterwegs bin, einen Tritt auf den Fuß geben, aber ich denke nicht daran, denn kaum bin ich weggefahren, heißt es, die Russen treten uns auf den Fuß, und dann: Sie hören den Böller schießen aus der Böllerkanone, ich muß zurück auf die Pallas, muß ohne Ihre Hilfe weitersegeln ab sofort um die Welt, ich habe zu danken!«

Ernst Kreuder
Trambahn für weiße Hasen

Ich saß am Schreibtisch und las die »Morgen-Stimme« und hörte ihn anklopfen und rief »Herein!«

»Guten Morgen«, sagte er und schloß zögernd die Tür. Ein älterer, scheu lächelnder Herr, etwa fünfundsechzig. Er nahm den Hut ab, und ich bewunderte sein leuchtend weißes Haar.

»Ist hier das Büro für Einfälle?« fragte er leise.

»Es ist hier«, sagte ich, »bitte nehmen Sie Platz.«

»Hauenstein«, sagte er freundlich.

»Sehr angenehm«, sagte ich, »Weißenfels.«

Er setzte sich an das Rauchtischchen, schloß die Augen und schwieg.

»Was kann ich für Sie tun?« fragte ich nach einer Weile.

»Sehen Sie«, sagte er und öffnete die großen, braunen Augen, »es kann doch so auf der Straße nicht mehr bleiben. Die Teilnahmslosigkeit unserer Mitmenschen ist doch erschreckend. Und ich möchte etwas dagegen tun.«

Er sah nicht unbemittelt aus, außerdem nach frischer Luft und freier Zeit.

»Ihr Büro ist mir empfohlen worden«, sagte er, »ich bitte daher um Ihre Vorschläge.«

Ich legte einen Ermittlungsbogen und den Kugelschreiber vor mich hin.

»Die Teilnahmslosigkeit vieler Menschen auf der Straße«, sagte ich, »könnte beseitigt werden durch Vorgänge, die den zwangsläufigen Trott unterbrechen.«

»Darf ich um konkrete Vorschläge bitten«, sagte er.

»Was können Sie etwa ausgeben?« fragte ich.

»Das sollte zunächst keine Rolle spielen«, sagte er. »Ich verfüge, durch eine Erbschaft aus Übersee, über nicht unbeträchtliche Mittel.«

»Sehr wohl«, sagte ich, »dann schlage ich vor, eine ausrangierte Straßenbahn zu erwerben, Motorwagen und Anhänger.«

»Leider«, sagte er, »habe ich etwas gegen Straßenbahnen. Sie sind stets überfüllt. Ein Drittel der Fahrgäste sitzt, zwei Drittel müssen stehen, wie die Schafe in einem ratternden Pferch. Von dem seekrankmachenden Schlingern ganz zu schweigen.«

»Ganz recht«, sagte ich, »diese knochenschädigenden Eisenräder werden durch große Ballonreifen ersetzt, dann fährt die Bahn wie auf Wasser, nachgiebig, ruhig.«

»Ließe sich hören«, sagte er, »weiter, bitte.«

»Motore summen und heulen«, sagte ich, »und sind zulassungspflichtig. Ich schlage vor, ein Gespann zu erwerben. Sie haben nichts gegen Tiere?«

»Oh«, sagte er, »ich habe nichts für Motore und alles für die Tiere. Übrig, meine ich.«

»Ein Paar braune, weißgefleckte Ochsen«, sagte ich, »wäre das Richtige für die Bahn. Man kennt sie heute kaum noch, allenfalls auf Suppenwürfeln als Markenzeichen.«

»Klare Ochsenbrühe!« sagte er anklagend. »Weiter, bitte.«

»Ein Stellmacher wird Deichsel und Zugscheit anfertigen. Ich brauche ihn nur anzurufen. Möchten Sie gerne schwarzes oder rotes Geschirr?«

»Maisgelb ist mir am liebsten.«

»Mit diesem Gespann, ohne Zulassung, auf Ballonreifen, fährt die Bahn nach Belieben durch die Straßen.«

»Was ist mit den Verkehrsschildern?« fragte er.

»Für Ochsen kein Vorfahrtsrecht«, sagte ich, »man wird Einbahnstraßen bevorzugen, der Ochsengang ist bedächtig.«

Er legte Scheckbuch und Füllfederhalter auf den Rauchtisch.

»Wann kann ich die Ochsen und die Tramwagen bekommen?« fragte er.

»Die Ochsen heute«, sagte ich, »auch die abgestellten Wagen. Der Stellmacher hat Deichseln vorrätig, das Anbringen vor dem Motorwagen wird einige Stunden in Anspruch nehmen. Doch das genügt noch nicht. Wenn Sie die Teilnahmslosigkeit in den Straßen unterbrechen wollen, müßten schon Gesichter hinter den Scheiben der Ochsenbahn zu sehen sein.«

»Gesichter?« sagte er, »ich habe etwas gegen Gesichter. Die unverhüllten Schicksale, die durch Gesichter, die sich unbeobachtet wähnen, hindurchblicken, haben oft etwas erschütternd Hoffnungsloses.«

»Gewiß«, sagte ich, »aber wie finden Sie den Anblick von weißen Hasen?«

»Oh«, sagte er, »mit Schnurrbarthaaren und roten Augen und langen weißen Ohren? Unvergleichlich wohltuend.«

»Nicht nur weiße Hasen«, sagte ich, »auch weiße Enten mit gelben Schnäbeln, und daneben die kleinen, klugen, rüsselspitzen Gesichter von Igeln, rotgelb mit schwarzen Schnurren, dazwischen, damit es lebhafter wird, die munteren Gesichter von jungen Eseln, schwarzen Ziegen und Shetlandponys.«

»Sie strahlen etwas Wunderbares aus«, sagte er leise. »Wird man sie auf der Straße gut erkennen?«

»Ein Modellschreiner«, sagte ich, »wird filzgefütterte Lagerplätze für die Tiere hinter den Scheiben anbringen, für die größeren Tiere Boxen. Mit entsprechenden Futtertischen.«

»Rufen Sie bitte sofort an«, sagte er unruhig.

»Aber es fehlen uns noch einige geduldige Männer«, sagte ich, »die gut zu den Tieren sind.«

»Selbstverständlich«, sagte er.

»Einen Wärter in jeden Wagen«, sagte ich, »und einen behutsamen Fahrer für die Ochsen. Wir würden ihnen natürlich keine Uniformen anziehen, sondern leichte, bunte Leinensachen.«

»Uniformen machen unmenschlich«, sagte Herr Hauenstein, »es sind zugeschnittene, genähte, gebügelte Befehle.«

»Genau«, sagte ich. »Die Tram fährt also, von braunen Ochsen gezogen, ruhig durch die Straßen. Durch die blanken Scheiben blicken die Gesichter von weißen Hasen, jungen Eseln, weißen Enten, Igeln, schwarzen Ziegen und Zeitgenossen. Was halten Sie von Blumenkästen auf den Tramdächern?«

»Vorbildlich«, sagte Herr Hauenstein, »jedoch bitte keine Gladiolen. Sonnenblumen, Malven, überall niederhängende Kapuzinerkresse, am Dachrand Mauerpfeffer, dazwischen Grasbüschel und Moose.«

»Ist notiert«, sagte ich, »die Ochsenbahn könnte auf Parkplätzen besichtigt werden, gegen Spenden für die laufenden Futterkosten?«

»Einverstanden«, sagte er, »aber jetzt telefonieren Sie bitte!« –

Die »Morgen-Stimme« berichtet seither auf ihrer Lokalseite regelmäßig über »Hauensteins Unternehmen gegen die Teilnahmslosigkeit in der Öffentlichkeit«. Erfreuliches und Unerfreuliches. Die Beschwerden der Geschäftsführer und Ladenhalter über Unpünktlichkeit und Unaufmerksamkeit der Beschäftigten haben zugenommen. Wenn die Ochsenbahn aus einer Nebenstraße unvermittelt in eine verkehrserfüllte Geschäftsstraße einbiegt, lautlos, bis auf den schwachen Hall der Ochsenhufe, mit wehenden Blumendächern, wachen die zielstrebig Hastenden aus ihrer starren Teilnahmslosigkeit auf, die zähe Stumpfheit in ihren Augen schwindet, und etwas von dem sanftmütigen Staunen und der behaglichen Munterkeit der Tiergesichter hinter den Tramscheiben scheint auf die stutzenden Passanten überzugehen. Man brachte bereits aus den Vororten grüne Zweige und Haselkätzchen mit, um die Hörner der Ochsen frisch zu schmücken. Die Verkäuferinnen hinter den Ladenfenstern bedienten träumerischer und wiegen besser, besonders wenn der zweite Anhängerwagen vorüberrollt, den Herr Hauenstein inzwischen anschaffen ließ. Dort blicken durch die Scheiben die Gesichter von zahmen Rehen, von Seiden-Äffchen, Waschbären, Goldfasanen und Eichhörnchen. Und heute brachte die »Morgen-Stimme« die Nachricht von der Eröffnung eines Ferienheimes für Tiere. Aus Spenden wurde das Heim auf dem Gelände einer ehemaligen Ölmühle errichtet. Dort sollen Pferde, Ochsen, Kühe, Ziegen und Kettenhunde ihren Urlaub verbringen. Die Tierhalter werden entsprechend entschädigt. Obgleich dieser Einfall nicht aus meinem Büro kommt, möchte ich den Gedanken eines bezahlten Urlaubes für Haustiere als vorbildlich unterstützen.

Wolfdietrich Schnurre
Bekenntnis des Rechtschaffenen

Meine Braut ist eine Forelle. Ich habe sie mir nicht ausgesucht, sie ist mir unerwartet an die Angel gegangen, und ich fühlte, daß ich von nun ab für sie verantwortlich sei. Sie ist nicht ganz so groß wie mein Daumen, ihr Rücken ist grau, ihre Brust grüngelb gesprenkelt, und gleich hinter den Kiemen ist sie mit zwei fein ziselierten Flossen geschmückt, die an Farnkrautwedel erinnern. Meine Mutter hat mich gescholten; es bestehe kein Anlaß, die Forelle als meine Braut zu betrachten. Aber meine Mutter ist alt, sie weiß nicht, was Verantwortung heißt.

Seitdem sind vier Jahre vergangen; ich habe meiner Forelle eine Kristallschale gekauft, in der schwimmt sie umher und starrt durch die gläserne Wölbung hinaus. Gehen wir aus, bette ich sie in ein Einmachglas um; es ist mit einer Kordel versehen, so trägt es sich besser. Wir sind oft in Konzerten, auch Tanzcafés besuchen wir häufig sowie Film- und Theatervorführungen. Ich habe mich früher kaum für derlei erwärmt, ich tue es lediglich meiner Forelle zuliebe. Sie scheint sich jedoch aus all dem wenig zu machen; reglos, nur sanft die hauchzarten Flossen bewegend, blickt sie durchs Glas. Ich verstehe ihren Blick nicht genau; er macht traurig, das stimmt; doch es liegt ihm auch etwas wie Verstocktheit zugrunde und eine algenverschleierte Fremdheit, die Schauder erregt.

Meine Bekannten lachen mich aus; ich solle die Forelle zurückbringen, ob ich denn mein ganzes Leben hindurch mich mit ihr herumquälen wolle, es könne doch niemand von mir verlangen, ständig die Seele eines Fischs zu betreuen. Doch; gerade *das* verlangt man von mir, gerade *dar*auf muß ich mich nun ganz zu konzentrieren versuchen. Und so wird es sich wohl auch ergeben, daß der Anlaß zur Fremdheit meiner Forelle in *mir* liegt; ich gehe noch zu wenig auf ihre Eigenart ein, ich muß strenger bemüht sein, mich in sie hineinzuversetzen.

Nach und nach gewöhnen wir uns daher daran, zu Hause zu bleiben. Ich habe sie in ihrer Kristallschale auf den Tisch gestellt und sitze vor ihr, in der Hand meine Uhr. Alle fünf Minuten blicke ich auf und nicke der Forelle freundlich und ermunternd zu; sie soll spüren, wie sehr ich wünsche, daß sie mir gut sei. In der Zwischenzeit versuche ich angestrengt, ihr auch innerlich näherzukommen; und oft war mir schon, ich sei mit Kieseln und grünlichem Wasser gefüllt. Der Blick meiner Forelle jedoch ist mir bisher noch um nichts bekannter geworden. Unbeweglich, schwach die Nase gegen das Innre des Glases gepreßt, schaut sie starr und lidlos an mir vorbei, es ist schwer, sein Lächeln vor diesem Blick nicht gefrieren zu lassen.

Ich glaube, das beste wird sein, man gibt seinen Beruf auf, um sich ihr vollends widmen zu können. Mag daraus werden, was will; sie ist mir bestimmt, ich habe die Pflicht, sie diese Bestimmung nicht als Zwang empfinden zu lassen. Schon jetzt – heute noch, gleich – will ich die Uhr fortlegen und nichts tun, als zeitlos, schlaflos um die Seele meiner Forelle zu werben. Man kann nicht zwei Dinge zugleich tun, eins wird immer verworren, wenn nicht gar beide sich als unmöglich erweisen. Denn auch jetzt, während ich dieses hier schreibe, steht ja die Kristallschale mit meiner Forelle darin auf dem Tisch, und hinter dem gebuchteten Glas hängt blinzelnd die Larve meines Gesichts.

Hans Daiber
Es steht geschrieben

Karl Kornemann war ein frischgebackener Bauingenieur, rundherum knusprig, und er wäre es noch, wenn er nicht in ein gewisses Schaufenster geguckt hätte. Freilich hat er nicht ahnen können, was dort hinter der Glasscheibe auf ihn lauerte.

Er kam vom Hauptbahnhof, war gerade angekommen, wollte hier seine erste Stellung antreten, aber die Stadt ein wenig ansehen, bevor er sich bei der Firma meldete. Er war bis an die Zähne neu eingekleidet, um guten Eindruck zu machen, pfiff sich eins, ließ den Koffer pendeln, guckte den Mädchen nach und in die Schaufenster.

Plötzlich erblickte er in der Auslage eines Buchladens zwischen anderen Lesewaren einen roten Schutzumschlag mit der Aufschrift »Kornemann kommt in die Stadt«. Darüber ein Foto, das ihn zeigte, mit dem Koffer, dem neuen Sakko. Der Schlips auf dem Foto war verrutscht. Unwillkürlich rückte Kornemann seine Krawatte zurecht. Dann betrachtete er wieder das Buch. Der Schlips des jungen Mannes auf dem Foto war jetzt in Ordnung. Kornemann glaubte zu träumen, zwickte sich ins Bein. Doch das Buch im Schaufenster verschwand nicht.

Er ging in den Laden, ließ sich den Band geben, zahlte und verließ das Geschäft. Der Verkäuferin war nichts aufgefallen. Eilig suchte sich der junge Mann, das eingewickelte Buch unterm Arm, eine Promenaden-Bank, fand auch bald eine neben einem freundlichen Goldfischteich, setzte sich, packte das Buch aus und las: »Karl Kornemann war ein frischgebackener Bauingenieur, rundherum knusprig, und er wäre es noch, wenn er nicht in ein gewisses Schaufenster geguckt hätte. Freilich hat er nicht ahnen können ...« Verblüfft hielt der Leser inne. Er bekam Gänsehaut, blickte umher. Um ihn herum der Alltag einer Großstadt. Keiner beachtete ihn. Hastig las er weiter. Es stand alles da: der Buchkauf, die Promenaden-Bank. Und dann las er, daß er las. Und daß er verblüfft aufblickte, aber die Umgebung ganz normal war. Entsetzt sprang er auf, wobei das Buch herunterfiel. Der lakkierte Schutzumschlag glänzte in der Sonne. Der Kerl auf der Fotografie starrte ihm mit schreckgeweiteten Augen entgegen. Kornemann wandte sich ab, nahm den Koffer auf und ging weg. »He, Sie haben Ihr Buch verloren!« rief ein Junge hinter ihm her und brachte es ihm. Kornemann bedankte sich und schlug das Buch noch einmal auf. Da stand die Szene, die er gerade erlebt hatte.

Er setzte sich noch einmal und versuchte, in die Zukunft zu lesen. Aber er las nur, daß er in die Zukunft zu lesen versuchte. Da wollte er den Schluß lesen, doch der Text am Schluß des Buches fuhr dort fort, wo er weiter vorn gerade aufgehört hatte: »Er versuchte, den Schluß zu lesen.« Er blätterte wahllos herum, las einen beliebigen Satz und da stand: »Er blätterte wahllos herum, las einen beliebigen Satz und da stand: Er blätterte ...« Aufschreiend warf Kornemann das Buch in den Teich.

Sofort packte ihn wieder das Verlangen zu kontrollieren, ob auch diese Schreckreaktion bereits drinstehe. Gleichzeitig bekam er Atemnot, als liege er selber unter Wasser. Er stürzte zum Rand des Bassins und war eben im Begriff, das Buch herauszuziehen, als er von einem Parkwächter zurückgerissen wurde. »Das Wasser ist doch viel zu flach«, sagte der Retter begütigend. Dann erst fiel ihm die Atemnot des vermeintlichen Selbstmörders auf. Kornemann verfärbte sich, krallte sich an seinen Retter und fiel röchelnd um.

Der Parkwächter lud den Ohnmächtigen auf einen Karren des städtischen Gartenamts, wobei Passanten halfen, und fuhr ihn ins nächste Krankenhaus. Unter der Sauerstoffmaske kam er zu sich. Der Arzt stellte Kreislaufstörungen als Ursache der Atemnot und des Ohnmachtsanfalls fest. Der Patient erholte sich rasch. Nach der Untersuchung trat er vor ein Bücherregal, warf die medizinische Literatur hinaus und legte sich in das oberste Fach.

Herbert Meier
Nabelgeschichte

Eines Tages ging das Gerücht, er besitze keinen Bauchnabel. Niemand konnte sich das erklären.

Denn jedermann hat doch diese rundliche Vertiefung oder Verknotung am Bauch, ein Überbleibsel aus der Zeit, da er als Keimling und Leibesfrucht in einer Gebärmutter schwamm und sich mittels eines Stranges oder einer Schnur ernährte.

Das Leben beginnt, wie man weiß, mit Kuchenessen, genauer mit Mutterkuchenessen, und statt des Tellers und der Gabel bedient man sich einer Schnur, der Nabelschnur, durch die eine dunkelrote und zwei hellrote Adern führen. Das ist der vorgeburtliche Blutkreislauf; mit dem ersten Atemzug hat er ausgespielt. Die Nabelschnur wird unterbunden und hernach abgeschnitten. Der wunderbare Nährkuchen wandert samt Schnur in den weißen Eimer einer gynäkologischen Abteilung.

Was bleibt, ist ein Nabel.

Und für alle, die bis anhin ohne Nahrungssorgen waren, beginnt mit dem Bauchnabel das Hungern. Sie müssen ihre Bedürfnisse mit Weinen und Schreien anmelden und erfahren zum erstenmal, wie wichtig Signale im gesellschaftlichen Leben sind. Die Schreie des Säuglings sind gleichsam die ersten Ampeln, die der Mensch sich aufstellt, akustische Ampeln müßte man sagen: sie bewirken, daß sich dem hungernden Mund große Drüsenkrüge darreichen, aus denen er sich stillen kann. Eine Rückkehr in den Schoß gibt es nicht mehr.

Aus jenen Tagen besaß er Tonbandaufnahmen.

Aufgezeichnet waren Trinkgeräusche, ein gieriges Saugen und Schlucken, atemberaubend; wer es hörte, fürchtete, im nächsten Augenblick werde das Kind am Trinken ersticken.

Er saß daneben, regelte an seinem Tonband Tonhöhe und Lautstärke, mittlerweile ein Mann von dreißig Jahren, der auf einer kleinen Spule allerlei Ereignisse aus seiner Kindheit geerbt hatte und sie heute, an seinem Geburtstag oder Geburtsabend, den nächsten Bekannten vorführte.

Nach den Trinkgeräuschen sagte eine mütterliche Stimme: »Und nun eine kleine Geschichte des Siebenjährigen.«

Der Siebenjährige sprach: »Wir waren am Meer. Einmal waren wir auf einer Insel. Dort sahen wir einen Tintenfisch. Mami wollte ihn fotografieren. Aber er ist schon fort.«

Da man sich so nahe seiner Kindheit fand, wagte es einer seiner Gäste, ein Trickfilmzeichner, ihn zu fragen, was es mit dem Gerücht, er besitze keinen Bauchnabel, auf sich habe. Er sog an seiner Pfeife, blinzelte, rieb sich das Auge und sagte:

»Kann sein. Kann auch nicht sein.«

Die Antwort rief eine verlegene Stille im Kreis seiner Bekannten hervor. Man empfand sie als einen Scherz und war doch ernstlich betroffen.

Ein Philologe, der anwesend war, vermochte glücklicherweise den Faden aufzunehmen. Er wies auf ein althochdeutsches Wort hin. »Naba« hieß es und bezeichnete den Mittelteil eines Rades, durch das die Achse geht. Naba bedeute beides, erklärte er, Nabe und Nabel. Was aber war zuerst da? Die Nabe oder der Nabel? Die Indogermanen besaßen doch Nabel, bevor ihre Wagenräder Naben hatten. Beim Wort Nabel stach der Philologe sich mit dem Finger in den Bauch, beim Wort Nabe berührte er mit der Hand das Rad einer alten Kutsche, das an der Wand hing.

Er tat das, um anschaulich zu reden.

»Ja«, meinte ein Konstrukteur, der sich tagsüber mit großen Absperrorganen für Wasserkraft- und Kernkraftwerke beschäftigte, »der Nabel ist die Achse.« Die Übertragung desselben Wortes vom Bauch auf das Rad schien ihm folgerichtig zu sein. Die Benennung Nabelschnur hingegen, fuhr der Philologe fort, kenne man erst im achtzehnten Jahrhundert.

Auch das sei folgerichtig, sagte ein innerer Mediziner, denn damals sei die pathologische Anatomie aufgekommen. Pathologisch mutete auch der Fall des Geburtstagskindes an.

Es handle sich um eine schlichte Vorspiegelung, dachte der Arzt. Der Mann habe das Gerücht in die Welt gesetzt, um in den Augen der anderen besonders ausgezeichnet zu erscheinen.

Doch das war nicht zu beweisen. Der angeblich Nabellose benahm sich wie jedermann und keineswegs wie einer, der hervorstechen will.

Er war ein bescheidener Elektroniker, der Regel- und Steuergeräte für spanabhebende und andere Bearbeitungsmaschinen konstruierte und weiter nicht auffiel in seinem weißen Arbeitsmantel, dem lediglich eine kleine Initiale aufgestickt war, ein weißlich graues B.

Und wie es so zu geschehen pflegte, war das Gerücht natürlich auch in den elektronischen Betrieb gedrungen. Doch die Leute dort kümmerten sich weiter nicht um die zweifelhafte Nachricht, die, nüchtern besehen, auf einer Fehlschaltung beruhte.

Nur im allgemeinen Rechenzentrum, in der Lochkartenabteilung, wo die Mädchen an den Schreiblochern saßen und ermüdungsfrei arbeiteten dank ihren funktionell angeordneten Tastaturen, nur dort blieb das Gerücht hängen und wurde immer wieder beredet und bekichert. Man programmierte sogar, eine der Locherinnen sollte ihn verführen und die Nabelgeschichte an Ort und Stelle abtasten.

Die Jüngste unter den Mädchen wußte zu berichten, sie sei in ihrem zweiten Lebensjahr an eben der Stelle operiert worden, eines Nabelbruches wegen, und besitze heute ein Unding von einem Nabel. Sie hob die Bluse, die sie um die Hüfte verknotet trug, und zeigte das Unding: wie ein Vordach über einem offenen Hauseingang war es anzusehen.

Es gibt vielerlei Nabelformen. Auch das war eine.

Doch der Elektroniker besaß offenbar nichts Vergleichbares. Die Neugierde, seine Nabelverhältnisse zu erforschen, wuchs. Und eines Tages bat ihn die kleine Nabelbrüchige, er möchte ihr einen Brief ins Englische übersetzen, denn man hatte erfahren, er habe sich längere Zeit in Philadelphia aufgehalten und beherrsche die Sprache wie kaum einer der Angestellten. Er erfüllte die Bitte des Mädchens in der Kantine zur Mittagszeit. Ihm wurde bald klar, daß es sich um einen vorgetäuschten Brief handelte. Über den Empfänger befragt, verwickelte sich die kleine Locherin in Widersprüche. Sie schien gar nicht im Bilde zu sein, wem sie da schrieb.

Als sie dann beim Kaffee das Gespräch auf ihre Nabeloperation lenkte, fühlte er sich keineswegs in die Enge gedrängt. Er sagte nur, es gebe auch andere Nabelarten. Striche, ganz feine Striche zum Beispiel. Er kenne solches von seinen Aufenthalten auf Sylt, der friesischen Insel, wo man nackt bade. Dort habe man sich eines Abends in kleinem Kreise die Nabel besehen, und es sei erstaunlich, was für eine Vielfalt der Formen sich da zeige.

Ob er denn nicht aufgefallen sei, fragte das Mädchen.

»Nein. Ich trug meinen gewöhnlichen Badeanzug, mit Trägern und langen Beinen. Etwas bunt Gestreiftes, wissen Sie«, sagte der Elektroniker, stand auf und verließ den Tisch.

Von da an gab man es in der Lochkartenabteilung auf, weitere Nabeldaten einzuholen. Der Elektroniker war abgestempelt, oder wie man in der Lochkartensprache sagen könnte, als Begriff eingestanzt.

»Der spinnt«, hieß es.

Und so wurde er eines Tages vor den Betriebspsychologen gerufen. Man hatte ihn mittlerweile verleumdet: Er trete bei den Locherinnen auf und entblöße vor ihnen am hellichten Tag den Bauch.

»Der Mann hat einen Nabelkomplex«, erklärte der Chef für Personelles. »Untersuchen Sie ihn.«

Der Fall war nicht einfach.

Da war ein Gerücht, es sprach von einer anatomischen, und da war eine Klage, sie wies auf eine sexuelle Anomalie.

Der Betriebspsychologe vermutete, beides habe ein und denselben Grund: Der Mann wolle die Aufmerksamkeit auf sich ziehen. Ein kleiner Exhibitionist und weiter nichts.

Er unterhielt sich dann freundlich und leise mit dem Verklagten und sprach zunächst über das Einstanzen alphabetischer und numerischer Begriffe, um, wie es schien, die Beziehungen des Patienten zu den kosmetisch frischen Locherinnen abzutasten.

»Sie tauchen in der Abteilung dort auf, sagt man, und zu welchem Behuf?« fragte er.

»Aus arbeitstechnischen Gründen«, war die Antwort. Doch komme es nur selten vor, daß er sich dorthin zu begeben habe. Ob er sein Hemd lüften

387

und seinen Hosengürtel lösen solle, damit der Herr Psychologe die Nabel-verhältnisse gleich untersuchen könne?

Nein, das sei nicht notwendig, wurde ihm erwidert. Jenem Gerücht schenke man ohnehin keinen Glauben. Anatomische Anomalien seien in großer Zahl bekannt, aber ein Nabel fehle auf keines Menschen Bauch.

Der Elektroniker meinte, Mutationen seien jederzeit möglich. Daher habe er angeboten, man möge doch einen Augenschein nehmen.

Das faßte der Psychologe als eine scherzhafte Bemerkung auf und schlug vor, man wolle nun gemeinsam die näheren Lebensverhältnisse beleuchten.

Da gebe es wenig zu beleuchten, meinte der Patient. Und wirklich, es zeigte sich, daß sein Tag wie der Tag von tausend andern verlief. Am Morgen kam er, arbeitete, am Mittag aß er, arbeitete, und am Abend ging er. Er fuhr einen gewöhnlichen Volkswagen, den er wenig pflegte. Waschungen nahm er selten vor, wie er betonte. Ein Fahrzeug sei ein Fahrzeug und kein mobiler Fetisch.

Wo er denn wohne, unterbrach ihn der Psychologe. Er wohne in einer Siedlung, Tür an Tür mit seiner Freundin, die in einem Sprachlabor unterrichte. Dann und wann besuche er sie, man esse auch zusammen.

Ob er auch mit ihr schlafe, fragte der Psychologe.

»Natürlich«, sagte der Elektroniker.

Warum er sie dann nicht heirate, fragte der Psychologe.

»Ja, sehen Sie. Ich könnte mich nicht ein Leben lang unterhalten mit ihr«, sagte der Elektroniker. »Für ein, zwei Stunden im Tag reicht der Wortschatz, für länger nicht. Und so verzichten wir auf die Ehe. Denn um die täglichen Verrichtungen zu teilen, lohnt es nicht, ein Leben lang Tag und Nacht zusammen zu sein.«

Diese Anschauung sei ungewöhnlich, fand der Psychologe, ungewöhnlich, und doch sehr vernünftig. Anomalien seien keine festzustellen, notierte er und wies den Elektroniker an den Chef für Personelles zurück.

Noch im Türrahmen bat er freundlich um Nachsicht. Doch sei ein untersuchendes Gespräch dienstlich nicht zu vermeiden gewesen, ergänzte er.

Dem entlassenen Patienten wurde angeboten, man werde sich um eine neue Stelle für ihn kümmern und ihn mit den besten Zeugnissen versehen oder ausstatten.

Der Elektroniker erklärte, ein Stellenwechsel komme nicht in Frage. Ihm gefalle es hier. Geschichten wie die besprochene kämen überall vor. Natürlich möchte man eine Arbeitskraft wie ihn nicht einbüßen, sagte der Chef für Personelles, er sagte einbüßen, wo er doch immer verlieren meinte, und fuhr fort, man würde es aber nach allem begreifen, wenn er den Betrieb nunmehr verlasse, um andern Ortes eine verleumdungsfreie Atmosphäre zu finden.

Dergleichen sei nicht zu finden, sagte der Elektroniker. »Ich bleibe, wo ich bin.«

Es war, als hätte dieser Satz den Gerüchten und dem Gerede die tägliche Nahrung entzogen, so daß sie eingingen und niemand es mehr wagte, die Nabelgeschichte aufzugreifen.

Der Elektroniker wurde gegrüßt und angesprochen wie die andern Elektroniker. Die Geschäftsleitung hatte seinen Fall in die Magazine für seelischen Betriebsausschuß geworfen und ließ ihn dort liegen, wie der Psychologe unter vier Augen sich äußerte. Der ehemalige Patient konnte ungehindert arbeiten, in seinem weißen Arbeitsmantel. Die Frage des fehlenden Nabels beschäftigte nur noch seine nächsten Bekannten. Und an jenem abendlichen Geburtstagsfest sollte er endlich aufgedeckt werden. Der anwesende Arzt hatte ihn, nach dem Abspielen des kindheitlichen Tonbandes, zu überreden versucht, doch nächstens in der Praxis vorbeizukommen. Dann und wann eine kleine Generaluntersuchung sei von gutem für jedermann. Der Elektroniker wehrte ab. Jetzt wolle man eins trinken, sagte er und füllte die böhmischen Kelchgläser. Er sei der Verdächtigung und Mutmaßungen müde. Woher man denn die Gewißheit nehme, Bauchnabel seien notwendig für ein aufrechtes Leben und wer keinen Nabel besitze, sei kein Mensch. Nirgendwo stehe geschrieben, daß ein jeder mit Mutterkuchenessen sein Leben beginnen müsse.

»Doch«, sagte der Arzt.

Man trank und trank und vereiferte sich in ein lautes Gespräch hinein, an dessen Ende einer feststellte: »Elektroniker haben offenbar keine Mütter.«

»Kann sein«, sagte der Betroffene und –

kann sein, daß ich dann kopfüber auf den Berberteppich fiel, erinnerte er sich am andern Morgen. Jedenfalls erwachte er mit dem Gefühl, er sei ärztlich untersucht worden, auf dem Berberteppich. Hände hätten ihm den Bauch abgetastet und –

Ich muß ihn palpiert haben, dachte der Arzt, als er sich Kölnischwasser auf die Bartflächen seines Gesichtes rieb. Da war doch eine weiße, unbehaarte Fleischgegend, erinnerte er sich, nichts rundlich Vertieftes und nichts Verknotetes. Man hätte sie filmen sollen, hautnah. Aber nach soviel Wein! Wer hat da noch Augen für die Realitäten?

Der Trickfilmzeichner entwarf am andern Tag einen kleinen Schimpansen, der einem Ball nachspringen sollte. Auf allen vieren sind wir gekrochen, dachte er, als er die Pfoten des Schimpansen zeichnete. Der Elektroniker lag besoffen da, eine richtige Weinleiche. Wir rissen ihm das Hemd auf und suchten rundlich Vertieftes und Verknotetes.

»Wir fanden es auch«, sagte er, um im gleichen Augenblick sich zu fragen: »Haben wir es wirklich gefunden?«

Nach dem montäglichen Clublunch, als sie dann draußen in der Garderobe nach ihren Hüten griffen, meinte der Betriebspsychologe zum Arzt: »Ich hätte da eine Frage, Herr Doktor. Eine anatomische Frage ...«
Seitdem geht eine große Unsicherheit durch die Gesellschaft. Jedermann fragt sich im Flugzeug, in der Eisenbahn, in Theatern und in Vortragssälen, ob nicht ein Nabelloser neben ihm sitze. Man hört auch, an Parties würden Nabelschauen veranstaltet, um der bösen Ungewißheit zu entgehen, am Ende sei man nicht mehr unter seinesgleichen. Und wenn auch diese Nabelschauen oft in Lustbarkeiten ausarten, so ist doch in ihrem Gelächter die Angst nicht zu überhören, in jenem Elektroniker habe sich eine unheimliche Mutation der menschlichen Spezies angekündigt.

Reinhard Lettau
Herr Paronne fährt in die Provinz

Immer, wenn Herr Paronne, Präsident von Totienne, die Hauptstädte seiner weitläufigen Provinzen abfuhr, gingen seiner Ankunft in den betroffenen Gebieten große Vorbereitungen voraus. Es war bekannt, daß Paronne der Musik im hohen Maße ergeben war – eine Passion, die er mit der Mehrzahl seiner Anhänger teilte. Man hatte sich in seinen Provinzen daran gewöhnt, regelmäßig große Konzerte oder Kammermusikabende zu seinen Ehren zu veranstalten: dergleichen Veranstaltungen hatten jedoch mit der Zeit so überhandgenommen, daß Paronne ihnen unmöglich in jedem einzelnen Fall persönlich beiwohnen konnte, und so war es schließlich dahin gekommen, daß er allabendlich in seiner Villa sogenannte Musikrapporte entgegennahm, die, vom Kultusminister verlesen, mitunter bis zu vier Stunden dauerten.
Es sei unnötig, erklärte Paronne anläßlich solcher Abende, die Musik selbst zu hören. Der Gedanke, daß sie zur Stunde irgendwo stattfinde, beruhige ihn vollends; infolge Zeitmangels müsse er auf den eigentlichen Vollzug

des Hörens verzichten. Wenn der betagte Minister, ein ehemaliger Promenadengeiger, den ersten Musikposten, etwa: »Cavalcante, 20 Uhr, Robert Schumann, Fantasie C-dur, op. 17« oder »Somoto Grande, 20.30 Uhr, G. Fr. Händel, Concerto grosso, B-dur«, verlesen hatte, so erheischte die Sitte, daß rundum eine kleine Stille eintrat, während der die Anwesenden sich dem gleichsam stenographischen, lautlosen Genuß des verlesenen Musikwerkes hinzugeben hatten. Erst wenn der Marschallstab des Präsidenten, von einem sinnigen Meister in Form eines Taktstocks gebildet, sich hob und senkte, konnte zur Verlesung des nächsten Musikpostens geschritten werden – freilich nicht, ohne daß Paronne das soeben Vernommene kurz kommentierte.

»Der zweite Satz war unbefriedigend. Die Bläser soll man entlassen«, sagte er etwa, oder: »Das Presto war keins. Ich behalte mir Konsequenzen vor.« Damit seine Anmerkungen auf die zur Stunde erst stattfindenden Konzerte auch zuträfen, wurden die Musikdirektoren der Städte kurz vor Beginn der Veranstaltungen in verschlüsselten Telegrammen verständigt, und es galt als besonderer Gnadenerweis, wenn Paronne fehlerlose Konzerte anordnete – allerdings eine Huld, die nur Günstlingen zuteil wurde. Besonders die weit abgelegenen Kreisstädte der nördlichen Provinzen würden ziemlich ungerecht behandelt, weil Paronne nun einmal eine Abneigung gegen alles hegte, was aus dem Norden kam. Fast immer erreichten die dortigen Kapellmeister Befehle wie »Im dritten Satz hat das Klavier zweimal auszusetzen«, »Das Allegro assai findet heute nicht statt« oder »Der Geiger hat alle Einsätze zu verpassen«. Falls gewisse Musiker wiederholt in dieser Weise versagten, ordnete Paronne ihre Deportation an, und es nimmt daher nicht wunder, daß die Arbeitslager an der Westküste Dirigenten, Blasorchester und Musikanten jeder Art in großer Zahl beherbergten. Außer an seinem Geburtstag und dem seiner längst gehörlosen Mutter erlaubte Paronne makellose Musikdarbietungen nur in seinem Heimatdorf, einem Flecken von 140 Einwohnern. Wer immer im Lande gute Musik hören wollte, mußte in dies abgelegene Nest reisen, das vermöge dieses recht künstlichen Vorzugs zu nie geahnter wirtschaftlicher Blüte kam. Auf Bittschreiben aus anderen Provinzen, in denen er um Zulassung fehlerloser Musik angehalten wurde, reagierte er mit Hohnlachen.

In den Gazetten des Landes nahm die tägliche Berichterstattung über die Musikabende im Hause Paronne großen Raum ein. In Kommentaren wurde darauf hingewiesen, daß nun erstmalig die Musikdarbietungen des ganzen Landes zentral erfaßt und genossen werden könnten. Wie bei den weisen Teppichwirkern in Persien, so obwalte Demut in der Paronneschen Fehlerkontingentierung, weil durch diesen höheren Willensakt die immanente Unvollkommenheit aller irdischen Verrichtungen von vornherein eingestanden und zugeteilt sei. Um so mehr müsse a) der unbeabsichtigte Fehler, die gedankenlose, nicht autorisierte Versündigung und b) die Nichtbefolgung des zugeteilten sanktionierten Fehlers geahndet werden.

Als Paronne in politischen Angelegenheiten eine Reise über Land ankündigte, überraschte es, zu hören, daß er gesonnen sei, anläßlich dieser Fahrt sämtliche Orchester des Landes persönlich zu inspizieren. Da er für diese Unternehmung nicht allzuviel Zeit ansetze, ja, in keiner Stadt haltmachen wollte, ordnete er an, daß die Orchester an den Einfahrten der Städte zu beiden Seiten der Straßen postiert werden sollten, und zwar dergestalt, daß er im Vorbeifahren die geforderten Symphonien hören könne. Zu diesem Zweck wurden mitunter Hunderte von gleichartigen Orchestern die Straßen entlang aufgestellt. Man hatte den Berechnungen eine regelmäßige Geschwindigkeit von sieben Stundenkilometern zugrunde gelegt; bei dieser Geschwindigkeit hatte jedes der Orchester bloß fünf Takte zu spielen und sich alsbald zu zerstreuen, so daß im Vorbeifahren die beabsichtigte Melodienfolge sich harmonisch ineinanderschob, ehe – in der Regel vor dem Rathaus – die Coda einsetzte. Sah man beispielsweise zweihundert Meter lang kein Orchester, so bezeichnete dieser Abstand eine Generalpause, und der Chauffeur des Präsidenten hütete sich, dieses Zeitmaß durch eine erhöhte Geschwindigkeit mutwillig zu überbrücken. Andererseits hätte jede auch nur kleine Verlangsamung der Geschwindigkeit zu einer kläglichen Verzerrung der Töne geführt.

Kenner hatten vorausgesehen, daß diese Reise nicht ohne Hindernisse abgehen werde. Die Berechnungen waren mitunter zu diffizil. Aber selbst Paronnes schlimmste Gegner hätten sich nicht träumen lassen, zu welchem Verhängnis es dem Diktator wurde, als er versehentlich von der falschen Seite in eine Ortschaft hineinfuhr. Statt des geforderten Violinkonzerts E-dur von J. S. Bach hörte er eine Tonkomposition, die entfernt an Hindemith erinnerte, dessen Musik, wie im ganzen Land bekannt war, den sonst robusten Paronne seinerzeit für Monate aufs Krankenbett geworfen hatte. Schon das Spirituoso, das er von hinten nach vorn hörte, zeitigte verheerende akustische Folgen, aber als sein Wagen hinter einer riesigen Kreuzung das pervertierte Andante erreichte, sah man den Direktor im Fond seines Wagens über dem roten Lederpolster zusammenklappen und einem Schüttelkrampf anheimfallen, der ihn bis zu seiner Todesstunde in einer Heilanstalt im Norden des Landes nicht mehr verließ. Man beerdigte ihn in einer überlebensgroßen Violine.

Hans Werner Richter
Das Gefecht an der Katzbach

Sie marschierten in der Nacht über den Fluß. Der Fluß war kein Fluß, sondern ein Bach. Für die Truppe war er die Katzbach, obwohl er einen anderen Namen trug.

Das ›Komité Rettet den Krieg‹ nannte ihn aus Traditionsbewußtsein ›die Katzbach‹. Um ein Beispiel zu geben, hatte das Komité dieses Gefecht angeordnet, Freiwillige angeworben und zweitausend Mann ausgerüstet, die jetzt im Morgennebel diesseits und jenseits des Baches ihre Stellungen bezogen.

General Brühl leitete die Operationen. Gelassen schritt er im Morgengrauen, umgeben von Offizieren des Komités, dem Befehlshügel zu.

»Dies ist kein Manöver, meine Herren. Mit Platzpatronen kann man nicht die Tapferkeit der Soldaten erhalten. Tapferkeit verlangt das Risiko des Lebens. Es wird befehlsgemäß scharf geschossen.«

Die Komitéoffiziere nickten zustimmend. Der General war in bester Laune.

»Die Eingabe des Komités an die UNO mit der Bitte um Förderung des kleinen, konventionellen Krieges zwecks Erhaltung soldatischer Tapferkeit muß mit einem harten Beispiel untermauert werden.«

Der General ließ sich die Karten bringen.

Das Gefecht begann um fünf Uhr fünfundvierzig. Die Reiterei, die aus dem Wald jenseits des Baches brach, setzte über den Fluß. In den Wiesen flakkerte Gewehrfeuer auf. Ein Pferd galoppierte ohne Reiter über die Katzbach zurück. Das Gefecht entwickelte sich schnell diesseits des Baches. Eine Ordonnanz rannte über das Feld auf den Befehlshügel zu: sie meldete den ersten Toten. Der General überhörte es. Er war mit seinen Karten beschäftigt.

Um sechs Uhr fünfundzwanzig alarmierte ein Zivilist, der in die Stadt fuhr, die Mordkommission.

Die Mordkommission I traf um sechs Uhr fünfundvierzig auf dem Gefechtsfeld ein. Sie traf ein, als die Reiterei zum zweiten Mal zur Attacke überging.

Staatsanwalt Placher sah verblüfft auf die ihm entgegenrasenden Pferde. Er hob die Hand. »Halt im Namen des Gesetzes.« Aber weder die Reiter noch die Pferde beachteten ihn. Entrüstet rannte der Staatsanwalt vor den galoppierenden Pferden her, begleitet von einem Kriminalrat, zwei Kriminalassistenten und drei Wachtmeistern der Polizei. Eingekeilt zwischen der angreifenden Reiterei und der sich verteidigenden Infanterie liefen sie auf eine frei im Gelände stehende Tanne zu und kletterten hinauf.

General Brühl war indigniert: »Was treiben sich diese Zivilisten dort auf dem Feld herum?«

»Es sind wahrscheinlich Bauern«, äußerte einer der Komitéoffiziere.

Der General räusperte sich und befahl verstärkte Gefechtstätigkeit.

Die von einem anderen Zivilisten alarmierte Mordkommission II traf auf dem Gefechtsfeld ein, als die Infanterie mit gefälltem Bajonett zum Gegenangriff vorging.

Staatsanwalt Mayer, als Reserveoffizier sofort die Lage überblickend, befahl den ihn begleitenden Kriminalräten, Kriminalassistenten und Polizeibeamten, in Stellung zu gehen und das Feuer zu eröffnen. Geschlossen warfen sich die Beamten der Mordkommission II ins nasse Wiesengras und eröffneten das Feuer aus ihren Polizeipistolen.

General Brühls für Schüsse jeglicher Art verfeinertes Ohr registrierte die programmwidrigen Pistolenschüsse: »Wer schießt denn da mit Pistolen?«

»Es sind wahrscheinlich Bauern«, antwortete einer der Komitéoffiziere.

Der General befahl das Absitzen der Reiterei und die Verteidigung der Katzbach um jeden Preis.

Jetzt schossen auch die Beamten der Mordkommission I von ihrer Tanne herab. Verärgert über die Pistolenschüsse aus der Tanne befahl General Brühl der Reiterei, die Tanne mit einer Attacke zu nehmen.

Es war acht Uhr elf, als der ehemalige Unteroffizier Frenzel zu der befohlenen Attacke auf die Tanne ansetzte. In wenigen Minuten wurde die Tanne zum Mittelpunkt des Gefechts. Vergeblich versuchte Staatsanwalt Placher, sich in der Tanne zu halten. Unter der Wucht des Angriffs und aus Furcht vor den geschwungenen Lanzen verlor er das Gleichgewicht und fiel auf das Pferd des Unteroffiziers Frenzel, der ihn sofort zum Gefangenen erklärte.

Staatsanwalt Placher widersprach und erklärte seinerseits diese Gefangennahme für ungesetzlich. Doch Unteroffizier Frenzel legte ihn quer vor sich über den Sattel und sprengte mit ihm zur Katzbach zurück, gefolgt von sechs Pferden, auf denen der gefangene Kriminalrat, die Kriminalassistenten und die Polizeibeamten lagen.

General Brühl empfing die Meldung: »Sieben bewaffnete Zivilisten gefangen und zum Verhör übergeben« mit Gleichmut. Das Gefecht, von ihm vorläufig noch als Scharmützel bezeichnet, erforderte seine volle Aufmerksamkeit. Einer der Komitéoffiziere bezeichnete die gefangenen Zivilisten als Partisanen, aber der General sagte, Partisanen seien in seinem Plan nicht vorgesehen.

»Dann sind es wahrscheinlich Bauern«, antwortete der Komitéoffizier.

General Brühl gab den Befehl an die Infanterie, die Katzbach zu überschreiten und die Reiterei in den Wald zurückzutreiben. Ordonnanzen rannten über das Feld.

Angesichts der Gefangennahme des Staatsanwalts Placher von der Mordkommission I erwachte in Staatsanwalt Mayer von der Mordkommission II das staatsbürgerliche Bewußtsein. Er schickte einen der Polizeibeamten zu der weitabliegenden Straße mit dem Befehl zurück, über Funk alles zu alarmieren, was in der Stadt zu alarmieren sei, wenn notwendig auch die Feuerwehr.

Dann gab er den Befehl zum Angriff, um Staatsanwalt Placher von der Mordkommission I zu befreien. Weit auseinandergezogen gingen die Kriminalräte, Kriminalassistenten und Polizeibeamten der Mordkommission II auf die sich jetzt in vollem Angriff befindende Infanterie zu, die unter starkem Gefechtslärm versuchte, die Katzbach zu überschreiten.

Wieder kam eine Ordonnanz über das Feld auf den Befehlshügel des Generals gerannt. Sie meldete drei Tote, und der General sagte etwas von mäßigen Verlusten, sah aber, nunmehr stark indigniert, auf den sich entfaltenden Angriff der Mordkommission II, den er sich nicht erklären konnte. Er habe, sagte er, doch gar keinen Flankenangriff befohlen.

»Es sind wahrscheinlich Bauern«, antwortete einer der Komitéoffiziere. General Brühl, verärgert über die unerträgliche zivile Einmischung, befahl der jetzt stark engagierten Infanterie, sofort und ohne Rücksichtnahme diesen nicht vorgesehenen Flankenangriff auszuräumen.

Es war neun Uhr zweiunddreißig, als die Infanterie mit einer starken Rechtsschwenkung von der bedrängten Reiterei abließ und mit gefälltem Bajonett gegen die angreifende Mordkommission II vorging. Die zur Verteidigung abgesessene Reiterei, die sich diesen plötzlichen Rechtsschwenk nicht erklären konnte, überschritt zu Fuß und ohne Befehl die Katzbach und griff die Infanterie im Rücken an.

Die Beamten der Mordkommission II, die ihre Pistolen leergeschossen hatten und keine Bajonette besaßen, ergriffen die Flucht. Der davonlaufenden Mordkommission II folgte die Infanterie, der nachlaufenden Infanterie die abgesessene Reiterei. Je schneller die Beamten der Mordkommission liefen, um so schneller liefen auch die sie verfolgenden Infanteristen, und je schneller die Infanteristen liefen, um so schneller rannte auch die abgesessene Reiterei.

Das Gefecht entfernte sich unter den Augen des Generals zu der weitabliegenden Straße hin. Diese nicht vorgesehene Bewegung beunruhigte den General. Er gab sämtlichen Ordonnanzen den Befehl, hinter der Reiterei herzulaufen, und als auch die Ordonnanzen nicht zurückkamen, befahl er den Offizieren des Komités, den Ordonnanzen nachzusetzen, um das ganze Gefechtsfeld zur Rückkehr zu bewegen.

Aber: es war zu spät. Die Infanteristen versuchten, die Beamten der Mordkommission II einzuholen, die abgesessene Reiterei die Infanteristen, die Ordonnanzen die abgesessene Reiterei und die Offiziere des Komités die Ordonnanzen. Doch die Beamten der Mordkommission II, voran Staatsanwalt Mayer, liefen so schnell, daß die Infanteristen sie nicht einholen konnten, die Infanteristen liefen so schnell, daß die abgesessene Reiterei sie nicht einholen konnte, und die abgesessene Reiterei lief so schnell, daß die Ordonnanzen sie nicht einholen konnten, und die Ordonnanzen liefen so schnell, daß die Offiziere des Komités sie nicht einholen konnten.

Da beschloß General Brühl, nunmehr selbst den Offizieren des Komités nachzusetzen, und so bewegte sich das ganze Gefechtsfeld von Norden nach Süden in der Reihenfolge:

Mordkommission II, Infanterie, abgesessene Reiterei, Ordonnanzen, Komitéoffiziere, General.

Es war zehn Uhr dreizehn, als die ersten zwei Kommandos der inzwischen alarmierten Schutzpolizei eintrafen. Die Polizisten, gewohnt, jeder Unordnung entgegenzutreten, gingen mit geschwungenen Gummiknüppeln gegen das auf sie zulaufende Gefechtsfeld vor, verprügelten zuerst, in Unkenntnis der Vorgänge, den Staatsanwalt Mayer, und versuchten dann, sich über die Beamten der Mordkommission II, über die Infanteristen, die abgesessene Reiterei, die Ordonnanzen, die Offiziere des Komités bis zum General durchzuprügeln.

Unter ihrem Druck vollzog das ganze Gefechtsfeld eine scharfe Kehrtwendung und lief nun vom Süden nach Norden, in der Reihenfolge: General, Offiziere des Komités, Ordonnanzen, abgesessene Reiterei, Infanterie, Mordkommission II, Schutzpolizei.

Die Feuerwehr, die kurz nach der Schutzpolizei eintraf, schloß ihre Schläuche an die Katzbach an und begann, Wasser auf das Gefechtsfeld zu führen, zuerst auf den General, dann auf die Offiziere des Komités, dann auf die Ordonnanzen, dann auf die Reiterei, dann auf die Infanteristen, dann auf die Mordkommission II und schließlich auf die zwei Kommandos der sich im Laufen von hinten nach vorn durchprügelnden Schutzpolizei.

Unter dem Druck des Wassers machte das ganze Gefechtsfeld neuerdings eine Kehrtwendung und lief nun wieder von Norden nach Süden, voran die ins Leere prügelnde Schutzpolizei.

Um zehn Uhr dreiundvierzig traf die Bereitschaftspolizei in Bataillonsstärke ein und trat sofort zum Angriff auf das auf sie zulaufende ganze Gefechtsfeld an. Unter diesem Gegendruck kam es wiederum zu einer scharfen Kehrtwendung, wobei die Feuerwehr diesmal mitgerissen wurde. Nun lief das ganze Gefechtsfeld wiederum von Süden nach Norden in der Reihenfolge: Feuerwehr, General, Offiziere des Komités, Ordonnanzen, abgesessene Reiterei, Infanterie, Mordkommission II, Schutzpolizei, Bereitschaftspolizei.

Um zehn Uhr siebenundfünfzig traf der Ermittlungsrichter ein, um zehn Uhr neunundfünfzig der Untersuchungsrichter, um elf Uhr eins der amtierende Richter, um elf Uhr zwei der Oberbürgermeister.

Da beschloß der hinter der Feuerwehr und vor den Offizieren des Komités laufende General, das Gefecht abzubrechen. Vergeblich suchte er jemanden, der seine Befehle weitergeben konnte. Ordonnanzen, Komitéoffiziere, Infanterie und abgesessene Reiterei, eingekeilt zwischen Feuerwehr und Polizei, waren zu sehr mit Laufen beschäftigt, und die beiden Trompeter, die er zur Verfügung hatte, saßen jenseits der Katzbach im Wald und bewachten den Staatsanwalt Placher und die Beamten der Mordkommission I, umgeben von reiterlosen Pferden der Reiterei.

Da entschied sich der General stehenzubleiben. Und sofort standen hinter ihm die Offiziere des Komités, und hinter den Offizieren des Komités die Ordonnanzen, und hinter den Ordonnanzen die abgesessene Reiterei, und hinter der abgesessenen Reiterei die Infanterie, und hinter der Infanterie die Mordkommission II, und hinter der Mordkommission II die Schutzpolizei, und hinter der Schutzpolizei die Bereitschaftspolizei, der Ermittlungsrichter, der Untersuchungsrichter, der amtierende Richter und der Oberbürgermeister still.

Nur die Feuerwehr bemerkte diese plötzliche Veränderung nicht und verschwand nach Norden hin in dem immer noch vorhandenen Wiesennebel.

Zu diesem Zeitpunkt war es Staatsanwalt Placher gelungen, die beiden ihn bewachenden Trompeter zu überreden, mit ihm gemeinsame Sache zu machen, und nun setzte Staatsanwalt Placher mit sämtlichen Pferden der Reiterei, mit der Mordkommission I und mit den beiden Trompetern über die Katzbach und ließ zur Attacke blasen.

Da forderte der amtierende Richter Staatsanwalt Placher auf, seiner Attacke Einhalt zu gebieten, denn das Gefecht sei anscheinend beendet.

Sofort gebot Staatsanwalt Placher der Attacke das gewünschte Halt, und nun stand das ganze Gefechtsfeld bis auf die Feuerwehr, die immer noch nach Norden lief und erst zurückkehrte, als sich General Brühl bereits wieder auf dem Befehlshügel befand.

Um ihn herum standen der Ermittlungsrichter, der Untersuchungsrichter, der amtierende Richter, der Oberbürgermeister, die Offiziere des Komités, die Kriminalräte und Kriminalassistenten, und den Befehlshügel hinunter bis weit in die Wiesen hinein die Freiwilligen, die Schutzpolizei, die Bereitschaftspolizei und die wieder eingetroffene Feuerwehr.

Bereitwillig gab der General auf die Fragen des Untersuchungsrichters Auskunft: *um das politische Machtgleichgewicht zu erhalten, ist die Erhaltung der Armee notwendig, um die Armee zu erhalten, ist die Erhaltung der Tapferkeit der Soldaten notwendig, um die Tapferkeit der Soldaten zu erhalten, ist die Erhaltung des kleinen, konventionellen, aber scharfen Krieges notwendig.*

Denn umgekehrt: *zerfällt die Tapferkeit der Soldaten, zerfallen auch die großen Armeen, zerfallen die großen Armeen, zerfällt auch das Machtgleichgewicht, zerfällt das Machtgleichgewicht, zerfällt auch die Politik, zerfällt aber die Politik, dann zerfällt auch diese unsere Welt.*

Diese Logik fanden alle, besonders der Oberbürgermeister, bestechend. Das Gefecht an der Katzbach, sagte der Oberbürgermeister in einer kurzen Ansprache, sei ein klarer Beweis für die Richtigkeit des militär-strategischen Denkens in unserer Zeit. Trotzdem gab Staatsanwalt Placher seinen Beamten die Anweisung, dem General Handschellen anzulegen, und bat ihn, durch das sich bildende Spalier voranzugehen, der weit entfernten Straße zu.

Dann nahm er das Schild: ›Gefechtsstand des Komités: Rettet den Krieg‹ als Beweisstück an sich und schritt hinter General Brühl her, gefolgt von dem Oberbürgermeister, dem Untersuchungsrichter, dem amtierenden Richter, dem Ermittlungsrichter, den Offizieren des Komités, den Ordonnanzen, den Infanteristen, der wieder aufgesessenen Reiterei, der Schutzpolizei, der Bereitschaftspolizei und der Feuerwehr.

Manfred Bieler
Barbo spricht

Seit Jahren versuche ich, an das Ohr unseres Kaisers zu gelangen. Ich will ihm eine Botschaft überbringen. Da der Kaiser auf meine Briefe nicht antwortet oder bestenfalls von einem seiner Unterbeamten einen kurzen, ablehnenden Ukas ausfertigen läßt, warte ich die neueste Entwicklung ab, die zwar den Zielen meiner Botschaft zuwiderläuft, es mir aber in nicht allzuferner Zukunft gestatten wird, den Kaiser selbst zu sprechen.

Seit einigen Monaten verlassen nämlich immer mehr Masseure, Köche, Rittmeister und Gärtner unser Land. Sie gehen in den Nachbarstaat, arbeiten dort in ihren früheren Berufen und sind, zumal es keine unüberwindbaren sprachlichen Schwierigkeiten gibt, samt und sonders zufrieden.

In den letzten Wochen melden aber die Grenzposten, daß sich auch ganze Trecks von Maurern, Tischlern, Dachdeckern, ja sogar von Sklaven aus ihren Wohnsitzen entfernt und in den Nachbarstaat begeben haben.

Die Straße, in der ich wohne, beherbergt außer meiner Familie nur noch einen alten Kaufmann, der sich nun, wie meine Frau berichtete, trotz seiner Jahre ebenfalls zum Weggang entschlossen haben soll. Es gibt im Umkreis von mehreren Meilen heute niemanden mehr, mit dem ich mich unterhalten könnte. Meine Freunde haben mich und den Kaiser verlassen. Um zu einer guten Mahlzeit zu kommen, satteln wir sonnabends die Maultiere und sind erst am Montag in einer Herberge, die warmes Essen ausschenkt. Die Reise ist beschwerlich, meine Frau nicht die jüngste, und so müssen wir oft auf diese einzige Abwechslung verzichten.

Die Schaubuden sind geschlossen; die Schauspieler und Degenschlucker haben das Feld geräumt; und mit wem spiele ich an langen Winterabenden Mayong als mit meinem Sohn, der mich stets, aus Ehrerbietung und Unvermögen, gewinnen läßt?

In unserem Gärtchen, nach den großen, jetzt gänzlich verwahrlosten Rieselfeldern hin, haben wir Mais für den täglichen Bedarf angebaut. In den Hof stellen wir zur Regenzeit Bottiche und füllen das Wasser in die Weinfässer; denn die Besatzung des Wasserturms hat das Land verlassen. Eine Menge Ungeziefer macht sich breit, sitzt in den leeren Wohnungen und spielt den Herrn im Haus. Seit gestern blickt auch mein einziger Sohn die Straße hinunter in Richtung auf die Grenze. Er sagt kein Wort, er beschwert sich nicht, aber ich weiß alles. Und – darf ich ihn denn zurückhalten in dieser Einsamkeit, mit einer kranken Mutter, die er wohl mitnehmen würde aus Anhänglichkeit, und einem alten Vater, der vielleicht zu dumm ist, die Zeit zu verstehn?

Nachts reiten noch mitunter die Soldaten des Kaisers durch unsere Stadt. Sie tragen Fackeln in den Händen und suchen nach Deserteuren. Wie mir ein Unteroffizier mitteilte, hat der Kaiser seine Leibgarde, die einst, in den großen Tagen, aus vierundachtzig Kohorten bestand, auf zwölf Bogenschützen reduziert.

Unsere Richter und Philosophen, soweit sie noch im Lande sind, wissen sich keinen Rat, obwohl sie natürlich dem Kaiser mit allerlei Erklärungen kommen, über deren wahren Wert sie sich selbst keiner Illusion hingeben. Sie haben die verbliebene Bevölkerung in Gruppen geteilt, um einen besseren Überblick zu gewinnen. Ich und mein Freund Sinka, der zweitausend Meilen von hier in der Provinz Atamara wohnt, bilden die Gruppe der Unentschlossenen und werden, laut Dekret, bekämpft. Besonders Aufsässige wurden auch in Gefängnisse eingewiesen; doch selbst der Wachmannschaften ist keiner sicher.

In der Residenz des Kaisers, so gehen Gerüchte, soll sich nur noch die kaiserliche Blaskapelle aufhalten, die von den zwölf Bogenschützen beaufsichtigt wird. Aber auch hier bahnen sich Änderungen an: je ein Bogenschütze und zwei Bläser sollen täglich in schweigender Übereinkunft den Palast verlassen und außer Landes gehn. Es kommt der Tag, an dem der Kaiser nicht einmal mehr Musik haben wird.

Dieser Tag wird für mich ein Freudentag sein. Am Morgen werde ich mein Maultier besteigen und in die Hauptstadt reiten. Niemand wird mich hindern, zum Kaiser zu gehn und ihm meine Botschaft zu überbringen. Gewiß hat er Zeit für mich, denn an diesem Tage sind nur noch wir beide im Lande. Endlich werde ich ihm die Augen öffnen und ihm sagen, wie er die Masseure, Köche, Maurer, Rittmeister und Sklaven glücklich machen kann.

Günter Kunert
Mann über Bord

Der Wind wehte nicht so stark. Bei einem Schlingern des Schiffes verlor der Matrose, angetrunken und leichtfertig tänzelnd, das Gleichgewicht und stürzte von Deck. Der Mann am Ruder sah den Sturz und gab sofort Alarm. Der Kapitän befahl, ein Boot auf das mäßig bewegte Wasser hinunterzulassen, den langsam forttreibenden Matrosen zu retten.

Die Mannschaft legte sich kräftig in die Riemen, und schon nach wenigen Schlägen erreichten sie den um Hilfe Rufenden. Sie warfen ihm einen Rettungsring zu, an den er sich klammerte. Im näherschaukelnden Boot richtete sich im Bug einer auf, um den im Wasser Treibenden herauszufischen, doch verlor der Retter selber den Halt und fiel in die Fluten, während eine ungeahnte hohe Woge das Boot seitlich unterlief und umwarf. Der Kapitän gab Anweisung, auf die Schwimmenden und Schreienden mit dem Dampfer zuzufahren. Doch kaum hatte man damit begonnen, erschütterte ein Stoß das Schiff, das sich schon zur Seite legte, sterbensmüde, den stählernen Körper aufgerissen von einem zackigen Korallenriff, das sich knapp unter der Oberfläche verbarg. Der Kapitän versackte wie üblich zusammen mit dem tödlich verwundeten Schiff.

Er blieb nicht das einzige Opfer: Haie näherten sich und verschlangen, wen sie erwischten. Wenige der Seeleute gelangten in die Rettungsboote, um ein paar Tage später auf der unübersehbaren Menge salziger Flüssigkeit zu verdursten. Der Matrose aber, der vom Dampfer gestürzt war, geriet unversehrt in eine Drift, die ihn zu einer Insel trug, auf deren Strand sie den Erschöpften warf; dort wurde er gefunden, gepflegt, gefeiert als der einzige Überlebende der Katastrophe, die er als die Folge einer Kesselexplosion schilderte, welche ihn weit in die Lüfte geschleudert habe, so daß er aus der Höhe zusehen konnte, wie die Trümmer mit Mann und Maus versanken. Von dieser Geschichte konnte der einzig Überlebende auf jener Insel trefflich leben; Mitleid und das Hochgefühl, einen seines Schicksals zu kennen, ernährten ihn. Nur schien den Leuten, daß sein Verstand gelitten haben mußte: Wenn ein Fremder auftauchte, verschwand der Schiffbrüchige, erblassend und zitternd und erfüllt von einer Furcht, die keiner deuten konnte: ein stetes Geheimnis und daher ein steter Gesprächsstoff für die langen Stunden der Siesta.

Irmtraud Morgner
Pferdekopf

Der Rat des II. Stadtbezirks von Konstantinopel arbeitet in einem Hochhaus. Das hat im letzten Stockwerk eine Terrasse und einen Stall. Im Stall steht ein kleines geflügeltes Pferd. Gegen Vorlage des Personalausweises kann man es mieten. Der Pferdeverwalter, der in einer Loge neben der Stalltür sitzt, hat im Falle der Vermietung Ausweisnummer, Namen und Adresse des Interessenten sowie Datum und Zeit der Ausgabe und Rückgabe mit Tinte in ein großes Buch zu schreiben.
Aber nur selten fuhr jemand mit dem Lift bis ins zwanzigste Stockwerk. Der Tintenvorrat vertrocknete. Das Buch vergilbte. Der Pferdeverwalter schnarchte. Die Dichter gingen zu Fuß.
Bei der Jahresendabrechnung entnahm der Buchhalter dem Bericht des Pferdbuchprüfers, daß das Tier für die Summe, die es in Form von Heu und Hafer gefressen, lediglich Pferdeäpfel geliefert hatte. Da sich der Buchhalter außerstande sah, diese Kulturleistung zu verbuchen, beauftragte er den Pferdeverwalter, schnellstens einen Verbesserungsvorschlag für eine intensivere Auslastung des Tieres an den Rat des II. Stadtbezirks zu richten. Der Pferdeverwalter, dessen geistige Kräfte durch eine beinahe dreivierteljährige Schonung erschlafft waren, suchte, während sich das kleine geflügelte

Pferd auf der als Koppel dienenden Hochhausterrasse auslief, verzweifelt den Himmel ab. Nach einem Zeichen, das ihn zu einer Idee inspirieren könnte. Eines Tages fielen ihm beim Suchen die Augen zu. Als er wieder aufwachte, war Nacht. Da entdeckte er am nördlichen Himmel ein Sternbild mit dem Hauptstern Markab und den Sternen Algenib, Enif und Scheat, das dem kleinen geflügelten Pferd ähnlich sah. Verblüfft rieb er sich das Kinn mit dem linken Handrücken. Schabgeräusch. Gefühl, als ob er über eine Bürste striche. Gedankenblitz. Der Pferdeverwalter ging in seine Loge und brachte den Gedankenblitz in Form eines Verbesserungsvorschlags zu Papier. Der Vorschlag wurde eingereicht, gestempelt, gelagert, geprüft, diskutiert und einstimmig angenommen. Dann wurde er zu einer Verordnung verarbeitet. Die Verordnung trat am ersten April fünf Uhr mitteleuropäischer Zeit in Kraft. Dreiviertel fünf führte der Verwalter das inzwischen von ihm für seine neue Tätigkeit abgerichtete Pferd auf die Terrasse und erläuterte ihm anhand eines Stadtplans, der mit Zahlen beschrieben war, in welcher Reihenfolge es seine Arbeit durchzuführen hätte. Pünktlich um fünf breitete das kleine Pferd wiehernd seine Flügel und startete von der Terrasse des Hochhauses. Aufwind, das kleine Pferd gewann spielend an Höhe, das rote Haar von Schopf, Mähne und Schweif wehte beinahe senkrecht ab vom Körper und erweckte die Illusion, als stünde es in Flammen, in vierhundert Meter Höhe kreiste das Tier dreimal über dem Stadtzentrum und warf einige Pferdeäpfel ab, dann verkleinerte es die Flügelfläche um die Hälfte, sank, in fünfzig Meter Höhe streckte es die Beine, die während des Fluges an den Leib gezogen waren, in zehn Meter Höhe krümmte es die hinteren Flügelränder und landete schließlich vor dem Haus, das auf dem Stadtplan mit Ziffer eins versehen war. Es klopfte mit dem rechten Vorderhuf dreimal gegen die Wohnungstür des ersten Kunden. Ein Herr im Schlafrock öffnete. Obgleich er von der bevorstehenden Dienstleistung schriftlich unterrichtet worden war und durch eigenhändige Unterschrift sein Einverständnis mit dem zunächst für die Dauer von vier Wochen laufenden Vertrag erklärt hatte, benahm er sich ungeschickt. Statt den Hinterkopf in den Nacken zu legen, preßte er kichernd ein Unterkinn heraus. Trotzdem weidete das kleine Pferd in kürzester Frist und ohne jede Beschädigung der Haut alle Bartstoppeln ab. Bis zum Mittag hatte das kleine Pferd hundertzweiunddreißig Bärte abgeweidet. Seine Höchstkapazität pro Stunde lag bei neunzehn starken oder siebenundzwanzig schwachen Bärten. Um den Kunden die Umstellung zu erleichtern, erzeugte das kleine Pferd durch schnelles Reiben der verhornten Flügelenden an den Flanken einen Summton, der dem Mähmaschinengeräusch angeworfener Trockenrasierer ähnelte.

Wie jede Neuerung war auch die Pferderasur anfangs vielen Anfeindungen ausgesetzt. Ärzte bezeichneten sie als unhygienisch. Hausfrauen protestierten wegen der Hufspuren in den Wohnungen. Großväter meinten, Rasierpferde hätte es früher auch nicht gegeben, und wer zu faul wäre, sich mit dem Messer, wie es sich gehöre, den Bart zu schaben, der solle ihn stehen lassen. Aber gerade zur Bekämpfung dieser Unsitte, die, wie alle Unsitten, eingeschleppt wurde, hatte der Rat des II. Stadtbezirks ja die kostenlosen Einsätze des kleinen Pferdes organisiert. Die ersten Kunden, Mitarbeiter des Rates, hatten sich selbst verpflichtet. Bald meldeten sich jedoch auch Freiwillige. Und bereits vor Ablauf des Probemonats erfreute sich das Unternehmen eines regen Zuspruchs aus allen Bevölkerungskreisen. Viele Ehemänner, denen niemand mehr um den Bart ging, benutzten die Einrichtung zweimal täglich. Als bekannt wurde, daß Pferde dieser Rasse früher von Dichtern geritten wurden, ließen sich auch einige Damen ihre Bärte abweiden. Heute bestellt jeder ordentliche Mann des II. Stadtbezirks das geflügelte Pferd, bevor er ins Theater geht. Da Konstantinopel mehrere Theater hat, von denen manche nicht selten ausverkauft sind, ist das Leben des kleinen geflügelten Pferdes ganz ausgefüllt von seiner neuen Aufgabe. Die Dichter gehen zu Fuß.

H. C. Artmann
Im Schwarzen Meer

Der 1500 tonnen schwere frachter *Dalyrumple* hatte die Dardanellen passiert und durchfuhr nun mit kurs auf Odessa das Schwarze Meer. Das schiff kam aus Vera Cruz und hatte mahagoniholz geladen. Bis Kap Matapan war die an und für sich lange reise ohne irgendwelche schwereren zwischenfälle gut verlaufen, aber seit drei tagen laborierte der kapitän Seamus Murdoch an einem wechselfieber, das ihm stark zu schaffen machte, dessen ursache ihm aber völlig rätselhaft blieb, obgleich er ein mann von genügend medizinischen kenntnissen war. Da er aber untätiges verweilen in seiner kajüte zutiefst haßte, verharrte er trotz heftiger fieberschauer auf der brücke der *Dalyrumple;* die knappen zwei tage bis Odessa würde er gewiß noch durchhalten, sagte er sich, und dann könnte ja ein russischer arzt für ihn schlecht oder recht sorge tragen.

Es war an einem freitag, gegen ein viertel vor mitternacht; er befand sich mit dem steuermann Jonas Nilsson auf der offenen brücke, als er mit einem male ganz deutlich und klar vernehmbar durch die sternenklare, wiewohl mondlose stille glockengeläute hörte. Er wandte sich verwundert an seinen steuermann und fragte ihn, was er von diesem sonderbaren umstand halte, weil sich doch seines wissens an bord der *Dalyrumple* weder eine anglikanische, lutherische noch katholische kirche befände und in dieser breite des Schwarzen Meeres auch keine spur von hafen oder festem land . . .

Der steuermann versicherte ihm, daß er persönlich nicht im mindesten glockentöne höre noch gehört habe. Möglicherweise wäre es die schiffsuhr gewesen, da es etwa im dritten viertel vor mitternacht sei. Und er fügte hinzu:

»Der wind, der jetzt aus dem norden kommt, wird verdammt kühl, kapitän; ich meine, sie täten jetzt besser daran, in die warme kajüte zu gehen . . .«

»Kommt überhaupt nicht in frage«, polterte der kapitän los, »das vermaledeite fieber frißt mich doch früher oder später auf. Und bleibe ich hier, erspare ich mir wenigstens die mühe, die gußeisernen treppen hinunterzusteigen!«

Der steuermann schwieg auf diese rede, warf aber hin und wieder einen besorgten blick auf seinen chef, wenn er dessen zähneklappern vernahm.

»Das ist doch nicht die möglichkeit!« entfuhr es nach einer weile dem kapitän, »siehst du diesen dunklen streifen da drüben? Das kann doch nicht schon land sein?«

»Vor übermorgen sehen wir keine küste«, sagte der steuermann, »denn Odessa liegt noch so und so viele seemeilen entfernt . . .«

Eine brise kam auf, und das schiff begann etwas stärker zu rollen.

»Stütz mich, mir ist plötzlich schwindlig . . .«, sagte der kapitän. Aber gleich darauf riß er seinen blick in eine gewisse richtung. »Nein, laß mich gehen, warte! Siehst du nicht dort drüben die dunklen segel auftauchen?« Nein, gab der steuermann zur antwort, er sähe keinerlei segel.

»Aber doch«, rief der kapitän wütend und behauptete fest und steif, er sei doch nicht blind, das segelschiff dort drüben sei ein russischer oder walachischer dreimaster . . .

»Kapitän«, sagte der steuermann, »sie haben schweres fieber, gehen sie in ihre kajüte!«

»Zum teufel mit deinem fieber!« rief der kapitän, »ich habe zwei gute augen und brauche keine brillen, um die schwarze gestalt zu sehen, die dort droben auf der brücke steht. Und an bord wimmelt es von zwergenhaften männern. Und rote zylinderhüte tragen sie – rote zylinderhüte mit ebensolchen schleifen rundum. Rote trauerschleifen sind das. Und aus einem absurd langen schornstein, der sich hinter dem hauptmast befindet, qualmen ungeheure schweflige rauchschwaden in den hellen nachthimmel ...

Und nun kann ich ganz deutlich die züge des schwarzgekleideten auf der kommandobrücke erkennen: eine fratze zum fürchten, mit einem dünnen chinesenbart, der ihr aus dem blutroten munde hervorwuchert, aus einem schrecklichen schnitt von mund, der aus dem wächsernen gesicht leuchtet!«

»Kapitän, sie bilden sich verrücktes zeug ein. Gehen sie in die kajüte!«

Der kapitän wurde unheimlich ruhig. »Kannst du nicht seine monströsen krallenhände sehen, du idiot? Hier, nimm das fernrohr, und sieh selbst, wenn du's nicht glaubst!«

Der steuermann, um den kapitän nicht noch mehr zu erregen, nahm das fernrohr vors auge und lugte suchend aus. Schließlich setzte er das fernrohr wieder ab: »Ich vermag beim besten willen nichts zu sehen«, sagte er.

»Aber ich«, schrie der kapitän, »sehe mit freiem auge, daß sie eben ein boot aussetzen. Die zwerge mit den schauerlichen hüten rudern auf unser schiff zu. Hörst du nicht das klatschen? Bist du vollkommen taub? ... Und mitten im boot, hochaufgerichtet, steht der gräßliche kerl. Sein bart weht wie eine fahne im wind. Sein kahler schädel glänzt im sternenlicht. Er hebt nun den arm. Er winkt uns zu. Er ruft etwas in einer sprache, die ich nicht verstehe. Oder doch? Ja, es ist transylvanisch ... Großer gott, nun erkenne ich ihn!! Nilsson, wir sind verloren!«

Mit diesen worten sackte der kapitän der *Dalyrumple* in sich zusammen, der steuermann konnte ihn noch im letzten moment auffangen ... Huish und Mills, die beiden wachhabenden seeleute, trugen den besinnungslosen in seine kajüte.

»Verdammter aberglaube«, murmelte der steuermann, »so ein schaudergarn würde mir nicht einmal bei 45 fieber in den kopf kommen ...«

Kurze zeit darauf kam Mills auf die brücke: »Du, steuermann«, sagte er, »haben wir mahagoni geladen oder einen zirkus?«

Nilsson, der steuermann, drehte sich unwillig dem frager zu:

»Wieso einen zirkus? Mahagoni aus Mexiko haben wir geladen, für Odessa, damit die russen endlich mal etwas luxus in ihre schlafzimmer kriegen ...«

»Tja«, sagte Mills komisch verträumt, »dann müssen die liliputaner, die mit roten zylindern im laderaum herumhüpfen, wohl blinde passagiere sein!«

Herbert Heckmann
Das Henkersmahl

Freß ich mich arm: unnd sauff mich zu tod,
so hab ich gewiß gewalt über den Tod.

Johann Fischart

Auf die Frage, welches sein letzter Wunsch sei, antwortete er ohne Umschweife, er wolle sich noch einmal sattessen, ehe man ihn vom Leben in den Tod bringe. »Satt«, wiederholte er und deutete auf seinen mageren Leib, der krumm und mit Schwären überdeckt an der Kerkermauer lehnte. »Satt«, sagte er zum dritten Mal und hob die Hände mit den Ketten bis zur Mundhöhe. Die Wächter lachten übermütig und versprachen ihm ein fürstliches Mahl mit silbernen Löffeln und Gabeln, die er jedoch dann nicht mehr stehlen könne.

»Wir werden dir etwas auftischen, daß du weißt, was du in der Hose hast.« Sie ergingen sich in saftigen Schilderungen opulenter Speisen, daß dem Delinquenten das Wasser im Munde zusammenlief. Sie priesen das Spanferkel, den Ochsen am Spieß, die fetten Hammel, gebratene Tauben und Kapaune – und stießen sich an, wenn ihr Opfer die Augen lüstern verdrehte.

»Macht schon!«

Wieder mit sich allein, hatte der zum Tode Verurteilte plötzlich die Vorstellung, alles, ja rundherum alles, sei eßbar, er preßte den Mund an die Mauer und riß sich die Lippen blutig. Kraftlos sank er auf sein Lager zurück und träumte von offenen Mündern.

Als sie ihn dann zum Essen weckten, konnte er kaum den Löffel führen. Sein Kopf sank bis in Tellernähe, und der Dampf von sauren Kutteln stieg in seine Nase. Die Wächter hockten sich vor ihm hin und beobachteten, wie er erst langsam und zittrig, dann zuversichtlicher den Löffel handhabte, die Backen vollstopfte und versonnen kaute, mit jedem Bissen mehr Übersicht gewinnend. Bald war der Teller leer, der Humpen vakant, das Maul gewischt, aber der Hunger ungebrochen. Um mehr bat er und streckte seine Glieder, so daß die Ketten klirrten.

»Es sei dir gewährt«, sagten die Wächter und brachten neue Schüsseln herbei und jungfräuliche Flaschen. Sie lachten, als sie das tapfere Zupacken ihres Opfers sahen, wetteten untereinander, wieviel er noch verschlingen könne. »Es gilt.«

Und es galt, er kaute, schluckte, rülpste und schnaufte.

»Tapfer!« schrien sie.

»Mehr!« sagte er und aß, was ihm vorgesetzt wurde, aß und aß.

»Er wird uns noch die Haare vom Kopfe fressen.« Aber sehr bald wurde ihre Freude kleinlauter. Längst schon waren die Ketten von seinen Händen und Füßen gesprungen, sein Leib dehnte sich, schon aß er mit der Wildheit eines Scheunendreschers und wuchs zur Decke hin. Der Schemel krachte unter ihm zusammen. In furchtbarer Nacktheit stand er da. Die Wächter flohen aus der Zelle, aber unverdrossen aß er weiter und zwang seine Bewacher, ihm immer mehr aufzutischen, sei es, was es wolle. Sie taten es ängstlich und blieben außer Reichweite seines Löffels, zitterten, wenn er vor Hunger schrie.

Die Decke barst über seinem Kopf, das Dach brach auseinander, es kümmerte ihn wenig, er aß. Seine Wächter verschlang er mit den Trümmern, er verschlang Straßen und Häuser, den Richter samt seiner Frau, spülte sie mit dem Fluß hinunter. Sein Adamsapfel hatte die Größe einer Kirchglocke. Der Schatten seines unförmigen Körpers wächst drohend über das Land. Ich habe gerade noch Zeit, dies niederzuschreiben. Ich höre das Donnern von Schritten, die Erde ächzt.

Der Hunger sei mir gnädig.

Jakov Lind
Die Lüge

Es war einmal ein König, der berief zwei Leute an seinen Hof. Einen Mann und eine Frau.

»Würdet ihr gern für mich arbeiten?« fragte der König, und der Mann sagte ja. Seine Frau aber sagte, sie würde ihrem Gemahl helfen. So arbeiteten sie für den König und lebten glücklich und in Frieden. Eines Tages las die Frau ein Buch, und darin stand: Ein König berief zwei Leute an seinen Hof, damit sie für ihn arbeiteten. Sie dienten ihm und lebten glücklich und ohne Sorgen, aber er hatte ihnen verschwiegen, daß das nur eine Zeitlang und nicht für immer so sein konnte. Die Frau erzählte nun ihrem Mann, sie sei daraufgekommen, der König habe ihnen verschwiegen, daß es nur eine begrenzte Zeit lang und nicht ewig so sein würde. Ihr Mann sagte: »Was soll ich tun?« – »Nichts«, sagte die Frau, »ich wollte dir nur erzählen, was ich gelesen habe.« – »Warum mußtest du mir erzählen, was doch nur du weißt?« fragte der Mann, »jetzt werde ich dauernd unglücklich sein und meinen Wohlstand nicht genießen können.« – »Richtig«, sagte die Frau, »aber wenigstens weißt du Bescheid.«

Und der Mann war nie wieder glücklich und freute sich nie wieder über das Seine, weil seine Frau ihm erzählt hatte, was in dem Buch stand, und er warf ihr nun vor, daß er wußte, was er nicht hätte wissen sollen. Dann nahm er ihr alle Bücher weg und wollte sie nichts mehr lesen lassen, aus Angst, sie könnte ihm erzählen, er würde gar nicht am Leben sein und hätte also nichts zu befürchten.

»Warum versteckst du meine Bücher?« fragte die Frau, »es sind ja nur Worte.« – »Mit diesen Worten«, sagte der Mann, »hast du mich belogen; du hast mir erzählt, es stehe irgendwo geschrieben, daß dieses Leben nicht von Dauer sei, daß der König uns belog, weil er uns die Wahrheit verschwieg, als er uns zur Arbeit an seinen Hof berief. Aber der König lügt nicht, wenn er die Wahrheit nicht sagt. Du darfst nicht glauben, was du liest.«

»Ich kann nicht mit Lügen leben«, sagte die Frau, »und möchte, daß wir beide die Wahrheit wissen, damit wir vorbereitet sind, wenn die Zeit kommt.«

»Ich war immer und jederzeit bereit«, sagte der Mann, »und ich kann nur tun, was der König befiehlt.«

Und auch er log, und seine Frau wußte das. Sie aber sprach nie wieder mit ihm über ihr Wissen, was ihm für eine kurze Zeit Frieden gab. Die Frau schrieb an den Autor des Buches: »Warum schrieben Sie, der König hätte die Wahrheit verheimlicht, woher wissen Sie die Wahrheit?«

Aber sie erhielt nie eine Antwort und wartet noch immer darauf.

V

Ingeborg Bachmann
Undine geht

Ihr Menschen! Ihr Ungeheuer!

Ihr Ungeheuer mit Namen Hans! Mit diesem Namen, den ich nie vergessen kann.

Immer wenn ich durch die Lichtung kam und die Zweige sich öffneten, wenn die Ruten mir das Wasser von den Armen schlugen, die Blätter mir die Tropfen von den Haaren leckten, traf ich auf einen, der Hans hieß.

Ja, diese Logik habe ich gelernt, daß einer Hans heißen muß, daß ihr alle so heißt, einer wie der andere, aber doch nur einer. Immer einer nur ist es, der diesen Namen trägt, den ich nicht vergessen kann, und wenn ich euch alle vergesse, ganz und gar vergesse, wie ich euch ganz geliebt habe. Und wenn eure Küsse und euer Samen von den vielen großen Wassern – Regen, Flüssen, Meeren – längst abgewaschen und fortgeschwemmt sind, dann ist doch der Name noch da, der sich fortpflanzt unter Wasser, weil ich nicht aufhören kann, ihn zu rufen, Hans, Hans ...

Ihr Monstren mit den festen und unruhigen Händen, mit den kurzen blassen Nägeln, den zerschürften Nägeln mit schwarzen Rändern, den weißen Manschetten um die Handgelenke, den ausgefransten Pullovern, den uniformen grauen Anzügen, den groben Lederjacken und den losen Sommerhemden! Aber laßt mich genau sein, ihr Ungeheuer, und euch jetzt einmal verächtlich machen, denn ich werde nicht wiederkommen, euren Winken nicht mehr folgen, keiner Einladung zu einem Glas Wein, zu einer Reise, zu einem Theaterbesuch. Ich werde nie wiederkommen, nie wieder Ja sagen und Du und Ja. All diese Worte wird es nicht mehr geben, und ich sage euch vielleicht, warum. Denn ihr kennt doch die Fragen, und sie beginnen alle mit »Warum?«. Es gibt keine Fragen in meinem Leben. Ich liebe das Wasser, seine dichte Durchsichtigkeit, das Grün im Wasser und die sprachlosen Geschöpfe (und so sprachlos bin auch ich bald!), mein Haar unter ihnen, in ihm, dem gerechten Wasser, dem gleichgültigen Spiegel, der es mir verbietet, euch anders zu sehen. Die nasse Grenze zwischen mir und mir ...

Ich habe keine Kinder von euch, weil ich keine Fragen gekannt habe, keine Forderung, keine Vorsicht, Absicht, keine Zukunft und nicht wußte, wie

411

man Platz nimmt in einem anderen Leben. Ich habe keinen Unterhalt gebraucht, keine Beteuerung und Versicherung, nur Luft, Nachtluft, Küstenluft, Grenzluft, um immer wieder Atem holen zu können für neue Worte, neue Küsse, für ein unaufhörliches Geständnis: Ja. Ja. Wenn das Geständnis abgelegt war, war ich verurteilt zu lieben; wenn ich eines Tages freikam aus der Liebe, mußte ich zurück ins Wasser gehen, in dieses Element, in dem niemand sich ein Nest baut, sich ein Dach aufzieht über Balken, sich bedeckt mit einer Plane. Nirgendwo sein, nirgendwo bleiben. Tauchen, ruhen, sich ohne Aufwand von Kraft bewegen – und eines Tages sich besinnen, wieder auftauchen, durch eine Lichtung gehen, *ihn* sehen und »Hans« sagen. Mit dem Anfang beginnen.

»Guten Abend.«

»Guten Abend.«

»Wie weit ist es zu dir?«

»Weit ist es, weit.«

»Und weit ist es zu mir.«

Einen Fehler immer wiederholen, den einen machen, mit dem man ausgezeichnet ist. Und was hilft's dann, mit allen Wassern gewaschen zu sein, mit den Wassern der Donau und des Rheins, mit denen des Tiber und des Nils, den hellen Wassern der Eismeere, den tintigen Wassern der Hochsee und der zaubrischen Tümpel? Die heftigen Menschenfrauen schärfen ihre Zungen und blitzen mit den Augen, die sanften Menschenfrauen lassen still ein paar Tränen laufen, die tun auch ihr Werk. Aber die Männer schweigen dazu. Fahren ihren Frauen, ihren Kindern treulich übers Haar, schlagen die Zeitung auf, sehen die Rechnungen durch oder drehen das Radio laut auf und hören doch darüber den Muschelton, die Windfanfare, und dann noch einmal, später, wenn es dunkel ist in den Häusern, erheben sie sich heimlich, öffnen die Tür, lauschen den Gang hinunter, in den Garten, die Alleen hinunter, und nun hören sie es ganz deutlich: den Schmerzton, den Ruf von weither, die geisterhafte Musik. Komm! Komm! Nur einmal komm!

Ihr Ungeheuer mit euren Frauen!

Hast du nicht gesagt: Es ist die Hölle, und warum ich bei ihr bleibe, das wird keiner verstehen. Hast du nicht gesagt: Meine Frau, ja, sie ist ein wunderbarer Mensch, ja, sie braucht mich, wüßte nicht, wie ohne mich leben –? Hast du's nicht gesagt! Und hast du nicht gelacht und im Übermut gesagt: Niemals schwernehmen, nie dergleichen schwernehmen. Hast du nicht gesagt: So soll es immer sein, und das andere soll nicht sein, ist ohne Gültigkeit! Ihr Ungeheuer mit euren Redensarten, die ihr die Redensarten der

Frauen sucht, damit euch nichts fehlt, damit die Welt rund ist. Die ihr die Frauen zu euren Geliebten und Frauen macht, Eintagsfrauen, Wochenendfrauen, Lebenslangfrauen, und euch zu ihren Männern machen laßt. (Das ist vielleicht ein Erwachen wert!) Ihr mit eurer Eifersucht auf eure Frauen, mit eurer hochmütigen Nachsicht und eurer Tyrannei, eurem Schutzsuchen bei euren Frauen, ihr mit eurem Wirtschaftsgeld und euren gemeinsamen Gutenachtgesprächen, diesen Stärkungen, dem Rechtbehalten gegen draußen, ihr mit euren hilflos gekonnten, hilflos zerstreuten Umarmungen. Das hat mich zum Staunen gebracht, daß ihr euren Frauen Geld gebt zum Einkaufen und für die Kleider und für die Sommerreise, da ladet ihr sie ein (ladet sie ein, zahlt, es versteht sich). Ihr kauft und laßt euch kaufen. Über euch muß ich lachen und staunen, Hans, Hans, über euch kleine Studenten und brave Arbeiter, die ihr euch Frauen nehmt zum Mitarbeiten, da arbeitet ihr beide, jeder wird klüger an einer anderen Fakultät, jeder kommt voran in einer anderen Fabrik, da strengt ihr euch an, legt das Geld zusammen und spannt euch vor die Zukunft. Ja, dazu nehmt ihr euch die Frauen auch, damit ihr die Zukunft erhärtet, damit sie Kinder kriegen, da werdet ihr mild, wenn sie furchtsam und glücklich herumgehen mit den Kindern in ihrem Leib. Oder ihr verbietet euren Frauen, Kinder zu haben, wollt ungestört sein und hastet ins Alter mit eurer gesparten Jugend. O das wäre ein großes Erwachen wert! Ihr Betrüger und ihr Betrogenen. Versucht das nicht mit mir. Mit mir nicht!

Ihr mit euren Musen und Tragtieren und euren gelehrten, verständigen Gefährtinnen, die ihr zum Reden zulaßt ... Mein Gelächter hat lang die Wasser bewegt, ein gurgelndes Gelächter, das ihr manchmal nachgeahmt habt mit Schrecken in der Nacht. Denn gewußt habt ihr immer, daß es zum Lachen ist und zum Erschrecken und daß ihr euch genug seid und nie einverstanden wart. Darum ist es besser, nicht aufzustehen in der Nacht, nicht den Gang hinunterzugehen, nicht zu lauschen im Hof, nicht im Garten, denn es wäre nichts als das Eingeständnis, daß man noch mehr als durch alles andere verführbar ist durch einen Schmerzton, den Klang, die Lockung und ihn ersehnt, den großen Verrat. Nie wart ihr mit euch einverstanden. Nie mit euren Häusern, all dem Festgelegten. Über jeden Ziegel, der fortflog, über jeden Zusammenbruch, der sich ankündigte, wart ihr froh insgeheim. Gern habt ihr gespielt mit dem Gedanken an Fiasko, an Flucht, an Schande, an die Einsamkeit, die euch erlöst hätten von allem Bestehenden. Zu gern habt ihr in Gedanken damit gespielt. Wenn ich kam, wenn ein Windhauch mich ankündigte, dann sprangt ihr auf und wußtet, daß die Stunde nah war, die Schande, die Ausstoßung, das Verderben, das Unverständliche. Ruf zum Ende. Zum Ende. Ihr Ungeheuer, dafür habe ich euch geliebt, daß ihr wußtet, was der Ruf bedeutet, daß ihr euch rufen ließt, daß ihr nie einverstanden wart mit euch selber. Und ich, wann war ich je einverstanden? Wenn ihr allein wart, ganz allein, und wenn eure Gedanken nichts Nützliches dachten, nichts Brauchbares, wenn die Lampe das Zimmer versorgte, die Lichtung entstand, feucht und rauchig der Raum war, wenn ihr so dastandet, verloren, für immer verloren, aus Einsicht verloren, dann war es Zeit für mich. Ich konnte eintreten mit dem Blick, der auffordert: Denk! Sei! Sprich es aus! – Ich habe euch nie verstanden, während ihr euch von jedem Dritten verstanden wußtet. Ich habe gesagt: Ich verstehe dich nicht, verstehe nicht, kann nicht verstehen! Das währte eine herrliche und große Weile lang, daß ihr nicht verstanden wurdet und selbst nicht verstandet, nicht warum dies und das, warum Grenzen und Politik und Zeitungen und Banken und Börse und Handel und dies immerfort.

Denn ich habe die feine Politik verstanden, eure Ideen, eure Gesinnungen, Meinungen, die habe ich sehr wohl verstanden und noch etwas mehr. Eben darum verstand ich nicht. Ich habe die Konferenzen so vollkommen verstanden, eure Drohungen, Beweisführungen, Verschanzungen, daß sie nicht mehr zu verstehen waren. Und das war es ja, was euch bewegte, die Unverständlichkeit all dessen. Denn das war eure wirkliche große verborgene Idee von der Welt, und ich habe eure große Idee hervorgezaubert aus euch, eure unpraktische Idee, in der Zeit und Tod erschienen und flammten, alles niederbrannten, die Ordnung, von Verbrechen bemäntelt, die Nacht, zum Schlaf mißbraucht. Eure Frauen, krank von eurer Gegenwart, eure Kinder, von euch zur Zukunft verdammt, die haben euch nicht den Tod gelehrt, sondern nur beigebracht kleinweise. Aber ich habe euch mit einem Blick gelehrt, wenn alles vollkommen, hell und rasend war – ich habe euch gesagt: Es ist der Tod darin. Und: Es ist die Zeit daran. Und zugleich: Geh Tod! Und: Steh still, Zeit! Das habe ich euch gesagt. Und du hast geredet, mein Geliebter, mit einer verlangsamten Stimme, vollkommen wahr und gerettet, von allem dazwischen frei, hast deinen traurigen Geist hervorgekehrt, den traurigen, großen, der wie der Geist aller Männer ist und von der Art, die zu keinem Gebrauch bestimmt ist. Weil ich zu keinem Gebrauch bestimmt bin und ihr euch nicht zu einem Gebrauch bestimmt wußtet, war alles gut zwischen uns. Wir liebten einander. Wir waren vom gleichen Geist.

Ich habe einen Mann gekannt, der hieß Hans, und er war anders als alle anderen. Noch einen kannte ich, der war auch anders als alle anderen. Dann einen, der war ganz anders als alle anderen, und er hieß Hans, ich liebte ihn.

In der Lichtung traf ich ihn, und wir gingen so fort, ohne Richtung, im Donauland war es, er fuhr mit mir Riesenrad, im Schwarzwald war es, unter Platanen auf den großen Boulevards, er trank mit mir Pernod. Ich liebte ihn. Wir standen auf einem Nordbahnhof, und der Zug ging vor Mitternacht. Ich winkte nicht; ich machte mit der Hand ein Zeichen für Ende. Für das Ende, das kein Ende findet. Es war nie zu Ende. Man soll ruhig das Zeichen machen. Es ist kein trauriges Zeichen, es umflort die Bahnhöfe und Fernstraßen nicht, weniger als das täuschende Winken, mit dem so viel zu Ende geht. Geh, Tod, und steh still, Zeit. Keinen Zauber nutzen, keine Tränen, kein Händeverschlingen, keine Schwüre, Bitten. Nichts von alledem. Das Gebot ist: Sich verlassen, daß Augen den Augen genügen, daß ein Grün genügt, daß das Leichteste genügt. So dem Gesetz gehorchen und keinem Gefühl. So der Einsamkeit gehorchen. Einsamkeit, in die mir keiner folgt.

Verstehst du es wohl? Deine Einsamkeit werde ich nie teilen, weil da die meine ist, von länger her, noch lange hin. Ich bin nicht gemacht, um eure Sorgen zu teilen. Diese Sorgen nicht! Wie könnte ich sie je anerkennen, ohne mein Gesetz zu verraten? Wie könnte ich je an die Wichtigkeit eurer Verstrickungen glauben? Wie euch glauben, solange ich euch wirklich glaube, ganz und gar glaube, daß ihr mehr seid als eure schwachen, eitlen Äußerungen, eure schäbigen Handlungen, eure törichten Verdächtigungen. Ich habe immer geglaubt, daß ihr mehr seid, Ritter, Abgott, von einer Seele nicht weit, der allerköniglichsten Namen würdig. Wenn dir nichts mehr einfiel zu deinem Leben, dann hast du ganz wahr geredet, aber auch nur dann. Dann sind alle Wasser über die Ufer getreten, die Flüsse haben sich erhoben, die Seerosen sind gleich hundertweis erblüht und ertrunken, und das Meer war ein machtvoller Seufzer, es schlug, schlug und rannte und wollte gegen die Erde an, daß seine Lefzen trieften von weißem Schaum.

Verräter! Wenn euch nichts mehr half, dann half die Schmähung. Dann wußtet ihr plötzlich, was euch an mir verdächtig war, Wasser und Schleier und was sich nicht festlegen läßt. Dann war ich plötzlich eine Gefahr, die ihr noch rechtzeitig erkanntet, und verwünscht war ich und bereut war alles im Handumdrehen. Bereut habt ihr auf den Kirchenbänken, vor euren Frauen, euren Kindern, eurer Öffentlichkeit. Vor euren großen, großen Instanzen wart ihr so tapfer, mich zu bereuen und all das zu befestigen, was in euch unsicher geworden war. Ihr wart in Sicherheit. Ihr habt die Altäre rasch aufgerichtet und mich zum Opfer gebracht. Hat mein Blut geschmeckt? Hat es ein wenig nach dem Blut der Hindin geschmeckt und nach dem Blut des weißen Wales? Nach deren Sprachlosigkeit?

Wohl euch! Ihr werdet viel geliebt, und es wird euch viel verziehen. Doch vergeßt nicht, daß ihr mich gerufen habt in die Welt, daß euch geträumt hat von mir, der anderen, dem anderen, von eurem Geist und nicht von eurer Gestalt, der Unbekannten, die auf euren Hochzeiten den Klageruf anstimmt, auf nassen Füßen kommt und von deren Kuß ihr zu sterben fürchtet, so wie ihr zu sterben wünscht und nie mehr sterbt: ordnungslos, hingerissen und von höchster Vernunft.

Warum sollt ich's nicht aussprechen, euch verächtlich machen, ehe ich gehe. Ich gehe ja schon.

Denn ich habe euch noch einmal wiedergesehen, in einer Sprache reden gehört, die ihr mit mir nicht reden sollt. Mein Gedächtnis ist unmenschlich. An alles habe ich denken müssen, an jeden Verrat und jede Niedrigkeit. An denselben Orten habe ich euch wiedergesehen; da schienen mir Schandorte zu sein, wo einmal helle Orte waren. Was habt ihr getan! Still war ich, kein Wort habe ich gesagt. Ihr sollt es euch selber sagen. Eine Handvoll Wasser habe ich über die Orte gesprengt, damit sie grünen mögen wie Gräber. Damit sie zuletzt hell bleiben mögen.

Aber so kann ich nicht gehen. Drum laßt mich euch noch einmal Gutes nachsagen, damit nicht so geschieden wird. Damit nichts geschieden wird. Gut war trotzdem euer Reden, euer Umherirren, euer Eifer und euer Verzicht auf die ganze Wahrheit, damit die halbe gesagt wird, damit Licht auf die eine Hälfte der Welt fällt, die ihr grade noch wahrnehmen könnt in eurem Eifer. So mutig wart ihr und mutig gegen die anderen – und feig natürlich auch und oft mutig, damit ihr nicht feige erscheint. Wenn ihr das Unheil von dem Streit kommen saht, strittet ihr dennoch weiter und beharrtet auf eurem Wort, obwohl euch kein Gewinn davon wurde. Gegen ein Eigentum und für ein Eigentum habt ihr gestritten, für die Gewaltlosigkeit und für die Waffen, für das Neue und für das Alte, für die Flüsse und für die Flußregulierung, für den Schwur und gegen das Schwören. Und wißt doch daß ihr gegen euer Schweigen eifert und eifert trotzdem weiter. Das ist vielleicht zu loben.

In euren schwerfälligen Körpern ist eure Zartheit zu loben. Etwas so besonders Zartes erscheint, wenn ihr einen Gefallen erweist, etwas Mildes tut. Viel zarter als alles Zarte von euren Frauen ist eure Zartheit, wenn ihr eue Wort gebt oder jemand anhört und versteht. Eure schweren Körper sitzen da, aber ihr seid ganz schwerelos, und eine Traurigkeit, ein Lächeln von euch können so sein, daß selbst der bodenlose Verdacht eurer Freunde einen Augenblick lang ohne Nahrung ist.

Zu loben sind eure Hände, wenn ihr zerbrechliche Dinge in die Han nehmt, sie schont und zu erhalten wißt, und wenn ihr die Lasten tragt und das Schwere aus einem Weg räumt. Und gut ist es, wenn ihr die Körper der Menschen und der Tiere behandelt und ganz vorsichtig einen Schmerz aus der Welt schafft. So Begrenztes kommt von euren Händen, aber manches Gute, das für euch einstehen wird.

Zu bewundern ist auch, wenn ihr euch über Motoren und Maschinen beugt, sie macht und versteht und erklärt, bis vor lauter Erklärungen wieder ein Geheimnis daraus geworden ist. Hast du nicht gesagt, es sei dieses Prinzip und jene Kraft? War das nicht gut und schön gesagt? Nie wird jemand wieder so sprechen können von den Strömen und Kräften, den Magneten und Mechaniken und von den Kernen aller Dinge.

Nie wird jemand wieder so sprechen von den Elementen, vom Universum und allen Gestirnen.

Nie hat jemand so von der Erde gesprochen, von ihrer Gestalt, ihren Zeitaltern. In deinen Reden war alles so deutlich: die Kristalle, die Vulkane und Aschen, das Eis und die Innenglut.

So hat niemand von den Menschen gesprochen, von den Bedingungen, unter denen sie leben, von ihren Hörigkeiten, Gütern, Ideen, von den Menschen auf dieser Erde, auf einer früheren und einer künftigen Erde. Es war recht, so zu sprechen und so viel zu bedenken.

Nie war so viel Zauber über den Gegenständen, wie wenn du geredet hast, und nie waren Worte so überlegen. Auch aufbegehren konnte die Sprache durch dich, irre werden oder mächtig werden. Alles hast du mit den Worten und Sätzen gemacht, hast dich verständigt mit ihnen oder hast sie gewandelt, hast etwas neu benannt: und die Gegenstände, die weder die geraden noch die ungeraden Worte verstehen, bewegten sich beinahe davon.

Ach, so gut spielen konnte niemand, ihr Ungeheuer! Alle Spiele habt ihr erfunden, Zahlenspiele und Wortspiele, Traumspiele und Liebesspiele.

Nie hat jemand so von sich selber gesprochen. Beinahe wahr. Beinahe mörderisch wahr. Übers Wasser gebeugt, beinah aufgegeben. Die Welt ist schon finster, und ich kann die Muschelkette nicht anlegen. Keine Lichtung wird sein. Du anders als die anderen. Ich bin unter Wasser. Bin unter Wasser.

Und nun geht einer oben und haßt Wasser und haßt Grün und versteht nicht, wird nie verstehen. Wie ich nie verstanden habe.

Beinahe verstummt,
beinahe noch
den Ruf
hörend.

Komm. Nur einmal.
Komm.

Max Frisch
Der andorranische Jude

In Andorra lebte ein junger Mann, den man für einen Juden hielt. Zu erzählen wäre die vermeintliche Geschichte seiner Herkunft, sein täglicher Umgang mit den Andorranern, die in ihm den Juden sehen: das fertige Bildnis, das ihn überall erwartet. Beispielsweise ihr Mißtrauen gegenüber seinem Gemüt, das ein Jude, wie auch die Andorraner wissen, nicht haben kann. Er wird auf die Schärfe seines Intellektes verwiesen, der sich eben dadurch schärft, notgedrungen. Oder sein Verhältnis zum Geld, das in Andorra auch eine große Rolle spielt: er wußte, er spürte, was alle wortlos dachten; er prüfte sich, ob es wirklich so war, daß er stets an das Geld denke, er prüfte sich, bis er entdeckte, daß es stimmte, es war so, in der Tat, er dachte stets an das Geld. Er gestand es; er stand dazu, und die Andorraner blickten sich an, wortlos, fast ohne ein Zucken der Mundwinkel. Auch in Dingen des Vaterlandes wußte er genau, was sie dachten; sooft er das Wort in den Mund genommen, ließen sie es liegen wie eine Münze, die in den Schmutz gefallen ist. Denn der Jude, auch das wußten die Andorraner, hat Vaterländer, die er wählt, die er kauft, aber nicht ein Vaterland wie wir, nicht ein zugeborenes, und wie wohl er es meinte, wenn es um andorranische Belange ging, er redete in ein Schweigen hinein, wie in Watte. Später begriff er, daß es ihm offenbar an Takt fehlte, ja, man sagte es ihm einmal rundheraus, als er, verzagt über ihr Verhalten, geradezu leidenschaftlich wurde. Das Vaterland gehörte den andern, ein für allemal, und daß er es lieben könnte, wurde von ihm nicht erwartet, im Gegenteil, seine beharrlichen Versuche und Werbungen öffneten nur eine Kluft des Verdachtes; er buhlte um eine Gunst, um einen Vorteil, um eine Anbiederung, die man als Mittel zum Zweck empfand auch dann, wenn man selber keinen möglichen Zweck erkannte. So wiederum ging es, bis er eines Tages entdeckte, mit seinem rastosen und alles zergliedernden Scharfsinn entdeckte, daß er das Vaterland wirklich nicht liebte, schon das bloße Wort nicht, das jedesmal, wenn er es brauchte, ins Peinliche führte. Offenbar hatten sie recht. Offenbar konnte er überhaupt nicht lieben, nicht im andorranischen Sinn; er hatte die Hitze der Leidenschaft, gewiß, dazu die Kälte seines Verstandes, und diesen empfand man als eine immer bereite Geheimwaffe seiner Rachsucht; es fehlte ihm das Gemüt, das Verbindende; es fehlte ihm, und das war unverkennbar, die Wärme des Vertrauens. Der Umgang mit ihm war anregend, ja, aber nicht angenehm, nicht gemütlich. Es gelang ihm nicht, zu sein wie alle andern, und nachdem er es umsonst versucht hatte, nicht aufzufallen, trug er sein Anderssein sogar mit einer Art von Trotz, von Stolz und lauernder Feindschaft dahinter, die er, da sie ihm selber nicht gemütlich war, hinwiederum mit einer geschäftigen Höflichkeit überzuckerte; noch wenn er sich verbeugte, war es eine Art von Vorwurf, als wäre die Umwelt daran schuld, daß er ein Jude ist –

Die meisten Andorraner taten ihm nichts.

Also auch nichts Gutes.

Auf der andern Seite gab es auch Andorraner eines freieren und fortschrittlichen Geistes, wie sie es nannten, eines Geistes, der sich der Menschlichkeit verpflichtet fühlte: sie achteten den Juden, wie sie betonten, gerade um seiner jüdischen Eigenschaften willen, Schärfe des Verstandes und so weiter. Sie standen zu ihm bis zu seinem Tode, der grausam gewesen ist, so grausam und ekelhaft, daß sich auch jene Andorraner entsetzten, die es nicht berührt hatte, daß schon das ganze Leben grausam war. Das heißt, sie beklagten ihn eigentlich nicht, oder ganz offen gesprochen: sie vermißten ihn nicht – sie empörten sich nur über jene, die ihn getötet hatten, und über die Art, wie das geschehen war, vor allem die Art.

Man redete lange davon.

Bis es sich eines Tages zeigt, was er selber nicht hat wissen können, der Verstorbene: daß er ein Findelkind gewesen, dessen Eltern man später entdeckt hat, ein Andorraner wie unsereiner –

Man redete nicht mehr davon.

Die Andorraner aber, sooft sie in den Spiegel blickten, sahen mit Entsetzen, daß sie selber die Züge des Judas tragen, jeder von ihnen.

Hermann Lenz
Erinnerung an Europa

Ich war mit einem anderen in Afrika. Er schoß einen Löwen, sagte: »Wir graben uns ein.« Also hoben wir ein Erdloch aus, darin wir beide stehen konnten. Über den Köpfen machten wir ein Dach aus Zweigen. Darunter saßen wir und warteten, doch ereignete sich nichts.

Wir wollten wieder hervorkriechen, als ein breiter Schatten in der Luft war. Ein Geier, den Hals nackt und faltig, pflockte auf dem Kopf des Löwen auf und pflückte sich ein Auge mit dem Schnabel. Der Löwe lag auf der Seite, seine Barthaare waren gesträubt und die Lider verkniffen. Wie einen Arm, der mit krummem Operationsmesser zugreift und schneidet, drehte der Geier seinen Hals dem andern Löwenauge zu, indes neben ihm ein kleiner Vogel mit Wippschwanz und gesträubtem Kopfputz hüpfte und vielleicht im Fell nach Läusen suchte.

Bald schlichen auch die Grauen mit geduckten Köpfen und schleifenden Schwänzen her: demütige Schakale. Schnuppernd schnürten sie; einer hob neben mir die Pfote und blaffte leise, ein heiseres Geräusch. Sogleich verschwanden alle andern. Er schlich vorbei und kam als erster zu dem Löwen, biß in seinen Unterkiefer und holte sich die Zunge. Dann waren auch die andern da und schlitzten den Bauch auf. Das waren Eingeweidefresser. Die Schakale machten Platz, und eine dicke Schlange kam herbeigerutscht, schlich durch die Sudellache aus Blut und Gedärm, dort, wo zuvor der Löwenbauch gewesen war und nun ein schartiges Brustkorbgitter, einem krummen Lattenzaun vergleichbar, von Sonne durchschienen wurde. Die Schlange kroch zwischen ihm hindurch, hob den Kopf und züngelte, als wolle sie einen Triumph genießen, wahrscheinlich weil der Löwe sie und ihresgleichen nie beachtet hatte.

Aber ich ermüde Sie mit Details. Sie leben kultiviert, beschützt von Zivilisationsglätte, ein geschmeidiger Berichterstatter, der besucht den Abenteurer und erzählen wird im Blatt, wie er ihn antraf in einer leeren Kammer, in einem Haus, das abgebrochen wird, auf einem Faltbett hockend, die billigste Zigarettensorte paffend.

Sie haben mich durchschaut. Nie war ich in einer Savanne, nie im Urwald. Ich durchmesse lediglich die liebestrockenen Gebiete einer gemäßigten Zone und weiß, wer herfällt über einen Toten.

Ilse Aichinger
Mein Vater aus Stroh

In der alten Remise wohnt mein Vater, mein Vater hält sich auf dem Eis.
Wer es nicht glaubt, kann ihn mit mir besuchen, er kann durchs Schilf
schlüpfen und im Winter durch den Teer, er sieht ihn gleich von nahe, auf
die Ferne geben wir nichts mehr. Mein Vater sitzt auf dem alten Sessel und
ist ganz aus Stroh, er wärmt sich die linke Hand an einem Stück Mauer, die
rechte an einem Eisenstück, das dort noch steht. Mein Vater ist mit
Amundsen gefahren, und er kennt die unteren Meere. Er trägt die alte Uniform, er ist von der alten Bahn und die Leute von der alten Bahn sind fleißig, sie haben die Heubündel immer gerecht verteilt. Sie sind zwischen den
Schienen auf und ab gelaufen und man hat ihre Schreie gegen den Schnee
gehört und oft hat einer, der weit entfernt von ihnen wohnte, seinem Enkel
die Hand auf die Mütze gelegt und gesagt: Hörst du? Hörst du sie? Damals
haben sie die Krähenschwärme von den Schienen gehalten, niemand weiß,
was das heißt. Krähenschwärme? sagen sie jetzt und lachen. Sie lachen viel
zuviel. Man hat damals noch Strohmodelle gehabt und alles mit Stroh pro-
biert: den Schienenbau, die Anlage, die Signale. Davon ist man heute schon
weit entfernt, keine Krähen, kein Stroh, aber meinem Vater macht es
nichts, er hält sich in der Remise, er hält sich auf dem Eis und ist von der
Welt nicht abzubringen. Er hebt die Strohhand und schaut durch das ge-
sprungene Fenster in die weiße Luft. Neben dem Eisenstück steht eine Kiste mit Holz, dazu bückt er sich manchmal und stöbert darin herum. Die
Leute von der alten Bahn sind mit allem vertraut gewesen, sie haben die
Mühlen und Eulen auf den Strecken gekannt und genau gekannt. Nicht wie
einer heute beiläufig sagt, daß die Eulenhorste links sind. Davon hielten sie
damals nichts. Links oder rechts, darauf kam es nicht an, aber die Abstände
von den Schienen und die Bodenwellen, die Senken dazwischen, die gespannten und ungespannten Drähte, die kleinen Tonnen, die in den Regen-
lachen eingefroren sind, alles genau. Wege hat es damals auch schon gegeben, aber deshalb? Es ist alles in Stroh gemessen worden, in einfachen und
doppelten Schienenbreiten. Und die Leute haben das Stroh gerne geliefert,
sie haben es in Säcken zur Remise heruntergebracht, oft weit durch den Regen. Stroh, das war es damals, und mein Vater ist heute noch daraus. Er hat
keine Wahl, aber er will auch aus nichts anderem sein. Wachs lockt ihn
längst nicht mehr. Vielleicht früher manchmal, als Kleinen, wenn er die
Bienenhäuser sah und wie künstlich sie die Waben bauen, aber darüber ist
er hinaus, er möchte mit niemandem tauschen. Und er beneidet keinen.

Manchmal kommt der Heizer und geht in seinen Dienstraum nebenan, er wirft sich auf sein Bett und beginnt zu stöhnen. Einmal ist er aufgestanden und herausgegangen und wollte im Traum mit meinem Vater streiten, aber da war nichts zu machen, mein Vater hat sich mit ihm nicht eingelassen. Es wird einem immer falsch ausgelegt, wenn man sich mit Leuten einläßt, die träumen. Dabei ist es ein mittlerer Heizer, nicht zu stark gebaut. Aber er kam herausgestürzt, mit erhobenen Armen, und schüttelte meinen Vater, daß das Stroh flog. Viel früher war das auch anders. Nicht daß die Leute von der alten Bahn alle dasselbe geträumt hätten, aber soviele Träume es auch gab: ein Streit war möglich. Dann hat man ihre Stimmen oft weit gehört, wie bei der Arbeit, dieselben einsilbigen Schreie, die Enkel haben gezittert und sonst hat es niemanden beunruhigt.

Manchmal besucht meinen Vater ein Müller aus dem Altersheim, er trägt immer noch die weiße Mütze und den weißen Anzug und man sieht ihn oft lange nicht, wenn er durch den Schnee kommt. Er erzählt dann von seinem Weihnachtsfest und von seiner Glasterrasse und mein Vater hört ihm begierig zu, den Kopf gebeugt. Der Müller stellt zur Weihnachtszeit immer Pflanzen und Farngewächse in die Glasterrasse, das zieht Lichter an, Funken, wie bei den alten Zügen. Mein Vater freut sich, wenn der Müller zu ihm kommt, aber der Müller ist nicht der einzige, der ihn besucht. Esel, Rinder, kleine wilde Tiere kommen oft über die Schienen gesprungen und reiben sich schnuppernd und zitternd an seiner alten Uniform. Auch gehörnte und gestreifte Tiere, Hyänen sogar und Gazellen, und die Hirten hinterher. Das ist ein Bild. Die Hirten klagen und schreien und jagen die Tiere aus der Remise wieder hinaus. Einmal hat einer von ihnen meinem Vater im Eifer die Mütze vom Kopf geworfen, aber meinem Vater hat das nichts gemacht, mein Vater ist von der alten Bahn alles gewohnt. Und derselbe Hirte hat auch die Mütze wieder aufgehoben. Wenn das Hirtengeschrei nicht wäre, so wären meinem Vater die Tiere noch lieber als der Müller. Der Müller ist zu breit, er wirft ihn oft fast vom Stuhl und setzt sich nur selten zu seinen Füßen nieder.

Oft verspotten mich die andern und sagen, daß ich einen Strohmann zum Vater hätte. Mit einer Mütze aus Stroh, rufen sie und wissen doch, wie unrecht sie damit haben, mit einem Anzug aus Stroh, und ihre Stimmen kippen dabei über, und mit Knöpfen aus Stroh! Sogar Knopflöcher aus Stroh, hat einmal ein Grober geschrien, als ob es das gäbe: Löcher aus Stroh. Aber sie schreien nur so, weil sie mich beneiden. Weil keiner von ihnen einen Vater hat, der tagaus, tagein in der Remise sitzt und nur manchmal den Kopf stärker hinunterbeugt und mit dem Finger schnippt oder im Holz rührt. Weil keiner von ihren Vätern mit dem Blick auf das helle Eis und durch ein einziges kleines gesprungenes Fenster genug hätte. Ihre Väter brauchen die Baggerwirtschaft und die langen Nächte, aber mein Vater braucht das alles nicht. Er ist aus Stroh, das ist wahr, aber die Leute von der alten Bahn sind alle aus Stroh und die Müller an der Strecke wissen ein Lied davon. Stroh brennt leicht und einmal ist einer brennend abgesprungen und noch lange brennend durch die Disteln gestreift. Der Fluß hat von ihm geleuchtet und die Eisstücke im Fluß, das wagt heute niemand mehr. Keiner ist aus Stroh und wenn ers ist, so gibt er es nicht zu, und schon gar nicht einer von der Bahn, es ist ihnen viel zu gefährlich. Dabei sind Strohköpfe schön, die Luft zieht leicht durch sie hindurch, auch die schwere Luft in der Remise, und mein Vater hat viele Gedanken. Das Eis gibt ihm zu denken, wenn es friert, die Glätte an den Scheiben, wenn es taut, und die Feuchtigkeit, wenn ihn die Glieder schmerzen. Die Hirten und die Tiere und der Müller, alles. Niemand denkt soviel wie er. Der Müller ist aus Fleisch und Bein, aber der Müller denkt nicht. Und die Hirten? Wer erwartet das schon? Einmal war eine kleine Hyäne dabei, die hatte Gedanken im Kopf und war von meinem Vater nicht wegzubringen. Aber das fiel niemandem auf und später ist die Hyäne bei der Sägemühle ertrunken, in demselben Teich, in dem sonst die Bretter schwimmen. Ich will es ihnen nicht als Böswilligkeit auslegen, aber heute weiß niemand mehr viel. Sie tun sich zusammen, sie ziehen mit Musik und Kränzen die Hügel hinauf und wieder hinunter, aber von meinem Vater wissen sie nichts, das liegt ihnen zu fern. Wenn wir uns noch mit dem Stroh abtun sollen, sagen sie, wo kämen wir da hin? Und selbst wenn das Stroh Mützen auf hat und Hosen an, es bleibt doch Stroh. Das sind ihre Reden, solche Sätze hört man, wenn man zufällig im Flur bei ihnen steht und sie von der Arbeit kommen und einen nicht sehen. Für mich sind das Lästerreden und ich bete, wenn ich sie höre. Dann gebe ich die frischgeschliffenen Sicheln ab, oder was sonst solche Leute brauchen, die immer hin und her gehen und wie Hölzer in ihre hellen Zimmer geschnitten sind, und mache mich wieder auf den Weg zur Remise. Ich schlüpfe unter ihren Drähten durch und gleite ihre glatten fruchtlosen Wiesen hinunter und höre ihre Pferde hinter mir wiehern, aber ich bin schon fort. Das Glück jagt mich über die Flußsteine zu meinem Vater aus Stroh. Über mir treiben Wolken oder Planeten oder die laue Luft, aber ich weiß, wohin ich unterwegs bin, und nichts kann mich sonst entzücken.

Manche sagen freilich, ich liefe so schnell, weil ich Angst um meinen Vater hätte. Ich habe keine Angst wegen der Müller und der Heizer und auch nicht wegen der Hirten und ihrer Tiere. Daß Hirten mit Feuer zu tun haben, ist wahr und jedem bekannt, es heißt nicht umsonst Hirtenfeuer. Ein Heizer erst recht, das muß man nicht weiter erklären. Und die Gazellen und die anderen Tiere auch, es muß dann Buschfeuer heißen. Aber ich bin doch froh, wenn der Himmel grau und glasig ist und keine Abend- oder Morgenröte mir Schrecken und Unbehagen ins Herz jagt. Denn ich kann meinen Vater vor nichts schützen, nicht vor der unsinnigen und tatendurstigen Fröhlichkeit der andern und noch weniger vor seinen eigenen Wünschen. Meine Angst sind dabei die Sterne, weil mein Vater gern eine Reise zu den Sternen machen möchte, ich gebe es zu. Aber was ist das, eine Reise zu den Sternen, wie soll ich das verstehen? Mein Vater erklärt es mir nicht. Meint er das Samtige, die umgürteten Wiesen, Schilf und alte Jahre? Ich weiß es nicht. Ich merke nur, daß er mit einem Ruck den Kopf hebt, wenn einer von ihnen an seinem schrägen vereisten Fenster vorbeizieht, und das Stöbern in der Holzkiste sein läßt. Tatsächlich sehen die da oben auch weit entfernten brennenden und kreiselnden Heubündeln ähnlicher als allem anderen. Aber ich kann meinen Vater nicht fragen, ob er sie für seine Gefährten hält, und ich möchte ihn nicht einmal fragen können. Ich möchte nur, daß er noch eine Weile hierbleibt, hier auf seinem alten Sessel in der Remise, still und feucht, wie er ist, und selbst mit dem Modergeruch, der altem Stroh und alten Uniformen immer leicht anhaftet.

Habe ich vergessen, zu erwähnen, wie mein Vater zu den Eiszapfen neigt? Sie sind ihm lieber als alles Holz in seiner Kiste und ich bringe sie ihm, sooft ich kann. Ich breche sie von den Schuppendächern, wahllos, wie es kommt, und die Hunde sind hinter mir. Da ist er wieder, der Eiszapfenbrecher, höre ich es von weitem rufen, aber das hilft ihnen nichts. Wenn mein Vater die Eiszapfen um sich hat, in Kreisen und Halbkreisen, hell wie Lanzenschäfte, aber klüger, ist er in seinem Glück. Er rückt dann den Kopf nicht mehr nach den Sternen und die Engel leuchten ihm.

Wolfgang Weyrauch
Krähenflügel

Der alte Mann war seit gestern tot. Die andern hatten an seiner Brust gehorcht, ob er auch wirklich tot war. Sie brauchten dazu keinen Mantel aufzuknöpfen, sie mußten auch kein Hemd über seinen Kopf ziehen, denn er hatte außer seiner Hose nichts mehr an, obwohl es so kalt im Winkel war, daß der Schweiß des Alten in seinen Achselhöhlen gefror. Ein paar von den andern hatten ihm die Schuhe ausgezogen, Strümpfe hatte er sowieso nicht mehr. Das mit den Schuhen hatte die Greisin gesehen, aber als sie um Hilfe rief, schlugen die beiden Diebe so auf sie los, daß sie ohnmächtig wurde. Doch wer den Mantel und die Jacke genommen hatte, wußte niemand. Keiner legte dem Alten einen Sack auf die Haut, niemand konnte ihn leiden, er log und machte jedermann schlecht. Nur die Alte versuchte, den Greis zuzudecken. Sie kroch zu ihm hin, doch sie kam nicht weit, dann konnte sie nicht mehr. Bevor sie zurückkroch, warf sie dem Alten ihre Schürze und ihr Kopftuch zu, aber sie hatte keine Kraft, das Zeug fiel zwischen sie und den Alten. Hier schneite es bald zu, die Dachsparren hatten sie längst verbrannt.

Ehe der Alte starb, fragte der Junge: Wenn er nun tot ist, taut dann das Eis in den Achseln? Dann ist er ja noch kälter, antwortete der Mann. Nachdem der Greis tot war, legte sich die Greisin, die bisher auf der Seite gelegen hatte, auf den Rücken und sah in die Ecke hinein, wo das, was von der Mauer übrig war, in den Rest des Dachs überging. Was siehst du denn da? fragte das junge Mädchen. Den Himmel, sagte die Alte. Was ist denn da drin? fragte das Mädchen weiter. Du nicht, erwiderte die Greisin. Was ist wirklich drin? fragte der junge Mann. Krähen, sagte die Alte. Krähen, wiederholte der Mann und versuchte aufzustehen. Aber es ging nicht, und so kletterte er auf allen vieren über die anderen hinweg, aus dem Zimmer heraus, durch die Türfüllung hindurch, an der Falltür, die zum Keller führte, vorbei. Der Mann kroch langsamer, als er an der Falltür war, der Keller fiel ihm ein, in den sie nicht hinein konnten, weil er vom Geröll des Treppenflurs zugeschüttet war. Als sie gekommen waren, wollten sie in den Keller hinunter, da war es etwas wärmer, und wer weiß, was alles im Keller lag, Kohlen, Kartoffeln, Grütze. Da sie aber nicht in den Keller konnten, blieben sie in den Winkeln des einzigen Zimmers, von dem sie noch sehen konnten, daß es einmal ein Zimmer gewesen war. Die Tapete klebte noch an den drei Wänden, die standen, viele Rosen machten die Tapete aus.

Dann war der Mann bei den Knochen des toten Pferdes, das sie gefunden hatten, als sie zum Haus gelangten, und sofort zerrissen und gegessen hatten. Die Frau wollte es roh essen, aber die andern waren dagegen. Sie holten Fichten aus einer Schonung, aber sie mußten weit gehen, bis sie Holz fanden, alle Dörfer waren hin, jedes Stück Holz hatten die verbrannt, die vor ihnen angekommen waren, die Wälder waren weg. Sie brieten das Pferd und aßen es in zwei Tagen. Einer wollte mehr haben als die andern. Sie schickten ihn vom Feuer fort, und wenn er wiederkam, jagten sie ihn immer wieder davon. Schließlich fand ihn einer, der Wasser suchen sollte, erfroren. Er war kaum noch da, aber der andere erkannte ihn an der Pelzmütze. Ehe der Tote noch vereisen konnte, hatten ihn die Tiere gefressen. Der

Wasserholer stülpte sich die Mütze auf und ließ die Teile der Leiche liegen, wie sie lagen.

Der Mann aber, der bei den Knochen des toten Pferdes stand, sah nach dem Westen, wo, wie er gehört hatte, sich die großen Wälder dahinzogen. Er sah sie nicht, aber er konnte sie sich vorstellen, er war früher, als er noch kein wandernder Toter war, Holzfäller gewesen. Er sah sie vor sich, weiß vom Schnee und also desto dunkler, stumm, obwohl sie voll von Tieren waren, und doch schreiend, weil etwas, das so leise ist, gerade deshalb besonders laut ist. Da er die Wälder nicht sehen konnte, schaute er wenigstens dorthin, wo die finstere Ebene und der finstere Himmel sich trafen. Von dorther mußten die Krähen kommen, plötzlich mußte die erste über den Bogen hinweg sein, den Wolken und Schnee schlugen, sie erschien, wußte er, wie ein Traum, doch sie war kein Traum, sie stand, obwohl sie flog, sie stand, obgleich sie sich näherte. Endlich war sie da, bei ihm, und wenn sie über ihm war, war der Schwarm dort, wo die erste Krähe zuerst flog. Wenn aber der Schwarm über ihm strich, war die Schneeschmelze da. Dann fing die Feindschaft mit dem Wasser an, doch sie dauerte nicht lange, ein paar von ihnen ertranken, aber es ertranken nicht so viele, wie erfroren waren. Sie froren nicht mehr, sie zitterten nicht mehr, die Weiber schrien nicht mehr, die Kinder weinten nicht mehr, und sie fanden etwas zu essen. Vielleicht kamen sie auch zu einem Amt, wo man ihnen ein Zimmer gab, wo sie schlafen konnten, ohne zu denken: morgen bin ich erfroren.

Er konnte nicht mehr stehen, er setzte sich, doch er konnte auch nicht sitzen, so daß er sich hinlegte. Doch kaum lag er, versuchte er, wieder aufzustehen. Da es nicht ging, rief er nach den andern, daß sie ihn holen sollten, damit er nicht erfror. Aber die andern kamen nicht, oder sie hörten ihn doch, waren aber zu matt, zu ihm zu kriechen. Er schrie. Doch mitten in seinem Schrei hörte er zu schreien auf. Er hörte etwas, er blickte nach oben, da war nichts, aber er hörte es immer noch, es war ein Flügelschlag, nein, es war kein Flügelschlag, es war ein Flügelschlagen, viele Flügel schlugen, Krähenflügel, Flügel der Schneeschmelze. Er lächelte und schlief ein. Er wachte nicht wieder auf.

Als ihn die andern am nächsten Morgen fanden, begruben sie ihn, denn das Eis war über Nacht weich geworden. Gegen Morgen fing es zu tauen an. Niemand wußte, wieso, aber sie wachten alle zur gleichen Zeit auf. Keiner hatte den andern geweckt, so, wie es sonst war, daß einer wachte, während die andern schliefen, und wenn seine Zeit um war, ging er zu dem hin, der an der Reihe war zu wachen, und legte ihm die Hand auf die Schulter. Einmal war einer, der wachen sollte, eingeschlafen. Als er später aufwachte, waren schon zwei Frauen erfroren. Als ihn die andern totschlagen wollten, war er fort. Lange suchten sie ihn, dann fanden sie ihn auf der Landstraße, die Spuren der Reifen eines Tonners im Gesicht.

Alle wachten gleichzeitig auf. Heute nacht hatte keiner mehr gewacht, niemand konnte mehr wachen, so elend waren sie. Aber als sie aufwachten, ging es allen etwas besser, ohne daß sie zuerst wußten, woher es kam. Die Frau sagte zum Jungen: Los, Jungchen, mach, daß du wegkommst, vielleicht findest du was zu essen. Der Junge stand auf, langsam, weil er meinte, daß er nicht stehen konnte. Doch er konnte stehen. Vorsichtig fing er zu gehen an, da er glaubte, daß er nicht gehen konnte. Aber er konnte gehen. Sonst widersprach er, wenn jemand etwas von ihm wollte. Doch heute sagte er: Hoffentlich habe ich Glück. Dann schnupperte er, denn er roch etwas. Es roch eigentlich nach nichts, trotzdem war es da. Es roch nach Luft, nach warmer Luft. Der Junge machte den Mund auf und ließ den Atem heraus. Der Atem schwebte nicht so nebelig aus dem Mund wie sonst, er war viel dünner. Der Junge lief aus dem Verschlag und sah nach, ob die Krähen da waren, denn wenn die Krähen da waren, war es mit dem Winter aus. Die Krähen, rief der Junge und lief in die Ebene hinein.

Da fuhren alle hoch und schleppten sich nach draußen und sahen nach den Krähen. Die Krähen waren da, sie waren alle da, alle Krähen der ganzen Welt waren hier bei ihnen. Noch flogen sie in der Höhe der Wolken, so daß sie oft darin vergingen. Dann aber schossen sie herunter, gerade auf sie zu, fast bis zu ihren Gesichtern herab. Aber gerade noch, bevor sie die armen Augen und die sehnsüchtigen Münder streiften, hielten sie inne. Jetzt flogen sie um sie herum und hüllten sie ein, daß ihnen ganz warm wurde. Doch dann, viel schneller als sie erschienen waren, flogen sie davon, Rudel der Barmherzigkeit. Alle sahen ihnen nach, bis sie verschwunden waren. Jetzt machen sie woanders den Frühling, sagte einer. Dann stimmt das, sagte ein anderer, was unser Friseur immer gesagt hat. Paßt auf, rief ein Alter, jetzt bringt uns der Junge was zu essen.

Er kam schon. Er taumelte. Aber er schwankte nicht, weil er nicht mehr laufen konnte, sondern weil er so schwer trug. Er klemmte unter dem rechten Arm ein langes Brot, in der linken Hand hielt er einen Topf am Henkel fest. Als er bei ihnen war, sahen sie, daß Grütze im Topf war und daß der Junge eine Zigarette rauchte. Er legte das Brot auf einen Mauerstein, von dem der Schnee abgetropft war, und stellte den Fuß darauf, damit keiner das Brot wegnehmen und damit fortlaufen konnte. Er behielt den Topf in der Hand und holte mit der andern viel Tabak aus der Hosentasche. Er verteilte ihn, jedem das Gleiche. Dann ließ er den Topf kreisen. Nachdem alle von der Grütze gegessen hatten, brach er vom Brot Stücke ab, die fast gleich groß waren. Unterdes hatte er einem von den Männern die Zigarette gegeben, der zündete sich eine Pfeife an, rauchte, und als alle ihr Brot verzehrt hatten, gab der Mann seine Pfeife herum, und alle rauchten. Wo hast du das her? fragte jemand. Von einem Posten, sagte der Junge. Was hast du dem Posten gegeben? fragte ein anderer. Nichts, antwortete der Junge.

Und sie aßen, und sie rauchten, und wie sie so Grütze aßen und Brot aßen und Pfeife rauchten, vergaßen sie beinahe schon, daß sie vor einer Stunde fast gestorben waren. Eine Frau kniete hin und begann zu beten, ein alter Mann fing zu singen an, ein junger Mann und ein Mädchen liefen in den Verschlag, wo jetzt niemand war. Legt euch nicht in die Pfütze, rief ihnen eine andere Frau nach. Jetzt müßten wir noch etwas für die Kinder haben, sagte eine Alte. Das Brot ist alle, sagte eine Schwangere, und wenn sie von der Grütze essen, kotzen sie alles wieder heraus. Die Grütze ist zu fett für sie, meinte ein junges Mädchen. Der Posten hat es gut gemeint, rief ein Greis. Natürlich, sagte ein Mann. Ich glaube, sagte ein andrer, es ist besser, wenn wir aufhören zu schwätzen. Ja, sagte der Greis, wir müssen uns um das Wasser kümmern.

Während sie noch überlegten, ob sie besser hierblieben oder versuchen sollten, zur nächsten Stadt zu kommen, trippelte mit einemmal eine Ziege mitten unter sie. Als sie nach dem Fell faßten, wollte die Ziege weglaufen. Aber es war schon zu spät, sie hielten sie alle fest. Fürchte dich nicht, sagte der Alte zu der Ziege, die bebte, wir tun dir nichts. Nee, rief eine Frau, gar nichts, wir fressen sie bloß. Wenn sie Milch hätte, sagte der Junge, brauchten wir sie nicht zu schlachten. Milch, antwortete die Frau, im Winter Milch, was für ein Unsinn. Versucht es doch einmal, sagte der Greis, die Ziege ist fett, sie ist ganz warm, und sie hat eine gute Zunge. Sicher ist sie aus einem Stall weggelaufen, rief der Junge, den wir nicht gesehen haben. Die Frau lachte und fing an, die Ziege zu melken. Sie hatte Milch, rasch hielt der Alte seinen Hut darunter. Dann brachten sie die Milch dem jungen Mädchen, das sein Kind an die Brust gelegt hatte, obwohl nichts aus den Knospen herausfloß. Das Mädchen nahm den Hut und ließ die Ziegenmilch in das Mäulchen rinnen. Jäh rötete sich die weiße Haut des Kindes.

Schließlich fingen sie an, gegen die Schmelze zu kämpfen. Aber vorher nahmen die, die noch einen Hut oder eine Mütze aufhatten, ihre Kopfbedeckung ab und hielten ihre Haare dem Westwind hin. Tausend Meter über ihnen kreiste eine Krähe und schrie. Sie schrie den fernen Rudeln zu, was sie sah, und die erwiderten den Schrei mit hallenden Rufen. Doch die Leute hörten nichts davon. Sie waren wieder für sich, und die Tiere waren auch wieder für sich.

Christa Reinig
Drei Schiffe

Der Tag verfinsterte sich unter der Sonne. Die Sonne regnete auf uns herab. Wir vergingen vor Durst und Entsetzen. Aus der Ferne blendete uns ein Haus. Wir wendeten den Blick nicht davon, obwohl unsere Augen blutig rot wurden. Das Haus wurde kleiner und ferner. Aber wir hofften auf dieses Haus, und als wir es aufgegeben hatten, standen wir vor dem Tor. Wir traten ein und verlangten zu trinken. Der Wirt fragte uns, was wir wollten. Wir antworteten ihm, und er fragte wiederum. Da merkten wir, daß aus unseren Kehlen keine menschliche Sprache mehr kam. Wir machten Zeichen, und er brachte zu trinken. Wir tranken, da wurde das Dach über uns glühend. Wir tranken um so mehr, und unsere Hemden klebten fest an unserer triefenden Haut. Es wurde Nacht. Wir legten uns nieder. Unsere Hemden wurden eiskalt und steif wie ein Brett, und das Salz fraß sich in unser aufgeplatztes Fleisch. Wir krümmten uns, und manchmal schrie einer aus dem Schlaf. Morgens eilten wir weiter und bliesen in unsere Finger. Wir stiegen in einen Sumpf und verloren einander. Die Tornister auf unseren Rücken drückten uns nieder. Mücken stiegen in Schwaden auf und verfolgten uns. Wir wälzten uns in den Schlamm ein. Eine Böschung hob sich aus dem Sumpf. Wir klammerten uns an das Gesträuch, und die Dornen zerrissen unsere Hände. Wir zogen uns aus dem Sumpf. Einige fielen in die Dornen. Sie riefen uns an, daß wir sie töten sollten. Aber wir verließen sie und stiegen ins Gebirge. Die Steine machten das Fleisch unserer Füße rot. Doch als wir aufs Eis traten, wurde es schwarz und löste sich von den Knochen. Wir rissen Gestrüpp aus dem Boden und zündeten es an. Wir steckten unsere Füße ins Feuer. Der Wind löschte das Feuer und schnitt uns Narben ins Gesicht. Wir zogen die Füße aus der Asche und stiegen hinab ans Meer. Wir nahmen ein Tuch vor die Lippen und leckten das Salzwasser. Wir nahmen Steine in den Mund, und ich sah einen, der wurde wahnsinnig und biß sich die Adern auf. Dann sahen wir das Schiff. Wir weinten und umarmten uns, und das Schiff nahm uns auf.

Wir bekamen zu essen, soviel wir schlingen konnten, aber Wasser nur eine Handvoll. Es lief uns durch die Finger. Wir mußten in den Schiffsraum hinab. Wir horchten auf den Lärm der Kanonen und auf das Geschrei über uns. Wir lagen lange im Dunkeln. Wir taten nichts und beschimpften einander. Der Wahnsinnige tobte. Wir schlugen ihn und banden ihn fest. Er riß sich los. Wir tasteten durch den Raum und suchten ihn überall vergebens. Da schliefen wir nicht mehr. Wir riefen einander beim Namen und lauschten.

Wir fanden ihn nicht. Wir wurden krank vom Essen und beschmutzten den Raum. Wir schrien und trommelten gegen die Luke. Wir wurden ins Freie gelassen. Das Licht betäubte uns. Der Kapitän und die Matrosen jagten uns über das Deck. Wir arbeiteten, bis wir umfielen. Wir lagen nachts und rollten mit der Bewegung des Schiffes. Unsere Hände hielten uns nicht mehr fest.

Einmal sagte ich ein schlimmes Wort. Ich sagte: Gott wird uns wohl retten. Alle lachten über diesen Witz und sagten ihn weiter. Die Matrosen kamen und lachten. Der Kapitän kam heran. Er lachte nicht. Er ließ mich in die Kajüte rufen und befragte mich. Er hörte mich an, und ich ging erleichtert fort. Am anderen Morgen wurde ich früh geweckt. Zwei Matrosen zeigten einen Befehl des Kapitäns und peitschten mich aus, bis ich mich nicht mehr rührte.

Nach langer Zeit, als man mir die alten Verbände vom Rücken riß, sagte ich: Ich glaube nicht, daß Gott diese Welt verantworten kann. Ich ging an die Arbeit. Eines Tages wurde ich zur Kajüte gerufen. Du sollst belobt werden, weil du klug und tüchtig bist, sagte der Matrose. Ich versteckte mich. Man zog mich aus meinem Versteck. Der Kapitän sagte: Du bist einer der unseren. Du sollst die Piratenflagge auf deine Schultern nehmen und sollst sie auf den Großmast setzen. Das ist eine ehrenvolle Aufgabe, vergiß das nicht. Ich faßte in die Seile und stieg auf. Die Strickleiter schwankte unter meinen Füßen. Ich sah auf die Sprosse vor mir und achtete auf nichts anderes. Aber ich wußte, daß Leere um mich war und daß vor dem Nichts ein dünnes Seil gespannt war, das meine aufgerissenen Hände jeden Augenblick zweimal losließen. Die Flagge auf meinen Schultern wurde unendlich schwer. Ich kehrte um und brachte sie zurück. Der Kapitän schlug mir die Peitsche um die Beine. Die Flagge wurde mir von den Schultern gerissen, und ich wurde mit Peitschenhieben hinaufgejagt. Die Matrosen johlten mir nach. Wenn meine Gelenke schlapp wurden, biß ich die Zähne in das Seil. Ich hob den Kopf und öffnete die Augen. Da zitterte ich. Ich hatte noch einen einzigen Atemzug Mut. Damit ließ ich das Seil los, lief die Rahe entlang und ließ mich ins Meer fallen.

Ich lag im Wasser und schwamm. Nach Tag und Nacht erhob sich vor mir das Bild eines Schiffes. Ich glaubte an dieses Bild. Ich bäumte mich auf und warf die Arme hoch. Ich wurde gesichtet und aus dem Wasser gezogen. Als ich ausgeschlafen hatte, lud mich der Kapitän ein. Er hatte vor sich auf dem Tisch seinen Dreispitz liegen. An seinem blauen Rock waren Tressen und goldene Knöpfe. Bei seinen Leuten hieß er der Barbar. Ich durfte Wein mit ihm trinken, und er sagte: Es ist gut, wenn man weiß, wen man vor sich hat. Nicht jedermann ist jedermanns Freund. Die Welt ist böse. Ich antwortete:

Es geschieht viel Unrecht, aber alles, was geschieht, muß von allen Menschen verantwortet werden. Er sagte: Der Mensch ist schwach, das werden Sie noch erfahren. Er reichte mir die Hand und lud mich zum Abendgottesdienst ein. Er predigte, und seine Matrosen weinten. Etliche wurden aufgerufen und belobt. Der Barbar gab mir die Bibel, daß ich darin lesen sollte. Ich schlug sie auf und las: Siehe ich bin bei euch alle Tage bis an der Welt Ende.

Das Schiff kam aus Afrika und hatte wilde Tiere geladen. Zuweilen brüllten sie aus dem Schiffsraum und warfen ihre Leiber an die Wände. Man hörte ihre Ketten klirren. Einmal kam ein Matrose und meldete: Es sind wohl an die zehn Stück tot. Der Kapitän schwoll an. Die Augen traten ihm aus dem Kopf. Sie sind erstickt, stammelte der Matrose. Da brüllte der Barbar: Führt sie an Deck. Es soll mir kein Stück mehr krepieren. Die Matrosen bewaffneten sich mit Peitschen und Knüppeln. Die Offiziere luden ihre Pistolen. Ich nahm mir eine Eisenstange. Ich war blaß und aufgeregt und erwartete die Bestien. Die Luke wurde aufgerissen. Es war ganz still. Dann klirrte eine Kette, und ein Kopf erschien. Ein Mensch kroch an Deck. Er hatte einen Eisenring um den Hals. Als er sich aufrichten wollte, stürzte er aufs Deck, denn er war mit Ketten an zwei andere gefesselt, die ihn wieder hinabzogen. Einer nach dem andern kam heraus. Ihre Ketten verwirrten sich, und sie taumelten übereinander. Sie wurden in einer langen Reihe über das Deck geführt. Zwischen sich schleiften sie die Toten, die noch im Halsring eingeschlossen waren. Ich spürte, wie meine Lippen kalt wurden. Der Kapitän wollte, daß ich in die Kajüte ginge. Nein, hörte ich mich sagen. Die Neger kamen langsam zur Besinnung. Einer bückte sich und hob ein Eisenstück auf, das herumlag. Die Matrosen peitschten den Dieb und trafen auch die anderen. Die Neger zerrten auseinander. Dann wandten sie sich alle zur Mitte und schlossen uns mit ihren Ketten ein. Die Offiziere knallten ihre Pistolen in die Luft. Daß ihr sie nicht tötet, schrie der Barbar. Die Neger würgten die Matrosen, und die Matrosen schlugen ihnen die Köpfe ein. Ich tat wie die Matrosen. Plötzlich wurde es ruhig. Die Neger hörten zu toben auf. Sie standen stumpfsinnig umher oder hockten sich nieder. Die Toten wurden aus den Halsringen geschlossen und die Lebenden in die Luke getrieben. Das Deck wurde geräumt für den Gottesdienst.

Ich verließ das Schiff. Wir setzten Boote aus und holten Trinkwasser von einer Insel. Ich lief in den Wald. Sie riefen und suchten lange nach mir. Dann war ich allein. Ich hatte ein Beil mitgenommen. Ich begann zu bauen. Am Tag rauschten die Wälder über mir, und nachts stieg ich endlos über Strickleitern und schlug auf die Neger ein. Ich träumte von Fußspuren, die ich verfolgte, und von verlassenen Feuerstellen, aus denen ich weiße Menschenknochen stöberte. Ich fiel aus diesem Traum wie aus einer Wirklichkeit. Ich erwachte und suchte die Fußspuren. Ich schlich ihnen nach. Ich schlich meinen eigenen Fußspuren nach, bis sie mich abends zurückführten zu meiner Hütte. Ich warf mich hin und schlief. Im Schlaf lachte ich laut auf und erwachte. Ich nahm mein Beil und stieg auf den höchsten Baum der Insel. Ich band mein Hemd am Wipfel fest und schlug niedersteigend Ast für Ast ab. Dann wartete ich. Jeden Tag schlug ich eine Kerbe in den Pfosten meiner Hütte. Ein Schiff sichtete den Mast mit der Hemdflagge und holte mich an Bord.

Die Matrosen ruderten gemächlich zum Schiff. Es war ein seltsames Schiff. An den Rahen hingen lange schwarze Säcke. Aus der Ferne gesehen schaukelten sie wie aufgeknüpfte Meuterer. Ich kletterte an Bord. Wo ist der Kapitän? fragte ich die Matrosen. Hier gibt es keinen Kapitän, antworteten sie. Ich blickte zu den Rahen hinauf. Es fiel mir ein, daß meine Ruderer nicht einen Kanister Trinkwasser von der Insel geholt hatten. Die Kajüte war vollgestopft von Menschen. Alle Leute hausten in der Kajüte. Ein riesiger Säufer bot mir zu trinken und klopfte mir auf den Rücken. Ein paar Bücherregale trennten einen Verschlag ab. Die Bücher, schmutzig und zerlesen, fielen aus den Regalen, und ein kleiner dürrer Mann bückte sich und stellte sie immer wieder ins Regal zurück. Seine Haare hingen ihm über die Schultern. Er richtete sich auf. Er war geschminkt wie eine Hure. Ein alter Teppich war über einige Seekisten geworfen. Das war der Diwan. Ein Mann, der am Steuer gestanden hatte, kam herab und legte sich auf den Diwan. Es müßten wohl drei Mann nach oben zum Segelsetzen, sagte er. Nach einer Weile fragte er mich: Kommst du mit nach oben? Ich bin kein Seemann, antwortete ich. Das interessiert hier niemand, wer du bist, sagte das geschminkte Hurenmensch und gab mir zu rauchen. Einer knipste an seinem Feuerzeug. Ich werde in deiner Seele lesen, sagte die Hure: Was bedeutet das, daß du mir Feuer geben willst, und dein Feuerzeug geht nicht an? Sie lachten alle, aber keiner wagte mehr, ihr Feuer zu geben. Sie sprach über Buddha, über den Tod und über zotige Dinge. Gefällt es dir hier? fragte sie mich. Ich blätterte in einem Buch. Plötzlich sprang ich auf und stieg in den Laderaum. Die Ratten liefen mir über die Füße und fürchteten sich nicht. Ich hob das Licht und leuchtete in die Wasserkanister. Sie waren fast leer. Das Wasser stank faulig. Ich nahm ein Fäßchen Rum auf meine Schulter und brachte es hinauf. Die Leute johlten, und der Säufer küßte mich. Sie soffen und kotzten und waren elend bis in ihre Sauflieder. Die Hure soff niemals. Sie sagte, daß Leben und Tod ein und dasselbe seien. Die Leute zankten sich untereinander. Der Säufer wollte an Land zu den Weibern, und die Hure wollte, daß wir übers Meer fahren, bis wir verfault sind.

Sie verabredeten beide einen Messerkampf. Die Leute schrien nach Blut und schlossen Wetten ab. Am anderen Tag stand der Säufer nicht auf. Er fieberte und erbrach sich. Ich weiß, woher deine Seekrankheit kommt, rief die Hure und warf ein Messer dicht an seinem Kopf vorbei. Alle verspotteten den Säufer. Am Abend verließen alle Leute die Kajüte. Allein die Hure blieb und legte dem Säufer Tücher auf die Stirn. Morgens war er tot. Sie wagten nicht, ihn anzufassen. Die Hure schleifte ihn an Deck und warf ihn über Bord. Am selben Tag wurden zwei andere krank. Die Leute versteckten sich voreinander. Ich lag auf der Kommandobrücke und schlief einige Nächte mit dem Beil in der Hand.

Mitten am Tag wurde es kalt, und die Sonne verschwand vom Himmel. Ich erhob mich. Ich stieg über einen Toten. Er richtete sich auf und langte nach mir. Ich fand niemand. Nur die Hure lag auf dem Diwan und rauchte. Wir müssen reffen, sagte ich. Sterben müssen wir, sagte sie. Ich ging zur Treppe, und sie folgte mir. Sie setzte sich auf eine Stufe und hielt mich fest. Ihre Hände wurden schlapp. Hilf mir doch, sagte sie zähneklappernd. Wie wollen wir verantworten, was wir getan haben? – Ich kann es nicht, sagte ich, ich kann nicht einmal mich selbst verantworten. Ich sprang hinaus und schlug die Tür über ihrem Kopf zu. Ich band das Steuer fest. Einer der Gehängten war vom Wind herabgeworfen worden. Unvermutet hing er dicht über mir. Ich erschrak, ihn so nahe zu sehen. Ich wollte sie alle herunterholen. Ich nahm das Messer und kletterte hoch. Der Wind schleuderte mich umher. Der Regen schlug mir eiskalt ins Gesicht. Ich dampfte. Plötzlich konnte ich keinen Schritt mehr tun. Ich dachte: Bis hierher habe ich die Flagge getragen. Ich brüllte: Gott rette mich. Ich stieg von Leiter zu Leiter und schnitt die Segel ab. Ich kam herunter und schnürte mich mit dem Gürtel fest an den Mast. Das Meer rollte über das Schiff hinweg.

Als ich erwachte, war ich nicht mehr allein. Ich sah einen Mann, der sagte: Mach dich los! Ich löste den Gürtel vom Mast. Er sagte: Spring! Ich sprang vom Schiff und kam auf den Grund. Ich watete an Land. Der Fremde ging vor mir her. Sein Rücken war narbenzerfetzt wie mein eigener Rücken. Ich schaute darauf, als stünde ich abgewendet vor einem Spiegel und blickte mir über die Schulter. Ich lief ihm nach. Ich wollte sein Gesicht sehen. Als ich ihn eingeholt hatte, verschwand er. Ich fiel nieder und rief den Namen Gottes an. Als ich mich erhob, war alles schwerer als zuvor. Der Tag verfinsterte sich unter der Sonne. Die Sonne regnete herab. Vielleicht war mir das alles bekannt. Ich ging über die Dünen hinweg und kam in die Wüste.

Friedrich Dürrenmatt
Der Tunnel

Ein Vierundzwanzigjähriger, fett, damit das Schreckliche hinter den Kulissen, welches er sah (das war seine Fähigkeit, vielleicht seine einzige), nicht allzu nah an ihn herankomme, der es liebte, die Löcher in seinem Fleisch, da doch gerade durch sie das Ungeheuerliche hereinströmen konnte, zu verstopfen, derart, daß er Zigarren rauchte (Ormond Brasil 10) und über seiner Brille eine zweite trug, eine Sonnenbrille, und in den Ohren Wattebüschel: dieser junge Mann, noch von seinen Eltern abhängig und mit nebulosen Studien auf einer Universität beschäftigt, die in einer zweistündigen Bahnfahrt zu erreichen war, stieg eines Sonntagnachmittags in den gewohnten Zug, Abfahrt siebzehnuhrfünfzig, Ankunft neunzehnuhrsiebenundzwanzig, um anderentags ein Seminar zu besuchen, das zu schwänzen er schon entschlossen war. Die Sonne schien an einem wolkenlosen Himmel, da er seinen Heimatort verließ. Es war Sommer. Der Zug hatte sich bei diesem angenehmen Wetter zwischen den Alpen und dem Jura fortzubewegen, an reichen Dörfern und kleineren Städten vorbei, später an einem Fluß entlang, und tauchte denn auch nach noch nicht ganz zwanzig Minuten Fahrt, gerade nach Burgdorf in einen kleinen Tunnel. Der Zug war überfüllt. Der Vierundzwanzigjährige war vorne eingestiegen und hatte sich mühsam nach hinten durchgearbeitet, schwitzend und einen leicht vertrottelten Eindruck erweckend. Die Reisenden saßen dicht gedrängt, viele auf Koffern, auch die Coupés der zweiten Klasse waren besetzt, nur die erste Klasse schwach belegt. Wie sich der junge Mann endlich durch das Wirrwarr der Familien, Rekruten, Studenten und Liebespaare gekämpft hatte, bald, vom Zug hin und her geschleudert, gegen diesen fallend und bald gegen jenen, gegen Bäuche und Brüste torkelnd, fand er im hintersten Wagen Platz, so viel sogar, daß er in diesem Abteil der dritten Klasse – in der es sonst Wagen mit Coupés selten gibt – eine ganze Bank für sich allein hatte: Im geschlossenen Raume saß ihm gegenüber einer, noch dicker als er, der mit sich selbst Schach spielte, und in der Ecke der gleichen Bank, gegen den Korridor zu, ein rothaariges Mädchen, das einen Roman las. So saß er schon am Fenster und hatte eben eine Ormond Brasil 10 in Brand gesteckt, als der Tunnel kam, der ihm länger als sonst zu dauern schien. Er war diese Strecke schon manchmal gefahren, fast jeden Samstag und Sonntag seit einem Jahr, und hatte den Tunnel eigentlich gar nie beachtet, sondern immer nur geahnt. Zwar hatte er ihm einige Male die volle Aufmerksamkeit schenken wollen, doch hatte er, wenn er kam, jedes Mal an etwas anderes gedacht, so daß er das kurze Eintauchen in die Finsternis nicht bemerkte, denn der Tunnel war eben gerade vorbei, wenn er, entschlossen ihn zu beachten, aufschaute, so schnell durchfuhr ihn der Zug und so kurz war der kleine Tunnel. So hatte er denn auch jetzt die Sonnenbrille nicht abgenommen, als sie einfuhren, da er nicht an den Tunnel dachte. Die Sonne hatte eben noch mit voller Kraft geschienen, und die Landschaft, durch die sie fuhren, die Hügel und Wälder, die fernere Kette des Juras und die Häuser des Städtchens, war wie von Gold gewesen, so sehr hatte alles im Abendlicht geleuchtet, so sehr, daß ihm die nun schlagartig einsetzende Dunkelheit des Tunnels bewußt wurde, der Grund wohl auch, warum ihm die Durchfahrt länger erschien als er sie sich dachte. Es war völlig finster im Abteil, da der Kürze des Tunnels wegen die Lichter nicht in Funktion gesetzt waren, denn jede Sekunde mußte sich ja in der Scheibe der erste, fahle Schimmer des Tages zeigen, sich blitzschnell ausweiten und mit voller, goldener Helle gewaltig hereinbrechen; als es jedoch immer noch dunkel blieb, nahm er die Sonnenbrille ab. Das Mädchen zündete sich in diesem Augenblick eine Zigarette an, offenbar ärgerlich, daß es im Roman nicht weiterlesen konnte, wie er im rötlichen Aufflammen des Streichholzes zu bemerken glaubte; seine Armbanduhr mit dem leuchtenden Zifferblatt zeigte zehn nach sechs. Er lehnte sich in die Ecke zwischen der Coupéwand und der Scheibe und beschäftigte sich mit seinen verworrenen Studien, die ihm niemand recht glaubte, mit dem Seminar, in das er morgen mußte und in das er nicht gehen würde (alles, was er tat, war nur ein Vorwand, hinter der Fassade seines Tuns Ordnung zu erlangen, nicht die Ordnung selber, nur die Ahnung einer Ordnung, angesichts des Schrecklichen, gegen das er sich mit Fett polsterte, Zigarren in den Mund steckte, Wattebüschel in die Ohren), und wie er wieder auf das Zifferblatt schaute, war es viertel nach sechs und immer noch der Tunnel. Das verwirrte ihn. Zwar leuchteten nun die Glühbirnen auf, es wurde hell im Coupé, das rote Mädchen konnte in seinem Roman weiterlesen und der dicke Herr spielte wieder mit sich selber Schach, doch draußen, jenseits der Scheibe, in der sich nun das ganze Abteil spiegelte, war immer noch der Tunnel. Er trat in den Korridor, in welchem ein hochgewachsener Mann in einem hellen Regenmantel auf und ab ging, ein schwarzes Halstuch umgeschlagen. Wozu auch bei diesem Wetter, dachte er und schaute in die anderen Coupés dieses Wagens, wo man Zeitung las und miteinander schwatzte. Er trat wieder zu seiner Ecke und setzte sich, der Tunnel mußte nun jeden Augenblick aufhören, jede Sekunde; auf der Armbanduhr war es nun beinahe zwanzig nach; er ärgerte sich, den Tunnel vorher so wenig beachtet zu haben, dauerte er doch nun schon eine Viertelstunde und mußte, wenn die Geschwindigkeit eingerechnet

435

wurde, mit welcher der Zug fuhr, ein bedeutender Tunnel sein, einer der längsten Tunnel in der Schweiz. Es war daher wahrscheinlich, daß er einen falschen Zug genommen hatte, wenn ihm im Augenblick auch nicht erinnerlich war, daß sich zwanzig Minuten Bahnfahrt von seinem Heimatort aus ein so langer und bedeutender Tunnel befand. Er fragte deshalb den dicken Schachspieler, ob der Zug nach Zürich fahre, was der bestätigte. Er wüßte gar nicht, daß an dieser Stelle der Strecke ein so langer Tunnel sei, sagte der junge Mann, doch der Schachspieler antwortete, etwas ärgerlich, da er in irgendeiner schwierigen Überlegung zum zweiten Mal unterbrochen wurde, in der Schweiz gebe es eben viele Tunnel, außerordentlich viele, er reise zwar zum ersten Mal in diesem Lande, doch falle dies sofort auf, auch habe er in einem statistischen Jahrbuch gelesen, daß kein Land so viele Tunnel wie die Schweiz besitze. Er müsse sich nun entschuldigen, wirklich, es tue ihm schrecklich leid, da er sich mit einem wichtigen Problem der Nimzowitsch-Verteidigung beschäftige und nicht mehr abgelenkt werden dürfe. Der Schachspieler hatte höflich, aber bestimmt geantwortet; daß von ihm keine Antwort zu erwarten war, sah der junge Mann ein. Er war froh, als nun der Schaffner kam. Er war überzeugt, daß seine Fahrkarte zurückgewiesen werden würde; auch als der Schaffner, ein blasser, magerer Mann, nervös, wie es den Eindruck machte, dem Mädchen gegenüber, dem er zuerst die Fahrkarte abnahm, bemerkte, es müsse in Olten umsteigen, gab der Vierundzwanzigjährige noch nicht alle Hoffnung auf, so sehr war er überzeugt, in den falschen Zug gestiegen zu sein. Er werde wohl nachzahlen müssen, er sollte nach Zürich, sagte er denn, ohne die Ormond Brasil 10 aus dem Munde zu nehmen, und reichte dem Schaffner das Billett hin. Der Herr sei im rechten Zug, antwortete der, wie er die Fahrkarte geprüft hatte. »Aber wir fahren doch durch einen Tunnel!« rief der junge Mann ärgerlich und recht energisch aus, entschlossen, nun die verwirrende Situation aufzuklären. Man sei eben an Herzogenbuchsee vorbeigefahren und nähere sich Langenthal, sagte der Schaffner. »Es stimmt, mein Herr, es ist jetzt zwan-ig nach sechs.« Aber man fahre seit zwanzig Minuten durch einen Tunnel, beharrte der junge Mann auf seiner Feststellung. Der Schaffner sah ihn verständnislos an. »Es ist der Zug nach Zürich«, sagte er und schaute nun auch nach dem Fenster. »Zwanzig nach sechs«, sagte er wieder, jetzt etwas beunruhigt, wie es schien, »bald kommt Olten, Ankunft achtzehnuhrsiebenunddreißig. Es wird schlechtes Wetter gekommen sein, ganz plötzlich, daher die Nacht, vielleicht ein Sturm, ja, das wird es sein.« »Unsinn«, mischte sich nun der Mann, der sich mit einem Problem der Nimzowitsch-Verteidigung beschäftigte, ins Gespräch, ärgerlich, weil er immer noch sein Billett hinhielt, ohne vom Schaffner beachtet zu werden, »Unsinn, wir fahren durch einen Tunnel. Man kann deutlich den Fels sehen, Granit wie es scheint. In der Schweiz gibt es am meisten Tunnel der ganzen Welt. Ich habe es in einem statistischen Jahrbuch gelesen.« Der Schaffner, indem er endlich die Fahrkarte des Schachspielers entgegennahm, versicherte aufs neue, fast flehentlich, der Zug fahre nach Zürich, worauf der Vierundzwanzigjährige den Zugführer verlangte. Der sei vorne im Zug, sagte der Schaffner, im übrigen fahre der Zug nach Zürich, jetzt sei es sechsuhrfünfundzwanzig, und in zwölf Minuten werde er nach dem Sommerfahrplan in Olten anhalten, er fahre jede Woche diesen Zug dreimal. Der junge Mann machte sich auf den Weg. Das Gehen fiel ihm noch schwerer im überfüllten Zug als vor kurzem, wie er die gleiche Strecke umgekehrt gegangen war; der Zug mußte überaus schnell fahren; auch war das Getöse, das er dabei verursachte, entsetzlich; so steckte er sich seine Wattebüschel denn wieder in die Ohren, nachdem er sie beim Betreten des Zuges entfernt hatte. Die Menschen, an denen er vorbeikam, verhielten sich ruhig, in nichts unterschied sich der Zug von anderen Zügen, die er an den Sonntagnachmittagen gefahren war, und niemand fiel ihm auf, der beunruhigt gewesen wäre. In einem Wagen mit Zweitklaß-Abteilen stand ein Engländer am Fenster des Korridors und tippte freudestrahlend mit der Pfeife, die er rauchte, an die Scheibe. »Simplon«, sagte er. Auch im Speisewagen war alles wie sonst, obwohl kein Platz frei war, und der Tunnel doch einem der Reisenden oder der Bedienung, die Wienerschnitzel und Reis servierte, hätte auffallen können. Den Zugführer, den er an der roten Tasche erkannte, fand der junge Mann am Ausgang des Speisewagens. »Sie wünschen?« fragte der Zugführer, der ein großgewachsener, ruhiger Mann war, mit einem sorgfältig gepflegten schwarzen Schnurrbart und einer randlosen Brille. »Wir sind in einem Tunnel, seit fünfundzwanzig Minuten«, sagte der junge Mann. Der Zugführer schaute nicht nach dem Fenster, wie der Vierundzwanzigjährige erwartet hatte, sondern wandte sich zum Kellner. »Geben Sie mir eine Schachtel Ormond 10«, sagte er, »ich rauche die gleiche Sorte wie der Herr da«; doch konnte ihn der Kellner nicht bedienen, da man diese Zigarre nicht besaß, so daß denn der junge Mann, froh, einen Anknüpfungspunkt zu haben, dem Zugführer eine Brasil anbot. »Danke«, sagte er, »ich werde in Olten kaum Zeit haben, mir eine zu verschaffen, und so tun Sie mir denn einen großen Gefallen. Rauchen ist wichtig. Darf ich Sie nun bitten, mir zu folgen?« Er führte den Vierundzwanzigjährigen in den Packwagen, der vor dem Speisewagen lag. »Dann kommt noch die Maschine«, sagte der Zugführer, wie sie den Raum betraten, »wir befinden uns an der Spitze des Zuges.« Im Packraum brannte ein schwaches, gelbes Licht, der größte Teil des Wagens lag im Ungewissen, die Seitentüren waren verschlossen, und nur durch ein kleines vergittertes Fenster drang die Finsternis des Tunnels. Koffer standen herum, viele mit Hotelzetteln beklebt, einige Fahrräder und ein Kinderwagen. Der Zugführer hing seine rote Tasche an einen Haken. »Was wünschen Sie?« fragte er aufs neue, schaute jedoch den jungen Mann nicht an, sondern begann in einem Heft, das er der Tasche entnommen hatte, Tabellen auszufüllen. »Wir befinden uns seit Burgdorf in einem Tunnel«, antwortete der Vierundzwanzigjährige entschlossen, »einen so gewaltigen Tunnel gibt es auf dieser Strecke nicht, ich fahre sie jede Woche hin und zurück, ich kenne die Strecke.« Der Zugführer schrieb weiter. »Mein Herr«, sagte er endlich und trat nah an den jungen Mann heran, so nah, daß sich die beiden Leiber fast berührten, »mein Herr, ich habe Ihnen wenig zu sagen. Wie wir in diesen Tunnel geraten sind, weiß ich nicht, ich habe dafür keine Erklärung. Doch bitte ich Sie zu bedenken: Wir bewegen uns auf Schienen, der Tunnel muß also irgendwo hinführen. Nichts beweist, daß am Tunnel etwas nicht in Ordnung ist, außer natürlich, daß er nicht aufhört.« Der Zugführer, die Ormond Brasil immer noch ohne zu rauchen zwischen den Lippen, hatte überaus leise gesprochen, jedoch mit so großer Würde und so deutlich und bestimmt, daß seine Worte vernehmbar waren, obgleich im Packwagen das Tosen des Zuges um vieles stärker war als im Speisewagen. »Dann bitte ich Sie, den Zug anzuhalten«, sagte der junge Mann ungeduldig, »ich verstehe kein Wort von dem, was Sie sagen. Wenn etwas nicht stimmt mit diesem Tunnel, dessen Vorhandensein Sie selbst nicht erklären können, haben Sie den Zug anzuhalten.« »Den Zug anhalten?« antwortete der andere langsam, gewiß, daran habe er auch schon gedacht, worauf er das Heft schloß und in die rote Tasche zurücksteckte, die an ihrem Haken hin und her schwankte, dann steckte er die Ormond sorgfältig in Brand. Ob er die Notbremse ziehen solle, fragte der junge Mann und wollte nach dem Haken der Bremse über seinem Kopf greifen, torkelte jedoch im selben Augenblick nach vorne, wo er an die Wand prallte. Ein Kinderwagen rollte auf ihn zu und Koffer rutschten heran; seltsam schwankend kam auch der Zugführer mit vorgestreckten Händen durch den Packraum. »Wir fahren abwärts«, sagte der Zugführer und lehnte sich neben dem Vierundzwanzigjährigen an die Vorderwand des Wagens, doch kam der erwartete Aufprall des rasenden Zuges am Fels nicht, dieses Zerschmettern und Ineinanderschachteln der Wagen, der Tunnel schien vielmehr wieder eben zu verlaufen. Am andern Ende des Wagens öffnete sich die Türe. Im grellen Licht des Speisewagens sah man Menschen, die einander zutranken, dann schloß sich die Türe wieder. »Kommen Sie in die Lokomotive«, sagte der Zugführer und schaute dem Vierundzwanzigjährigen nachdenklich und, wie es plötzlich schien, seltsam drohend ins Gesicht, dann schloß er die Türe auf, neben der sie an der Wand lehnten: Mit solcher Gewalt jedoch schlug ihnen ein sturmartiger, heißer Luftstrom entgegen, daß sie von der Wucht des Orkans aufs neue gegen die Wand taumelten; gleichzeitig erfüllte ein fürchterliches Getöse den Packwagen. »Wir müssen zur Maschine hinüberklettern«, schrie der Zugführer dem jungen Mann ins Ohr, auch so kaum vernehmbar, und verschwand dann im Rechteck der offenen Türe, durch die man die hellerleuchteten, hin und her schwankenden Scheiben der Zugmaschine sah. Der Vierundzwanzigjährige folgte entschlossen, wenn er auch den Sinn der Kletterei nicht begriff. Die Plattform, die er betrat, besaß auf beiden Seiten ein Eisengeländer, woran er sich klammerte, doch war nicht der ungeheure Luftzug das Entsetzliche, der sich milderte, wie er sich der Maschine zubewegte, sondern die unmittelbare Nähe der Tunnelwände, die er zwar nicht sah, da er sich ganz auf die Maschine konzentrieren mußte, die er jedoch ahnte, durchzittert vom Stampfen der Räder und vom Pfeifen der Luft, so daß ihm war, als rase er mit Sterngeschwindigkeit in eine Welt aus Stein. Der Lokomotive entlang lief ein schmales Band und darüber als Geländer eine Stange, die sich in immer gleicher Höhe über dem Band um die Maschine herumkrümmte: Dies mußte der Weg sein; den Sprung, den es zu wagen galt, schätzte er auf einen Meter. So gelang es ihm denn auch, die Stange zu fassen. Er schob sich, gegen die Lokomotive gepreßt, dem Band entlang; fürchterlich wurde der Weg erst, als er auf die Längsseite der Maschine gelangte, nun voll der Wucht des brüllenden Orkans ausgesetzt und drohenden Felswänden, die, hell erleuchtet von der Maschine, heranfegten. Nur der Umstand, daß ihn der Zugführer durch eine kleine Türe ins Innere der Maschine zog, rettete ihn. Erschöpft lehnte sich der junge Mann gegen den Maschinenraum, worauf es mit einem Male still wurde, denn die Stahlwände der riesenhaften Lokomotive dämpften, wie der Zugführer die Türe geschlossen hatte, das Tosen so sehr ab, daß es kaum mehr zu vernehmen war. »Die Ormond Brasil haben wir auch verloren«, sagte der Zugführer. »Es war nicht klug, vor der Kletterei eine anzuzünden, aber sie zerbrechen leicht, wenn man keine Schachtel mit sich führt, bei ihrer länglichen Form.« Der junge Mann war froh, nach der bedenklichen Nähe der Felswände auf etwas gelenkt zu werden, das ihn an die Alltäglichkeit erinnerte, in der er sich noch vor wenig mehr denn einer halben Stunde befunden hatte, an diese immergleichen Tage und Jahre (immergleich, weil er nur auf diesen Augenblick hinlebte, der nun erreicht war, auf diesen Augenblick des Einbruchs, auf dieses plötzliche Nachlassen der Erdoberfläche, auf den abenteuerlichen Sturz ins Erdinnere). Er holte eine der braunen Schachteln aus der rechten Rocktasche und bot dem Zugführer erneut eine Zigarre an, selber steckte er sich auch eine in den Mund, und vorsichtig nahmen sie Feuer, das der Zugführer bot. »Ich schätze diese Ormond sehr«, sagte der Zugführer, »nur muß einer gut ziehen, sonst gehen sie aus«, Worte, die den Vierundzwanzigjährigen mißtrauisch machten, weil er spürte, daß der Zugführer auch nicht gern an den Tunnel dachte, der draußen immer noch dauerte (immer noch war die Möglichkeit, er könnte plötzlich aufhören, wie ein Traum mit einem Mal aufzuhören vermag). »Achtzehn Uhr vierzig«, sagte er, indem er auf seine Uhr mit dem leuchtenden Zifferblatt schaute, »jetzt sollten wir doch schon in Olten sein«, und dachte dabei an die Hügel und Wälder, die doch noch vor kurzem waren, goldüberhäuft in der sinkenden Sonne. So standen sie und rauchten, an die Wand des Maschinenraums gelehnt. »Keller ist mein Name«, sagte der Zugführer und zog an seiner Brasil. Der junge Mann gab nicht nach. »Die Kletterei auf der Maschine war nicht ungefährlich«, bemerkte er, »wenigstens für mich, der ich an dergleichen nicht gewöhnt bin, und so möchte ich denn wissen, wozu Sie mich hergebracht haben.« Er wisse es nicht, antwortete Keller, er habe sich nur Zeit zum Überlegen schaffen wollen. »Zeit zum Überlegen«, wiederholte der Vierundzwanzigjährige. »Ja«, sagte der Zugführer, so sei es, rauchte dann wieder weiter. Die Maschine schien sich von neuem nach vorne zu neigen. »Wir können ja in den Führerraum gehen«, schlug Keller vor, blieb jedoch immer noch unschlüssig an der Maschinenwand stehen, worauf der junge Mann den Korridor entlangschritt. Wie er die Türe zum Führerraum geöffnet hatte, blieb er stehen. »Leer«, sagte er zum Zugführer, der nun auch herankam, »der Führerstand ist leer.« Sie betraten den Raum, schwankend durch die ungeheure Geschwindigkeit, mit der die Maschine, den Zug mit sich reißend, immer weiter in den Tunnel hineinraste. »Bitte«, sagte der Zugführer und drückte einige Hebel nieder, zog auch die Notbremse. Die Maschine gehorchte nicht. Sie hätten alles getan, sie anzuhalten, gleich als sie die Änderung in der Strecke bemerkt hätten, versicherte Keller, doch sei die Maschine immer weitergerast. »Sie wird immer weiterrasen«, antwortete der Vierundzwanzigjährige und wies auf den Geschwindigkeitsmesser. »Hundertfünfzig. Ist die Maschine je Hundertfünfzig gefahren?« »Mein Gott«, sagte der Zugführer, »so schnell ist sie nie gefahren, höchstens Hundertfünf.« »Eben«, sagte der junge Mann. »Ihre Schnelligkeit nimmt zu. Jetzt zeigt der Messer Hundertachtundfünfzig. Wir fallen.« Er trat an die Scheibe, doch konnte er sich nicht aufrechthalten, sondern wurde mit dem Gesicht an die Glaswand gepreßt, so abenteuerlich war nun die Geschwindigkeit. »Der Lokomotivführer?« schrie er und starrte nach den Felsmassen, die in das grelle Licht der Scheinwerfer hinaufstürzten, ihm entgegen, die auf ihn zurasten, und über ihm, unter ihm und zu beiden Seiten des Führerraums verschwanden. »Abgesprungen«, schrie Keller zurück, der nun mit dem Rücken gegen das Schaltbrett gelehnt auf dem Boden saß. »Wann?« fragte der Vierundzwanzigjährige hartnäckig. Der Zugführer zögerte ein wenig und mußte sich seine Ormond aufs neue anzünden, die Beine, da sich der Zug immer stärker neigte, in der gleichen Höhe wie sein Kopf. »Schon nach fünf Minuten«, sagte er dann. »Es war sinnlos, noch eine Rettung zu versuchen. Der im Packraum ist auch abgesprungen.« »Und Sie«, fragte der Vierundzwanzigjährige. »Ich bin der Zugführer«, antwortete der andere, »auch habe ich immer ohne Hoffnung gelebt.« »Ohne Hoffnung«, wiederholte der junge Mann, der nun geborgen auf der Glasscheibe des Führerstandes lag, das Gesicht über den Abgrund gepreßt. »Da saßen wir noch in unseren Abteilen und wußten nicht, daß schon alles verloren war«, dachte er. »Noch hatte sich nichts verändert, wie es uns schien, doch schon hatte uns der Schacht nach der Tiefe zu aufgenommen, und so rasen wir denn wie die Rotte Korah in unseren Abgrund.« Er müsse nun zurück, schrie der Zugführer, »in den Wagen wird die Panik ausgebrochen sein. Alles wird sich nach hinten drängen.« »Gewiß«, antwortete der Vierundzwanzigjährige und dachte an den dicken Schachspieler und an das Mädchen mit seinem Roman und dem roten Haar. Er reichte dem Zugführer seine übrigen Schachteln Ormond Brasil 10. »Nehmen Sie«, sagte er, »Sie werden Ihre Brasil beim Hinüberklettern doch wieder verlieren.« Ob er denn nicht zurückkomme, fragte der Zugführer, der sich aufgerichtet hatte und mühsam den Trichter des Korridors hinaufzukriechen begann. Der junge Mann sah nach den sinnlosen Instrumenten, nach diesen lächerlichen Hebeln und Schaltern, die ihn im gleißenden Licht der Kabine silbern umgaben. »Zweihundertzehn«, sagte er. »Ich glaube nicht, daß Sie es bei dieser Geschwindigkeit schaffen, hinaufzukommen in die Wagen über uns.« »Es ist meine Pflicht«, schrie der Zugführer. »Gewiß«, antwortete der Vierundzwanzigjährige, ohne seinen Kopf nach dem sinnlosen Unternehmen des Zugführers zu wenden. »Ich muß es wenigstens versuchen«, schrie der Zugführer noch einmal, nun schon weit oben im Korridor, sich mit Ellbogen und Schenkeln gegen die Metallwände stemmend, doch wie sich die Maschine weiter hinabsenkte, um nun in fürchterlichem Sturz dem Innern der Erde entgegenzurasen, diesem Ziel aller Dinge zu, so daß der Zugführer in seinem Schacht direkt über dem Vierundzwanzigjährigen hing, der am Grunde der Maschine auf dem silbernen Fenster des Führerraumes lag, das Gesicht nach unten, ließ seine Kraft nach. Der Zugführer stürzte auf das Schaltbrett und kam blutüberströmt neben dem jungen Mann zu liegen, dessen Schultern er umklammerte. »Was sollen wir tun?« schrie der Zugführer durch das Tosen der ihnen entgegenschnellenden Tunnelwände hindurch dem Vierundzwanzigjährigen ins Ohr, der mit seinem fetten Leib, der jetzt nutzlos war und nicht mehr schützte, unbeweglich auf der ihn vom Abgrund trennenden Scheibe ruhte, und durch sie hindurch den Abgrund gierig in seine nun zum ersten Mal weit geöffneten Augen sog. »Was sollen wir tun?« »Nichts«, antwortete der andere unbarmherzig, ohne sein Gesicht vom tödlichen Schauspiel abzuwenden, doch nicht ohne eine gespensterhafte Heiterkeit, von Glassplittern übersät, die von der zerbrochenen Schalttafel herstammten, während zwei Wattebüschel, durch irgendeinen Luftzug ergriffen, der nun plötzlich hereindrang (in der Scheibe zeigte sich ein erster Spalt) pfeilschnell nach oben in den Schacht über ihnen fegten. »Nichts. Gott ließ uns fallen und so stürzen wir denn auf ihn zu.«

Karl August Horst
Stummes Glockenspiel

Die Wagen erster Klasse waren schon belegt. Sie standen weit außerhalb der Bahnhofshalle, nahe dem engmaschigen Weichennetz, das in der hereinbrechenden Dämmerung quecksilbern funkelte. Wer da untergekommen war, ließ sich nicht feststellen. Es zeigte sich auch niemand auf dem Bahnsteig. Im Unterschied zu dem großen Gedränge, das weiter rückwärts herrschte, war es hier bedrückend still. Ich hatte mein bißchen Gepäck in irgendeinem Abteil untergebracht, aber weil ständig rangiert wurde, bekam ich es mit der Angst, mein Wagen könnte ausgeschieden und auf ein anderes Gleis verschoben werden. So lief ich am Zug entlang zurück. Es war unglaublich, wie viele Bekannte man hier traf. Jahrelang hatte man sie aus den Augen verloren, und jetzt schien sie der große Aufbruch wieder an die Oberfläche zu spülen. Die Begegnung währte immer nur kurz. Der Strom lief hier wie durch einen engen Flaschenhals, um sich morgen und in den nächsten Wochen in ungeheure Räume zu ergießen. Die Welt war wieder offen. Keiner der Männer, die hier in Gruppen beisammen standen oder dichtgedrängt in den Abteilfenstern lehnten, dachte wohl an Rückkehr. Ich zum Beispiel war auf einen jahrelangen Aufenthalt in Süditalien gefaßt. Warum, weiß ich nicht. Es gab keine Richtungsweiser mehr. Es gab nicht einmal Bahnbeamte, die man hätte fragen können. Die riesige Halle mit dem eisernen Dach erinnerte an ein Schulzimmer, das sich unversehens in eine Theatergarderobe verwandelt hat. Dieser Einfall beglückte mich. Die Flecke von brauner und roter Schminke auf tintenbespritzten Pultdeckeln, die Perücke am Kartenständer und dahinter auf schwarzer Tafel die geometrische Kreidefigur aus der Rechenstunde am Vormittag – abgerückt ins Wesenlose: ich hatte das einmal erlebt. Puder- und Kreidestaub, der Lehrer hatte mir den Bart festgeklebt. Wen hatte ich gespielt? Aber ehe die Erinnerung deutlicher wurde, ertönte aus dem Lautsprecher eine Stimme, die mit erdferner Sachlichkeit verkündete, daß in wenigen Minuten der Luxuszug des letzten Zaren das Nachbargleis passieren werde. Eine Welle der Erregung überflutete die Menschen. Ich sah, wie sich auf dem nächsten Bahnsteig Kolonnen formierten, die auf einen unhörbaren Befehl Frontstellung einnahmen. Wieder tauchte vor mir ein Bekannter auf. Er hatte in jener Schüleraufführung, an die ich eben hatte denken müssen, einen Geometer gespielt. Ein riesiges Dreieck, aus Latten zusammengenagelt, von der spitzen Fuchsfellmütze bis zu den Füßen reichend, hatte den Zuschauern seine Rolle kenntlich gemacht. Jetzt trug er ein dem ähnliches Instrument auf der Schulter: ein gewaltiges Maschinengewehr, an dem – parallel mit dem Lauf – eine Antenne aufgepflanzt war. Ich hatte von der Erfindung gelesen. Ob sie sich im Ernstfall bewähren würde, blieb abzuwarten. Der Lautsprecher wiederholte die Ankündigung. »Sie haben den Zug über die Grenze abgeschoben«, sagte mein Schulfreund und zwinkerte mir dabei zu. »Ein gutes Zeichen für uns! Jahrelang hatten sie ihn im Museum stehen. Aber jetzt kommt alles in Bewegung!« Er schlenderte weiter; das mächtige Antennendreieck ragte allen über die Köpfe. Mir wurde unbehaglich, wenn ich an mein Gepäck dachte. Man hatte den Zug offenbar schon wieder verschoben. Die Wagen erster Klasse standen jetzt hinten, und der Menschenstrom verließ die Halle. Jeder schien seinen Platz zu kennen. Mir aber ging es wie im letzten Krieg. Ich fiel aus dem mahlenden Mechanismus heraus. Er entführte mir den Karabiner, die Gasmaske, das Soldbuch. Nicht einmal der Erkennungsmarke war ich ganz sicher. Dabei schien ich längst einer Formation zugeteilt zu sein. Jemand klopfte mir auf die Schulter. »Wir haben es wieder mal schlecht getroffen«, sagte ein langer Mensch aus Ostpreußen, dessen Ehrgeiz mich immer unangenehm berührt hatte. »Posemann knetet seine Abteilung zu einem großen Klumpen Wachs und läßt ihn irgendwo im Hinterland fest werden. Er ist ein ganz Schlauer. Wenn vorne die Masse zu schmelzen anfängt, löst er sich mit dem ganzen Klumpen auf und läuft davon.«

»Weißt du, wo wir hinkommen?« fragte ich auf alle Fälle.

»In Ruhestellung – verlaß dich darauf. Wir werden leben wie im Frieden – fern der Heimat: aber wer merkt das schon? Übrigens nett, daß sie uns wieder braune Spiegel verpaßt haben.«

Er lüftete den Rockkragen und blickte anerkennend auf meine Achsel.

»Hast du schon einen Platz?«

»Ich habe einen belegt, aber ich weiß nicht, wo der Wagen hingekommen ist.«

»Findet sich wieder«, sagte der Lange zerstreut. Er war so lang, daß er immer zerstreut wirkte. Sogar in dem Augenblick, als er mit dem Gewehrkolben eine Autoscheibe eingeschlagen hatte, mit dem Arm durch die Splitter gefahren war und von dem blau gepolsterten Rücksitz einen seidenen Pyjama aufgelesen hatte. Das war im Gefangenenlager gewesen, auf dem Parkplatz, wo wir die abgestellten Wagen des Generalstabs geplündert hatten.

Ich wollte ihn nach dem seidenen Pyjama fragen – wir hatten doch das Firmenschild »Paris« darin gelesen –, aber er war schon in der Menge verschwunden.

Auf einmal wurde es ganz still. Zwischen den tiefschwarzen Furchen der Gleise standen die Menschen in dichten Zeilen wie ein Meer geisterhafter Halme. Nur ein Rascheln und Flüstern lief über die Köpfe. Und ebenso lautlos schob sich von draußen etwas Goldenes herein. Eine bizarr geformte Riesenschlange auf Rädern, halb Staatskarosse, halb Feuerwurm. Die Felder zwischen den geschnitzten Leisten der Fensterumrahmungen waren mit Ikonen behangen. Hinter dem Messingschlot der Maschine ragte das Glockenspiel einer Troika in die Luft, mit goldenen Glocken, die wie Lotosblüten geformt waren. »Glocken von einem indischen Tempel«, sagte neben mir eine Frau. Ich weiß nicht, ob schon vorher Frauen in der Menge gestanden hatten. Diese erkannte ich an dem seidenen Kopftuch, das ihr braunes Gesicht vorteilhaft hervorhob.

»Warum läuten die Glocken nicht?« fragte ich. »Das würden die Menschen gleich verstehen. So erschreckt sie der Anblick nur.« Die Frau sah mich an, als hätte sie eine Bitte an mich. Sie achtete gar nicht auf den fabelhaften Zug, der noch immer lautlos vorbeirollte, mit einem diskreten Seufzen seiner altersschwachen Achsen, so gebrechlich, daß ihn nur die bewundernden Blicke der Leute zusammenzuhalten schienen.

»Nicht wahr«, sagte sie plötzlich, »Sie werden uns unterwegs Gedichte vorlesen?«

Ich geriet in große Verlegenheit. Hoffentlich verwechselte sie mich nicht mit einem anderen. Ihre großen braunen Augen blickten mich so schwärmerisch an. Ich glaubte sie zu kennen, aber ihre Bitte ging irgendwie ins Leere.

»Machen Sie sich keine übertriebenen Hoffnungen«, sagte ich schroff. Inzwischen war auch der letzte Ikonenwagen an uns vorbeigeglitten. »Haben Sie noch Post zu bestellen?« fragte die Dame mit liebevoller Besorgtheit.

»Es wird jetzt lange keine Post mehr gehen – vielleicht überhaupt nie mehr. Zeitungen gibt es ja schon seit letzter Woche nicht mehr.«
Ich hatte keine Briefe.

»Von jetzt ab werden wir uns auf den Zufall oder das Glück verlassen müssen«, lächelte die Frau, nicht ohne tiefere Bedeutung. Sie hob die Hand und trat zu einer Gruppe Frauen, die gleich ihr weißseidene Kopftücher trugen. Quer über die Bluse unter ihren oft kostbaren Pelzmänteln lief die schräg gestickte Aufschrift: »Letzte Grüße.«
Ich machte mir jetzt ernstlich Sorge um mein Gepäck. Nirgends war mehr ein fester Punkt als in jenem Abteil, wo ich rasch die Mappe auf die Bank gesetzt hatte. Die Menge flutete weit hinaus in die Gleisanlagen. Überall sah ich Züge stehen. Manche waren mit Blumen geschmückt. Die Erde entfaltete ihren stählernen Fächer. Und alle starrten gebannt in die Richtung, aus der mit stummen Glocken der goldene Drachenzug gekommen war.

Gerd Gaiser
Revanche

»Einmal habe ich« – erzählte der spätere Unteroffizier Martin – »einem Kameraden eine Wache abgenommen, und der Mensch sagte damals zu mir: Dafür werde ich mich bei dir revanchieren.
Ich hatte nichts im Sinn gehabt damit, daß ich ihm die Wache abnahm; wir lagen in Ruhe in einer kleinen Stadt an der Warthe und stellten den Mädchen nach, wie es in Garnison der Brauch war. Es war gerade ein Sonnabend, und niemand mochte gerne von Sonnabend zu Sonntag auf Wache ziehen, mir kam es aber damals nicht darauf an. Einen Augenblick vorher hatte ich selbst nichts von einer solchen Absicht gewußt, dann aber bot ich es ihm plötzlich an, wie ich den Kerl so stehen sah, als die Einteilung herauskam. Ich kann mir den Burschen noch mehr als genau vorstellen, ihr werdet auch bald begreifen warum, einer von den linkischen Vögeln, die beim Kommiß Pech haben und zu Diensten eingeteilt werden, vor denen jeder sich drückt. Übrigens war er nicht übel anzusehen, er konnte sogar für einen forschen Kerl gelten, solange er bloß den Mund nicht auftat. Er litt nämlich an einem Sprachfehler, so daß seine Laute unartikuliert herauskamen und alles, was er sagte, von einem absonderlichen, heulenden Unterton begleitet war. Begann er einen Satz, so zuckte es ihm an der Hand, solang er ansetzte, endlich, wenn der Satz kam, schlenkerte er die Hand

445

heftig, hob sie mit einem Ruck hoch und ließ sie fallen. Das sah verwunderlich aus, und die Korporale machten sich einen Spaß damit, den Menschen anzureden und dabei jene Hand ins Auge zu fassen, die ihm an der Hosennaht zuckte und sich mühte, stillzuhalten, wie es die Vorschrift befahl.

Das versteht sich, daß er so bei Mädchen nicht viel gelten konnte, die Spötter, die ihn auf vorgebliche Liebschaften ansprachen, glaubten an ihre Erfindungen selber nicht. Aber nun hatte gerade damals der Pechvogel eine gefunden, die bereit war, an einem Gartenzaun auf ihn zu warten, wahrscheinlich seine erste, bei ihm ging das ja nicht wie bei den flotten Korporalen, die jeden Tag einer die Schürze aufziehen konnten, wenn sie bloß wollten. Kein Wunder, daß ihm die Welt einfiel, als er hörte, er müsse gerade jetzt auf Wache ziehen. Also die Wache nahm ich ihm ab, und das war sein Glück. Jetzt habe ich auch einmal Glück gehabt, gestand er mir an einem anderen Tag und rückte mir ganz nah auf den Leib dabei. Seine Hand tat den Ruck, er schlenkerte sie und ließ sie schnell fallen; ich weiß nicht, weshalb mir so albern grauste dabei, als er mir so ins Gesicht blickte und seine Stimme sich abmühte und er sich dann noch einmal nach mir umwandte und die Hand hob: Dafür, mein Lieber, werde ich mich noch bei dir revanchieren.«

So erzählte es Martin, und Martin wurde nach seinem Unteroffizierslehrgang versetzt zu einer anderen Kompanie damals, als der neue Feldzug begann. Eines Tages war er mit drei Leuten seiner Gruppe unterwegs nach vorn, das Gelände lag unter einem schwachen, planlosen Feuer. Links hinauf hatten sie einen mäßigen Hang, rechts den Wald, mit dem der Nachbarabschnitt anfing. Da lag am Waldrand, mit einer Zeltbahn zugedeckt, ein Toter.

»Ich möchte wissen, wer's ist«, sagte Martin und spähte hinüber, aber den Leuten stand der Kopf nicht danach, sie mochten sich nicht aufhalten und stapften zu, und nur einer sagte: »Soll ich nachsehen gehen, Herr Unteroffizier?« »Nein«, sagte Martin, »bleibt ihr auf dem Weg, ich hole euch ein. Seht zu, daß ihr weiterkommt.« – Denn er konnte nicht dagegen an, es zwang ihn, unter der Zeltbahn nachzusehen, wer darunterläge. Und er war eben daran, einen Zipfel aufzuheben, da fauchte es seitwärts, und blitzschnell warf er sich hin. Wie er aber den Kopf hob, da hatte ein Doppeleinschlag seine drei Leute zerrissen im Augenblick, als sie die Höhe des Hanges erreichten. Er wollte vorstürzen und hinlaufen, doch plötzlich kam es ihm wieder, was ihn zu dem Umweg bewogen habe. Jetzt hob er den Zipfel vollends auf und spähte hinunter: da lag der Mann drunten, dem er damals die Wache abgenommen und der zu ihm gesagt hatte: »Dafür werde ich mich noch revanchieren.«

Werner Bergengruen
Der Schutzengel

In den neunziger Jahren, so erzählte mein Onkel, schickte ich mich zu meiner ersten Auslandsreise an. Bis dahin war ich über die Grenzen unserer Ostseeprovinzen noch nicht hinausgekommen, abgesehen von einem kurzen Besuch in Petersburg und von der Freiwilligenzeit, die ich bei den Dragonern in Suwalki verbrachte.

In der letzten Nacht vor der Ausreise von Riga hatte ich einen Traum von größerer Deutlichkeit als sie Träumen insgemein eigen ist. Ich ging die Alexanderstraße entlang, die merkwürdig unbelebt war. In der Ferne sah ich einen Wagen, mit einem weißen und einem braunen Pferde bespannt; er näherte sich rasch. Jetzt meinte ich in den Pferden den Schimmel des Stabstrompeters aus Suwalki und den Braunen meines Wachtmeisters zu erkennen, aber da begannen sie sich zu verdunkeln und wurden nun zu Rappen. Sie trugen Trauerschabracken und nickende schwarze Pleureusen. Der Kutscher war im Dreimaster und in einem weitfaltigen pelerinenartigen Trauermantel, aber neben ihm saß ein grüngekleideter Mann auf dem Bock. Hierüber wunderte ich mich, und auch die einem Leichenwagen wenig angemessene Fahrtgeschwindigkeit hatte etwas Befremdendes.

Mit einem Male fühlte ich, daß zwischen diesem Fuhrwerk und mir eine Verbindung bestand. Im gleichen Augenblick lenkte es schräg über die Straße auf mich zu. Ich sah jetzt, daß ich es mit einem richtigen Leichenwagen zu tun hatte, und nun hielt er auch mit einem plötzlichen Ruck an; er hielt unmittelbar vor mir. Der Diener sprang vom Bock. Ich gewahrte, daß er einen langschößigen grünen Livreerock mit blanken Knöpfen und goldenen Ärmeltressen anhatte; auch das kleine grüne Käppi war mit goldenen Borten besetzt. Es war ein Mann über Mittelgröße; er hatte ein blasses, längliches, glattrasiertes Gesicht. Die braunen Augen hatten einen Ausdruck munteren Erstaunens, die Lippen waren voll, aber nicht sehr farbig, die rötlichen Ohren standen ab. Am Kinn, dessen wenig hervortretende Formen etwas kindlich Liebenswürdiges hatten, befand sich eine rundliche rote Narbe, etwa in der Größe eines Rubelstücks. Der ganze Eindruck war ein angenehmer. Später habe ich mich gewundert, daß alle diese Einzelheiten sich mir so unverwischt und wahrnehmlich zur Schau stellten; dergleichen ist in Träumen nicht gewöhnlich.

Ich sah jetzt, daß der schwarze Wagen, obwohl er doch unanzweifelbar ein Leichenwagen war, etwas von einer altväterischen Kalesche hatte, wie sie bei uns auf dem Lande häufig in Benutzung waren. Der Diener nahm sein

Käppi ab und öffnete den Schlag. Hierbei sah er mich an und lächelte, und dieses Lächeln hatte etwas höflich Gewohnheitliches und zugleich wiederum eine Beimischung von natürlicher Herzlichkeit. Es war klar, daß ich zum Einsteigen aufgefordert wurde.

Ich fühlte mich angelockt und abgestoßen zugleich. Ich stand verlegen und schwankte. Plötzlich überkam mich eine Empfindung äußersten Widerwillens. Obwohl ich nichts sagte und sie auch durch keine Gebärde ausdrückte, schien sie sich dem Diener sofort mitzuteilen. Ohne den angenehmen Ausdruck seines Gesichts irgendwie zu ändern, schloß er den Schlag, setzte sein Käppi auf und stieg wieder zum Kutscher auf den Bock. Der Wagen fuhr augenblicks in scharfem Trabe davon. Dieser Gangart zum Trotz drückte er jedoch vollständig und jedes Mißverständnis unmöglich machend alle Eigentümlichkeiten eines Leichenwagens aus, ohne daß ich zu sagen vermöchte, auf welche Art dies geschah.

Als wäre der Ruck, mit dem das Gefährt sich in Bewegung setzte, durch mich selber hindurchgegangen, spürte ich ein Zucken und erwachte. Es war noch dunkel. Eine Weile dachte ich meinem Traume nach und wunderte mich über die Schärfe, mit welcher die Erscheinung und die Gesichtszüge des Livreebedienten sich mir eingeprägt hatten. Dann ermüdete ich und schlief abermals ein.

Am Abend reiste ich ab. Ohne mich in Deutschland aufzuhalten, fuhr ich geradenwegs nach Paris. Ich brauche meine Gemütsverfassung nicht zu schildern, ein jeder wird sie sich nachbilden können. Wie Paris auf mich wirkte, wie die Unermeßlichkeit der Überwältigungen mich beglückte und bedrängte, bis sich endlich ein Gleichgewicht bilden wollte, das gehört nicht in diesen Zusammenhang. Genug, daß ich bestrebt war, mir alles Neue anzueignen, auf welchen Gebieten es auch sein mochte.

Zu diesem Neuen gehörte, obzwar keineswegs an hervorragender Stelle, auch eine Gattung von Kaufhäusern, wie sie damals noch ungewöhnlich war, riesige, durch mehrere Stockwerke sich erstreckende, zahllosen Bedürfnissen Genüge tuende Magazine, in denen der Verkehr zwischen den einzelnen Geschossen vermittels der Lifts bewerkstelligt wurde. Auch dies war mir noch etwas durchaus Neues. Ich muß gestehen, daß ich am Liftfahren ein kindliches, oder nenne man es denn: kindisches Vergnügen fand; ja, gewissermaßen setzte es das Karussellfahren meines ersten Lebensjahrzehnts auf eine um ein weniges erwachsenere Weise fort.

Eines Tages, es mag zu Beginn meiner zweiten Pariser Woche gewesen sein, betrat ich ein solches Warenhaus und stellte mich in Erwartung des Lifts im Vorraume auf. Er kam, die Fahrgäste stiegen aus, es entstand ein Gedränge und legte sich wieder.

Ich näherte mich dem Lift und hatte Mühe, einen Ausruf zu unterdrücken. Denn der neben dem Eingang stehende Fahrstuhlführer trug einen langen grünen Livreerock mit blanken Knöpfen und goldenen Ärmeltressen und in der Hand hielt er ein grünes Käppi mit goldenen Borten. Ja, er war in der Tat genauso gekleidet wie der Bediente, der in meinem Traume vom Bock des Leichenwagens gesprungen war. Aber auch seine Haltung und Verrichtung entsprachen denen jenes Traumbedienten, denn er stand seitwärts neben der geöffneten Fahrstuhltür und forderte lächelnd zum Einsteigen auf. Und dieses Lächeln in seiner halb gewerbsmäßigen, halb aus der natürlichen Beschaffenheit des Mannes fließenden Art, war ebenfalls das Lächeln, dessen ich mich aus meinem Traume so wohl entsann.

Ich machte diese Beobachtungen während der wenigen Schritte, die mir bis an die Tür des Aufzuges zurückzulegen blieben. Meine Betroffenheit wuchs; aber fast fühle ich mich außerstande, die Gemütsverfassung zu schildern, in welcher ich zuletzt vor dem Liftbedienten stand und ihn nun Zug um Zug wiederzuerkennen hatte. Ja, das war das längliche, blasse, glattrasierte Gesicht, das waren die munter erstaunten Augen, die breiten, aber unfarbigen Lippen, die rötlichen, abstehenden Ohren. Und auf der linken Kinnhälfte befand sich die rote, runde, rubelgroße Narbe, eben jetzt von einem durchs Fenster fallenden Sonnenstrahl berührt.

Ich erinnere mich genau, daß ich nun sofort an den bekannten Gedächtnisirrtum dachte, auf Grund dessen man im Augenblick einer Wahrnehmung oder eines Erlebnisses die Vorstellung hat, diese Wahrnehmung oder dieses Erlebnis bereits in einem Traume vorweggenommen zu haben – ein Irrtum, dem besonders diejenigen ausgesetzt sind, die ihren Träumen und deren Zusammenhang mit den Vorfallenheiten des wachen Lebens eine nicht ganz geringe Aufmerksamkeit zukehren. Aber sofort wurde es mir mit bestürzender Deutlichkeit klar, daß, was jeden Irrtum abwies, ja nicht nur die Schärfe meiner Erinnerung war; sondern in noch höherem Maße tat dies der Umstand, daß ich meiner Mutter und einer meiner Schwestern gleich am Morgen danach jenen Traum erzählt hatte.

Ich konnte jetzt meine Blicke von dem Fahrstuhlführer nicht lösen. Aber zugleich fühlte ich die völlige Unmöglichkeit, jenes Behältnis, an dessen Stelle ich im Traume den Leichenwagen erblickt hatte, zur Fahrt zu betreten.

Der Liftführer sah sich um wie ein Auktionator, bevor er den Hammer hebt. Dann verschwand er im Gehäuse und schloß die Tür. Ich ging, sehr mit meinen Gedanken beschäftigt, in die Verkaufshalle; hinter mir hörte ich den Aufzug mit ruckhaftem Summen abfahren. Ich beschloß, die Bekanntschaft des Liftführers zu machen und dem Zusammenhang auf den Grund zu kommen. So unwahrscheinlich es anmuten mochte – der Mann mußte mir irgendwo begegnet sein, in Riga oder in Petersburg. Ich hatte ihn vielleicht auf der Straße gesehen und nur scheinbar wieder vergessen. Er hatte sich einer tiefer gelegenen Schicht meines Inneren eingeprägt, und der Traum hatte ihn aus dieser nach oben steigen lassen – ein sonderbares Geflecht von Zufälligkeiten!

Ich war eine Weile im Erdgeschoß umhergeschlendert, als ich bemerkte, daß eine eigentümliche Unruhe sich auszudehnen begann; es war, als verbreite sich eine Nachricht. Zugleich wurde die Menge der Umherstehenden und Umhergehenden von einer Bewegung erfaßt, die bald eine bestimmte Richtung erkennen ließ; auch ich konnte mich ihr nicht entziehen.

Die Unruhe stieg, erschrockene Ausrufe und Aufschreie erhoben sich. In der Vorhalle staute sich die Bewegung; offenbar war eine Absperrung vorgenommen worden. Die Leute redeten sehr aufgeregt; endlich verstand ich, daß mit dem Lift ein Unglück geschehen war. Es dauerte eine Weile, bis sich mir ein Bild des Ereignisses darstellte: es war etwas gerissen oder gebrochen, und der Aufzug war abgestürzt, damals waren gewisse, selbsttätig sich einschaltende Sicherheitsvorkehrungen ja noch nicht im Gebrauch. Es wurde von Schwerverletzten und Toten gesprochen; unter den vom Leben Gekommenen war, so hieß es, der Fahrstuhlführer.

Ich verließ das Kaufhaus in großer Erregung. Einige Stunden trieb ich mich auf den Straßen umher. Am Nachmittag kehrte ich ins Warenhaus zurück. In der Vorhalle wurde gearbeitet. Es sah aus, als würde ein beliebiger Schaden in Ordnung gebracht.

Ich ging ins Büro und wurde höflich empfangen. Man bestätigte mir, was ich gehört hatte. Ich fragte nach dem Fahrstuhlführer und erhielt seine Adresse; er hieß Auguste Parmentier, war neununddreißig Jahre alt, unverheiratet und aus Paris gebürtig. Seit zwei Jahren stand er im Dienst des Kaufhauses.

Ich fuhr zu seiner Wohnung. Plötzlich kam mir ein Gedanke, bei dem es mir heiß wurde. Nämlich ich sagte mir, selbst wenn es sich herausstellen sollte, daß er gleichzeitig mit mir in Petersburg gewesen war, so blieb es doch höchst unwahrscheinlich, daß er dort die gleiche Livree wie hier im Warenhaus getragen haben konnte. Allein wie auch alle diese Zusammenhänge sich klären mochten, dies blieb gewiß, daß ich ohne jenen Traum in den Aufzug gestiegen wäre und das Schicksal der Fahrgäste geteilt hätte.

Parmentier hatte ein sehr einfaches Zimmer in einer bescheidenen Gegend bewohnt. Die Wirtin, eine unsaubere und redselige Frau, erklärte, er habe seit acht Jahren bei ihr gewohnt und in dieser Zeit nur zweimal, und bloß auf wenige Tage, Paris verlassen. Ich sagte verwirrt, ich hätte gern etwas für ihn getan. Aber es gab keine Hinterbliebenen und auch keine nähere Verwandtschaft. Schließlich beglich ich eine kleine Rechnung, die bei der Wirtin noch offenstand.

Ich forschte weiter, ich ging zur Polizei, man wies mich hierhin und dorthin. Auch im Büro des Warenhauses hielt ich noch einmal Nachfrage. Zuletzt lagen die äußeren Merkmale des jäh beendeten Daseins wahrnehmlich vor mir. Es blieb dabei, daß Parmentier während seiner Warenhaustätigkeit, und das bedeutete: als Träger der grünen Uniform, niemals von Paris fortgekommen war.

Das Begräbnis wurde von der Direktion veranstaltet. Ich folgte dem Sarge, ich legte einen Kranz nieder und empfand bekümmert das Unzulängliche, ja, Armselige dieser Gebärde.

Paris erschien mir verändert und verhängt. Es war nicht mehr die strahlende Stadt des Lebens, es war nichts als der gleichgültige Schauplatz eines Geschehnisses, das ich weder aufzulösen noch fruchtbar zu machen wußte. Es war mir, als müßte alles besser sein, wenn es mir gelänge, einen Dienst am Andenken des Toten zu verrichten und solchermaßen der dunklen, zwischen ihm und mir schwebenden Verbundenheit einen Ausdruck zu gewähren.

In meiner Ratlosigkeit ging ich schließlich zu einem Priester, entrichtete eine Gebühr und bat ihn, für Auguste Parmentier Messen zu lesen.

Ich hatte eine Scheu zu überwinden gehabt, bevor ich das Pfarrhaus neben der vorstädtischen Kirche betrat, auf das ich durch einen Zufall aufmerksam geworden war. Ich hatte in der mir zu Hause übermittelten Vorstellung gelebt, es gebe unter den Geistlichen der katholischen Kirche zwei Gattungen, die dicken und die dünnen, oder, anders ausgedrückt: die behaglichen Tischfreunde und die düsteren Zeloten, und beide zogen mich nicht an. Jetzt fand ich einen unterrichteten Mann von guter Mittelgestalt und angenehm weltläufigen Umfangsformen. Nachdem ich mein Anliegen vorgebracht hatte, redeten wir noch ein paar Worte miteinander, und zu meiner eigenen Überraschung entschloß ich mich plötzlich, ihm mein Erlebnis zu erzählen. Der Priester hörte mich mit vorgeneigtem Kopfe an. Dann sagte er, als spreche er von etwas Natürlichem und Selbstverständlichem: »Es gibt hier nur eine Erklärung, mein Herr. Ich weiß nicht, wie Sie darüber denken, aber es ist mir nicht zweifelhaft, daß Ihr Schutzengel sich für jenen Traum der Gestalt des Parmentier bedient hat.«

Ich erinnere mich noch genau, welch starken Eindruck mir die Unbefangenheit machte, mit welcher er diese Erklärung vorbrachte. Sein Gedanke war mir fremd, schließlich aber kam ich zu der Meinung, der Sachverhalt lasse sich in der Tat nicht besser ausdrücken als auf diese theologische und zugleich kindlich anmutende Weise; und ich ließ es nur dahingestellt sein, ob die behütende Macht, welche der Priester mit dem Namen Schutzengel bezeichnete, etwas in mir selber oder etwas außerhalb meiner Wirkendes sein mochte. Doch erinnerte ich mich zugleich nicht ohne Betroffenheit daran, daß ja seinerzeit mein Konfirmationsspruch, an den ich freilich seit Jahren nicht mehr gedacht hatte, der folgende gewesen war: »Er wird seinen Engeln über dir Befehl tun, daß sie dich auf ihren Händen tragen und du deinen Fuß nicht an einen Stein stoßest.«

Heimito von Doderer
Die Dogge Wanda

Der Himmel stand in höchstgesteigertem Blau. Aus dem trichterförmigen Felskessel riß die Sonne das Äußerste an Schärfe der Kontur zwischen Licht und Schatten heraus, jede Vorwärts-Bewegung der Glieder schuf neue und überraschende Wellen von Hitze, und auf den Graten oben, den kalkweißen, schienen die Lichtstrahlen schrillend an der oberen Grenze ihrer Schwingungszahl angelangt. Eva strebte auf den kleinen See zu, der am Grunde des Kessels in der Mittagshitze, und wie plattgedrückt von dieser, lag. Im Vorbeigehen gähnte eine kleine wenige Schritt tiefe Höhle als kühler Schlund vom Fuße der Felswand her, gerade dort, wo der reine Stein begann, an der Grenze zwischen dem nachlässigen und raschen Vorwärtsstreben auf den grasigen Schrofen und dem ernsteren Handanlegen, welches dann der Berg still und stumm erzwingt. Als Eva die Höhle betreten wollte, um sich hier für das endlich erreichte Bad der Kleider zu entledigen, stemmte ihr Hund, eine mächtige Dogge, welche sich nun erst die vierte Woche in ihrem Besitze befand und sonst (nur gerade diesmal nicht!) auf den Namen »Wanda« hörte, alle vier Pfoten ein und sich selbst schräg nach rückwärts, bei gespannter Leine, an welcher das Mädchen ungeduldig zog. Es gelang ihr auch, das sträubende Tier mit genauer Not bis an den Rand der Felsplatte zu bringen, welche fliesenhaft eben, makellos und von den Wassern so glatt gewaschen wie künstlicher Steinboden, der Höhle vorgelagert war. Weiter aber wollte es nun bei aller Anstrengung, bei allem Rufen und Schelten, bei allem Schieben nicht mehr gehen. Eva wurde zornig. Sie riß an der Schnur und schlug mit dem Lederende ihren Hund. Plötzlich aber wandte sich die Dogge gegen ihre Herrin, knurrte tief und sehr laut und in Tönen, welche sie bisher Eva nie hatte hören lassen. Machte es die

Überraschung, daß dieser die Leine entglitt, oder mochte sie ein leises Unbehagen antreten, dem fleischerhundgroßen Tier gegenüber in dieser schweigsamen Einsamkeit – Wanda kam frei und sprang in langen Sätzen zum Wasser hinunter. Ihre Besitzerin aber ließ endlich die Höhle Höhle sein und folgte ihr ärgerlich nach.

Der See war kalt, jedoch nur in seiner größeren Tiefe, wo die Oberfläche noch als lauer Ring um die Brust lag, während es von unten her wie eisig um die Gelenke griff. An den flachen Rändern dagegen stand das Wasser bis auf den Grund erhitzt und gab an Wärme dem einer Badewanne nichts nach. Eva streckte sich. Wanda war neben ihr ins Wasser gestiegen, um mit eilfertig schlappernder Zunge zu saufen. Dies getan, versuchte sie ihre Herrin wieder zu versöhnen, rieb die Schnauze an ihr und wedelte. Eva strich dem Tier leicht über den Kopf. Sie hatte die Augen geschlossen, die Arme unter dem Haupt verschränkt, war dicht eingepackt in die Hitze und löste sich in ihr gleichsam auf, so daß ihr augenblicksweise schien, als könnte dieses Übermaß von Sonne sie vom Boden emporheben und über demselben schwebend erhalten.

Nach einer Weile wälzte sie sich in dem flachen Wasser herum und bot nun ihren nassen Rücken der Sonnenglut. Jetzt schien ein leises Hauchen spürbar. Sie genoß die Abkühlung und öffnete erst die Augen, als ein merklicher Wind, ihr gerade entgegen, in den Felsenkessel hereinblies.

Gegenüber, oberhalb des Grates, dessen fahle Farbe jetzt an gebleichte Knochen erinnern konnte, hing ein dichtes Gewölk, rasch vorrückend und körperhaft fast wie der Stein. Das Licht hatte eine Brechung erfahren, und der vom aufziehenden Gewitter immer mehr angefressene Himmel fiel aus der höchstgesteigerten Kraft seiner Strahlung rasch von Stufe zu Stufe bis vollends ins Schiefergrau, das gleichzeitig mit dem ersten kraftvollen Windstoß, dem ersten Donnerrollen und den noch vereinzelten Regentropfen erreicht ward.

Eva kannte die raschen Wetter in ihren Bergen. Schnell auf, suchte sie rundum für sich und Wanda Deckung, raffte ihre Kleider und Schuhe unter dem Arme zusammen und lief den Abhang hinauf, um aus der Nähe des Blitze anziehenden Wassers zu gelangen. Als sie die erstrebte Höhle schon fast erreicht hatte, kam ihr Wanda dazwischen, und diesmal machte der große Hund wirklich ernst. Ein wütendes Knurren, ja Schnappen vereitelte nicht nur jeden Versuch, ihn an der Leine hineinzuzerren, die Dogge verwehrte vielmehr auch ihrer eiligen Herrin den Eintritt ganz und gar: Als diese nämlich, dem Hunde seinen Willen lassend, nur selbst in die kleine Höhle hinein und an ihm vorbeizukommen trachtete, fuhr Wanda mit gefletschten Zähnen auf sie los und sprang geradezu gegen ihre Brust, so daß

Eva verwirrt den Rückzug antrat, um fünfzig Schritte weiter unter einer etwas vorstehenden Platte des Gesteins ein notdürftiges Obdach zu beziehen. Hier lag denn auch der Hund, jetzt wieder ruhig und gehorsam, zu ihren Füßen, während sie sich trocknete und ihre Kleider anzog.

Indessen schmetterte der erste Blitz in den Kessel, der Donner gleichzeitig mit ihm, und, wie es denn bei nahen Blitzschlägen überhaupt, gar aber im Hochgebirge ist: der helle Krach zersplittert sich noch in tausend Schüsse, fast als schlüge man zahlloses Geschirr entzwei, und dem Schlag folgen andere in rascher Folge. Es wurde dunkel, aber der Wind sprang glücklicherweise derart um, daß er den allenthalben prasselnden und rauschenden Regen nicht in Evas Versteck hinein, sondern wie eine wehende Wand von diesem wegtrieb.

Das Wetter brauste jedoch rasch vorüber. In einer hohlen Stille, und verlassen wie noch nie, lagen bald wieder die jetzt vom Wasser dunkel gestreiften Felsen rund um den See, und einem rasch erheiterten Himmel blitzte da und dort der Widerschein aus Pfützen und versickerndem Gerinnsel entgegen. Eva, die inzwischen mit recht umständlichen Bewegungen in der Enge sich angekleidet hatte (wobei sie mit einer gewissen Sorgfalt vermied, an den reglos zu ihren Füßen liegenden Hund zu stoßen), beschloß, ihren einsamen Ausflug jetzt abzubrechen und sich talwärts zu wenden. Sie trat aus dem schützenden Versteck hervor. Wanda hatte sich zugleich mit ihr erhoben, ehe noch das Mädchen die Leine greifen konnte, sprang der Hund in munteren Sätzen vor ihr her und den Abhang entlang und weiterhin geradewegs auf die fatale Höhle zu, in welche er ohne Zögern hineinlief, um gleich wieder, fröhlich wedelnd, zu seiner Herrin zurückzuspringen. Wie in Ungeduld durchmaß dann die Dogge den sich verringernden Abstand zwischen der kleinen Höhle und Eva mehrmals hin und her, in einer Art von toller Lustigkeit, dann und wann leise kläffend. Endlich kam Eva dort an. Der Hund hielt sich dicht neben ihr, schnupperte und sah zu ihr auf. Erst bemerkte das Mädchen nichts, wie denn oft Augenfälliges unserem Blick entgeht. Dann aber sah sie wohl zu ihren Füßen den langen geschwärzten Riß, der hier die Steinplatte in zwei Hälften gespalten hatte und bis ganz nach rückwärts in die flache Höhle hineinlief, ein schweigender Zeuge für die Gewalt himmlischen Feuers. Als furchte tief die Zornesfalte durch eine makellose breite Götterstirn, so klaffte hier die Spur des Blitzes mitten durch den fliesenhaft glattgewaschenen Stein.

Eva erzitterte. Sie schritt über die Platte, bückte sich und betrat die kaum zehn Geviertschuh umfassende Wölbung. Wanda hüpfte ihr nach, und ihr Schweif schien vor Freude eine Art Triller zu versuchen. Der Blitz hatte seine auslaufende Spur hier bis in den letzten Winkel getrieben. Als Eva heraustrat, saß die Dogge auf den Hinterbeinen behaglich in der Sonne. Das Mädchen kniete zu dem Hund, nahm den großen Kopf zwischen die Hände und sah in die runden Augen des Tieres, die in ihrer abgründigen Tiefe und Leere nur ein versprengtes Teil schienen von dem hoch hineinspiegelnden himmlischen Blau.

Hans Erich Nossack
Begegnung im Vorraum

Die ungeheuerlichste Liebeserklärung, von der ich jemals gehört habe, ist wohl die, die mein Freund E. einer fremden Dame machte. Zufällig war ich dabei. Ob die Dame überhaupt begriff, daß es sich um eine Liebeserklärung handelte, vermag ich nicht zu sagen. Offenbar kannte sie ihn nicht, und jeder, der E. nicht kennt, wird seine Worte leicht für das hochtrabende Geschwätz eines Betrunkenen halten. Doch wir waren nicht betrunken, weder er noch ich. Wir hatten allerhöchstens drei Kirsch zu uns genommen. Nachher allerdings betranken wir uns ein wenig, aber das wäre sowieso geschehen.

Dennoch nehme ich an, daß die Dame ihn richtig verstand. Die Situation war nämlich unheimlich zwingend. An sich hätte E. sich mit einem der üblichen Scherze daraus lösen können, und wenn er trotzdem mit so gewagten Sätzen antwortete, wird er schon gewußt haben, daß er der Dame nicht zuviel zumutete.

Die Diskretion verbietet mir zu verraten, wer E. ist. Nicht einmal dieser Anfangsbuchstabe stimmt; man gebe sich also keine Mühe. Nur soviel über ihn: er ist ein ziemlich bekannter Mann, wenn man darunter versteht, daß die Zeitungen es für nötig erachten, dann und wann über ihn zu berichten, und die Zeitungsleser sich berechtigt fühlen, ihn seinen Taten und Werken nach wie einen guten Verwandten zu betrachten. Das bedeutet recht wenig; Verwandtschaft ist wohl das ungeeignetste Verhältnis, um einen anderen zu beurteilen. Man tritt von vornherein ohne Abstand an ihn heran und billigt ihm gar nicht erst die Freiheit zu, anders zu sein, als man ihn haben will. Was mich betrifft, so nenne ich mich E.s Freund, da ich entdeckt habe, daß ich zuweilen besorgter um ihn bin als um mich. Das scheint mir ein ganz guter Maßstab für Freundschaft zu sein. Doch ganz gleich, möglicherweise läßt sich das auch anders messen. Und natürlich habe ich ihm nie etwas davon gesagt. Er würde erstaunt fragen: »Besorgt um mich? Wieso?«

Immerhin, ich könnte vor ihm sterben, und dann würde nie jemand von dieser einzigartigen Huldigung erfahren. Die Dame, falls sie überhaupt noch daran denkt, wird kaum darüber reden, und was E. angeht, so bin ich überzeugt, daß er seine Worte schon ein paar Minuten später vergessen hatte. Jeder nächste Schritt pflegt ihn mehr zu interessieren als der getane; das ist eine Eigenart von ihm, die nicht immer leicht zu ertragen ist. Auch in diesem Fall übersprang er gewissermaßen, als die Begegnung stattfand, sofort all die möglichen Zwischenstationen der Entwicklung, als kämen sie schon gar nicht mehr in Betracht. Um einer unmöglichen Endgültigkeit willen, wenn ich mich so ausdrücken darf. Das ging mit Blitzesschnelle vor sich, und dabei versuchte er noch, einen anderen Menschen mitzureißen. Ein lebensgefährliches Experiment; denn es bleibt ein empfindliches Vakuum zurück, und nur wenige sind dem gewachsen. Die meisten Menschen, und vor allem Frauen, brauchen eine und sei es auch noch so kleine Vergangenheit, an die sie sich anlehnen können. Kein Wunder, daß ich unmittelbar danach mit einiger Besorgnis an die Dame dachte, die E. allein im Leeren stehenließ.

Das alles geschah eines Nachts in der ›Hafenschenke‹. Mit Hafen hat dies Lokal nichts zu tun, von den Wandbildern abgesehen: Dampfer, Schlepper, Dückdalben, zwei Möwen und ein Liebespaar unter einer Laterne, kurz, wie Dekorationsmaler sich einen Hafen vorzustellen pflegen. Für eine Stadt, die weder am Meer noch an einem Strom liegt, reicht es aus. Eine neue Kellerkneipe, mehr nicht. Von der Straße muß man achtzehn halsbrecherische Stufen hinab; ja, ich habe sie gezählt, da mich dieser endlose Abstieg verwunderte. Ich glaube, irgendein Tanzsaal oder Kino liegt darüber, daher die ungewöhnliche Tiefe. Da unten fühlt man sich geborgen, alle diejenigen wenigstens, die in der Talmi-Atmosphäre einer höher gelegenen Bar nicht heimisch zu werden vermögen. Im Schankraum herrscht ein angenehmes Halbdunkel, das tut den Augen wohl. Es gibt zwar selbst dort unten den unvermeidlichen Akkordeonspieler – das gehört zu dem Begriff ›Hafen‹ –, und wenn man ihm etwas spendiert, spielt er sogar: ›In Hamburg, da bin ich gewesen‹, aber trotz des Lärms oder gerade deswegen – und freitags ist der Lärm wegen der Lohntüten besonders groß – kann man dort ungestört seinen Schnaps trinken und Würstchen essen. Die Wirtin hinter der Theke ist eine handfeste Person; sie hat einen Knüppel griffbereit liegen, doch man braucht ja nicht mit ihr anzubinden. Manchmal soll es dort Krach geben. Warum nicht?

Ich hatte mich mit E. dort verabredet, wir waren beide sehr schlechter Laune. Wir befanden uns wegen eines sogenannten Kongresses in der Stadt und hatten den ganzen Nachmittag an einer Sitzung teilnehmen müssen. Man weiß ja, was das für unsereinen bedeutet und was dabei herauskommt. Über Dinge, die mit einem schlichten Ja oder Nein zu erledigen sind, wird stundenlang hin und her geredet. Alle wollen sich gern einmal sprechen hören, und was einem vorher ganz klar war, ist einem hinterher zweifelhaft. Und dabei darf man nicht vorzeitig weglaufen; sie legen es einem als Willenserklärung aus, die man gar nicht zu geben beabsichtigt. Es fiel schon unangenehm auf, als E. mir während der Sitzung zuflüsterte, daß wir uns so schnell wie möglich in die ›Hafenschenke‹ begeben müßten, um uns einigermaßen wieder zurechtzufinden. Alle dachten, wir gehörten zur Opposition und wollten ein Komplott schmieden.

Ich hatte noch irgend etwas zu erledigen gehabt. Als ich die Kneipe betrat, saß E. an der Säule mit zwei blutjungen Zimmermannsgesellen zusammen. Das Lokal war ziemlich voll, alle Tische waren besetzt. E. erklärte mir, um was es ging. Die beiden Zimmerleute trugen Hämmer am Gürtel, anscheinend mehr zur Zierde; den Stielen nach zu urteilen, waren es kaum gebrauchte Hämmer. Die Jungen hielten die Stiele spielerisch und nicht ohne Stolz in der Hand und ließen sie an ihre Hüfte zurückschnellen, wobei sie etwas über einen ›vergoldeten Hammer‹ redeten. E. wollte wissen, was es damit auf sich habe, er vermutete irgendeinen alten Brauch dahinter. Die beiden Jungen sahen sich an und rückten nicht mit der Sprache heraus. Sie behaupteten, einen Eid geleistet zu haben, und daß es ihnen Unglück bringen würde, wenn sie etwas davon verrieten. Schließlich ließ E. davon ab und bezahlte ihnen das Bier. Der eine der beiden glich der Nana von Feuerbach ganz auffallend, während der andere mehr wie ein junger Raskolnikow aussah. Ich machte E. darauf aufmerksam. Er verzog das Gesicht. Er schätzt solche Vergleiche nicht, und er hat recht. Es klingt so, als ob jemand von einer Landschaft sagt, sie sei fast so schön wie im letzten Film.

Ich wüßte nicht anzugeben, worüber wir sonst noch gesprochen haben. Sicher werden wir geschimpft haben, und es wird mehr oder weniger Blödsinn gewesen sein; wir wollten uns ja erholen. Aber natürlich ist es nicht ausgeschlossen, daß dem einen oder anderen aus Versehen auch ein vernünftigeres Wort entschlüpft ist. Wie es so geht. Wohin kämen wir, wenn man das wichtig nehmen wollte. Ich erwähne es nur, da später auf irgend etwas Bezug genommen wurde, das wir gesagt haben müssen. Um was es sich handelte, wurde jedoch nicht erwähnt. Es kam gar nicht erst so weit. Jedenfalls hatten wir keine Ahnung, daß uns von einem der Nachbartische zugehört wurde.

Nach einer ganzen Weile mußten wir wegen eines Bedürfnisses hinaus. Zu diesem Zweck muß man den zugigen Vorraum der Kneipe überqueren und sich dann durch ein stockdunkles Kellergewölbe, das voller Gerümpel ist, bis dahin vortasten, wo ›Herren‹ dransteht. Doch hier geht es allein um diesen Vorraum, in den übrigens die Treppe von der Straße her mündet. Er ist ziemlich groß, hoch und quadratisch und hat Steinfußboden. Er ist völlig kahl, und die Wände sind weiß getüncht. Dabei ist er übermäßig hell erleuchtet, hundertmal heller als das gedämpfte Licht der Kneipe. Ja, diese nackte Grellheit tut einem geradezu weh, und überhaupt, ich weiß nicht, wozu dieser Vorraum eigentlich da ist.

Als wir aus der Finsternis des Gewölbes dorthin zurückgelangten, kam uns aus der offenen Tür der Kneipe eine Dame entgegen.

Hier ist nun leider eine kleine Lücke in meinem Bericht. Ich vermag nämlich die Dame nicht genauer zu schildern. Ich habe sie mir gar nicht daraufhin angesehen, und als ich dann darüber nachdachte, war es zu spät. Nehmen wir an, daß sie ungefähr dreißig war. Wer will das so spät nachts und bei der unwirklichen Helligkeit mit Sicherheit schätzen. Außerdem ist ein derartiges Licht sehr grausam für Frauen. Irgendeine vage Erinnerung will mir einreden, daß da ein paar Sommersprossen zu sehen gewesen seien. Und daß die Augen zwar sehr groß, aber an den Seiten etwas geschlitzt waren. Die Augen? War es nicht vielmehr der Blick? Und wurden die Augen nicht vielleicht zusammengekniffen, da sie geblendet waren? Das alles ist schon sehr viel mehr, als ich vor Gericht beschwören könnte. Und spielt es denn eine Rolle? Nur, wenn ich sie ohne zu überlegen eine Dame genannt habe, so meine ich das auch. Gott behüte mich davor, eine Definition des Begriffes ›Dame‹ geben zu müssen. Man merkt es an irgend etwas Unbestimmbarem, an der Kleidung, am Gang, am Tonfall oder woran auch sonst, und damit gut. Wie ich schon andeutete, liegt es durchaus im Bereich des Möglichen, dort unten in der ›Hafenschenke‹ auch einmal eine Dame zu treffen, wenn auch nicht allzu häufig. Damen, die sich dort zeigen können, ohne etwas von sich aufzugeben, sind leider selten. Doch das alles ist furchtbar nebensächlich, wie man gleich sehen wird.

Sie kam geradewegs auf uns zu. In der Mitte des Vorraums wären wir aufeinandergeprallt. Eine der Parteien mußte also ausweichen. Sie zögerte kaum merklich, und auch E. stutzte sofort, als er sie mit einer mädchenhaften Entschlossenheit auf sich zukommen sah. Dann blieben wir alle drei stehen. Sie sah E. an und ohne jede Einleitung, ja, sogar ohne das übliche, etwas unechte Lächeln, mit dem Frauen um Nachsicht bitten, wenn sie sich an einen Fremden wenden, sondern ganz selbstverständlich und mit einem bezwingenden Ernst sagte sie zu ihm: »Ich habe vorhin zugehört«, um nach einer winzigen Pause, als überlege sie alles noch ein letztes Mal, und wieder ohne den Blick von ihm abzuwenden oder auch nur mit der Wimper zu zucken, fortzufahren: »Du gefällst mir.«

Daraufhin löste ich mich von der Gruppe und ging allein weiter. Das war wohl das mindeste, was das Zartgefühl von mir verlangte. Hätte ich etwa nach solchen Worten wie ein Ochse danebenstehenbleiben sollen? Aber ehrlich gesagt, ich tat das alles nicht so bewußt, wie es jetzt klingt. Meine Beine bewegten sich wie von selbst. Als ob jemand sie mit einer Peitsche gestreichelt und ihnen zugerufen hätte: ›Kusch! Ihr habt hier nichts zu suchen.‹ Ich ging bis zur Kneipentür. Dort wandte ich mich um. Das hätte ich nicht tun dürfen, denn nun konnte ich nicht mehr weitergehn. Ich mußte stehenbleiben, wie gebannt. Hinterher ist gut reden. Ich weiß selber, daß es ungehörig war. Aber es spielte sich alles so unglaublich rasch ab.

Die beiden standen sich unbewegt gegenüber. Zwei Gestalten, völlig isoliert von allem wegen der entsetzlich schattenlosen Helligkeit des Raumes. Es war so grauenhaft, daß man den Atem anhalten mußte. Irgendwo schlug eine Klapptür. Ein Windstoß fuhr die Treppe herab, doch das Paar wurde nicht davon berührt. Allem Anschein nach blickten sie sich in die Augen. Ich konnte die Gesichter nicht sehen; die Dame stand mit dem Rücken zu mir, und obwohl sie einen halben Kopf kleiner war als E., verdeckte sie ihn. Dann, nach endlosen Sekunden, hob E. ganz langsam die Arme. Das wirkte wiederum erschreckend, da man es nicht erwartet hatte und da man nicht wußte, was er damit wollte. Ich dachte, es würde eine beschwörende Geste daraus werden, und vielleicht sollte es das zuerst auch sein. Aber es kam anders. Er legte ihr seine Hände auf die Schultern. Sehr große Hände, doch er muß sie ganz leicht gemacht haben. Wie zwei schwerfällige Vögel schwebten sie durch die Luft und ließen sich mit der Gewichtslosigkeit von Federn auf den Schultern nieder. Die Frauengestalt knickte nicht im geringsten unter ihrem Druck zusammen. Sie ruhten sich da einfach auf dem dunklen Stoff des Kleides aus.

Und dann kam die Liebeserklärung. Ich meine die Worte, denn auch diese Hände waren bereits eine Liebeserklärung. Ich vernahm jede Silbe, und das ist vielleicht das Seltsamste von allem. Man muß bedenken, daß ich ungefähr zehn Schritt von den beiden entfernt stand, und E. sprach bestimmt nicht laut. So etwas sagt man nicht laut. Im Gegenteil, es wird eher ein tönendes Flüstern gewesen sein. Und dabei quoll doch aus dem Dämmer des Kneipenraums ein solcher Lärm – Akkordeon, Johlen, Kreischen, Gläserklirren, Stühleschurren –, daß man sein eigenes Wort kaum verstehen konnte. Doch ganz offenbar vermochte dieser Lärm ebensowenig wie die scharfe Zugluft, die oben von der Straße her in den Vorraum drang, in die absolute Stille zu dringen, welche die beiden Menschen umgab. Und auch ich stand innerhalb des Bannkreises.

»Madame«, sagte er … Es ist mir unerklärlich, wie er auf die Idee kam, sie so anzureden. Sie war weder eine Französin, noch befanden wir uns in Frankreich. Und doch, welche geeignetere Anrede ließe sich wohl denken? Und wie zärtlich er dies ›Madame‹ aussprach! Ich hatte keine Ahnung, daß er dazu fähig war. Fast wie ein Kind. Besonders die beiden ›M's‹ vibrierten mit einer solchen Innigkeit durch den Raum, daß es mir den Rücken hinablief.

»Madame, lassen Sie uns bitte nicht auf die unmenschliche Weise miteinander verkehren, die man Liebe nennt. Das haben wir seit vielen Jahrtausenden getan, und es hat uns immer wieder zu Fall gebracht, obwohl wir doch zum Aufrechtstehen geschaffen sind.

Wollen wir nicht das Wunder, daß wir uns trotz allem zu dieser späten Stunde noch einmal begegnen, anders zu benutzen versuchen als bisher, damit die Welt über unser erneutes Versagen nicht ganz in Verzweiflung gerät? Sie haben, Madame, etwas gesehen, was ich nicht bin, aber was ich sein könnte und darum sein müßte. Ich habe keinen Namen dafür, ich vermag es nicht wahrzunehmen, und das macht mein Leben unruhig und unsicher; denn ich weiß, daß es manchmal da ist und daß es eben da war. Es huschte über den Spiegel, und ich spürte es an der Sehnsucht, die in mir wach wurde, mich in dies Bild zu verwandeln. Ihre Augen sind klarer und nehmen es zuweilen wirklich wahr. Das gibt mir wieder Hoffnung, das zu werden, was Sie wollen.

Ich beschwöre Sie, Madame, verleugnen Sie es nicht um einer mütterlichen Regung willen, die Sie dazu verleiten möchte, mich in Ihre Arme zu nehmen, da Sie mir nicht die Kraft zutrauen, den Kummer über die bisherige Vergeblichkeit meiner Sehnsucht allein zu tragen. Bewahren Sie das Bild, das Sie von mir kennen, damit ich es nicht durch körperliche Ungeduld verderbe und mir nichts bleibt, woran ich mich vergleichen kann. Denn eines Tages möchte ich vor Sie hinknien und Sie einen Engel nennen, weil ich selber einer geworden bin.

Alles andere, Madame, nehmen wir es als genossen und erlitten. Wozu, nicht wahr, sollten wir es wiederholen?«

Damit nahm er die Hände von ihren Schultern, und der Bann war gebrochen. Ich war nur zu froh; ich meinte, es nicht länger ertragen zu können. Ich befürchtete, daß jeden Augenblick etwas Peinliches passieren könnte. Daß er tatsächlich hinknien würde, oder was weiß ich. Irgend etwas Unausdenkbares. Bei E. war man immer darauf gefaßt, auch wenn es dann niemals eintrat.

Er ließ das Mädchen – oder die Frau – oder die Dame einfach stehen und kam zu mir. Wir tauchten sofort in den Kneipenlärm unter. Wir gingen zusammen an die Theke, und ich bestellte zwei neue Kirsch.

Erst nachdem ich das Zeug hinuntergegossen hatte, kam ich zu mir. Ich blickte zurück, ob die Frau noch draußen stände. Aber ich sah sie nirgends, der Vorraum war völlig leer. Und dann regte sich Mitleid in mir. Wäre sie hereingekommen, hätte ich mich wahrscheinlich zu ihr an den Tisch gesetzt, ihr die Hand geklopft und gesagt: »Nun, nun, es ist nicht so schlimm. Er meint es nicht so.« Unter Umständen würde ich mich in sie verliebt haben; wenigstens hätte ich es mir eingebildet. Darf man denn so sprechen, wie E. es getan hatte, und sie dann ohne weiteres allein damit fertig werden lassen?

Ja, und ehe ich mich versah, stand ich schon ganz auf ihrer Seite und war zornig auf E.

»Kanntest du sie denn?« fragte ich ihn.

»Nein. Wieso?«

»Man kann doch einer Fremden so etwas nicht sagen.«

»Fremd?« Er sah mich verwundert an. »Na, hör mal, weniger fremd kann man sich wohl nicht sein.«

Daraufhin bestellten wir weiteren Kirsch. Und von da an in immer rascherer Folge. Es gibt ja nun einmal dies Mittel. Manche halten es für schädlich, das ist wahr.

Josef W. Janker
Das Telegramm

»Es ist ein Telegramm für Sie angekommen«, sagt mein Gastgeber und deutet, blind vor Eifer und Wohlwollen, mit dem Lötkolben nach oben. »Danke ergebenst!« rufe ich, starr vor Schrecken und Wißbegier, und trete, meinen Hut lüftend, in das altertümliche Vestibül. Aber da stockt mein Atem und Schritt. Vor mir, in der Dämmerschwüle des Augusttags, in Nischen und Winkeln, auf Stufen, Podesten und Balustraden, türmen sich die seltsamen Erzeugnisse der Muße, des Fleißes und jenes erstaunlichen Formwillens, von dem mein Gastgeber gelegentlich gesprochen und die nun, aus unsichtbaren Werkstätten ans Licht gezerrt, aus Leimpfannen, Pressen, Schmelztiegeln und Gebläsen hervorgegangen, durch irgend einen bösartigen Zauber vervielfacht, das Haus überschwemmen. Da ich befürchten muß, daß mein Gastgeber, Erläuterungen gebend und Beifall heischend, mir nachfolgt, strebe ich emsig, umsichtig, geduldig weiter, taub vor Ergebenheit, gewinne so Meter um Meter eines wertvollen Terrains;

denn oben unter dem Dach, vier Stockwerke über der erstaunlichen Sammlung, liegt das Telegramm.

Ich kann mir nicht vorstellen, daß irgend etwas Bedeutsames vorgefallen sein soll. Vielleicht die Mitteilung über eine bevorstehende Hochzeit oder die Nachricht über das Begräbnis eines weitläufigen Verwandten. Was wird schon Dringliches geschehen sein? Schwager und Schwester in einem Zustand permanenter Darbnis; Mutter auf Störnäherei, um der Darbnis zu steuern; mein jüngster Bruder, von Klassenabstieg zu Klassenabstieg auf kümmerlicheres Taschengeld gesetzt; Vater schließlich, ein altes, standhaft verschwiegenes Leiden mit sich herumschleppend, das Bett aufsuchend und es wieder verlassend, Vater, dem körperliche Gebrechen ein Greuel sind . . .

Unverdrossen, aber doch schon etwas besorgt, winde ich mich zwischen topfartigen und flaschenähnlichen Gebilden hindurch. »Ich habe wertvollere Stücke als diese«, argwöhnt die Stimme meines Gastgebers, durch irgendeine Hexerei vergegenwärtigt. »Wenn Sie auf dem nächsten Treppenabsatz auf die Keramiken stoßen, so achten Sie auf die hervorragende Brenntechnik. Sie stammen alle aus der vorletzten Phase meiner bukolischen Periode.« Nicht nur der Treppenabsatz, auch der angrenzende Flur ist voll von diesen Absonderlichkeiten. Noch immer behutsam, eifrig, höflich über Glasgeblasenes und Gebranntes kletternd, fällt mein Blick quer über den Lichthof in das gegenüberliegende Stockwerk. Auch dort entdecke ich die merkwürdigen Nachbildungen, die an Musik und Anatomie gleichzeitig erinnern. Larynx anthropos! denke ich, während ich benommen, aber zu Höflichkeit und Wohlwollen entschlossen, Stufe um Stufe dieser endlosen Galerie emporsteige.

»Der Professor hat mir erlaubt, daß ich einen Teil seiner Sammlungen säubere«, tritt geharnischt, Staubtuch und Besen schwenkend, die Putzfrau um die Ecke, zwingt mich unter Wolken barbarischen Staubs zur Flucht in ein Nebengelaß. »Wenn Sie die Abgüsse aus meiner heroischen Epoche sehen wollen«, flüstert verschämt eindringlich die Stimme meines Gastgebers, »so brauchen Sie sich nur um diesen Sagittalschnitt herumzubemühen. Es sind kostbare Funde darunter, die mir früh den Ruf eines bedeutenden —«

»Den Tee können Sie natürlich mit uns einnehmen«, herrscht mich eine trocken-lehrhafte Gouvernantenstimme an. »Mit Vergnügen!« huste ich, Hekatomben ehrwürdigsten Staubs hinunterschluckend, Tagreisen entfernt von der nächsten erfrischenden Oase. »Berichten Sie mir von den Fortschritten Ihrer Studien«, nörgelt die Alterslose hinter verfallenen Zahngehegen, meinem umherirrenden Blick für immer entzogen.

»Sie dürfen mich nach dem gemeinsamen Mittagsmahl in die Städtische Galerie entführen«, lockt die Tischdame, minderjährig, tugendsam aus haushälterischen Erwägungen heraus. »Räumen Sie die Etagere beiseite, heben Sie den Überwurf aus Brokat etwas an und klettern Sie unter diesem Torso hindurch. Vorsicht! Werfen Sie ihn nicht um. Er stammt, wie das meiste hier, aus Vaters empfindsamer Periode.« Gehorsam, unterwürfig, gewissenhaft räume ich die Etagere beiseite, hebe den Überwurf aus zerschlissenem Brokat etwas an und krieche unter den Torso aus Ziegelsplitt. Aber kaum habe ich mich aufgerichtet und meinen Anzug in Ordnung gebrachte, albert die Fahrlässig-Zudringliche schon aus einer entgegengesetzten Ecke.

»Aber nein doch, diese Ungeschicklichkeit! Ihr Orientierungssinn scheint nicht sehr ausgeprägt. Hören Sie denn nicht, mit was ich Ihnen auf die Spur zu helfen suche?«

»Sie sind zu einfallsreich«, rufe ich, mühsam um Fassung ringend. »Wenn Sie mir den Weg in mein Zimmer zeigen könnten, wäre ich Ihnen sehr verbunden. Ich möchte nicht gern in diesem Aufzug vor Ihnen erscheinen.« Aber die Tollgewordene mißversteht mich gründlich. »Sie Wüstling!« empört sie sich. »Ich heirate keinen Neandertaler.« ›Vielleicht die Mitteilung über eine bevorstehende Hochzeit‹, memoriere ich in einem Anfall von Schwäche und Zerknirschung. Ich werde der Empfänger der Nachricht meiner eigenen Heirat sein. –

»Ich habe mich für unseren ersten gemeinsamen Abend schön gemacht«, flötet die Hausamsel aus ihrer Dufthecke hervor. Unter Flaumgestöber, das mir zeitweilig die Sicht nimmt, zeige ich, wie gerührt ich bin über soviel hartnäckige Anhänglichkeit, beteuere aber, daß ich nicht imstande sei, der Einladung Folge zu leisten, da ihr Herr Vater sich ganz offensichtlich den Scherz erlaubt habe, mich in einem Irrgarten künstlicher Kehlköpfe gefangenzuhalten.

»Lassen Sie sich durch die Vielfalt der Muster nicht erschrecken, junger Freund!« sonort der Wohllaut meines Gastgebers neben mir. »Wenn Sie auf den Vorplatz hinaustreten, werden Sie erkennen, daß meine Schöpfungen von grandioser Formenfülle, aber auch von großer Sinnfälligkeit zeugen. Alles, was sich hier Ihrem staunenden Auge darbietet, ist instrumentgewordenes Organ, organgewordenes Instrument. Betrachten Sie diese Nachbildung aus Glasguß und getönten Quarzen. Eine frühe Studie aus meiner blauen Periode.«

»Wenn Sie fortfahren, sich im Kreis zu drehen«, sagt die zum Ausgang Gerüstete und trommelt nervös gegen ihr Fischbein-Mieder, »schließt die Galerie. Es bleibt Ihnen dann nur noch die Wahl zwischen einer Abendandacht und dem längst fälligen Besuch bei einer argwöhnischen Tante, die auch nicht den Schatten eines Flirts dulden wird.« Da ich nicht einsehe, warum ich ihr in die Städtische Galerie folgen soll, wo ich mitten unter schlechten Kopien stehe, rufe ich, außer mir vor Zorn und Gereiztheit: »Mit Ihrer gütigen Erlaubnis, die Abendandacht!«

»Wir haben uns erlaubt, in Ihrem Zimmer einige Veränderungen vorzunehmen«, sagt das Zimmerfräulein, anmutig bestürzt, in einer erschreckend makellosen Schürze, als ich keuchend den letzten Treppenabsatz erreiche. Entwaffnet von so viel Charme und Liebreiz, sinke ich gegen das Geländer und schließe die Augen. Es ist zum Steinerweichen! Da spricht das arglose Geschöpf von einigen Veränderungen, während ich mein Zimmer unbetretbar vorfinde, angefüllt mit mannshohen Kehlköpfen, vollgestopft mit dem Plunder eines Besessenen, den Ausgeburten eines Irren, der mich eines Abends nach einer Lesung einlud, in seinem geräumig-heiteren und, wie er hinzufügte, ein wenig musealen Hause meinen Studien nachzugehen, beim Schein eines Kaminfeuers vertraulich einige Vitrinen öffnete, von eigenen bescheidenen Versuchen sprach, einer Sammlung, die er unter Opfern aufgebaut und erweitert hätte. Und ich Unschuldslamm lasse mich überreden, betrete sein gastfreies Haus, beziehe ein Mansardenzimmer, nehme an den gemeinsamen Mahlzeiten teil, lerne Thekla, eine Halbwüchsige mit Hühnerbrust und Garnfingern kennen, vernehme die respektheischende Stimme einer Bettlägerigen, die niemanden empfängt außer ihrem überfütterten und ewig gelangweilten Pudel, sehe flüchtig in einem abgedunkelten Flur ein besenschwenkendes Faktotum, das Fenster aufreißt und Gardinen aus dem Schlaf scheucht, flüchte vor soviel mißverstandener Gastfreundschaft über zahllose Treppen und Podeste, stehe aufatmend vor dem verführerischen Liebreiz einer Mädchenschürze. Und nun öffnet die Vertrauensselige spaltbreit die Türe und seufzt: »Wir haben uns erlaubt, in Ihrem Zimmer einige Veränderungen vorzunehmen.«

Nach einer unruhigen, von Traumgesichten durchzuckten Nacht erwache ich zuversichtlich unter einem hochgelegenen Fenster. Mich durch das Nadelöhr zwängend, hilflos rudernd zwischen Fußboden und Decke meines unkenntlich gemachten Zimmers, nehme ich in dem undeutlichen Frühlicht die Schemen und verkörperten Alpdrücke wahr, in der beängstigenden Stille eines Museums für Vorgeschichte. Unter Schluckbeschwerden, die Arme aufgestützt, die Beine schräg zwischen der Fensterleibung, lasse ich mich auf eine Kredenz nieder. Mit versagender Kraft, aber unbeirrbar höflich, ducke ich mich unter die Erpresserstimme meines Gastgebers. »Betrachten Sie nun mein Meisterstück! Das unvergleichliche Exemplar eines Larynx antropos!«

Als es mir am Abend des dritten Tages gelingt, das Telegramm zu öffnen, lese ich ermattet, sanft die nörgelnde Stimme Theklas aussperrend: »Halte daher eine Verlängerung Ihres Studien-Aufenthaltes für unangebracht – stop – dachte, Sie brächten etwas Verständnis für die Versuche meines Mannes auf – stop – Ihre Fähigkeiten als Erbschleicher mögen ausreichend sein – stop – als Liebhaber meiner Tochter sind Sie eine Zumutung –«

Alfred Andersch
Ein Auftrag für Lord Glouster

Im Mittelpunkt Frankfurts, Ecke Hauptwache und Biebergasse, befand sich bis vor kurzem eine Würstchenbude. Man konnte dort Bratwürste, Rindswürstchen oder die langen Frankfurter kaufen und, im Stehen essend, an die Theke gelehnt, das Leben und Treiben betrachten.

Am 13. Juni, mittags um zwölf Uhr, stand Nicolas an der Bude, hatte eine Bratwurst vor sich auf einem kleinen Pappteller und beschmierte sie sich erst einmal mit Senf, weil sie zum Anfassen noch zu heiß war.

»Gut, nicht wahr?« sagte ein Mann, der von seiner Wurst schon abgebissen hatte, zu Nicolas. »Aber Sie hätten eine schärfer gebratene nehmen sollen.«

»Egal«, antwortete Nicolas, faltete die Papierserviette und faßte damit die Wurst an. »Solche Würste wie zu meiner Zeit gibt's heute sowieso nicht mehr. Die hier sind ja nur so 'n Klacks. Aber damals, in Burgund, das hätten Sie erleben sollen, was das für Würste waren!«

»Ja damals«, sagte der Mann. »Das kommt nicht wieder.« Dann setzte er wißbegierig hinzu: »Burgund? Hab' ich noch nie gehört. Wo liegt 'n das?«

»Das gibt's anscheinend schon lange nicht mehr«, antwortete Nicolas, etwas kurz angebunden, und sah bewundernd einem langen, cremefarbenen Buick-Kabriolet nach, das die Biebergasse entlang fuhr. »Bin neulich mal dort gewesen. Aber das heißt jetzt alles ganz anders: Luxemburg, Belgien, Frankreich.«

Der Mann wurde plötzlich mißtrauisch. »Wann sind Sie denn in . . . in . . .«

»Burgund«, ergänzte Nicolas höflich.

»Mhm . . . also in diesem Burgund gewesen?« fragte er.

»Zuletzt 1445«, sagte Nicolas. »Möchte furchtbar gern wissen, was aus Burgund geworden ist. Wissen Sie's zufällig?«

Der Mann starrte ihn sprachlos an. »Na«, sagte er dann, »jeder hat so seinen

Vogel. Aber Sie haben schon 'nen besonders komischen.« Er schob das letzte Stück seiner Bratwurst in den Mund und zerknüllte dabei wütend die Serviette. »Mich auf den Arm nehmen wollen! Am hellichten Mittag!« Nicolas sah ihm traurig nach, wie er davonging. Dann befühlte er, während er seine Wurst aß, sanft den Stoff der Riffelsamtweste, die er sich in einem Geschäft in der Goethestraße gekauft hatte. Er hatte sie sich angeschafft, weil sie ärmellos war.

Das erinnerte ihn an die Weste aus fein geschmiedeten Stahlketten, die er bei Azincourt getragen hatte. Nicolas war ein ausgezeichneter Degenfechter gewesen und stets lieber mit ärmellosen Stahlwesten ins Gefecht gegangen, weil sie Beweglichkeit verliehen. Er lächelte, während er daran dachte, wie er den Lancaster herausgehauen hatte, der, von Kopf bis Fuß gepanzert, von den Franzosen fürchterlich verdroschen wurde, als ihm der Beidhänder entglitten war. Nicolas' Abneigung gegen schwere Deckung hatte ihn auch veranlaßt, sich einen der kleinen roten MG-Wagen anzuschaffen, den er jetzt vor dem Café Kranzler geparkt hatte. Er war stolz darauf, daß die MGs von der Industrie seines Heimatlandes hergestellt wurden. In die angenehmsten Gedanken versunken, merkte er erst gar nicht, daß ein Herr ihn ansprach.

»Verzeihung«, sagte der Herr, »gestatten Sie mir, daß ich mich bekannt mache. Bernheimer. Doktor Bernheimer.«

Nicolas erwachte. »Glouster«, stellte er sich mit einer leichten Verbeugung vor.

»Oh, ein bekannter Name, mein Lord«, sagte Doktor Bernheimer. »Dann sind Sie sicherlich jener siebente Graf Glouster, der im französischen Feldzug Heinrichs V., so um 1430 herum, spurlos verschwand und niemals mehr auf die Insel zurückkehrte?«

»Allerdings«, bemerkte Nicolas kühl. »Aber woher wissen Sie . . .?«

»Ich konnte vorhin nicht umhin, Ihrem Gespräch mit jenem Manne zu folgen, der so böse wurde«, erklärte Doktor Bernheimer, verlegen lächelnd. »Deshalb erlaubte ich mir, Sie anzusprechen. Und als Sie dann Ihren Namen nannten, war es leicht zu kombinieren. – Ich habe mich ein bißchen mit englischer Familiengeschichte beschäftigt, müssen Sie wissen«, fügte er bescheiden hinzu.

»Ach so«, sagte Nicolas voller Neugier. Er betrachtete den Doktor, der einen grauen, zweireihigen Anzug trug und zwei dick mit Akten und Schriften gefüllte Mappen neben sich auf den Boden gestellt hatte. Erinnert mich irgendwie an den Cusanus, den ich 1440 in Trier traf, nachdem ich ›De Docta Ignorantia‹ gelesen hatte, dachte Nicolas. Gefiel mir sehr, die Lehre von den Gegensätzen in des Menschen Brust – aber der hier bringt sie auch nicht in sich zur Deckung, mit seinem Asketengesicht und den Musikeraugen darin.

Doktor Bernheimer trank indessen eine Flasche Coca-Cola. »Scheußlich heiß heute in der Stadt«, sagte er und schob sich den Strohhut ins Genick. »Wir können ja irgendwohin rausfahren, zum Baden, wenn Sie Zeit haben«, schlug Nicolas vor.

»Am besten ins Sportfeld-Stadion«, stimmte Bernheimer zu. Sie verstauten sich und die Mappen in dem kleinen Wägelchen, und Nicolas gab Gas, als er in die Kaiserstraße einbog.

»Wissen Sie, mit Burgund kann ich Ihnen helfen«, sagte Bernheimer, als sie über die Mainbrücke fuhren. »Mit Burgund war praktisch schon 1477 Schluß, als Karl der Kühne bei der Belagerung von Nancy fiel.«

»Wer war denn Karl der Kühne?« fragte Nicolas.

»Ach, haben Sie ihn nicht mehr erlebt?« erwiderte Bernheimer verwundert. »Das war der bedeutendste Mann, den Burgund je hatte. Aber militärisch hatte er meistens Pech.«

»Interessant«, sagte Nicolas. »Ich bin leider schon 1445 gestorben.«

»Schade«, sagte Bernheimer mit taktvollem Bedauern in der Stimme, »da haben Sie viel versäumt.« Er besah sich den schmalen, blonden, typisch englischen Nicolas und meinte: »Sehr alt können Sie nicht geworden sein.«

»Immerhin fünfzig«, meinte Nicolas. »Wurde am 13. Juni 1395 geboren. Ich habe heute Geburtstag.«

»Oh, gratuliere! Sie sehen aber jünger aus.«

»Habe mich auf dreißig zurückdatieren lassen, für diesen Besuch.« – Nicolas mußte zurückschalten, weil auf der Sachsenhäuser Seite zwei Lastzüge die Fahrbahn kreuzten. »Sie fahren ausgezeichnet«, sagte Doktor Bernheimer, als der MG den Mainkai entlangschoß.

»Das ist doch keine Kunst«, antwortete Nicolas, während er auf den Geschwindigkeitsmesser blickte. »Omar zu führen, war weit schwieriger.«

»Wer war Omar?« fragte Bernheimer.

»Der Hengst, mit dem ich 1412 zur Armee nach Frankreich ging. Abkömmling eines Arabers, den mein Vater auf einer Reise in Trapezunt gekauft und mit einer friesischen Stute gekreuzt hatte. Bei Orleans hat er mir das Leben gerettet. Wir mußten«, fügte er verlegen hinzu, »die Stadt sehr schnell räumen, wie Sie wissen.«

»Orleans!« rief der Doktor aus. »Sagen Sie, haben Sie die Jungfrau gesehen?«

»Jeanne?« Nicolas warf Bernheimer einen schnellen, düsteren Seitenblick zu. »Allerdings.« Um das Gespräch in eine andere Richtung zu lenken, tippte er auf die ›New York Times‹, die er in die Jackentasche gesteckt hatte, und fragte: »Was wird in Korea?«

»Was wird schon werden!« sagte Bernheimer. »Die Amerikaner werden Korea halten, wie Ihr damals Calais behalten habt, um euch anderen Zielen zuzuwenden. Korea ist unwichtig. Erzählen Sie mir lieber von der Jungfrau!«

Nicolas gab ihm keine Antwort, sondern bog an der Forsthausstraße in eine Tankstelle ein und stoppte den Wagen. »Zwanzig Liter«, sagte er zu dem Tankwart. Während das Benzin nachgefüllt wurde und der Mann Wasser und Öl prüfte, saß Nicolas ganz still am Steuer. Er hatte den Benzingeruch gern, so gern wie den Geruch des Fettes, mit dem sie in den Feldlagern in der Pikardie die Rüstungen geschmiert hatten. Aber als sie dann wieder fuhren, war der Fahrtwind, der ihm in den Haaren spielte, mit dem Siegeswind von Azincourt und dem Fluchtwind von Orleans nicht zu vergleichen.

»Jeanne aber hätte Korea sehr ernst genommen«, sagte er nach einer Weile zu seinem Begleiter. »Ich sah sie zuletzt in Rouen, als sie zur Verbrennung geführt wurde. Darnach ritt ich davon«, setzte er sehr leise hinzu.

»Deswegen also sind Sie nicht mehr nach England zurückgekehrt?« fragte der Doktor.

Nicolas schwieg.

»Es war ein Auftrag«, sagte er endlich.

»Die Jungfrau hat Sie beauftragt? Haben Sie mit ihr gesprochen?«

»Nein, nie. Das erstemal sah ich sie in Orleans, als Siegerin. Ihr Gesicht war ganz hell und wie eine Erscheinung. Es flog an mir vorüber. Darnach habe ich sie in Rouen gesehen, bei den Verhandlungen. Man brauchte nicht mit ihr zu sprechen, um von ihr einen Auftrag zu erhalten.«

»Ah, ich verstehe. Und wie lautete der Auftrag?«

»Geh aus allem, bleib für dich, und bereite alles vor!«

»Was sollten Sie denn vorbereiten?« fragte Doktor Bernheimer verwundert.

»Jeannes Wiederkehr natürlich«, sagte Nicolas.

»Sie meinen, sie kommt zurück?«

»Noch ist es nicht ganz an der Zeit«, antwortete Nicolas. »Aber sie wird kommen.«

»Und haben Sie den Auftrag ausgeführt?«

»Ich bin damals nach Osten geritten«, berichtete Nicolas. »In Frankreich konnte ich mich ja nicht niederlassen. Aber im Luxemburgischen, das damals zu Burgund gehörte, fand ich ein kleines Kloster, in dem ich unterkam. Dort las ich die Schriften des Duns Scotus und des Wilhelm von Occam und später die des Nikolaus von Cues. Deswegen erstaunt mich das hier nicht allzusehr«, fügte er hinzu und deutete auf die Landschaft aus Alleebäumen, Tankstellen, Hochspannungsmasten und Eisenbahnschienen. »Universalia sunt nomina«, grinste er plötzlich. »Die Ideen sind nichts als Worte, verstehen Sie, wenn man damit mal anfängt, dann kann man mit den Realien machen, was man will – dann ergibt sich alles andere von selbst.«

»Dann kann man die Welt verändern«, bestätigte der Doktor.

»Aber mit der Realität, die Jeanne heißt, haben die Herren nicht gerechnet«, sagte Nicolas mit grimmiger Genugtuung. »Jeanne stand nicht in ihren Plänen, nirgends, und weil ich das entdeckte, während ich über den Büchern langsam an der Schwindsucht starb, in einem kleinen Kloster im gottverlassenen, weltbegrabenen Ardennerwald, war ich in der Lage, an Jeannes Wiederkehr zu glauben.«

»So haben Sie also den Auftrag erfüllt.« Bernheimer nickte, indes der Wagen vor dem Eingang zum Sportfeld-Bad hielt.

»Ja«, sagte Nicolas.

Der Doktor sah Nicolas an. Nicolas war wirklich typisch englisch. Er erinnerte den Doktor an Aufnahmen, die man von dem Obersten Lawrence gemacht hatte.

»Ich hole schon die Tickets«, sagte Doktor Bernheimer. »Parken Sie inzwischen das Auto!«

Während er zur Kasse ging, fühlte er, daß sich alles verändert hatte. Es lag etwas Neues in der Luft. Gar kein Zweifel – in irgendeinem Domremy bereitete sich die Jungfrau vor. Ihre jungen Paladine, Leute wie dieser Glouster, hatten sich bereits um sie geschart. Ihre Degen schrieben das Wort ›Orleans‹ unsichtbar an den Himmel Europas.

»Zwei Eintrittskarten«, sagte er.

»Weshalb denn zwei?« fragte das Fräulein an der Kasse. »Erwarten Sie noch wen?«

Doktor Bernheimer sah das Fräulein an und wandte sich um. Der große betonierte Parkplatz vor dem Stadion war vollständig leer, leer unter der glühenden, weißen Mittagshitze.

Richtig, dachte der Doktor, es war ja noch nicht ganz an der Zeit, hatte Glouster gesagt. Und mit einem freundlichen und eigensinnigen Lächeln sagte Bernheimer zu dem Kassenfräulein: »Geben Sie mir trotzdem zwei!«

Jan Lustig
Verflechtungen

An einem schulfreien Tag im Spätsommer machte sich Toni Schuch, Gymnasiast, röm.-kath., fünfzehn, geboren in R., wohnhaft in R., auf den Weg zum Arzt. Er hatte während der Ferien viel an Kopfschmerzen gelitten, gelegentlich auch an vagen Angstgefühlen. Der Optiker Schuch, sein Onkel und Ziehvater, fand dies weniger alarmierend als die Gedichte, mit denen sein Neffe ein Schulheft vollgeschrieben hatte. Sie waren völlig reimlos und verrieten eine Phantasie, die dem Optiker unordentlich und unstatthaft erschien. Er machte daher mit Dr. Fastnacht einen Termin aus. Er selbst kam nicht mit, da er an demselben Nachmittag den Besuch der Witwe Zwinz erwartete, mit der er sich zu verloben gedachte. So war Toni sich selbst überlassen und, allein in Dr. Fastnachts verdunkeltem Wartezimmer, einer Reihe von Schikanen ausgesetzt. Die Jalousien waren heruntergelassen, zum Schutz der Möbel vor der Sonne, so daß man kaum etwas sehen konnte, und aus dem Dunkel kam – von hier, von dort, von überall – ein seltsames Glucksen, wie das Schlucken, Schmatzen und Schlabbern trinkender Tiere. Der Junge tastete sich bis zur Balkontür vor und stieß sie auf, um Licht hereinzulassen. Er sah sich von Aquarien umstellt, es waren derer drei an jeder Längswand, mit schmerbäuchigen, cholerischen Fischen, die jähzornig durcheinanderjagten. Aber es waren nicht diese Fische, die da schnalzten und schlabberten, sondern ein System von Schläuchen, Pumpen und Membranen, die das Wasser filtrierten. Enervierender noch als das unablässige, synkopierte Glucksen waren die Schlinggewächse, rabiate Schmarotzer, die den Raum so rücksichtslos durchzogen, daß dem Besucher kaum die Möglichkeit blieb, sich frei zu bewegen. Sie schossen aus den Ecken hervor, kletterten die Wände hoch, kreuzten sich an der Decke, ließen sich von oben fallen, in hängenden, schaukelnden Bögen wie Schlangen im Geäst, bis in Kopfhöhe des Gymnasiasten, der sich schnell duckte und auf ein Sofa setzte, um der widerwärtigen Berührung zu entgehen. Er fragte sich, halb belustigt, halb gereizt, ob dieses Wartezimmer, possenhaft wie es war, nicht dem Zwecke diente, Gesunde krank zu machen, damit der Arzt sie dann kuriere. Er beschloß, die Nerven zu behalten, und vertiefte sich in ein Buch, das er mitgebracht hatte. Es waren die »Teuflischen« des Barbey d'Aurevilly. Mit hochgezogenen Brauen versuchte er, die verblüffenden letzten Absätze noch einmal zu lesen, doch es gelang ihm nicht. Ein Windstoß hatte es den hängenden, schwingenden Kletterreptilien erlaubt, sich bis an seine Schläfe zu schaukeln, und als sie nun sein Ohr berührten, wie lauer Tang, den das Meer dem Schwimmer ins Gesicht spült, sprang er auf und ging auf den sonnenheißen Balkon. Über das Geländer gebeugt, beobachtete er einen greisen Boxerhund, der, herrenlos, zwischen hupenden Autos hindurch über die Fahrbahn trottete, bedroht und beschimpft, doch eigenen Sorgen nachhängend und taub gegen die Umwelt.

Als der Schüler sich abwandte und wieder in die Tür des Wartezimmers trat, sah er, daß er nicht mehr allein war. Ein Junge, etwa so alt wie er selbst, in Niethosen und kariertem Polohemd, stand vor einem der Aquarien und klopfte gegen das Glas. Toni Schuch betrachtete gebannt das Profil, das ihm zugekehrt war, und was er dabei empfand, heftig und schrill wie eine tödliche Dissonanz, war Haß auf den ersten Blick. Die Nase des Jungen, allzu sanft gebogen, täuschte Empfindsamkeit vor, doch der Mund darunter war fordernd, die vorgeschobene Unterlippe verriet Selbstsucht und Wehleidigkeit. Der Junge bemerkte nun, daß er beobachtet wurde, wandte den Kopf und lächelte Toni zu. Ein hübscher Junge, freundlich und kokett und sonderbar abstoßend. Toni rührte sich nicht von der Stelle, und der Unbekannte nahm nicht weiter Notiz von ihm. Er zog einen Filzstift aus der Tasche, tauchte ihn ins Wasser und begann damit die Fische zu bedrängen und auf sie einzustechen. Das Wasser verfärbte sich, dunkle Schwaden drangen von unten an die Oberfläche. Toni stand wie festgewurzelt, und es dauerte eine Weile, bis ihm bewußt wurde, daß Dr. Fastnacht in der Tür seines Sprechzimmers stand, ein kleiner Mann mit roten Kaninchenaugen, der ihn heranwinkte.

Später, als er untersucht, mit Rezepten versehen und entlassen worden war, ging er mit gesenkten Lidern an den Aquarien vorbei, zu dem Sofa, auf dem sein Buch lag. Er empfand Abscheu und Angst bei dem Gedanken, dem Jungen im Polohemd noch einmal zu begegnen. Er hob das Buch auf und vermied es, sich umzusehen, sah dann aber doch, daß der Junge nicht mehr da war. Er hatte ganze Arbeit getan. Fischleichen trieben auf schwärzlichem Wasser. Der Bursche hatte nach geglücktem Massaker offenbar darauf verzichtet, den Arzt zu konsultieren, und war befriedigt seiner Wege gegangen.

In der Straßenbahn saß Toni zwischen zwei Männern, die große Grabkränze mit Schleifen zwischen den Knien hielten. Ein Kontrolleur streckte die Hand aus und verlangte, seine Fahrkarte zu sehen. Sie steckte im Barbey d'Aurevilly, zwischen Deckel und Vorsatz. Als Toni das Buch aufklappte, stockte sein Atem. Jemand hatte den Namen *Theo Sachsel* auf das Vorsatzblatt gemalt, in schwungvoller Unterschrift, als ob das Buch ihm gehörte. Die Tinte war noch frisch, sie war wässerig und verschmiert, wie von einem Filzstift, mit dem man im Wasser herumgestochert hat. Theo Sachsel also hieß der Mensch, der sich nach dem großen Fischpogrom noch einen Extrascherz geleistet hatte. Das Beklemmende, das Unfaßliche an der Sache war, daß die Handschrift, auf die Toni Schuch da starrte, völlig der seinen glich, von den Anfangsbuchstaben, die ja auch die seines eigenen Namens waren, bis zu den knabenhaft manierierten Schnörkeln. War es möglich, nein, es war nicht möglich, daß dem Burschen ein Schulheft in die Hände gefallen war, das auf dem Umschlag Tonis arg verkünstelten Namenszug trug! Wollte man ihn verspotten oder erschrecken? War vielleicht noch Schlimmeres im Spiel? Was bedeutete das alles? Da waren Verflechtungen, die unentwirrbar schienen, und die einen frösteln machten, mitten im stickigen Sommerdunst der Tram. Der Gymnasiast fühlte Asche im Mund. Unfähig, sich zu erheben, fuhr er, anstatt an der Schlossergasse auszusteigen, bis zum Neuen Friedhof, der die Endstation war.

Dem Optiker Schuch würde er nichts erzählen. Der hatte sich mit der Witwe Zwinz verlobt und war festlicher Laune. Er würde sich niemand anvertrauen außer dem Fohlen. Sie hieß Irina und war vierzehn. Er nannte sie das Fohlen, weil sie mit ihren jungen langen Beinen, die so gut laufen konnten, und mit ihrer Mähne an das Bronze-Fohlen der Renée Sintenis erinnerte. Wenn sie ihm entgegenlief, lachend, mit der unbewußten Anmut eines jungen Tieres, vergaß man, daß ihr fröhliches Herz von Geburt an mit einem winzig kleinen Schaden behaftet war.

Sie hatten sich am Schwedendenkmal getroffen, hatten beide ihre Schwimmsachen mit und gingen durch die Altstadt zum Fluß. Er erzählte ihr von dem Fischmassaker, schilderte ihr den Täter, das Profil mit der allzu zart gebogenen Nase und dem fordernden Mund, das er auf den ersten Blick gehaßt hatte. Sie nickte nachdenklich und hörte ihm zu, bis sie zur Langen Brücke kamen, am Ufer entlanggingen und dann die Böschung hinunter. Da brach ihre gute Kinderlaune durch, und er wußte, daß alles gut war.

Aber am nächsten Morgen war nicht alles gut. Da waren Dinge, hinter die er nicht kam, Zusammenhänge, die im Dunkel lagen. Er beschloß, dem Sachsel nachzuspüren, herauszufinden, wer er war und was er wollte. In den Tagen und Wochen, die folgten, benutzte er jede freie Stunde für diese Nachforschungen – vergebens. Sachsel war weder in seiner eigenen Schule bekannt, noch im Realgymnasium in der Wawrastraße. Auch in der Handelsschule gab es keinen Sachsel. Toni war nahe daran, die Suche aufzugeben, als er plötzlich auf Sachsel stieß, an ungewohntem Ort und mit verstörenden Folgen.

Er hatte Geburtstag gehabt, und die Witwe Zwinz, aufdringlich bemüht, sich bei dem Neffen einzuschmeicheln, hatte ihm ein Paar Rollschuhe geschenkt. Er nahm sie und stellte sie in den Schrank, ohne Groll, denn es war ihr wohl entgangen, daß er schon ein wenig zu alt war, um sich mit Rollschuhen zu vergnügen. Nun bestand aber der Optiker darauf, daß er das Geschenk auch in Gebrauch nehme, das sei ein Gebot der Höflichkeit. Der Gymnasiast tat, was man von ihm verlangte. Es lohnte nicht, die voreheliche Hochstimmung des Onkels zu gefährden. Es gab im Augarten ein Klubhaus und eine Eislaufbahn, die im Sommer den Rollschuhläufern zur Verfügung stand. Tonis erste Versuche waren linkisch, doch besserte sich sein Stil mit jeder Runde, bis er sich eingestand, daß ihm die Sache Spaß machte. Es war dieser Moment, der dem Schock unmittelbar voranging. Auf einer der Steinbänke längs der asphaltierten Bahn saß Sachsel. Er trug diesmal ein blaues offenes Sommerhemd und auf dem Kopf, absurderweise, eine weiche braune Skimütze mit Schild. Er trug sie lässig und kokett aus der Stirn geschoben und kam sich zweifellos sehr originell vor. Vielleicht versuchte er in seiner Eitelkeit, eine verrückte Mode zu kreieren. Als er Toni in weitem Bogen herankommen sah, lächelte er ihm zu. Es war dasselbe sanfte Lächeln, das der Gymnasiast seit Tagen versucht hatte, aus seiner Erinnerung zu verscheuchen. Wieder empfand er Unbehagen, Haß und Angst. Er machte noch eine halbe Runde, bis zum Klubhaus, und wollte schon hineingehen, ertappte sich aber schon im nächsten Augenblick dabei, daß er in einer neuen Runde auf Sachsel zulief, in einem Bogen, der ihn gefährlich nahe an die Steinbank heranführen mußte, so als werde er, entgegen seinem Widerwillen, von dem Lächeln des Burschen angezogen. Für den Bruchteil einer Sekunde wurde ihm bewußt, daß er in sein Verderben lief, aus eigener Würdelosigkeit und Schuld, als er auch schon stürzte und mit brennenden Schmerzen in Knöchel und Knie auf dem Asphalt lag. Eine ganze Weile bewegte er sich nicht, kämpfte nur gegen die Versuchung an, sich in eine Ohnmacht zu retten. Dann versuchte er sich aufzurichten. Erst jetzt, als der erste betäubende Schmerz von ihm wich, begriff er, daß ihm ein Bein gestellt worden war. Ekel überkam ihn, er setzte sich auf und sah sich um. Sachsel war verschwunden. Vor der Steinbank, auf dem Asphalt, lag die absurde braune Skimütze. Toni schnallte die Rollschuhe ab, ging drei Schritte zurück zu der Bank und setzte sich. Sein Kopf war dumpf und seine Glieder waren schwer. So saß er lange, bis die ersten Abendschatten kamen. Er hatte das vage Gefühl, daß er ins Klubhaus gehen sollte, um Sachsel zu stellen und ihn zu schlagen, wenn er noch da war und nicht schon längst das Weite gesucht hatte. Er hob die Skimütze auf und drehte sie mechanisch in den Händen. Sie faßte sich an wie ein weiches totes Tier.

Am Sonntag lag schweres Gewölk über der Stadt, es sah nach Regen aus, aber er mußte unbedingt das Fohlen sehen, das Fohlen war seine Rettung.

Sie waren verabredet, und er konnte nur hoffen, daß kein Gewitter sie abhalten würde, zum Schwedendenkmal zu kommen. Diesmal würde er *nicht* erzählen, was ihm geschehen war. Irgend etwas warnte ihn davor, sich preiszugeben, als sei der üble und sinnlose Streich, den Sachsel ihm gespielt hatte, seine eigene Schande. Aber *sehen* mußte er das Mädchen, seine Gegenwart, sein Lachen, sein fohlenhaftes, ungebändigtes Wesen würden ihn heilen. Als er sie kommen sah, atmete er auf. Keines von beiden hatte sein Schwimmzeug mitgebracht, das Wetter schien nicht zuverlässig genug, doch gingen sie automatisch ihren gewohnten Weg durch die Altstadt zum Fluß. An der Langen Brücke wollte sie umkehren, aber er nahm sie plötzlich bei den Armen und machte einen Vorschlag, zu dem er noch vor wenigen Minuten nicht den Mut gehabt hätte. Er sagte, sie sollten trotz allem die Böschung hinunterlaufen, am Ufer entlanggehen und einen Platz zum Schwimmen suchen. Sie sah ihn an, mit einem erstaunten, fragenden Lächeln, natürlich wußte sie, was er meinte, und er sagte mit unsicherer, belegter Stimme, er kenne eine Stelle flußabwärts, jenseits der Schwarzen Felder, die sei dicht mit Büschen umgeben, da komme nie jemand hin, da könne man nackt baden. Sie lächelte wieder, schüttelte aber den Kopf. Da sah sie die Enttäuschung und die Angst in seinen Augen, und es schien ihr, daß er verzweifelt war und Hilfe suchte. Sie lief als erste die Böschung hinunter.

Die Sonne kam für einen Augenblick durch und brannte auf ihren jungen nackten Leibern. Sie lagen zwischen den mannshohen Büschen in dem verwilderten Gras, dicht nebeneinander. Sie hielt seine linke Hand in ihrer rechten und drückte sie, als wollte sie sagen, was auch immer ihn bedrücke sei bestimmt nicht so schlimm, und sie werde in ihrer fohlenhaften Art dafür sorgen, daß alles gut würde. Da war das trügerische, sengende Spätsommerlicht auch schon wieder erloschen, ein dunkel tönendes Geschiebe von grauem Blei schloß sich vor der Sonne, ein lauer Regen prasselte nieder und leitete das Gewitter ein. Es war zu spät, sich in Sicherheit zu bringen, der Weg zur Stadt war zu weit. Das Mädchen setzte sich auf, seine lange schwarze Mähne war naß und schwer, es zitterte ein wenig und schmiegte sich an den Jungen. Da legte er sie sanft zurück ins Gras und bedeckte ihren Körper mit dem seinen, zu ihrem Schutz vor der Sintflut, zu seinem Schutz vor der Angst, der Einsamkeit und dem tödlichen Zweifel.

An den folgenden Tagen wurde in der Wohnung des Optikers Schuch viel gehämmert, gemalt und geputzt, zu Ehren der Witwe Zwinz, die in drei Wochen ihren Einzug halten sollte. Der Junge floh den Lärm, hielt sich auf dem Glacis auf und durchstreifte die Anlagen. Den Weg zum Ufer mied er. Er hatte erfahren, daß das Fohlen erkrankt sei, und stand lange vor dem

Haus in der Jesuitengasse. Plötzlich entschloß er sich, die zwei Treppen hinaufzugehen. Frau Mahlmann, die Großmutter, öffnete ihm, und er erkundigte sich, wie es Irina gehe. Lungenentzündung, wurde ihm gesagt. Und das Herz, verstehen Sie, da muß man achtgeben, das Herz hat einen kleinen Schaden, von je her, das wissen Sie vielleicht? Man erlaubte ihm, sie zu sehen. Sie lag sehr klein in ihrem Schleiflackbett, lächelte und hob die Arme, um zu zeigen, wie sehr sie sich freue. Sie sagte Tröstliches und spielte ein wenig das Fohlen, das ihn immer beruhigt hatte. Er blieb nicht lange. Er schwänzte die Schule und schrieb nachts Gedichte, die der Optiker nicht hätte sehen dürfen, so unordentlich waren sie. Sie hatten keine Form und keinen Gegenstand, und doch handelten sie vom Fohlen und von den schwarzen Registern seiner Schuld. Seine Unruhe steigerte sich, und am Freitag ging er wieder in die Jesuitengasse. Frau Mahlmann öffnete die Tür und sagte nichts, sah ihn nur lange an und streichelte dann seine Wange mit der alten, braungefleckten Hand. Sie forderte ihn nicht auf weiterzukommen, von innen hörte man Stimmengewirr, es war viel Familie da. Er ging langsam die Treppe hinunter. Als er unten war, rief die Alte seinen Namen und kam ihm auf halbem Weg entgegen. Sie trug in der Hand eine braune Skimütze und sagte, die hätte er im Zimmer des Mädchens vergessen, als er das erste Mal gekommen war. Er starrte auf die Mütze und stopfte sie schnell und ungeschickt in seine Jackentasche.

Als er nach Hause kam, wurde ihm bedeutet, daß er sein Zimmer nicht benutzen könne, dort würden gerade Tapeten geklebt. Er möge sich im Erkerzimmer aufhalten, das als Ankleideraum für die Witwe Zwinz eingerichtet worden war. Er ging hinein und sah, ohne irgend etwas wahrzunehmen, die neuen Schränke und den neuen dreiteiligen Toilettenspiegel, der ein wahres Prunkstück war. Der Möbelhändler hatte ihn »Psyche« genannt, weil es wohl nicht der Körper der Frau ist, sondern ihre Seele, die dreifacher Spiegelung bedarf, um sich in aller Tiefe zu ergründen. Vor dem Spiegel stand ein Hocker, auf dem der Junge sich niederließ, weil er die einzige Sitzgelegenheit war. Er hatte die Lider geschlossen und versuchte, den Untergang seiner Welt zu verstehen, den er selbst verschuldet hatte. Als er nach einer Weile aufblickte, erschrak er. Er hatte noch nie sein Profil gesehen, und als er es nun zweifach sah, als es ihn links und rechts flankierte, wie zwei unentrinnbare Wächter, empfand er Hitze im Kopf, und sein Gehirn schien zu sieden. Da war Sachsels allzu sanft gebogene Nase und darunter der fordernde, verräterische Mund. Der Gymnasiast hatte zu zittern begonnen. Er sah einen hübschen Jungen, ein vertrautes, verhaßtes Gesicht, er sah den Sachsel, der er selber war.

Die Hochzeit des Optikers Schuch und der verwitweten Dame Zwinz fand

Mitte Oktober statt. Die Festlichkeiten wurden nur dadurch getrübt, daß der Neffe nicht daran teilnahm. Er war spurlos verschwunden, hatte nur den Rest seines Taschengeldes mitgenommen und die Kleider, die er am Leibe trug.

Der Optiker war auf den »Tagesboten« der nahen Kreisstadt abonniert, ein vorzügliches Blatt. Am 2. November las er darin eine Nachricht, die es nur ihrer humoristischen Pointe zu verdanken hatte, daß sie gedruckt worden war. Ein fünfzehnjähriger Gymnasiast, wohnhaft in R. und ein Fremder in der Stadt, war auf dem Marktplatz überfahren worden. Es war sein Glück im Unglück, daß das schuldige Fahrzeug eine Ambulanz war, die, ohnehin auf dem Weg zum Krankenhaus der Barmherzigen Brüder, ihn ohne Zeitverlust aufnehmen und der Obhut von Ärzten übergeben konnte.

Der Optiker las die Meldung seiner Gattin vor, die schmunzelte, dann aber begriff, daß es sich um den Neffen handeln könnte. Der Optiker schrieb an das Spital der Barmherzigen Brüder und bat um Mitteilung, ob der Schüler Anton Schuch sich unter den Patienten befinde. Er bekam postwendend Antwort, daß ein Anton Schuch dort nicht eingeliefert worden sei. Fünf Tage später kam dann, abgeschickt von demselben Krankenhaus, ein Paket mit Kleidern, zusammen mit zwei Briefen, einem von der Spitaldirektion und einem anderen, der, fast unleserlich, Tonis Handschrift trug und an den Onkel adressiert war. Die Krankenhausleitung bedauerte das Ableben des Schülers Theo Sachsel. Der andere Brief, mit den Initialen T. S. unterzeichnet und offenbar ein paar Tage vorher abgefaßt, lautete:

Ich wende mich an alle, die mich gekannt haben, das heißt: die Toni Schuch gekannt haben, der ich nicht bin. Um der Gerechtigkeit willen muß ihnen gesagt werden, daß es Theo Sachsel war, der das Fohlen getötet hat. Das Urteil über ihn ist gesprochen, und ich sehe seinem überfälligen Hinschied lustvoll entgegen. So ist alles aufgeklärt, verständlich und im Lot.

Der Optiker verstand von all dem nichts, und es tat ihm wohl, von seiner Gefährtin zu hören, daß es ihr ebenso erging. So erwies sich das Leben zu zweit als vorteilhaft. Denn es ist tröstlich, zu wissen, daß man nicht allein ist, wenn man der rätselhaften Welt der Jungen ratlos gegenübersteht.

Marie Luise Kaschnitz
Das dicke Kind

Es war Ende Januar, bald nach den Weihnachtsferien, als das dicke Kind zu mir kam. Ich hatte in diesem Winter angefangen, an die Kinder aus der Nachbarschaft Bücher auszuleihen, die sie an einem bestimmten Wochentag holen und zurückbringen sollten. Natürlich kannte ich die meisten dieser Kinder, aber es kamen auch manchmal fremde, die nicht in unserer Straße wohnten. Und wenn auch der Mehrzahl von ihnen gerade nur so lange Zeit blieb, wie der Umtausch in Anspruch nahm, so gab es doch einige, die sich hinsetzten und gleich auf der Stelle zu lesen begannen. Dann saß ich an meinem Schreibtisch und arbeitete, und die Kinder saßen an dem kleinen Tisch bei der Bücherwand, und ihre Gegenwart war mir angenehm und störte mich nicht.

Das dicke Kind kam an einem Freitag oder Samstag, jedenfalls nicht an dem zum Ausleihen bestimmten Tag. Ich hatte vor auszugehen und war im Begriff, einen kleinen Imbiß, den ich mir gerichtet hatte, ins Zimmer zu tragen. Kurz vorher hatte ich einen Besuch gehabt, und dieser mußte wohl vergessen haben, die Eingangstür zu schließen. So kam es, daß das dicke Kind ganz plötzlich vor mir stand, gerade als ich das Tablett auf den Schreibtisch niedergesetzt hatte und mich umwandte, um noch etwas in der Küche zu holen. Es war ein Mädchen von vielleicht zwölf Jahren, das einen altmodischen Lodenmantel und schwarze, gestrickte Gamaschen anhatte und an einem Riemen ein Paar Schlittschuhe trug, und es kam mir bekannt, aber doch nicht richtig bekannt vor, und weil es so leise hereingekommen war, hatte es mich erschreckt.

Kenne ich dich? fragte ich überrascht.

Das dicke Kind sagte nichts. Es stand nur da und legte die Hände über seinem runden Bauch zusammen und sah mich mit seinen wasserhellen Augen an.

Möchtest du ein Buch? fragte ich.

Das dicke Kind gab wieder keine Antwort. Aber darüber wunderte ich mich nicht allzusehr. Ich war es gewohnt, daß die Kinder schüchtern waren und daß man ihnen helfen mußte. Also zog ich ein paar Bücher heraus und legte sie vor das fremde Mädchen hin. Dann machte ich mich daran, eine der Karten auszufüllen, auf welchen die entliehenen Bücher aufgezeichnet wurden.

Wie heißt du denn? fragte ich.

Sie nennen mich die Dicke, sagte das Kind.

Soll ich dich auch so nennen? fragte ich.

Es ist mir egal, sagte das Kind. Es erwiderte mein Lächeln nicht, und ich glaube mich jetzt zu erinnern, daß sein Gesicht sich in diesem Augenblick schmerzlich verzog. Aber ich achtete darauf nicht.

Wann bist du geboren? fragte ich weiter.

Im Wassermann, sagte das Kind ruhig.

Diese Antwort belustigte mich, und ich trug sie auf der Karte ein, spaßeshalber gewissermaßen, und dann wandte ich mich wieder den Büchern zu. Möchtest du etwas Bestimmtes? fragte ich.

Aber dann sah ich, daß das fremde Kind gar nicht die Bücher ins Auge faßte, sondern seine Blicke auf dem Tablett ruhen ließ, auf dem mein Tee und meine belegten Brote standen.

Vielleicht möchtest du etwas essen, sagte ich schnell.

Das Kind nickte, und in seiner Zustimmung lag etwas wie ein gekränktes Erstaunen darüber, daß ich erst jetzt auf diesen Gedanken kam. Es machte sich daran, die Brote eins nach dem andern zu verzehren, und es tat das auf eine besondere Weise, über die ich mir erst später Rechenschaft gab. Dann saß es wieder da und ließ seine trägen kalten Blicke im Zimmer herumwandern, und es lag etwas in seinem Wesen, das mich mit Ärger und Abneigung erfüllte. Ja gewiß, ich habe dieses Kind von Anfang an gehaßt. Alles an ihm hat mich abgestoßen, seine trägen Glieder, sein hübsches, fettes Gesicht, seine Art zu sprechen, die zugleich schläfrig und anmaßend war. Und obwohl ich mich entschlossen hatte, ihm zuliebe meinen Spaziergang aufzugeben, behandelte ich es doch keineswegs freundlich, sondern grausam und kalt.

Oder soll man es etwa freundlich nennen, daß ich mich nun an den Schreibtisch setzte und meine Arbeit vornahm und über meine Schulter weg sagte, lies jetzt, obwohl ich doch ganz genau wußte, daß das fremde Kind gar nicht lesen wollte? Und dann saß ich da und wollte schreiben und brachte nichts zustande, weil ich ein sonderbares Gefühl der Peinigung hatte, so, wie wenn man etwas erraten soll und errät es nicht, und ehe man es nicht erraten hat, kann nichts mehr so werden wie es vorher war. Und eine Weile lang hielt ich das aus, aber nicht sehr lange, und dann wandte ich mich um und begann eine Unterhaltung, und es fielen mir nur die törichtesten Fragen ein.

Hast du noch Geschwister? fragte ich.

Ja, sagte das Kind.

Gehst du gern in die Schule? fragte ich.

Ja, sagte das Kind.

Was magst du denn am liebsten?

Wie bitte? fragte das Kind.

Welches Fach, sagte ich verzweifelt.

Ich weiß nicht, sagte das Kind.

Vielleicht Deutsch? fragte ich.

Ich weiß nicht, sagte das Kind.

Ich drehte meinen Bleistift zwischen den Fingern, und es wuchs etwas in mir auf, ein Grauen, das mit der Erscheinung des Kindes in gar keinem Verhältnis stand.

Hast du Freundinnen? fragte ich zitternd.

O ja, sagte das Mädchen.

Eine hast du doch sicher am liebsten? fragte ich.

Ich weiß nicht, sagte das Kind, und wie es dasaß in seinem haarigen Lodenmantel, glich es einer fetten Raupe, und wie eine Raupe hatte es auch gegessen, und wie eine Raupe witterte es jetzt wieder herum.

Jetzt bekommst du nichts mehr, dachte ich, von einer sonderbaren Rachsucht erfüllt. Aber dann ging ich doch hinaus und holte Brot und Wurst, und das Kind starrte darauf mit seinem dumpfen Gesicht, und dann fing es an zu essen, wie eine Raupe frißt, langsam und stetig, wie aus einem inneren Zwang heraus, und ich betrachtete es feindlich und stumm.

Denn nun war es schon so weit, daß alles an diesem Kind mich aufzuregen und zu ärgern begann. Was für ein albernes, weißes Kleid, was für ein lächerlicher Stehkragen, dachte ich, als das Kind nach dem Essen seinen Mantel aufknöpfte. Ich setzte mich wieder an meine Arbeit, aber dann hörte ich das Kind hinter mir schmatzen, und dieses Geräusch glich dem trägen Schmatzen eines schwarzen Weihers irgendwo im Walde, es brachte mir alles wässerig Dumpfe, alles Schwere und Trübe der Menschennatur zum Bewußtsein und verstimmte mich sehr. Was willst du von mir, dachte ich, geh fort, geh fort. Und ich hatte Lust, das Kind mit meinen Händen aus dem Zimmer zu stoßen, wie man ein lästiges Tier vertreibt. Aber dann stieß ich es nicht aus dem Zimmer, sondern sprach nur wieder mit ihm, und wieder auf dieselbe grausame Art.

Gehst du jetzt aufs Eis? fragte ich.

Ja, sagte das dicke Kind.

Kannst du gut Schlittschuhlaufen? fragte ich und deutete auf die Schlittschuhe, die das Kind noch immer am Arm hängen hatte.

Meine Schwester kann gut, sagte das Kind, und wieder erschien auf seinem Gesicht ein Ausdruck von Schmerz und Trauer, und wieder beachtete ich ihn nicht.

Wie sieht deine Schwester aus? fragte ich. Gleicht sie dir?

Ach nein, sagte das dicke Kind. Meine Schwester ist ganz dünn und hat

479

schwarzes, lockiges Haar. Im Sommer, wenn wir auf dem Land sind, steht sie nachts auf, wenn ein Gewitter kommt, und sitzt oben auf der obersten Galerie auf dem Geländer und singt.

Und du? fragte ich.

Ich bleibe im Bett, sagte das Kind. Ich habe Angst.

Deine Schwester hat keine Angst, nicht wahr? sagte ich.

Nein, sagte das Kind. Sie hat niemals Angst. Sie springt auch vom obersten Sprungbrett. Sie macht einen Kopfsprung, und dann schwimmt sie weit hinaus ...

Was singt deine Schwester denn? fragte ich neugierig.

Sie singt, was sie will, sagte das dicke Kind traurig. Sie macht Gedichte.

Und du? fragte ich.

Ich tue nichts, sagte das Kind. Und dann stand es auf und sagte, ich muß jetzt gehen. Ich streckte meine Hand aus, und es legte seine dicken Finger hinein, und ich weiß nicht genau, was ich dabei empfand, etwas wie eine Aufforderung, ihm zu folgen, einen unhörbaren dringlichen Ruf. Komm einmal wieder, sagte ich, aber es war mir nicht ernst damit, und das Kind sagte nichts und sah mich mit seinen kühlen Augen an. Und dann war es fort, und ich hätte eigentlich Erleichterung spüren müssen. Aber kaum, daß ich die Wohnungstür ins Schloß fallen hörte, lief ich auch schon auf den Korridor hinaus und zog meinen Mantel an. Ich rannte ganz schnell die Treppe hinunter und erreichte die Straße in dem Augenblick, in dem das Kind um die nächste Ecke verschwand.

Ich muß doch sehen, wie diese Raupe Schlittschuh läuft, dachte ich. Ich muß doch sehen, wie sich dieser Fettkloß auf dem Eise bewegt. Und ich beschleunigte meine Schritte, um das Kind nicht aus den Augen zu verlieren.

Es war am frühen Nachmittag gewesen, als das dicke Kind zu mir ins Zimmer trat, und jetzt brach die Dämmerung herein. Obwohl ich in dieser Stadt einige Jahre meiner Kindheit verbracht hatte, kannte ich mich doch nicht mehr gut aus, und während ich mich bemühte, dem Kinde zu folgen, wußte ich bald nicht mehr, welchen Weg wir gingen, und die Straßen und Plätze, die vor mir auftauchten, waren mir völlig fremd. Ich bemerkte auch plötzlich eine Veränderung in der Luft. Es war sehr kalt gewesen, aber nun war ohne Zweifel Tauwetter eingetreten und mit so großer Gewalt, daß der Schnee schon von den Dächern tropfte und am Himmel große Föhnwolken ihres Weges zogen. Wir kamen vor die Stadt hinaus, dorthin, wo die Häuser von großen Gärten umgeben sind, und dann waren gar keine Häuser mehr da, und dann verschwand plötzlich das Kind und tauchte eine Böschung hinab. Und wenn ich erwartet hatte, nun einen Eislaufplatz vor mir zu sehen, helle Buden und Bogenlampen und eine glitzernde Fläche voll Geschrei und Musik, so bot sich mir jetzt ein ganz anderer Anblick. Denn dort unten lag der See, von dem ich geglaubt hatte, daß seine Ufer mittlerweile alle bebaut worden wären: er lag ganz einsam da, von schwarzen Wäldern umgeben und sah genau wie in meiner Kindheit aus.

Dieses unerwartete Bild erregte mich so sehr, daß ich das fremde Kind beinahe aus den Augen verlor. Aber dann sah ich es wieder, es hockte am Ufer und versuchte, ein Bein über das andere zu legen und mit der einen Hand den Schlittschuh am Fuß festzuhalten, während es mit der andern den Schlüssel herumdrehte. Der Schlüssel fiel ein paarmal herunter, und dann ließ sich das dicke Kind auf alle viere fallen und rutschte auf dem Eis herum und suchte und sah wie eine seltsame Kröte aus. Überdem wurde es immer dunkler, der Dampfersteg, der nur ein paar Meter von dem Kind entfernt in den See vorstieß, stand tiefschwarz über der weiten Fläche, die silbrig glänzte, aber nicht überall gleich, sondern ein wenig dunkler hier und dort, und in diesen trüben Flecken kündigte sich das Tauwetter an. Mach doch schnell, rief ich ungeduldig, und die Dicke beeilte sich nun wirklich, aber nicht auf mein Drängen hin, sondern weil draußen vor dem Ende des langen Dampfersteges jemand winkte und »Komm, Dicke« schrie, jemand, der dort seine Kreise zog, eine leichte, helle Gestalt. Es fiel mir ein, daß dies die Schwester sein müsse, die Tänzerin, die Gewittersängerin, das Kind nach meinem Herzen, und ich war gleich überzeugt, daß nichts anderes mich hierhergelockt hatte als der Wunsch, dieses anmutige Wesen zu sehen. Zugleich aber wurde ich mir auch der Gefahr bewußt, in der die Kinder schwebten. Denn nun begann mit einem Mal dieses seltsame Stöhnen, diese tiefen Seufzer, die der See auszustoßen scheint, ehe die Eisdecke bricht. Diese Seufzer liefen in der Tiefe hin wie eine schaurige Klage, und ich hörte sie, und die Kinder hörten sie nicht.

Nein gewiß, sie hörten sie nicht. Denn sonst hätte sich die Dicke, dieses ängstliche Geschöpf, nicht auf den Weg gemacht, sie wäre nicht mit ihren kratzigen, unbeholfenen Stößen immer weiter hinausgestrebt, und die Schwester draußen hätte nicht gewinkt und gelacht und sich wie eine Ballerina auf der Spitze ihres Schlittschuhs gedreht, um dann wieder ihre schönen Achter zu ziehen, und die Dicke hätte die schwarzen Stellen vermieden, vor denen sie jetzt zurückschreckte, um sie dann doch zu überqueren, und die Schwester hätte sich nicht plötzlich hoch aufgerichtet und wäre nicht davongeglitten, fort, fort, einer der kleinen einsamen Buchten zu.

Ich konnte das alles genau sehen, weil ich mich darangemacht hatte, auf dem Dampfersteg hinauszuwandern, immer weiter, Schritt für Schritt.

Obgleich die Bohlen vereist waren, kam ich doch schneller vorwärts als das dicke Kind dort unten, und wenn ich mich umwandte, konnte ich sein Gesicht sehen, das einen dumpfen und zugleich sehnsüchtigen Ausdruck hatte. Ich konnte auch die Risse sehen, die jetzt überall aufbrachen und aus denen, wie Schaum vor die Lippen des Rasenden, ein wenig schäumendes Wasser trat. Und dann sah ich natürlich auch, wie unter dem dicken Kind das Eis zerbrach. Denn das geschah an der Stelle, an der die Schwester vordem getanzt hatte und nur wenige Armlängen vor dem Ende des Stegs.

Ich muß gleich sagen, daß dieses Einbrechen kein lebensgefährliches war. Der See gefriert in ein paar Schichten, und die zweite lag nur einen Meter unter der ersten und war noch ganz fest. Alles, was geschah, war, daß die Dicke einen Meter tief im Wasser stand, im eisigen Wasser freilich und umgeben von bröckelnden Schollen, aber wenn sie nur ein paar Schritte durch das Wasser watete, konnte sie den Steg erreichen und sich dort hinaufziehen, und ich konnte ihr dabei behilflich sein. Aber ich dachte trotzdem gleich, sie wird es nicht schaffen, und es sah auch so aus, als ob sie es nicht schaffen würde, wie sie da stand, zu Tode erschrocken, und nur ein paar unbeholfene Bewegungen machte, und das Wasser strömte um sie herum, und das Eis unter ihren Händen zerbrach. Der Wassermann, dachte ich, jetzt zieht er sie hinunter, und ich spürte gar nichts dabei, nicht das geringste Erbarmen, und rührte mich nicht.

Aber nun hob die Dicke plötzlich den Kopf, und weil es jetzt vollends Nacht geworden und der Mond hinter den Wolken erschienen war, konnte ich deutlich sehen, daß etwas in ihrem Gesicht sich verändert hatte. Es waren dieselben Züge und doch nicht dieselben, aufgerissen waren sie von Willen und Leidenschaft, als ob sie nun, im Angesicht des Todes, alles Leben tränken, alles glühende Leben der Welt. Ja, das glaubte ich wohl, daß der Tod nahe und dies das letzte sei, und beugte mich über das Geländer und blickte in das weiße Antlitz unter mir, und wie ein Spiegelbild sah es mir entgegen aus der schwarzen Flut. Da aber hatte das dicke Kind den Pfahl erreicht. Es streckte die Hände aus und begann sich heraufzuziehen, ganz geschickt hielt es sich an den Nägeln und Haken, die aus dem Holz ragten. Sein Körper war zu schwer, und seine Finger bluteten, und es fiel wieder zurück, aber nur, um wieder von neuem zu beginnen. Und das war ein langer Kampf, ein schreckliches Ringen um Befreiung und Verwandlung, wie das Aufbrechen einer Schale oder eines Gespinstes, dem ich da zusah, und jetzt hätte ich dem Kinde wohl helfen mögen, aber ich wußte, ich brauchte ihm nicht mehr zu helfen – ich hatte es erkannt . . .

An meinen Heimweg an diesem Abend erinnere ich mich nicht. Ich weiß nur, daß ich auf unserer Treppe einer Nachbarin erzählte, daß es noch jetzt ein Stück Seeufer gäbe mit Wiesen und schwarzen Wäldern, aber sie erwiderte mir, nein, das gäbe es nicht. Und daß ich dann die Papiere auf meinem Schreibtisch durcheinandergewühlt fand und irgendwo dazwischen ein altes Bildchen, das mich selbst darstellte, in einem weißen Wollkleid mit Stehkragen, mit hellen wäßrigen Augen und sehr dick.

Geno Hartlaub
Klassentag

Erst waren es drei. In der Mitte der fahle Lange mit dem streng gescheitelten Weißhaar und den blaßblauen Knabenaugen, zu seiner Rechten ein Glatzkopf mit freundlichen Faltenwülsten auf der Stirn, zur Linken ein steinaltes Männlein in Ledermantel und Schlapphut, das Gesicht halb zugewachsen vom Bartgestrüpp. Sie saßen da, die Hände vor sich auf der Tischplatte, ein stummes Kleeblatt, eine Skatrunde, doch keiner von ihnen zog Karten hervor, um ein Spiel zu beginnen. Der Weißhaarige nagte mit gelblichen Zähnen an seiner langen Oberlippe, der Dicke mit der Glatze hätte gern einen Witz, der ihm auf der Zunge lag, im voraus belacht, um das unbehagliche Schweigen zu brechen, das Männlein mit dem Schlapphut verhielt sich mucksmäuschenstill, als hocke es irgendwo auf einem Stein in der Waldeinsamkeit. Der Dicke beugte sich vor, die Faltenreihe auf seiner Stirn verdoppelte sich, er richtete seinen Blick auf das vom Hutrand beschattete Gesicht des Männleins: »Entschuldige, bist du nicht Prieske?«

»Mahlow«, sagte das Männlein mit einem höflichen Grinsen, »ich heiße Mahlow«, und es vergaß, seinen Hut zu lüften bei der Vorstellung.

»Mahlow«, wiederholte der Dicke, »im Augenblick kann ich mich nicht entsinnen.«

Der lange Weißhaarige zog die Schultern hoch, in seinen Augen blinkte kein Schimmer des Wiedererkennens auf. »Der Name sagt mir nichts.« Die Reglosigkeit seiner Züge gab ihm einen Ausdruck von schläfrigem Hochmut, etwas Taubes, Empfindungsloses.

»Aus der Parallelklasse«, trompetete das Männlein mit fröhlicher Krähstimme, »Mahlow aus der Parallelklasse.« Dann versank er wieder in das Schweigen seiner Waldeinsamkeit.

»Entschuldige mal«, der Dicke wechselte einen Blick, der Vertrauen heischte, mit dem Weißhaarigen, »wieso hast du, haben Sie dann die Aufforderung bekommen?« Der Weißhaarige nickte hierzu mit einiger Verspätung.

»Weiß nicht«, lispelte der mit dem Jägerhut, »vielleicht ein Versehen.« Die beiden anderen rückten von ihm ab, sie schlossen sich zusammen gegen den Eindringling und zogen die Nasen schmal, als witterten sie plötzlich fremden Rudelgeruch.

Durch die Drehtür wurden in diesem Augenblick zwei weitere Mitglieder der Tafelrunde ins Lokal geschleust, ein Riese, schnauzbärtig, sommersprossig, und neben ihm ein gallenbitterer Kleiner, der ihm wie ein Sekretär die Aktentasche nachtrug. Im Schatten des Großen, Vollblütigen, der aussah, als habe er sein halbes Leben an der frischen Luft verbracht, verblaßte der Träger der Aktentasche zu einer Stubenhockerfigur.

»Mensch, der Borowski!« Der Weißhaarige und der Dicke hatten den Riesen im gleichen Augenblick erkannt, »ganz der Alte. Tach Tiedjen«, wurde der Kleine nebenbei tonlos abgefertigt.

In der Ecke des Stammtisches, wo es nach verschüttetem Bier und kalter Zigarrenasche roch, ging mit dem Erscheinen Borowskis die Sonne auf, eine blutunterlaufene Sonne, die ab und zu blinzelte, als sei sie schon wieder am Untergehen. Er war der Mittelpunkt der Versammlung, das Gestirn, um das alle kreisten: er redete, sie nickten und hörten zu, er strahlte, sie senkten geblendet die Lider und wärmten sich in dem von ihm entliehenen Licht. Nur das Männlein aus dem Wald schien einem anderen Planetensystem anzugehören, es blieb reglos hocken auf seinem Stein, von keinem beachtet, vorgestellt oder ins Gespräch gezogen.

»Na, Kinder, wie geht es?« Borowski verzog seinen breiten Mund, dessen Oberlippe von der Narbe eines Säbelhiebes in zwei Hälften gespalten war. »Lange nicht gesehen, alter Knabe«, er schlug dem Weißhaarigen auf die Schulter, »er sieht wahrhaftig immer noch wie ein Lama aus.« Das Gelächter, das diese Feststellung auslöste, klang dünn, es fehlte der Widerhall. Borowski blickte zum Garderobenständer hinüber, wo ein paar neu angekommene alte Kameraden sich gegenseitig aus den Mänteln halfen. Als das Dutzend voll war, gruppierte man sich zwanglos um den Tisch herum. Borowski gab Anekdoten aus seinem Leben zum besten, die anderen jedoch befragten und äußerten sich wie auf stille Verabredung mit keinem Wort über ihr Ergehen. Obgleich sie gehorsam nickten, einander zulächelten und im gleichen Augenblick die Gläser zum Munde führten, blieb jeder von ihnen eingeschlossen in eine Mauer von Einsamkeit. Fast alle waren schwerhörig, und ihre Augen starrten ins Leere, als hätten sie keine Gewalt, den Blick auf den Sprecher zu richten. Und doch hatte die Zeit sich vergeblich die Zähne an ihren harten Schädeln ausgebissen, was sie erreichte, war äußerlich, ein paar Kratzer und Schrammen an der Oberfläche, der Kern war unverändert geblieben: Das Lama sah ebenso schläfrig, vornehm und dumm wie vor einem halben Jahrhundert aus, der quecksilbrige Dicke spielte noch immer den Witzbold, der Kleine an seiner Seite war nörgelnd und kümmerlich, ein fleißiger Schreiberling, genau wie damals. In Borowski erkannten alle den faulen Schüler und redseligen Prahlhans von einst.

»Wie geht es?« – »Danke, kann nicht klagen, bin zufrieden, gut über die Runden gekommen.« – »Hab und Gut verloren, doch nicht das Gottvertrauen.« – »Die Frau eingebüßt, eine Jüngere gefreit.« – »Aus dem Amt entlassen anno 45 seligen Angedenkens, ein paar Monate im Lager gesessen, privatisiert, pensioniert, rehabilitiert und in Ehren ergraut.« Sie konnten nicht klagen, die hier versammelten Herren, ob General, Landrat, Richter im Ruhestand oder Exportkaufmann. Freilich, ein paar waren ausgefallen, Pechvögel, Versager, Ausschußware, die meisten von ihnen hatten schon früh das Zeitliche gesegnet. Vergeblich rief der Kleine, der hier den Sekretär spielte, ihre Namen von der Liste auf, niemand konnte etwas von ihnen berichten.

Da meldete sich einer, der nicht gefragt war. Das Männlein aus dem Wald wußte als einziger Bescheid, hinter jeden Namen aus der Liste setzte er ein »verstorben«, ein »gefallen« oder ein »vermißt«. Die anderen starrten ihn, blaß vor Ärger, an, als sei es ein Skandal, daß einer, der nicht einmal den Anstand aufbrachte, seinen Hut abzusetzen und sich zu rasieren, ehe er unter Menschen ging, über Klassenkameraden Auskunft gab. Als wieder ein Name fiel, sagte er »vergast«, worauf alle, peinlich berührt, die Lider senkten, und beim letzten, der aufgerufen wurde aus der Liste, erklärte er: »Erschossen.«

»Von den Russen?« fragte der Sekretär.

»Nein. Von seinem Gutsnachbarn. Er hatte mit ihm eine persönliche Rechnung aus der Kriegszeit zu begleichen.«

Borowskis Gesicht verfinsterte sich. »Das ist eine Lüge«, rief er, »er war mein Freund, ein Ehrenmann.« Der Kopf des Männleins knickte plötzlich nach vorn, der Hutrand verdeckte die Hälfte des Gesichts, die der Bart noch übriggelassen hatte. Borowski setzte ein paarmal zum Reden an, er mußte nach Luft ringen.

»Wer ist der Mann?« rief er mit der Brüllstimme eines Generals, der am Kasinotisch eine Ordonnanz anweist, einen Betrunkenen zu entfernen, »ich kenne ihn nicht. Er soll seinen Hut absetzen.«

»Hut absetzen!« wiederholten die anderen im Chor, einige scharrten aufrührerisch mit den Füßen. Unter Borowskis Kommando verwandelten sie sich in die Schüler von einst, die im nächsten Augenblick eine Klassenprügelei vom Zaun brechen würden. Das Männlein hob mit einem Ruck den Kopf, führte die Hand zum Hutrand, doch statt den Hut abzunehmen, wie es der vereinte Wille der Klassenmannschaft befahl, öffnete er nur leichthin zwei Finger zu einem halb militärischen Gruß, etwa wie ein Förster, der einem Kollegen im Revier begegnet; darauf ließ er die Hand in tiefer Zerstreutheit wieder auf die Tischkante sinken. Seine Augen zwischen den entzündeten Lidrändern waren vom gleichen eisigen Blau wie das der Häherfeder an seinem Hut.

»Es ist Mahlow«, sagte das Lama gedehnt, »aus der Parallelklasse.« Borowski, erleichtert, daß dies Blauauge einen Namen besaß wie jedermann, wischte sich den Schweiß von der Stirn.

»Steht nicht auf der Liste, wurde nicht eingeladen, kommt ohne Aufforderung. Ist auf dem laufenden, weiß Bescheid, mischt sich ein, teilt gute Lehren aus.«

Bei den letzten Worten war er langsam hinter der Tischkante emporgewachsen, jetzt richtete er sich zu seiner vollen Größe auf, ein Präsident, der die Ruhe in der Versammlung wiederherstellen will, gleich wird er die Glocke schwingen.

»Ich ersuche Sie, uns allein zu lassen. Dies ist eine geschlossene Gesellschaft, ein Klassentreffen. Wir möchten unter Kameraden sein.« Er blickte sich, Beifall suchend, im Kreise um, aber nur das Lama und der Sekretär brachten es zu einem zögernden Nicken, die anderen starrten noch immer in die Augen des Mannes mit dem Schlapphut: Er war fremd, mit jedem Atemzug rückte er weiter von ihnen weg, zog sich zurück in Felsschründe und Hochgebirgsfernen. Das Blau seiner Augen hatte er von den Gletscherseen entliehen, rund um sie herum war alles abgestorben, Urgestein mit ein paar moosigen Flechten. Das konnte nicht Mahlow aus der Parallelklasse sein. Von weither war er zu ihnen gekommen, über jene Grenze, die das Reich der Lebendigen von dem der Toten trennt. Aus Rücksicht nahm er den Hut nicht von seinem nackten Schädel; weil er sie schonen wollte, zog er den Mantel nicht aus und beließ es bei diesem flüchtigen Gruß mit der Greisenhand. Er kannte sich besser als sie in der Liste aus und würde ihnen noch eine kurze Gnadenfrist schenken.

Und wie um der Szene am langen Tisch Symmetrie und Gleichgewicht zu geben, erhob nun auch er sich. Klein stand er da, schmächtig, mit eckigen Schultern unter dem Ledermantel, das Gesicht vom Geflecht des Bartes übersponnen. Ein zweites Gestirn, das am Nachthimmel hochsteigt, wenn alle Sonnen untergegangen sind, ein bleiches Mondgestirn, unter dessen Strahlen die Welt in tödlichem Frost erstarrt. Leise, gewichtslos, auf Ze-

henspitzen ging er über den Bretterfußboden zur Tür. Borowski wollte ihm
etwas nachrufen, doch der Atem stockte ihm, er rang nach Luft und preßte
die Hand gegen die Brust.

»Ein kleiner Anfall«, sagte der Sekretär, der Tropfen in ein Wasserglas zählte, »es wird vorübergehen. Laßt euch nicht stören.«

Heinrich Schirmbeck
Gespräch mit einem Mörder

Die Hitze war drückend, der Zug überfüllt. Solange die Menschen eng an-
einandergepreßt gestanden hatten, war keine Unterhaltung möglich gewesen; denn jedes Gespräch nährt sich aus einer gewissen, auch körperlichen
Distanz. Mit Einbruch der Nacht aber war der Zug immer leerer geworden,
schließlich befand ich mich nur noch mit einem Mitreisenden allein im Abteil. Die Hitze hatte keineswegs nachgelassen, stickig stand die Luft im
Raum. Von draußen kam keine Kühlung. Plötzlich hielt der Zug mit einem
Ruck. Aus dem Gepäcknetz stürzte mit ohrenbetäubendem Geklirr meine
Kiste auf den Boden, haarscharf an der Gestalt des Unbekannten vorbei.
Ich fühlte mich, vertrauensselig wie ich nun einmal bin, zu einer Erklärung
bemüßigt: es sei Silber in dem Koffer, gutes altes Tafelsilber, der Rest meines Vermögens, das ich nun, nach der Entlassung aus der Gefangenschaft,
unter mancherlei Gefahren glücklich aus einem ländlichen Versteck her-
ausgeschafft habe. Die Kiste sei bei einem mir bekannten Bauern unter einem alten Birnbaum vergraben gewesen. Man könne es wohl als ein Wunder bezeichnen, daß ich sie noch in ihrem Versteck vorgefunden hätte, denn
der Bauer sei während der letzten Kampftage erschlagen worden, die Familie in alle Winde verstreut, fremde Menschen hätten auf dem Hofe gesessen.
Bei Nacht und Nebel, wie der Schatzgräber des Märchens, hätte ich meine
Kiste ausbuddeln müssen. Aber jetzt sei sie gerettet, nun könne ein neues
Leben beginnen.

Der Unbekannte hatte wortlos meinem Bericht gelauscht. Mit Silber, mit
schnödem Mammon allein ein neues Leben zu beginnen, schiene ihm kaum
der Mühe wert, wenn hinter diesem Anfang nicht noch ein anderes Kapital
stünde: Gottvertrauen. Man sähe es ja, was so ein Kasten Silber wert
sei: beinahe habe dieselbe Kiste, die ich als den Grundstock eines neuen Lebens bezeichnet hätte, ihm, einem völlig Unbeteiligten, den Schädel zerschmettert. Gottes Wege seien eben wunderbar und unerforschlich für

unsere Menschengehirne. Offenbar habe sein, des Unbekannten Tod, noch nicht im Plane der göttlichen Heilsordnung gelegen.

Ich vermutete nach seinen salbungsvollen Worten einen Theologen in ihm, vielleicht gar einen Pfarrer – wer konnte es wissen –, und in der Tat stellte sich im weiteren Verlauf unseres Gespräches heraus, daß er Pfarramtspraktikant und eben auf dem Wege zu seiner Gemeinde sei. Wir blieben bei unserem Thema, das heißt, wir unterhielten uns über das Verhältnis der göttlichen Vorsehung zum menschlichen Einzelschicksal. Ich beharrte auf meiner These, daß das unübersehbare, wahllos über Fromme und Ungläubige, Gute und Böse herabgekommene Grauen dieses Krieges beweise, daß für das Wirken einer sich bis in das persönliche Einzelschicksal auswirkenden göttlichen Vorsehung in einer von der blinden Dämonie des technischen Zufalls beherrschten Welt kein Raum mehr sei: er jedoch, ein tapferer Streiter des Glaubens, ließ sich durch meine Skepsis nicht beirren, verteidigte die wohlverstandene Rolle des Bösen im Plane der göttlichen Schöpfung, war unerschöpflich im Zitieren passender Bibelstellen und ging soweit, zu behaupten, hinter der Tatsache, daß der schwere Silberkasten ihm nicht den Schädel eingerammt habe, sondern gnädig an ihm vorbeigegangen sei, erblicke er nicht das Walten eines blinden Zufalls, sondern den Finger der göttlichen Vorsehung, die keinen Sperling ohne ihr Einverständnis vom Dache fallen lasse.

Während wir sprachen, hatte ich mir eine Zigarette angezündet und beim flackernden Scheine des Streichholzes Gelegenheit gehabt, mein Gegenüber etwas genauer zu betrachten. Er trug in der Tat eine Art schwarzen geistlichen Rockes mit steifem Kragenaufsatz, hatte ein etwas schwammiges Gesicht, kurzgeschorene Stehhaare und merklich abstehende Ohren.

Am unangenehmsten berührte mich der Blick seiner Augen; sie hatten etwas Stechendes, Lauerndes, ja, mir schien, etwas Höhnisches. Vielleicht hatte ich mich auch getäuscht. Was konnte man im Flackerlichte eines Zündholzes schon Genaues erkennen?

»Ob im Kriege oder Frieden«, beendete er schließlich seinen Sermon, »der einzelne ist immer vom Tode umgeben, und für die Vorsehung gibt es nicht den Begriff der Wahrscheinlichkeit, welche die Macht des Zufalls einkalkuliert. Für sie gibt es nur absolute Gewißheit. Wer weiß, vielleicht ist einer von uns beiden bestimmt« – kicherte er leise, oder täuschte ich mich? – »prädestiniert, noch in dieser Nacht zu sterben, im tiefen Frieden und ohne Fliegeralarm? Man darf sich nicht an die äußeren Modalitäten klammern. Für die Vorsehung ist selbst das Böse ein Mittel.«

Ich muß sagen, daß mir bei dieser Wendung des Gespräches ausgesprochen unheimlich zumute wurde, und ich schwieg, um ihm nicht neue Nahrung zu ungemütlichen Theorien zu geben.

Der Zug hielt abermals, offenbar auf freier Strecke. Wir saßen in lastendem Schweigen. Die Luft war erstickend, die Finsternis draußen undurchdringlich. Kein Stern stand am Himmel. In der Ferne braute sich ein Gewitter zusammen. Ich warf den glühenden Zigarettenstummel aus dem Fenster. Er stand auf und beugte den Kopf hinaus. »Sehen Sie dort auf der Erde den glimmenden Stummel?« bemerkte er. »Das Gras ist durch die Hitze völlig ausgedörrt. Sie könnten durch Ihre Unachtsamkeit einen Brand verursachen und wären dann nichts anderes gewesen als ein Werkzeug in der Hand der Vorsehung.« Er öffnete die Tür des Abteils und stieg aus, anscheinend, um den brennenden Stummel auszutreten. In diesem Augenblick fuhr der Zug mit einem kräftigen Ruck wieder an. Die Tür stand weiterhin offen, der Unbekannte stieg nicht wieder ein. Ich beugte mich nach draußen, um zu sehen, wo er geblieben sei. Aber die Schwärze der Nacht ließ mich nicht das geringste erkennen. Ob er aus Versehen in das nächste Abteil gestiegen war? Mochte die Sache sich verhalten, wie sie wollte: irgendwie fühlte ich mich erleichtert, daß ich seine Gesellschaft nicht länger ertragen mußte. Als ich einige Tage später, diesmal bei Tage, dieselbe Strecke zurückfuhr, wurde der Zug über einen schwindelnden Viadukt geleitet. Das kühne Bauwerk war in den letzten Tagen des Krieges gesprengt und inzwischen nur notdürftig wiederhergestellt worden. Das Gedröhn der Niet- und Preßlufthämmer erfüllte die Luft. Arbeiter kletterten gleich Ameisen an den schwindelnden Gerüsten empor. Der Zug fuhr äußerst langsam über die gefährliche Stelle hinweg. Kein Geländer, kein Schutzgitter, keine Planke versperrte den Blick. Man sah vom Wagenfenster aus senkrecht in die schreckliche Tiefe. Der stattliche Fluß, der sich unten durch die Auen wand, wirkte wie ein schmaler Bach. Wer hier ausgestiegen wäre, hätte einen Sturz, grausiger als Ikarus, getan. Plötzlich krallte sich mir ein Gedanke ins Herz, ein Gedanke, der mich nicht mehr losließ. An der nächsten Station stieg ich aus und wanderte die wenigen Kilometer zu dem Dorfe unterhalb des Viaduktes zurück. Die Erkundigungen, die ich einzog, bestätigten meine schreckliche Vermutung: Vor fünf Nächten sei ein Mensch offenbar aus dem fahrenden Zuge in die Tiefe gestürzt. Man habe den zerschmetterten Körper am andern Morgen auf der Geröllhalde unterhalb des Viaduktes gefunden. Die Polizei habe die Leiche bereits identifiziert: es handele sich um einen langgesuchten Raubmörder, der sich am liebsten im vertrauenerweckenden Rock des Geistlichen an seine Opfer herangeschlichen habe. Was ihn allerdings zu dem tödlichen Sprunge veranlaßt habe, sei bis heute ein Geheimnis geblieben.

Ich dachte an den glimmenden Zigarettenstummel, und es fiel mir ein, daß ich meine Zigarettenenden niemals brennend wegzuwerfen pflege. In Wirklichkeit mußte das, was der Unbekannte für einen glimmenden Stummel, gleich neben dem Trittbrett des Abteils gehalten hatte, der Lichtschein aus dem kleinen Haus gerade unter dem Viadukt gewesen sein. Dazwischen hatte die gähnende Tiefe gelegen.

Ich muß bekennen, daß der Vortrag des Unbekannten über das Walten der Vorsehung, zu dem er selber, ohne es zu wissen, ein so schauriges Beispiel geliefert hatte, anfing, mich zu überzeugen.

Barbara Frischmuth
Schimäre

Der fünfte Dezember.

Die Dunkelheit an die Scheiben gedrückt – so stelle ich mir eine Taucherglocke vor. Als hätte ich kreisrunde Augen und fleischige Bartfäden hinterm Glas zu erwarten. Dazu Schnee wie aus Bettüchern, Oblatenbrösel, Goldfischfutter.

Hinter dem weißen Schirm brennt Licht. Wie ein gequollener Bauch liegt der Schatten auf meiner Decke. Der Geruch nach Kamillen und Essigwasser – ich habe mich daran gewöhnt. Man muß krank sein, solange es geht. Sr. Rosa steht hinter der spanischen Wand und wäscht sich die Hände. An der Tür klopft es. Da kommt Sr. Rosa hinter der spanischen Wand hervor und fragt, ob es geklopft hätte. Ja, sage ich, und sie geht hinaus ins Behandlungszimmer, um Hälse auszupinseln oder Papiertaschentücher zu verkaufen.

Ich fühle mich sicher. Die Kranken bleiben im Krankenzimmer, hat es geheißen. Dann erklingt die Glocke. Die Präfektin läutet das Kloster zusammen.

Sie werden alle gemeinsam in den Festsaal gehen und dort Aufstellung nehmen. In der Mitte bleibt ein schmaler Streifen Teppich frei, über den der Bischof und die Teufel zum Podium schreiten. Vielleicht würden die Teufel schon beim Einmarsch zu schlagen beginnen. Doch habe ich sagen hören, daß das nicht üblich ist. Der Bischof steigt auf das Podium und nimmt aus den Händen der Präfektin ein Buch entgegen. Die Teufel stellen sich hinter den Bischof und versuchen, ihm über die Achsel zu schauen, was sich der Bischof aber ausbittet. Dann wird jedes der Mädchen bei seinem

Namen aufgerufen und muß zum Podium nach vorn gehen. Dort erfährt es, was ihm zur Last gelegt wird. Überwiegt das Gute, das über einen zu sagen ist, darf man sich auf die rechte Seite des Bischofs stellen. Lob und Geschenke, bestehend aus Äpfeln und Bäckerei, sind der Lohn. Steht Böses in dem Buch, muß man sich auf die linke Seite des Bischofs stellen. Wer nicht rasch genug wegläuft, wird mit der Rute geschlagen. Es soll vorgekommen sein, daß sich die Teufel auch an jenen vergreifen, die auf der rechten Seite stehen. Sr. Rosa ist wieder allein. Ich höre das Klirren der Arnika-Tiegel, die sie zurück in den Glasschrank stellt. Dann tritt sie auf die Pedale des Abfalleimers; sie wirft die gebrauchten Wattetupfer hinein. Ich kenne die Handgriffe genau, mit denen sie den Tag beschließt. Sie räumt auf.

Dann tritt Sr. Rosa wieder ins Krankenzimmer.

Komm, sagt sie, wir gehen hinunter.

Ich erkläre ihr, daß ich zu schwach bin, um zu gehen.

Ich werde dich tragen, sagt sie.

Da mucke ich auf.

Du hast Angst, sagt sie, aber du darfst keine Angst haben. Sie nimmt meinen Schlafrock vom Haken und zwingt mich, ihn anzuziehen.

Ich werde dich tragen, sagt sie noch einmal, im Festsaal ist geheizt, da kannst du dich nicht erkälten.

Dann hebt Sr. Rosa mich auf. Sie ist sehr kräftig.

Im Gang brennt kein Licht, und sie läuft so schnell sie kann mit mir bis zum Stiegenhaus.

Die Treppen mußt du selbst hinuntersteigen, befiehlt sie, ich werde dich stützen, damit du nicht fällst.

Im Gang, der zum Festsaal führt, hebt sie mich wieder auf. Je weiter wir kommen, desto deutlicher wird der Lärm. Als Sr. Rosa die Tür zum Festsaal öffnet, fahren die Teufel gerade mit den Ruten durch die Menge. Sie brüllen und klirren und schütteln sich dabei. Die als böse Geltenden haben sich alle zum Eingang geflüchtet und greifen nun weinend und mit erhobenen Händen nach Sr. Rosa oder versuchen, sich hinter ihrem Rücken zu verbergen. Sie würde sie gern abschütteln, doch kann sie sich meinethalben nicht gut rühren.

Da tut sich vor uns eine Gasse auf und ein Teufel mit vier Paar Hörnern und Zähnen, die bis zum Hals reichen, schießt auf uns zu. Ich weiß, daß es nur Schein ist, aber seine Ohren sind so groß wie Fäustlinge und zackig an den Enden. Bevor er nach mir fassen kann, schlagen meine Arme und Beine aus, stoßen an Sr. Rosas Brust, an ihren Bauch, an ihre Arme, an ihr Kinn. Wie im Krampf biegt sich mein Körper im rechten Winkel ab, schnellt vor und zurück und wieder vor, in alle Richtungen. Ich schreie nicht, nur mein

Mund steht offen, aber ich kann nicht atmen. Meine Arme und Beine schlagen weiter auf Sr. Rosa ein, ohne daß sie mich daran hindern kann. Sie hält mich fest, bohrt sich in mich, will meine Füße einfangen, mir die Arme an den Leib drücken, mich zusammenfalten, wie ein Leintuch, bis ihre Kraft nachläßt und meine Hände ihr Gesicht zu treffen scheinen, während ich nur die scharfen Kanten der Schwesternhaube an meinen Fingern verspüre. Der Teufel reißt mich von ihr los – wie da alle zurückweichen – und wirft mich über die Schulter, daß mir der Kopf zur Erde hängt, die Arme lahm werden und die Beine sich an seiner Brust versteifen. Jemand muß uns die Tür geöffnet haben. Der Teufel trägt mich durch den dunklen Gang bis zum Stiegenhaus, wo das Licht brennt. Niemand folgt uns.

Wo gehörst du hin, fragt mich der Teufel. Ich tue den Mund nicht auf. Du, ruft er und schüttelt mich, wo gehörst du hin? Aber ich kann nicht sprechen. Da nimmt er mich von der Schulter und setzt mich auf den Arm. Sei nicht dumm, sagt er, zeig mir, wo du hingehörst.

Ich strecke die Hand aus und deute nach oben. Sr. Rosa hat im Behandlungszimmer Licht brennen lassen, und ich zeige auf den erhellten Türspalt. Während er mich durchs Behandlungszimmer trägt, streift er an dem Wagen mit dem Verbandszeug und stößt eine Flasche mit Jod um.

Zum Teufel, sagt der Teufel und öffnet die Tür zum Krankenzimmer, läßt mich ins aufgeschlagene Bett fallen und zieht mir die Decke übern Leib. Mein Hals ist eingebunden. Bist du krank, fragt er mich. Dann nimmt er meine Hand und greift mir nach dem Puls.

Du hast Fieber, sagt er. Mein Blick erfaßt seinen ausgebuchteten Kopf mit der ganzen, geweiteten Häßlichkeit. Während er sich vorbeugt, meine Stirn zu befühlen, schlägt seine Kette über meinen Arm. Sofort nimmt er sie weg und bindet sie sich um den Leib, wie einen Gürtel.

Hast du gewußt, was du tust, fragt er und legt meinen Arm auf sein Knie, biegt ihn ab und wieder gerade, wobei er auf ihm herumklopft. Ich zucke mit den Achseln. Seine Nase mit den daumengroßen Nüstern zeigt die Kanten einer Holzschnitzerei.

Die Mutter Oberin tritt ins Zimmer, hinter ihr Kreuzschnabel, der Kaplan, hinter ihm Sr. Theodora, hinter ihr Sr. Assunta, hinter ihr Sr. Ami, die liebe Sr. Ami, hinter ihr Sr. Rosa.

Ich versuche meinen Blick aufzuhalten, die Augen zu schließen. Die Flügel der Schwestern fangen an zu flattern, zu rauschen, wirbeln Hitze auf, ein Schwarm von aufgerichteten Hirschkäfern mit silbernen Zangen und Tiere mit Hörnern, Ziegen mit messerscharfen Barthaaren und übelriechenden Klauen, das Summen einer abgestellten Klingel, Geräusche wie vom Lauf einer Herde, das Surren siedenden Wassers auf einer Herdplatte.

Ich komme auf dem Bauch zu liegen. Sie greifen nach mir. Jeder einzelne meiner Finger, jede einzelne meiner Zehen werden gezogen, ins Endlose, Schmerzhafte, Flecken aus Kälte. Da schreie ich. Ich höre das Sägen und Springen von Glas, den Knall eines sich öffnenden, luftdicht verschlossenen Gefäßes, das Geräusch des Saugens, mit dem eine Flüssigkeit von einem Behälter in einen anderen gehoben wird.

Jemand hält meine Hand. Eine schwarze Hand in meiner grünen Hand, eine rote Hand in meiner gelben Hand. Jemand hält meine Beine, meinen Rücken, meine Arme, meine Knie. Man hält mich fest. Ich weiß, was kommt. Es tut nicht weh. Aber niemand hat mich gefragt.

Lieber Teufel, schreie ich, um Gottes willen, hilf.

Da sehe ich den abgeschnittenen Kopf des Teufels auf dem Boden liegen, einen offenen Schlund, wie mit einem Messer abgetrennt, mit nach außen gestülpten Rändern, zerfranst und schwarz, so tot, wie man nur tot sein kann.

Wolfgang Koeppen
Thanatologie

Es fällt, stürzt aus der Hand, gleitet weg, es wird dir genommen, du bist müde, ja, aber es ist nicht Müdigkeit, nicht der Schlaf wenn der Sandmann kommt, du täuschst dich nicht, nicht so billig, ein Hammerschlag gegen die Stirn, ein Schlächter werkt, sie sehen zu, stehen auf seiner Seite, natürlich das Gesetz und die sturen Hunde der Exekutive, du bist allein, du bist schon von allen verlassen, du bist wehrlos, deine Nachbarn sind feige, sie sind es nicht, sie schämen sich nur ihrer Hilflosigkeit, sie blicken zu Boden oder spenden gar Beifall deinem Henker, deine Finger sterben ab, sie erbleichen, du kannst dich an nichts mehr klammern, du krallst dich nie mehr fest, du läßt los, schlimmer noch, du willigst ein. Das Buch fliegt auf das Zudeck, kein Vogel in sein Nest, Watte, die auf Watte stößt, und Watte dein Leib in diesem Bett aus Watte. Die Seiten blättern zu, schließen sich für immer, du magst den Arm nicht ausstrecken, die Hand nicht rühren, du willst es nicht, die Schrift versteint. Der Stein wird eine Mauer, die Mauer zerfällt, Geröll rollt, Schutt haldet, die Halde wird eingeebnet, ein graues Feld, ein Staub ohne Farbe, es ist kein Wind, der ihn in die Luft wirbelt, es ist auch keine Luft, die ihn trägt, es wird schwarz vor deinen Augen, verteilt sich schwarz in einer feinsten Zermahlung wie ein linder Abend, die entsetzliche Schwermut des Frühlings, die drückende Düsternis des Sommers, nein, du willigst nicht ein. Du läßt es nur geschehen, wie du alles geschehen ließest. Es lag bei dir, daß es geschah. Du warst es, der nichts geschehen ließ. Alles kam zu dir, alles gehörte dir, wartete auf dein Wort der du schwiegst, war dir in die Hand gegeben. Dies war dein, du packtest nicht zu, erkanntest dein Eigentum nicht, warst närrisch vor Hochmut, es dir entgehen zu lassen, nanntest dich fahrend und unbeschwert, hattest von den Tollkirschen gegessen, taumeltest schon. Sitzen Dämonen am Rande der Welt wie Zuschauer um die Manege im Zirkus. Du bist der Clown. Befrei dich von Größenwahn. Keine Dämonen, kein Zirkus, kein Clown. Zum Narziß fehlt dir der Brunnen. Dein Spiegel ist das blinde Blech der Schmiere. Du entbehrst nicht der Tragik. Du könntest rühren. Es ist ein böser Zauber. Möchtest dich reinwaschen. Im Fernsehbild der Mond. Das hast du geschafft. Kein Ende abzusehen. Uranus, Pluto erweisen Reverenz deinem Schwedensessel. Spiralnebel über deinem Schlummerpunsch. Striptease der Milchstraßenferne. Selbstbefriedigung der Professoren vor den modernen Spiegelteleskopen. Optimistische Techniker beehren sich das Ballett der Satelliten vorzuführen. Nichts wird sein, aber du wirst sein, das Nichts im Nichts, überzeugt, dich schrecklich zu träumen, in Stein verwandelt, wie Stein empfindend, doch das wäre Gnade, verdammt zu fühlen wie ein Mensch der Stein wurde. Nichts wird sein. Dies wird sein. Es zwingt die Augen zu. Das Licht leuchtet für sich. Es braucht dich nicht. Der Glühfaden hat seine Zeit. Die Sonne hat ihre Zeit. Himmelsglut, Wasserkraft, Feuer um dein Bett und der brenzlige Geruch der Werkhallen und die Stille der Automaten. Der Bernstein der Griechen. Sklaven? Sklaven sind alle. Götter? Ja, auch Götter. Wer träumt das? Uralte Manufaktur von Köpfen. Wenige Formen, ein Dutzend Modelle. In die Schädel die graue Masse hineingestopft. Rege dich. Denke, du bist. Lauter Hirngespinste. Es gibt nichts anderes, mehr ist nicht erreichbar. Dein Bett ist befleckt. Du verschüttetest Wein, erbrachst Nahrung, verspritztest Blut. Versteifung wo du dich paartest oder daran dachtest. Wolltest weitergeben dein Sein, deine Angst, deine Gebrechen, deine Verschlagenheit, die dir nicht zum Vorwurf gerät, denn wer hülfe dir sonst! O ja, auch deine Güte, die frommen Gedanken die du betetest, die Ideale die du hattest, die Philosophie, die Mär von der Schönheit. Freue dich, es wurde nichts draus. Du ersparest dir was. Sink hin, sink ein in diese grindigen, stinkenden Pfühle, ätzend, sauer von deinem kranken Schweiß. Du hast drei Ärzte, sie wissen nicht voneinander, und jeder sagt zu dir, nehmen sie Librium fünf vor dem Einschlafen, doch nicht Ruhe kam, kein Friede, du bliebst im Räderwerk, Rohstoff der Mühle, über dich gebeugt das Versäumnis. Spuk der Hölle.

Wie lächerlich vergangen das gemütliche alte Fegefeuer der grand-mère mit seinem rührenden Ungeheuer, den lieben Bocksbeinen, den niedlichen Rattenschwänzen, dem gebogenen Horn. Die Funken stieben Schuld, Verrat, Gemeinheit, Armut, Lüge, Notdurft, Zwang, du wußtest es, du wolltest es nicht, es geschah eben, es war dein Leben, das sagst du, das sagten alle. Die Millionäre ehrten den Pfennig, die Priester priesen den Gehorsam, die Soldaten verteidigten den Staat. Zinsen wurden gezahlt, rostige Nägel ins Fleisch getrieben, den goldenen Prothesen gelang das gewinnende Lächeln. Das war nicht das Leben, das wenigstens fühlst du jetzt, Mörder kamen, Schinderknechte, Zellenschließer, die Jäger bauten die Fallen, die Geldleute machten die Rechnung, die Netze waren ausgeworfen, man demütigte dich, gegen deinesgleichen zu kämpfen, weine über dich, du warst das Wild, und es geschah alles in deinem Auftrag. Nichts wird sein. Keine glühenden Zangen. Keine Pfanne mit rauchendem Öl, dich zu sieden. Eine Einbildung war die freundliche Schlange, die dich schlingt und ausspeit. Nichts wird sein, nur ewig wird es sein, das wird es geben, kein Aufhören des Nichtseins, das Unwiderrufliche. Du erstickst in den weichen Kissen. Die Augen starren blind. Du stirbst. Am Morgen werden sie dich finden, die dir fern und gleichgültig sind, und werden in ihrer Dummheit sagen, er hat es überstanden. Du in der Leichenkälte weißt, es fängt an, jetzt fängt es an, das Nichts, das bloße körperlose seelenlose Ich, kein Schmerz, keine Angst, nur ein unbeschreibliches Entsetzen, augenlos in der finstersten Unendlichkeit, keinen Durst, keinen Hunger, du schleppst dich hin, tastest dich voran ohne je etwas zu fassen, taumelst sternenweit oder im engsten Kreis, bist am Ende ohne Ende, bist allein, wenn auch vielleicht unter den Milliarden die lebten, nun allein wie du, Atome, lichtfern, preßnah, ohne Berührung, ohne Laut. Keine Engel. Keine Teufel. Nichts. Nur daß du es weißt. Da hast du deinen Lohn.

Nachwort

Das Jahr 1945 war für die deutsche Literatur keineswegs eine Stunde Null. Damals wußte man das nicht, da aus zu kurzem Abstand der Zusammenhang verloren schien. Tatsächlich hatte die Literatur sich schon 1933 geteilt, und verschiedene Züge fuhren nach mehr als anderthalb Jahrzehnten wieder in die Zeit ein. Dazwischen lag ein toter Punkt; die Exilliteratur war fern, ohne direkten Einfluß, ohne Nachfolge, noch so gut wie unbekannt. Eine Unterströmung, die kaschiert, getarnt, sehr leise überdauert hatte innerhalb der Grenzen, wurde zunächst nicht wirksam, ihre Mittel schienen untauglich in der Situation der Verstörung.

Eine ganze Zwischengeneration hatte der Krieg, und was zu ihm führte, dezimiert. Viele von denen, die vor 1933 gerade zu schreiben begonnen hatten, waren verstummt. Einige sind mit dem Nationalsozialismus aus der Literaturgeschichte verschwunden. Anderen zerstörte die Zäsur die Kontinuität der Entwicklung, das Jahr 1945 kam für manche zu spät. Und von den Jüngeren hatten nur wenige sich schon durchgesetzt und als »Schriftsteller« den Weg ins Exil antreten können: sie identifizierten sich in der Emigration mit der nächstälteren Generation prominenter Autoren und übernahmen mit ihrem humanen Engagement vorübergehend auch einen Teil ihrer Traditionen, ihrer Kultur, ihres Stils. Darin liegt die Tragik der jüngeren Emigranten, daß ihnen unter dem Druck der äußeren Verhältnisse die Herausbildung eines eigenen Idioms, eigener Ziele, eigener Methoden verwehrt und erschwert wurde (auch durch das Sprach-Problem). Der Graben zu der nächstfolgenden Generation, die nach 1945 in Deutschland antrat und sich vorwiegend in der Gruppe 47 versammelte, wurde dadurch noch verbreitert. Mit den Daheimgebliebenen wollten die Jungen nichts zu tun haben. Woran also anknüpfen? In der damaligen sowjetischen Besatzungszone dominierte die Gruppe der frühzeitig zurückgekehrten sozialistischen Autoren. Brecht kam ein wenig später – und fand als einziger Schüler. Aber haben Thomas Mann, Heinrich Mann, Robert Musil, Franz Werfel, Lion Feuchtwanger Schule gemacht?

Das war die Ausgangslage, und sie erscheint natürlich vergröbert. Denn eine Reihe von Autoren hatte ja den eigentlichen Beginn der literarischen Laufbahn nur verschoben: Hans Erich Nossack, Marie Luise Kaschnitz waren damals 44 Jahre alt, Wolfgang Koeppen 39, Günther Eich 38, Hermann Lenz 32, Heinrich Schirmbeck 30, Heinrich Böll 28, wobei gewöhnlich noch einige Jahre vergingen, bis ihre Bücher erschienen. Andere schrieben weiter: Werner Bergengruen, Heimito von Doderer, Elisabeth Langgässer, Otto Flake, Friedrich Georg Jünger, oder traten erst spät ins

Bild, wie H. G. Adler. Heute hat man es leicht, die Tendenzen auszumachen und die verschiedenen Linien sich vereinigen, sich überschneiden oder sich trennen zu sehen, aber was es für die Nachkriegs-Generation bedeutete, »im Jahre 1945 auch nur eine halbe Seite deutscher Prosa zu schreiben« (Heinrich Böll), das ist heute schwer nachvollziehbar und vielleicht nur aus den Texten selbst herauszulesen. Was sie vereinte, die damals begannen, war, wie Heinrich Böll schrieb, »die Suche nach einer bewohnbaren Sprache in einem bewohnbaren Land«. Aber welche Schwierigkeiten, welche Irrtümer! Man stellte, aus den ehrenwertesten Motiven, die Sprache in Frage, die gerodet werden sollte, gesäubert von den unehrlichen, vernebelnden Metaphern und Rückständen der braunen Zeit. Die Devise hieß »Kahlschlag«. Wolfgang Weyrauch gebrauchte das Wort zum erstenmal 1949 im Nachwort zu seiner Anthologie »Tausend Gramm«. Was er vom Kahlschlag erwartete, war nicht, daß Dichtung nur trockener Bericht zu sein und die Wirklichkeit zu photographieren habe. Im Gegenteil, er glaubte, an einer Reihe gleichgesinnter und gleichaltriger Autoren beobachtet zu haben, daß ihre Genauigkeit im Abbilden »chirurgisch« sei und ihre Niederschrift »eine Antisepsis«, und weiter: Geschichten, so sagte er, die auf diesem neuen Weg, »funktionell zu schreiben«, entstehen, »verlassen schon die Deskription, ohne sie indes je zu verlieren, sie tragen sie mit sich fort, sie begeben sich bereits zur Analyse, sie beginnen die Auseinandersetzungen des Geistes«, und zwar die Auseinandersetzungen mit den Widersachern des Geistes, der »Intoleranz, der Erbarmungslosigkeit, der Ausbeutung, der Isolierung des Menschen vom Menschen«. Die Theorie galt nur für den Augenblick, und nur für wenige Beispiele, die in dieser Sammlung für sich sprechen sollen; nicht viele Autoren folgten ihr, oder dieser neue »Objektivismus« wurde als Oberflächenrealismus mißverstanden, so entschieden auch Martin Walser darauf bestand, Purismus der Sprache mit Tiefe der Analyse zu verbinden.

Was alle fühlten, waren die Nachwirkungen des Infernos; sie erzeugten eine Intensität der Erlebnisfähigkeit, die sich auf ganz verschiedene Weise in der Sprache niederschlug. Ein visionär-ekstatischer Expressionismus war noch nicht überwunden, er wurde geradezu erst wiederentdeckt: auch in Wolfgang Borcherts einfachen Sätzen schlägt er noch durch. Diese Einfachheit ist ein ins Naive zurückgenommener Schrecken, an der Grenze der Sprachlosigkeit. Die erschütterte, verworrene Generation hörte auf diese Stimme, las sich nachts bei Stromsperre und Kerzenlicht in kalten Dachkammern seine Prosastücke vor. Es war in dieser ersten Nachkriegsliteratur ein andres Engagement als später: ein Leiden durch das Miterlebnis, die Mitschuld. Die Literatur, die sich der Vergangenheit und Gegenwart zuwandte, löste sich noch nicht aus der Verklammerung mit der Gegenwelt. Der apokalyptische Zug hat die realistische Bewältigung der Realität lange Zeit verhindert. Mit Heinrich Böll kam ein neues Element in diesen Bewältigungsversuch von Vergangenheit und Gegenwart: die Trauer. Er klagte nicht einfach an, er versuchte Trauerarbeit zu leisten, stellvertretend, und das ist wohl einer der Gründe, warum er – als der meistgelesene und meistgeehrte Autor, der selbst immer ein Verweigerer blieb – eine so breite Identifikationsmöglichkeit bot.

Mit der Kurzgeschichte nahm die deutsche Literatur nach 1945 ihren Anfang. Das ist unbezweifelbar. Die Erzählung, nicht der Roman, hat lange Zeit die deutsche Nachkriegsliteratur bestimmt. Hans Bender, selbst einer ihrer namhaften Vertreter, hat sich auf die short story berufen: »Die Besieger haben sie uns mitgebracht.« Man las, man verschlang Hemingway, Wolfe, Saroyan. Aber nun scheinen hier die Begriffe durcheinanderzugehen: Kurzgeschichte, short story, Erzählung, Novelle. Tatsächlich kennzeichnet es die Situation, daß die traditionellen Begriffe in der deutschen Nachkriegsliteratur schnell aufgegeben wurden. Es entstanden Zwischenformen, wie etwa in den frühen Arbeiten Heinz Pionteks, in den späteren Prosastücken Gabriele Wohmanns, aber auch bei Günter Kunert, Christa Reinig, Walter Helmut Fritz. Diese Zwischenformen ließen sich nicht mehr eindeutig klassifizieren, sondern hielten eine schwebende Mitte zwischen Skizze, Studie, Parabel. Sie gehören so unweigerlich ins Bild deutschsprachiger Prosa seit 1945, daß sich eine Entschuldigung für den Obertitel »Deutsche Erzählungen« eigentlich erübrigt; diese dreißig Jahre seit dem Kriege sind eine Blütezeit der kurzen Prosa gewesen, und was so »neu« erschien an Zwischenformen, konnte sich immerhin auf die besten Traditionen deutscher Literatur berufen: auf Hebel, Büchner, Kleist, Robert Walser und – Kafka. Von ihm wird noch eigens die Rede sein müssen.

Die neue Form der erzählenden Prosa hatte auch neue oder andersgeartete Helden. Aus der amerikanischen Literatur kam der »gebrochene Held«, der Verwüstete, die krachende Existenz – wofür es im Nachkriegs-Europa genug Beispiele gab. Man sah sie um sich, eine andre Art der »lost generation«, nicht ganz konform mit jener aus den brüllenden Zwanzigern, es war ja hier in Deutschland nun wirklich etwas bis tief innen angeknackst, und es gab und gibt Erschütterungen, von denen sich die Literatur dieser dreißig Jahre so wenig erholt hat wie die Gesellschaft. Nach Auschwitz kein Gedicht mehr schreiben: Adornos Wort wurde genug hin und her gewendet. Aber überhaupt schreiben, als hätte es das alles nicht gegeben – undenkbar. Man schrieb also tastend, ängstlich, um Wahrheit besorgt, Unausgesprochenes vor Augen (»Vor Augen« hieß Pionteks erster Erzählungsband);

und man schrieb keuchend, atemlos, gehetzt, lärmend, interpunktionslos. Dann erst besann man sich, daß einem die Wirklichkeit davon- und zurücklief in die Restauration: und wurde besonnener, hart, kritisch; andre, im Gegenteil, begegneten einer dem Materiellen verfallenden Umwelt mit Laubfegerprosa und nonkonformistischen Gegenwelten. Noch hatte sich das neue Österreich nicht zu Wort gemeldet; die erste Nachkriegs-Generation gehörte fast ausnahmslos zur Gruppe 47, scharte sich in ihr, kaum unterscheidbar, zusammen – und war dann doch wieder so eigenwillig, Wege zu gehen wie Ingeborg Bachmann, Ilse Aichinger. – In der DDR mühte sich eine neue Generation, die radikale Veränderung der Gesellschaft abzubilden. Auch dafür bot die kurze Form zunächst bessere Möglichkeiten als der Roman. (Natürlich entstanden Romane, aber sie sind meist vergessen, samt ihren Verfassern.) Die deutsche Teilung selbst wurde zum Thema für diejenigen, die an ihr litten und von ihr betroffen waren, etwa gegen Ende der fünfziger Jahre, um 1960; während die eingesessenen westdeutschen und Schweizer Literatur vorübergehend die Luft, das heißt das Thema, auszugehen schien (doch auch hier kam es anders). Schließlich glaubte um 1960 Wolfdietrich Schnurre, die Zeit der Erzählung, der kurzen Prosa sei in Deutschland endgültig vorbei. Wiederum weit gefehlt. Es lassen sich jedoch deutliche Einschnitte feststellen, die, von heute aus gesehen – morgen kann das schon wieder ganz anders sein –, die Einteilung in vier Perioden erlauben:

1. Etwa bis zur Mitte der fünfziger Jahre wurde das Verlorene erarbeitet, Anschluß gefunden – hier an Frisch, Dürrenmatt, Doderer; dort an Brecht, Seghers, Heym –; die Belastung der Vergangenheit wenigstens sichtbar gemacht, wenn schon nicht abgetragen; die Fragmente einer zerrissenen Wirklichkeit gesammelt; das Inventar gereinigt, wenn auch mit unterschiedlichem Erfolg. Schnurre, Lenz, Walser, Heckmann, Eisenreich traten hervor, neben den schon Genannten, und neben so verschiedenartigen Erscheinungen wie Gerd Gaiser, Kurt Kusenberg oder Wolfgang Hildesheimer. Das literarische Gespräch kreiste um Koeppen, Aichinger, Bachmann.

2. Ab Mitte der fünfziger Jahre bemerkte man die Unstimmigkeit der sozialen Struktur, der Machtverteilung, und damit die unterschiedlichen Versionen von Realität, die man besaß: es schien nichts mehr zu stimmen, und die Literatur reagierte sehr verschieden darauf – spöttisch und bissig, eskapistisch und engagiert, und eine ganz neue Erzähler-Generation betrat die Bühne: Alexander Kluge, Thomas Bernhard, und Lettau, Janker, Nonnenmann, Seuren. Kurz vor dem Ende dieses Zeitabschnitts passierte etwas sehr Merkwürdiges: ein Roman brachte die deutsche Nachkriegsliteratur

wieder international ins Gespräch. Es war »Die Blechtrommel« von Günter Grass. Aber der Schluß, die Erzählung sei nun an ihrem Ende gewesen, ist falsch.

3. Vielmehr begann die Zeit der »Mutmaßungen« und »Möglichkeiten«, in Roman und kurzer Prosa. Techniken der Verfremdung wurden eingeführt, Verfestigungen abgebaut, alles löste sich auf – in einen euphorischen Ästhetizismus. Es war die Hochblüte eines intransigenten Literaturbetriebs. Bücher, Tendenzen, Namen wurden nicht etwa durch Werbung, sondern auf Partys »gemacht« – es gab Namen, die es gar nicht gab. Doch rührten sich unentwegt jüngere und jüngste Autoren und setzten sich durch, eine Gruppe junger Schweizer; Österreich signalisierte aus Graz. Schließlich trat Handke auf. Übrigens währte das Hochgefühl nicht lange. Woher die Ernüchterung eigentlich kam, ist schwer zu sagen. Daß die Erkenntnis der eigenen Bedeutungslosigkeit, nicht etwa am Rande, sondern ganz abseits von Politik und Gesellschaft zu existieren, mitgespielt haben mag, scheint sicher. Und eine generationsbedingte Rebellion: Schon Mitte der sechziger Jahre distanzierte man sich von einer »Art Böll-Stimmung«, von dem »perfekten Text«, von der »dekorierenden Metapher«, von »Eleganz«, »Mitgefühl« und vom allwissenden Erzähler – und nicht zum ersten Mal. Die Mutmaßungen und Frischs Gantenbein-Roman hatten ihr Teil schon beigetragen. Aber auch die »Muffigkeit des Nachkriegsrealismus« erschien jetzt als Opas Literatur! (All diese Termini wurden in einem Berliner Colloquium gebraucht.) Etwa um das Jahr 1965 wurde ein »neuer Realismus« kreiert: die Kölner Schule um Dieter Wellershoff, die eine Welt im Prozeß zeigen wollte, konkret, ohne Helden, voller Unruhe, auf die das beschreibende Instrumentarium der Sprache wie eine Magnetnadel reagierte. Man kann das Ende dieser »literarisierten« Periode mit einbeziehen oder den Umschwung, den Katzenjammer schon als Zäsur verstehen: das Jahr 1968 mit dem Boehlich-Autodafé und einem Artikel im Kursbuch: »Ein Kranz für die Literatur«. Die Literatur wurde, wieder einmal, für tot erklärt.

4. Die Selbstdemontage der Literatur hatte zwei entgegengesetzte Folgen. Einmal ihren Prestigeverlust. Dann aber auch die Selbstbesinnung der Autoren auf ihren Standort in der Gesellschaft. Das hatte seine politische, berufspolitische, aber auch eine literarische Seite. Mehr und mehr Schriftsteller wandten sich der Darstellung der Arbeitswelt zu. Engagement wurde nun nicht mehr als Miterlebnis verstanden, sondern als Pflicht zum Eingreifen. Die politischsten Prosastücke des Bandes stammen aus dieser Periode. Es ist aber, nach Thomas Mann, dem Künstler zwar ernst mit dem, was er sagt, aber nicht ganz ernst, nicht unbedingt. Und auch Brecht –

so notierte Walter Benjamin 1934 – hat geäußert, bitterernst sei es ihm nicht: »Ich denke ja auch zu viel an Artistisches, an das, was dem Theater zugute kommt, als daß es mir ganz ernst sein könnte.« So hat jede Entwicklung ihre dialektische Kehrseite. Die neueste heißt Sensibilität, um nicht zu sagen Sentimentalität. Durchaus möglich, daß uns die Rehabilitierung des Gefühls, der Rückzug in die Innenwelt, etwa in den Jahren 1973/74 – ihre bedeutendsten und literarisch unverdächtigsten Beispiele hat diese Entwicklung wohl in den Arbeiten von Peter Handke und in dem Erzählungsband »Marlenes Schwester« von Botho Strauß gezeigt – demnächst schon als der Beginn einer neuen, fünften Periode der deutschsprachigen Literatur seit 1945 erscheinen wird.

Die Literatur der DDR ist mit dem hier skizzierten Entwicklungsschema nicht, oder nur ganz unzulänglich, zu erfassen. Man müßte ihre Geschichte unter anderen Kriterien erzählen, die nur bedingt hierhergehören. Daß sie ebenfalls Mitte der fünfziger Jahre zu neuen Abenteuern unterwegs war, ebenfalls nach 1960 Verfestigungen und Verkrustungen aufbrach (Christa Wolf – die übrigens keine Kurzprosa geschrieben hat und daher fehlt –, Hermann Kant und andere), ist unstrittig. Nur fehlen vergleichbare formale Kriterien. Es ging in erster Linie um neue Inhalte, wenn auch im letzten Stadium etwas Verwandtes durchbricht: eine neue Innerlichkeit.

Dreißig Jahre deutschsprachige Prosa, das bedeutet nicht Vereinnahmung in eine ungeteilte deutsche »Nationalliteratur«. Wir wollen solchen Ideologemen nicht Vorschub leisten, sowenig wie ihrem Gegenteil. Deutsche Prosa seit 1945, das heißt schlicht Prosa, die seitdem in deutscher Sprache geschrieben worden ist, und zwar in der Bundesrepublik und vor ihrer Gründung, in der DDR und vor ihrer Gründung, in der Schweiz, in Österreich und im Ausland, wo seither nicht nur Emigranten leben, sondern auch Auswanderer, die London, Rom oder das Tessin dem deutschen Sprachraum aus den verschiedensten Gründen vorgezogen haben. Wichtig war einzig und allein, daß sie an der Entwicklung der deutschen Prosa-Erzählung nach 1945 inhaltlich oder formal noch irgend beteiligt waren. Insofern war eine Trennung nach Ländern auch nicht möglich, denn manche lebten zeitweilig hier, zeitweilig dort, sie brächten jede Staatstrennung und Chronologie durcheinander.

Aus ähnlichen Gründen kann die Gliederung dieses Bandes auch nicht der oben skizzierten – und natürlich sehr anfechtbaren – Einteilung nach Perioden folgen. Denn nicht jeder Autor hat, wenn sein Auftritt kam und die für ihn typische »Richtung«, nun auch die beste oder typischste Erzählung geschrieben. Dem chronologischen Aufriß muß daher ein thematischer und formaler folgen, und er ist der einzig brauchbare für die Literatur seit 1945.

Die deutsche Erzählung ist seit 1945 so verschiedene Wege gegangen, daß sich nur ungefähre Verwandtschaften herauskristallisieren lassen.

Es gab im großen und ganzen fünf Möglichkeiten, die sich in den fünf großen Gruppen der Anthologie spiegeln: Entweder man wandte sich der furchtbar bedrängenden Vergangenheit zu; – oder man nahm die Herausforderung der Gegenwart an; – oder man horchte in sich heinein, auf die Stimmen, die nicht zum Schweigen zu bringen sind, immer dieselben Fragen in jeder Generation, Liebe und Verbrechen, Leid und Glück und Unglück und Tod; – oder aber man rettete sich ins Gelächter, ins Groteske, in die Parabel, die das kaum noch Beschreibbare unsrer Welt erzählbar macht; – oder aber in langen schlaflosen Nächten, in Träumen und Tagträumen bricht sich das Schreckliche Bahn, dämmernde Ahnung und Hoffnung auch, und die Sprache stellt einzig her, was die Wirklichkeit zertrümmert hat.

Die fünf Gruppen haben keine Überschriften. Jede Formel, jedes Zitat wäre eine belletristische Vereinfachung, eine schöne Ungenauigkeit. Dennoch lassen sich Benennungen finden: *I – Trauerarbeit*; dreißig Jahre deutsche Geschichte in der Erzählung, gesehen von Ost und West. Nicht dem Herausgeber, sondern den Erzählern ist es zu danken, daß hier fast mühelos und lückenlos eine Geschichte der deutschen Teilung von 1933 bis 1953 entstanden ist, wie man sie in Geschichtsbüchern so noch nicht lesen kann. *II – Gegenwart*; Autoren setzen sich in ihrem Gesellschaftssystem, in ihrer ganz unterschiedlichen Umwelt, mit der Wirklichkeit auseinander, wobei auch diesmal vom Kriegsende bis zum heutigen Tag ein Kontinuum in den Geschichten (und auch ungefähr nach dem Alter der Autoren) zu verfolgen ist, aus der Trümmerzeit herausführend bis in »das Neue« im Betrieb und auf dem Friedhof, in der Mentalität und in der Art und Weise des Zusammenlebens. Auch der Wandel der Sprache wird sichtbar. *III – Zeitloses,* oder doch Wiederkehrendes; Geburt und Tod, Verbrechen und Vergebung, Leidenschaft und Verzweiflung. Psychologie muß nicht unbedingt Mangel an Aktualität nach sich ziehen. In diesen Geschichten ist eine Erregung, die für meine Begriffe den Verdacht des »Eskapismus« widerlegt. Ohne diese Gruppe von Erzählungen wäre jede Sammlung ihres Herzstücks beraubt. *IV – Gegenwelt*; Satire und Groteske, nicht um ihrer selbst willen, sondern als Rettung aus einer Verzweiflung, manchmal nur ins Lachen, in den schwarzen Humor, oft aber auch in die blitzartige Helligkeit einer Erkenntnis, über den Menschen, über unsre immer komplizierter werdende Welt. Es wäre zu billig, nur von Scherz zu sprechen, oder gar von Kafka. Die deutsche Literatur hat sich des Sprachwitzes, hat sich der politischen Satire als einer eigenständigen Komponente nicht zu schämen.

V – Kreuzwegzeit; in parabelartigen und surrealen Texten wird die Wirklichkeit »zu poetischen Zeichen verdichtet« (Wolfgang R. Langenbucher).
Die Sprache hat hier höchste dichterische Eigenart, einige dieser phantastischen Entwürfe werden wohl zum Besten gehören, was die Literaturgeschichte aus diesen drei Jahrzehnten deutschsprachiger Prosa verzeichnen wird. Dies ist nur eine Vermutung, keine Wertung, die dem Herausgeber nicht ansteht; aber seine Liebe zum Phantastischen, das die Abgründe menschlicher Existenz auslotet, muß er nicht verschweigen.
Damit fällt noch einmal der Name Kafka. Kein Zweifel, daß nur seine Dichtungen von seinem Dasein vollkommen gedeckt waren, daß man also nicht schreiben kann »wie Kafka«, ohne die Konsequenzen und Erfahrungen seines Daseins. Aber zugleich ist das von ihm Geschriebene Literatur; seine Sprache und seine Kurzformen haben Folgen gehabt, auch für diejenigen, deren Diktion, deren Absichten und Darstellungsweisen ganz andere sind. So kann man in der Tat, außer von Brecht, auch von Kafka sprechen, wenn man an Wirkung und Nachfolge denkt. Daseinsangst und Ohnmacht, aber auch der Humor des Traumes sind seit Kafka darstellbarer geworden. Und daß Daseinsangst und Ohnmacht angesichts einer immer absurder werdenden Welt – sei sie nun unangemessen restaurativ oder technisch ver-rückt – zu den Grunderfahrungen von heute gehören, ist unleugbar, und wie sollten Schriftsteller davon verschont bleiben? Auch das ist »Haltung«, kritische Haltung, wenn man will, und es endet der Band mit der tiefsten Realitätserfahrung, die denkbar ist: mit Wolfgang Koeppens »Thanatologie«.
Aber was ist eigentlich Realität in diesen über hundert Beispielen erzählerischer Prosa? Besitzt jeder Autor eine andere Realität, mithin auch eine andre Vorstellung von Realismus? Ließe sich auch eine Einteilung nach solchen Realismen treffen? »Die deutsche Nachkriegsliteratur auf feste Konturen bringen heißt soviel wie ihr Bild verzeichnen« (Karl August Horst). Gewiß, die Wirklichkeit ist unser Verbündeter. Nun glaubten wir lange Zeit nach dem Krieg, wie sich die Wissenschaft gegenüber der Wirklichkeit verhalte, so müsse sich auch die Literatur verhalten: also ihre Erkenntnisse berücksichtigen, die Einsteinsche Formel, die Relativitätstheorie, die Quantenphysik, die atomare Wirklichkeit oder Spaltung – was dabei herauskam, war meist unlesbar. Eine Zeitlang schien sich wenigstens die Heisenbergsche Unschärfe in »Mutmaßungen« abzubilden – es blieb dabei, und es war etwas ganz andres. Offenbar ist die Wissenschaft vom Menschen nicht vergleichbar mit der Wissenschaft von der übrigen Natur, eine wissenschaftlich verzettelte Erzählung hat es nie weit gebracht. »Die Zuständigkeit der Poesie beginnt da, wo die übrigen Weisen sprachlicher Mittei-

lung, die alltägliche Rede und die wissenschaftliche Fachsprache, an ihre vom Gegenstand her gesetzte Grenze gelangen« (Theodor Weißenborn). Natürlich müssen Autoren lernen, unter anderem aus der Gesellschaftswissenschaft, der Historie, der Verhaltensforschung, aber das steht auf einem anderen Blatt. Ihre Methoden bleiben andere, auch ihre Ausdrucksweisen. »Poetische Gestalt und wissenschaftliche Sachbeschreibung – ebenso wie intuitive Einfühlung und rationales Denken – können einander ergänzen und stützen als zwar verschiedene, aber auf ein gemeinsames Ziel gerichtete Weisen der Realitätserfahrung, indem beide Methoden, jede mit ihren spezifischen Mitteln, von verschiedenen Seiten dasselbe Objekt angehen«, schreibt der Erzähler Weißenborn. Insofern gibt es, was realistisches Erzählen betrifft, nicht viel Neues unter der Sonne. Was sich gegebenenfalls verändert, ist die Stellung des Schriftstellers in der Gesellschaft. Damit zusammen hängt der Glaube an sich selber, auch an die Funktion des »Erzählers« in der Prosa.

Immer mal wieder wird der allwissende Erzähler abgeschafft, dann kehrt er zurück durch die Hintertür des erzählenden »Ich«, des autobiographischen oder pseudo-autobiographischen Textes (Mitte der sechziger Jahre waren plötzlich die meisten neuen Romane in der Ich-Form geschrieben). Lange Zeit glaubte man auch an die rettende Lösung der »Rollenprosa«. Sie war Anfang der sechziger Jahre fast eine Mode. Derlei schleift sich ab, wenn bestimmte, neue Chancen, Personen psychisch zu vergegenwärtigen, genutzt und erschöpft sind. Geblieben sind allerdings einige große Beispiele, bedeutende Erzählungen dieser Jahrzehnte: sie stehen am Ende von Teil III (Muschg, Eisenreich, Weißenborn). Erstaunlich nicht, daß sie ihre Verwandtschaft auch im Stofflichen bewähren: wie hier die Ausdrucksweise der keineswegs etwa primitiven, sondern einfachen, geschundenen Kreatur mimetisch getroffen wird, das zeigt die Möglichkeiten dieser Methode in ihrer Vollendung. Einige nicht weniger eindrucksvolle Prosastücke stehen in ihrer Nachbarschaft ...

Damit gibt der Anthologist seine Subjektivität noch einmal zu. Aber eine Anthologie ist ja nicht etwa das Ergebnis von Sammlerfleiß. Da ließen sich viele schlechte Bände zusammenbringen, man muß nur sammeln. Nein, viele Stücke dieses Bandes sind mir nach immer wiederholter Lektüre ans Herz gewachsen, sie haben mich begleitet, ich habe sie für mich entdeckt und hoffe sie dem Leser zu entdecken: Brandstetter und Behnisch und Helga Schütz, Barbara Frischmuth und Jutta Schutting, Botho Strauß und Jan Lustig, Hans Daiber und Irmtraud Morgner. Dabei gab es keine »negative« Auswahl. Einige bekannte Autoren, die fehlen (sehr wenige), haben keine Erzählungen geschrieben, die vom Umfang her gegenüber allen anderen zu verantworten gewesen wären – und Romanausschnitte wurden grundsätzlich nicht aufgenommen. Einige wenige Abdrucksrechte, leider auch aus der DDR, waren nicht beizubringen. Im übrigen sollten sich das Bekannte und das »Entdeckte« die Waage halten. Überschneidungen mit anderen Anthologisten waren unvermeidbar. Der Herausgeber möchte ihnen, seinen Vorläufern, sogar eigens danken. Marcel Reich-Ranicki, Benno von Wiese, Willi Fehse, Horst Bingel und andere haben Vorarbeit geleistet, so wie dieser Band einem anderen Anthologisten, in zehn, zwanzig Jahren, Vorarbeit leisten wird. Der Anstoß zu dieser Sammlung und zu den Gedanken, die hier im Nachwort zusammengetragen sind, kam übrigens nicht aus theoretischer Beschäftigung mit der erzählenden Literatur, sondern aus dem Erlebnis dreier Jahrzehnte, die der Herausgeber als Autor, als Erzähler miterlebt und an sich erfahren hat – was ihn beeindruckte, was ihn reizte, was ihm gefiel, was ihn freundschaftlich berührte, hat er festzuhalten versucht, und also muß er allen hier versammelten Autoren danken, deren Zeitgenosse er ist und denen er diese Anthologie als einen Spiegel vorhält und widmet.

Martin Gregor-Dellin

Autorenverzeichnis dem Wohnsitz nach

BUNDESREPUBLIK DEUTSCHLAND

Baumgart · Behnisch · Bender · Bergengruen · Bieler · Bienek · Bingel · Böll · Borchert · Brückner · Daiber · Drewitz · Fels · Flake · Fritz · Fuchs · Gaiser · Grass · von der Grün · Hartlaub · Heckmann · Herburger · Horst · Janker · Jokostra · Jünger · Kaschnitz · Kluge · König · Koeppen · Konjetzky · Kreuder · Kusenberg · Langgässer · H. Lenz · S. Lenz · Lustig · Mechtel · Meckel · Mühlberger · Nonnenmann · Nossack · Ossowski · Piontek · Reding · Rehn · Reinig · Richter · Schallück · Schirmbeck · Schmidt · Schnell · Schnurre · Seuren · Strauß · Walser · Weißenborn · Wellershoff · Weyrauch · Wohmann · Wondratschek · Ziem · Zwerenz

Wohnsitz im Ausland

Adler · Andersch · Eich · Hildesheimer · Kesten · Lettau · Lind · Rinser · Valentin

DEUTSCHE DEMOKRATISCHE REPUBLIK

Bobrowski · Fühmann · Hermlin · Heym · Jentzsch · H. Kant · U. Kant · Kohlhaase · Kunert · Morgner · Schütz · Seghers

ÖSTERREICH

Aichinger · Amanshauser · Artmann · Bachmann · Bauer · Bernhard · Brandstetter · von Doderer · Eisenreich · Frischmuth · Handke · Scharang · Schutting · Zand

SCHWEIZ

Bichsel · Brambach · Dürrenmatt · Federspiel · Frisch · Hesse · Hohler · Marti · Meier · Muschg · Vogt

Autorenverzeichnis dem Alter nach

Hermann Hesse 1877–1962
Otto Flake 1880–1963
Werner Bergengruen 1892–1964
Heimito von Doderer 1896–1966
Friedrich Georg Jünger 1898
Elisabeth Langgässer 1899–1950
Hermann Kesten 1900
Anna Seghers 1900
Hans Erich Nossack 1901
Marie Luise Kaschnitz 1901–1974
Jan Lustig 1902
Josef Mühlberger 1903
Ernst Kreuder 1903–1972
Kurt Kusenberg 1904
Wolfgang Koeppen 1906
Günter Eich 1907–1972
Wolfgang Weyrauch 1907
Gerd Gaiser 1908
Hans Werner Richter 1908
H. G. Adler 1910
Luise Rinser 1911
Max Frisch 1911
Peter Jokostra 1912
Hermann Lenz 1913
Stefan Heym 1913
Karl August Horst 1913–1973
Arno Schmidt 1914
Alfred Andersch 1914
Heinrich Schirmbeck 1915
Stephan Hermlin 1915
Geno Hartlaub 1915
Robert Wolfgang Schnell 1916
Wolfgang Hildesheimer 1916
Rainer Brambach 1917
Johannes Bobrowski 1917–1965
Heinrich Böll 1917
Jens Rehn 1918
Hans Bender 1919

Franz Joachim Behnisch 1920
Wolfdietrich Schnurre 1920
Friedrich Dürrenmatt 1921
Kurt Marti 1921
Wolfgang Borchert 1921–1947
H. C. Artmann 1921
Ilse Aichinger 1921
Christine Brückner 1921
Thomas Valentin 1922
Franz Fühmann 1922
Paul Schallück 1922
Josef W. Janker 1922
Klaus Nonnenmann 1922
Ingeborg Drewitz 1923
Herbert Zand 1923–1970
Herbert Eisenreich 1925
Gerhard Zwerenz 1925
Leonie Ossowski 1925
Barbara König 1925
Dieter Wellershoff 1925
Heinz Piontek 1925
Siegfried Lenz 1926
Ingeborg Bachmann 1926–1973
Max von der Grün 1926
Martin Gregor-Dellin 1926
Hermann Kant 1926
Christa Reinig 1926
Jakov Lind 1927
Martin Walser 1927
Hans Daiber 1927
Walter Vogt 1927
Günter Grass 1927
Günter Bruno Fuchs 1928
Gerhard Amanshauser 1928
Herbert Meier 1928
Günter Kunert 1929
Josef Reding 1929
Reinhard Baumgart 1929

Walter Helmut Fritz 1929
Reinhard Lettau 1929
Horst Bienek 1930
Herbert Heckmann 1930
Thomas Bernhard 1931
Wolfgang Kohlhaase 1931
Jürg Federspiel 1931
Alexander Kluge 1932
Jochen Ziem 1932
Günter Herburger 1932
Gabriele Wohmann 1932
Günter Seuren 1932
Irmtraud Morgner 1933
Theodor Weißenborn 1933
Horst Bingel 1933
Adolf Muschg 1934
Manfred Bieler 1934

Peter Bichsel 1935
Christoph Meckel 1935
Uwe Kant 1936
Helga Schütz 1937
Jutta Schutting 1937
Alois Brandstetter 1938
Bernd Jentzsch 1940
Wolfgang Bauer 1941
Michael Scharang 1941
Barbara Frischmuth 1941
Peter Handke 1942
Franz Hohler 1943
Wolf Wondratschek 1943
Klaus Konjetzky 1943
Angelika Mechtel 1943
Botho Strauß 1944
Ludwig Fels 1946

Alphabetisches bio-bibliographisches Autorenverzeichnis

Wo das Jahr der Entstehung oder des Erstdrucks erheblich von der Buchver-öffentlichung abweicht, die als Quelle diente, ist dies durch eine in eckige Klammern gesetzte Jahreszahl hinter dem Titel der Erzählung kenntlich gemacht.

H. G. ADLER

Geb. 1910 in Prag, lebt in London, schrieb Romane, Erzählungen, Lyrik, Essays, u. a.: »Die Juden in Deutschland. Von der Aufklärung bis zum Nationalsozialismus«, 1960/61; »Unser Georg und andere Geschichten«, 1961; »Eine Reise«, Erzählung, 1962; »Die Erfahrung der Ohnmacht«, 1964; »Panorama«, Roman, 1968; »Kontraste und Variationen«, Essays, 1969; »Ereignisse«, Erzählungen, 1969.

»Erfüllte Prophezeiung« aus: »Ereignisse« (1969). Abdruck mit Genehmigung des Autors.

Seite 359

ILSE AICHINGER

Geb. 1921 in Wien, lebt in Bayerisch-Gmain/Oberbayern, schrieb Romane, Erzählungen, Hörspiele, Gedichte, u. a.: »Die größere Hoffnung«, Roman, 1948; »Der Gefesselte«, Erzählungen, 1953; »Zu keiner Stunde«, Szenen, 1957; »Wo ich wohne«, Erzählungen, Dialoge, Gedichte, 1963; »Eliza Eliza«, Erzählungen, 1965; »Auckland«, Hörspiele, 1969; »Nachricht vom Tag«, Erzählungen, 1970; »Dialoge, Erzählungen, Gedichte«, 1971.

»Mein Vater aus Stroh« aus: »Eliza Eliza« © S. Fischer Verlag, Frankfurt/Main, 1965.

Seite 421

GERHARD AMANSHAUSER

Geb. 1928 in Salzburg, schrieb Erzählungen, Satiren, Essays, u. a.: »Aus dem Leben der Quaden«, 1968; »Der Deserteur«, Erzählungen, 1970;

»Satz und Gegensatz«, Essays, 1972; »Ärgernisse eines Zauberers«, Satiren und Marginalien, 1973.

»Die fahrlässige Tötung« aus: »Der Deserteur« (1970). Abdruck mit Genehmigung des Residenz Verlags, Salzburg.

Seite 290

ALFRED ANDERSCH

Geb. 1914 in München, lebt in Berzona/Tessin, schrieb Erzählungen, Romane, Lyrik, Hörspiele, Essays, u. a.: »Geister und Leute«, Erzählungen, 1958; »Die Rote«, Roman, 1960; »Ein Liebhaber des Halbschattens«, Prosa, 1963; »Efraim«, Roman, 1967; »Gesammelte Erzählungen«, 1971; »Winterspelt«, Roman, 1974.

»Ein Auftrag für Lord Glouster« aus: Alfred Andersch, »Gesammelte Erzählungen« © by Diogenes Verlag, Zürich, 1971.

Seite 465

H. C. ARTMANN

Geb. 1921 in St. Achatz am Walde/Österreich, lebt in Malmö/Schweden, schrieb Lyrik, Prosa, Dramatik, u. a.: »med ana schwoazzn dintn«, Gedichte, 1958/59; »Schnee auf einem heißen Brotwecken & c.«, 1964; »Dracula, Dracula, ein transsylvanischer Text«, 1966; »François Villon: baladn«, 1968; »Die Anfangsbuchstaben der Flagge«, Geschichten, 1969; »How much, Schatzi«, 1971; »Von der Wiener Seite«, Geschichten, 1972.

»Im schwarzen Meer« aus: »Die Anfangsbuchstaben der Flagge« (1969). Abdruck mit Genehmigung des Residenz Verlags, Salzburg.

Seite 403

INGEBORG BACHMANN

Geb. 1926 in Klagenfurt, gest. 1973 in Rom, schrieb Lyrik, Hörspiele, Erzählungen, u. a.: »Die gestundete Zeit«, Gedichte, 1953; »Anrufung des Großen Bären«, Gedichte, 1956; »Der gute Gott von Manhattan«, Hörspiel, 1958; »Das dreißigste Jahr«, Erzählungen, 1961; »Gedichte, Erzählungen, Hörspiel, Essays«, 1964; »Ein Ort für Zufälle«, Prosa, 1965; »Malina«, Roman, 1971; »Simultan«, Neue Erzählungen, 1972.

»Undine geht« aus: »Das dreißigste Jahr« (1961). Abdruck mit Genehmigung des R. Piper & Co. Verlags, München.

Seite 411

WOLFGANG BAUER

Geb. 1941 in Graz, lebt in Graz, schrieb Erzählungen, Hörspiele, Romane, Dramen, u. a.: »Mikro-Dramen«, 1964; »Der Fieberkopf«, Roman, 1967; »Magic Afternoon«, Stücke, 1969.

»Tantismus« [1966]: Abdruck mit Genehmigung der Nymphenburger Verlagshandlung, München.

Seite 371

REINHARD BAUMGART

Geb. 1929 in Breslau, lebt in Grünwald bei München, schrieb Romane, Erzählungen, Essays, u. a.: »Der Löwengarten«, Roman, 1961; »Hausmusik. Ein deutsches Familienalbum«, Erzählungen, 1962; »Panzerkreuzer Potjomkin«, Erzählungen, 1967; »Horizonte und Fassaden. 20 Essays über Literatur und Gesellschaft«, 1973.

»Sieben rote Fahnen« [1961] aus: »Hausmusik« (1962). Abdruck mit Genehmigung des Hermann Luchterhand Verlags, Darmstadt.

Seite 19

FRANZ JOACHIM BEHNISCH

Geb. 1920 in Berlin, lebt in Weiden/Oberpfalz, schrieb Lyrik, Prosa, u. a.: »Assisi«, Gedichte, 1954; »Rummelmusik«, Berliner Roman, 1966.

»Die Grabwespen« [1961]: Abdruck mit Genehmigung des Autors.

Seite 143

HANS BENDER

Geb. 1919 in Mühlhausen bei Heidelberg, lebt in Köln, schrieb Gedichte, Erzählungen, Romane, u. a.: »Fremde soll vorüber sein«, Gedichte, 1951; »Eine Sache wie die Liebe«, Roman, 1954, 1965; »Wölfe und Tauben«, Erzählungen, 1957; »Wunschkost«, Roman, 1959; »Mit dem Postschiff«, Erzählungen, 1962; »Aufzeichnungen einiger Tage«, 1971.

»*Die Wölfe kommen zurück*« aus: »Wölfe und Tauben« (1957). Abdruck mit Genehmigung des Carl Hanser Verlags, München.

Seite 86

WERNER BERGENGRUEN

Geb. 1892 in Riga, gest. 1964 in Baden-Baden, schrieb Romane, Erzählungen, Lyrik, u. a.: »Der Großtyrann und das Gericht«, Roman, 1935; »Am Himmel wie auf Erden«, Roman, 1940; »Dies irae«, Gedichte, 1945; »Das Feuerzeichen«, Roman, 1949; »Zorn, Zeit und Ewigkeit«, Erzählungen, 1959; »Der dritte Kranz«, Roman, 1962.

»*Der Schutzengel*« aus: »Zorn, Zeit und Ewigkeit«, Erzählungen, © Copyright 1959 by Verlags-AG »Die Arche«, Peter Schifferli, Zürich.

Seite 447

THOMAS BERNHARD

Geb. 1931 in Heerlen/Holland, lebt in Ohlsdorf/Oberösterreich, schrieb Prosa, Romane, Stücke, u. a.: »Auf der Erde und in der Hölle«, Gedichte, 1957; »Frost«, Roman, 1963; »Verstörung«, Roman, 1967; »An der Baumgrenze«, Erzählungen, 1969; »Das Kalkwerk«, Roman, 1970; »Der Ignorant und der Wahnsinnige«, Stück, 1972; »Die Macht der Gewohnheit«, Komödie, 1974.

»*An der Baumgrenze*« aus: »An der Baumgrenze« (1969). Abdruck mit Genehmigung des Residenz Verlags, Salzburg.

Seite 335

PETER BICHSEL

Geb. 1935 in Luzern, lebt in Bellach/Schweiz, schrieb Prosa, Lyrik, u. a.: »Eigentlich möchte Frau Blum den Milchmann kennenlernen«, Kurze Prosa, 1964; »Kindergeschichten«, 1969; »Des Schweizers Schweiz«, 1969.

»*Die Tante*«: © Peter Bichsel, »Eigentlich möchte Frau Blum den Milchmann kennenlernen«, Walter-Verlag AG, Olten, 1964.

Seite 293

MANFRED BIELER

Geb. 1934 in Zerbst/Sachsen, lebt in München, schrieb Dramen, Hörspiele, Romane, Erzählungen, Essays, Filme, u. a.: »Der Schuß auf die Kanzel«, Parodien, 1958; »Meine Tanten«, Erzählungen, 1964; »Der junge Roth«, Erzählungen, 1968; »Maria Morzeck oder Das Kaninchen bin ich«, Roman, 1969; »Drei Rosen aus Papier«, Hörspiel, 1970; »Der Passagier«, Erzählung, 1971.

»*Barbo spricht*« aus: »Der junge Roth« (1968). Abdruck mit Genehmigung des Hoffmann und Campe Verlags, Hamburg.

Seite 398

HORST BIENEK

Geb. 1930 in Gleiwitz/Oberschlesien, lebt in München, schrieb Gedichte, Erzählungen, Romane, Essays, Filme, u. a.: »Traumbuch eines Gefangenen«, Gedichte, 1957; »Nachtstücke«, Erzählungen, 1959; »was war was ist«, Gedichte, 1966; »Die Zelle«, Roman, 1968; »Bakunin, eine Invention«, Roman, 1970; »Solschenizyn und andere«, Essays, 1972.

»*Der Verurteilte*« aus: »Nachtstücke« (1959). Abdruck mit Genehmigung des Carl Hanser Verlags, München.

Seite 129

HORST BINGEL

Geb. 1933 in Korbach/Hessen, lebt in Frankfurt/Main, schrieb Lyrik, Erzählungen, Essays, u. a.: »Auf der Ankerwinde zu Gast«, Gedichte, 1960; »Die Koffer des Felix Lumpach«, Geschichten, 1962; »Herr Sylvester wohnt unter dem Dach«, Erzählungen, 1967.

»*Kennen Sie Herrn Sporleder?*« aus: »Die Koffer des Felix Lumpach« (1962). Abdruck mit Genehmigung des Deutschen Taschenbuch Verlags, München.

Seite 374

JOHANNES BOBROWSKI

Geb. 1917 in Tilsit, gest. 1965 in Berlin, schrieb Gedichte, Romane, Erzählungen, u. a.: »Schattenland Ströme«, Gedichte, 1962; »Boehlendorf und andere Erzählungen«, 1965; »Mäusefest«, Erzählungen, 1965; »Litauische Claviere«, Roman, 1966.

»*Begebenheit*« aus: »Boehlendorff und andere Erzählungen« (1965). Abdruck mit Genehmigung der Deutschen Verlagsanstalt, Stuttgart.

Seite 242

HEINRICH BÖLL

Geb. 1917 in Köln, lebt in Köln, schrieb Romane, Erzählungen, Hörspiele, Essays, u. a.: »Wanderer, kommst du nach Spa...«, Erzählungen, 1950; »Und sagte kein einziges Wort«, Roman, 1953; »Haus ohne Hüter«, Roman, 1954; »Das Brot der frühen Jahre«, Erzählung, 1955; »Bilanz«, Hörspiel, 1957; »Doktor Murkes gesammeltes Schweigen und andere Satiren«, 1958; »Billard um halbzehn«, Roman, 1959; »Erzählungen, Hörspiele, Aufsätze«, 1961; »Ansichten eines Clowns«, Roman, 1963; »Entfernung von der Truppe«, Erzählungen, 1964; »Gruppenbild mit Dame«, Roman, 1971; »Die verlorene Ehre der Katharina Blum«, Roman, 1974.

»*Daniel, der Gerechte*« [1954] aus: »Erzählungen, Hörspiele, Aufsätze«, © 1961 by Verlag Kiepenheuer & Witsch, Köln.

Seite 11

WOLFGANG BORCHERT

Geb. 1921 in Hamburg, gest. 1947 in Basel, schrieb Gedichte, Prosa, ein Schauspiel, u. a.: »Laterne, Nacht und Sterne«, Gedichte, 1946; »An diesem Dienstag«, Erzählungen, 1947; »Die Hundeblume«, Erzählungen, 1947; »Draußen vor der Tür«, Hörspiel, Theaterstück, 1947; »Das Gesamtwerk«, 1949; »Die traurigen Geranien«, Erzählungen aus dem Nachlaß, 1962.

»*Jesus macht nicht mehr mit*« [1946] aus: Wolfgang Borchert, »Das Gesamtwerk«, © Rowohlt Verlag GmbH, Hamburg, 1949.

Seite 57

RAINER BRAMBACH

Geb. 1917 in Basel, lebt in Basel, schrieb Lyrik, Kurzgeschichten, u. a.: »Tagwerk«, Gedichte, 1959; »Wahrnehmungen«, Prosa, 1969; »Ich fand

516

keinen Namen dafür«, Gedichte, 1969; »Für sechs Tassen Kaffee«, Erzählungen, 1972.

»*Känsterle*« aus: Rainer Brambach, »Für sechs Tassen Kaffee«, © by Diogenes Verlag, Zürich, 1972.

Seite 372

ALOIS BRANDSTETTER

Geb. 1938 in Pichl/Oberösterreich, schrieb Prosa, u. a.: »Über Untermieter«, 1969; »Überwindung der Blitzangst«, Prosatexte, 1971; »Ausfälle. Natur- und Kunstgeschichten«, 1972.

»*Schweinernes*« aus: »Überwindung der Blitzangst« (1971). Abdruck mit Genehmigung des Residenz Verlags, Salzburg.

Seite 48

CHRISTINE BRÜCKNER

Geb. 1921 in Schmillinghausen/Waldeck, lebt in Kassel, schrieb Romane, Erzählungen, Hörspiele, u. a.: »Ehe die Spuren verwehen ...«, Roman, 1954; »Die Zeit danach«, Roman, 1961; »Bella Vista«, Erzählungen, 1963; »Wie Sommer und Winter«, Roman, 1971; »Überlebensgeschichten«, Erzählungen, 1973.

»*In stillem Gedenken*« [1955] aus: »Überlebensgeschichten« (1973). Abdruck mit Genehmigung des Verlags Ullstein GmbH, Berlin.

Seite 222

HANS DAIBER

Geb. 1927 in Breslau, lebt in Hoffnungsthal bei Köln, schrieb Romane, Erzählungen, Filme, u. a.: »Argumente für Lazarus«, Erzählungen, 1966; »Doppelspiel«, Roman, 1969.

»*Es steht geschrieben*« [1964] aus: »Argumente für Lazarus – komische, ironische, drakonische Geschichten« (1966). Abdruck mit Genehmigung des Autors.

Seite 383

HEIMITO VON DODERER

Geb. 1896 in Weidlingau bei Wien, gest. 1966 in Wien, schrieb Romane, Erzählungen, u. a.: »Ein Mord, den jeder begeht«, Roman, 1938; »Die Strudlhofstiege«, Roman, 1951; »Die Dämonen«, Roman, 1956; »Die Peinigung der Lederbeutelchen«, Erzählungen, 1959; »Die Wasserfälle von Slunj«, Roman, 1963; »Unter schwarzen Sternen«, Erzählungen, 1966.

»Die Dogge Wanda« aus: »Die Peinigung der Lederbeutelchen« (1959). Abdruck mit Genehmigung des Biederstein Verlags, München.

Seite 452

INGEBORG DREWITZ

Geb. 1923 in Berlin, lebt in Berlin-West, schrieb Hörspiele, Dramen, Erzählungen, Romane, u. a.: »Die Stadt ohne Brücke«, Drama, 1955; »Und hatte keinen Menschen«, Erzählungen, 1955, 1960; »Die Kette«, Hörspiel, 1961; »Das Karussell«, Roman, 1963; »Im Zeichen der Wölfe«, Erzählungen, 1963; »Die fremde Braut«, Erzählungen, 1968; »Oktoberlicht«, Roman, 1969; »Wer verteidigt Katrin Lambert?«, Roman, 1974.

»Der eine, der andere« [1970]. Abdruck mit Genehmigung der Nymphenburger Verlagshandlung, München.

Seite 171

FRIEDRICH DÜRRENMATT

Geb. 1921 in Konolfingen bei Bern, lebt in Neuchâtel/Schweiz, schrieb Dramen, Hörspiele, Romane, Erzählungen, u. a.: »Die Stadt«, Prosa, 1952 u. Neuausg.; »Die Ehe des Herrn Mississippi«, Drama, 1952; »Der Richter und sein Henker«, Roman, 1952; »Ein Engel kommt nach Babylon«, Komödie, 1954; »Der Besuch der alten Dame«, Komödie, 1956; »Die Panne. Eine noch mögliche Geschichte«, 1961, 1970; »Die Physiker«, Drama, 1962; »Der Sturz«, Novelle, 1971.

»Der Tunnel« aus: Friedrich Dürrenmatt, »Die Stadt. Frühe Prosa«, © Copyright 1952 by Verlags-AG »Die Arche«, Peter Schifferli, Zürich.

Seite 434

GÜNTER EICH

Geb. 1907 in Lebus an der Oder, gest. 1972 in Salzburg, schrieb Lyrik, Hörspiele, Prosa, u. a.: »Abgelegene Gehöfte«, Gedichte, 1948; »Träume«, Hörspiele, 1953; »Stimmen«, Hörspiele, 1958; »Zu den Akten«, Gedichte, 1964; »Maulwürfe«, Prosa, 1968; »Ein Tibeter in meinem Büro«, 1970.

»Notizblatt eines Tänzers« aus: »Maulwürfe« (1968). Abdruck mit Genehmigung des Suhrkamp Verlags, Frankfurt/Main.

Seite 353

HERBERT EISENREICH

Geb. 1925 in Linz, lebt in Wien, schrieb Erzählungen, Hörspiele, Romane, Essays, u. a.: »Einladung deutlich zu leben«, Erzählungen, 1952; »Auch in ihrer Sünde«, Roman, 1953; »Wovon wir leben und woran wir sterben«, Hörspiel, 1958; »Die Freunde meiner Frau«, Kurzgeschichten, 1966; »Ein schöner Sieg und 21 andere Mißverständnisse«, 1973.

»Ein Beispiel christlicher Nächstenliebe« (1968): Abdruck mit Genehmigung des Autors.

Seite 342

JÜRG FEDERSPIEL

Geb. 1931 in Winterthur, lebt in Basel, schrieb Erzählungen, Romane, Hörspiele, u. a.: »Orangen und Tode«, Erzählungen, 1961; »Massaker im Mond«, Roman, 1963; »Der Mann, der Glück brachte«, Erzählungen, 1966; »Die Märchentante«, Erzählungen, 1970.

»Orangen vor ihrem Fenster« [1959] aus: »Orangen und Tode« (1961). Abdruck mit Genehmigung des R. Piper & Co. Verlags, München.

Seite 73

LUDWIG FELS

Geb. 1946, schrieb Prosa, u. a.: »Anläufe«, 1972; »Platzangst«, Geschichten, 1974.

»Warten« aus: »Platzangst« (1974). Abdruck mit Genehmigung des Hermann Luchterhand Verlags, Darmstadt.

Seite 226

OTTO FLAKE

Geb. 1880 in Metz, gest. 1963 in Baden-Baden, schrieb Romane, Erzählungen, Essays, u. a.: »Sommerroman«, 1927; »Fortunat«, Roman, 1946; »Old Man«, Roman, 1947; »Monthivermädchen«, Roman, 1952; »Schloß Ortenau«, Roman, 1955; »Erzählungen« (1915–1963), 1973.

»Die Versuchung des Richters« [1952] aus: »Erzählungen«. © S. Fischer Verlag, Frankfurt/Main 1973.

Seite 156

MAX FRISCH

Geb. 1911 in Zürich, lebt in Uetikon bei Zürich, schrieb Theaterstücke, Erzählungen, Romane, u. a.: »Die Chinesische Mauer«, Farce, 1946, 1955; »Graf Öderland«, Spiel, 1950, 1961; »Tagebuch 1946–1949«, 1950, 1965; »Don Juan oder Die Liebe zur Geometrie«, Komödie, 1952; »Stiller«, Roman, 1954; »Homo Faber«, Bericht, 1957; »Biedermann und die Brandstifter. Ein Lehrstück ohne Lehre«, 1957/58; »Andorra«, Stück, 1960; »Ausgewählte Prosa«, 1961; »Mein Name sei Gantenbein«, Roman, 1964.

»Der andorranische Jude« aus: »Tagebuch 1946–1949«. Abdruck mit Genehmigung des Suhrkamp Verlags, Frankfurt/Main.

Seite 418

BARBARA FRISCHMUTH

Geb. 1941, lebt in Oberweiden/Österreich, schrieb Prosa, u. a.: »Die Klosterschule«, 1968; »Geschichten für Stanek«, 1969; »Amoralische Kinderklapper«, 1969; »Rückkehr zum vorläufigen Ausgangspunkt«, Erzählungen, 1973; »Das Verschwinden des Schattens in der Sonne«, Roman, 1974.

»Schimäre« aus: »Die Klosterschule« (1968). Abdruck mit Genehmigung des Suhrkamp Verlags, Frankfurt/Main.

Seite 490

WALTER HELMUT FRITZ

Geb. 1929 in Karlsruhe, lebt in Karlsruhe, schrieb Gedichte, Romane, Hörspiele, Prosa, Essays, u. a.: »Veränderte Jahre«, Gedichte, 1963; »Umwege«, Erzählungen, 1964; »Abweichung«, Roman, 1965; »Bemerkungen zu einer Gegend«, Prosa, 1969; »Die Verwechslung«, Roman, 1970; »Die Besucher«, Theaterstück, 1971; »Aus der Nähe«, Gedichte, 1972; »Die Beschaffenheit solcher Tage«, Roman, 1972.

»*Das Schweigen vieler Jahre*« [1963] aus: »Umwege« (1964). Abdruck mit Genehmigung des Autors.

Seite 287

GÜNTER BRUNO FUCHS

Geb. 1928 in Berlin, lebt in Berlin-West, schrieb Gedichte, Prosa, u. a.: »Brevier eines Degenschluckers«, Gedichte und Prosa, 1960; »Pennergesang«, Gedichte und Chansons, 1965; »Bericht eines Bremer Stadtmusikanten«, Roman, 1968; »Handbuch für Einwohner«, Prosagedichte, 1970; »Der Bahnwärter Sandomir«, Roman, 1971; »Reiseplan für Westberliner«, Prosa, 1973.

»*Iwan Alexandrowitsch Gontscharow in Württemberg*« aus: »Reiseplan für Westberliner«, © 1973. Abdruck mit Genehmigung des Carl Hanser Verlags, München.

Seite 376

FRANZ FÜHMANN

Geb. 1922 in Rokytnice (ČSSR), lebt in Berlin-Ost, schrieb Gedichte, Erzählungen, u. a.: »Stürzende Schatten«, Erzählungen, 1958; »Spuk«, Erzählungen, 1961; »Die Richtung der Märchen«, Gedichte, 1962; »Der Jongleur im Kino oder Die Insel der Träume«, Erzählungen, 1970; »22 Tage oder die Hälfte des Lebens«, Impressionen, 1973.

»*Mein letzter Flug*« aus: »Der Jongleur im Kino oder Die Insel der Träume« (1970). Abdruck mit Genehmigung des VEB Hinstorff Verlags, Rostock.

Seite 28

GERD GAISER

Geb. 1908 in Oberriexingen/Württemberg, lebt in Reutlingen, schrieb Romane, Erzählungen, u. a.: »Zwischenland«, Erzählungen, 1949; »Die sterbende Jagd«, Roman, 1953; »Einmal und oft«, Erzählungen, 1956; »Schlußball«, Roman, 1958; »Gib acht in Domokosch«, Erzählungen, 1959; »Am Paß Nascondo«, Erzählungen, 1960; »Der Mensch, den ich erlegt hatte«, Erzählungen, 1966.

»Revanche« aus: »Gib acht in Domokosch« (1959). Abdruck mit Genehmigung des Carl Hanser Verlags, München.

Seite 445

GÜNTER GRASS

Geb. 1927 in Danzig, lebt in Berlin-West, schrieb Gedichte, Stücke, Romane, Erzählungen, Essays, u. a.: »Onkel, Onkel«, Stück, 1957; »Die Blechtrommel«, Roman, 1959; »Gleisdreieck«, Gedichte und Grafiken, 1960; »Katz und Maus«, Novelle, 1961; »Hundejahre«, Roman, 1963; »Die Plebejer proben den Aufstand«, Stück, 1966; »Örtlich betäubt«, Roman, 1969; »Ausgefragt«, Gedichte, 1970; »Aus dem Tagebuch einer Schnecke«, Prosa, 1973.

»Die Linkshänder« [1957]: Abdruck mit Genehmigung des Autors.

Seite 314

MARTIN GREGOR-DELLIN

Geb. 1926 in Naumburg/Saale, lebt in Gröbenzell bei München, schrieb Romane, Erzählungen, Essays, Hörspiele, u. a.: »Jakob Haferglanz«, Roman, 1956, 1963; »Der Mann mit der Stoppuhr«, Kurze Prosa, 1957; »Der Nullpunkt«, Roman, 1959; »Der Kandelaber«, Roman, 1962; »Möglichkeiten einer Fahrt«, Kurze Prosa, 1964; »Einer«, Roman, 1965; »Aufbruch ins Ungewisse«, Erzählungen, 1968; »Ferdinand wird totgeredet«, Hörspiel, 1970; »Richard Wagner – die Revolution als Oper«, 1973; »Föhn«, Roman, 1974.

Herausgeber der vorliegenden Anthologie.
Nachwort *Seite 497*

MAX VON DER GRÜN

Geb. 1926 in Bayreuth, lebt in Dortmund, schrieb Romane, Erzählungen, u. a.: »Männer in zweifacher Nacht«, Roman, 1962; »Fahrtunterbrechung«, Erzählungen, 1965; »Zwei Briefe an Pospischiel«, Roman, 1968; »Urlaub am Plattensee«, Erzählung, 1970; »Stellenweise Glatteis«, Roman, 1973.

»Der Betriebsrat« aus: »Fahrtunterbrechung und andere Erzählungen« (1965). Abdruck mit Genehmigung des Autors.

Seite 177

PETER HANDKE

Geb. 1942 in Markt Griffen/Kärnten, lebt in Kronberg/Ts., schrieb Romane, Erzählungen, Schauspiele, Gedichte, u. a.: »Publikumsbeschimpfung« und andere Sprechstücke, 1966; »Der Hausierer«, Roman, 1967; »Die Hornissen«, Roman, 1967; »Begrüßung des Aufsichtsrats«, Prosatexte, 1967; »Der Ritt über den Bodensee«, Schauspiel, 1969; »Die Angst des Tormanns beim Elfmeter«, Erzählungen, 1970; »Wunschloses Unglück«, Erzählung, 1972.

»Augenzeugenbericht« aus: »Begrüßung des Aufsichtsrats« (1967). Abdruck mit Genehmigung des Residenz Verlags, Salzburg.

Seite 334

GENO HARTLAUB

Geb. 1915 in Mannheim, lebt in Hamburg, schrieb Romane, Erzählungen, Feuilletons, u. a.: »Die Tauben von San Marco«, Roman, 1953; »Der große Wagen«, Roman, 1954; »Gefangene der Nacht«, Roman, 1961; »Nicht jeder ist Odysseus«, Roman, 1967; »Rot heißt auch schön«, Erzählungen, 1969; »Lokaltermin Feenteich«, Roman, 1972.

»Klassentag« aus: »Rot heißt auch schön« (1969). Abdruck mit Genehmigung des Claassen Verlags GmbH, Düsseldorf.

Seite 483

HERBERT HECKMANN

Geb. 1930 in Frankfurt/Main, lebt in Gronau/Bad Vilbel, schrieb Erzählungen, Romane, u. a.: »Das Portrait«, Erzählungen, 1958; »Benjamin und seine Väter«, Roman, 1962; »Schwarze Geschichten«, 1964; »Geschichten vom Löffelchen«, 1970; »Der große Knockout in sieben Runden«, 1972; »Der kleine Fritz«, Roman für Kinder, 1973; »Ubuville«, 1973.

»Das Henkersmahl« aus: »Schwarze Geschichten« (1964). Abdruck mit Genehmigung des Autors.

Seite 406

GÜNTER HERBURGER

Geb. 1932 in Isny/Allgäu, lebt in München, schrieb Hörspiele, Gedichte, Romane, Geschichten, u. a.: »Eine gleichmäßige Landschaft«, Erzählungen, 1964; »Wohnungen«, Hörspiel, 1965; »Ventile«, Gedichte, 1966; »Jesus in Osaka«, Zukunftsroman, 1970; »Birne kann alles«, 50 Abenteuergeschichten für Kinder, 1971; »Die Eroberung der Zitadelle«, 1972; »Die amerikanische Tochter«, Gedichte, Aufsätze, Hörspiel, Erzählung, Film, 1973.

»Ein Vormittag« aus: »Eine gleichmäßige Landschaft«, © 1964 by Verlag Kiepenheuer & Witsch, Köln.

Seite 202

STEPHAN HERMLIN

Geb. 1915 in Chemnitz, lebt in Berlin-Ost, schrieb Gedichte, Erzählungen, Essays, u. a.: »Die Zeit der Gemeinsamkeit«, Erzählung, 1949; »Die Zeit der Einsamkeit«, Erzählung, 1950; »Der Flug der Taube«, Gedichte, 1952; »Die Kommandeuse«, Erzählung, 1954; »Erzählungen«, 1966; »Scardanelli«, Hörspiel, 1970; »Lektüre«, Essays, 1973.

»Arkadien« [1949]: Abdruck mit Genehmigung des Klaus Wagenbach Verlags, Berlin.

Seite 62

HERMANN HESSE

Geb. 1877 in Calw, gest. 1962 in Montagnola/Tessin, schrieb Lyrik, Erzählungen, Romane, Essays, u. a.: »Peter Camenzind«, Roman, 1904; »Unterm Rad«, Roman, 1906; »Diesseits«, Erzählungen, 1907; »Demian«, Erzählung, 1919; »Siddharta«, Dichtung, 1922; »Der Steppenwolf«, Roman, 1927; »Narziß und Goldmund«, Erzählung, 1930; »Das Glasperlenspiel«, Roman, 1943; »Traumfährte«, Erzählungen, 1945.

»Ein Maulbronner Seminarist« [1954] aus: »Gesammelte Werke«. Abdruck mit Genehmigung des Suhrkamp Verlags, Frankfurt/Main.

Seite 231

STEFAN HEYM

Geb. 1913 in Chemnitz, lebt in Berlin-Ost, schrieb Romane, Erzählungen, u. a.: »Schatten und Licht«, Erzählungen, 1960; »Die Papiere des Andreas Lanz«, Roman, 1963; »Lassalle«, Roman, 1969; »Die Schmähschrift«, Erzählung, 1970; »Der König-David-Bericht«, Roman, 1972.

»*Mein verrückter Bruder*« [1959] aus: »Schatten und Licht« (1960). © Verlagsgruppe Bertelsmann GmbH/C. Bertelsmann Verlag, München, Gütersloh.

Seite 115

WOLFGANG HILDESHEIMER

Geb. 1916 in Hamburg, lebt in Poschiavo/Schweiz, schrieb Romane, Erzählungen, Dramen, Hörspiele, u. a.: »Lieblose Legenden«, Kurzgeschichten, 1952; »Paradies der falschen Vögel«, Roman, 1953; »Ich trage eine Eule nach Athen«, Kurzgeschichten, 1956; »Tynset«, Roman, 1965; »Mary Stuart«, Drama, 1971.

»*Bildnis eines Dichters*« aus: »Lieblose Legenden« (1952). Abdruck mit Genehmigung des Suhrkamp Verlags, Frankfurt/Main.

Seite 353

FRANZ HOHLER

Geb. 1943 in Biel/Schweiz, lebt in Uetikon am See/Schweiz, schrieb Theaterstücke, Satiren, Fernsehspiele, Erzählungen, u. a.: »Grüß Gott, Herr Meier!«, Einakter, 1968; »Idyllen«, 1970; »Das Parkverbot«, Fernsehspiel, 1973; »Der Rand von Ostermundigen«, Erzählungen, 1973.

»*Der Rand von Ostermundigen*« (1973): Abdruck mit Genehmigung des Hermann Luchterhand Verlags, Darmstadt.

Seite 367

KARL AUGUST HORST

Geb. 1913 in Darmstadt, gest. 1973 in Ried/Benediktbeuren, schrieb Prosa, Essays, u. a.: »Zero«, Roman, 1951; »Der Skorpion«, Erzählungen, 1963; »Das Abenteuer der deutschen Literatur im 20. Jahrhundert«, 1964; »Zwischen den Stühlen«, Erzählungen, 1972.

»Stummes Glockenspiel« aus: »Der Skorpion« (1963). Abdruck mit Genehmigung der Nymphenburger Verlagshandlung, München.

Seite 442

JOSEF W. JANKER

Geb. 1922 in Wolfegg/Württemberg, lebt in Ravensburg, schrieb Romane, Erzählungen, u. a.: »Zwischen zwei Feuern«, Roman, 1960; »Mit dem Rücken zur Wand«, Erzählungen, 1964; »Der Umschuler«, Roman, 1971.

»Das Telegramm« [1961]: Abdruck mit Genehmigung des Autors.

Seite 461

BERND JENTZSCH

Geb. 1940 in Plauen, lebt in Berlin-Ost, schrieb Gedichte, Erzählungen, u. a.: »Alphabet des Morgens«, Gedichte, 1961; »Jungfer im Grünen«, Erzählungen, 1973.

»Feuerfalter« aus: »Jungfer im Grünen« (1973). Abdruck mit Genehmigung des Carl Hanser Verlags, München.

Seite 159

PETER JOKOSTRA

Geb. 1912 in Dresden, lebt in Kasbach/Rhein, schrieb Gedichte, Romane, Erzählungen, u. a.: »Hinab zu den Sternen«, Gedichte, 1961; »Herzinfarkt«, Roman, 1961; »Die gewendete Haut«, Gedichte, 1967.

»Gespräch in Podolien« aus: »Ehebruch und Nächstenliebe« (1969). Abdruck mit Genehmigung des Autors.

Seite 245

FRIEDRICH GEORG JÜNGER

Geb. 1898 in Hannover, lebt in Überlingen/Bodensee, schrieb Lyrik, Essays, Erzählungen, Romane, u. a.: »Über das Komische«, Essay, 1936; »Der Westwind«, Gedichte, 1947; »Orient und Okzident«, Essay, 1948; »Dalmatinische Nacht«, Erzählungen, 1950; »Der erste Gang«, Roman, 1954; »Schwarzer Fluß und windweißer Wald«, Gedichte, 1955; »Sprache und Kalkül«, Essay, 1956; »Kreuzwege«, Erzählungen, 1961; »Wiederkehr«, Erzählungen, 1965; »Gesammelte Erzählungen«, 1967; »Laura und andere Erzählungen«, 1970.

»*Der Knopf*« [1952] aus: »Gesammelte Erzählungen«, 2. Auflage 1967. ʼ
Abdruck mit Genehmigung des Carl Hanser Verlags, München.

Seite 234

HERMANN KANT

Geb. 1926 in Hamburg, lebt in Berlin-Ost, schrieb Romane, Erzählungen, u. a.: »Die Aula«, Roman, 1966; »Ein bißchen Südsee«, Erzählungen, 1962, 1970; »Das Impressum«, Roman, 1972.

»*Auf einer Straße*« aus: »Ein bißchen Südsee« (1962). Abdruck mit Genehmigung des Verlags Rütten & Loening, Berlin.

Seite 197

UWE KANT

Geb. 1936 in Hamburg, lebt in Berlin-Ost, schrieb Erzählungen, Kinderbücher, u. a.: »Das Klassenfest«, Kinderbuch, 1969; »Die liebe lange Woche«, Kinderbuch, 1971.

»*Als Nickel zweimal ein Däne war*«: Abdruck mit Genehmigung des Verlags Neues Leben, Berlin.

Seite 167

MARIE LUISE KASCHNITZ

Geb. 1901 in Karlsruhe, gest. 1974 in Frankfurt/Main, schrieb Gedichte, Romane, Erzählungen, Essays, Hörspiele, u. a.: »Zukunftsmusik«, Gedichte, 1950; »Das dicke Kind«, Kurzgeschichten, 1952; »Lange Schatten«, Erzählungen, 1960; »Überall nie«, Ausgewählte Gedichte 1928–65; »Ferngespräche«, Erzählungen, 1966; »Steht noch dahin«, Neue Prosa, 1970.

»*Das dicke Kind*« aus: »Das dicke Kind und andere Erzählungen« (1952). Abdruck mit Genehmigung des Richard Scherpe Verlags, Krefeld.

Seite 477

HERMANN KESTEN

Geb. 1900 in Nürnberg, lebt in Rom, schrieb Romane, Erzählungen, Essays, u. a.: »Der Scharlatan«, Roman, 1932; »Die Kinder von Gernika«, Roman, 1939; »Die fremden Götter«, Roman, 1949; »Ein Sohn des Glücks«, Roman, 1955; »Dichter im Café«, Essays, 1959; »Die 30 Erzählungen von Hermann Kesten«, 1962; »Die Zeit der Narren«, Roman, 1966; »Der Mohr von Kastilien«, Roman, 1974.

»*Ein glückliches Mädchen*« [1960]: © Hermann Kesten, New York. Abdruck mit Genehmigung des Autors.

Seite 153

ALEXANDER KLUGE

Geb. 1932 in Halberstadt, lebt in Ulm, schrieb Romane, Erzählungen, Filme, u. a.: »Lebensläufe«, Erzählungen, 1962; »Schlachtbeschreibung«, Roman, 1964; »Die Artisten in der Zirkuskuppel, ratlos«, Prosasammlung, 1968.

»*Ein Liebesversuch*« aus: »Lebensläufe« (1962). Abdruck mit Genehmigung des R. Piper & Co. Verlags, München.

Seite 60

BARBARA KÖNIG

Geb. 1925 in Reichenberg/Nordböhmen, lebt in Dießen am Ammersee, schrieb Erzählungen, Romane, u. a.: »Das Kind und sein Schatten«, Erzählung, 1958; »Kies«, Roman, 1961; »Die Personenperson«, Roman, 1965; »Spielerei bei Tage«, Erzählungen, 1969; »Schöner Tag, dieser Dreizehnte«, Roman, 1973.

»*Latenzen*« [1969] aus: »Spielerei bei Tage«, © 1971. Abdruck mit Genehmigung des Carl Hanser Verlags, München.

Seite 281

WOLFGANG KOEPPEN

Geb. 1906 in Greifswald, lebt in München, schrieb Romane, Erzählungen, Essays, u. a.: »Die Mauer schwankt«, Roman, 1935; »Tauben im Gras«,

Roman, 1951; »Das Treibhaus«, Roman, 1953; »Der Tod in Rom«, Roman, 1954; »Amerikafahrt«, Essays, 1959; »New York«, 1961.

»*Thanatologie*« [1971]: Abdruck mit Genehmigung des Autors.

Seite 493

WOLFGANG KOHLHAASE

Geb. 1931 in Berlin, lebt in Berlin-Ost, schrieb Hörspiele, Filme, Erzählungen, u. a.: »Mädchen aus P.«, Erzählungen, 1968; »Fragen an ein Foto«, Hörspiel, 1969; »Fisch zu viert«, Schauspiel, 1970; »Der nackte Mann auf dem Sportplatz«, Film, 1974.

»*Worin besteht das Neue auf dem Friedhof?*«: Abdruck mit Genehmigung des Autors.

Seite 183

KLAUS KONJETZKY

Geb. 1943 in Wien, lebt in München, schrieb Gedichte, Erzählungen, Hörspiele, u. a.: »Grenzlandschaft«, Gedichte, 1966; »Perlo peis ist eine isländische Blume«, Erzählungen, 1971.

»*Der Fall in Oberblauberg*« aus: »Perlo peis ist eine isländische Blume« (1971). Abdruck mit Genehmigung des R. Piper & Co. Verlags, München.

Seite 270

ERNST KREUDER

Geb. 1903 in Zeitz, gest. 1972 in Darmstadt, schrieb Erzählungen, Romane, u. a.: »Die Gesellschaft vom Dachboden«, Erzählung, 1946; »Schwebender Weg«, Erzählungen, 1947; »Die Unauffindbaren«, Roman, 1948; »Spur unterm Wasser«, Erzählung, 1963; »Hörensagen«, Roman, 1969; »Tunnel zu vermieten«, Kurzgeschichten, 1970.

»*Trambahn für weiße Hasen*« aus: »Alle diese Straßen« (1965). Abdruck mit Genehmigung von Frau Irene Kreuder.

Seite 378

GÜNTER KUNERT

Geb. 1929 in Berlin, lebt in Berlin-Ost, schrieb Gedichte, Erzählungen, Romane, u. a.: »Erinnerung an einen Planeten«, Gedichte, 1963; »Tagträume«, Prosa, 1964; »Im Namen der Hüte«, Roman, 1967; »Die Beerdigung findet in aller Stille statt«, Erzählungen, 1968; »Warnung vor Spiegeln«, Gedichte, 1970; »Ortsangaben«, Erzählungen, 1971; »Tagträume in Berlin und andernorts«, Prosa, 1972; »Die geheime Bibliothek«, Prosa, 1973.

»*Mann über Bord*« aus: »Tagträume in Berlin und andernorts«, © 1972. Abdruck mit Genehmigung des Carl Hanser Verlags, München.

Seite 400

KURT KUSENBERG

Geb. 1904 in Göteborg, lebt in Hamburg, schrieb Erzählungen, Hörspiele, u. a.: »Der blaue Traum«, Erzählungen, 1940; »Die Sonnenblumen«, Erzählungen, 1951; »Im falschen Zug«, Erzählungen, 1960; »Zwischen unten und oben«, Erzählungen, 1964; »Gesammelte Erzählungen«, 1969.

»*Ein gewisses Zimmer*« [1954] aus: »Gesammelte Erzählungen« © Rowohlt Verlag GmbH, Reinbek bei Hamburg, 1969.

Seite 356

ELISABETH LANGGÄSSER

Geb. 1899 in Alzey/Rheinhessen, gest. 1950 in Rheinzabern, schrieb Lyrik, Romane, Erzählungen, u. a.: »Triptychon des Teufels«, Erzählungen, 1932; »Das unauslöschliche Siegel«, Roman, 1946; »Der Torso«, Kurzgeschichten, 1947; »Das Labyrinth«, Erzählungen, 1949; »Metamorphosen«, Gedichte, 1949; »Märkische Argonautenfahrt«, Roman, 1950.

»*Untergetaucht*« aus: »Erzählungen« (1964). Abdruck mit Genehmigung des Claassen Verlags, Düsseldorf.

Seite 49

HERMANN LENZ

Geb. 1913 in Stuttgart, lebt in Stuttgart, schrieb Lyrik, Romane, Erzählungen, u. a.: »Der russische Regenbogen«, Roman, 1959; »Spiegelhütte«, Erzählungen, 1962; »Verlassene Zimmer«, Roman, 1966; »Andere Tage«, Roman, 1968; »Im inneren Bezirk«, Roman, 1970; »Der Kutscher und der Wappenmaler«, Roman, 1972.

»*Erinnerung an Europa*« [1958]: Abdruck mit Genehmigung des Autors.

Seite 420

SIEGFRIED LENZ

Geb. 1926 in Lyck/Ostpreußen, lebt in Hamburg, zeitweise in Dänemark, schrieb Romane, Erzählungen, Dramen, Essays, u. a.: »Es waren Habichte in der Luft«, Roman, 1951; »So zärtlich war Suleyken«, Erzählungen, 1955; »Jäger des Spotts«, Erzählungen, 1958; »Brot und Spiele«, Roman, 1959; »Das Feuerschiff«, Erzählungen, 1960, 1966; »Zeit der Schuldlosen«, Drama, 1962; »Deutschstunde«, Roman, 1968; »Leute von Hamburg«, Erzählungen, 1968; »Beziehungen«, Essays, 1970; »Das Vorbild«, Roman, 1973.

»*Risiko für Weihnachtsmänner*« [1960] aus: »Das Feuerschiff«, © Hoffmann und Campe Verlag, Hamburg, 1966.

Seite 96

REINHARD LETTAU

Geb. 1929 in Erfurt, lebt in Kalifornien, schrieb Prosa, Lyrik, u. a.: »Schwierigkeiten beim Häuserbauen«, Geschichten, 1962; »Auftritt Manigs«, Prosastücke, 1963; »Feinde«, Prosa, 1968; »Gedichte«, 1968; »Täglicher Faschismus«, 1971; »Immer kürzer werdende Geschichten«, 1973.

»*Herr Paronne fährt in die Provinz*« [1962] aus: »Schwierigkeiten beim Häuserbauen«, 3. Auflage © 1963. Abdruck mit Genehmigung des Carl Hanser Verlags, München.

Seite 390

JAKOV LIND

Geb. 1927 in Wien, lebt in London, schrieb Romane, Erzählungen, Hörspiele, u. a.: »Eine Seele aus Holz«, 1962; »Eine bessere Welt«, Roman, 1966; »Angst und Hunger«, Hörspiele, 1966; »Nahaufnahme«, Novelle, 1973; »Der Ofen«, Prosa, 1973.

»Die Lüge« aus: »Der Ofen« (1973). Abdruck mit Genehmigung des Residenz Verlags, Salzburg.

Seite 407

JAN LUSTIG

Geb. 1902 in Brünn, lebt in München, schrieb Erzählungen, Hörspiele, Theaterkritiken und Drehbücher.

»Verflechtungen« [1973]: Abdruck mit Genehmigung des Autors.

Seite 470

KURT MARTI

Geb. 1921 in Bern, lebt in Bern, schrieb Lyrik, Prosa, Essays, u. a.: »Boulevard Bikini«, Gedichte, 1959; »Dorfgeschichten 1960«, 1960; »Trainingstexte«, 1967; »Leichenreden«, Gedichte, 1969; »Abratzky oder Die kleine Blockhütte«, 1971.

»Neapel sehen« aus: »Dorfgeschichten 1960« (1960). Abdruck mit Genehmigung des C. Bertelsmann Verlags, München / Verlagsgruppe Bertelsmann GmbH., Gütersloh.

Seite 221

ANGELIKA MECHTEL

Geb. 1943 in Dresden, lebt in München, schrieb Gedichte, Erzählungen, Romane, Hörspiele, u. a.: »Gegen Eis und Flut«, Gedichte, 1963; »Die feinen Totengräber«, Erzählungen, 1968; »Kaputte Spiele«, Roman, 1970; »Hochhausgeschichten«, Erzählungen, 1971; »Friß, Vogel«, Roman, 1972.

»Johanna Blechnapf« aus: »Die feinen Totengräber« (1968). Abdruck mit Genehmigung des R. Piper & Co. Verlags, München.

Seite 216

CHRISTOPH MECKEL

Geb. 1935 in Berlin, lebt in Berlin-West und Frankreich, schrieb Gedichte, Erzählungen, u. a.: »Nebelhörner«, Gedichte, 1959; »Im Land der Umbranauten«, Prosa, 1961; »Wildnisse«, Gedichte, 1962; »Die Balladen des

Thomas Balkan«, 1969; »Tullipan«, Erzählung, 1965; »Werkauswahl«, 1971; »Lieder aus dem Dreckloch«, Gedichte, 1972; »Bockshorn«, Roman, 1975.

Der Zünd [1964] aus: »Werkauswahl«, 1971. Abdruck mit Genehmigung der Nymphenburger Verlagshandlung, München.

Seite 252

HERBERT MEIER

Geb. 1928 in Solothurn/Schweiz, lebt in Zürich, schrieb Romane, Erzählungen, Gedichte, Essays, Fernsehspiele, u. a.: »Siebengestirn«, Gedichte, 1956; »Jonas und der Nerz«, Stück, 1959; »Ende September«, Roman, 1959; »Verwandtschaften«, Roman, 1963; »Skorpione«, Fernsehstück, 1963; »Kaiser Jovian«, Oper, 1967; »Stiefelchen. Ein Fall«, Roman, 1970; »Wohin geht es denn jetzt? Reden an Etablierte und ihre Verächter«, 1971; »Anatomische Geschichten«, 1973.

Nabelgeschichte aus: »Anatomische Geschichten«, © 1973 Benziger Verlag, Zürich.

Seite 384

IRMTRAUD MORGNER

Geb. 1933 in Chemnitz, lebt bei Berlin-Ost, schrieb Erzählungen, Romane, u. a.: »Das Signal steht auf Fahrt«, Erzählungen, 1959; »Ein Haus am Rande der Stadt«, Roman, 1962; »Notturno«, Erzählungen, 1964; »Hochzeit in Konstantinopel«, Roman, 1968; »Gauklerlegende«, Erzählung, 1971; »Die wundersamen Reisen Gustavs des Weltfahrers«, Roman, 1972.

Pferdekopf aus: »Hochzeit in Konstantinopel«, © 1969. Abdruck mit Genehmigung des Carl Hanser Verlags, München.

Seite 401

JOSEF MÜHLBERGER

Geb. 1903 in Trautenau/Böhmen, lebt in Eislingen-Fils, schrieb Dramen, Lyrik, Romane, Erzählungen, u. a.: »Aus dem Riesengebirge«, Novellen und Erzählungen, 1929; »Der goldene Klang«, Traumspiel, 1935; »Der Galgen im Weinberg«, Erzählungen, 1951; »Die Vertreibung«, Erzählungen, 1955; »Licht über den Bergen«, Roman, 1956; »Eine Kindheit in Böhmen«, Erzählungen, 1960; »Der Scherbenberg«, Erzählungen, 1971.

»Der Kranzträger« aus: »Der Galgen im Weinberg« (1951). Entnommen, mit freundlicher Genehmigung des Verlages, dem Werk: Josef Mühlberger, »Der Galgen im Weinberg. Eine Erzählung aus unseren Tagen«, © 1951 Bechtle Verlag, Esslingen.

Seite 82

ADOLF MUSCHG

Geb. 1934 in Zollikon bei Zürich, lebt in Zürich, schrieb Romane, Erzählungen, Hörspiele, Stücke, u. a.: »Im Sommer des Hasen«, Roman, 1965; »Mitgespielt«, Roman, 1969; »Liebesgeschichten«, Erzählungen, 1972.

»Der Zusenn oder das Heimat« aus: »Liebesgeschichten« (1972). Abdruck mit Genehmigung des Suhrkamp Verlags, Frankfurt/Main.

Seite 322

KLAUS NONNENMANN

Geb. 1922 in Pforzheim, lebt in Feldrennach, schrieb Schauspiele, Romane, Erzählungen, u. a.: »Die sieben Briefe des Doktor Wambach«, Roman, 1959; »Vertraulicher Geschäftsbericht«, 11 Geschichten und 1 Spiel, 1961; »Teddy Flesh oder Die Belagerung von Sagunt«, Roman, 1965.

»Kurswagen nach Rom« [1958] aus: »Vertraulicher Geschäftsbericht« (1961). Abdruck mit Genehmigung des Autors.

Seite 310

HANS ERICH NOSSACK

Geb. 1901 in Hamburg, lebt in Hamburg, schrieb Romane, Erzählungen, u. a.: »Spätestens im November«, Roman, 1955; »Die Spirale«, Roman, 1956; »Unmögliche Beweisaufnahme«, Erzählung, 1959; »Nach dem letzten Aufstand«, Roman, 1961; »Das kennt man«, Erzählungen, 1964; »Das Mal und andere Erzählungen«, 1965, 1969; »Dem unbekannten Sieger«, Roman, 1969; »Die gestohlene Melodie«, Roman, 1972.

»Begegnung im Vorraum« [1963] aus: »Erzählungen« (1969). Abdruck mit Genehmigung des Suhrkamp Verlags, Frankfurt/Main.

Seite 455

LEONIE OSSOWSKI

Geb. 1925 in Niederschlesien, lebt in Mannheim, schrieb Kurzgeschichten, Reportagen, Hörspiele, Filme, u. a.: »Stern ohne Himmel«, Roman, 1957; »Wer fürchtet sich vorm schwarzen Mann«, Roman, 1967; »Mannheimer Erzählungen«, 1974.

»*Die Metzgerlehre*« aus: »Mannheimer Erzählungen« (1974). Abdruck mit Genehmigung des R. Piper & Co. Verlags, München.

Seite 214

HEINZ PIONTEK

Geb. 1925 in Kreuzberg/Oberschlesien, lebt in München und Riederau am Ammersee, schrieb Lyrik, Prosa, Essays, Hörspiele, u. a.: »Die Rauchfahne«, Gedichte, 1953; »Vor Augen«, Erzählungen, 1955; »Mit einer Kranichfeder«, Gedichte, 1962; »Klartext«, Gedichte, 1966; »Die mittleren Jahre«, Roman, 1968; »Liebeserklärungen in Prosa«, 1969; »Tot oder lebendig«, Gedichte, 1971; »Die Erzählungen«, 1971; »Gesammelte Gedichte«, 1975.

»*Legendenzeit*« [1969] aus: »Die Erzählungen« (1971). Abdruck mit Genehmigung des Albert-Langen-Georg-Müller-Verlags, München.

Seite 91

JOSEF REDING

Geb. 1929 in Castrop-Rauxel, lebt in Dortmund, schrieb Romane, Erzählungen, Hörspiele, u. a.: »Nennt mich nicht Nigger«, Erzählungen, 1957; »Papierschiffe gegen den Strom«, Essays, Kurzgeschichten, Hörspiele, 1963; »Ein Scharfmacher kommt«, Kurzgeschichten, 1967; »Die Anstandsprobe«, Kurzgeschichten, 1973.

»*Ein Schrank wird übergeben*« aus: »Ein Scharfmacher kommt«, © 1967 Georg Bitter Verlag KG, Recklinghausen.

Seite 188

JENS REHN

Geb. 1918 in Flensburg, lebt in Berlin-West, schrieb Romane, Erzählungen, Hörspiele, u. a.: »Feuer im Schnee«, Roman, 1956; »Kinder des Saturn«, Roman, 1959; »Der Zuckerfresser«, Erzählungen, 1961; »Das einfache Leben oder Der schnelle Tod«, Erzählungen, 1966; »Morgenrot oder Die Kehrseite des Affen«, Roman, 1971.

»Der Zuckerfresser« [1960] aus: »Der Zuckerfresser« (1961). Abdruck mit Genehmigung von Herrn Otto Luther (= Jens Rehn), Berlin.

Seite 295

CHRISTA REINIG

Geb. 1926 in Berlin, lebt in München, schrieb Gedichte, Prosa, u. a.: »Die Steine von Finisterre«, Gedichte, 1960; »Drei Schiffe«, Prosa, 1965; »Schwabinger Marterln«, 1968; »Orion trat aus dem Haus«, Geschichten, 1968; »Das große Bechterew-Tantra«, Prosa, 1970; »Die himmlische und irdische Geometrie«, Roman, 1975.

»Drei Schiffe« [1950] aus: »Drei Schiffe« (1965). Abdruck mit Genehmigung der Autorin. Die Rechte liegen beim Verlag Eremitenpresse, Düsseldorf.

Seite 429

HANS WERNER RICHTER

Geb. 1908 in Bansin auf Usedom, lebt in München und Berlin-West, schrieb Romane, Erzählungen, u. a.: »Sie fielen aus Gottes Hand«, Roman, 1951; »Spuren im Sand«, Roman, 1953; »Linus Fleck oder der Verlust der Würde«, Roman, 1959; »Menschen in freundlicher Umgebung«, Satiren, 1966; »Blinder Alarm. Geschichten aus Bansin«, 1970.

»Das Gefecht an der Katzbach« aus: »Menschen in freundlicher Umgebung« (1965). Abdruck mit Genehmigung des Klaus Wagenbach Verlags, Berlin.

Seite 393

LUISE RINSER

Geb. 1911 in Pitzling/Oberbayern, lebt in Rom, schrieb Romane, Erzählungen, u. a.: »Mitte des Lebens«, Roman, 1950; »Daniela«, Roman, 1952; »Der Sündenbock«, Roman, 1955; »Ein Bündel weißer Narzissen«, gesammelte Erzählungen, 1956; »Geh fort, wenn du kannst«, Novelle, 1959; »Die vollkommene Freude«, Roman, 1965; »Tobias«, Roman, 1968.

»Ein alter Mann stirbt« aus: »Ein Bündel weißer Narzissen«, © S. Fischer Verlag, Frankfurt/Main, 1956.

Seite 260

PAUL SCHALLÜCK

Geb. 1922 in Warendorf/Westfalen, lebt in Köln, schrieb Romane, Erzählungen, Hörspiele, Essays, u. a.: »Die unsichtbare Pforte«, Roman, 1954; »Weiße Fahnen im April«, Erzählung, 1955; »Engelbert Reineke«, Roman, 1959; »Lakrizza«, Erzählungen, 1967; »Don Quichotte in Köln«, Roman, 1967; »Der Mann aus Casablanca«, Fernsehspiel, 1970; »Bis daß der Tod euch scheidet«, Satire, 1971.

»Pro Ahn sechzig Pfennige« [1954] aus: »Lakrizza« (1967). Abdruck mit Genehmigung des Autors.

Seite 43

MICHAEL SCHARANG

Geb. 1941 in Kapfenberg/Steiermark, lebt in Wien, schrieb Prosa, Essays, Hörspiele, u. a.: »Verfahren eines Verfahrens«, 1969; »Schluß mit dem Erzählen und andere Erzählungen«, 1970; »Charly Traktor«, Roman, 1973.

»Sightseeing« aus: »Schluß mit dem Erzählen« (1970). Abdruck mit Genehmigung des Hermann Luchterhand Verlags, Darmstadt.

Seite 165

HEINRICH SCHIRMBECK

Geb. 1915 in Recklinghausen, lebt in Darmstadt, schrieb Erzählungen, Romane, Essays, u. a.: »Ärgert dich dein rechtes Auge«, Roman, 1957; »Der junge Leutnant Nikolai«, Roman, 1958; »Die Nacht vor dem Duell«, Erzählungen, 1964; »Träume und Kristalle«, Erzählungen, 1968; »Aurora«, Erzählungen, 1969; »Tänze und Ekstasen«, Erzählungen, 1973.

»Gespräch mit einem Mörder« [1946] aus: »Die Nacht vor dem Duell«, Erzählungen, Fischer-Bücherei, 1964. Abdruck mit Genehmigung des Autors. Alle Rechte liegen beim Autor.

Seite 487

ARNO SCHMIDT

Geb. 1914 in Hamburg, lebt in Bargfeld/Celle, schrieb Romane, Erzählungen, Essays, u. a.: »Leviathan«, Erzählungen, 1949; »Brand's Haide«, Erzählungen, 1951; »Das steinerne Herz«, Roman, 1956; »Die Gelehrtenrepublik«, Roman, 1957; »Kühe in Halbtrauer«, Erzählungen, 1964; »Trommler beim Zaren«, Erzählungen, 1966; »Zettels Traum«, Roman, 1970; »Die Schule der Atheisten«, Novellen-Komödie, 1972.

»Er war ihm zu ähnlich« [1965] aus: »Trommler beim Zaren«, © Stahlberg Verlag, Karlsruhe, 1966.

Seite 39

ROBERT WOLFGANG SCHNELL

Geb. 1916 in Barmen, lebt in Berlin-West, schrieb Filme, Dramen, Hörspiele, Erzählungen, Romane, Lyrik, u. a.: »Mief«, Erzählung, 1963; »Geisterbahn«, Roman, 1964; »Muzes Flöte«, Gedichte und Erzählungen, 1966; »Erziehung durch Dienstmädchen«, Roman, 1968; »Die Farce von den Riesenbrüsten«, Erzählung, 1969; »Junggesellen-Weihnacht«, Erzählung, 1970.

»Nach dem Tod des Herrn Wiebel« aus: »Mief« (1963). Abdruck mit Genehmigung des Hermann Luchterhand Verlags, Darmstadt.

Seite 300

WOLFDIETRICH SCHNURRE

Geb. 1920 in Frankfurt/Main, lebt in Berlin-West, schrieb Lyrik, Erzählungen, Romane, u. a.: »Kassiber«, Gedichte, 1956; »Eine Rechnung, die nicht aufgeht«, Erzählung, 1958; »Als Vaters Bart noch rot war«, Roman, 1958; »Das Los unserer Stadt«, eine Chronik, 1959; »Man sollte dagegen sein«, Geschichten, 1960; »Die Erzählungen«, 1966; »Die Zwengel«, Kinderbuch, 1966; »Auf Tauchstation«, Erzählungen, 1972.

»Bekenntnis des Rechtschaffenen« aus: »Das Los unserer Stadt« (1959). Abdruck mit Genehmigung des Autors.

Seite 381

HELGA SCHÜTZ

Geb. 1937 in Falkenhain, lebt in Berlin-Ost, schrieb Erzählungen, Romane, Filme, u. a.: »Vorgeschichten oder Schöne Gegend Probstein«, Roman, 1972; »Das Erdbeben bei Sangerhausen«, Erzählungen, 1974.

»Das Erdbeben bei Sangerhausen« [1972] aus: »Das Erdbeben bei Sangerhausen und andere Erzählungen«, © 1974 Benziger Verlag, Zürich, Lizenzausgabe mit Genehmigung des Aufbau Verlags, Berlin und Weimar.

Seite 191

JUTTA SCHUTTING

Geb. 1937 in Amstetten/Niederösterreich, lebt in Wien, schrieb Lyrik, Erzählungen, u. a.: »In der Sprache der Inseln«, Gedichte, 1973; »Baum in O.«, Prosatexte, Erzählungen, 1973.

»Mutter und Töchter« aus: »Baum in O.« (1973). Abdruck mit Genehmigung des Europa Verlags, Wien.

Seite 309

ANNA SEGHERS

Geb. 1900 in Mainz, lebt in Berlin-Ost, schrieb Romane, Erzählungen, Hörspiele, u. a.: »Der Aufstand der Fischer von St. Barbara«, Erzählung, 1928; »Die Gefährten«, Roman, 1932; »Das siebte Kreuz«, Roman, 1942; »Der Ausflug der toten Mädchen«, Erzählung, 1946; »Die Toten bleiben jung«, Roman, 1949; »Die Entscheidung«, Roman, 1959; »Die Kraft der Schwachen«, Erzählungen, 1966; »Sonderbare Begegnungen«, Erzählungen, 1973.

»Das Schilfrohr« aus: »Die Kraft der Schwachen« (1966). Abdruck mit Genehmigung des Hermann Luchterhand Verlags, Darmstadt.

Seite 100

GÜNTER SEUREN

Geb. 1932 in Wickrath/Rhld., lebt in München, schrieb Lyrik, Erzählungen, Romane, Filme, u. a.: »Winterklavier für Hunde«, Gedichte, 1961; »Das Gatter«, Roman, 1964; »Lebeck«, Roman, 1966; »Schonzeit für

Füchse«, Film, 1966; »Das Kannibalenfest«, Roman, 1968; »Der Abdek-
ker«, Roman, 1970.

»Andere Schritte« [1965]: Abdruck mit Genehmigung des Autors.

Seite 362

BOTHO STRAUSS

Geb. 1944 in Naumburg/Saale, lebt in Berlin-West, schrieb Prosa, Theaterstücke und Kritiken.

»Schützenehre«: © Erstmals in »Prosa-Alphabet 1963«, Eremiten-Presse,
1963, erschienen. Als Buchausgabe mit Linolschnitten von Axel Herten-
stein 1975 neu erschienen in der Eremiten-Presse, Düsseldorf.

Seite 320

THOMAS VALENTIN

Geb. 1922 in Weilburg/Lahn, lebt in Lippstadt und Sizilien, schrieb Romane, Erzählungen, Gedichte, Fernsehspiele, u. a.: »Hölle für Kinder«, Roman, 1961; »Die Fahndung«, Roman, 1962; »Die Unberatenen«, Roman,
1963; »Nachtzüge«, Erzählung, 1964; »Rotlicht«, Erzählung, 1967; »Ginster im Regen«, Erzählung, 1971; »Jugend einer Studienrätin«, Erzählungen, 1974.

»Plattfüße in der Kristallnacht« aus: »Jugend einer Studienrätin« (1974).
Abdruck mit Genehmigung des Claassen Verlags, Düsseldorf.

Seite 37

WALTER VOGT

Geb. 1927 in Zürich, lebt in Bern, schrieb Lyrik, Prosa, Stücke, u. a.: »Husten. Wahrscheinliche und unwahrscheinliche Geschichten«, 1965;
»Wüthrich. Selbstgespräch eines sterbenden Arztes«, Roman, 1966; »Me-
lancholie. Die Erlebnisse des Amateurkriminalisten Beno von Stürler«, 1967;
»Die Talpi kommen«, 1971; »Der Wiesbadener Kongreß«, Roman, 1972.

»Der Bäckermeister kann nicht sterben« [1965] aus: »Husten«, © by Diogenes Verlag, Zürich, 1968.

Seite 364

MARTIN WALSER

Geb. 1927 in Wasserburg am Bodensee, lebt in Nußdorf bei Überlingen, schrieb Prosa, Dramen, Romane, Essays, u. a.: »Ehen in Philippsburg«, Roman, 1957; »Halbzeit«, Roman, 1960; »Lügengeschichten«, Erzählungen, 1964; »Das Einhorn«, Roman, 1966; »Die Zimmerschlacht«, Drama, 1967; »Der Sturz«, Roman, 1972; »Die Gallistl'sche Krankheit«, Roman, 1975.

»*Nach Siegfrieds Tod*« aus: »Lügengeschichten« (1964). Abdruck mit Genehmigung des Suhrkamp Verlags, Frankfurt/Main.

Seite 209

THEODOR WEISSENBORN

Geb. 1933 in Düsseldorf, lebt in Hof Raskop/Kreis Wittlich, schrieb Erzählungen, Hörspiele, Romane, u. a.: »Außer Rufweite«, Roman, 1964; »Patienten«, Hörspiel, 1967; »Korsakow«, Hörspiel, 1967; »Eine befleckte Empfängnis«, Erzählungen, 1969; »Das Haus der Hänflinge«, Hörspiel, 1971; »Das Liebe-Haß-Spiel«, 25 Stories, 1973.

»*Eine befleckte Empfängnis*« aus: »Eine befleckte Empfängnis« (1969). Abdruck mit Genehmigung des Autors.

Seite 344

DIETER WELLERSHOFF

Geb. 1925, lebt in Köln, schrieb Romane, Erzählungen, Essays, Hörspiele, u. a.: »Ein schöner Tag«, Roman, 1966; »Die Schattengrenze«, Roman, 1969; »Literatur und Veränderung«, Essays, 1969; »Das Schreien der Katze im Sack«, Hörspiele, 1970; »Einladung an alle«, Roman, 1972; »Doppelt belichtetes Seestück und andere Texte«, Prosa, Lyrik, 1974.

»*Während*« aus: »Doppelt belichtetes Seestück« (1960). Abdruck mit Genehmigung des Autors.

Seite 305

WOLFGANG WEYRAUCH

Geb. 1907 in Königsberg, lebt in Darmstadt, schrieb Lyrik, Erzählungen, Hörspiele, Essays, u. a.: »Gesang, um nicht zu sterben«, Gedichte, 1956;

»Mein Schiff, das heißt Taifun«, Erzählungen, 1959; »Die japanischen Fischer«, Hörspiel, 1961; »Unterhaltungen von Fußgängern«, Erzählungen, 1966; »Geschichten zum Weiterschreiben«, Prosa, 1969; »Ein Clown sagt«, Nachdenktexte für junge Leser, 1971; »Beinahe täglich«, Geschichten, 1975.

»Krähenflügel« [1948] aus: »Unterhaltungen von Fußgängern«, 1966. Abdruck mit Genehmigung des Autors.

Seite 424

GABRIELE WOHMANN

Geb. 1932 in Darmstadt, lebt in Darmstadt, schrieb Romane, Erzählungen, Filme, Hörspiele, u. a.: »Jetzt und nie«, Roman, 1958; »Sieg über die Dämmerung«, Erzählungen, 1960; »Abschied für länger«, 1965; »Große Liebe«, Fernsehspiel, 1966; »Ernste Absicht«, Roman, 1970; »Selbstverteidigung«, Prosa und anderes, 1971; »Gegenangriff«, Prosa, 1972; »Habgier«, Erzählungen, 1973.

»Ein schöner Tag« aus: »Gegenangriff« (1972). Abdruck mit Genehmigung des Hermann Luchterhand Verlags, Darmstadt.

Seite 265

WOLF WONDRATSCHEK

Geb. 1943 in Rudolfstadt/Thüringen, lebt in Frankfurt/Main, schrieb Lyrik, Hörspiele, Prosa, u. a.: »Freiheit oder ça ne fait rien«, Hörspiel, 1967; »Früher begann der Tag mit einer Schußwunde«, Prosa, 1969; »Ein Bauer zeugt mit einer Bäuerin einen Bauernjungen, der unbedingt Knecht werden will«, Prosa, 1970; »Einsame Leichen«, Hörspiel, 1970; »Paul oder die Zerstörung eines Hörbeispiels«, Hörspiel, 1971.

»Mittagspause« [1969] aus: »Früher begann der Tag mit einer Schußwunde«, 8. Auflage © 1971. Abdruck mit Genehmigung des Carl Hanser Verlags, München.

Seite 220

HERBERT ZAND

Geb. 1923 in Knoppen bei Bad Aussee/Österreich, gest. 1970 in Wien, schrieb Lyrik, Romane, Erzählungen, u. a.: »Letzte Ausfahrt«, Roman,

1953; »Erben des Feuers«, Roman, 1961; »Im zerschossenen Sonnenge-
flecht«, Gedichte; »Demosthenes spricht gegen die Brandung«, Erzählungen, 1972.

Tödliche Heimkehr [1967] aus: »Demosthenes spricht gegen die
Brandung« (1972). Abdruck mit Genehmigung des Europa Verlags,
Wien.

Seite 53

JOCHEN ZIEM

Geb. 1932 in Magdeburg, lebt in Berlin-West, schrieb Theaterstücke, Prosa, Filme, u. a.: »Nachrichten aus der Provinz«, Stück, 1967; »Zahltage«,
Prosa, 1968; »Federlesen«, Fernsehfilm, 1972; »Die Klassefrau«, Erzählungen, 1974.

Aufruhr aus: »Zahltage« (1968). Abdruck mit Genehmigung des Hermann Luchterhand Verlags, Darmstadt.

Seite 135

GERHARD ZWERENZ

Geb. 1925 in Gablenz/Vogtland, lebt in Offenbach/Main, schrieb Romane, Essays, Prosa, Lyrik, u. a.: »Aufs Rad geflochten«, Roman, 1959; »Ge-
sänge auf dem Markt. Phantastische Geschichten und Liebeslieder«, 1964;
»Heldengedenktag«, Prosa, 1964; »Casanova oder Der kleine Herr in
Krieg und Frieden«, Roman, 1966; »Erbarmen mit den Männern«, Roman,
1968; »Kopf und Bauch«, Roman, 1971.

Das Monogramm aus: »Heldengedenktag« (1964). © beim Autor.

Seite 110

(Zusammenstellung: *Frank Auerbach*)